ENDE DER WELT
W
Großer Wasserfall
Urdskäs Insel
Steppe
Großer Nebenarm
Yahekia
Großer Fluß
Blauer Fluß
Schluchtenland
Land des Magunzius
Armenland
Oser
Lorenta

Ana María Matute

DER VERGESSENE KÖNIG GUDÚ

Ana María Matute

DER VERGESSENE KÖNIG GUDÚ

Roman

Aus dem Spanischen
von Willi Zurbrüggen

Piper
München Zürich

Die spanische Originalausgabe erschien 1996
unter dem Titel »Olvidado Rey Gudú«
bei Editorial Espasa Calpe S. A. in Madrid

Der vorliegende Roman ist der 1. Teil
von »Olvidado Rey Gudú«.
Der 2. Teil erscheint im Herbst 2003
unter dem Titel »Das Erbe des Königs Gudú«.

Ich widme dieses Buch dem Andenken
an H. C. Andersen, Jakob und Wilhelm
Grimm und Charles Perrault.

Allem, was ich vergaß.
Allem, was ich verlor.

ISBN 3-492-70021-7

Gesetzt aus der Bembo
Satz: KCS GmbH, Buchholz/Hamburg
Druck und Bindung: Pustet, Regensburg
Printed in Germany

www.piper.de

INHALT

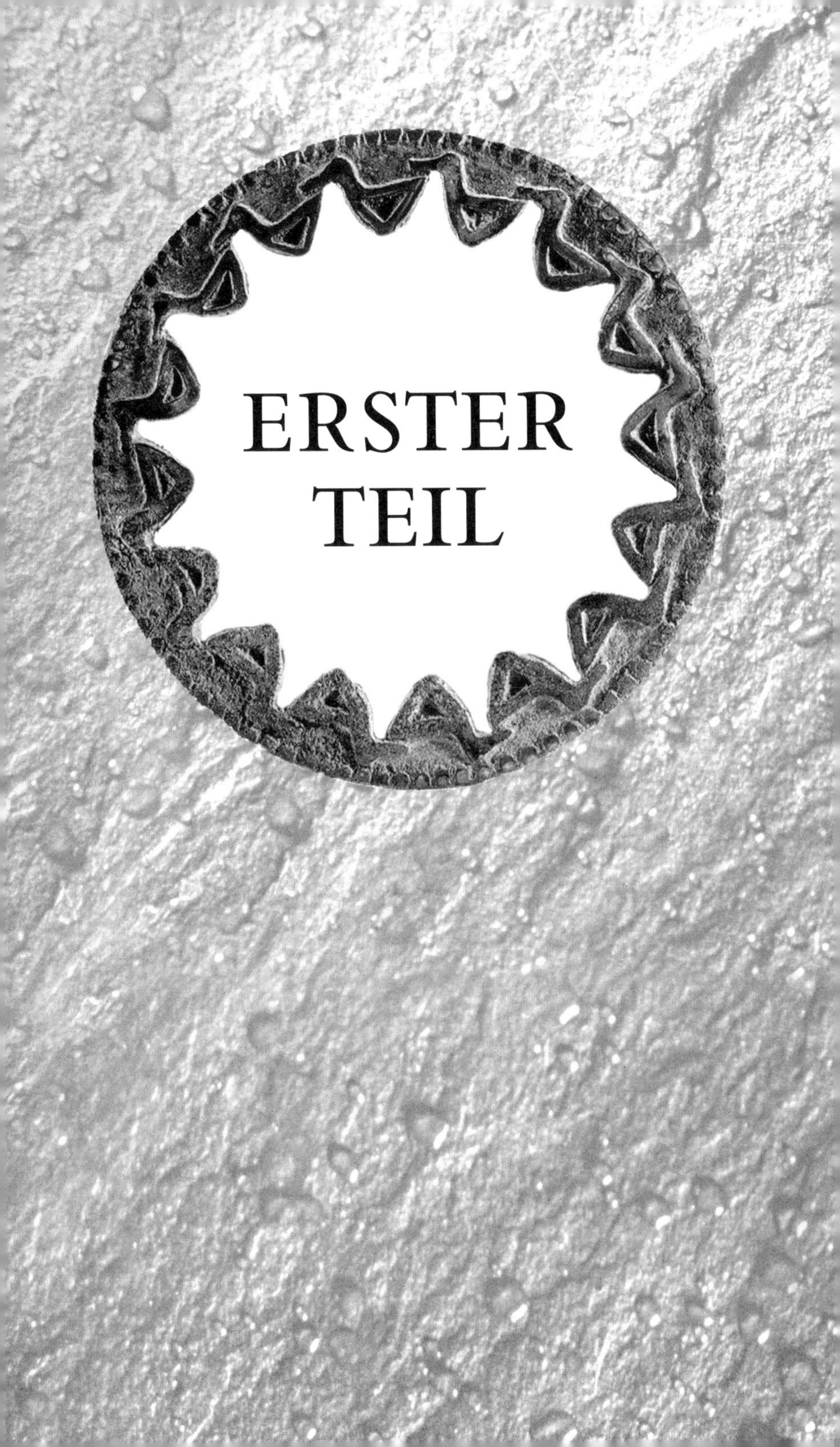

ERSTER TEIL

I

DIE MARKGRAFEN

I

Die Söhne des Grafen Olar hatten die außergewöhnliche Körperkraft, die grauen Augen, das struppige schwarze Haar mit dem Stich ins Rötliche und die beschämend kurzen Beine von ihrem Vater geerbt.

Sykrosius, der Erstgeborene, hatte röteres Haar als die anderen, und auch in seiner Kraft, seiner Körperfülle, seiner Geschicklichkeit mit dem Schwert und seinem Wagemut übertraf er sie. Dagegen war er von allen der schlechteste Reiter; was an eben jenen kurzen, dicken und etwas krummen Beinen lag, die einige – aber nur hinter seinem Rücken – als Flossen bezeichneten. Wäre jemand unvorsichtig oder boshaft genug gewesen, dies in seiner Gegenwart anzudeuten, hätte er nicht nur gewünscht, es nie getan zu haben, sondern es in Zukunft auch gar nicht mehr gekonnt.

Schon im zarten Knabenalter hatte Sykrosius unmißverständlich zu erkennen gegeben, daß er kein schüchternes, geduldiges, im Umgang mit seinen Mitmenschen zartbesaitetes Wesen war. Sein Mut und seine Unerschrockenheit sowie sein ganzes Naturell kannten weder Zagen noch Zweifel, weder Feigheit noch Nachsicht oder gar Mitleid. Er sprach die Worte, die nötig waren, um kundzutun, was er wollte; was andere sagten, kümmerte ihn nicht, es sei denn, es ging um ihn selbst oder sein Pferd. Er verschwendete keinen Gedanken an Dinge, die nichts mit Krieg, mit Kämpfen oder Raufen zu tun hatten, mied jedes Geschwätz, das nicht seine Belange betraf. Wenn er nicht raufte, vertrieb er sich die Zeit mit der Pflege und dem Ausbessern von Waffen und Reitzeug, mit Jagen, Kampfertüchtigung und persönlichen Annehmlichkeiten, welche letztere weder besonders ausgefallen noch – um ehrlich zu sein – im mindesten anspruchsvoll waren.

Er hatte ein lärmendes Wesen, und mit seinem Lachen war er sehr viel freigebiger als mit zusammenhängenden Sätzen. Mit seinem Gelächter, so hieß es, könne er einen Felsen in seinen Grundfesten erschüttern; und obwohl er es für durchaus wahrscheinlich hielt, daß der Teufel eines Tages seine Seele holte, hatte er von dieser eine so unklare und kurzgreifende Vorstellung – in seinem tiefsten Innern zweifelte er, so ein Ding überhaupt zu besitzen –, daß er sich kaum oder besser gesagt gar nicht darum kümmerte. Er liebte das Leben – seines, versteht sich – und versuchte, alles an Saft und Substanz herauszuquetschen, was es hergab. Auf seine Weise gelang ihm dies auch.

Eines Tages jedoch lernte Sykrosius das Grauen kennen. Das Grauen kam aus einer Erinnerung und endete in einer Prophezeiung. Die Erinnerung überfiel ihn immer häufiger, stets unerwartet und vergällte ihm ein gut Teil seines Lebens. Die Prophezeiung, die sehr viel später eintraf, zerstörte es.

Begonnen hatte alles an einem Morgen im noch jungen Frühling am Ufer des Flusses Oser.

Im Winter hatte Sykrosius das neunzehnte Lebensjahr vollendet. Er wußte – konnte sich jedoch nie daran erinnern, an welchem Tag oder unter welchen Umständen –, daß er an jenem Morgen zur Jagd aufgebrochen war, daß er müde geworden war und sich ins sprießende Grün gelegt hatte, an dem Hang oberhalb des Flusses. Man sah noch Schneeflecken und ungetautes Eis in den schattigen Senken auf der anderen Seite des Stroms, wo gleich hinter dem Uferdickicht der große Wald begann.

Der Ursprung des Flusses war den Leuten aus der Gegend stets rätselhaft geblieben. Seine Quelle entsprang im unzugänglichen Norden des Waldes, dort, wohin noch kein Mensch vorgedrungen war. Allein vom Klang des Namens Oser – die Menschen wußten nicht, wie er zu ihnen gekommen war – erschauerten sie wie bei den Worten eines verbotenen Buches oder beim Gedanken an eine unheimliche Begegnung, der allein sie schon verstörte.

Plötzlich lief ein kaum wahrnehmbares Beben durch das Unterholz; etwas – kein Windhauch, nicht der Tritt eines Menschen oder Tiers, weder Flügelschlag noch irgend etwas, das dem Jägergehör des jungen Sykrosius bekannt vorkam. Ohne Grund – das sagte ihm sein Instinkt – flatterte ein Raubvogel auf. Und wenig später sah er ihn nicht weit von sich auf die Erde fallen, als hätte ein Pfeil ihn vom Himmel geholt. Doch es gab kein Blut, weder in seinem Gefieder noch im Geruch des Morgens. Ein unerklärlicher Tod. Ein Vogel fiel vom Himmel, ohne Wunden, doch mit allen Anzeichen des Grauens, dieser unsichtbaren Waffe. Sykrosius beobachtete sein letztes Flattern am Boden, sah den Körper zucken, erschlaffen und schließlich leblos daliegen.

Sykrosius bewegte sich keinen Fingerbreit zu ihm hin. Ein Lichtblitz war niedergefahren und hatte den Glanz der eben aufgegangenen Sonne durchstoßen, die jetzt wie etwas Flüssiges am Horizont zu zerlaufen schien. Wieder spürte er die Erde unter seinem Körper erzittern, ein flüchtiges Vibrieren nur. Wer die rauhe, die zarte Natur nicht kannte, wie er sie kannte, hätte es kaum gefühlt. Es glich einem dumpfen Donner, nur ohne Ton; fernem Trommelwirbel, aber stumm.

Sykrosius fühlte seinen Körper in Schweiß ertrinken, obwohl die Sommerhitze noch gar nicht bis in jenen Landstrich vorgedrungen war. Wie er schon oft bei Schlangen und Salamandern beobachtet hatte, wand er sich nun selbst durch das Unterholz bis zu einer Stelle, wo das Gebüsch am dichtesten war, und preßte den Wurfspeer fest an seine Seite. Dann hörte er voller Bestürzung den Hufschlag seines Pferdes, das ganz in der Nähe gegrast hatte und jetzt wie von Sinnen davongaloppierte. Sein Wiehern zerriß den Himmel wie ein Hieb mit der Sense des Todes, und Sykrosius roch den Tod. Er roch ihn deutlich und unverwechselbar; er kannte diesen Geruch.

Er mußte große Kraft aufwenden, um dem Gewicht seiner Augenlider, die mit einemmal schwer und immer schwerer wurden, nicht einfach nachzugeben. Gewöhnlich bereitete es ihm keine Mühe, alle Sinne geschärft zu halten und wachsam auf der Lauer zu liegen; doch in diesem Augenblick bemächtigten sich seiner eine lastende Schwere, ein peinigendes Gefühl von Vergeblichkeit. Und nur das Befremden, welches dies in ihm hervorrief, verhinderte sein Abgleiten in den Bereich völliger Finsternis, die sich vor ihm auftat. Er glaubte, sein Herz gegen die Erde hämmern zu hören. Aber warum? Vor wem? Was ist so bedrohlich da draußen … auf dem Fluß?

Angst war für Sykrosius eine vollkommen neue, bittere Erfahrung. Witterte er bei anderen Gelegenheiten eine Gefahr, hüpfte sein Herz jedesmal vor Lust in Erwartung des Kampfes, des Tötens. Etwas anderes aber war dieses unbändige Klopfen, das sein Innerstes erschütterte und das – er wollte es nicht glauben – der Angst so ähnlich war. In den verwegensten Kämpfen seines Lebens hatte er nie den geringsten Gedanken ans Sterben verschwendet, doch in diesem Augenblick streifte ihn der Tod; ihn ganz allein. Und er fühlte nicht nur Angst, sondern etwas viel Schlimmeres: einen feuchten Schweiß, eine klebrige Kälte; die Gewißheit, eigentlich schon tot zu sein.

Dann drang leises rhythmisches Schlagen an sein Ohr. Es hörte sich an wie ein einziges, setzte sich jedoch aus vielen gleichzeitig zusammen: eines in unzähligen – wie zeitgleich rauschende Schwingen oder mit Präzision geschlagene Pauken. Es kam von dort unten und stieß gegen das Wasser. In der Gegend gab es eigentlich nur die Kähne der Fischer, welche am Seeufer hausten. »Es sind Ruder. Ruder, die auf das Wasser schlagen. Sie kommen von Norden …«

In diesem Moment war sein Grauen so unverhüllt, wie es die Mattigkeit seiner Glieder war und die Neigung seiner Augenlider, gänzlich zuzufallen. Gelähmt, hilflos am Boden liegend wie ein vom Baum gefallenes Blatt, dachte er: Wenn der Wind nur etwas auffrischt, weht er mich davon. Und dann, zum ersten und zum einzigen Mal in seinem Leben, sah er sie. Er sollte sie nie mehr vergessen.

Ein salziger Geschmack breitete sich in seinem Gaumen und

auf seiner Zunge aus, und deutlich stand ihm das Bild eines eisigen grauen Meeres vor Augen, heraufgestiegen aus dem Nebel, der seine Sinne umgab. Im fernsten Winkel seiner Erinnerung verbarg sich jenes eisige, graue uferlose Meer, das nun an ihn heranbrandete, ihn mit dem grausam lärmenden Kreischen der Möwen mißhandelte. Im letzten Hirnlappen seines Gedächtnisses, und bevor es endgültig daraus hinweggeschwemmt wurde, erkannte er es wieder.

Danach schob sich aus der grünschwarzen Welt des Flusses der gewaltige, hoch aufragende Kopf des Drachen heran; langsam und unaufhaltsam wie ein Alptraum. Zornig, unerbittlich, schuppenbedeckt; seine goldglühenden Augen zerschnitten sogar die Strahlen der Sonne. Ein Anblick, wunderschön und entsetzlich zugleich, der näher kam und vor ihm in die Höhe wuchs. Der Drache brach durch das Uferdickicht und reckte den Hals wie ein Schrei.

Sykrosius fand gerade noch Kraft, sich mit beiden Händen im Gras festzukrallen, die Finger in den sandigen Boden des Abhangs zu schlagen und jenes Ungeheuer als den Drachen seiner ältesten Träume zu erkennen; den Drachen, der in den grauen Augen seines Vaters aufblitzte oder sich manchmal am Grund seines Bierkruges wand. Es war sein alter, gehaßter, geliebter, bekannter, fremder, ersehnter, gefürchteter, wildwütiger Drache, der ihn zum ersten Mal in das saugende, scheußliche Bewußtsein des Grauens hinabzog.

Dann kamen sie.

Seit jenem Tag wurde Sykrosius, anfangs ohne erkennbaren Grund und auf unerwartetste Weise, zwischen Krügen schäumenden Bieres und in vergnüglichster Gesellschaft, von der Erinnerung an jenes Bild heimgesucht. Wie vom höchsten Himmel gefallen – getreuliches Abbild des auf so rätselhafte Weise getroffenen Vogels –, schlug sie dann gegen sein Herz, erwachte dort zu neuem Leben, schwang sich auf, wiedergeboren als aasfressender Vogel. Wenn das geschah, wand Sykrosius sich am Boden, von Zuckungen geschüttelt und so bleich, als wäre der letzte Tropfen Blut aus ihm entwichen.

Es war nicht ratsam, sich in seiner Nähe aufzuhalten, wenn er wieder zu sich kam. Gewalttätig und rücksichtslos war er ohnehin, aber das Grauen trieb ihn in eine nicht zu überbietende, beinahe bestialische Brutalität. Seine von Natur aus niedrige Stirn zog sich zusammen, bildete eine immer tiefere Furche, bis Brauen und Haare ein einziges rötlich schwarzes Borstenfeld bildeten; die hervorquellenden Augen rundeten sich zu einem stieren Blick von solcher Grausamkeit, daß nur wenige ihm standhielten, ohne in ihrem Innersten erschüttert zu werden. Wortkarg war er schon immer gewesen, und so verwunderte es nicht, daß er seine Worte zunehmend durch ein mehr oder minder beredtes Grunzen ersetzte. Befremdlich hingegen und ernste Besorgnis bei jenen auslösend, die jeden Tag um ihn waren, erschien das langsame, doch unabweisliche Schwinden seines Lachens.

Wenn die Erinnerung ihn unter Zuckungen zu Boden warf, dachte er oft daran, daß er auf ähnliche Weise nur ein einziges Mal gezittert hatte, als er einst mordlüsternen Verfolgern entfloh und Zuflucht in einer Höhle suchte, die außer ihm keiner kannte. Aber auch der ganze Winter schien sich dorthin geflüchtet zu haben; und wenn die Höhle ihn vor dem Tod bewahrte, der draußen auf ihn lauerte, so hätte er selbigen doch fast drinnen gefunden, nämlich vor Kälte. Damals hatte Sykrosius einmal mehr bewiesen, daß er auf natürlichem Wege nicht so leicht umzubringen war.

Leider aber trug ihm die Erinnerung auch das verfluchte Bild seiner selbst an einem Frühlingsmorgen am Ufer des Oser zu, und das richtete ihn zugrunde. Sein ganzes Sein tauchte dann wieder ein in jene Blindheit, in das absolute Unverständnis dessen, was ihm dort zugestoßen war, bis er nach und nach zu einem Schatten seiner selbst wurde oder zu dem, was er einmal gewesen zu sein glaubte. Denn jener Morgen sowie das, was da mit ihm geschehen war, hatte ihm die Erkenntnis gebracht, daß etwas in ihm wohnte – oder in der Welt zu Hause war, die für ihn bis dahin einfach nur rund gewesen war –, über dessen Natur er sich keine Klarheit verschaffen konnte. »Eine sonderbare Geschichte«, murmelte er dann dumpf vor sich hin, »seltsam, seltsam …« Kam er wieder zu sich, verflog der Schrecken und zerstob, nur einen Hauch von Angst zurücklassend, einen erbärmlichen Auswurf in der sandigen Erde des Hanges, der zum Fluß hinunterführte.

Und dennoch; trotz seines Mutes, seiner Kraft und seines hochfahrenden Wesens, trotz dieses Grauens sogar war Sykrosius kein außergewöhnlicher Mann. Verglichen mit den meisten Baronen, Grafen und Markgrafen, die jahrelang um das weite Grenzland stritten, in dem er das Licht der Welt erblickt hatte, war Sykrosius eher ein ganz gewöhnlicher Mensch.

2

Graf Olar hingegen – der Vater von Sykrosius und fünf weiteren Söhnen – war kein gewöhnlicher Mann. Vielmehr hatte der König ihn für treue Dienste mit dem größten und am wenigsten trostlosen Landstrich in jener Grenzregion belohnt, und dort ließ sich Graf Olar eines denkwürdigen Tages vor vielen, vielen Jahren nieder und errichtete den ungefügen Holzturm, aus dem später eine ganze Burg und noch viel später der Mittelpunkt eines richtigen Königreiches werden sollte.

Aus alldem wäre jedoch nie etwas geworden, hätte Graf Olar das klimatisch ungesunde und wenig verlockende Lehen für die großen Opfer, die er seinem König gebracht hatte – darunter ein Stück seines rechten Beins und einen halben Kieferknochen –, nicht auch tatsächlich in Besitz genommen. Zu seinen Lebzeiten wurde der Turm zweimal in Brand gesetzt und einmal fast dem Erdboden gleichgemacht. Aber dafür wurde er zu seinen Lebzeiten auch jedesmal wieder aufgebaut und erhob sich stolz auf jenem Vorgebirge, das im Frühling ergrünte wie nichts sonst weit und breit. Dort stand er, den Winden trotzend, über den

Ufern des Oser, und von seinen Zinnen aus konnte man fast vollständig jenes Gebiet überblicken, das – auf eine ebenso ungenaue wie verbissen behauptete Weise – aufgeteilt war unter einer vielköpfigen Gesellschaft miteinander zerstrittener kleiner Barone sowie einem gefürchteten Markgrafen, dem grausamen Tersgarinus, von dem wenig beruhigende Legenden und ausgesprochen beunruhigende Tatsachen berichtet wurden. Tersgarinus hatte gegen den König rebelliert; und die Anwesenheit des für seine Vasallentreue zum König bekannten Grafen Olar auf dem eigens für ihn geschaffenen Lehen war durchaus kein Zufall. Man könnte sagen, die Feindschaft zwischen Tersgarinus und Olar hatte schon begonnen, bevor der Graf seinen Fuß in jenes Land setzte.

Auch die übrigen kleinen Feudalherren und Barone, von denen es in der Gegend wimmelte, taten sich nicht gerade durch ihre Freundschaft zu dem Eindringling und Schützling des Königs hervor, den sie haßten und von dem sie sich kaum verhohlen oder ganz unverhohlen unabhängig zu machen suchten. Ihren Truppen jedoch – ausgehobenen Bauernburschen, träge und furchtsam – war jeder Kampfgeist fremd. Auch das Land gab nicht genug her, um einen der Herren reich zu machen; und so verfügten sie eigentlich über nichts anderes als ihre Tücke und Grausamkeit und ihren sinnlos vergeudeten Mut. Der Tod war so alltäglich in jenen Landen, daß man sich fast an ihn gewöhnt hatte wie an einen alten Bekannten, den niemand fürchtete. »Die Leute gewöhnen sich an alles, man braucht nur ein wenig Geduld«, pflegte der Graf seinen Söhnen und seinen Untergebenen zu sagen, denn immerhin hatten sich Edelleute und Vasallen auch an ihn gewöhnt. Mit Ausnahme allerdings von Tersgarinus.

Olars neuer Besitz in jenem entlegenen und fast vergessenen Land an der Ostgrenze des Reiches war ihm nach der Enteignung und Verurteilung von fünf überaus rebellischen und kriegslüsternen Landjunkern zuerkannt worden, die des Widerstandes gegen die Krone, der Wegelagerei und einer langen Liste weiterer Vergehen angeklagt und hingerichtet worden waren.

Immerhin handelte es sich um einen Landstrich, der einen annehmbaren und vor allem regelmäßigen Ertrag abwarf und dazu noch über den größten der insgesamt zweiunddreißig Seen der Gemarkung verfügte, von denen mancher so klein war, daß er den Namen nicht verdiente, und andere so seicht, daß sie von den Leuten zu Recht als Sümpfe bezeichnet wurden. Dies und die Tatsache, daß drei Flüsse und der eine oder andere Bach durch das Land flossen, ermöglichten ein bescheidenes Maß an Fischerei und sorgten für fruchtbare Böden. Darüberhinaus gehörten ihm einige Marktflecken, Leibeigene und Vasallen, die seiner Obhut anbefohlen waren.

Im Norden erstreckten sich die großen Wälder mit ihrem reichen Wildbestand, im Westen die hohe Tundra, durch die der Weg zum König führte und wo sich Klostermauern auf dem kleinen Besitztum des Abtes von Abundios erhoben, den der Monarch – und folglich auch Graf Olar – liebte und verehrte. Im Osten bildete die Steppe eine natürliche Grenze, unterbrochen nur von Tersgarinus' geheimnisvollem Reich, auch Schluchtenland genannt, in dem es reiche Edelsteinvorkommen geben sollte. Im Süden schließlich stritt eine Handvoll Barone um den Grenzverlauf der Grafschaft, und die hohen Gipfel des Lysiasgebirges bildeten ihren natürlichen Abschluß im Südosten.

Zwischen diesen Bergen und den Ländern des Grafen lag etwas östlich ein kleines Land, das dem Stamm der Weringer gehörte und von einem Häuptling namens Wersko regiert wurde. Die Weringer bildeten einen eigenen Volksstamm und sprachen eine andere Sprache. Die Bauern erzählten sich, in früheren Zeiten einmal hätten die Weringer ihr Land den Stämmen der Steppe abgetrotzt. Das jedoch schien dem Grafen wenig glaubwürdig; denn wenn die Vorfahren Werskos so gewesen waren wie dieser selbst, konnte die Geschichte gar nicht wahr sein. Wie dem Grafen nämlich zu Ohren gekommen war, neigte Wersko zur Trägheit und zu einem beschaulichen Leben, welches zu führen ihm aufgrund seines Handels mit den Ländern des Südens und dem natürlichen Reichtum seiner Böden nicht schwerfiel. Außerdem genoß er einen rätselhaften Schutz, den sich niemand recht erklären konnte, denn er wurde weder von sarazenischen Piraten, die manchmal die südlichen Gestade heimsuchten, noch von den Steppenreitern belästigt – was übrigens auch auf Tersgarinus zutraf. Graf Olar hielt jedenfalls vorsichtigen Abstand zu Wersko, obwohl dieser als leichte Beute gegolten hätte, wäre es zu einem Krieg und einer Besetzung des Landes gekommen, selbst wenn diese mit noch weniger Waffengeklirr vonstatten gegangen wäre als seine eigene. Die Beziehungen zwischen Graf Olar und dem Land der Weringer – von dem ihn auf der anderen Seite ein merkwürdiger Korridor trennte, der Niemandsgang genannt und zu beiden Seiten von verfallenen Befestigungsanlagen gesäumt wurde – stellten also die seelenloseste aller Nachbarschaften dar. Oder anders gesagt: Beide nahmen sich einfach nicht zur Kenntnis. Der Graf hatte auch ohne Häuptling Wersko genug damit zu tun, sich den Rest seiner zahlreichen und keineswegs unausgeschlafenen Nachbarn vom Leib zu halten.

Trotz allem kannte Graf Olar – von dem Tag, an dem er zum ersten Mal sein Fuß in das Land setzte, bis zu seinem letzten, an dem der Tod ihn daraus entführte – niemals Frieden. Im Osten, wo die sanften Hänge fette Wiesen trugen, auf denen hoch das Gras stand, war nicht einmal genügend Weidegrund für das wenige Vieh, das der Graf besaß, denn die größte Bedrohung kam immer aus dieser Richtung. Von Anbeginn an und solange er lebte, mußte sich Graf Olar nicht nur mit seinen Nachbarn herumschlagen, sondern vor allem mit den gefürchteten Steppenreitern, die für die Bauern, Leibeigenen und Vasallen in jener Gegend als die leibhaftigen Heerscharen der Hölle galten. Die regelmäßigen Überfälle dieser wilden Reiterhorden brachten Tod, Plünderung und Entsetzen in das Land von Olar. So starben die saftigen Weiden allmählich ab, das Gras wuchs und verdorrte sogleich wieder, und die Grenzen der Grafschaft wichen von Tag zu Tag vor der Steppe und dem Fluch ihrer grausamen Krieger zurück. Rätselhafte Reiter, die auftauchten und wieder verschwanden. Sie wollten weder Land noch Herrschaft; sie brandschatzten nur, raubten und mordeten. Kirchen und Kapellen wurden geplündert, goldene Kelche gestohlen; was sich ihnen in den Weg stellte, wurde niedergemacht, Gehöfte, Siedlungen und Dörfer zerstört. Wohin sie kamen, erstarb alles Leben, ausgelöscht für lange Zeit.

Im Land des Grafen Olar wurde der Frieden zu einer Legende aus früheren Tagen, zu einer Sage, von der die Alten berichteten. Für die Menschen dieses Landes war die Welt zu einer Schlangengrube geworden, der es zu entkommen galt; und wenn schon nicht mit heiler Haut, so doch wenigstens lebendig genug, um selbst den Tod zu säen, damit er als Schutzwall die Außenwelt von ihnen fernhielt. Denn jeder Mensch außerhalb ihrer Grenzen wurde früher oder später zum Feind.

Es gab also keinen anderen Frieden als in den finsteren feuchten Wänden jenes ungeschlachten hölzernen Turms, den Leibeigene und Sklaven unter dem wenig einladenden Schnalzen der gräflichen Peitsche insgesamt dreimal wieder aufbauten. Der Herr von Olar und auch seine Söhne legten die Schwerter ab, um eigenhändig Baumstämme heranzukarren und die Axt zu schwingen, wenn die Not es gebot. Die Peitsche hing stets am Gürtel des Grafen, von ihr trennte er sich so wenig wie von seinem Schwert. Doch die Peitsche war für seine Leute – und das Schwert für seine Feinde. So trennte Graf Olar zwischen Wohl und Wehe.

Zeit verging, viel Zeit verging. Zeit, die sich in der Zeit verlor, seit jenem Tag, da der Graf aus der hohen Tundra kam, auf dem Weg, der nach Westen führt, um sein neues Reich – Belohnung des Königs – in Besitz zu nehmen. Außer ihm selbst erinnerte sich niemand mehr jener fernen Tage, als der König ihm vor jedem anderen sein Vertrauen schenkte. Das war, als der König noch nicht jener Krankheit anheimgefallen war, die ihn zu einem Schatten seiner selbst machen sollte. Dem Grafen Olar konnten solche Dinge natürlich nicht widerfahren: Er war der ewige Draufgänger, der seine ersten Schlachten schlug, seine Grenzen befriedete und sich in seinem neuen Land einrichtete.

Er sah sein Haar nicht ergrauen, sein Gesicht nicht faltig werden und sein gekerbtes Kinn nicht zittern, wenn sein Blick nach Westen ging. »Mit etwas Geduld«, sagte er nach wie vor, »gewöhnen sich die Leute an alles.«

Tersgarinus indessen wurde ihm zur fixen Idee: »Wenn ich Tersgarinus besiege, macht mich der König zum Markgrafen über das ganze Land und unterstellt mir alle Grafen und Barone, die ich noch am Leben gelassen habe.« Dieses Versprechen – vielleicht wahr, vielleicht ausgedacht – war die Hoffnung, die der Graf auch seinen Söhnen einbläute. Sie glaubten ihm blind und legten ihre ganze Kühnheit in diese Hoffnung. Tersgarinus aber – mitsamt seinen tatsächlichen oder ihm angedichteten Schätzen aus Gold und Edelstein – blieb in seinem unangreifbaren Schluchtenland unsichtbar und unerreichbar. Angesichts seiner teuflischen Abmachungen mit den Steppenreitern knirschten die anderen mit den Zähnen. »Tribut wird er ihnen zahlen, damit sie ihn in Frieden lassen«, knurrte Olar.

Tatsache war allerdings, daß die Rückseite des Schluchtenlandes – seine einzige verwundbare Stelle – sich zur Steppe hin öffnete, aber die Reiterhorden noch nie in das Land eingedrungen waren. Sofern es dort zu Verwüstungen kam, pflegte Tersgarinus sie selbst anzurichten. Im Schluchtenland gab es nur eine Art der Bestrafung; und die bestand darin, daß jeder Missetäter von schweren Ackergäulen gevierteilt wurde. Die Bergarbeiter des Schluchtenlandes waren allesamt Sklaven, und wenn sie zu alt geworden waren, wurden sie auf die beschriebene Art und Weise ums Leben gebracht. Die Angst vor Tersgarinus war ein ebenso wirksamer Schutz gegen Gefahr von außen wie die berüchtigten Felsenklippen seiner Schluchten. Jahr für Jahr, Schlacht für Schlacht, Mann für Mann verlor Graf Olar unweigerlich jedes Vorhaben gegen Tersgarinus. Doch seinen Haß, seine rasende Wut, seinen blinden Vernichtungswillen bewahrte er bis zum letzten Atemzug. Vielleicht erging es Tersgarinus gar nicht anders, doch davon wurde nie etwas bekannt.

Auf dem Höhenweg der Tundra, der inzwischen fast vollständig vom Dickicht überwachsen war, blies der Wind nur manchmal noch aschgrauen Staub über das Land. Das Durchkommen in dieser Gegend wurde immer schwieriger. Zwar herrschte ein König – offiziell zumindest – über das Reich, doch mit Ausnahme von Graf Olar hatte ihn kein Mensch je zu Gesicht bekommen; und er, der einzige, der ihn kannte, verherrlichte inzwischen einen Mann, den es in Wirklichkeit gar nicht mehr gab. Der Graf wußte es nicht, aber der König war kaum noch mehr als ein Schatten dessen, der er wirklich einmal gewesen war.

Und so kam es, daß der Abt von Abundios ihn eines Tages rufen ließ, ihm von der Krankheit berichtete, die den Monarchen verzehrte, und ihm ein versiegeltes Pergament übergab. Beide Dinge verstörten den Grafen Olar so sehr, daß man einen Tag und eine Nacht unter dem sommerlichen Vollmond seine Peitsche am Ufer des Oser knallen hörte.

Sykrosius lag wach in jener Nacht. Sein Jägerinstinkt sagte ihm, daß Beute nahte, obwohl er nicht hinreichend Witterung aufnehmen konnte, um zu sagen, welche Beute es war. Er spitzte jedoch die Ohren und hielt die Augen offen. Er war zwölf Jahre alt, doch schon so groß wie sein Vater und stärker als dieser. Seit dem Vortag wußte er, daß der König im Sterben lag. Das war alles, was er wußte, doch sein stets wacher Instinkt riet ihm, nicht zu schlafen.

Kurze Zeit später traf der Bastard-Prinz, Bruder des Königs, in dem vergessenen, ungesunden Grenzland ein. Der Prinz war ein freundlicher, gebildeter, herzlicher und sehr überraschender Mann. Ein wahrer Heerhaufen zog ihm voraus und bahnte einen Weg durch das Gestrüpp der hohen Tundra. Sykrosius und sein Vater erwarteten den Prinzen neben ihren Pferden stehend, hinter sich einen kläglichen, halb verhungerten Trupp zwangsverpflichteter Bauernburschen und abgerissener Vasallen.

Im Angesicht des Bastard-Prinzen kam Sykrosius sich mit einem Mal erbärmlich vor: arm, plump, ohne Soldaten, ausgenutzt. Er empfand einen überwältigenden Haß auf den König; den Prinzen beneidete er schlicht. Beide Gefühle hielten jedoch nicht lange an, und er vergaß das eine wie das andere ganz schnell. Er versuchte seine Gedanken zu sammeln, um herauszufinden, was den hohen Herrn zu ihnen geführt hatte und was dieser von seinem vergreisten Vater erwartete – so nahm er plötzlich den Grafen wahr, den er bisher vorbehaltlos bewundert hatte.

»Der König ist weit«, sagte Sykrosius langsam, wie einer, der sich selbst ein wohlgehütetes Geheimnis anvertraut. »Die hohe Tundra, die uns vom Westen *trennt«* – zum ersten Mal plapperte er nicht brav das väterliche Wort *herführt* nach –, »hat ihn nie gesehen und wird ihn auch niemals sehen.« Der König hatte das Markgrafentum versprochen, die Unterwerfung der ewig zerstrittenen Landjunker, Barone und Grafen, die er zu Vasallen machen wollte, den absoluten Besitz über das Land als vererbbares Lehen ... Aber wie lange hörte sich Sykrosius das schon an? Seit er Ohren hatte zu hören. Die Jahre waren ins Land gegangen, und kein Mensch hatte je das geringste vom König gehört. Sie wußten nicht einmal, daß er starb; daß sein Fleisch zerfiel und der Knochen seines Totenschädels – ein Schädel wie jeder andere – unter der Krone aus Gold und Saphiren zum Vorschein kamen.

Sykrosius' Hand umklammerte den Dolch, der Knauf drückte sich in die Handfläche, und sein Abdruck war am anderen Morgen noch zu sehen. Barone befrieden, Tersgarinus unterwerfen? Wer würde jemals Ungeziefer befrieden oder in undurchdringlichen Wäldern heulende Wölfe, oder die Raubvögel am Himmel; die Wasser des Oser, die die Schneeschmelze jedes Frühjahr über die Ufer treibt? Wer hält den rasenden Galopp des Wildpferds auf, das in die hohe Tundra flieht? Wer unterwirft die Zeit und den Sturm und die plötzlichen Wellen, die auf so rätselhafte Weise den See der Vermißten erschüttern? Sykrosius lächelte in den heraufdämmernden Morgen und lauschte dem Zwitschern der ersten Drosseln mit der Freude über eine soeben herausgefundene Wahrheit. Seine Wahrheit; nicht die Wahrheit der anderen. Und er dachte, die Drosseln könnten – vielleicht – seine Freunde sein. Auf jeden Fall waren sie – für welch kurze Zeit auch immer – die einzigen Freunde, die er im Leben besaß.

3 Immer noch zogen die Winter und der Schnee über den stillen, unbewegten Festungsturm hinweg, ließ das Tauwetter jährlich neues Grün ersprießen. Zeit um Zeit verging, und der Turm wuchs hier ein Stück, umschloß dort ein Gehöft, und ein kleiner Baron wurde endgültig unterworfen. Sykrosius' neues Leben nahm nach und nach dieselbe alte Farbe an wie das seines Vaters. Er vergaß jene Morgendämmerung, jene Nacht, in der er das Knallen der Peitsche am Ufer des Oser vernahm, das Zwitschern der Drosseln, seiner nichtvorhandenen Freunde. Jedenfalls hatte es den Anschein, als vergäße er es.

Graf Olar war jetzt ein alter Mann; aber er war zu keiner Zeit ein alter Mann wie andere alte Männer. Sykrosius begriff das schließlich und stellte ihn wieder auf den Sockel; und dort beließ er ihn bis zu dem Tag, da sein Vater starb.

Und es begab sich, daß der Abt von Abundios dem Grafen noch einmal ein Pergament mit einem Siegel überbrachte, das Sykrosius wiedererkannte. Es war dasselbe Wappen, welches, eingraviert in einen goldenen Ring, der Bastard-Prinz am Finger getragen hatte.

Graf Olar war ein verschlossener Mann, der für jede Art von Herzlichkeit wenig übrig hatte und dessen einzige wahrnehmbare Gefühlsäußerung das Knallen seiner Peitsche war. Er hatte jedoch eine absonderliche Angewohnheit: In den seltenen Fällen, da ein intensives Behagen die dicken Mauern seiner Beherrschung durchbrach, pflegte er sich die Fäuste mit solcher Gewalt an den Kopf zu schlagen, daß, wäre es nicht sein eigener gewesen, jeder geglaubt hätte, er wolle ihn zertrümmern. An jenem Tag also versetzte er sich eine ganze Reihe solcher Fausthiebe, die manch jüngeren und scheinbar robusteren Kopf in Knochenbrei verwandelt hätten. Danach trank er, trank reichlich, noch mehr als gewöhnlich, darin war er nie maßvoll gewesen. Er tat es im Kreise seiner Ritter und Vasallen und des Erstgeborenen Sykrosius, den er kurz zuvor zum Ritter geschlagen hatte. Dann brach er nach Westen auf, mit großer Eskorte, die er so gut ausgerüstet hatte, wie es ihm eben möglich war.

Sykrosius begleitete ihn bis an den Rand der Tundra. Wie am Boden festgenagelt, mit hochgerecktem Kopf und bangen Augen sah er seinen Vater davonreiten, schaute ihm nach, bis der letzte seiner Mannen den Blicken entschwand. Da erhob sich ein furchtbarer Sturm und warf jenen rätselhaften grauen Staub über ihn, und als er ihn sich von Kleidung und Reitgeschirr klopfte, hatte er das Gefühl, unter einem Aschenregen begraben zu werden. Er wendete sein Pferd und galoppierte zurück, ritt den ganzen Tag, im Mund einen schalen Geschmack. Am Abend trank auch er viele Krüge Bier, weil ihm die Asche am Gaumen klebte und sich nicht so leicht wegspülen ließ. Trotzdem war er von einer tiefen Freude erfüllt, und sein Lachen rollte wie Donner an den Ufern des Oser entlang, und jeder, der es hörte, erzitterte.

Vielleicht verging viel Zeit. Vielleicht vergingen Jahre. Doch eines Tages kehrte der Graf auf dem Weg durch die Tundra zurück. Bis dahin hatten Sykrosius und seine Brüder die Angriffe von außen allein zurückgeschlagen, und als sie das finstere Gesicht und die grauen Augen ihres Vaters wiedersahen, wußte der Erstgeborene, daß endlich eine einträgliche, wenn auch für ihn sehr harte Zeit anbräche. Er hatte zwar die kriegerischen Gelüste seiner Nachbarn nicht eindämmen und auch Tersgarinus nicht unterwerfen können, aber er hatte auch keine Handbreit Boden verloren. Zu den Weinstöcken hinter dem Turm war nicht eine Rebe dazugekommen, aber der Graf mußte auch keine einzige vermissen. Womöglich übertraf dieser Stand der Dinge seine höchsten Erwartungen bei weitem, und vielleicht war dies der Grund dafür, daß er zum ersten und einzigen Mal in seinem Leben die Hände auf Sykrosius' Schultern legte, ihn mit seinen grauen Augen fest anschaute und ihn dann an sich drückte und die Arme um ihn schlang.

Sykrosius aber, obwohl er das ganze Ausmaß dieser Geste durchaus zu würdigen wußte, war viel zu neugierig und auch zu argwöhnisch, um die Wonnen dieses fast schmerzhaften Ausbruchs väterlicher Liebe genießen zu können. Denn früher als jeder andere hatte sein Späherauge in der vielköpfigen, wohlgenährten und wohlgekleideten und noch besser bewaffneten väterlichen Eskorte (eine Seltenheit in jenen Gegenden, wo man zerlumpte, mit Mistgabeln, Sicheln und schartigen Messern bewaffnete Trupps zwangsrekrutierter Drückeberger nur mit Peitschenhieben und blanker Unterdrückung gegen den Feind zu treiben vermochte) einen schmächtigen und verzagten Jungen entdeckt, der, so sein erster Gedanke, »wie eine Hofdame gekleidet war«. Außer Frage stand natürlich, daß Sykrosius' Vorstellung davon, wie eine Dame – eine Hofdame zumal – gekleidet sein mochte, als solideste Vermutungsbasis das pure Nichts genügen mußte. Um sein Mißtrauen auf die Spitze zu treiben, wachte der Graf – wie jemand einen wertvollen Schatz, oder mehr noch, den Quell seines Lebens behütet – persönlich über diesen Bengel, der nach Ansicht seines Erstgeborenen keine halbe Backpfeife überleben würde.

Sykrosius hatte zwar keine Ahnung, wie sich die Welt jenseits des trostlosen Landes drehte, in dem er geboren war, und seine Phantasie hätte selbst in ausschweifendster Hemmungslosigkeit kein üppigeres Bild zustande gebracht, als das eines mit Kirschen gespickten und in Bier gedünsteten Spanferkels; aber er war nicht dumm, und wenn doch, war er als Jäger jedenfalls an mißtrauische Wachsamkeit gewöhnt. Und so brauchte er sich nicht allzulange das Gehirn zu zermartern, um zu dem Schluß zu kommen, daß der – so sein Urteil – kleine Kasper kein anderer sein konnte als der einzige Sohn und Nachfolger des Königs. Um zu dieser letzten Gewißheit zu gelangen, schoben sich Sykrosius' Brauen zusammen, bogen sich, bis sie ihm aus dem Gesicht zu springen drohten vor lauter Anstrengung, dieser Gewißheit auch einen Sinn abzuringen: Wozu und warum brachte sein Vater den Thronfolger her?

Kaum waren sie allein, konnte er seine Neugier nicht mehr bezähmen. Ohne Umschweife – das mochte sein Vater an ihm – wiederholte er laut die Frage, die ihm keine Ruhe ließ.

»Um auf ihn aufzupassen und für seine Erziehung zu sorgen«,

antwortete Graf Olar mit vor Stolz berstender Stimme, in der auch ein Funke von verschwörerischer List aufblitzte. »Um ihn in der Jagd und in der Kunst der Waffen zu unterrichten.«

Es war das erste Mal, daß Sykrosius seinen Vater dies kollektive Hauen und Stechen, mit dem sie übereinander herfielen, um verzweifelt eine Handbreit Land zu verteidigen, *Kunst* nennen hörte. Das allein hätte schon gereicht, sein Fragen zu beenden, doch der Graf fuhr fort: »Und was die geistigen Kenntnisse angeht, das übrige eben« – und als er *das übrige* sagte, verwarfen sich seine Lippen in einem Anflug von Verachtung –, »dafür ist der Abt von Abundios zuständig. Das geht uns nichts an.«

Dann schaute der Graf in die Richtung der fernen Tundra und sagte leise:

»Der König liegt im Sterben, mein Sohn. Aber sein Herz hängt an mir. Wir haben bei uns den Beweis seiner Zuneigung und seines Vertrauens. Ich bin der einzige, auf den er sich wirklich verläßt.«

Abgesehen von der Sprachlosigkeit, die solcherart Erklärungen bei ihm auslösten, hatte Sykrosius eines von seinem Vater gelernt, und zwar schon sehr früh: genau den richtigen Zeitpunkt zu erkennen, da er besser keine Fragen mehr stellte. Also forschte er nicht weiter nach, gab sich – fürs erste zumindest – mit den Antworten zufrieden, die man ihm vorsetzte, und grübelte in aller Stille weiter. »Um für seine Ausbildung zu sorgen!« knurrte er. »Ich verstehe bloß nicht, warum der Thronfolger sein königliches Wissen hier bei uns am Ende der Welt erwerben will. Im gottverlassensten Winkel des Reiches und zweifellos auch dem gefährlichsten und erbärmlichsten; unter rohen, finsteren Menschen in einem Turm, wo es an den bescheidensten Annehmlichkeiten fehlt.«

Das Wort Überfluß entbehrte in jenen Breiten jeglichen Inhalts, und wahrscheinlich kannte Sykrosius es auch gar nicht; aber davon, wie hart ihr Leben war, hatte er sehr wohl einen Begriff. Jenseits der Tundra, im Westen, mehr zur Mitte des Reiches hin, gab es Adelsfamilien – so hatte er gehört –, die waren umgeben von einem unvorstellbaren Reichtum und allem, was dieser mit sich brachte. Sie waren verweichlicht, vornehm gekleidet, liebenswürdig, witzig, gebildet sogar und hatten richtige Manieren. Seine Mutter hatte ihm davon erzählt, als er noch ein Kind und sie noch nicht an einer Kompottunverträglichkeit gestorben war. Er hatte zwar nicht alles verstanden, aber doch soviel, daß diese Dinge auf ihn jedenfalls nicht zutrafen. »Die vornehmen Menschen mit ihrem flauschigen Leben sind doch bestens geeignet und ausgestattet, um einen Prinzen zu erziehen«, käute er immer wieder und schlürfte dabei sein Bier. »Die schlügen sich doch gegenseitig die Köpfe ein und brächten sich bis auf den letzten Mann um, um ein solches Privileg zu ergattern! Die würden vor Stolz platzen!« Ohne Gemetzel konnte sich Sykrosius eine Auseinandersetzung oder mögliche Verteilung einfach nicht vorstellen. Doch das war keineswegs nur seine Schuld. So und nicht anders war es ihm beigebracht worden, und mit diesen Beispielen vor Augen war er aufgewachsen. Nachdem er noch eine Weile nachgedacht hatte, kam er zu dem Schluß: »Jeder Beliebige von denen wäre eher geeignet, diese famose Erziehung durchzuführen als mein Vater.« Eher als der glücklose, ausgebrannte Graf Olar, *ehedem* hoch angesehen, tatsächlich aber seit langem verbannt. Benutzt und abgelegt, wie man es mit einer Waffe oder einem Gerät tun konnte, wie es den königlichen Vorstellungen eben dienlich war; und zum Schluß erbärmlich abgespeist mit dem Flecken Land, den sie bewohnten: blutgetränkt die meiste Zeit, größtenteils unfruchtbar und immerzu bedroht, vergiftet durch und durch vom Lockmittel einer am Horizont leuchtenden und sich gewiß nie erfüllenden Hoffnung.

Nachdenklich zerdrückte Sykrosius einen hungrigen Moskito; an den Ufern des Sees waren sie zur Plage geworden. Um diese Zeit gab es keinen Schutz vor ihnen: grünlich, bläulich, goldviolett stießen sie mit fiebrigem Gesumm auf todmüde Bauern und nicht weniger erschöpfte und schwitzende Herren herab. »Unwissend, heimgesucht von Fieber und Seuchen, von Steppenreitern bedrängt, vor ragenden Bergschluchten erschaudernd, schlaf stets mit einem offnen Auge, und den Menschen dort begegne mit Argwohn: Denn dein Nachbar, so harmlos er scheint, bricht die Nacht herein, überfällt er dein Haus, ermordet deine Familie und läßt nicht das kleinste deiner Kinder am Leben.« Wo hatte er das gehört? Vielleicht war es ein Lied. Ein fahrender Sänger, einer der wenigen, die bis zu ihnen gelangten, hatte es vielleicht in einer Winternacht vorgetragen gegen Gewährung von Unterschlupf unter der Treppe des Turms. »Jedenfalls« – er reckte den Kopf – »ist dies mein Land.« Als er die Worte aussprach, fühlte er einen verborgenen, aber auch sehr mächtigen Stolz.

Wäre ihm die Wahl gelassen worden, hätte er wahrscheinlich gar kein anderes Land gewählt. Und natürlich auch kein anderes Leben; denn Blut, Gefahr, Unruhe, das Wilde und das grausame Üben von Rache waren die Dinge, die sein Leben eigentlich ausmachten. Er war zu jener Zeit achtzehn Jahre alt und hatte noch keinen Gegner gefunden, der ihm in irgendwelchen Dingen überlegen war. Wahrscheinlich war Sykrosius in jenen Tagen glücklich. Schade nur, daß er nichts davon wußte. Nichts davon auch, wie kurz ihm dieses Glück erhalten bleiben sollte.

Sieben Öllampen brannten auf dem Tisch – höchst seltene Ehrenbezeugung im Turm des Grafen Olar –, um das Essen des Thronfolgers zu beleuchten. Das Feuer brannte Tag und Nacht in seiner Nähe, und dennoch zitterte er ohne Unterbrechung. Er hatte erschrockene Augen, warf argwöhnische Blicke in dunkle Ecken, gab kaum ein Wort von sich und schon gar keine Befehle.

Seit seiner Ankunft servierte ihm Sykrosius Abend für Abend das Essen und wachte über seine Person. Stillschweigend hatte der Graf ihn zu seinem Schildknappen bestimmt. Und obwohl Sykrosius beunruhigt war über den unausgesprochenen und hochgeheimen Befehl, den er im Blick seines Vaters erriet, als der ihn mit dieser Aufgabe betraute, spürte er mit unfehlbarer Gewißheit, daß seine Ernennung noch einem anderen Beweggrund folgte als nur dem, von den Söhnen des Grafen der älteste, mutigste, stärkste und listigste zu sein. Aber er wußte nicht, welch ein Befehl das war; welch ein Vertrauen da in ihn gesetzt wurde, das über väterliche Zuneigung oder das Wissen um sein Können weit hinausging. Er *sollte etwas tun*! Aber was? Was erwartete man von ihm? Sykrosius verließ sich auf seine angeborene Wachsamkeit und auf seinen Scharfblick und hütete sich, der Frage weiter nachzugehen. »Ich komme schon noch dahinter«, knurrte er. »Und dann wird es gemacht.«

Doch die Tage vergingen, und der mysteriöse Auftrag erhellte sich ihm nicht. Er dachte an nichts anderes mehr und spähte – spionierte, um die Wahrheit zu sagen – jede Bewegung, jeden Blick, jedes Schweigen und jede Geste seines Vaters aus. Er beobachtete den Prinzen, allein, des Nachts, umgeben von den sieben Öllampen, die Sykrosius im Grunde seines Herzens – schon als kleines Kind hatte er haushalten lernen müssen, um die keineswegs seltenen Tage der Not und des Mangels durchzustehen – als nutzlose Verschwendung ohne jeden Sinn betrachtete, da der, dem diese betonte Großzügigkeit galt, sie nicht einmal wahrzunehmen schien. Er beobachtete den Prinzen beim Essen. Dieser aß langsam; die Oberlippe kaum von blondem Flaum bedeckt, die Lippen so rot wie die eines Bauernmädchens. Sein Haar fiel schlaff zu beiden Seiten des hageren Gesichts bis auf die Schultern. Das Haar des Prinzen erinnerte ihn an Ähren; wenn frühe Fröste ihre Reife unterbrachen, sie ihre Farbe verloren, jung und doch schon vertrocknet. »Wie der ganze Kerl«, sagte er sich. »Er ist jung, fast noch ein Kind, und doch könnte man manchmal glauben, er sei schon tot oder habe sich in seinem späten Alter heimisch gemacht, damit man ihn in Ruhe läßt, ohne Pflichten, ohne Wünsche, ohne Erinnerung.« Jäh zuckte ein Lichtstrahl durch seine Gedanken, und er begriff. Ihn schauderte, was nicht oft vorkam, doch war es weder Grauen noch Angst – noch kannte er ja keine Angst – noch Lust. Es war lediglich der Hauch eines sehr fernen und erstmals wahrgenommenen Gefühls von Bedrohung; einer unbekannten Drohung, denn was genau sich über ihnen zusammenbraute, wußte er nicht. Außerdem überfiel ihn jetzt häufig ein apathischer Jähzorn, leicht wie Schaum, doch beunruhigender vielleicht als alles, was ihn bisher beunruhigt hatte. Du dummes Kind, dachte er, hast dich in die Falle locken lassen.

Während diese Dinge im Land des Grafen Olar und im Schoß seiner eigenen Familie geschahen, lag weiter westlich, jenseits der Tundra, der König im Sterben.

Der Frühling deutete sich zaghaft an, als ein wahrhaft ungewöhnliches Ereignis eintrat und das Land des Grafen Olar erschütterte. Piraten des Nordens – man hatte alte Bauern und Knechte von ihnen sprechen hören, aber gesehen hatte sie schon seit Generationen niemand mehr in dieser Gegend –, Seefahrer, blond und blutrünstig, in ihrer Grausamkeit nur mit den gefürchteten Steppenreitern vergleichbar, kamen überraschend den Oser herab und fielen über den Grafen und seine Leute her.

4

Jedesmal wenn die Erinnerung ihn quälte, sagte sich Sykrosius: »Was habe ich nur getan, was konnte mir zustoßen, nachdem ich den Drachen gesehen habe? Ich habe die Piraten mit ihren wehenden Zöpfen über Bord ins Wasser springen sehen ...« Und seine Erinnerung richtete sich auf etwas Hartes, das rhythmisch gegen Wasser schlug, das er als Ruderschlag erkannte, jedoch nie zuvor gesehen hatte. Das gestreifte Segel, leuchtend zwischen dem schwarzen Geäst des Uferdikkichts, der geheimnisvollen Welt des Flusses entsteigend. Und danach, was war danach? Hörte er da wirklich den kehligen Schrei der Barbaren, sah er die Rundschilde in der Sonne glänzen, jedes für sich eine eigene strahlende Sonne, die ihn zwang, die Augen zu schließen? Und das ungeheuerliche Gefühl eines süßen Falls in dunkle Nebelgebiete, bewußtlos fast, aber nicht tot, nicht lebendig, nicht verwundet ...? Er konnte nie in Erfahrung bringen, ob er eingeschlafen war oder nicht, obwohl ihn sein Vater, hinterher, wütend anfuhr, er habe nicht geschlafen, er habe sie nicht gesehen, habe sie gar nicht sehen können. Hatte er geschlafen? Wie konnte er dort, unter dem Dröhnen ihrer Schritte, geschlafen haben und ohne einen Kratzer wieder aufwachen, als wäre er in Wirklichkeit ein Insekt oder ein Reptil und kein junger kräftiger Krieger?

In die wirkliche Welt, die Welt, die er kannte, kehrte er erst zurück, als ihm der Schein von Feuer und Rauch an die Augen drang. Die Nacht zu seinen Häupten war rot; der Festungsturm seines Vaters brannte. Er richtete sich auf und betrachtete ungläubig den Hügel.

»Geschlafen, geschlafen; welch merkwürdige Geschichte!« Sykrosius hob den Bierkrug, ein Zucken überfiel ihn, und die Erinnerung und das Feuer kehrten zurück, und der unerklärliche Traum.

Verzweifelt war er zum brennenden Turm gerannt – sein Pferd hatte sich ja aus dem Staub gemacht –, als ihm plötzlich der Name des Bastard-Prinzen durch den Kopf zuckte. Und er sah den abgeschlagenen Kopf des Thronfolgers die brennende Holztreppe hinunterrollen. Das dünne blonde Haar hatte Feuer gefangen wie trockenes Getreide und gab dem Kopf das Aussehen einer brennenden Kugel, die rollte und immer weiter rollte, bis tief hinein in den zuckenden Krampf, der auf die Erinnerung folgte. Sein Vater, Graf Olar, schlug sich die Fäuste an den Kopf, und sein barsches, polterndes Gelächter, das sich anhörte, als käme es aus einem leeren Faß, verschmolz mit dem Qualm und dem Feuer der Nacht.

Die finsteren Blicke und die Verachtung in den Stimmen seiner Brüder schütteln Sykrosius in der Erinnerung wie ein Sturm die junge Birke. »Du warst nicht in der Schlacht«, schallt seine eigene Stimme, das Geheul eines verwundeten Wolfs, dem Vater entgegen; und der Vater ergreift seinen Kopf mit beiden Händen, riesigen schwieligen Händen, die er nie mehr vergessen kann, schüttelt ihn wild, als würde er vom konfusen Krampf seiner Erinnerung gebeutelt, die grauen Augen funkeln ihn an, und er hört die Stimme seines Vaters – seines Vaters, der für Feiglinge keine Gnade kennt – zu ihm sagen: »Du konntest sie nicht sehen, das ist unmöglich, du bist zum Jagen in die Tundra gegangen, drei Tage warst du dort auf der Jagd; als du zurückkamst, waren sie schon besiegt, die Überlebenden flußaufwärts geflohen. Es kann nicht sein, daß du sie gesehen hast; du kannst sie nicht gesehen haben an jenem Morgen, weil sie Tags zuvor bereits verschwunden waren ...«

Drei Tage? Drei Tage auf der Jagd? Sosehr er den Kopf gegen die Mauer drosch, er konnte sich nicht daran erinnern. Er erinnerte sich nur an den Drachen, an die Krieger, an die in der Sonne blitzenden Rundschilde und das Aufschlagen der Ruder auf dem Wasser. Nur daran erinnerte er sich. Und sein Vater sagte: »An diesem Tag waren sie nicht da, also konntest du sie auch nicht sehen, komm zu dir, du Narr, komm zu dir, du bist ja nicht bei Sinnen.« Seine Brüder aber straften ihn seit jenem Tag mit Verachtung, spien ihm förmlich ins Gesicht: »Du warst nicht in der Schlacht, du hast keinen Anspruch auf einen Titel oder ein Land, das in einer Schlacht verteidigt wurde, in der du nicht mitgekämpft hast.« Er wußte jetzt, was ihn nach dem Tod seines Vaters erwartete. Von diesem Augenblick an hatte – lautlos aber nicht mehr aufzuhalten – der Krieg zwischen ihm und seinen Brüdern begonnen. »Du warst nicht in der Schlacht ...«

Im Westen, jenseits der Tundra, starb der König, und der Bastard bestieg den Thron. Dem Volksmund und auch späteren Geschichtsbüchern nach war er ein großer König gewesen.

Die Piratenhorde verschwand, wie sie gekommen war. Für den Grafen Olar und seine Söhne hatte sie sich, wenn auch indirekt, als ein Glück erwiesen. Sykrosius knirschte vor Erbitterung mit den Zähnen, wenn er daran dachte, daß er nicht mit seinen Brüdern an der Seite des Vaters gekämpft hatte, daß er nicht dabeigewesen war, daß er geschlafen hatte. Dabei hatten sie sich so wacker geschlagen wie kein anderer. Von allen Herren der überfallenen Gebiete hatten sie als einzige die blonden Eindringlinge, die urplötzlich über den Fluß gekommen waren, besiegt und aus dem Land geworfen. Vor langer Zeit einmal hatte man von diesen Nordmännern gehört, Geschichten von Völkern am Meer, aber gesehen hatte sie keiner – und niemand sah sie jemals wieder.

Der Sieg über die Piraten und der Jubel über diesen Sieg sprachen von einer so außergewöhnlichen Tapferkeit, daß auf Befehl und Geheiß des neuen Königs dem Grafen Olar wenig später der Titel eines Markgrafen verliehen wurde, welcher fortan – ebenso wie das lange, schmale, unwirtliche und klimatisch ungesunde Land, das ebenfalls seinen Namen tragen sollte – ohne Einschränkung in die Erbfolge derer von Olar überging. Von nun an war die Befriedung von Nachbarn und Angehörigen sowie die Unterwerfung Tersgarinus' einzig und allein eine Familienangelegenheit, war ab jetzt sein rein privates und persönliches Problem.

Mehr als jeder andere Ahnherr verwüstete Markgraf Olar das ganze Land. An den Zinnen seines Turms baumelten angriffslustige Barone, aufsässige Bauern, geflohene Leibeigene, Diebe, Bettler, falsche Propheten, betrügerische Verwalter und was sich ihm sonst in den Weg stellte. Seinen Söhnen gab er Rang und Ansehen, doch es gelang ihm nicht, Tersgarinus in eine offene Schlacht zu verwickeln oder ihn gar zu töten. Die Markgrafen von Olar beherrschten das Land, das jetzt ihren Namen trug, mit einem ausgeprägten Sinn fürs eigene Überleben.

Und wieder folgten unerbittlich aufeinander eisige Winter, heiße Fieberstürme und die Überfälle der Steppenreiter, die allerdings seltener wurden. Die Unbotmäßigkeit der Barone und ihre Händel legten sich allmählich, genau wie die Wegelagerei in der näheren Umgebung.

Endlich war das legendäre Versprechen des Königs – wenn auch durch seinen Bruder, den Bastard – in Erfüllung gegangen. Graf Olar war Markgraf mit Erbfolgerecht, unumschränkter Herrscher über diesen Landstrich, der im Nebel lag, in ungesunder Nähe zum See der Vermißten, durchdrungen von der feuchten Kälte der Winter, vom Schrecken der Steppe und dem insgeheim langgehegten, aber wohl unmöglich zu verwirklichenden Traum, in jenen Süden hinter dem Lysiasgebirge vorzudringen, den der Graf sich seit je als das Paradies erträumte.

Vom Bastard-König ward in Olar nie mehr etwas gehört, und dieser selbst vergaß Olar wie einen schlechten Traum. Es hörte für ihn schlicht auf zu existieren. Zistrosen überwucherten die Wege nach Westen. In Olar gab es nur noch Kampf, Gewalt, Blut und Haß, ständige Wachsamkeit und Furcht vor der Steppe. Und die böse Ahnung: eine graue, eisige Erinnerung, ein Drache und ein Krieger mit langen Zöpfen und rotem Bart, der den Flußnebeln entsteigt und einen heiseren Schrei ausstößt wie ein Raubvogel oder ein wildes Tier.

Doch die rotbärtigen Piraten kehrten – sehr zu Sykrosius' Kummer – nicht mehr zurück. Alles war so geschehen, wie es in seinem Gedächtnis geschrieben stand. Sein Vater war siegreich aus jener Schlacht hervorgegangen, hatte die Piraten aus Olar vertrieben und die Gemarkung für den König gerettet. Aber der König war tot, und der Kopf seines einzigen Sohnes war die hölzernen Treppenstufen des brennenden Burgturms hinuntergerollt. Als der Bastard-Bruder des Königs den Thron bestieg und sie vergaß, ging Olar unumschränkt in ihre Hände über, und zwar »für immer, immer, immer …«

Der Vater hämmert sich die Fäuste an den Kopf, sein beschämendes Gelächter schallt durch die brennenden Trümmer der eingeäscherten Burg.

II

OLAR

I

Der große König im Westen, mächtig, kühn und klug, wahrer Herr jenes kleinen Landstrichs zwischen Steppe und hoher Tundra, in dem die genannten Geschehnisse sich ereigneten, war so groß und hatte sich um so zahlreiche und vielfältige Dinge zu kümmern, daß er keine allzu großen – strenggenommen und wie man den Ereignissen wohl entnehmen kann, gar keine – Aufmerksamkeit für jene entlegene Gegend mit ihren unklaren Grenzen aufwenden konnte, deren aus kleinen Grafschaften bestehendes Herzstück einmal die Gemarkung Olar werden sollte.

Aus dem Westen hatte Olar bekommen, was es war und was es besaß: Glauben, Bräuche, Struktur und Sprache, diese allerdings noch verfremdet durch eine andere, die in unvordenklichen Zeiten aus den Wäldern des Nordens zu ihnen gekommen war. Doch mißtrauisches Beharren und auch nach vielen Jahren niemals nachlassende Wachsamkeit führten schließlich dahin, daß Olar – wenn auch nicht legal, so doch faktisch – seine Selbstbestimmung durchsetzte. Und diese Unabhängigkeit verdankte es seinem ersten Markgrafen, einem im Gegensatz zu seinen Landsleuten tapferen, großzügigen und ausdauernden Mann. Zumindest sorgte er dafür, daß er den Olarensern – Edelleuten wie Vasallen, Bauern oder Leibeigenen – als solcher in Erinnerung blieb.

Dem Markgrafen Olar verdankten sie jedenfalls die Errichtung einer gemeinsamen ständigen Streitmacht. Vorher war der Landbesitz ebenso gewaltsam wie willkürlich und mit wechselndem Glück unter Baronen und Grafen aufgeteilt worden, den einzigen, die für den Kriegsdienst in Frage kamen. Insgesamt waren es nur wenige, und jeder war viel zu sehr auf den persönlichen Vorteil und den eigenen Stolz bedacht, um sich in ein einziges großes Heer einzufügen, das diesen Namen wirklich verdiente; welches andererseits, angesichts der dauernden Bedrohung, der sie alle ausgesetzt waren, jedoch herbeigesehnt wurde. Markgraf Olar war der erste in jenen Breiten, der seinen Vasallen das Privileg von Freiheit, Eigentum und Adel zugestand; und diese Leute bildeten das verläßliche Fundament des entstehenden Reiches. Das Lehen war alles, was sie besaßen, und es reichte ihnen kaum zum Leben. Darum gaben sie ihre Häuser und Besitzungen in die Hände von Pächtern, zogen zur Burg ihres Landherrn und lebten fortan unter seinem Schutz.

Um es treffender auszudrücken, müßte man jedoch sagen, daß sie eigentlich auf dem Rücken ihrer Pferde lebten. Mit sechs oder sieben Jahren wurden sie von ihren Vätern aufs Pferd gesetzt, und das war fortan dann alles, was sie besaßen und achteten auf der Welt; und sie hatten keinen anderen Freund und keinen anderen Lehrer als den geliebten Vierbeiner. Oft genug schliefen sie auch auf der Erde, am Wegesrand, mit dem Sattel als Kopfkissen, oder zusammengedrängt im klotzigen Turm des Herrn, dem sie dienten. Da sie kein anderes Handwerk als das der Waffen gelernt hatten, kämpften sie gegeneinander – lieber öfter als mit Verstand, – aus dem einzigen Grund, sich warm und in Form zu halten. Auf solchen blutigen Turnieren wurden sie nicht selten schwer verwundet oder gar tot vom Feld getragen. Zu nichts anderem taugten sie aber, und – der Wahrheit zur Ehre – nichts anderes erwartete man von ihnen. Dafür ertüchtigten sie sich, und für nichts anderes waren sie geboren, lebten und starben sie. Sie waren jedoch hervorragende Kämpfer und genau die Sorte von Haudegen, die der Markgraf brauchte. Auf sie gründete er seine Stärke und Unabhängigkeit, und die in jenen Tagen häufigen Überfälle der Reiterhorden aus der Steppe wurden vom Markgrafen Olar und seinem angehenden Heer stets abgewehrt, die Eindringlinge jedesmal besiegt.

Der Markgraf vollbrachte nicht nur dies. Er ließ auch an der Grenze zur Steppe, von Norden nach Süden, hölzerne Wehrtürme errichten und hielt so die Reiterhorden auf Abstand zu den Prärien, die seit der Zeit zu Olar gehörten. Solange er lebte, unterhielt er in den Garnisonen stehende Truppen, und zum ersten Mal wehten in jener schrecklichen Gegend die Feldbanner des Markgrafen Olar. Auf diese Weise befestigte er die Grenze im Osten der Gemarkung, die seinen Namen trug.

Einige Jahre danach starb Markgraf Olar, und Sykrosius wurde sein Nachfolger. Die Nachfolge wurde ihm jedoch nicht leicht gemacht, und solange er lebte, hieß es für ihn kämpfen und töten, selbst in der eigenen Familie, um sein Recht – oder was er dafür hielt – durchzusetzen. Seine Brüder erkannten die Nachfolge ebensowenig an wie andere Verwandte, Barone oder, wie immer, Tersgarinus in seinem Land der Schluchten zwischen Olar und der Steppe. Sykrosius aber verfolgte und tötete, ja, folterte sogar jeden, der ihm die Macht über diesen Landstrich streitig machte.

Er war nicht feige, und er liebte den Kampf; eine andere Art zu leben kannte er nicht, obwohl das, was er mit solcherart Leben verteidigte, kaum der Rede wert war: das Barbarenreich der Markgrafen, jener Streifen steinigen Landes, der fast ganz von dem großen See – der später, und nicht ohne Grund, See der Vermißten genannt wurde – sowie von zahllosen kleineren und nicht weniger ungesunden Sümpfen bedeckt war, die Luft von Mücken und vom Fieber verseucht. Von Norden nach Süden und von Westen nach Osten durchzogen mehrere Flüsse das Land, reichten aber bei weitem nicht aus, die verdorrten Böden fruchtbar zu machen, die erst lange Zeit und Generationen später einigen wenigen Bewohnern Erträge brachten, die meisten jedoch in die Verzweiflung trieben.

Obwohl Graf Olar die Handvoll Barone unterworfen hatte, die sich um die Markgrafschaft balgten, blieben ihre Grenzen unsicher und forderten weiterhin Sykrosius' ganze Wachsamkeit. Der Späher bewachte seine Nächte, hielt mit einem offenen und einem geschlossenen Auge Wache auf den Zinnen des hölzernen Burgfrieds oben auf dem Hügel, wo er den kalten Nordwinden ausgesetzt war und durchgepeitscht wurde von dem Sandregen, der von den Dünen der Steppe heranwehte. Der Turm war zwar vergrößert worden, dennoch konnte beileibe von keiner Burg oder einem annähernd ähnlichen Bauwerk gesprochen werden.

Dort lebte Sykrosius, genau wie sein Vater, zwischen dem Vergessen des Westens und seiner Angst vor dem Osten. Die hohe Tundra mit ihren unwegsamen und mittlerweile vollständig überwucherten Pfaden bildete zwar den einzigen Kontakt zur Welt, doch für Sykrosius war sie nur eine ferne Vergangenheit, von der man – und das galt für ihn selbst wie für alle, die in jenem mit Blut und Feuer erkämpften Reich wohnten – sich so schnell wie möglich befreien mußte. Aus der Steppe hingegen drangen ab und zu immer noch marodierende Reiter ins Land, die auf den angrenzenden Prärien Tod und Verderben säten.

Und an den langen Wintertagen, wenn die Männer nicht gegen die Natur zu Felde ziehen konnten, flammte der Traum vom nie gekannten Süden wieder auf und entzündete, genau wie bei seinem Vater, Sykrosius' Phantasie. Durch das Lysiasgebirge – eine Bergkette, in die niemand einzudringen wagte – vom Süden abgeschnitten, hörte man stets, »hinter den Bergen« sei die Welt wunderbar warm und voll lieblicher Düfte: ein ganz und gar unmöglicher Traum. Und das blieb er auch, weil die Händler mit ihren Karawanen einen großen Bogen um das Land von Olar machten, wo sie zu Recht fürchteten, um Besitz und Leben gebracht zu werden.

So blieben Sykrosius nur die undurchdringlichen Wälder des Nordens, in denen das Geheimnis einer Vergangenheit verborgen lag, die nach dem Salzwasser eines eisigen, grauen Meeres schmeckte, ihm blieben die Schüttelkrämpfe einer unerklärlichen Sehnsucht nach dem Feuerdrachen und das Gefühl der Demütigung in seiner Erinnerung.

Die wahre Herrin von Olar schien indes die Einsamkeit zu sein. Einsamkeit, ständige Gefahr und bittere Not, bloßes Überleben in einem Teufelskreis aus Habgier und Raub. Von dem Tag, da er auf die Welt kam, bis zu dem Tag, da er sie wieder verließ, hatte der Erstgeborene des Grafen Olar nichts anderes kennengelernt als dies. Er konnte sich gar nicht vorstellen, daß es darüber hinaus noch etwas gab. In jener Zeit und an jenem Ort war Sykrosius bis dahin ein ganz gewöhnlicher Mann, nicht schlechter und nicht besser als die meisten anderen.

Er hauste mit seiner Frau und seinen Söhnen, mit Rittern, Konkubinen, Dienern, Leibeigenen, Zwergen, Hofnarren und allem möglichen Gesindel, von dem er sich stark angezogen fühlte, im selben Burgfried, in dem schon sein Vater gelebt hatte. Der klobige ursprüngliche Turm war – wie die ganze Anlage samt Wehrmauern – vergrößert worden. Einige Gebäude waren hinzugekommen, aber insgesamt bot die kleine Feste einen verhaßten Anblick für alle jene, die sie zu Zeiten des Markgrafen Olar als ihren Schutz und sogar ihre Hoffnung angesehen hatten.

Sykrosius war ein unverbesserlicher Trinker und gewalttätig obendrein. Sein ganzes Streben schien einzig darauf gerichtet, Unfrieden und Schrecken über die Gemarkung zu bringen, wo seiner Gewaltherrschaft keine erkennbaren Grenzen gesetzt waren. Seine Dummheit war so überwältigend, daß er nie die linke Hand von der rechten zu unterscheiden lernte und keine anderen Dinge beim Namen nennen konnte als die Tiere, die er jagte. Die Namen der Menschen in seiner Umgebung warf er so heillos durcheinander, daß er schließlich jeden mit Pahl ansprach; der Name war kurz, und irgendwie glaubte er sich zu erinnern, daß er als einigermaßen treffende Bezeichnung von Dingen geeignet war. Nur mit Mühe brachte er die Namen seiner Kinder auf die Reihe, obgleich er selbst sie sich ausgedacht hatte. Mitten in einem seiner Zechgelage hatte er einst den Burgkaplan gezwungen, ihm den immerwährenden Heiligenkalender vorzulesen, nur um am Schluß alle Namen als – wie er sagte – *unzureichend* zu verwerfen. Aber das war noch das Erträglichste an seinem Wesen, denn – ob gut oder schlecht – dumm waren letzten Endes die meisten Landjunker, mit denen er sich umgab.

Wesentlich bedenklicher waren die mit vollen Händen ausgeteilten Beweise einer Denkart und eines Charakters, die beide abgestumpft und triebhaft waren, zu bösartigster Tücke und grenzenlosem Fanatismus fähig. Im Gegensatz zu seiner früheren Gleichgültigkeit für alles Religiöse erlitt er jetzt manchmal furchtbare Anfälle von Aberglauben, welche jeden, der das Pech hatte, in einem solchen Augenblick anwesend oder auch nur in Sichtweite zu sein, in einen Strudel von gewalttätiger Raserei und grausamer Willkür rissen. Genausowenig zu rechtfertigen waren aber auch seine Ausbrüche des Entzückens, bei denen er zur allgemeinen Verblüffung mit den Händen wedelte und einfältig lächelnd ein vogelähnliches, speicheltriefendes Gezwitscher von sich gab.

Solches Verhalten sprach sich im Land schnell herum, und so wundert es nicht, daß die meisten der ehemaligen Ritter kaum verhohlen oder ganz unverhüllt zu Wegelagerern und Plünderern wurden. Grausam und gierig, ohne die geringste Vorstellung davon, was ein Wort wie Gnade bedeuten könnte, ohne auch den leisesten Hauch von Achtung vor dem Leben anderer, gaben sie sich – genau wie ihr Herr – schamlos dem Rauben und Plündern hin. Sie waren der Schrecken jedes Leibeigenen und Bauern, nackte Gewalt erstickte jede Vernunft oder Rücksicht. Nach solchen Beutezügen kehrten Sykrosius und seine Raubritter in den Burgfried des Markgrafen zurück, wo sie mit ihren rohen Orgien begannen, deren Ende nie abzusehen war.

Tage später, wenn alle Ausgelassenheit wie weggeblasen und steife Benommenheit an ihre Stelle getreten und der letzte Bierdunst verweht war – denn Bier floß beim geringsten Anlaß in Strömen –, wurde Sykrosius regelmäßig von einem reuigen Grauen gepackt, dessen zutiefst finsterer Ursprung daran abzulesen war, daß sein Jammern nicht den Opfern und der ihnen angetanen Gewalt galt, sondern der drohenden Hölle, die gewiß schon in genüßlicher Erwartung ihre Pforten geöffnet hielt, um dem Flug seiner Seele in weniger fleischliche und gar nicht spaßige Gefilde eine Richtung zu geben. Die Antwort darauf waren weitere Orgien mindestens ebenso übler Art wie die vorausgegangenen und bestehend aus kollektiven Bußübungen, bei denen es nie ohne Blut, Peitschen und Ketten abging. Mit ihnen sollten Sünden gesühnt werden, die allein er begangen hatte. Und nicht selten sah man seine Knechte sich geißeln, um die letzte Schandtat ihres Herrn abzubüßen.

In diesem Klima ruchloser Gewalt hätte niemand mehr die Tatkraft aufgebracht, sich einer drohenden Gefahr von außen zu erwehren. Und für diese Schwäche schien jemand ein unfehlbares Gespür zu haben, denn schon bald tauchten am Horizont jener Prärien, die Markgraf Olar so klug zur Steppe hin abgesichert hatte, die gefürchteten Reiter auf, die der Volksmund Schwarze Teufel hieß.

Die Grenzen waren vernachlässigt, das Holz verfaulte, die Wehrtürme sanken in sich zusammen, und in den Garnisonen führte man ein ausschweifendes Leben. In den Verteidigungswällen klafften große Lücken, und wieder drangen die gefürchteten Reiter in die fruchtbaren Weidegründe Olars ein. Sie brannten Dörfer nieder, mordeten die Bewohner, plünderten Kirchen und Klöster und zogen sich so plötzlich wieder zurück, wie sie gekommen waren; verschwanden, als hätte die Erde sie verschluckt. Der Schrei der Steppe, so entsetzlich wie der Tod selbst, brachte den Himmel über der Prärie zum Erzittern. Die Schwarzen Teufel – auch Grausame Horden wurden sie genannt – drangen mehr als einmal sogar bis zu den grünen Hügeln vor.

Sie schienen keiner regulären Streitmacht anzugehören, zumindest keiner, wie die Leute von Olar sich eine solche vorstellten, so daß es diesen unmöglich war – falls sie es mit ihren geringen Mitteln und der heruntergekommenen Moral überhaupt versucht hätten –, die Eindringlinge zur Schlacht zu stellen. Diese jagten auf prächtigen, pfeilschnellen Pferden dahin, ihr Kriegsgeschrei – kehlige Laute, bei deren Klang den Bewohnern von Olar das Blut in den Adern gefror – hallte gen Himmel, und wohin sie kamen, säten sie mit ihrer blutrünstigen Grausamkeit panischen Schrecken. Sie unternahmen nach wie vor nicht den geringsten Versuch, erobertes Land zu besetzen, was den Leuten von Olar stets unbegreiflich blieb. Nur nach grausamer Vernichtung schien es die Steppenreiter zu dürsten; nach Brennen, Morden und – vor allem – Plündern.

In Olar kannte man bis dahin nur große kräftige Rosse, dafür geschaffen, mit Lanzen und Schilden und allem möglichen Kriegsgerät bewaffnete Männer zu tragen. Die Menschen dort beneideten und verabscheuten jene Kreaturen der Steppe, die mit ihren flinken Pferden verwachsen schienen. Die teuflische Taktik dieser Krieger verwirrte sie und erfüllte sie mit Schrecken, denn im besten Fall gelang es den Olarensern, sie zu verfolgen, aber nur um ihnen dann wie dumme Tölpel in die Falle zu gehen. Die triumphalen Siege, die dem Markgrafen Olar zugesprochen wurden, schienen nur noch ferne Legenden zu sein. Die über das Land verstreuten Junker, die in solche Hinterhalte gerieten, weil sic mit mehr Kraft und gutem Willen als kriegerischem Können – oder auch nur mit gesundem Menschenverstand – kämpften, kehrten nie mehr zurück. Kein Wunder, daß sich beim fernen Klang der donnernden Hufe das Entsetzen früherer Zeiten wieder unter den Präriebewohnern ausbreitete und sie Hals über Kopf die Flucht ergriffen, um sich in den Schutz des Turms zu begeben. Beim bloßen Gedanken daran, in die Steppe vorzudringen – so friedlich diese manchmal wirkte –, verfielen sie schon in eine krampfartige Starre oder gar Lähmung.

Auf der anderen Seite lebten in den kleinmütigen Geistern der Burgbewohner uralte Ängste und finstere Legenden wieder auf, die sich um das Land der Schluchten rankten. Kein Mensch in Olar hatte Tersgarinus, den König dieses Landes, jemals zu Gesicht bekommen. Er hielt sich selbst und sein Volk in einer unmenschlichen, rätselhaften Abgeschlossenheit, und nur selten kam es vor, daß ein entflohener Bergwerkssklave – von all den zahllosen, die dort grausam gefangengehalten wurden – zu berichten wagte, was in dem finsteren Land vor sich ging. Was auf diese

Weise durchsickerte, war wiederum nicht dazu angetan, die ohnehin spärlichen Lebensgeister derer, die das Hügelland oder die Prärie bewohnten, mit Mut oder Zorn zu erfüllen. Schließlich konnte man nicht sicher wissen, was man nicht mit eigenen Augen gesehen hatte; und die aus Tersgarinus' Bergwerken Geflohenen – einige wenige verelendete Gestalten – liefen so schnell und so weit ihre Füße sie trugen, ohne Einzelheiten dessen preiszugeben, was ihren Geist gequält hatte, was ihre Augen gesehen und ihre wahrlich nicht zu beneidenden Körper erlitten hatten.

Nur zwei- oder dreimal hatte sich ein Baron aus der näheren Umgebung verleiten lassen und war, vergiftet von Habsucht und der Legende von Tersgarinus' angehäuften Schätzen, ins Schluchtenland eingefallen. Doch jedes Unternehmen dieser Art endete nicht nur fruchtlos, sondern auch blutig. In den tausend Grotten und Felsspalten ihrer steilen Schluchten legten Tergarinus' Krieger labyrinthische Hinterhalte und tückische Fallen ohne Zahl, in denen sich die Eindringlinge rettungslos verhedderten und wie die Fliegen starben. Von den wenigen – oft verstümmelten – Überlebenden wußte man, daß Tersgarinus seine Feinde nie begnadigte, sondern sich an den Qualen der Gefangenen ergötzte wie – so sagte man in Olar – ein Schwein im Eichelwald. Mit Fug und Recht läßt sich daher sagen, daß von Osten her nur Furcht, Tod und Elend nach Olar gelangten; abgesehen davon, daß diese Region ohnehin schon die ärmste war, denn außer den Weidegründen und einigen Erzbergwerken im sogenannten Schwarzen Land kam nichts Gutes aus dieser Richtung.

Wie alle männlichen Nachkommen seines Geschlechts besaß auch Sykrosius eine enorme Körperkraft. Doch unterschied ihn ein besonders ausgeprägtes körperliches Merkmal von den übrigen Geschwistern: Wenn er saß, hielt man ihn für einen Riesen; stand er jedoch auf, bot er dem, der ihn anzuschauen die Lust verspürte – was selten vorkam – das lächerliche Schauspiel unglaublich kurzer Beine. Er hatte einen massigen, mit struppigen roten Haaren bewachsenen Kopf, und seine grauen Augen – die einmal geglänzt hatten – starrten jetzt matt aus tiefen Fettpolstern hervor.

Seine Leidenschaften – die Jagd, Ritterspiele und Frauen, in dieser Reihenfolge – waren für niemanden ein Geheimnis. Er besaß die besten Jagdfalken im Land, und er hätte immer noch ein guter Krieger sein können – wie er es früher gewesen war –, wenn er sich nur seinen Feinden entgegenstellt hätte, statt über seine eigenen Leute herzufallen. Sein Arm war stählern, seine Kraft außergewöhnlich, er war verschlagen und kannte jede Kriegslist, und die Lanze schleuderte er wie kein zweiter. Aber wegen seiner kurzen Beine war er ein kläglicher Reiter. Diesen Mangel empfand er als zutiefst beschämend, und er reagierte äußerst empfindlich in dieser Hinsicht. Das ging so weit, daß er allein aufgrund eines Verdachts diesbezüglicher Häme imstande war, einen Menschen vom Leben zum Tod zu befördern. Eben dieser Umstand sollte das Verderben seiner Gattin sein, der Markgräfin Volinka.

Diese Frau war das genaue Gegenteil ihres Mannes: friedlich, fromm und gramgebeugt, von genügsamer Natur und hagerer Gestalt. Doch wegen all des Kummers und der Zumutungen an der Seite ihres Gemahls war sie so verbittert, daß ihre Zunge – die sie jedoch zu hüten wußte – manchmal von einer Schärfe war, die man einer so zierlichen Person gar nicht zugetraut hätte. Vor den Kindern, ihren Söhnen Sirko und Volodius, war sie jedoch stets um Mäßigung bemüht. Die Jungen hatten ohnehin kein leichtes Leben, denn als Söhne ihres Vaters weckten sie überall nur Haßgefühle.

Oben auf den Zinnen des alten Turms hielt ein Späher Tag und Nacht Wache, während unten in den Gemächern des kleinen Kastells gefeiert wurde. Sykrosius vergnügte sich dort mit seinen Gästen, jungen Rittern, Hofnarren und den Konkubinen, die er sich in der Burg hielt und deren Anwesenheit zu ertragen Volinka gezwungen war. Anders als in lärmender Gesellschaft – umgeben stets von seinen Wachen und Lakaien sowie den Söhnen der Landjunker, für deren Unterhalt und Ausbildung im

Kriegshandwerk er aufkam – schien Sykrosius nicht leben zu können. Sie dienten ihm, sie wachten über ihn, sie lachten und betranken sich mit ihm, und mit ihm heckten sie die gemeinsten Freveltaten aus. Sie hatten Befehl, über seinen Schlaf zu wachen, gleichwohl er mit der Markgräfin schlief oder mit einer anderen Frau. Auch seine Speisen nahm er nie allein zu sich. Um die langen Tische im großen Speisesaal drängte sich alles, was in der Burg kreuchte und fleuchte. Sykrosius mit seinen Rittern und Hunden. Ab und zu setzte er sich eine seiner Konkubinen auf den Schoß.

Die Markgräfin hatte schließlich durchgesetzt, daß sie mit ihren noch kleinen Kindern in einem anderen Gemach speisen durfte. Doch als Sirko, der Älteste, fünf Jahre alt wurde, holte Sykrosius ihn zu sich. Von da an betrachtete das robuste grobknochige Kind mit staunenden Augen unter der niedrigen, von struppigen roten Haaren überwucherten Stirn bewegungslos und schweigend das ausschweifende Leben seines Vaters. Mit seinem zweiten Sohn, Volodius, tat Sykrosius dasselbe. Ebenso schweigsam wie Sirko, war Volodius dennoch ein ganz anderer Mensch als sein älterer Bruder. Während diesem alles, was um ihn her geschah, gleichgültig zu sein schien, leuchtete in den großen grauen Augen des Jüngeren jedesmal ein eigentümlicher Glanz, wenn er bis tief in die Nacht mit dürstender Wonne die bunte Welt in sich aufnahm, die der Vater vor seinen Blicken entfaltete. Aber er war nur der Zweite, und die Aufmerksamkeit des Vaters richtete sich allein auf Sirko.

Beide Jungen bewiesen schon früh ihre Begabung und Bereitschaft für den Umgang mit Waffen, was den Markgrafen mit großer Freude erfüllte.

Unten in den Treppennischen suchten manchmal Bettler, Reisende oder auch von Sykrosius besoldetes Gesindel ein Plätzchen für die Nacht; da blieben oft Handgreiflichkeiten nicht aus, und jeder dieser zeitweiligen Gäste trug zum allgemeinen Gestank und Durcheinander bei. Sykrosius hatte für andere nach wie vor nur Verachtung übrig und merkte nicht, daß die Unzufriedenheit im Lande wuchs; besonders auf seiten etwas besonnenerer, ehrbarer Barone und vor allem des Abtes von Abundios, dessen Kloster nicht weit von Sykrosius' Burg gelegen war. Am verzweifeltsten war natürlich die Lage der armen Bauern, der Dörfler und Leibeigenen; aber deren Meinung zählte nicht – hatte noch nie gezählt.

Eines Tages vernahm die Markgräfin, die mit dem dritten ihrer Kinder schwanger ging und kurz vor der Entbindung stand, im Burghof einen Tumult und lautes Geschrei. Unter dem Gebell der Hundemeute und den Rufen der Männer wurde Sykrosius mit gebrochenem Bein auf einer Trage hereingebracht. Er war vom Pferd gefallen. Die Markgräfin schaute schweigend zu, wie sie ihm unter Hasten und Lärmen ein Lager vor dem Kamin richteten, in dem schon ein gewaltiges Feuer brannte. Vielleicht hatte Volinka dieses Leben einfach satt und wußte, was sie tat. Vielleicht dachte sie, ihr Mann in diesem Zustand – er war nicht nur vom Pferd gefallen, weil er ein schlechter Reiter war, sondern auch sturzbetrunken. Vielleicht weil es im Leben Momente gibt, die wie ein Aufruf, ein Signal oder ein Zeichen sind ... Jedenfalls stellte die Markgräfin sich vor ihn hin und sagte mit harter, kalter Stimme: »Zugestoßen ist dir dies, weil du nicht nur ein schlechter Mann, sondern ein genauso schlechter Reiter bist. Einer wie du, der kurze krumme Beine wie ein Waldschrat hat, sollte überhaupt nicht reiten. Du machst auf dem Pferd eine Figur wie ein Frosch, der auf einem Schwein reitet.«

In der lähmenden Stille, die diesen Worten folgte, verharrte Sykrosius einen Augenblick lang regungslos. Seine geröteten Augenlider hoben sich, und ein mörderischer Blick traf die Markgräfin. Trotz ihres gewölbten Bauches blieb sie aufrecht auf den beiden Treppenstufen stehen, die in das Turmzimmer führten. Dann, ohne ein Wort zu sagen, griff Sykrosius blitzschnell nach dem eisernen Schürhaken, der am Kaminsims lehnte, und schleuderte ihn mit seiner unmenschlichen Kraft gegen die Markgräfin, die mit zerschmettertem Kopf zu Boden sank.

Stunden später starb die Frau. Vorher aber brachte sie noch ein Kind mit langem, schmalem Kopf zur Welt, welches trotz der grauenhaften Umstände am Leben blieb und zu allem Überfluß später auf den Namen Roedisius getauft wurde.

Bei Sykrosius' abgebrühten Kumpanen rief die Tat keine große Empörung hervor. Nur ein Kind mit aufgerissenen grauen Augen – der Zweitgeborene, dem kein Mensch Beachtung schenkte – stand in einer Ecke und starrte ungläubig auf das Geschehen. Er liebte seiner Mutter wie nichts sonst auf der Welt, und als er sah, was sich vor seinen Augen abspielte, hatte er – trotz seiner kräftigen Beine – das Gefühl, der Boden gebe unter seinen Füßen nach. Langsam glitt er mit dem Rücken an der Wand nach unten, bis er auf der Erde saß, die Augen in abgrundtiefem Haß auf Sykrosius gerichtet. Dies war der Augenblick, in dem des Markgrafen Unglücksstern aufging.

Volodius sollte diesen Tag nie mehr vergessen. Er schwor, sich an seinem Vater zu rächen, und er machte seinen Schwur wahr.

2

In der Burg wohnte noch ein Sohn von Sykrosius, ein Bastard, unter traurigen Umständen geboren.

Der Mensch, den Sykrosius in der Burg am meisten schätzte, war sein Waffenschmied. Ihn behandelte er so zuvorkommend, wie es ihm bei keinem der edleren Herren in den Sinn kam. Eines Tages nun, als unter seinen wachsamen Augen ein Schwert mit kühn geschliffener Klinge entstand, wurde ihm ein Anblick zuteil, den der vorsichtige Schmied – nicht ohne Grund – den gräflichen Augen bisher vorenthalten hatte: der Anblick seiner jungen Frau. Sie war so jung und von einer so außergewöhnlichen Schönheit, daß Sykrosius bei ihrem Anblick der Mund trocken wurde.

Alles Ansehen und alle Hochachtung, die der Schmied genoß, waren dennoch kein Hindernis für das gewalttätige Begehren des Markgrafen, und so nahm er sie schließlich, unter Anwendung brutaler Gewalt, zu seiner Geliebten.

Der Schmied floh in wilder Verzweiflung, doch Sykrosius' Männer jagten ihn und fingen ihn wieder ein; und als sie ihn Monate später zurückbrachten, in Ketten und halbverhungert, ging seine Frau bereits mit der Frucht des Markgrafen schwanger. Kaum war das Kind jedoch geboren, flohen die Eheleute und ließen die verhaßte Kreatur im Stich.

Diesmal kamen Sykrosius' Leute zu spät. Die Leichen der beiden, so hieß es, hätten im See der Vermißten getrieben, dessen unheilvoller Ruf sich seit jenem Tag noch verfestigte.

Niemand kümmerte sich um das verlassene Kind, dessen Schicksal alle gleichgültig zu lassen schien, und so nahm es die Markgräfin – die zu der Zeit noch lebte – in ihre Obhut. Volinka bewies eine ungewohnte Menschlichkeit und seltenes Mitgefühl, vor allem in Anbetracht des Natterngezüchts, in dessen Gesellschaft sie lebte; auch hatte die unselige Gattin des Schmiedes mehr Bedauern als Zorn in ihr geweckt. Schließlich war ihr nicht verborgen geblieben, mit welchem Abscheu sich die Unglückliche dem Willen ihres verrohten Gemahls unterwarf.

Als Volinka starb, blieb der kleine Bastard schutzlos zurück; doch war er – ganz die Mutter – so hübsch und von so einnehmendem Wesen, daß Sykrosius ihn zwar die niedrigsten Dienste verrichten, aber doch in der Burg wohnen ließ.

Mit der Zeit blieb nicht verborgen, daß der Junge die seltene Gabe besaß, Ereignisse und Wesen aus der Luft wahrzunehmen. Er konnte die leichteste Bewegung im Laub eines fernen Baumes erkennen, und er besaß die ausgeprägte und sehr rätselhafte Fähigkeit herauszufinden, wo Wind, Schnee, Eis und Hagel sich versteckten. Sykrosius beschloß daher, ihn als Ausguck auf dem Wachtturm einzusetzen. Da der Junge aber noch so klein war, daß er nicht einmal auf Zehenspitzen über die Zinnen schauen konnte, übergab Sykrosius ihn der Obhut des alten Spähers und beauftragte ihn, den Jungen auf seine spätere Aufgabe vorzubereiten.

Die Bauern behaupteten, der Junge habe die Gabe von seiner Mutter; denn Gerüchten zufolge war jenes überwältigend schöne Wesen in Wirklichkeit eine Fee, die, als sie vom Schmied ein Kind erwartete, ihrer Gattung entsagt und den Mann geheiratet hatte. Unter den Leuten hatte das einiges Erstaunen hervorgerufen, denn der arme Schmied war abgrundtief häßlich gewesen. Doch wer sich über diese Liebe wunderte, bedachte nicht, daß Fabelwesen eine ganz eigene Vorstellung von menschlicher Schönheit haben.

Natürlich waren dies nichts als Geschichten, die sich alte Weiber, Holzfäller, Bauern, Hirten und Köhler erzählten. Sicheres wußte niemand. Tatsache war jedoch, daß der Sohn dieses bezaubernden Geschöpfs und des bestialischen Sykrosius heranwuchs und dabei so stark wie sein Vater wurde, aber auch so zart wie seine Mutter war. In praktischen Dingen ohne jedes Geschick, war er so liebenswürdig, rotwangig und und bescheiden, daß er – da seine Eltern ihn nicht hatten taufen lassen – irgendwann von allen Almandin genannt wurde. Und mit diesem Namen lebte er bis zu seinem Tod.

Von den Rittern im allgemeinen, besonders aber von seinen Brüdern Sirko und Roedisius wurde Almandin verachtet. Nicht jedoch von Volodius. Dieser sonderbare Zweitgeborene fühlte sich zu dem kleinen Bastard vielleicht nicht eben hingezogen, empfand aber große Neugier für ihn. Und solange er lebte, war diese Neugier eine seiner fruchtbringendsten Eigenschaften. Außer seiner Körperkraft und Geschicklichkeit in der Waffenkunst, die er mit seinen Brüdern teilte, besaß Volodius Eigenschaften, die ihn von diesen unterschied. Nicht nur war er ein hervorragender Reiter – als einziger von Sykrosius' Söhnen und abgesehen von Almandin war er nicht kurzbeinig zur Welt gekommen –, sondern hatte auch einen wachen Verstand, der zwar noch roh und unausgebildet war, aber fraglos auf ein intelligentes Wesen deutete. Mit zwölf Jahren war er der wagemutigste Reiter in den Hügeln, und oft genug drang er, von einem dunklen Impuls getrieben, bis in die Prärien vor. An klaren Sommertagen sah man ihn dann manchmal in die Ferne spähen; dorthin, wo die Steppe lag. In solchen Momenten fühlte er eine seltsame Bangigkeit, bitter und süß zugleich, ein schauderndes Hingezogensein, das ihn noch Tage später verstörte und nachdenklich stimmte.

Auf solche Ausritte und zur Jagd pflegte er seinen Halbbruder Almandin mitzunehmen. Das Kind mit den Augen, die hinter den Staub, den Wind und die Angst blicken konnten, fachte seine Neugier an. Almandin trug ihm den Köcher, die Pfeile und Speere. Gemeinsam ritten sie in den Wald hinein, ganz wie ein großer Ritter mit seinem sehr kleinen Knappen. Beide waren sie Kinder: Volodius war noch nicht zum Ritter geschlagen, und Almandin war seinem Alter und seinen Kräften nach zu nichts anderem zu gebrauchen als zum Pagen. Almandin aber verehrte Volodius, und nichts schmeichelte ihm mehr, als wenn er auf seinem Wachtturmposten hörte, wie sein Bruder ihn zu sich rief, damit er ihn begleite.

Der junge Volodius fragte sich manchmal, warum kein Mensch im ganzen Markgrafentum von Olar den Mut aufbrachte – oder zumindest begierig darauf war –, die Welt jenseits des Lysiasgebirges zu erkunden. Ihm war dieser Mangel an Wißbegier unbegreiflich. Wie er den Geschichten von Vagabunden und Wanderern abgelauscht hatte, die diese unter den Treppen des Turms oft erzählten, wo sie sich zum Nachtlager zusammenfanden, schien hinter den Bergen im Süden die Sonne auf weite, wohlbestellte Felder, gab es dort Obst im Überfluß und vor allem sagenhafte Weinberge. Ein außergewöhnlicher Wein sollte dort gedeihen, blutrot und vollmundig, nicht zu vergleichen mit dem Bier, das in Olar getrunken wurde.

Die Luft in jenen südlichen Ländern war mild und warm und duftete nach Mandelblüten. Außerdem bot sich den Augen des Wanderers ein Anblick, der in Olar – mit Ausnahme der frühesten Vorfahren – noch niemandem zuteil geworden war: das Meer. Ein Meer, das so still war und so blau, daß man, jenen zu glauben, die es gesehen hatten, vom Steilufer aus bis auf den

Grund schauen konnte: das grüne Gold des Sandes und die winzigen Paläste der Unterwasserlebewesen mit ihren schlanken Perlmuttminaretten und ihren Meerschaumgärten, so weiß wie Schnee. Offenbar ging es an den südlichen Küsten ungeahnt lebhaft zu, und die Leute dort schienen ganz das Gegenteil von den schweigsamen und schwerblütigen Bewohnern Olars zu sein. Wie Volodius in seinem dunklen Versteck mit vor Zorn und Sehnsucht klopfendem Herzen hören konnte, lebten dort Menschen mit feurigen Augen und loser Zunge, die im Handeln nicht weniger geschickt waren als an den Segeln einer Bark. Händler aus aller Welt mit Waren aller Art landeten an ihren Küsten und stachen von dort aus in See.

Dem jungen Zweitgeborenen erschien dies alles höchst beneidenswert und das genaue Gegenteil von dem, was er täglich vor Augen hatte: meilenweit auseinanderliegende Dörfer, bewohnt von einer Handvoll kleinmütiger Bauern. Welch ein Unterschied dies von Reisenden und Söldnern beschriebene turbulente Treiben und Leben unter südlicher Sonne zu der bedrückenden Stille, die in den dichten Schatten der Burgfesten nistete, den finsteren Türmen des Hügellands und dem düsteren Mißtrauen ihrer Mauern!

Und obwohl der Neid – ein demütiger, schicksalergebener Neid – der Bewohner von Olar geweckt wurde, wenn sie derlei Geschichten hörten, hatte noch keiner von ihnen das Lysiasgebirge überquert. Eine unbestimmte Mutlosigkeit hielt sie vom Meer zurück. Vielleicht trieben in den fernsten Nebeln ihrer Traumgesichte Mären von blonden Seefahrern umher; Bruchstücke von Legenden, welche über Generationen hinweg von kriegerischen Seevölkern erzählten, die durch die großen Wälder über den Fluß gekommen waren. Undeutliche Erinnerungen, die ihnen in den Knochen steckten und sie über den Tod hinaus noch beschäftigten: In irgendeinem versteckten Winkel ihrer dunklen Sehnsucht brandete ein eisiges graues Meer. Dieses Meer zog sie an und versetzte sie in Furcht; es prägte ihre Haltung von innerer Zerrissenheit zwischen lähmendem Verzagen und dem zitternden Begehren, seinem Einfluß nachzugeben oder zu entfliehen. Dieser Zweifel bewirkte, daß sie an ihrer Scholle klebten und sich ihr Blick mit Trauer färbte. Sie lebten in dem Bewußtsein, das Meer – irgendein Meer – zu kennen, obwohl sie es noch nie gesehen hatten. Und es gab für sie keinen Weg dorthin zurück. Obwohl ihnen das südliche Meer, wie die Reisenden es beschrieben, die von der anderen Seite des Lysiasgebirges kamen, sehr viel lebensfroher und als das Gegenteil jenes anderen erscheinen mußte, das durch ihr Bewußtsein geisterte, erfüllte diese undeutliche Erinnerung sie immer noch mit genügend kluger Vorsicht, wie sie es nannten, oder mit Feigheit, wie Volodius glaubte. Jedenfalls versagten sie sich jede Neugier auf andere Länder und andere Menschen und daher auf die Welt überhaupt.

Wenn Volodius darüber nachdachte, geriet sein Blut in Wallung. Er war noch zu jung, um Entscheidungen treffen zu können. Er war aber nicht dumm und wußte, daß er nur abzuwarten brauchte, bis er seine Träume in die Tat umsetzen konnte. Dann, schwor er sich, würde sein Leben auf ganz anderen Wegen verlaufen als jenen, die man in Olar zu gehen gewohnt war. Er war neugierig auf alles, was über seine Grenzen hinausging, fragte, forschte, lauschte allem, was darüber erzählt wurde.

So erfuhr er auch viele Dinge über das benachbarte Land der Weringer. Ihr derzeitiger König, Wersko II., war offenbar ein friedliebender, dem süßen Leben zugeneigter Mensch. Er war noch sehr jung, der Jugend kaum entwachsen, und hatte die Krone von seinem Vater, Wersko I., übernommen, der, wie Volodius hörte, von ähnlichem Naturell wie sein Sohn gewesen war. Der Tod hatte ihn vorzeitig und auf recht ordinäre Weise ereilt, nachdem er sich eine übergroße Portion gestopften Hasenbratens einverleibt hatte. Einen solchen Tod konnte sich Volodius für seinen eigenen Vater überhaupt nicht vorstellen. Für Sykrosius und jeden seiner Barone und Grafen waren Magenverstimmungen an der Tagesordnung. Zum Tode führten sie höchstens mittelbar, wenn ein Reiter im Verdauungsschlaf vom Pferd stürzte, nachdem er einen mit Spanferkel und Wachteln gefüllten Hirsch verspeist hatte.

Volodius hatte Gerüchte gehört, der Vater des jungen Wersko habe auf unehrenhafte Weise mit den Kriegern der Steppe paktiert, habe seine – allzu nahen – Nachbarn mittels Tributzahlungen oder ähnlichem ruhig gehalten. Die Vorstellung empörte Volodius, für den ein solches Verhalten nie in Frage gekommen wäre, und er begann die Weringer zu verachten. Andererseits war ihm durchaus bewußt, daß das Land König Werskos von den Überfällen der Steppenreiter verschont blieb und daher in Frieden wachsen und gedeihen konnte. Auch der Handel blühte in seinem Königreich. Im Gegensatz zu den Olarensern scheuten sich die Weringer auch nicht, das Lysiasgebirge zu überqueren, und mit dem Süden unterhielten sie regen Handel.

Eines Tages erfuhr Volodius, daß in lange zurückliegenden Zeiten einige Grafschaften an der Grenze zum Land der Weringer in kriegerische Auseinandersetzungen mit diesen um den nicht ganz eindeutigen Grenzverlauf verwickelt gewesen waren. Es hatte Gefechte und Scharmützel gegeben, woraufhin die Weringer – doch daran erinnerte sich kaum noch jemand – ihre Grenze mit einem hohen Palisadenzaun sicherten, der im Lauf der Jahre jedoch zusehens verfiel. Die von Olar errichteten auf ihrer Seite eine ähnliche Abwehr, und so zog sich zwischen beiden Ländern ein schmaler Korridor entlang, der von Anfang an den Namen Niemandsgang bekam. Da sich die Weringer dem Handel mit ihren südlichen Nachbarn widmeten, wurde ihr Land wohlhabend, und sie selbst wurden immer reicher. Vom Niemandsgang aus führten sie eine breite Straße durch das Lysiasgebirge, welche sie mit dem sonnigen Süden und dem Meer verband. Das alles brachte ihnen offenbar großen Nutzen, und sie lebten, wie Volodius hörte, sorglos und im Überfluß.

Markgraf Sykrosius kümmerte sich keinen Deut um solche Dinge. Er war nur darauf bedacht, sein Land mit eisernem Griff zusammenzuhalten; daß die Grafen und Barone, aus deren Besitzungen sich dieses Land zusammensetzte, immer unzufriedener wurden, bemerkte er nicht. Volodius erkannte immer deutlicher, welch weltabgewandtes Leben sein Vater – und mit ihm sein Land – führte. Manchmal, wenn Sykrosius betrunken war, hörte sein Sohn ihn seltsame Dinge sagen. Er sah ihn gen Norden deuten und kaum verständliche Worte murmeln: »Aus den Wäldern kommt das Mysterium«, sagte er zum Beispiel; und nach Osten zeigend: »Aus der Steppe Zerstörung, Feuer, Tod …« Und nach Süden gewandt: »Über die Lysiasberge kommen die Träume, das Unmögliche … und die Lüge.« Zuletzt wies er nach Westen, und in seiner Stimme schwang eine rätselhafte Trauer: »Jenseits der hohen Tundra … das Vergessen.« Aus diesen Worten sprach eine so bittere und weinerliche Enttäuschung, daß Volodius ein Frösteln über den Rücken lief, für das er keine Erklärung fand.

Die allgemeine Unzufriedenheit wuchs, und hier und da kam es zu kleineren Revolten, die Sykrosius mit seiner Streitmacht jedoch stets niederschlagen konnte. Er bestrafte unbarmherzig, und während seiner letzten Lebensjahre gab es keinen Tag, an dem man von den Zinnen des Burgfrieds nicht die Leiber jener baumeln sah, die – wahr oder unwahr – des Verrats oder der Verschwörung für schuldig befunden waren.

Trotzdem wuchs unter den ausgebeuteten und gedemütigten Edelleuten der Wunsch nach Unabhängigkeit. Sie waren indes so uneins, so ängstlich und so zersplittert, daß Olar von Tag zu Tag schwächer wurde und seine Einigkeit zu verlieren drohte, die zu erringen jenen ersten Markgrafen, den Vertrauten des Königs, unendliche Kraft gekostet hatte.

Und doch waren es dieser zerstückelte Unabhängigkeitsdrang und der drohende Zerfall, die das Land Olar letzten Endes zur endgültigen Einheit und Unabhängigkeit, zur vollständigen Unterwerfung unter einen einzigen Herrscher und zur Gründung eines Königreiches führte. Und dies alles konnte geschehen, weil ein Junge namens Volodius, ein damals noch unbeachteter Zweitgeborener, die Wißbegier und Klugheit, den Mut und die Kühnheit aufbrachte, die ein Mann dafür brauchte.

3 Doch nicht nur mit Wagemut, Klugheit und Kraft wird Menschengeschichte geschrieben; oft genug helfen Zufall, glückliche Umstände oder das Erscheinen eines geheimnisvollen Sterns dem Menschen, seine Vorhaben durchzuführen. Auch bei Volodius' Plänen hatten Umstände und Zufall ihren Anteil am Gelingen, wenn auch weniger als bei anderen, zieht man die Kraft seines Willens, seines Arms und seines Geistes in Betracht.

Volodius war in einer rauhen, feindseligen Umgebung aufgewachsen. Schon als Kind hatte er seinen Vater als ein dumpf brütendes dickbäuchiges Faß voller Grausamkeit wahrgenommen. Er sah seinen Mißbrauch und seine Tyrannei, war Zeuge seines Verfalls und seiner schrankenlosen Dummheit. Schon bald begriff er, daß nicht nur Grafen und Barone ihn haßten, sondern jeder, der mit ihm zu tun hatte, und selbst jene, die ihm huldigten. Die Ritter, die nicht in seinen Diensten standen, fürchteten ihn; Dörfler, Bauern und Leibeigene glaubten, der Teufel selbst sei der Herr ihres Lebens und des wenigen, was sie sonst noch besaßen. Wohin sein Vater auch immer kam, zogen Gewalt und Schrecken ein.

Im Land wimmelte es von Geächteten, Entflohenen und Wegelagerern. Auf den Straßen der Gemarkung regierte blanke Gewalt. Steuern, Abgaben und Tribute wurden ständig erhöht; die ursprünglichen Ratsversammlungen, die Graf Olar eingeführt hatte, waren von Sykrosius in ihren Aufgaben so beschnitten worden, daß sie nur noch dazu dienten, seine Übergriffe abzusegnen. Das Heer, dessen Reihen vom Hunger getriebene arme Teufel und Abenteurer mit dunkler Vergangenheit füllten, war ein ruchloser Haufen, ebenso gnadenlos und raubgierig wie sein Befehlshaber. Es gab kein anderes Recht als das von Blut und Erpressung. Alle wußten, daß der Markgraf der größte Schuft im Lande war und daß ganze Banden von Wegelagerern in seinen Diensten standen. Doch niemand wagte es, dies auszusprechen. Noch nicht.

Schließlich gab es nur noch eine einzige Kraft, die Sykrosius wirklich gefährlich werden konnte, und das war der Abt von Abundios, dessen Kloster sich ausgeweitet hatte und zum lebendigen Mittelpunkt einer ummauerten Ortschaft geworden war.

Abundios' Abtei war die einzige Zuflucht für alle jene, die es einmal gewagt hatten, sich dem Markgrafen entgegenzustellen. Und mit seiner tatkräftigen Unterstützung wurde der erste nennenswerte Aufstand durchgeführt, das Land aber auch in zwei Lager gespalten. Die korrumpierten Barone schlugen sich zu Sykrosius, die bedrängten auf die Seite des Abts. Tatsächlich aber war diese Revolte so simplen und scheinbar naiven Ursprungs, daß man es gar nicht glauben möchte, wäre es nicht dennoch so geschehen.

Volodius war fünfzehn Jahre alt geworden. Sein Bruder Sirko, drei Jahre älter als er, war ein wortkarger junger Mann mit niedriger Stirn und mächtigem Körper. Sein Mut war ebenso nutzlos wie ungezügelt und sein Kampfgeist so unbändig, daß er jählings über den erstbesten Landjunker, Ritter oder Edelmann herfallen konnte, dem dann nichts anderes übrigblieb, als sich dieses willkürlichen Angriffs so gut wie möglich zu erwehren. Nichtsdestoweniger war Sirko ein guter Kämpfer, und Volodius wußte das, wie er dies auch von sich selbst wußte.

Volodius war sich seiner eigenen Werte genauso bewußt wie der der anderen. An sich selbst schätzte er mehreres: seine hochgewachsene Gestalt – die er bis zum Letzten seines Geschlechts weitervererben sollte – und seine Listigkeit, verbunden mit einem dunklen Einfühlungsvermögen, das ihm Zugang zu den Wünschen der Menschen und ihren Beweggründen verschaffte und ihn seinen Brüdern weit überlegen machte. Dieses Einfühlungsvermögen brachte ihn auch dazu, über das Verhalten, die Vorlieben und Empfindungen der Menschen und insgesamt über die Welt nachzudenken, in die es ihn verschlagen hatte.

Wie sein Vater und seine Brüder konnte auch Volodius weder lesen noch schreiben; nur die Mönche und der eine oder andere Sonderling verstanden sich auf solches. Er besaß so gut wie gar kein Wissen, aber er war scharfsinnig und wußte seinen Verstand zu gebrauchen, und er hatte gelernt, hinter die Blicke, hinter das Schweigen und die Worte seiner Mitmenschen zu schauen. Vielleicht war dies der Grund, warum er, im Gegensatz zu seinen Brüdern, gern mit Almandin zusammen war. Er erriet in dem Kleinen eine verborgene Gabe oder Kraft, die ihm in Zukunft einmal nützlich sein mochte. Roedisius – der Jüngste – war nicht nur bösartig, sondern offensichtlich auch schwachsinnig.

Almandin, der angehende Späher, lebte mit dem alten Turmwächter oben auf den Zinnen. Er schlief dort und aß dort, umgeben von Trompeten, Hörnern, Muscheln und einem beunruhigenden Dudelsack. Wenn Volodius zur Jagd aufbrach und ihn rufen ließ, hüpfte er vor Freude die Wendeltreppen herunter, und kurz darauf ritten sie beide durch die Wälder: Volodius zu Pferd, Almandin auf einem kleinen Esel.

Eines Tages fühlte Volodius sich durstig und stieg am Waldrand vom Pferd, um aus einer Quelle zu trinken. Danach setzte er sich ins Gras, den Rücken an einen Baumstamm gelehnt, und ruhte ein Weilchen aus. Es war ein Frühlingsmorgen, die Sonne schien durch die Zweige und fiel genau auf den Schopf des jungen Almandin. Plötzlich glaubte Volodius zu sehen, wie das Haar seines Freundes zu strahlen begann und ein seltsames Leuchten in seine Augen trat, ja, er hatte sogar den Eindruck, daß er über der Erde schwebte.

»Was ist mit dir?« rief er bestürzt.

»Ich höre, was die Vögel sagen«, antwortete Almandin.

»Wie, was sie sagen …?« Volodius wurde ungeduldig. »Sie sprechen nicht unsere Sprache. Willst du närrischer Bengel damit sagen, du verstehst sie?«

Aber er sah deutlich, wie Almandin dem Geflatter und Gezwitscher der Vögel, das immer schriller und lauter geworden war, lächelnd mit den Blicken folgte. Alsbald setzten sich die gefiederten Sänger auf Volodius' Kopf und Schultern und pickten ihn an den Ohren und an den Lippen. Volodius saß wie versteinert, beinahe erstarrt in seinem Schrecken. Dann schob sich eine

Wolke vor die Sonne, und in dem milchigen Dunst, der vom Bach aufstieg, sah Almandin aus wie eine dieser rötlich schimmernden kleinen Elfen, von denen Volodius das Gesinde hatte reden hören, selbst aber noch nie einen gesehen hatte.

»Bruder«, flüsterte Almandin und kniete vor ihm nieder, »die Vögel sagen, daß du König von Olar wirst.«

Diese Worte bewegten den Zweitgeborenen zutiefst, und er wußte nicht, was er darauf antworten sollte. Er nahm Almandin sanft bei der Schulter, zog ihn vom Boden hoch, und schweigend ritten sie zur Burg zurück.

Seit diesem Vorfall blieben die Vögel fast immer in seiner Nähe. Sie kamen zu ihm und begrüßten ihn mit lautem Gezwitscher, das er zwar nicht verstand, dessen Bedeutung er aber zu kennen glaubte. Es waren immer dieselben Vögel, einfache, alltägliche Vögel ohne Namen. Neugierig geworden, nahm er eines Tages seinen Halbbruder, Freund und Knappen bei der Hand und stieg mit ihm auf den Turm, von wo aus jener den Horizont abzusuchen pflegte, die unendliche Ferne, in der man den Feind erspähte. Auch die Vögel Ohne Namen versammelten sich dort oben und lauschten dem kleinen Almandin, der in aller Unschuld und ohne den mindesten Anflug von Hochmut oder Übertreibung über sein Verhältnis zu der einzigen Welt berichtete, in der er geliebt wurde.

Während Volodius ihm zuhörte, begriff er allmählich, daß der von den Menschen verstoßene Almandin von Tieren und Pflanzen, von Wind und von Regen, von Quelle und See mit einem Einverständnis aufgenommen worden war, dessen tieferer Sinn ihm, Volodius, verborgen blieb. Er erfuhr auch, daß Almandin heimlich vom Burgkaplan unterrichtet wurde. Dieser war ein stets sorgenvoll dreinschauender Mönch, der aus einfachen Verhältnissen stammte und dem Sykrosius ebenso übel mitspielte wie dem geringsten seiner Diener, den er aber brauchte, damit er ihm die Absolution erteilte, wenn er, von den Schrecken der Hölle geplagt, heulend aus dem Schlaf hochfuhr. Dieser Mönch nun zeigte dem Kind ein vor der Welt geheimgehaltenes Buch, in dem die Geschichte eines großen Königs und eines großen Kriegers geschrieben stand.

Volodius ließ sich diese Geschichten von Almandin ein ums andere Mal erzählen, bis er sie gleichsam verinnerlicht hatte. Und so lange und so gründlich dachte er über die von Almandin gelesenen Geschichten nach – und auch über andere, die jene in den Tiefen seines Schädels zum Leben erweckten –, bis er eines Morgens schließlich aus dem Bett sprang und den Turm hinauf zu seinem Halbbruder eilte. Endlich war ihm klargeworden, was er schon lange im Geist herumgewälzt hatte, aber bisher nie zum Ausdruck hatte bringen können. Er war zwar intelligent, aber da er keine Gelegenheit hatte, sich in dieser Eigenschaft zu üben, nahmen seine Gedanken nur langsam, beinahe schwerfällig Gestalt an. Trotz seiner Klugheit fiel es ihm schwer, Schlußfolgerungen zu ziehen, und er brauchte lange, bis sie spruchreif waren.

»Almandin, Bruder!« rief er leise.

Der Junge hörte sich zum ersten Mal mit dem Wort Bruder angesprochen, und es erfüllte ihn mit Bewunderung, mit Liebe und großem Respekt.

»Wir müssen Pläne schmieden.«

Er sagte *Pläne* und nicht *Ränke*, weil er wußte, daß er in Zukunft diese Sprache sprechen mußte.

Dann erzählte er seinem Halbbruder lange und ausschweifend von den Vögeln. Wie seinen Worten zu entnehmen war – so verstand es jedenfalls das aufgeregte Herz des unschuldigen Kindes –, hatten die Vögel ihn mit der Anfertigung einer Krone beauftragt; und diese Krone sollte an einer Stelle, die nur sie beide – Almandin und Volodius – kannten, versteckt werden. Und der Zweitgeborene bat den Kleinen –, der ja geschickt in diesen Dingen war –, besagte Krone anzufertigen und dann zwei Falken so abzurichten, daß sie sie mit ihren Krallen ergreifen und mit ihr losfliegen konnten.

»Und wenn ich es dir sage, gibst du ihnen Befehl, sie mir aufs Haupt zu setzen.«

Der Junge war ganz aufgeregt und nickte zu allem, nicht allein wegen der großen Zuneigung – ja, Verehrung –, die er für seinen schamlosen Bruder empfand, sondern weil solche Dinge die einzigen waren, die er verrichten konnte und mochte und die auch die einzigen waren, mit denen er sich auf irgendeine Weise nützlich machen konnte in dieser Welt.

»Wenn die Krone fertig ist, versteckst du sie dort, wo ich es dir sage, und nur wir zwei wissen davon.«

Dies alles geschah kurz bevor Volodius sechzehn Jahre alt wurde. Und da es ihm an entsprechenden Verdiensten nicht mangelte – und dies eines der wenigen Bereiche war, in denen sein Vater sich als gerecht erwies –, wurde er an diesem Tag von Sykrosius zum Ritter geschlagen.

Von nun an trug er das Schwert stets am Gürtel, und sein kraftvolles, behendes Naturell sowie sein wacher, an tausend Vorhaben geschärfter Verstand sagten ihm, daß seine Zeit gekommen war. Er konnte jetzt an Gefechten, Turnieren und Wettkämpfen teilnehmen, und er verstand es, dabei die Aufmerksamkeit der wichtigsten Edelleute des Landes auf sich zu lenken. Einen ehrenwerten und hochanständigen Baron aus der näheren Umgebung, Vater dreier Söhne (so edelmütig und gut wie dieser selbst), wählte er sich als bevorzugtes Ziel – besser gesagt, als erstes Bauernopfer – seiner Geschicklichkeit. Der Name dieses Barons war Arniswald; und Volodius –, der nie aufgehört hatte, unter Treppen zu lauschen, oder wo sonst es ihm angebracht schien –, auch in einem Bierfaß oder Heuhaufen versteckt –, wußte, daß ihn und seine Söhne die Tyrannei und Exzesse seines Vaters wie kaum einen anderen empörten. Ebenso wußte er, wer von den Edelleuten des Landes sich gewissenlos auf die Seite des mutmaßlichen Siegers schlagen würde, und wer von ihnen nur unbedeutend, töricht oder schlicht einfältig war.

An den Ritterturnieren, die Markgraf Sykrosius mit zu seiner Willkür gar nicht passender Regelmäßigkeit veranstaltete, nahmen die meisten Edelleute und Ritter von Olar teil, wenn nicht aus Vergnügen, so gezwungenermaßen. Bei diesen Begegnungen schärfte Volodius die Waffen seines Ehrgeizes wie zu keiner anderen Gelegenheit. Und so trat er dann, nach langen durchgrübelten Nächten, am Morgen des Turniers unter dem aufgeregten Gezwitscher seiner unzertrennlichen Vögel hinaus auf die Walstatt. Und das Licht der neuen Sonne sagte ihm, daß die Zeit der Träume vergangen und die der Wirklichkeit angebrochen war.

In den Kampfspielen tat er sich nicht nur durch seine Kühnheit, die Stärke seines Arms, sein Draufgängertum oder gar durch Anmaßung hervor, sondern mindestens ebensosehr durch vornehme Zurückhaltung, was ihm bei seinem ungezügelten Temperament gewiß nicht leichtfiel. Zudem befleißigte er sich eines – selbstverständlich wohlkalkulierten – Edelmuts, den er besonders wirkungsvoll unter Beweis stellen konnte, wenn er seinen Gegner im Turnier besiegte. Das waren Tugenden, die es in dieser Familie noch nie gegeben hatte. Sie machten ihn zu einer überraschenden Erscheinung, die noch auffälliger wurde durch den Kontrast zu dem verwahrlosten Haufen rabiater Rabauken, die sich neben ihm auf dem Turnierplatz tummelten.

Der edle Arniswald und seine Söhne sowie einige andere aufrechte Männer – wenngleich kleinmütig geworden durch die Haltlosigkeit dessen, der eigentlich ihr Vorbild sein sollte – richteten ihr Augenmerk zum ersten Mal auf jenen hochgewachsenen Jungen, der sich in seiner Haltung wie in seinen Taten so ungewohnt ritterlich, maßvoll und vornehm zeigte. Wäre nicht die untadelige Tugend und Rechtschaffenheit seiner Mutter, der Markgräfin Volinka allgemein bekannt gewesen, hätte manch einer seinen Zweifel gehabt, daß Volodius der Sohn eines solchen Vaters war.

Sirko, der Erstgeborene, war zwar ein ebenso tapferer und vielleicht sogar noch ein bißchen besserer Kämpfer als Volodius, doch in seiner Grobschlächtigkeit, seiner Bösartigkeit und Grausamkeit trat das Erbe des Vaters deutlich hervor.

Was Roedisius betraf, so reichte sein bißchen Kraft – das er allerdings auf niederträchtigste Art einzusetzen wußte – gerade so eben dazu aus, um unter einfältigem Gackern einen Bierkrug durch die Luft zu schleudern, ohne den Unglücklichen, den er sich zum Ziel erkoren hatte, jemals nur annähernd zu treffen. Selbst wenn er dazu alt genug gewesen wäre, hätte nicht einmal Sykrosius sich getraut, ihm eine Lanze in die klobige, kurzfingrige Hand zu geben. Und falls es ihm einmal gelang, auf den Rücken eines Tiers – und sei es nur eines Hundes – zu klettern, landete er mit unfehlbarer Regelmäßigkeit gleich darauf krachend auf der Erde. Seinen von Natur aus mißgestalteten Kopf zierte er somit nach Kräften noch mit jeder nur denkbaren Form von Quetschungen und Beulen. Verständlicherweise hielt sich Volodius von dieser Horde von nächsten Verwandten und deren Kumpanen tunlichst fern.

Dann kam der Tag des Duells auf Leben und Tod. Zu Zeiten des Markgrafen Olar waren solche Zweikämpfe strikt verboten worden, doch Sykrosius machte die Verfügung – wie vieles andere – rückgängig und ließ diese Kämpfe zu seinem und seinesgleichen Vergnügen wenigstens einmal jährlich wieder stattfinden. Als Zeitpunkt hatte er ausgerechnet Pfingsten gewählt, denn nach seinem Dafürhalten traf den Unterlegenen nichts anderes als der göttliche Zorn für eine Sünde, die er begangen hatte oder – würde er weiterleben – gewiß noch beginge.

Nachdem Volodius seinen Gegner im Turnierkampf bezwungen hatte, geschah etwas für jene Berserker so Unglaubliches, daß ihnen schier die Augen übergingen. Als alle gespannt darauf warteten, daß Volodius seinen zu Boden geworfenen Widersacher mit der Lanze durchbohrte, schenkte er ihm das Leben. Zum Gegner hatte er sich wohlbedacht einen verschlagenen kleinen Feudalherrn ausgewählt, einen geborenen Verräter, der unter Sykrosius' Schutz eine Bande von Raubrittern befehligte, dessen kriegerisches Geschick aber keineswegs zu verachten war. Mit selbstbewußter Großherzigkeit, ja, sogar mit einer gewissen Artigkeit rühmte Volodius vor versammeltem Adel das große Kämpferherz seines Gegners – was durchaus nicht gelogen war – sowie dessen einzigartigen Edelmut – der absolut erfunden war – und fügte dann mit wohlüberlegten Worten hinzu, daß er angesichts der Gefahr, die ihm eines Tages von den immer zahlreicher werdenden Feinden Olars drohen könne, gewiß dankbar sein werde, einen so edlen und unschätzbaren Kämpen an seiner Seite zu wissen.

Solch ehrtriefende Worte hätten den arg zerbeulten Raubritter beinahe doch noch das Leben gekostet, da er vor lauter Staunen zu atmen vergaß. Verschwommen drangen ihm die klaren, einprägsamen Worte des Siegers ans Ohr, und als seine Schildknappen ihn mit sicherem Griff unter die Achseln vom Turnierplatz schleiften und ihm unterwegs Bier ins Gesicht schütteten – das einzige Mittel, ihn in die Welt der Lebenden zurückzubringen –, glaubte er fest, Satans Helfer seien soeben dabei, ihn für die ewigen Qualen der Hölle zuzurüsten.

Das blutige Fest war beendet und alles schon betrunken, bevor man überhaupt einen Bissen von all den Schweinen und Ochsen am Spieß zu sich genommen hatte, mit welchen Sykrosius einen solchen Tag zu beschließen pflegte. Da trat Arniswald zu Volodius und begehrte ihn zu sprechen. Mit wohlbedachten Worten – schließlich kannte man die Familie des Zweitgeborenen, was einen Rest an Mißtrauen immer noch angezeigt erscheinen ließ – äußerte er sein Wohlgefallen und auch sein Befremden ob jener ritterlichen Geste beim Turnier. Volodius warf sich daraufhin in seine vornehmste Pose, die er lange einstudiert und zu deren Vorbild er sich die ritterlichen Helden genommen hatte, von denen ihm Almandin aus dem Buch der Abundios vorzulesen pflegte. Er verstehe nicht, entgegnete er, daß jemand sich über solch ein Verhalten wundern könne, müsse dies seinem Verständnis nach für jeden wohlgeborenen Edelmann doch eine Selbstverständlichkeit sein. Und so entspann sich ein Gespräch – anfangs noch zurückhaltend, später jedoch offener – zwischen Arniswald und Volodius, an dessen Ende der alte Mann aus dem Staunen gar nicht mehr herauskam.

Hätte der Markgraf doch nur einen Erstgeborenen wie den jungen Volodius und nicht diesen grobschlächtigen Ochsen von Sirko! So ließ sich der Baron später im Kreis seiner Vertrauten vernehmen – kleinmütigen und verbitterten Edelleuten wie er selbst. Woraufhin der kleinmütigste und verbittertste dieser würdigen Herren hervorsprudelte:

»Volodius ist der einzige in der Familie, der Beine hat, die auch wie solche aussehen und nicht wie unten aus dem Leib herausgewachsene Hufe.«

Mit derlei kühnen Worten pflegten die Herren den Markgrafen und seine Gefolgschaft herunterzuputzen, wenn sie hin und wieder heimlich auf Arniswalds Burg beisammensaßen und sich zu energischeren Taten nicht aufraffen konnten.

Und diese erstaunliche Aussage, so banal sie scheinen mochte, stärkte bei ihnen allen das neuerwachte Vertrauen, das Volodius in ihnen geweckt hatte. Die menschliche Natur ist doch eigenartig, dachte Volodius, der hinter einem Butterfaß versteckt gelauscht hatte.

Und er wachte aufmerksam darüber, daß diese zwar nur schwach züngelnde, aber immerhin vorhandene Glut der Hoffnung und des Vertrauens, die in seine Person gesetzt wurden, nicht erlosch. Er sorgte dafür, daß ihm die Gesellschaft der kleinlauten Edelleute erhalten blieb. Und nach und nach – sie hätten gar nicht sagen können, woher sie den Mut nahmen – machten sie ihn zum Hüter ihrer zahllosen Klagen und Bedenken.

»In Olar sollen wieder Recht und Frieden herrschen«, schwor Volodius schließlich und küßte feierlich den Knauf seines noch recht neuen Schwertes. Und obwohl dieses Versprechen ebenso ungenau wie großartig war, spürten alle, denen Demütigung und Leid zuteil geworden, wie ihre verdorrten Hoffnungen zu neuem Leben erwachten.

Seit dieser Zeit waren Arniswalds Söhne, drei verläßliche Burschen und ebenso gutgläubig wie ihr Vater, die treuesten Gefährten des jungen Zweitgeborenen. Und Volodius wußte sich ihnen so darzustellen – wenngleich unter gewaltsamer Knebelung seines auftrumpfenden Naturells –, daß die Jungen hinterher noch lange über seine Bildung, seine Kühnheit und seinen Gerechtigkeitssinn sprachen. Die Krüge mit goldenem, schaumigem Bier in der Hand, haderten sie seufzend mit ihrem Schicksal, welches ihnen keinen Markgrafen wie Volodius, sondern den unseligen Wüterich von seinem Vater beschert hatte. Aber sie unternahmen nichts, um daran etwas zu ändern.

Der Herbst stand vor der Tür, doch der Sommer wich nur widerstrebend. Und wie bei solchen Witterungsverhältnissen üblich, wich die Hitze der Hundstage nur zögernd, tückisch schleichend und zersetzend: ein gutes Klima für Wahnsinn und Revolten, für Liebe und Haß. Genau dieses witterte Volodius' feine Nase an dem Morgen, als er seinen Bruder Sirko beiseite nahm. Er führte ihn in einen etwas düster wirkenden, dafür aber angenehm kühlen Raum über den Kerkern und ließ Bier in Krügen kommen. Als sie schließlich allein waren, sagte er zu seinem Bruder: »Ich habe viel über uns und unseren Vater nachgedacht. Und ich bin zu der Einsicht gekommen, daß du an seine Stelle treten solltest, denn er ist kein würdiger Herrscher mehr, mein Bruder.«

Sirko verschlug es die Sprache. Denn wenn er etwas fürchtete auf dieser Welt, dann waren es der Tod und der Teufel, der Bannfluch der Kirche und sein Vater.

Ohne ihm Zeit zu geben, über sein verantwortungsloses Geschwätz weiter nachzudenken, schenkte Volodius ihm ein. Bier und noch mehr Bier, bis Sirko schließlich vom Stuhl kippte und man ihn wie einen Sack zu seiner Bettstatt tragen mußte.

Dann rief Volodius den kleinen Almandin und diktierte ihm einen Brief an den Abt von Abundios. Darin legte er ihm seine und seines Bruders Unzufriedenheit mit dem Vater dar, bot ihm seine Unterstützung an und versicherte ihm, daß, falls er sich gegen Sykrosius erhöbe – der Abt verfügte über Soldaten, er nicht –, viele noch unentschlossene Edelleute es ihm gleichtun würden. Er sprach auch von einem König und einem Königreich, doch dies so undeutlich, daß sich jedermann – sogar der Abt selbst – angesprochen fühlen konnte.

Als Sirko aus seinem Rausch erwachte, schickte Volodius ihn

mit dem Brief zum Kloster. Begleiten ließ er ihn von Roedisius, dem Jüngsten, mit dem er vorher heimliche Gespräche geführt und bei denen jener immer nur lachend mit dem Kopf genickt hatte. Mit träumerischem Blick verfolgte Volodius nun den Aufbruch seiner Brüder zum Kloster von Abundios. Er allein blieb bei seinem Vater zurück und behielt den kleinen Almandin an seiner Seite.

Später, als es dunkel wurde, ritt er unbemerkt zu den Burgen und Herrensitzen jener Ritter und Landjunker, die nicht Sykrosius' Gunst genossen. Darüber hinaus schickte er sogar Boten zu den marodierenden Raubrittern, an denen sein Vater mitverdiente, und bot ihnen sowohl Straffreiheit als auch eine sorglose Zukunft in seiner Landsknechtstruppe an.

Das Ergebnis seiner nächtlichen Tätigkeiten übertraf jede Erwartung: Ganze Banden von Straßenräubern und Geächteten, gesetzlosen Abenteurern und Habenichtsen kündigte Sykrosius die Gefolgschaft, als sie von dem Angebot des Zweitgeborenen hörten, und schlugen sich auf dessen Seite. So sah Volodius bestätigt, wie sehr sein Vater im ganzen Land verabscheut wurde.

Nachdem die Dinge so eingefädelt waren, weitete sich der Aufstand des Abts zu einem wütenden Heersturm aus. Ihre besten Verbündeten fanden die Horden von Sirko und Abundios sogar innerhalb der Burgmauern; und dies waren Volodius und seine Getreuen. Wer den Sieg davontrug, ist leicht zu erraten.

Nicht so leicht zu erkennen ist der Grund, warum Sirko starb. Hatte Volodius in seinen Geheimgesprächen mit Roedisius den Schwachkopf etwa dazu angestachelt, seinen Bruder zu töten? Ihn in der trügerischen Hoffnung gewiegt, an Sirkos Stelle den Thron besteigen zu können? »Du wirst herrschen in Olar. Ich werde dein Berater sein, und wir beide regieren.« Hatte Roedisius deswegen laut gelacht, als sie den Brief zum Kloster brachten? Wer weiß ... Tatsache ist jedenfalls, daß er unmittelbar nach der Schlacht seinem Bruder Sirko am Festungsgraben das Schwert in die Brust stieß. Und eine solche Wonne schien ihm dies zu bereiten, daß er sich lachend in dem Blut seines Bruders wälzte.

Sykrosius wurde in seinem eigenen Bett enthauptet, wo er – besinnungslos betrunken – vom Aufstand überrascht wurde. Böse Zungen behaupteten Jahre später, Volodius habe den Vatermord begangen; doch andere versicherten, ihn zur selben Zeit auf den Mauern kämpfen gesehen zu haben. Durch wessen Hand Sykrosius starb, ist nicht bekannt. Kein Zweifel besteht hingegen, daß Volodius ihn, obschon enthauptet, zusammen mit seinen wenigen Getreuen an den Galgen des Burgfrieds aufknüpfen ließ; desselben Burgfrieds, von dem früher die Leiber von Verbrechern und mutmaßlichen Verrätern baumelten; desselben, auf dem ein hübscher Ausgucklehrling, von aller Menschenliebe verbannt, die Sprache der Bäume und der Vögel erlauschte.

Dann küßte Volodius den Knauf seines Schwertes, reckte es gegen den Himmel, der plötzlich schwarz von Vögeln war, und stieß einen markerschütternden Schrei aus; einen Schrei, der alle anderen Geräusche ersterben ließ, alles Wehklagen und jedes Triumphgeheul in der Luft. Und an seinem Ende hörte man eine kindliche Stimme die Worte sprechen: »Mutter, o Mutter, ich habe dich gerächt.«

Danach wurde es noch stiller, unwirklich still. Es war eine hörbare Stille, die man fast sehen, fast berühren konnte. Wie unter einem Zauber wandten sich alle Köpfe und alle Augen, in denen noch Leben war, zum Burgfried hinauf, auf dessen Zinnen sich ein merkwürdiger Glanz verbreitete, als zwischen den Schießscharten die Gestalt eines Kindes sichtbar wurde. Es war der kleine Almandin, und auf jeder Faust trug er einen Falken. Er stieß einen wehenden Schrei aus, der sich wie der Wind in den Pappeln anhörte, und die beiden Falken stiegen in die Lüfte. Gleich darauf kehrten sie zurück. In ihren Krallen trugen sie einen schlichten Kranz. Langsam, beinahe respektvoll flogen sie zu Volodius und ließen den Kranz auf sein Haupt niedersinken. Danach erhoben sie sich in die Lüfte und waren nie mehr gesehen.

Die Ausrufung des Königreichs und Volodius' Krönung waren im Grunde ebenso einfache wie unabwendbare Ereignisse. Volodius und seine getreuen Ex-Raubritter, gekränkten Landjunker und Barone brachten den Abt mit seinen Ansprüchen schnell auf den Boden der Tatsachen zurück, welcher der des Klosters war, wo der Ordensmann unter Hausarrest gestellt und so gut wie aller Macht entkleidet in hilflosem Zorn mit ansehen mußte, wie Volodius den Thron bestieg und unumschränkter König und Herrscher über das frisch aus der Taufe gehobene Königreich Olar wurde.

Kurz nach der Krönung starb Roedisius auf ungeklärte Weise. Der alte Abt in seinem erzwungenen Arrest ließ sich nicht den Mund verbieten und schüchterte sogar Volodius ein, indem er ihm drohte, der Große König aus dem Westen werde kommen, ihn als Strafe für seine Missetaten vom Thron jagen und sein ebenso neues wie unrechtmäßiges Königreich dem Erdboden gleichmachen.

An der Spitze seiner besten Männer ritt Volodius daraufhin in die Hochtäler im Westen, wo sich die Tundra erstreckte, aus der, solange er lebte, noch nie ein Mensch nach Olar gekommen war. Dort erwartete er den Großen König, der sein kühnes Vorgehen angeblich bestrafen sollte. Drei Tage und drei Nächte lang lagerte er mit seinen Männern am Rande der Tundra. Der Wind zerrte an den Bäumen, und die Stille wurde so dicht wie Stein.

Am Abend des dritten Tages glaubte er das sonderbare Leuchten, das Sykrosius' Gesichtszüge während seiner Trinkgelage manchmal verklärte, nun vor sich erstrahlen zu sehen. Er glaubte, im Wind Bruchstücke von Prophezeiungen zu hören, Echos einer unverständlichen Verwüstung, und schließlich die Stimme seines Vaters: »Und von Westen, mein Sohn … das Vergessen.« Volodius erschauerte bis ins Mark. Er warf sein Pferd herum und befahl den Rückzug. Von der angedrohten Macht des großen Königs und von diesem selbst hörte oder sah man in Olar nie wieder etwas.

Abundios' Abt starb im Zorn, und seine Nachfolge trat jener düstere Mönch an, der Almandin das Lesen beigebracht hatte.

Verwunderlich war indessen, welches Befremden die jüngsten

Entwicklungen gerade auch beim Adel hervorriefen, vor allem als dieser nach und nach seiner Privilegien beraubt und gezwungen wurde, sich mit Leib und Leben und allem irdischen Besitz dem nun einzigen und absoluten Herrscher zu unterwerfen: König Volodius. Immerhin hätten die edlen Herren bedenken können, daß die Hände, in die jetzt ihr ganzes Dasein gelegt war, dieselben Hände waren, die den Leichnam des eigenen Vaters am Burgfried aufgeknüpft hatten.

4

Den leiblichen Brüdern hatte Volodius in seinen Plänen keinen Platz eingeräumt, doch den Bastard Almandin hielt er stets an seiner Seite. So wuchs und festigte sich die Macht des jungen Königs und heftete sich an seinen Thron wie eine Muschel an das Riff.

Almandin, der treue Knappe, folgte ihm auf Schritt und Tritt; er reichte ihm sogar den Wein und das Essen und bewachte seinen Schlaf. Doch weder die Jahre noch höchste Ämter vermochten ihn in seinem Wesen zu ändern. Er blieb der naive, belesene Träumer, der in einer unzugänglichen Welt lebte, in der er mit Flüssen und Bäumen, mit Wind und Wiesen und Gewittern sprach. Kam es zum Kampf, folgte er dem Pferd des Königs dichtauf und rettete ihm einmal sogar das Leben, doch obwohl er mit Waffen umzugehen verstand, nahm er lieber ein Buch in die Hand als das Schwert. Almandin lebte in einem gedankenverlorenen Reich von Wörtern und Klängen; er war ein treuherziger und ernster Mensch, und er verabscheute Blut.

Auch Volodius hegte einen Abscheu: die alte Burg, auf der er geboren war und seine Mutter hatte sterben sehen. Er befahl, eine neue Burg zu bauen, weiter westlich, unmittelbar am großen See der Vermißten, wo eines Tages die Leichen des Schmieds und seiner jungen Frau angeschwemmt worden waren. Volodius gab nichts auf solche Geschichten, aber er mochte das sanfte

Gelände, die Birken, die Ahornbäume und die schattigen Wälder an den Ufern des Sees.

Die neue Burg wuchs ebenso unaufhaltsam wie seine Macht, und am Fuß ihrer Mauern entstand die Stadt Olar, die künftige Hauptstadt des Königreichs. In der Ferne ragte Sykrosius' alte Burg düster gegen den Abendhimmel. Sie war einem Brand zum Opfer gefallen, und der schwarze Ruß auf ihren Mauern sollte nie mehr weichen; auch dann nicht, als Volodius sie Jahre später großzügig wiederherrichten ließ und sie samt dazugehörigem Land und einer eigenen Leibgarde seinem Halbbruder Almandin zum Geschenk machte. Seit Sykrosius' Tod wurde sie von allen Menschen in Olar – auch vom König – nur noch der Schwarze Turm genannt.

Nachdem Volodius schon einige Jahre regiert hatte und seine Beliebtheit im Land ein wenig nachließ – unter seiner eisernen Hand sehnte sich mehr als ein verblendeter oder nachtragender Untertan nach den Zeiten des Markgrafen Sykrosius zurück –, brachen die Wilden Horden in Olar ein und säten wieder einmal Angst und Schrecken in den Dörfern der Prärien.

Volodius warf sich ihnen unverzüglich mit seiner ganzen Streitmacht entgegen. Er bekämpfte, unterwarf und verfolgte die Schwarzen Teufel mit solcher Wut, List und Kühnheit, daß er die bedingungslose Loyalität seiner Untergebenen zurückgewann. Bewunderung, Furcht und Respekt brachten sie am Ende jenem Mann entgegen, der – die Köpfe von zwei Anführern der Steppenreiter auf lange Lanzen gespießt – siegreich in Olar einritt. Aber damit ließ Volodius es nicht bewenden. Die verfallenen Wehrtürme im Osten, die Graf Olar unter unsäglichen Mühen errichtet und Sykrosius mit sträflicher Nachlässigkeit verkommen lassen hatte, wurden wieder aufgebaut und verstärkt und sogar bis in die Steppe hinein vorgeschoben. Wieder wehten die Banner des Reiches am Horizont der Angst.

Der Ruhm dieses Sieges war noch frisch, als das benachbarte Land der Weringer von einer unerwarteten Invasion erschüttert wurde. Von Südosten, über jenen Weg, den sie dem Handel durch das Lysiasgebirge geöffnet hatten, fielen die Piraten des Südens über sie her. Sarazenen und Söldnerhorden aus der Steppe – Reste ehemaliger Stämme, vergessene Nomadenkönige – überrumpelten die friedlichen, nichtsahnenden Weringer. Verzweifelt bat König Wersko seinen wehrhaften Nachbarn Volodius um Hilfe.

Sie handelten annehmbare Bedingungen aus und vereinbarten die Heirat von Volodius und Werskos Tochter, die zu der Zeit allerdings erst sechs Monate alt war. Dennoch wurde eine Ehe in Vertretung geschlossen – die für Volodius der Schlüssel zu wichtigen Abkommen zu sein versprach –, und erst dann zog er mit seinem gewaltigen Heer gegen die Eindringlinge. Er vertrieb Söldner und Piraten aus dem Land und machte zahlreiche Gefangene. Doch er ging noch weiter: Von seiner unbezähmbaren Neugier getrieben, stieß er über enge Pässe durch das Lysiasgebirge vor, bis er als erster seines Landes und seines Geschlechts den Fuß an südliche Gestade setzte.

Nie zuvor hatte er das Meer gesehen, und lange stand er sinnend an seiner Küste. Danach griff er an, besiegte und unterwarf kleinere Länder ringsum und verleibte sie seinem Königreich ein. Er verliebte sich in den Wein, die Sonne und in die Bräuche des Südens. Nachdem er den Wein zum ersten Mal gekostet hatte – der damit zum unverzichtbaren Bestandteil seines Lebens und auch dieser Geschichte wurde –, blieb das Bier als Getränk für immer von seiner Tafel verbannt. Als nächstes eignete er sich sämtliche Weinberge an und vertrieb gnadenlos alle Weinbauern und Winzer. Jahr für Jahr zogen hernach lange Karawanen vom Süden durch das Lysiasgebirge und brachten den Wein zu seiner Burg am Ufer des Sees. Kein Mensch aber ahnte etwas vom Schrecken und der Verzagtheit, die jene Welt des Südens ihm einflößte. Die fatale Folge war, daß er sich dort grausamer gebärdete als überall sonst. Auch das Meer machte ihm angst.

Die Eroberung und Unterwerfung des Südens waren in Wirklichkeit kein leichtes Unterfangen. Oft wurde bis an die Grenzen der Erschöpfung gekämpft, und zahllose Fürsten, Grafen, Landherren und Bauern, die sich Volodius' rücksichtslosem Vorgehen widersetzten, wurden unnachgiebig bestraft. Kampflos ergaben sich die wenigsten.

Nachdem er den Süden unterworfen hatte, setzte Volodius zwar Gouverneure und Statthalter ein, doch das Land war er. Zurück in Olar, ließ er den König der Weringer – der während des Feldzugs im Süden nur als farbloser Schatten an seiner Seite geritten war – die ganze Härte seiner skrupellosen Gesinnung spüren. Unter dem Vorwand, daß die Prinzessin – seine noch kein Jahr alte Gemahlin – der plötzliche Kindstod ereilt hatte, zieh er Wersko des Verrats an seinen Abmachungen und Versprechen. Er ließ ihn in den Kerker werfen und ernannte sich selbst zum neuen König der Weringer. Ihr Land wurde in das Königreich Olar eingegliedert, welches sich nun weiter nach Südosten hin ausdehnte und über das Lysiasgebirge hinaus nach Süden bis ans Meer reichte. Aber sowohl die Weringer als auch die Länder im Süden zettelten in der Folgezeit einen Aufstand nach dem anderen an und gönnten Volodius keinen Augenblick der Ruhe. Am Ende behielt er jedoch die Oberhand, und dann preßte er diese Länder aus wie eine Zitrone.

Volodius schlug sich sein Leben lang mit den Steppenreitern herum, und am Ende seiner Tage brachten ihn diese Schwarzen Teufel fast um den Verstand. Eine endgültige Niederlage war ihnen einfach nicht beizubringen. Immerhin hielten die Befestigungsanlagen im Osten, was bei den Gegnern, mit denen man es zu tun hatte, schon viel war.

Im Schluchtenland hatte sich während dieser ganzen Ereignisse nichts gerührt, und es blieb verschlossen wie eine gewaltige Auster. Volodius war klug genug, Tersgarinus in Frieden zu lassen, wie dieser auch ihn in Frieden ließ.

Alles in allem bestand Volodius' Herrschaft aus einer Abfolge von grausamen Kriegen und ruhmreichen Siegen. Edelleute, Landjunker und Vasallen – obwohl bis aufs Blut gepeinigt – wagten in seiner Gegenwart kaum mit der Wimper zu zucken. Er schuf ein mächtiges Heer, und er selbst wurde so legendär wie seine Macht. Am Ende seiner Tage herrschte er möglicherweise mehr durch sein Ansehen als durch tatsächliche Kraft; doch strenggenommen wäre es zum einen ohne das andere nicht gekommen. Vielen machte er das Leben zur Hölle, wenigen wurde er gerecht, dem einen oder anderen verhalf er zu Größe. Er baute viel auf und vernichtete noch mehr. Insgesamt wurde er mehr gefürchtet als geliebt; doch einen Besseren oder Stärkeren als ihn dürfte es kaum gegeben haben, da niemand ihn vom Thron stürzte oder ihm das Königreich entriß.

Unter seiner Herrschaft entstanden Städte und Dörfer, Klöster und Kirchen. Er ließ einen Teil der Wälder roden und vergrößerte im Norden das anbaufähige Land. Unter seinem besonderen Schutz standen die Handelskarawanen aus dem Süden, die Stoffe, Gewürze und das Papier nach Olar brachten. In den Straßen der Städte und Dörfer öffneten – wenngleich noch zögernd – erstmals Handwerker ihre Läden, und erste Manufakturen entstanden; Färber, Töpfer, Weber und sonstige Handwerker kamen aus anderen Ländern und öffneten ihre Werkstätten, wo bislang nur Tagelöhner, Holzfäller, Hühner und magere Hunde herumgestreunt waren. Er ließ Dörfer befestigen und Städte mit Mauern einfassen, und obwohl er die Macht und die Privilegien geistlicher Herren bis auf ein Minimum beschnitt, wußte er ihre Klöster durch kluge und wirksame Schenkungen zu bereichern.

Bis zum Ende seiner Tage blieb Volodius ein roher, ungebildeter, tapferer, listiger und mißtrauischer Mensch. Unbarmherzig gegen jeden, bei dem er es sich leisten konnte, und großzügig, wenn er es für angebracht hielt. Aber er war ein großer König, und ohne ihn wäre Olar niemals das geworden, was es war.

Bis eines Morgens im Herbst auch für Volodius der schwarze Fährmann in dem dunklen Nachen kam, der den letzten Tag des Lebens im Schlepptau hat.

III

DIE BASTARDE

I

Graf Tuso war ein hochgewachsener, hagerer Mann mit bleichem Gesicht. Er war stets in schwarze Gewänder gekleidet und trug eine – ebenfalls schwarze – Filzkappe mit Besatz aus Biberfell. Kein Mensch in Olar wagte es, sich ihn zum Feind zu machen, denn seine scharfe Zunge und seine Bösartigkeit hatten sowohl dem Adel als auch dem einfachen Volk bereits viel Tod und Verderben gebracht. Sein Ehrgeiz war maßlos; und da er in den letzten Jahren, als Volodius schon langsam und schwerfällig geworden war, praktisch über das Wohl und Wehe des Hofes und sogar des ganzen Landes bestimmte, mochte es keinen verwundern, daß Tuso zu gleichen Teilen umschmeichelt und verabscheut wurde. Furchteinflößend aber war für die Bewohner von Olar – die für ihre Neigung zu Aberglauben und Geisterseherei bekannt waren – nicht nur sein finsterer Ruf, sondern auch seine undurchsichtige Herkunft.

Viele Jahre waren seit der siegreichen, wenngleich nicht sehr ruhmreichen Einverleibung des Landes der Weringer vergangen, aus dem ihn der König damals mit nach Olar gebracht hatte. Er stellte ihn dem Hof als einen über alle Maße klugen und weisen Mann vor, was der Wahrheit entsprach, doch wenn er ihn dazu noch als ergebenen Untertanen einzuführen suchte, stieß er allseits auf Mißtrauen. Im Weringer Land war Graf Tuso nämlich Berater von König Wersko gewesen, was ihn allerdings nicht gehindert hatte, sich gegen seinen König zu verschwören und auf die Seite des Stärkeren zu schlagen. Er konnte nicht nur fließend lesen und schreiben, sondern beherrschte auch die Mathematik sowie weitere Wissenschaften, von denen er nicht sprach, denn Volodius – der sein olarensisches Erbe in dieser Hinsicht nie verleugnete – pflegte jeden, der mit solchen Dingen allzusehr prahlte, kurzerhand auf den Scheiterhaufen zu schicken. Mit seinen Fähigkeiten als Reichsverweser und seinem höfischen Instinkt hatte Graf Tuso in dem zwar mächtigen, aber ebenso verwilderten wie ungebildeten Hofstaat von Olar schon bald die begehrte Stellung des königlichen Beraters einnehmen können. Am ganzen Hof beneidet und verflucht zugleich, führte dieser Mann nun schon seit geraumer Zeit die Geschicke des Landes ganz allein. Volodius war wohl der einzige, der nicht einsehen wollte, daß er alt wurde und ihm das Regieren immer mehr entglitt.

Obzwar es Graf Tuso an Kunstfertigkeit und Macht dazu nicht gefehlt hätte, war sein Streben nie auf die Krone gerichtet. Das hatte er schon mehr als einmal bewiesen. Der Beruf des Königs war ganz und gar nicht nach seinem Geschmack, er hätte ihn nur als Last empfunden. Eine Krone wog viel zu schwer auf dem Haupt von – wie er es ausdrückte – »Männern mit schwachem Körper und mächtigem Geist«. Er zog es vor, hinter dem Thron zu stehen, anstatt ihn zu erklimmen. Auf diese Art war es wesentlich einfacher, sich bei Fehlentscheidungen aus der Verantwortung zu stehlen, Erfolge aber für sich zu reklamieren; eine Kunst, die er vollendet beherrschte. Seine Zunge war so scharf, seine Argumente waren so geschliffen, und beide wußte der Graf so geschickt einzusetzen, daß er es nicht nur geschafft hatte, sich vor dem Galgen oder dem Gevierteiltwerden zu retten – einem Schicksal, das die meisten Weringer erwartete, ganz gleich, ob sie Volodius gedient oder bekämpft hatten –, nein, er war darüber hinaus sogar reich geworden und stand nun an der Seite des Mannes, der seine Landsleute und seinen König vernichtet hatte, welchem Graf Tuso so ergeben gewesen war wie Volodius heute.

Eines seiner Augen war blau, das andere gelb. Diese mit einer magnetischen Kraft ausgestatteten Augen hatten ihm geholfen, so mancher Gefahr zu entkommen. Und kam einmal ein unglücklicher Einfaltspinsel auf den Gedanken, ihn öffentlich des Betrugs, der Unterschlagung, Wucherei, Hexenkunst oder eines Pakts mit dem Teufel zu beschuldigen, brauchte er seinem Ankläger nur fest ins Auge zu blicken, um ihn vollkommen willenlos zu machen. Zugleich sprangen ihm so sprühende Argumente zu seiner Entlastung von den Lippen wie Blitze aus den Augen; so daß am Ende aus dem Ankläger oft genug ein zitternder Angeklagter geworden war, stumm wie ein Stein und schlotternd vor Angst, der gewöhnlich im Kerker oder auf dem Scheiterhaufen landete.

Derlei Eigenarten hatten entschieden dazu beigetragen, daß Graf Tuso ein so mächtiger Mann geworden war. Und obwohl viele Menschen ein Leid oder Unglück zu beklagen hatten, dessen Ursache Graf Tuso war, und obgleich auch seine Gestalt, seine schwarze Kleidung – die Schultern stets von Schuppen beschneit – und seine feuchtkalten Hände mit den gelben Fingernägeln Abscheu in ihnen hervorriefen, hörten die Leute dennoch nicht auf, ihm freundlich zuzulächeln, zu schmeicheln und ihn mit Geschenken zu überhäufen – wohl wissend, daß die Ungnade der Welt über sie kam, wenn sie bei ihm in Ungnade fielen.

Während der letzten Jahre von Volodius' Herrschaft war das Land in eine zuvor noch nie gekannte, behäbige Friedlichkeit versunken, nur gestört hin und wieder von Händeln unter den einheimischen Edelleuten, welche sich aus lauter Langeweile manchmal gegenseitig überfielen. »Der König«, so sagten sie, »ist tatsächlich alt geworden.« Graf Tuso dagegen hielt die absolute Macht in seinen Händen und glaubte sich vor allen Angriffen gefeit. Er wohnte in der Hofburg, wo auch Volodius' rauhbeiniges Gefolge seinen endgültigen Platz gefunden hatte. Tuso hatte weder Frau noch Kinder, seine einzige Leidenschaft war das Anhäufen von Gold und, ab und zu, ein Glas von dem guten alten Wein des Südens, der auch vom König und von den Bewohnern Olars sehr geschätzt wurde.

In den eisigen Korridoren der Burg, wo im Winter die Feuchtigkeit von den Wänden rann und in den Zimmern grobe Wandteppiche und Felle die Unbilden des Klimas mildern sollten, kursierten immer häufiger Gerüchte des Inhalts, daß Tusos Einfluß auf den Monarchen nicht seiner Verschlagenheit und nicht seinen – unbestrittenen – organisatorischen Fähigkeiten zuzuschreiben sei, nicht Zauberei und bösem Pakt, sondern schlicht und einfach der Abnormität seiner Augen. Wenn Graf Tuso dem König einen Fall vortrug, einen Rat gab oder auch nur einen Vorschlag unterbreitete, pflegte er dem Monarchen dabei gerade ins Gesicht zu starren, so daß dieser – zwischen dem blauen und dem gelben Auge schwankend, unsicher, mit welchem von beiden ihn der Graf anschaute, unsicher auch, auf welches er selbst den Blick richten sollte – die ganze Zeit in einem Zustand der Ungewißheit verharrte und alles andere vergaß. Auf diese Weise besiegelte und befürwortete er alles, was Tuso ihn vorgeblich fragte, in Wirklichkeit jedoch seinem König befahl. Da zur selben Zeit der Verfall des Monarchen immer offensichtlicher wurde – was offen anzusprechen indes jeder tunlichst vermied –, fragte man sich am Hofe voller Besorgnis, wer am Ende wohl die Nachfolge des Großen Volodius antreten werde.

Es ging das Gerücht und wurde schließlich auch bestätigt, daß Graf Tuso unter den Söhnen des Königs den Thronfolger bereits erkoren hatte. Alle Anzeichen deuteten darauf hin, daß sein magerer Knochenfinger – ohne daß er es jemals ausgesprochen hätte – sich auf des Königs Erstgeborenen gerichtet hatte, dem ältesten der Brüder Vulgaro.

Diese Brüder waren allesamt rothaarig und hatten so große Zähne, daß diese sich auch bei geschlossenem Mund noch über die Lippen schoben. Sie waren die Frucht der Liebe von Volodius und der Gräfin Vulgaro, einer früheren Geliebten des Monarchen. Es hieß, die Gräfin sei seinerzeit die Konkubine König Werskos gewesen und – so wollten es Gerüchte wissen – der Grund dafür, daß in jenen Tagen des Verrats und der Intrige die Geschicke Tusos und des Königs von Olar zusammengeschmiedet wurden. Als nämlicher sie zum erstenmal erblickte, war die Gräfin noch keine dreizehn Jahre alt, aber von einer körperlichen Reife und so bezauberndem Äußeren, und so leuchtend rot war ihr Haar, daß Volodius vor Bewunderung der Mund offen blieb.

Tuso – damals Berater des unglücklichen und allzu vertrauensseligen Wersko – entging nicht die Wirkung, welche die junge Frau auf Volodius ausübte. Er zögerte keine Sekunde lang, den Gefühlen des Herrschers zuzuarbeiten, und wob das feine Gespinst, aus dessen Faden später das Netz von Verleumdung und Verrat geknüpft werden sollte, in dem König Wersko sich hoffnungslos verfing. Böse Zungen behaupteten, daß Tuso den König, als dieser nach dem Namen der zart erblühten Gräfin fragte, dahingehend in Kenntnis setzte, daß sie die Witwe eines gewissen Grafen Vulgaro sei, eines tugendhaften Edelmannes, der den unglücklichen Einfall gehabt hatte, sich mit diesem appetitlichen Geschöpf zu vermählen, als er bereits mit einem Bein im Grabe stand. Ob die Heirat selbst ihn so stark mitgenommen hatte oder ob die Gräfin in der Hochzeitsnacht ein wenig nachhalf; am Tag darauf jedenfalls befahl der alte Vulgaro seinen Geist. Als Volodius die Geschichte hörte, entlud sich sein Mitgefühl – ein besonders feinsinniger Mensch war er nie gewesen – in schallendem Gelächter.

»Vulgaro?« gluckste er unter Tränen. »Kann ein Mensch so heißen?«

Und Graf Tuso erwiderter ernst: »Gewiß, Majestät. Es handelt sich um einen sehr alten Zweig vom edlen Stamm der Vulgaros.«

»Ah …«, stammelte Volodius, der sich seiner überschäumenden Unwissenheit nun doch ein wenig schämte. Von Stund an versagte er es sich, über den Namen seinen Spott auszugießen.

Die Gräfin gebar ihm sechs Söhne, von denen vier am Leben blieben. Sie selbst hatte sich mit den Jahren der Freßsucht ergeben und war ein fettes Weib geworden, dessen ehemals schlanke Taille niemanden mehr verführen mußte. Sie lebte im Süden des Landes, auf einer kleinen Burg, die der König ihr zum Geschenk gemacht hatte. Die Kinder blieben bei ihr, bis sie alt genug waren; danach kamen sie zum König und wohnten nun im Südturm des Schlosses von Olar.

Sie waren dreckstarrende, vulgäre Burschen, die mit ihren Hunden und ihrem Gesinde zusammenhausten. Keiner von ihnen hatte je im Leben sein speckiges Lederwams einmal gewechselt. Sie zogen es weder zum Schlafen aus noch bei wechselnder Jahreszeit, und wintertags froren sie sich darin zu Tode, während sie sommers im eigenen Schweiß brieten. Sie waren dumm und grausam, und ihr grölendes Lachen – dem jeder menschliche Klang abging – brachte bis früh in den Morgenstunden die Burgmauern zum Erzittern, so daß ihr Vater in ihnen unwillkürlich das verhaßte Bild des Markgrafen Sykrosius lebendig werden sah. Mit ihren Hunden, Falken und ihrer Dienerschaft – so vulgär und schmutzig wie ihre Herren, und Diebsgesindel dazu – wurden sie vom Volk nur mit Abscheu betrachtet.

Von ihrem Turm aus führte eine verschwiegene Tür durch die Mauer, und dieser Geheimgang wurde Tunnel der Lüste genannt. Durch ihn ließen sich die Brüder Vulgaro Frauen und junge Mädchen bringen, wann immer ihnen danach gelüstete. Ihre Dienerschaft raubte sie aus umliegenden Dörfern und Höfen und verschleppte sie mit Gewalt. Genau wie ihr Großvater Sykrosius begingen die Vulgaros Überfälle und jede Art von Mißbrauch und Gewalttätigkeit. Damit vertrieben sie sich die Zeit, spielten Würfeln mit den Soldaten oder übten sich im Gebrauch der Waffen. Allein der jüngste von ihnen – noch ein Kind, aber nichtsdestoweniger bereits grausam und verkommen wie seine Brüder – hatte die einstige Schönheit seiner Mutter geerbt und eine mindestens ebensogroße Portion gemeiner Niedertracht.

Als Dank für ihre große Fruchtbarkeit verheiratete Volodius die Gräfin mit einem verarmten ehemaligen Vasallen, der sich dank seiner bemerkenswerten Kenntnisse in Musik und Dichtung am Hof einen Namen gemacht hatte. In der rohen Umgebung machten seine guten Manieren und seine natürliche Anmut ihn gewissermaßen unersetzlich bei jedem Fest, auf dem Frauen zugegen waren. Er hatte sogar schon Gelage mit Zither und Laute begleitet sowie das eine oder andere Liedchen komponiert, und der König, der solche Gaben insgeheim bewunderte, war großzügig mit ihm umgegangen. Dieser Schöngeist war überall unter dem Namen Goldig bekannt, denn er hatte ein hübsches Mädchengesicht. Da er aber klein und unansehnlich war, polsterte er seine Kleidung mit Roßhaar und Rohwolle auf, um die körperliche Unzulänglichkeit zu kaschieren, was jedoch nur unvollkommen gelang. Im Lauf der Jahre und bei seiner Neigung zu gutem Essen bekam er dazu so feiste Hängebacken, daß seine schönen Augen mit den langen Wimpern gar nicht mehr zur Geltung kamen.

Gräfin Vulgaro ihrerseits war vom Wesen her dumm und faul und langweilte sich auf ihrem entlegenen Landsitz, wo sie sich die Zeit mit nichts anderem als Völlerei und süßem Nichtstun vertrieb. Den König belästigte sie so lange mit Botschaften und Bittgesuchen, bis er sie endlich mit Goldig verheiratete. Nach der Hochzeitsfeier in Olar kehrte die Vulgaro mit ihrem frisch angetrauten Gemahl in den Süden zurück. Der König hatte ihr noch ein paar Geschenke und einen Priester für die Kapelle mitgegeben; des weiteren übereignete er ihr ein bißchen Land und nahm sich dann vor, sie zu vergessen.

Nach nicht allzu langer Zeit jedoch bekam Volodius eine weitere Botschaft von der Gräfin. Sie teilte ihm mit, daß Goldig zwar nicht die geringste Neigung Frauen gegenüber bekunde – das Gegenteil war der Fall –, dies jedoch für sie ohne Gewicht sei, da ihre eigenen fleischlichen Gelüste – hieß es in dem Brief – schon vor langer Zeit gestillt worden seien. Nein, vielmehr amüsiere sie sich köstlich und lache über die Possen und Liebeleien des armen Goldig, der hinter strammen Bauernburschen und zierlichen Pagen gleichermaßen herlaufe und sie selbst ab und zu mit herzzerreißenden Balladen von tragischer Liebe anrühre. Was hingegen ihre Söhne betraf – und das war der eigentliche Grund für den Brief – so hatte sie, wie es im Volksmund hieß, die Nase gestrichen voll von ihnen. Erst vor wenigen Tagen hätte diese Horde von Barbaren Goldig mit den Füßen an einem Feigenbaum aufgehängt, und wäre sie nicht rechtzeitig zur Stelle gewesen, hätte es den Unglücklichen das Leben gekostet. Die Gräfin schickte die Jungen also zusammen mit dem Brief zum

König, »damit Er« – die Botschaft war vom Priester mit wohlgesetzten Worten zu Papier gebracht worden – »eine förderliche Tätigkeit für sie finde, wie beispielsweise das Handwerk der Waffen. Wenn das nichts fruchte, solle Er sie in die Verbannung schicken oder sich ihrer sonstwie entledigen, schließlich seien sie sein Fleisch und Blut.«

Der König war über die Sendung keineswegs erfreut. Vom ersten Augenblick an empfand er einen unerträglichen Abscheu gegen seine schmutzstarrenden, stumpfsinnigen Sprößlinge. Als er jedoch feststellte, daß sie stark und für den Umgang mit Waffen geeignet waren wie wenige andere, übergab er sie der Obhut seines Waffenmeisters. Bald schon stellte sich heraus, daß sie gut und schnell lernten und daß der Älteste sogar Anzeichen wenn nicht von Intelligenz, so doch von einer ungewöhnlich abgefeimten Niedertracht zeigte, die ihm den Beinamen *der Fuchs* einbrachte.

Sein Name war Anzius. Ihm folgten die Zwillinge Banzius und Canzius und dann kamen Danzius und Enzius, doch diese beiden waren gestorben. Der jüngste war der Schlimmste von den vieren; er hieß Furzius und war schon als Kind ein wahres Scheusal. Er hatte zwar als einziger die erstaunliche Schönheit der Mutter geerbt, doch Mord und Totschlag, Raub und Würfelspiel betrieb er mit derselben Leidenschaft wie seine Brüder; bloß konnte er dies alles mit einer sibyllinischen Arglosigkeit und einem entwaffnenden Lächeln tun.

Anzius, *der Fuchs*, war von Graf Tusos Seite bald nicht mehr wegzudenken, weil er angeblich lesen und schreiben bei ihm lernte, was aber nicht einmal in Ansätzen vorzuführen gewesen wäre. Obwohl kein Mensch so etwas von einem Adligen verlangte, respektierte Volodius es und bedauerte, selbst nicht einmal die Zeit für eine oberflächliche Bildung gehabt zu haben. In Wahrheit förderte Tuso natürlich eher Anzius' hinterhältige Natur als seine Fortschritte in der Welt der Buchstaben. Bald schon konnte er sich auch überzeugen, daß der Junge zwar ein ausreichendes Maß an Tücke, aber weniger Geistesstärke als eine Ratte besaß, obwohl er sich als ebenso schlau und ebenso schlüpfrig wie dieses Tier erwies. Graf Tuso erkannte, daß der junge Prinz sich willfährig von ihm anleiten ließ, und beschloß daher, daß Anzius und kein anderer der zukünftige König von Olar sein solle.

Die Bedrohlichkeit einer solchen Aussicht erfüllte jeden im Palast mit Panik, und diese drang sogar nach draußen bis in die Burgen des niederen Adels vor. Doch obwohl die edlen Herren das Unheil heraufziehen sahen, kam ihnen nicht in den Sinn, sich dagegen aufzulehnen. Die Bewohner von Olar waren zu keiner Zeit ein kühnes oder gar heldenmütiges Volk, und Volodius' eiserne Hand hatte sie so zahm gemacht, daß sie, als nun die Ablösung ihres Königs bevorstand, einer Herde verschreckter Lämmer glichen. Sie wünschten sich die Krone von Olar auf dem Haupt des anderen Sohns ihres Königs – eines Jungen von damals zwölf Jahren mit Namen Nobel –, unternahmen aber nichts, um dem geheimen Wunsch zur Verwirklichung zu verhelfen. Und selbst wenn sie es in Betracht gezogen hätten ... Die Furcht vor Volodius und Tuso und auch vor Anzius war so groß, daß sie schon bei der Vorstellung zitterten, der unbotmäßige Gedanke könne auf ihren Gesichtern abzulesen sein und sie als Parteigänger Nobels denunzieren; könne ihre Hoffnung verraten, dem dreckigen Schurken Anzius möge die Krone doch noch entrissen werden.

2

Herkunft und Geschichte des jungen Prinzen Nobel unterschieden sich von denen der Gebrüder Vulgaro ganz außerordentlich.

Viele Jahre war es her, daß Volodius eines schönen Sommertages den Wunsch verspürte, die südlichen Länder zu besuchen, wo die geliebten Weine angebaut wurden, die seine Leidenschaft und Schwäche waren. Seine Vorliebe galt einer idyllischen Gegend, die vor ihrer gewaltsamen Eroberung die unabhängige

Gemarkung Lorenta bildete: ein kleines, überaus liebliches Land, und das Meer, das seine Küsten und Strände umspülte, leuchtete so grün und blau, daß man davon geblendet war, als setze das Glitzern eines gewaltigen Türkises die Welt in Flammen.

An der Küste stand eine Burg, die dem früheren Markgrafen Alminus gehörte. Der kleine Turm mit den Befestigungsanlagen und die vormals mit üppigen Weinstöcken bestückten Hänge waren jetzt, wie die ganze Gemarkung, herunterkommen, fast vollständig verwüstet. Hier war Volodius mit seiner Streitmacht auf den entschlossensten und heldenmütigsten Widerstand der ganzen Region gestoßen. Markgraf Alminus war damals schon ein alter Mann, aber seine beiden Söhne – Laurius und Teonicus – marschierten an der Spitze ihres kleinen Heers und starben bei der Verteidigung ihrer Heimat. In der geplünderten Burg blieb allein der alte Mann zurück, der die Siebzig bereits überschritten hatte und dazu von einem Leiden befallen war, das in Abständen seine Beine lähmte und ihn so am Reiten und Fechten hinderte.

Nachdem die Mark Lorenta unterworfen war und seine Söhne den Tod gefunden hatten, war der einstige Markgraf auf die Pflege seiner Enkelin und alleinigen Erbin angewiesen, der kleinen Lauria, zu jener Zeit fast noch ein Kind. Mit ihr sowie mit einigen Bediensteten und Bauern hatte er Zuflucht in den Ruinen der Burg gefunden, wo sie ein freudloses Leben im Verborgenen führten. Volodius hatte den Aufstand niedergeschlagen, wie es seine Art war, und Laurius und Teonicus waren die Opfer seiner Rache geworden. Da er in seinem tiefsten Innern aber den Mut bewunderte und Feigheit verachtete, war das würdevolle Auftreten des alten Mannes nicht ohne Eindruck auf ihn geblieben, hatte ihn aber auch geschmerzt. Diese Art von aufrechten Edelleuten weckte in ihm jedesmal den Zwang zum beschämenden Vergleich mit Sykrosius, seinem Vater. Da Alminus nicht aktiv gekämpft hatte, ließ er ihm das Leben und das, was von seinem Besitz noch übrig war.

In den von Volodius eroberten Ländern jedoch von Besitz zu

sprechen, konnte bei den überlebenden Bewohnern nur harsche Bitterkeit hervorrufen. Jedes noch so kleine Stückchen Eigentum und der geringste Besitz wurden derart mit Steuern belegt, und die Menschen wurden in einem Maße ihrer Einnahmen und Ernten beraubt, daß manch einer, um nicht der Unersättlichkeit des Siegers anheimzufallen, es vorzog, in den Tod zu gehen. Der greise Alminus aber dachte über sein Schicksal nach und kam zu dem Schluß, daß, wenn er diese Welt verließ, die Zukunft der kleinen Lauria sehr viel schwärzer aussähe, als wenn er bliebe. Dies allein war der Grund, weshalb er sich nicht das Leben nahm. Still und stolz ertrug er fortan alle Auflagen, Abgaben und Demütigungen, die Volodius' sogenannter Gnadenerlaß mit sich brachte, und richtete sich auf ein düsteres, freudloses Dasein in Ruinen ein.

Die Hauptquelle seines früheren Reichtums waren die hochgerühmten Weinberge seiner Gemarkung, welche jetzt natürlich zum bevorzugten Objekt der Begierde des ehemaligen Biertrinkers und Königs von Olar geworden waren. Dennoch lebten Alminus und seine Getreuen vom Ertrag der wenigen Rebstöcke, die man ihnen gelassen hatte. Als Markgraf war Alminus ein ungewöhnlich ehrlicher, gerechter und großzügiger Mann gewesen; und jetzt, nachdem sein Ansehen nach der ehrenvollen Niederlage des Landes noch gestiegen war, konnte man ohne Übertreibung sagen, daß er in dieser trostlosen Zeit von den unglücklichen Lorentinern, die in ihm den Vater, Anführer und Tröster sahen, geradezu verehrt wurde.

Für sich persönlich beschäftigte Alminus nur noch zwei frühere Kammerdiener und drei Gehilfen, unter denen es einen gab, Gurko mit Namen, dem er fast wie einem Sohn zugetan war und der ihn seinerseits abgöttisch liebte. Alminus hielt es auch nicht für unter seiner Würde, bei der Ernte im Weinberg selbst mit Hand anzulegen, soweit seine Gebrechen dies zuließen. Bei der Kelter im September ließ er es sich nicht nehmen, die alten Weinfeste der Vorfahren im Kreis seiner Leute zu feiern. Seit der Eroberung fielen diese Feste jedoch ausgesprochen dürftig aus.

An jenem Frühsommertag nun beschloß Volodius, sein Lager in Lorenta aufzuschlagen und auf der Burg zu übernachten. Zwei Boten ritten ihm voraus und befahlen dem alten Alminus, seine Burg – beziehungsweise das, was davon übrig war – herzurichten und sich auf die hohe Ehre vorzubereiten, Gastgeber des Königs zu sein.

Mit der Gesundheit des alten Markgrafen war es nicht zum Besten bestellt, denn immerhin hatte er eine reichliche Anzahl von Jahren in Not und Entbehrung zugebracht, seit dieser fordernder Herrscher sein Land in Besitz genommen hatte. Da Alminus das Krankenlager nicht verlassen konnte, ordnete er an, daß seine Enkelin Lauria, inzwischen sechzehn Jahre alt, den König in seinem Namen und an seiner Stelle empfangen und willkommen heißen sollte.

Er rief das Mädchen zu sich und unterwies es in allem, was es wissen mußte, um dem königlichen Gast – trotz des diesem entgegengebrachten Widersinns – so unumschränkt zur Verfügung stehen zu können, wie des Markgrafen vornehmer und untadeliger Begriff von Gastfreundschaft es selbst in einer so leidvollen und erniedrigenden Lage verlangte. Er verbannte den Schmerz und den Haß aus seiner Seele und sprach in diesem Sinn zu der unschuldigen Lauria, die trotz ihrer adligen Herkunft kaum eine bessere Bildung genossen hatte als irgendein Mädchen vom Land. Er vergaß auch nicht, die an einer wahren Dame meist geschätzte Tugend hervorzuheben, an der man eine solche selbst unter den widrigsten Umständen erkennen kann; und das war die Zuvorkommenheit, mit der sie ihre Gäste empfing. Nach diesen Worten befahl er ihr, sich mit größter Sorgfalt anzukleiden und mit Hilfe der geübtesten Blumenpflückerinnen Girlanden zu flechten und mit diesen die mißhandelte Burg auszuschmücken. Er wies sie an, dem grausamen Volodius entgegenzugehen und mit allem Respekt zu begrüßen, denn schließlich war er nicht nur der König, sondern in erster Linie Gast in ihrem Haus.

So belehrt, flocht Lauria ihr herrliches kastanienbraunes Haar zu dicken Zöpfen, legte ihr einziges Kleid an, welches diesen

Namen verdiente und nicht wie nur ein Fetzen Stoff aussah, und richtete sich darauf ein, den Wünschen ihres Großvaters zu entsprechen.

Lauria war ein liebliches Geschöpf von frischer Schönheit. Sonne und Wind hatten ihrer Haut eine goldene Färbung verliehen – genau wie ihr Großvater, war sich auch das Mädchen für die Arbeit im Weinberg nicht zu schade –, und in auffälligem Gegensatz dazu waren ihre großen leuchtenden Augen von einem dunklen Blau, wie man es im nordisch nebligen Olar sonst nicht kannte. Diese wunderschönen Augen waren die einzigen Juwelen, die sie von ihrer unglücklichen Familie geerbt hatte: Ihr Licht, ihre Farbe und ihre Form waren auf eine ungewöhnlich vollkommene Weise von Generation zu Generation von den Eltern auf die Kinder übergegangen. Und so geschmeidig und glänzend war ihr Haar, daß es wie poliertes Kupfer funkelte, wenn sie es offen über die Schultern wehen ließ, wie sie es gern am Strand und in den Weinbergen tat.

Zu jener Zeit war der König zwar nicht mehr jung, aber immer noch die vollkommene Verkörperung von Gesundheit und strotzender Manneskraft. Laurias unerwartetes Erscheinen und ihre anmutige Schönheit machten großen Eindruck auf ihn, und so lud er sie seinerseits schnell ein, auf dem Fest, das er für den nächsten Tag ausrichten ließ, sein Ehrengast zu sein. Unter sanft in der Meeresbrise wogenden Pinien wurden eilends Zelte errichtet und weißgedeckte Tische voll der köstlichsten Speisen aufgestellt.

Lauria tat folgsam, was von ihr verlangt wurde, und der König setzte sie auf den Platz an seiner Seite. Und so zuvorkommend behandelte er sie, daß allen Anwesenden – mit Ausnahme von Lauria selbst – die wahre Absicht ihres Herrschers nicht lange verborgen blieb. Damit diese in Erfüllung gehen konnte, wurde rasch ein blau-weiß gestreiftes Zelt neben dem des Königs aufgebaut und die unschuldige Lauria eingeladen, sich, »solange der König in Lorenta weilte«, in diesem Zelt aufzuhalten – wobei sie der Tatsache, daß die Worte der Einladung von der bewaffneten Leibgarde des Königs ausgesprochen wurde, sicher nicht das richtige Gewicht beizumessen wußte. Zur selben Zeit schickte der König gleichermaßen bewaffnete Boten zur Burg von Alminus, um ihm die unerträglichen Anstandsdamen seiner Tochter zurückzubringen und dem alten Herrn – wenngleich in weniger formvollendeten Worten – die unwiderrufliche Absicht seines Herrschers kundzutun.

Alminus, ein Mann von strengen Sitten und religiösen Überzeugungen, sprang trotz seines Fiebers und seiner kranken Beine von seinem Lager auf, entschlossen diesmal, dem König die Stirn zu bieten. Er verlangte nach seinem schon angerosteten Schwert, nach Rüstung und Schild und seinem alten hüftlahmen Pferd. Kaum hatte er jedoch die eingefallenen Festungsmauern hinter sich gelassen, stürzte er wie vom Blitz getroffen zu Boden, das Gesicht dunkelviolett verfärbt. Seine Männer, allesamt arme unbewaffnete Dienstboten und Bauern, die nach Demütigung und Schmach, nach Plünderung und Hunger zwangsläufig friedliebende Menschen geworden waren, hatten Volodius und seinen Soldaten nichts anderes entgegenzusetzen als verbittert gesenkte Häupter. Allein der treue Gurko, der voller Verzweiflung seinen Herrn in Armen hielt, wollte diesem die Waffe entreißen und damit dem König entgegentreten, wurde von seinen Kameraden jedoch an diesem Vorhaben gehindert. In ihr Schicksal ergeben, begnügten sich die Männer damit, ihren Herrn Alminus zu beweinen und mit allem Zeremoniell und in tief empfundener Liebe zu Grabe zu tragen, zusammen mit den letzten Rosen des Blumengartens, der seine stille Leidenschaft und sein einziger Luxus gewesen war.

Lauria war aufgrund ihres abgeschiedenen Lebens und der dürftigen Bildung ein sehr unschuldiges Mädchen; ja, für ihr Alter vielleicht sogar etwas naiv. Sie hatte sich Alminus' Ratschläge ohne großen Scharfsinn zu eigen gemacht und glaubte, seinen Anweisungen bezüglich Gastfreundschaft zu genügen, indem sie Volodius aufs Wort gehorchte. Außerdem hatte sie dasselbe ja, seit sie denken konnte, alle anderen Menschen immerzu tun sehen, ihren verehrten Großvater eingeschlossen. Und so beeilte sie sich, auch jenem Befehl zu folgen, und begab sich in das blauweiße Zelt. Solche raffinierten Dinge, wie sie dort zusammengetragen worden waren und allein zu ihrer Verfügung standen, hatte Lauria nie in ihrem Leben gesehen. Und darum freute sie sich jetzt wie ein Kind, in diesem Zelt wohnen zu dürfen.

Sie hatte noch gar nicht ausreichend Zeit gehabt, den schmückenden Tand und all die glitzernden Kinkerlitzchen, mit denen Volodius das Zelt hatte ausstaffieren lassen, zu bewundern und sich an ihnen zu erfreuen, als der König selbst sich ankündigen ließ und gleich darauf ohne Umstände eintrat. Lauria, noch ganz trunken von so vielen Geschenken, fiel nichts Besseres ein, als ihm entgegenzueilen, sich ihm in die Arme zu werfen und ihm auch noch zu sagen, daß, wer sie mit solcher Wertschätzung behandle, höchste Verehrung verdiene. Volodius war verständlicherweise überaus angetan von dieser Haltung, die sich von dem gewohnten Jammern und Flehen und sogar Kratzen und Beißen seiner üblichen Opfer so wohltuend unterschied. Und so fiel es ihm denn gar nicht schwer, bei dem unschuldigen Geschöpf – dessen Verstand in dieser Hinsicht über den einer Achtjährigen nicht hinausging – unter Zärtlichkeiten und Schmeicheleien an sein Ziel zu gelangen.

In ihrer schlichten Einfalt tat Lauria alles, um seine Wünsche zu befriedigen. Da sie keinerlei Erfahrung und nicht einmal eine Vorstellung davon hatte, wie diese zu gewichten waren, kamen sie ihr banal vor im Vergleich zu soviel Aufmerksamkeit, wie ihr vorher noch nie zuteil geworden war. Als gesundes und unverdorbenes Mädchen vom Land kam sie, als sie in jener Nacht – und in mehreren darauffolgenden Nächten – die unterschiedlichsten Aspekte zwischenmenschlicher Beziehungen – vor allem zwischen Mann und Frau – kennengelernt hatte, zu der hellsichtigen Erkenntnis, daß das Leben zwar rätselhaft, aber letzten Endes doch sehr viel vergnüglicher und unterhaltsamer war, als ihr kurzes Leben auf der Burg und die strengen Sitten ihres Großvaters hatten vermuten lassen. Die lästigen Anstandsdamen, ohne die er sie keinen Schritt hatte gehen lassen, waren auf einmal wie vom Erdboden verschwunden, und bei den Festgelagen unter freiem Himmel wurde sie nicht nur auf ungeahnte Weise verhätschelt und beschenkt, sondern durfte auch immer neben dem König sitzen und wurde mit Rosen bekränzt, so daß sie sich bald wie eine richtige Königin fühlte.

Volodius seinerseits fühlte sich bald auf eine ganz besondere Weise zu dem Mädchen hingezogen. Noch nie war er einer Frau begegnet, die sich vom ersten Augenblick an, und das ganz ohne Zieren, so unschuldig und voller Anmut seinem Willen fügte. Diese Unschuld hinderte Lauria indessen nicht, in Dingen der Liebe einen wachen Instinkt und Fingerspitzengefühl zu beweisen. Und so kam es, daß der König von Olar viel länger als vorgesehen in jener Gegend verweilte. Er fühlte sich gleichsam von einem schleichenden süßen Gift durchdrungen, wenngleich er – trotz seiner hochfahrenden Art – das Alter des stürmischen Liebens längst hinter sich gelassen hatte.

Um sich unnötigen Verdruß zu ersparen, befahl Volodius, das Mädchen erst nach seiner Abreise vom Tod seines Großvaters in Kenntnis zu setzten. In ähnlichen Situationen hätte er früher nie einen Gedanken an derartige Dinge verschwendet; um so bemerkenswerter war es daher, daß er Bewaffnete mit der Drohung zur Burg hinaufschickte, jeder, der dem Mädchen vor oder nach seiner Abreise die wahre Ursache von Alminus' Tod verrate, werde lebendig gevierteilt und in seinen einzelnen Stücken zur allgemeinen Abschreckung ausgestellt. Überflüssig zu sagen, daß es keinem einfiel, die Warnung zu mißachten, vielmehr jeder bereit war – genau wie der König es befohlen hatte –, das böse Fieber, das den guten Herrn schon zur Zeit des königlichen Besuchs ans Bett gefesselt hielt, auch für seinen Tod verantwortlich zu machen.

Wenige Tage später erreichte Volodius eine dringliche Meldung, in der es hieß, unter den Bergwerkssklaven des Schwarzen Landes sei eine Revolte ausgebrochen. Das Schwarze Land war eine so elende und erbärmliche Gegend, daß die armen Menschen, die dort leben mußten, als Volk der Unglücklichen bezeichnet wurden. Seit Jahren schon, seit seines Vaters Zeiten, kam es dort immer wieder zu Aufständen, obwohl die Leute kaum die Mittel dazu besaßen. Ihre einzigen Waffen waren Hunger und Verzweiflung; doch die, so wußte der Volksmund, stellten auf Dauer weit überzeugendere Motive dar als Rache für irgendein Unrecht oder die Verteidigung eines Glaubens oder Vaterlands.

Widerstrebend nur und unter zärtlichen Liebkosungen nahm Volodius Abschied von der jungen Lauria. Er gab Befehl, es ihr und ihrer Dienerschaft in Zukunft an nichts mangeln zu lassen. Darüber hinaus verfügte er, daß Steuern und Abgaben gesenkt werden sollten und der Markgräfin Lauria als Burg- und Landesherrin Gehorsam und Respekt entgegenzubringen seien und sie selbst wieder in den Genuß der früheren Privilegien und Besitztümer ihrer Familie gelange. Nach diesen Worten brach er auf, um den Aufstand im Schwarzen Land niederzuschlagen. Es war Volodius eine große Erleichterung, sie keine Tränen vergießen zu sehen; das gefiel ihm an Lauria besonders und unterschied sie seiner Meinung nach wohltuend von anderen Frauen, die er kannte. Sich selbst und dem Mädchen schwor er, so oft es möglich sei, nach Lorenta zurückzukommen, um das ihm so fremde und berauschende Gefühl wiederzufinden, auszukosten und auszudehnen, das er nur bei ihr finden konnte und das ihn mit Glückseligkeit erfüllte.

Die Revolte konnte wie gewöhnlich ohne nennenswerte Mühen erstickt werden. Und nachdem die Anführer am Schwarzen Turm aufgehängt worden waren, herrschte wieder Ruhe im Land. Unter Trümmern und doppeltem Tribut darbte das Volk der Unglücklichen nun ärger als zuvor und brach das steinige Land, welches ihm nicht genug zum Leben bot. Volodius aber kehrte mit dem zufriedenen Gefühl von erfüllter Pflicht in seine Heimat zurück.

Zu jener Zeit wohnte Gräfin Vulgaro noch im Schloß. Sie hatte zwar schon einiges an Umfang zugelegt, aber ihre Haut war immer noch so glatt, daß man – so der Hofmedikus – auf ihr hätte schreiben können. Inzwischen jedoch hatte ein gewisser Graf Silcasmundo dem König seine Tochter vorgeführt. Sie war zwar nicht hübsch, aber dafür willig und aufgeputzt, und so geschickt war sie von ihrem Vater dem König untergeschoben worden – um mit Volkes Mund zu sprechen –, daß Volodius schließlich Feuer fing.

Er schickte die Vulgaro in ihr südländisches Exil, wogegen diese gar nichts einzuwenden hatte. Und da der König des Strafens von Menschen müde und des Durchbohrens von Leibern überdrüssig war, befand er das dralle Töchterchen von Silcasmundo als genau die Richtige für sein Ergötzen im kriegerischen Ruhestand. Silcasmundo seinerseits gewann an Ansehen und die eine oder andere Pfründe dazu. Volodius, der sich mit dem Mädchen vergnügte und vielleicht zum ersten Mal Ermüdungserscheinungen zeigte, vergaß darüber allmählich die kleine Lauria.

Jahre später begab es sich, daß Volodius in wichtigen Angelegenheiten – zu denen nicht zuletzt seine geliebten Weinberge zählten – wieder nach Lorenta reiste. Wie groß aber war sein Erstaunen, als er die Glocken des Städtchens übermütig läuten hörte, kaum daß die Bewohner von der Ankunft des Königs und seines Gefolges erfahren hatten! Am Stadttor empfingen ihn zwei zierliche Pagen, überreichten ihm auf besticktem Kissen den Schlüssel zu Alminus' Burg und versicherten ihm, ihre Herrin, Markgräfin Lauria, erwarte, daß er sie – wie früher – mit seiner Anwesenheit beehre und sich in ihrem Schloß von den Strapazen der Reise erhole.

Da wurde Volodius mit einem Mal von der süßen Erregung vergangener Zeiten eingeholt, und während er seinem Pferd die Sporen gab, galoppierte er seinem Gefolge voraus, ohne Pomp und Protokoll, ganz wie ein gewöhnlicher verliebter Jüngling. Als er die Burg erreichte, sah er voller Entzücken, daß die kleine Lauria, die ihm zur Begrüßung entgegeneilte, sich zu einer Frau von heiterer, reifer und ganz außerordentlicher Schönheit entwickelt hatte. Ernst und voller Liebreiz verneigte sie sich vor ihm mit solch vornehmer Eleganz, wie es den hochnäsigen bäurischen Matronen am Hof von Olar niemals geglückt wäre, ohne heillos ins Wanken oder Stolpern zu geraten. Dies, dachte Volodius, ist kein Hofknicks; eher ist es so, als hätte sich ein Schwan in einem goldenen Kelch niedergelassen. Zufrieden und verblüfft zugleich, daß sein Hirn ein so feinsinniges Bild hervorgebracht hatte, schickte er reitende Boten aus, um Goldig ausfindig zu machen, damit er zu diesem Bild ein passendes Lied komponiere. So sanft, wie es ihm nur irgend möglich war, half er Lauria auf und schloß sie zärtlich in die Arme.

An diesem Ort und von dieser Stunde an weitete sich seine Liebe so unermeßlich und voller Jubel, daß der alternde Volodius sich in die Zeit zurückversetzt glaubte, als er auf seinem Hengst und mit einen Falken auf der Faust durch die dichten Wälder eines Landes galoppierte, das noch nicht sein Königreich war, zusammen mit Männern, die noch nicht seine Untertanen und Vasallen waren, und als er in seiner Brust ein Herz pochen fühlte, das noch lange nicht das müde Herz eines alten Mannes war.

Dennoch konnte Volodius die Zeit des Glücks nicht endlos dehnen. Sosehr ihn die Liebe mit ihren Wonnen erfüllte ... er war immer noch der König. Und so brach er eines Tages wieder auf nach Olar. Doch mit einem so seltsamen Duft auf den Lippen und mit einem so dunklen Beben in der Brust, wie er dies nie zuvor empfunden hatte. Als Laurias Burg, die herrliche Landschaft und das ergreifende Meer hinter den Lysiasbergen versanken, als er wieder das rauhe Land betrat, in dem er geboren war, überfiel ihn eine große Wehmut. Keine andere Frau, das erkannte er mit einem Mal, war so sanft und zärtlich zu ihm gewesen, hatte ihn so trefflich zu unterhalten verstanden und sich in der Liebe so einfühlsam und voller Leidenschaft gezeigt. Er war verblüfft, als ihm aufging, daß Lauria in all den Jahren seiner Abwesenheit keinen anderen Mann erhört hatte. Im Gegenteil; der Name Volodius und selbst sein Bildnis – ein wohlmeinender Künstler hatte den König mit einem Lächeln auf den Lippen porträtiert, das diesem selbst der Wirklichkeit weit entrückt schien – waren in Lorenta geachtet und, wer weiß, vielleicht sogar geliebt. Und das war dem König, wo immer er seinen Fuß hingesetzt hatte, noch nie widerfahren.

So vergingen Tage, Wochen, Monate. Und dann traf eines Tages ein Bote aus Lorenta ein und überbrachte die traurige Nachricht von Laurias Tod.

Der König fühlte, wie sein Herz zerbrach. Er brüllte vor Schmerz, als er die Botschaft empfing, und gebärdete sich, wie niemand ihn je zuvor erlebt hatte. Dann fragte er den Boten nach der Ursache des Todes, denn falls ein menschliches Wesen ihn zu verantworten hätte, sollte es so qualvoll sterben, wie niemand es sich vorzustellen vermöchte. Als der Bote dies vernahm, erbleichte er und brachte kein Wort mehr über die Lippen. Daraufhin wurde er so lange ausgepeitscht, bis er schließlich gestand, daß in der Tat ein menschliches Wesen den Tod seiner geliebten Herrin verursacht habe. Der König heulte vor Zorn und drangsalierte den Ärmsten, damit er den Namen des Unseligen nenne. Und zur großen Bestürzung aller sprach der geprügelte Bote mit ersterbender Stimme die Worte: »Er hat noch keinen Namen.«

Schon wieder und noch wütender sauste die Peitsche auf ihn nieder, als der König erst den Sinn dieser Worte begriff. Und noch bevor der Unglückliche unter den Peitschenhieben tot zusammenbrechen konnte, fragte er ihn: »Willst du damit sagen, sie ist im Kindbett gestorben?« Der Bote brachte ein schwaches Nicken zustande, und nachdem man ihn mit einem Kübel Wasser aufgemuntert hatte, gab er mit einer Stimme, die weniger als ein Windhauch war, folgende Erklärung ab: »Ein Kind, jawohl, mein Herrscher; Euer Sohn.« Nach diesen Worten fiel er in Ohnmacht.

Von Mitleid und schlechtem Gewissen geplagt, befahl Volodius, den Unglücklichen wiederzubeleben, zu salben und neu einzukleiden und mit strikten Anweisungen zurückzuschicken: Der Junge, die Frucht seiner Hingabe an eine übergroße Liebe, sollte aufwachsen und leben wie ein Burgherr, gleich seiner

Mutter. Seine Besitzungen und seine Untertanen sollten von Abgaben befreit bleiben, und er sollte mit derselben Liebe umsorgt und unterrichtet werden, wie seine Mutter es getan hätte. »Und«, fügte er hinzu, »mit zwölf Jahren, wenn alle meine Anweisungen befolgt worden sind, schickt ihn zu mir.«

Volodius brauchte lange, bis er den Schmerz verwand. Und noch immer gab es den einen oder anderen, der beschwor, das einsame Schluchzen des Königs – dem Gebrüll eines wütenden Stiers ähnlich – des Nachts aus seinem Schlafgemach zu hören.

Kurz nach dem traurigen Ereignis schloß Volodius, zur Überraschung aller und trotz seines fortgeschrittenen Alters, den Bund der Ehe. Eine Zeitlang war der König seiner Gemahlin auch von Herzen zugetan, doch sein Leben war so von Krieg und Gewalt erfüllt, daß diese Zuneigung bald erlosch. Allein in Begleitung zweier Kammerzofen wurde die Königin in den Ostturm verbannt und von allen vergessen, obwohl sie in anderen Umständen war. Als der Sohn, der dieser Verbindung entsprang – ein vom Gesinde stets gehänselter, aber sonst nicht zur Kenntnis genommener Prinz – drei Jahre alt war, entwischte er manchmal aus seinem Gefängnis und trollte wie ein junger Hund durch die Gänge der Burg, ohne daß jemand Kenntnis von ihm nahm.

Die Zeit, die sich zu allem Geschehen neutral verhält, nahm weiter ihren Lauf, bis eines Tages im Palast von Olar die Ankunft eines jungen Mannes von zwölf Jahren angekündigt wurde, der der Sohn von Lauria und Volodius war und, da der König zu seinem Leidwesen versäumt hatte, sich dieser Geringfügigkeit anzunehmen, noch immer keinen Namen trug.

Ohne jede Illusion, was seine Abkömmlinge betraf, erwartete Volodius, daß ihm irgendein Tölpel vor die Augen trat, der sich vom Rest seiner Brut nicht groß unterschied. Doch dann sah er einen Jungen sich nähern, der viel zu groß war für sein Alter, dennoch geschmeidig und biegsam wie ein Binsenrohr. Sein seidenweiches dunkles Haar wehte im Wind, und wie er ihn auf seinem Pferd heranreiten sah, erkannte Volodius, daß dies der beste Reiter war, den man in Olar je gesehen hatte. Ein so guter Reiter, dachte er, wie es die jungen Krieger der Steppe sein mußten. Ungezwungen und voller Anmut stieg der Junge vom Pferd, schritt durch die neugierige Menge der Landsknechte und Höflinge und grüßte den König mit einer Verneigung, die – ohne im geringsten gekünstelt zu wirken – Volodius an ein schon vergessen geglaubtes Lied erinnerte, welches er einst von Goldig hatte komponieren lassen.

Des Königs Herz erbebte wie schon seit Jahren nicht mehr. Er ging auf den Jungen zu, hob ihn an den Armen auf und betrachtete ihn. Er sah ein von der Sonne gebräuntes Gesicht mit blitzenden dunkelblauen Augen – die sein Herz mit der Erinnerung an ein Paar vollkommen gleiche, über alles geliebte Augen erfüllten –, deren Blick fest auf ihn gerichtet war. Er streckte die Arme aus, drückte den Jungen an die Brust und sprach: »Welch nobler Sohn bist du mir geworden!« Und so nannte er ihn von diesem Tage an. Weder zu seinen Lebzeiten noch nach seinem Tod wagte jemand, daran etwas zu ändern, und als Nobel blieb der Junge in Erinnerung und im Gespräch all derer, die ihn kannten.

Nobel bewies, daß er gute Lehrer und Erzieher gehabt hatte. Seine zurückhaltende Art und seine geschliffenen Manieren sowie seine schlichte, dennoch vornehme Kleidung unterschieden sich himmelweit von der plumpen Etikette und schwülstigen Mode am Hof von Olar. Auch verblüffte er den Adel – der von diesen Dingen nichts hielt – mit seiner Kenntnis im Lesen und Schreiben. Und er besaß diese Kenntnis nicht nur, sondern machte auch Gebrauch davon. Dennoch hinderte ihn solch wunderliches Gebaren keineswegs daran, sich auch in der Handhabung der Waffen als äußerst geschickt zu erweisen. Trotz seiner natürlichen Zuvorkommenheit und respektvollen Höflichkeit – wahrhaft seltenen Tugenden in den Mauern dieser Burg – übertraf er schon bald den gewandtesten Kämpfer auf dem Turnierplatz. Trotz der Körperkraft, der Verschlagenheit und größeren Übung, die Anzius, *der Fuchs,* in diesen Dingen besaß, besiegte Nobel seine Brüder nach kurzer Zeit in allen Kampf- und Turnierdisziplinen, die Volodius zur Ertüchtigung seiner Söhne und jungen Ritter sowie zu seinem eigenen Vergnügen festgelegt hatte. Dieselbe Geschicklichkeit bewies Nobel bei der Jagd. Wüsten Gelagen, auf denen seine Brüder ihn zum Wettzechen herausforderten, ging er auch nicht aus dem Weg, aber niemand sah ihn je umfallen oder die Haltung verlieren. Dem allen kann man entnehmen, daß Prinz Nobel ein wahrhaft ungewöhnliches Wesen war.

Volodius brachte diesen Sohn in einer Kammer neben seinen eigenen Gemächern unter. Fortan sah man die beiden oft zusammen über das Land reiten, das in Volodius vor vielen Jahren den Wunsch geweckt hatte, König zu sein und das erbärmlich feige Volk dieses Landes zu einen. Auf diesen Ausritten erzählte er Nobel nach und nach die Geschichte seines Lebens. Dabei erfuhr dieser auch, wie sehr der König seine Mutter geliebt hatte. Als sie eines Tages am Ufer des Sees entlangritten, verriet ihm Volodius sogar, daß Lauria die einzige Frau gewesen war, die er geliebt hatte. Als der Junge dies hörte, fühlte er in seiner Brust eine tiefe Zuneigung zu dem alten König. Er wußte sehr wohl, daß dieser zwar gefürchtet und geachtet, aber auch von vielen Menschen verabscheut wurde. Und da der Junge einen wachen Verstand besaß, erriet er schon bald, daß es Volodius in seinem ganzen Leben nur ein einziges Mal gelungen war, ein Gefühl wie Liebe zu erwecken; und zwar bei Lauria. Er begriff in diesem Augenblick, daß seine Mutter ihm das seltene Empfinden von Zuneigung oder gar Liebe zum König als Erbe mitgegeben hatte, damit er es hüte und bis ans Ende seiner Tage damit lebe.

Volodius glaubte, einen einzigen Mangel an seinem Sohn feststellen zu können. Der Junge war mutig, mannhaft und stolz, aber er schien unfähig, in seiner Brust ein Gefühl wie Ehrgeiz oder Rache zu bergen. Mit solchen Mängeln – sagte sich der alte Mann – würde er ihn kaum zum König machen können. Als er jedoch an die vier Vulgaros dachte, stieg ein mächtiger Zorn in ihm auf, denn die Weisheit seines Alters und seine Erfahrung als König sagten ihm, daß sie sich an die Kehle gehen würden, kaum daß er unter der Erde läge. Er sah sie sich bis aufs Blut bekämpfen und wahrscheinlich sogar gegenseitig umbringen und, was ihn am meisten bedrückte, sein Lebenswerk zerstören, welches ihm so viele Jahre, soviel Kraft und – ja – auch Schmerz gekostet hatte.

In diesem Moment dachte Volodius nicht im entferntesten an den jüngsten seiner Söhne, der zudem der einzige eheliche war und daher auch der einzige rechtmäßige Erbe. Dieser Sohn war zu jener Zeit vier Jahre alt. Volodius hatte ihn aber noch nie gesehen, und es war auch allgemein bekannt, daß er einem Kind in dem Alter nicht mehr Beachtung schenkte als einem Hund oder einem Huhn.

IV

DIE GESCHICHTE DER KLEINEN ARDID

I

Südlich von Lorenta, ebenfalls an der Küste, lag ein herrliches, reiches Land, das dem rastlosen und kriegerischen Baron Anselmi gehörte. Obwohl längst nicht so mächtig wie Lorenta – auch seine Weinberge hielten weder in bezug auf Qualität noch auf Quantität einen Vergleich mit denen des unglücklichen Alminus aus –, bereitete Volodius die Eroberung dieses Landstrichs mehr Kopfzerbrechen als alle anderen Länder des Südens zusammen. Es kostete ihn viel Zeit, bis er es ganz beherrschte.

Wenn auch die besitzergreifende Art des Königs von Olar gewöhnlich kaum Gelegenheit, Zeit und Anregung gab, sich seinem nimmermüden Eroberungswahn entgegenzustellen, so sah sich Volodius in diesem Fall einem Mann gegenüber, der ihm auf sonderbare Weise ähnlich war. Anselmi war genauso unersättlich, starrköpfig und hochmütig wie Volodius selbst. Wie dieser setzte er stets seinen Willen durch, und wie dieser wurde er mehr gefürchtet als geliebt. Aber ebenso wie dieser – und damit im Gegensatz zu den meisten Adligen – empfand Anselmi große Neugier und großen Respekt für die Wissenschaft in all ihren Erscheinungsformen, was nicht einmal die Magie ausschloß. Wie Volodius schätzte und genoß er die Vorzüge des Weins, der in den Gewölben seines Schlosses lagerte, zu denen er in regelmäßigen Abständen hinunterstieg. Begleitet von seinem Mundschenk, pflegte er auf solchen Genießerstreifzügen die besten Weine mit zärtlichen Namen zu belegen und so liebevoll mit Blicken zu umschmeicheln, daß dies gewiß zu ihrem Gedeihen und zur Verbesserung ihrer Qualität beitrug. Zumindest glaubte er das und hatte vielleicht nicht einmal ganz unrecht damit.

Anselmi hatte drei Söhne, die genauso robust und unbändig

und auch dem Wein so zugetan waren wie er selbst, sowie eine viele Jahre jüngere Tochter, ein Kind noch, das von ihnen allen verehrt wurde, da es anmutig und klug wie ein Eichhörnchen war. Zu diesen persönlichen Tugenden gesellte sich der traurige Umstand, daß ihre Mutter starb, als Ardid noch keine drei Jahre alt war, was dazu beitrug, daß sich das verborgene Zartgefühl des Vaters und der Brüder ganz allein auf sie konzentrierte.

Fünf Jahre alt war das Mädchen, als sich in Anselmis Reich die Kunde verbreitete, der König von Olar rücke mit seiner Streitmacht über die Grenzen vor. Anselmi, wie gesagt, ließ sich von denselben Beweggründen leiten, die das Vorgehen seines Widersachers bestimmten, und auch in bezug auf Eigentum, Herrschaft und Machtentfaltung hatte er eine ähnliche Einstellung wie dieser. Daher prallten die beiden Heere und die beiden Männer mit einzigartiger Erbitterung aufeinander.

Doch Anselmis Truppen, falls man die unbedeutende Zahl von Kleinbauern und hungerleidenden Landarbeitern so nennen wollte, die kaum Grund hatten, sich für Ideale zu begeistern oder ein Stückchen Land zu verteidigen, welches, mit Abgaben und Steuern belastet und jedem nur denkbaren Mißbrauch ausgesetzt, ihnen kaum das Überleben sicherte – diese Horde zwangsrekrutierter Bauern nun stellte nur den Schatten eines Heeres dar und war der vorwärtsstürmenden, disziplinierten und viel besser bewaffneten Macht des Königs weit unterlegen. Mochten Anselmis Mannen bei Scharmützeln mit Piraten oder gelegentlichen Gefechten mit aufsässigen Baronen und einheimischen Edelleuten auch siegreich sein, so zwang sie dennoch am Ende jenes ungleichen Kampfes – und trotz ihres heldenhaften, ja, verzweifelten Widerstands – der Soldatenkönig von Olar zur bedingungslosen Kapitulation.

Hatte Volodius es mit einem Gegner zu tun, der im Grunde friedfertig und leicht zu besiegen war, begegnete er dem unterlegenen Widersacher mit kalter Verachtung, war in seinen Vergeltungsmaßnahmen paradoxerweise jedoch zurückhaltend und manchmal sogar nachsichtig. Erwies sich der Feind hingegen als tapfer und draufgängerisch und als heldenhafter Kämpfer, so gewann er zwar gleich die Bewunderung und sogar den tiefempfundenen Respekt des Königs von Olar; aber – Rätsel menschlicher Natur – die Rache an dem Besiegten war hernach von unvorstellbarer Grausamkeit. Ohne die Tatsachen zu verfälschen, kann man sagen, je tapferer und mannhafter sich ihm ein Heerführer entgegenstellte, desto rachsüchtiger fiel Volodius' Bestrafung aus, die er selbst allerdings als lehrreiches und abschreckendes Beispiel darzustellen pflegte.

Wie Volodius nach seinem Sieg mit Anselmi verfuhr, kann man sich vorstellen. Der schwerverwundete Baron mußte von zwei Kriegern gehalten werden, damit er ein menschenwürdiges Bild abgab, als ihm die Augen ausgerissen wurden. Seine beiden ältesten Söhne waren – zu ihrem eigenen Besten – in der Schlacht gefallen. Der jüngste, ein hübscher Bursche von zwölf Jahren, mit blonden Locken und wildem Blick, ward zusammen mit seinem – bereits geblendeten – Vater auf den Schloßplatz geführt, wo ihnen beiden der Kopf abgeschlagen wurde. Danach befahl Volodius, ihre Häupter auf lange Lanzen zu spießen und sie auf den Zinnen des höchsten Turms von Anselmis in Trümmern liegendem Schloß aufzupflanzen, zur Abschreckung für alle, die noch glaubten, weiter Widerstand leisten zu müssen oder Bedingungen aushandeln zu können.

Danach ließ er alle Dörfer, Gehöfte und Hütten des eroberten Landes in Schutt und Asche legen und Herren wie Gemeine ermorden. Die wenigen Bewaffneten und der eine oder andere verschreckte Bewohner, die noch am Leben waren, warfen sich Volodius, um Gnade bittend, zu Füßen: Sie schworen, zum Kampf gegen ihn gezwungen worden zu sein und nichts sehnlicher zu wünschen, als in den Reihen seines siegreichen und schon legendären Heeres zu dienen. Volodius wählte jene aus, die ihm am kräftigsten und für den Umgang mit Waffen am geeignetsten schienen. Von seiner heimlichen und stets unbefriedigten Sehnsucht nach Kultur getrieben, ließ er auch jene am Leben, die lesen und schreiben konnten oder Kräuter und Salben gegen Wundbrand zu mischen wußten. Alle anderen folgten dem Schicksal ihrer Herren. Und dem Rat des Feldschers folgend – denn wo Volodius mit seinem Heer hinzog, brachen bald stinkende Seuchen aus, die die eigenen Truppen einholten –, befahl er, die im Land herumliegenden Leichen zu Haufen zu stapeln und anzuzünden. Dieser einer trockenen Kriegsbürokratie entsprungenen Pflichtübung entledigte sich Volodius mit beinahe gelangweilter Verdrossenheit und zog danach unaufhaltsam weiter auf seinem Eroberungsfeldzug gen Süden, bis er die gesamte Küste beherrschte.

Als der letzte Soldat im Staub und in den Schwaden eines fettigen schwarzen Qualms verschwand, aus dem ein entsetzlich appetitlicher Geruch wie von einem gigantischen Braten übers Land wehte, ahnten weder Volodius noch seine Männer, daß in den formlosen Trümmern dessen, was einmal Anselmis Schloß gewesen war, noch zwei Menschen versteckt und am Leben waren. Zwei Menschen, die einmal eine entscheidende Rolle nicht nur für das Leben des Königs, sondern für die Geschichte des ganzen Reiches spielen sollten.

Noch während Baron Anselmi der Belagerung durch Volodius widerstand, ließ er einen alten Mann zu sich rufen, der bei ihm im Schloß wohnte und von allen der Magier genannt wurde. Dieser Mann stand an Anselmis bescheidenem Hof in hohem Ansehen und war allseits beliebt. Der Baron selbst verehrte ihn und hatte ihn tief in sein Herz geschlossen.

Der alte Mann war an der Küste gelandet, als Anselmi noch ein halbes Kind war. Es hieß, der Magier sei, mehr tot als lebendig, auf einem behelfsmäßigen Floß an Land gespült worden. Mitleidige Fischersleute hatten ihn gerettet. Sie gaben ihm Wein, um seine Lebensgeister zu wecken; Kleider, um seinen ausgemergelten Körper zu bedecken; ein Dach, um darunter sein Unglück zu begraben. Zum Dank heilte der Schiffbrüchige die Tochter des braven Ehepaars, welche seit langem schon unter dem bösen Einfluß der Dame der Berge litt, einer heimtückischen und launischen Hexe, die sich offenbar einen Spaß daraus machte, junge Mädchen im Schlaf zu pieksen, bis ihre Gesichter und Körper von eitrigen Pickeln so verunstaltet waren, daß diese Mädchen ihr Leben lang unbemannt und damit zur Jungfräulichkeit verdammt blieben.

Der Magier betrachtete lange das Gesicht des Mädchens, das sich unter all den Pickeln als fröhlich und reizvoll erahnen ließ. Dann verlangte er nach einer Tonschüssel, nach Finger- und Fußnagelschnipseln, nach Rebenholzasche und dem Auge einer Eule. Danach begab er sich in die Berge, wo die genannte Dame hauste, und kam nach drei Tagen mit einem Sack voller Kräuter zurück. Das erschrockene, jetzt jedoch blinde Auge der Eule weichte er drei Vollmondnächte lang in Weißwein ein. Dann zerdrückte er es und vermengte es mit der Asche und den Nagelschnipseln, fügte eine Messerspitze Thymian, drei Gramm Kümmel und einen Mundvoll Salzwasser hinzu. Über dem Herdfeuer des Hauses ließ er das Ganze in einem Napf verdunsten. Nachdem alles zu einem winzigen Häufchen zusammengeschrumpft war, schüttete er dies ins Feuer, hielt jedoch gleichzeitig beide Hände über die Flammen und sprach dazu geheimnisvolle Worte. Daraufhin wurden seine Hände erst blau, dann grün, und als der Magier sie zurückzog, sahen die verblüfften Fischersleute, daß die Handflächen des Schiffbrüchigen in der strahlendsten Farbe des Meeres leuchteten. Mit diesen unnachahmlichen Händen fuhr er daraufhin über das Gesicht des Mädchens, und alle Eiterpickel, Pusteln und sonstigen Unreinheiten der Haut verschwanden. Die Eltern sprachen von einem Wunder, und seit der Zeit war der Magier ein überaus gefragter Mann.

So standen die Dinge, als Anselmis Vater von Fieber und Wahnvorstellungen heimgesucht wurde, deren Ursache offenbar ein aufgebrochenes Eitergeschwür am Bein war. Kein Wunddoktor, kein Heilkundiger, keine Kräuterfrau konnten ihm Linderung verschaffen, bis eines Tages der noch junge Anselmi von dem wundertätigen Schiffbrüchigen hörte, ihn ins Schloß kommen ließ und zum Krankenbett des fiebernden Vaters führte. Der wand sich heulend und vollständig nackt, klammerte sich an alles, was seine Hände ergreifen konnten, und jammerte, der Teufel sei hinter ihm her und wolle ihn zwingen, einen Teller Kohlgemüse zu essen; einen Fraß, den er verabscheute.

Der Magier ergriff ihn behutsam an den Handgelenken und führte ihn ans Bett zurück. Als züchtiger Mann, der er war, bedeckte er die Scham des Kranken und sprach beruhigend auf ihn ein, bis sich das Entsetzen des alten Barons gelegt hatte. Danach bat er um kochendes Wasser, ein Messer aus Eisen und einige Gramm Pfefferkörner. Diese Dinge ließ er zusammen mit anderen Kräutern, die er aus seinem Umhang zog, in einem Kessel so lange kochen, bis das Messer rotglühend war, dann eine blaue Färbung annahm und danach gar keine mehr: Es war verschwunden. Die kochende Suppe mit dem darin zerschmolzenen Messer goß der Magier über das kranke Bein und versengte damit erwartungsgemäß die eiternde Wunde – und das Bein. Kaum zu beschreiben waren die Schreie und gotteslästerlichen Flüche, die dem im Bett sich Aufbäumenden über die Lippen brachen. Und dennoch, als der Brand sich aus dem Rest des Beins zurückzog, lächelte der Unglückliche erleichtert und schlief ein.

Am anderen Morgen, kaum erwacht, scholl seine Stimme durch den Palast, man solle den Magier zu ihm bringen. Er nahm den Kopf des Alten zwischen beide Hände und küßte ihn mehrere Male auf die bleiche Stirn. Danach schwor er, in Zukunft ein gnädigerer und großzügigerer Herrscher zu sein. Nachdem der Magier auch dies überstanden hatte – er wußte wirklich nicht, was schrecklicher für ihn war – des Alten Geheul anzuhören oder seine Zuneigungsbekundungen über sich ergehen zu lassen –, umwickelte er das, was einmal ein Bein gewesen war, mit Leinenbandagen, die er mit Krötenfett bestrichen hatte. Einen Monat später war das Fleisch über dem Knochen nachgewachsen, und der Baron konnte seine Diener wieder in den Hintern treten wie zu seinen glücklichsten Zeiten. Und während sich, allen Besserungsschwüren zum Trotz, seine Untertanen weiterhin mit Kohl und nichts als Kohl am Leben hielten, kam das Bein des alten Barons zu Kräften und bescherte ihm bis an sein Lebensende Ansehen und Ruhm. Der Magier wohnte seit der Zeit im Schloß und unterrichtete dort den unwilligen und ungebärdigen Anselmi nicht nur in Lesen und Schreiben, sondern auch in Wissenschaften wie Mathematik und Astrologie, in denen sich der Alte als ein wahrer Meister erwies.

Aus all diesen Gründen brachte Anselmi dem Magier dieselbe Verehrung entgegen wie sein Vater, und behielt ihn bis zu seinem grausamen Ende an seiner Seite. Bevor es zu diesem Ende kam, waren jedoch zwei Dinge geschehen: An dem Tag, da der alte Baron starb, rief der Magier Anselmi zu sich und führte ihn zum Leichnam seines Vaters, der, wie es Brauch war, auf dem Waffenplatz aufgebahrt lag, damit Vasallen, Diener und Landvolk ihm die letzte Ehre erweisen konnten.

»Anselmi«, sprach er, »nimm deinen Dolch und öffne mit einem langen Schnitt das Bein deines Vaters, welches ich damals geheilt habe.«

Anselmi fühlte, wie sich ihm die Haare sträubten.

»Warum«, stammelte er. »Ich wage es nicht.«

»Tu, wie ich dir gesagt habe«, beharrte der Magier.

Seinen Schauder und Widerwillen überwindend, gehorchte Anselmi. Und wie groß war sein Erstaunen, als die Wunde sich öffnete und er den sagenhaften eisernen Dolch erblickte, der am väterlichen Schienbein klebte.

»Nimm ihn ihn die Hand«, sagte der Magier, »und küß ihn.«

Bestürzt und gegen ein Gefühl der Übelkeit ankämpfend, küßte Anselmi den Dolch, und sogleich schloß sich die klaffende Wunde am Bein seines Vaters, ohne daß eine Narbe zurückblieb oder nur die geringste Nahtstelle zu sehen war. Der alte Baron wurde begraben, und erst danach bekannte der Magier, daß sein Wohltäter kopfüber und unwiderruflich ins Reich der Finsternis hinabgefahren sei, hätte der Sohn den Dolch nicht aus dem Bein entfernt.

»Bewahre die Waffe«, sagte der Magier. »Eines Tages mag sie dir von Nutzen sein.«

Dies tat der junge Baron, und stellte, von respektvoller Furcht überwältigt, keine weiteren Fragen.

Als die vernichtende Nachricht eintraf, Volodius habe mit seinem Heer die Grenzen zu Anselmis Reich überschritten, rief dieser seinen Hexenmeister zu sich und sagte zu ihm:

»Ein großer Krieg mit ungewissem Ausgang steht uns bevor. Wie du weißt, habe ich meine drei Söhne auf Ehre und Schwert eingeschworen, und sie werden mit mir in den Kampf ziehen. Mein Töchterchen aber möchte ich vor allem Unheil bewahren. Sag mir also, was ich tun muß, um Böses von ihr und von dir fernzuhalten, denn von diesem Augenblick an sollst du ihr Beschützer sein.«

Der alte Mann dachte nach, während sein Herz aufgeregt zu pochen begann. Das lag einerseits an seiner großen Furcht vor dem Krieg, denn er war alles andere als ein Held; wenn andererseits aber je ein Mensch sein Herz berührt hatte, welches für gewöhnlich in der gefühlsarmen Welt seiner Studien und schwarzen Künste darbte, so war dies das kleine Mädchen. Er verehrte sie auf eine Weise, daß er seiner fehlenden Kraft und seinem mangelnden Mut – und auch jeder Vernunft – zum Trotz ohne Zögern zum Schwert gegriffen hätte, um ihr Leben zu schützen. Natürlich nur, falls sich dies als absolut unvermeidlich erwiese.

Die natürliche Anmut dieses reizenden Wesens war nicht der alleinige Grund für des Magiers Hinwendung. Tief in seinem Herzen bewahrte er eine Beobachtung, die er gemacht hatte, als Anselmi ihm die Erziehung seiner Söhne anvertraute. Schon bald erkannte der Lehrer, daß die Jungen den Wissensdurst des Vaters nicht geerbt hatten. Eher glaubte er in ihnen die großväterliche Linie zu erkennen, denn sie nahmen offensichtlich mit viel größerem Vergnügen das Schwert in die Hand als irgendein Buch. Eines Tages, während die Jungen dumpf über ihren Lektionen brüteten, entdeckte er durch Zufall die kleine Schwester, die unter dem Tisch, zwischen den Falten der Tischdecke verborgen, dem Unterricht aufmerksam lauschte. Der Magier brauchte nicht lange, um den gewaltigen Wissensdurst in den großen dunklen Augen des Mädchens zu lesen. Ein nie gekannter Schauder aus Zartgefühl und Stolz drang ihm bis ins Mark seiner Knochen, und er begann, sehr behutsam und hinter dem Rücken des Vaters und der Brüder, das kleine Mädchen zu unterrichten.

Er war verblüfft über die ungewöhnliche, schier überbordende Klugheit eines so jungen Menschen. Die Kleine hatte nicht nur ganz allein lesen und schreiben gelernt, einfach indem sie bei ihren faulen Brüdern lauschte und abschaute, sondern beherrschte auch mit fünf Jahren bereits die lateinische und ein wenig von der griechischen Sprache und kannte sich in Geographie und Botanik aus. Da er sah, mit welchem Vergnügen die Kleine lernte, führte er sie an weitere Wissensgebiete heran, die jenseits von Astrologie und Mathematik lagen; Fächer, in denen sie gleichfalls gute Fortschritte machte. Eines Tages dann traf den Magier die wunderbare Erkenntnis. In den Tiefen der hübschen runden Augen seiner Schülerin erkannte er jenes besondere und einzigartige Licht, das nur alle Jahrtausende einmal ausgewählten Menschen zuteil wird: das geheime, zauberhafte Glühen der Sternentropfen, auch Mondtau genannt.

So kam es, daß der alte Mann das Mädchen verehrte und das Mädchen ihn. Die meiste Zeit verbrachten sie zurückgezogen in seinem Gemach, wo sie, Früchte und Süßigkeiten knabbernd, ihren endlosen Wissensdurst stillten oder sich im Lichtschein aufblitzender Erkenntnis sonnten. Manchmal überraschte sie sogar das Morgenrot: das Mädchen im Schoß des Lehrers, beide niedergestreckt von den unnachgiebigen Forderungen des Schlafs, dieser Geißel menschlicher Natur.

Als der Magier nun Anselmis Worte vernahm, betrübte sich sein Herz vor Bitterkeit, denn er wußte, wovon der Baron sprach. Grausame Menschen waren auf dem Anmarsch und würden nicht davor zurückschrecken, die lichten Stunden eines ebenso lehrreichen wie unschuldigen Zusammenseins von Mädchen und Meister gewaltsam zu beenden. Zwei Tränen unterdrückend – eine der Zärtlichkeit, eine der Furcht –, sprach der

Alte schließlich: »Mein Sohn« – so nannte er Anselmi, da er nicht nur Lehrer sondern halb auch Vater dieses unter Blutandrang leidenden und etwas fettleibigen Barons war, dessen Appetit sich früher auf geistigere Dinge gerichtet hatte –, »deine Worte wiegen schwer. Ich danke dir für das Vertrauen und die Ehre, die du mir entgegenbringst, indem du mich zum Hüter des teuersten Schatzes deines Hauses bestimmst. So bring mir nun den eisernen Dolch, Symbol unserer Verbundenheit, den ich dich nach dem Tod deines Vaters aufzubewahren hieß.«

Anselmi tat, wie ihm geheißen, und als der Alte den Dolch in seinen Händen hielt, streckte er ihn in die Höhe, kniete nieder in Richtung »des Zusammenpralls von Ost und West«, wie er sagte, und hieß den Baron Gleiches tun, womit er Anselmi in größte Verwirrung stürzte, da dieser keine Ahnung hatte, welche Richtung gemeint sein konnte. Er folgte schließlich dem Tun des Alten, ohne das Geringste zu verstehen. Von derart mysteriösem Tun schon geschwächt, stieß der Alte einen Schrei aus, der an das Röcheln eines sterbenden Schwans gemahnte. Der Dolch jedoch erstrahlte daraufhin in geheimnisvollem Glanz, sprang aus seinen Händen und flog wie ein Vogel vor ihnen her über Treppen und Flure des Schlosses bis hinunter in die Kerker. Dort drang er in eine Mauer, als wäre diese aus Butter und nicht aus Stein, und blieb darin stecken.

»Dies ist der Weg«, erklärte der Alte mit entrückter Miene.

Dann ließ er Pickel und Brechstangen kommen, gab jedoch zu bedenken, daß nur strikte Geheimhaltung Sicherheit gewährleiste; und so hackten und stemmten allein der Baron und seine Söhne, bis sie ein paar Steine aus der Mauer herausgebrochen hatten und sich ihnen ein vermoostes Törchen zeigte, das zu dem einzigen wirklich geheimen Gang des Schlosses führte. Durch einen engen, gewundenen Korridor ging es aufwärts, bis sie in eine ausladende Felsengrotte über dem Meer gelangten. Dorthin, ordnete der Magier an, sollten zwei Bettstätten, Nahrungsmittel, Kerzen und sonstige Gerätschaften gebracht werden, damit er und das Mädchen in diesem Versteck überdauern konnten. Zumindest so lange, bis in der düsteren Zukunft des Landes ein erster Lichtstreif sichtbar würde.

Als Volodius' Vormarsch auf Anselmis Schloß nicht mehr abzuwenden war, rief der Magier das Mädchen zu sich. Er mahnte sie, ein paar Kleider und ihr Lieblingsspielzeug einzupacken; eben soviel, wie in eine Truhe paßte. Als der unselige Moment gekommen war, küßten ihr Vater und ihre Brüder sie mit großem Bedauern zum Abschied. Und ohne die innersten Gefühle dieser rauhen Krieger zu verraten, darf man sagen, daß ihre Lippen dabei vor Rührung bebten. Der jüngste der Brüder – jener blonde, kämpferische Junge, den das Schicksal bestimmte, eines entsetzlichen, wenngleich würdigen und stolzen Todes an der Seite seines Vaters zu sterben – sagte zu ihr: »Vergiß nicht, den Soldaten mitzunehmen, den ich für dich geschnitzt habe.«

»Ich habe ihn nicht vergessen«, antwortete die Kleine. Sie öffnete die Truhe und holte einen holzgeschnitzten Soldaten hervor, der mit Hilfe geschickt verknüpfter Bänder Arme und Beine bewegen konnte. Sie küßte ihren Vater und die Brüder, und dann verschwand sie an der Hand ihres Lehrers hinter dem geheimen Türchen. Sie tat dies mit solchem Ernst und war dabei so gefaßt, wie es ihrer hohen Abkunft wohl geziemte, ihren Vater und ihre Brüder aber dennoch mit unbändigem Stolz erfüllte. Anselmi und seine Söhne mauerten daraufhin die Tür wieder zu, so daß niemand Verdacht schöpfen und ihre Existenz auch nur im geringsten erahnen konnte.

Der Magier hatte ein paar Nahrungsmittel, Wasser und die Truhe mitgenommen, in der er seine Schätze aufbewahrte: umfangreiche Pergamentrollen, bündelweise Rezepturen, Salben, Blütenstaub, Samenkörner, Alraune, Leuchtkäferglanz, Schälchen mit Sumpfwasser und scheinbaren Firlefanz, geheimnisvoll und rätselhaft.

2

Die Zeit verging, und Unheil kam über Anselmis Land. Es war, als reiße ein schwarzer Wirbelwind alles nieder und lasse den Geruch von Brand und Verwesung auf seinem Weg zurück. Doch während diese Unbilden ihren Lauf nahmen, befanden sich der Magier und seine kleine Schülerin in der Grotte verborgen in Sicherheit, und kein Mensch wußte von ihrer Existenz.

Tage gab es, da drang durch das Laub und Dornengestrüpp, das vor der Grotte herabhing, Kriegslärm an ihre Ohren: wildes Geschrei und galoppierende Hufe, Todesröcheln oder Wimmern in hilflosem Zorn; Brandgeruch lag in der Luft und am Ende schließlich die große Stille nach vergossenem Blut.

Und eines Tages dann schien der Frieden wiederhergestellt. Der Magier ermannte sich zitternd, das Dornengestrüpp beiseite zu schieben und den Kopf nach draußen zu strecken. Er stellte fest, daß sie sich hoch über dem Meer befanden. Stumm vor Schmerz und Entsetzen betrachtete er die rauchenden Ruinen des einstmaligen Schlosses, die verwüsteten Äcker und Weinberge. Stinkender schwarzer Qualm vergiftete die Luft und nahm ihm beinahe den Atem. Da ließ er sich auf den Boden sinken und weinte bittere Tränen über den Verlust all dieser Dinge.

Erst als der Qualm sich aufgelöst und nach Osten verzogen hatte, sah man über den Ruinen die verhaßte Flagge von Olar vom höchsten Turm des Schlosses wehen; und auf lange Lanzen gespießt, ragten die Köpfe von Anselmi und dem jüngsten seiner Söhne in den Himmel. Der alte Mann erkannte ihn an seinen goldenen Locken, die wie eine flammende Herausforderung im Licht der Abendsonne wehten. Dem Magier stockte das Herz, er erbleichte und sank der Länge nach hin – was jedoch nicht viel besagen wollte –, wobei er wimmernde Laute ausstieß wie ein Vogel, dem man das Nest entrissen hat.

Das Mädchen, das in der Höhle mit dem Soldaten spielte, den ihr Bruder für sie geschnitzt hatte, sah mit Bestürzung auf dies ungewöhnliche Verhalten. Und als sie die hemmungslos rinnenden Tränen ihres sonst so bedachtsamen Lehrers bemerkte, setzte sie sich zu ihm, strich ihm die grauen Strähnen aus der Stirn, betupfte den haltlosen Tränenstrom mit dem Saum ihres Kleides und sagte: »Weine nicht, mein lieber Meister, das schadet nur der Gesundheit.«

Der Magier streichelte zärtlich ihre Apfelbäckchen, und durch die beharrlich fließenden Tränen hindurch sagte er, vernehmlich schniefend: »Mein liebes Kind, wir sind verloren.«

Die Kleine hielt nachdenklich inne; doch als sie sah, wie der Magier den Kopf hängen ließ, reichte sie ihm Brot und Käse und sagte: »Hab keine Angst, Meister, uns bleibt noch genügend Nahrung, um einige Zeit überstehen zu können.«

Der unglückliche Lehrer wies das Essen jedoch zurück. Und dann, ganz sachte und behutsam, die schreckliche Nachricht immer noch mit Tränen begleitend, erklärte er dem Kind so gut er konnte, daß nicht der Mangel an Nahrung es war – auf Käse und Brot könne er ohnehin allmählich verzichten –, der ihn so schamlos seinen Kummer zeigen ließ. Der wahre Grund für seine Verzweiflung sei die grausame, die blutige Niederlage, der er soeben ansichtig geworden war.

Das Mädchen saß auf seinen Knien und hörte aufmerksam zu. Als die Kleine schließlich begriff, was geschehen war, rannte sie zum Ausgang der Grotte, wo sie stumm und bleich verharrte.

Das erste, was sie am lang ersehnten Himmel sah, waren die Umrisse zweier Köpfe, die sich schwarz vor dem glühenden Rot des Horizonts abhoben. Die letzten Sonnenstrahlen entflammten ein fahles und gar nicht mehr kindliches Gold um den Kopf dessen, der ihr einziges Spielzeug geschnitzt hatte. Sie stand nur da, hielt mit beiden Händen die Dornenranken auseinander, hinter denen sie bisher im Verborgenen gelebt hatten, und nahm weder die Schmerzen wahr noch das Blut, das von ihren Fingern troff. Nach einer Weile, in deren Stille allein die wütende Brandung tobte, erbrachte sie dann den Beweis, eine echte Nachfolgerin – wenngleich auch die einzige – des unbändigen väterlichen Geschlechts zu sein. Ihre Lippen, sonst voll und rot, waren so weiß, wie man sie nie zuvor gesehen hatte. Sie setzte sich ins

Gras und schloß die Augen; doch nicht eine Träne quoll daraus hervor, und auch später sah niemand sie je ihre Toten beweinen. Über die roten Weiden ihrer geschlossenen Lider galoppierten drei von prächtigen jungen Männern angespornte Rösser, und mit wehenden goldenen Locken rief der jüngste von ihnen: »Schwesterchen, vergiß den Soldaten nicht, den ich für dich geschnitzt habe!«

»Weine nicht, Meister«, sprach sie schließlich, »ich schwöre dir, eines Tages werden wir uns an Volodius rächen.«

Dann befahl sie dem Magier, die Häupter ihres Vaters und ihres Bruders von den Lanzen zu holen und sie in ihrer Grotte zu begraben.

»Aber Kind! Wie soll ich da hinaufkommen?« rief der alte Mann erschrocken. »Ich werde mir den Bauch und die Kleider aufreißen. Ich bin viel zu alt und unbeholfen, um so hoch zu klettern. Mir wird schwindlig werden, und ich werde abstürzen; allein schon der Schmerz des Anblicks wird mich töten.«

Das Mädchen schaute ihm jedoch fest in die Augen und sagte entschlossen: »Du kannst es, Meister, das weiß ich. Ich habe dich einmal beobachtet, wie du in deiner Geheimkammer die Silberwolke gemacht hast. Um dir bei der Arbeit zuschauen zu können, habe ich mich schlafend gestellt und später dann durchs Schlüsselloch gespäht.«

»Ist denn das die Möglichkeit?« jammerte der Magier. »Weißt du, in welche Gefahr du dich damit begeben hast, mein Kind? Du hättest erblinden können, wenn ich dich entdeckt hätte!«

»Das stimmt nicht«, antwortete sie und schüttelte so heftig den Kopf, daß die Zöpfe flogen. »Das hättest du nie zugelassen, und ich wußte es.«

»Du weißt auch genau, wie sehr ich dich liebe«, sagte der Magier und betrachtete ihr rundes Gesichtchen mit den klugen Augen, die zweifellos Macht über ihn besaßen. »Aber du darfst meine Zuneigung nicht ausnutzen.«

Und seufzend fügte er hinzu: »Hör zu, du bist das klügste Kind, das ich kenne, und darum liebe ich dich, als wärst du mein eigenes. Du bist nicht nur klüger als dein Vater und deine Brüder, sondern als alle, die ich kenne; und darum kannst du fließend lesen und schreiben und noch viele andere Dinge für dein zartes Alter. Aber du bist nur ein Mädchen, und du wirst nur eine Frau – falls du lange genug lebst, was ich hoffe. Wenn du also der Bosheit und der Dummheit, die in der Welt regieren, entgehen willst, dann darfst du nicht alles zeigen, was du kannst und was du weißt. Ich soll dich beschützen, so hat dein Vater es gewollt. Wärst du ein Junge, würde ich dich ins Kloster stecken und dich dort unterrichten lassen; aber du bist ein Mädchen, und ich glaube kaum, daß es richtig wäre, dich zu den Nonnen in die Weiße Abtei zu schicken, denn die sind dumm und faul, und ich fürchte, du würdest nicht glücklich bei ihnen. Am besten wird es sein, wenn wir weiterhin zusammenbleiben und uns gemeinsam durchschlagen, so gut es möglich ist. Und da du ja, wie ich sehe, meine verborgenen Fähigkeiten so gut kennst, brauche ich mich bei der Vervollkommnung dieser Kenntnisse und Praktiken auch nicht mehr zu verstecken. Mit ihrer Hilfe vermögen wir vielleicht so lange zu überleben, bis du alt genug bist, um für dich selbst sorgen zu können.«

Er seufzte wieder und entschied: »Als erstes müssen wir einen Namen für dich finden, unter dem dich niemand kennt. Dein richtiger dürfte sehr gefährlich sein für dich.«

Er dachte eine Weile nach und entschied sich dann, sie ab sofort Ardid zu nennen: »Denn dieser Name klingt weder ausgesprochen männlich noch weiblich, weder adlig noch gewöhnlich; und außerdem, auch in Anbetracht deines Temperaments, paßt er zu dir.«

»Jetzt tu, was ich dir sage«, lautete Ardids einzige Antwort. »Bring mir die beiden Köpfe.«

Vergebens suchte der alte Mann nach einer Ausrede. Schließlich kramte er in seinem Koffer, und nachdem er einige Vorbereitungen getroffen hatte, kochte er einen Absud zusammen, über der sich die geheimnisvolle Silberwolke bildete, auf der der Magier sich eine bestimmte Zeitlang nach Belieben durch die

Lüfte bewegen konnte. Als die Wolke Gestalt angenommen hatte, schwang er sich hinauf, legte der kleinen Ardid ans Herz, sich nicht aus der Grotte zu entfernen, und flog zum Turm des Schlosses, wo er, halb ohnmächtig vor Angst und Kummer, den Befehl des Mädchens ausführte. Von solchem Grauen geschüttelt, daß er beinahe in die Tiefe gestürzt wäre, kehrte er mit den Häuptern derer zurück, die er einst geliebt hatte, und begrub sie in der Grotte.

Ardid war unterdessen ins Tal hinuntergestiegen, wo sie einen Strauß Feldblumen pflückte, deren unschuldiges Blau inmitten grauer Verwüstung und Verderben sproß. Zurück in der Grotte, legte sie die Blumen andächtig auf das karge Grab, betrachtete gedankenverloren den kleinen hölzernen Soldaten und begrub ihn daneben.

»Ich hatte nicht viel Zeit, mit dir zu spielen«, flüsterte sie, »und jetzt ist es dazu zu spät.«

Dann wandte sie sich an den Magier und sagte: »An diesem Ort können wir nicht länger leben, Meister. Kehren wir ins Schloß zurück, dort kommen wir bestimmt besser zurecht.«

Der Magier nickt zustimmend, und so verließen sie, beide mit ihren wenigen Habseligkeiten bepackt, die Grotte über dem Meer. Wie groß war ihr Kummer jedoch, als sie vor den rauchenden Ruinen der ehemals so prächtigen und stolzen Burg standen. Was irgendwie von Wert gewesen war, hatten Volodius' Horden geplündert, und um sie herum gab es nur Tod, Trümmer, schweigendes Elend. Der Burgfried jedoch machte noch einen halbwegs bewohnbaren Eindruck.

»Zumindest sind wir dort drinnen vor Regen, Wind und Kälte geschützt«, sagte Ardid und bewies damit ein rechtes Maß an praktischer Vernunft.

Daraufhin machten sich beide an die Arbeit und räumten Balken und rußige Mauerreste beiseite, so gut es ihre Kräfte erlaubten. Als die Nacht hereinbrach, hatten sie fast so etwas wie eine Kammer hergerichtet, welche zwar nicht mit dem Gemach einer Prinzessin zu vergleichen war, in der sie aber nicht erfrieren mußten und Schutz vor wilden Tieren fanden, deren schreckliches Gebrüll der Wind von den Hügeln zu ihnen herantrug.

In jener Nacht hörten sie alle möglichen hungrigen Tiere an ihrer fest verriegelten Tür scharren. Die Sonne vertrieb sie jedoch am frühen Morgen, und danach setzten Lehrer und Schülerin ihre Arbeit fort, Tag für Tag, bis sie sich in den Ruinen halbwegs wohnlich eingerichtet hatten.

Monate vergingen, und die beiden unglücklichen Wesen empfanden ihre Zuflucht im Gemäuer inzwischen sogar als ganz behaglich. Der Magier suchte, fand und verarbeitete Wurzeln und Kräuter zu einer eßbaren Substanz, von der sie, wie er sagte, lange Zeit leben konnten. Die kleine Ardid streifte unterdessen über Wiesen und Felder und sammelte Beeren und wilde Früchte, solange die Jahreszeit es zuließ.

Gar nicht weit entfernt gab es einen Weinberg, und wenn sie ihn richtig und zur rechten Zeit bearbeiteten, könnten, obwohl erst Mitte März, die Reben gedeihen und die Trauben zur Reife gelangen. Wenigstens machte ihnen dieser Gedanke Hoffnung. Darum entwarfen sie den Plan, einen Tunnel zum Weinberg zu graben, um, wenn die Trauben reif wären und Volodius' Winzer kämen, von diesen nicht entdeckt zu werden. Der Magier dachte darüber nach und stellte Berechnungen an, auf welche Weise sie solch ein Vorhaben verwirklichen könnten, denn wenn sie sich auf ihre Fingernägel und die bescheidenen Hilfsmittel verließen, die sie besaßen – zwei behelfsmäßige Spaten, die Ardid aus Stöcken und flachen Steinen herzustellen versuchte – wären sie gestorben, bevor der Tunnel fertig wäre.

Der Magier war in seinem Großen Buch des Wissens vertieft, als er auf eine Stelle stieß, die ihn nachdenklich stimmte. Es war schon Zeit, zu Bett zu gehen, und als er sah, daß die Kleine ihr Strohlager aufschüttelte, sagte er: »Ich erkenne hier eine Spur und einen Hinweis auf jemanden, der uns eine große Hilfe sein könnte, wenn es uns gelänge, ihn zu uns zu rufen – und falls er dann so gut aufgelegt wäre, uns nicht in Kröten oder sonstwas zu verwandeln.«

»Wer ist es?« fragte Ardid. »Wenn du ihn auftreibst, versichere ich dir, daß er es nicht wagen wird, uns anzurühren.«

»Ach, mein liebes Kind«, seufzte der Magier und nahm ihr das Messer aus der Hand, das sie aus einem scharfkantigen Stein hergestellt hatte, »es handelt sich um kein Wesen, dem wir etwas anhaben könnten, als wäre es ein Mensch wie wir. Nein, nein, wir hätten es mit dem Kobold des Südens zu tun, dem schnellsten und besten Tunnelgräber, von dem man je gehört hat.«

»Dem Kobold des Südens? Erzähl mir von ihm!« bat Ardid voller Wißbegier. Und genauso, als würde der Lehrer sie in Mathematik, Astrologie oder sonst einer Wissenschaft unterrichten, setzte sie sich mit gekreuzten Beinen erwartungsvoll vor ihn hin, das Kinn auf beide Handballen gestützt.

»Der Kobold des Südens ist ein Wesen, das zur Unterfamilie der Gnome gehört«, erklärte der Magier. »Er ist so launisch wie das Wetter, und je nach Jahreszeit können diese Wesen unberechenbar sein.«

Er schaute wieder in seinem Buch nach, ob er vielleicht die passende Formel fände. Das Feuer erlosch, sie aßen ihren Wurzelbrei und den letzten Rest eines alten Käses. Als Ardid längst schlief und die Sterne am nächtlichen Himmel blinkten, hatte der Magier seine Formel noch immer nicht gefunden. Erst als die Sonne über die Baumwipfel lugte, legte er das Buch zur Seite; und als er sah, wie Ardid, die schon aufgewacht war und auf ihrem Strohlager saß, ihn mit ihren dunkel glänzenden Augen anschaute, sagte er aufgeräumt:

»Heute abend, wenn die Sonne hinter den Zwillingshügeln untergeht, werde ich etwas ausprobieren, das mir recht erfolgversprechend scheint. Bis dahin, mein liebes Kind, laß mich ein Schläfchen halten, denn dieses nächtliche Lesen hat mich doch rechtschaffen müde gemacht.«

Ardid nickte. Wie gewöhnlich ging sie im Meer schwimmen und machte sich dann auf die Suche nach der täglichen Nahrung. Da sah sie etwas im Sand aufblitzen. Es war ein blauer Stein, vom Wasser poliert und so glänzend, als wäre er aus Metall. Sie nahm ihn in die Hand und sah, daß er eine längliche Form hatte und spitz zulief, wie ein Messer. Zuerst dachte sie, er könne ihr als solches von Nutzen sein, doch dann stellte sie fest, daß er in der Mitte ein rundes Loch aufwies und auf der Rückseite so glatt und plan war, als sei er der Länge nach durchgeschnitten und die andere Hälfte abhanden gekommen. Sie wog ihn in der Hand, und er kam ihr so leicht und zerbrechlich vor, daß sie die Hoffnung aufgab, ihn als Messer benutzen zu können. Auf alle Fälle aber steckte sie ihn in ihren Beutel und nahm ihn mit.

Als sich das goldene Licht der Abendsonne über das Land legte, lief sie los, um den Meister zu wecken. Sie fand ihn in dem Winkel, den die beiden dicksten Mauern des zerstörten Turms bildeten, über den Dämpfen seines Kessels in flüsternde Beschwörungen vertieft. Das Ergebnis fiel jedoch gar nicht zur Zufriedenheit des Alten aus; denn anstatt den Kobold des Südens herbeizuzaubern, zogen seine Beschwörungen Schwärme von Fledermäusen an, die sich nur mit langen Zweigen und einer komplizierten Beschwörungsformel verscheuchen ließen, die sie jedoch so oft wiederholen mußten, daß sie sie am Ende beide auswendig kannten.

Tag um Tag suchte der Magier ergebnislos nach seiner Formel, und sie waren beide schon ganz verzweifelt – ohne es zu wollen, hatten sie Quallen, Safranblüten, Fliegenpilze und andere Dinge herbeibeschworen –, als eine ungewöhnliche Begebenheit sie eines späten Nachmittags ganz unerwartet an ihr Ziel führte.

Die kleine Ardid hüpfte in der Nähe des Weinbergs singend um ein Dornendickicht, das saftige Brombeeren verhieß, und als sie sich einmal bückte, fiel der durchbohrte blaue Stein aus der Tasche. Eine würzige Brise spielte in ihrem lose wehenden Haar, und im selben Moment war es, als erglühe das letzte Feuer der Sonne in der runden Öffnung des Steins. Einer plötzlichen Eingebung folgend, hob Ardid den Stein an ihr rechtes Auge und spähte durch das Loch aufs Meer hinaus. Voller Staunen dachte sie, daß Himmel, Erde und Meer ihr noch nie so wunderschön vorgekommen waren. Und mit einem Mal glaubte Ardid im goldenen Dunst, der über den Wellen lag, eine Insel auftauchen zu sehen: Sie war grün wie ein Smaragd und drehte sich langsam um sich selbst. Doch bevor sie eine ganze Drehung vollzogen hatte, noch bevor Ardid sehen konnte, was auf *der anderen Seite* war, verschwand sie wieder im Dunst, wie sie aufgetaucht war.

Da glaubte sie, ein Wimmern zu hören, ähnlich dem des Windes, der durch einen Türspalt pfiff, doch ihr Verstand sagte ihr, daß dies unmöglich war: Es gab weit und breit keine Tür und keinen Spalt, durch den der Wind hätte pfeifen können. Vorsichtig, weiter ihr Liedchen summend und sich den Anschein gebend, als höre sie nichts, ließ sie sich von dem Geräusch leiten und näherte sich der Stelle, von der es auszugehen schien. Sie hatte bereits den Weinberg betreten, als ihr ein starker Mostgeruch an die Nase drang. Das kam ihr sonderbar vor, denn der Weinberg war kahl und würde auch noch eine ganze Weile brauchen, bis er wieder ergrünte. Das Näschen im Wind, schlich sie weiter vor, bis – zumindest hatte sie den Eindruck – das Wimmern und der Geruch unmittelbar vor ihr waren.

Schließlich entdeckten ihre Eichhörnchenaugen zwischen den Weinstöcken etwas, das auf den ersten Blick wie eine Handvoll Rebholzreisig aussah, sich ihren scharfen Augen jedoch als etwas anderes enthüllte. Ein winziges Männlein mit dünnen Ärmchen und Beinchen, farblich von Erde und Reisig kaum zu unterscheiden, lag jammernd am Boden und war offenbar untröstlich. Aus dem dichten roten Haar, das ihm wie eine Pelzmütze auf dem Kopf saß, stachen an den Seiten zwei lange spitze Ohren hervor. Der Kopf war unverhältnismäßig groß für das ausgemergelte Körperchen. Das Männlein hatte beide Hände vors Gesicht geschlagen und schien das Mädchen weder gehört noch gesehen zu haben.

Ardid ging in die Hocke und schaute den Wicht neugierig aus

der Nähe an. Ein Weilchen betrachtete sie ihn mit großer Aufmerksamkeit; doch da es ihre Anwesenheit nicht wahrzunehmen schien, fuhr sie ihm mit der Fingerspitze sanft über das pelzige Haar. Es fühlte sich an wie Herbstlaub, rot und knisternd. Schließlich sprach sie ihn an: »Was bekümmert dich so? Und wer bist du? Was tust du an einem entlegenen Ort wie diesem?«

Das Männlein zuckte zusammen und – so etwas hatte die kleine Ardid noch nie gesehen – sprang auf, hoch in die Luft, noch über ihren Kopf hinaus, schlug zwei Purzelbäume und landete sanft wie eine Feder wieder auf den Füßen, ohne den geringsten Schaden zu nehmen. Ardid sah dann, daß es sie mit schreckgeweiteten Augen anstarrte, und seine Augen waren wie Schlehenfeuer; schwarz, tief drinnen jedoch bläulich flackernd wie ein unterirdischer Fluß.

Da das Männlein kein Wort über die Lippen brachte, stellte sie noch zwei weitere Male ihre Fragen, bis es endlich mit einem Stimmchen sprach, das immer noch dem Wimmern des Windes zwischen Türspalten glich: »Kann es sein, daß du mich siehst?«

»So deutlich wie du mich. Ich bin ja nicht blind.«

Daraufhin jammerte das Männlein noch hemmungsloser, hüpfte um die Rebstöcke und drohte ihr mit der Faust:

»Du bist schuld, verdammt! Du allein. Die Dame des Sees hatte wohl recht. Oh, ich Unglücklicher, deinetwegen bin ich unrein geworden. O je! Erst jetzt wird mir klar, wie schlimm es um mich steht.«

Ardid setzte sich auf die Erde und schaute dem Wicht vergnügt zu. Sie versuchte ihn zu ergreifen, wenn er in ihre Nähe kam, mußte jedoch feststellen, daß dies unmöglich war. Der kleine Körper glitt ihr jedesmal durch die Finger, als wäre er aus Wasser oder Wind.

Als das merkwürdige Wesen schließlich aufhörte, zu jammern und hin und her zu rennen, blieb es vor ihr stehen, schaute sie forschend an und sagte: »Du hast Augen wie ein Eichhörnchen. Sag mir, wer du bist, dann erzähle ich dir vielleicht auch etwas von mir.«

»Nein«, entgegnete Ardid, »ich habe dich zuerst gesehen. Also mußt du mir zuerst deinen Namen sagen. Ich habe dich in meinem Weinberg entdeckt, und nun mußt du mir erklären, was du hier tust.«

»Ah, verfluchte Kreatur! Das ist also dein Weinberg, ja?« rief der kleine Mann, wahrhaft außer sich. »Dann sag mir doch, wie du es angestellt hast, daß nicht eine Rebe mehr an den Stöcken hängt! Wenn du nicht bald dafür sorgst, daß sie wieder sprießen und reifen, verwandle ich dich in eine Kröte, einen Käfer, eine Fledermaus oder ein anderes ekelhaftes Tier!«

Als Ardid diese Worte vernahm, strahlten ihre Augen vor Freude.

»Du bist doch nicht etwa der Kobold des Südens?« rief sie und hüpfte vor Freude. »Wie lange schon versuchen wir erfolglos, dich herbeizurufen! Ich kann es einfach nicht glauben!«

»Woher weißt du von meiner Existenz, verdammte Hexe? Wer bist du? Eine Enkelin der Dame der Berge vielleicht ...? Ich hatte keine Ahnung, daß sie Enkel hat; schon gleich gar nicht so reizende ...«

»Wenn du mir gehorchst«, sagte Ardid, »erzähle ich dir einiges über mich. Falls nicht, gehe ich fort, und du erfährst nie, wie man es anstellt, daß der Weinberg wieder Früchte trägt. Ich sehe nämlich, daß du ein allzu guter Freund dessen bist, was man aus seinen Früchten gewinnt.«

»Woher weißt du das?«

»Das sehe ich an deiner roten Nase«, antwortete Ardid. »Solche Nasen hatten mein Vater und meine Brüder, wenn sie übermäßig viel Wein getrunken haben.«

»So unrein bin ich schon?« sagte der Kobold traurig und betastete die Spitze seiner langen Nase. »Es ist ein Jammer, ein wirklicher Jammer ... Aber es hilft nichts; daher sag mir, du wunderbares Geschöpf, kennst du ein Rezept, einen Spruch, um diese herrlichen verdammten Trauben wieder zum Reifen zu bringen?«

»Gewiß«, erwiderte Ardid. »Aber ich verrate sie dir nicht,

wenn du mich nicht zu meinem Meister begleitest und versprichst, uns zu helfen.«

Der Kobold des Südens dachte nach. Am Ende stieß er einen so tiefen Seufzer aus, daß der ganze Weinberg bebte, und sagte: »Du bist ein anmutiges Ding, und du gefällst mir; darum komme ich mit dir. Aber wenn ihr mich hereinlegen wollt, du oder dein Meister, dann werdet ihr an mich denken. Und gewiß nicht aus Dankbarkeit.«

Gefolgt vom Kobold des Südens, machte sich Ardid glücklich auf den Heimweg zum Turm. Sie hüpften beide über die Steine, und das offenbar in schönster Harmonie, denn ihr fröhliches Geplapper überraschte den Magier, der, das Gesicht gerötet von der Hitze seines Siedetopfes, gar nicht gemerkt hatte, wie die Zeit verflog.

Es war schon fast dunkel, und erschrocken streckte er den Kopf nach draußen. Verblüfft sah er die beiden herankommen.

»Was ist der für einer?« stammelte er. Doch im selben Moment begriff er, daß der Besucher, den das Mädchen mitbrachte, kein anderer sein konnte als der bisher vergebens herbeigesehnte Kobold des Südens. Der alte Mann war so verblüfft, daß ihm die Knie weich wurden und er mit aufgerissenen Augen und offenem Mund auf dem Hosenboden landete. Ardid prustete unwillkürlich los, als sie ihn so sah, und auch der Kobold konnte nicht länger an sich halten. Das Lachen des Kobolds klang aber so heiser und verweht, daß nur der Magier aus diesem sonderbaren Geräusch eine gute Laune heraushörte, die zu den schönsten Hoffnungen Anlaß gab.

Bevor sie ein Wort miteinander wechselten, musterten sich Magier und Kobold eingehend und nicht ohne eine winzige Spur von Argwohn. Schließlich ergriff ersterer das Wort und fragte respektvoll: »Wie kommt es, mein guter Kobold des Südens, daß ein Mädchen dich herbeirufen kann, während ich, der ich tagelang dasselbe versuche, die richtige Formel immer noch nicht gefunden habe?«

»Sei unbesorgt«, antwortete der Kobold, während er es sich

auf dem Lager des Alten gemütlich machte. »Es gibt dafür eine einfache, was mich angeht, allerdings traurige, Erklärung.«

Dann berichtete er, wie Ardid ihn zwischen den Rebstöcken gefunden und ihm mitgeteilt hatte, was sie von ihm erwarteten, und wie sie daraufhin ein Abkommen getroffen hatten.

»Aber«, fügte er hinzu, »ich habe sie gewarnt. Wenn es euch nicht gelingt, auf dem Weinberg wieder pralle Trauben reifen zu lassen, werde ich euch so übel mitspielen, daß ihr mich für den Rest Eures miserablen Menschenlebens verfluchen werdet.«

»Wir werden dich nicht enttäuschen«, beeilte sich der Alte zu versichern. »Der Weinberg wird wieder ein Rebengarten. Allerdings mußt du warten, bis seine Blätter die Farbe deiner Haare angenommen haben. Doch nun bitte ich dich, meine Neugier zu befriedigen: Konnte das Mädchen dich sehen? Ich schwöre dir, daß ich nicht aus eitler menschlicher Neugier frage, sondern mit dem Wissensdurst eines Mannes, der sein Leben der Wahrsagung und den fernen Wissenschaften gewidmet und dadurch schon häufig in Verbindung mit höchst achtbaren und mächtigen Würdenträgern deiner Rasse gestanden hat.«

»Sehr mächtig dürften sie kaum gewesen sein, wenn man in Betracht zieht, wer auf deine Beschwörungen hin erschienen ist«, antwortete der Kobold in einem Ton, der den Magier schmerzlich berührte. »Aber wenn dies die Fragen sind, die dich beunruhigen, sehe ich angesichts meines eigenen Unglücks keinen Grund, deinen Wissensdurst nicht zu stillen. Alle Wesen meiner Gattung, das heißt, die Geschöpfe der unterirdischen Welt, als da sind Gnome, Kobolde, Trolle, Elfen, Nixen, Hexen und die eine oder andere Art von Feen, unterstehen einer mächtigen, absolut unverwundbaren Höchsten Kraft, die uns um Jahrhunderte voraus ist, wie deine Wissenschaft dich gelehrt haben dürfte.«

»Gewiß, gewiß«, bestätigte der Magier hastig, merkte sich die Worte gleichwohl, denn bisher hatte ihm noch keine seiner wissenschaftlichen Studien die Zusammenhänge so im einzelnen verdeutlicht, wenngleich er ähnliches wohl geahnt hatte. »Ich möchte dich jedoch bitten, die Vorrede möglichst kurz zu halten und gleich zum Kern der Dinge zu kommen.«

»Nun denn, die Höchste Kraft, die neben den Meeres-, Fluß- und Sumpfgeschöpfen in dieser Gegend das Sagen hat, ist die Dame des Sees.«

»Des Sees von Olar, versteht sich«, warf der Alte ein, der so etwas schon vermutet hatte, wenn er an all die phantastischen Geschichten dachte, die unter den Bewohnern der Seeufer im Umlauf waren.

»Genauso ist es«, nickte der Kobold. »Sie hat mich schon vor langer Zeit vor der Unreinheit gewarnt.«

»Welche Unreinheit?« fragte die kleine Ardid, die der Unterhaltung voller Entzücken gelauscht hatte und jetzt die Suppenschüsseln fürs Abendessen austeilte.

»Ich spreche natürlich von der menschlichen Unreinheit, mein Kind. Das größte Unglück, das unsereinem widerfahren kann.«

»Warum?«

»Besonders gescheit ist dieses Mädchen nicht, will mir scheinen«, murmelte der Kobold griesgrämig.

Da wurde der Magier jedoch lebendig: »Glaub das nicht! Sie ist von einer seltenen und ganz ungewöhnlichen Klugheit, welche die ihrer Jahre, wenn selbst man die Intelligentesten ihres Alters nimmt, um das Elffache übersteigt. Sie ist nur viel zu jung, so daß ich sie in bestimmten Wissensgebieten bisher noch nicht unterrichtet habe.«

»Nun, wisse denn, junge Dame«, fuhr der Kobold fort, »falls sich aus irgendwelchen Gründen, die ich später noch erläutern werde, jemand unserer Gattung an den Menschen verunreinigt, verliert er an Macht, je weiter die Unreinheit fortschreitet. Es gibt sogar Fälle, und ich hoffe sehr, nicht dazuzugehören, in denen diese Macht aus genanntem Grund ganz und gar vergeht. Und je weiter unsere Kraft schwindet, desto weiter schwindet auch unsere Körpersubstanz; bis wir nur noch Asche sind, die der Wind verweht, und nichts mehr übrig ist. Nur wenn es uns gelingt, die Unreinheit aufzuhalten, und diese noch ganz schwach ist, wie bei mir der Fall, können wir uns mit einem ausreichenden Maß an Macht unter den Menschen bewegen. Schreitet die Unreinheit aber fort, sind wir irgendwann ganz auf das Wohlwollen der Leute oder den Schutz eines weisen oder unschuldigen Menschen angewiesen, wie du und dein Lehrer mir welche zu sein scheinen. Um auf meine Geschichte zurückzukommen: Die Alte Dame des Sees hat mich über die beiden häufigsten Ursachen aufgeklärt, die zur Unreinheit von Kobolden führen. Die erste ist das Probieren eines gewissen Elixiers, eines Produkts menschlicher Bosheit, das Euch im Rausch für kurze Zeit uns ähnlich macht. Die andere Ursache, vor der die meisten von uns aber gefeit sind, ist die Liebe zu einem dieser – und das ist beileibe nicht beleidigend gemeint – häßlichen Geschöpfe der Gattung Mensch. Sind wir einmal auf die eine oder andere Weise unrein geworden, müssen wir die Freundschaft der Menschen und die Verachtung unserer eigenen Rasse erdulden. Nun, eines Tages, und ich bitte deswegen um Nachsicht, denn ich bin ja noch nicht einmal dreihundert Jahre alt, trieb ich so meine unterirdischen Gänge durch das Land und bohrte dabei zufällig die Wurzel eines Rebstocks an. Heraus quoll ein lecker aussehender Saft, den zu riechen ein wahres Vergnügen war; und obwohl ich ihn aus meinen Sinnen zu verbannen suchte, war ich eine Zeitlang versucht, an die Oberfläche zu kommen und mir alles etwas genauer anzusehen. Ich war damals erst zweihundert Jahre alt, doch als ich auf die dreihundert zuging, bin ich eines späten Nachmittags, die Sonne stand schon tief am Himmel, in einem Weinberg bis an die Erdoberfläche vorgedrungen. Das Licht war wunderschön, die Sonne schien rot und golden, und vor meinen Augen glänzten die herrlichen Früchte und trugen den Geruch der verbotenen Substanz zu mir. Im Weinberg arbeiteten einige Winzer, aber da sie mich nicht sehen konnten, blieb ich bei ihnen und folgte ihnen zu ihren Häusern und später in den Weinkeller. Dort beobachtete ich alles, was sie mit den Reben anstellten, obwohl ich natürlich wußte, daß ich mich auf ein gefährliches Gebiet vorgewagt hatte und diese menschlichen Machenschaften eigentlich nicht sehen durfte. Ich schaute zu, wie sie in einem großen Holzfaß mit bloßen Füßen die Trauben stampften, und sie waren lustig und lachten, und mit ihren langen Nasen und blitzenden Äuglein sahen sie fast so aus wie welche von uns. Ich setzte mich daher auf den Rand des Fasses und atmete genußvoll die Düfte ein, als ich plötzlich, ich weiß gar nicht wie, das Gleichgewicht verlor und hineinfiel. Ihr könnt Euch gar nicht vorstellen, wie mir zu Mute war, als ich den Sud durch Mund, Nase, Ohren und Augen, ja, durch alle Poren in mich eindringen fühlte, bis jede Faser meines Körpers davon durchdrungen war und ich das Gefühl hatte, selbst ein Rebstock zu sein. Ihr wißt vielleicht, daß Menschen bei uns nicht eben als bezaubernd gelten, doch eine Ausnahme gibt es; und das ist, wenn ihr in den Freudentaumel der Weinseligkeit verfallt. Unsereins kennt diesen Zustand nämlich nicht, und das weckte meine Neugier und ein wenig auch meinen Neid, so daß ich am Ende ganz und gar von diesem verdammten Gefühlstumult hin und her gerissen war. Was mir reichlich Kummer eingebracht hat, je nun … Ich war völlig durchgeweicht von dem Elixier; und die Winzer, die mich für einen roten Rebenzweig hielten, fischten mich aus dem Bottich und warfen mich hinaus. Als die Nacht hereinbrach, hatten sich meine Nebel gelichtet, und ich fühlte mich hundeelend. Seither habe ich oft von dem verbotenen Saft gekostet. Mehr noch: Mit meinem Diamanthammer habe ich mich durch ganze Weinberge geschlagen, um pralle Rebstöcke zu finden und in mein verborgenes Reich unter dem Fluß mitzunehmen. Da ich ja gesehen hatte, was Euereins mit den Trauben anstellte, kostete es mich wenig Mühe, ein paar Behälter mit Wein zu füllen und zu lagern. Von ihnen habe ich später gekostet und mich danach so vergnügt und glücklich gefühlt, wie ich es nie für möglich gehalten hätte. Bis heute. Der letzte Tropfen meines Vorrats war aufgetrunken, ich stieg zum Weinberg auf, und da lag er nackt, verdorrt und verwüstet vor meinen Augen. Mein Wehklagen darüber ist an die Ohrens dieses

Mädchens gedrungen, und es hat mich entdeckt.« Ein langer Seufzer des Kobolds brachte die ersterbenden Flammen des Feuers zum Auflodern, das Ardid im Bann des Zuhörens hatte niederbrennen lassen. »Nun muß ich einsehen, daß die Alte Dame des Sees recht hatte. Meine Macht schwindet; denn wenn menschliche Augen mich bislang nur selten nach meinen Trinkgelagen gesehen haben und mich dann meist noch für Herbstlaub, Rebzweige oder eine Windbö hielten, konnte diese Kleine mich deutlich sehen. Es wäre daher zwecklos, Euch meinen Schmerz in seiner ganzen Tiefe verständlich machen zu wollen; Ihr würdet es nicht verstehen.«

»Ich verstehe dich gut«, sagte der Magier gedankenvoll nickend. »Aber mich wundert, daß ein Wesen wie du einer solchen Sucht verfallen ist. Ich bin zu meinem Leidwesen ein Mensch und im genauen Gegensatz zu dir ein wenig mit dem infiziert, was Eure Substanz ausmacht. Die Wissenschaft und der blinde Glaube an sie sind unsere Art der Unreinheit; aber ich bin nie in Versuchung gekommen, mit gegorenem Traubensaft Mißbrauch zu treiben, obwohl ich die Mächtigen ebenso wie Ohnmächtige reichlich davon habe trinken sehen. Das Studium der menschlichen Schwächen und die Betrachtung der katastrophalen Auswirkungen dieses Elixiers – wenngleich du die durch seine Dünste hervorgerufene Ausgelassenheit für einen Zustand der Erleuchtung hältst – haben mir derart deutlich seine Gefahren vor Augen geführt, daß ich in dieser Hinsicht keinerlei Versuchung ausgesetzt bin. Zwar trinke ich hin und wieder durchaus ein Tröpfchen beim Essen oder in äußerster Not auch zur Belebung, aber seinen Verlockungen erliege ich kaum. Ich habe gesehen, wie er den Menschen in seinem Denken und in der Beharrlichkeit seines Wissensdrangs behindert; Dinge, die mir wichtiger sind als mein eigenes Leben.«

»Mein Freund«, sagte der Kobold, und die Worte erfüllten den Magier mit großer Befriedigung, denn noch nie war er von einem jenseitigen Wesen so genannt worden, »du läßt nicht viel Geist erkennen, wenn du etwas so Köstliches und Erfreuliches wirklich verschmähst. Sei versichert, daß ich mein Unglück zwar beklage, aber ich denke ganz und gar nicht mit Abscheu an die unergründlichen Wonnen, die mir der Wein beschert hat. Ja, ich gedenke sogar, wenn auch in bescheidenem Maße, da ich bereits einen wichtigen Teil meines Seins verloren habe, rückfällig zu werden. Natürlich werde ich Einhalt zu nehmen wissen, wenn es wirklich gefährlich für mich wird; die Kraft dazu habe ich. Mir fehlt allerdings der Antrieb, ganz aufzuhören, denn hin und wieder muß ich einfach die Wonnen des Elixiers mit Haut und Haar genießen.«

»Wenn mein Vater und meine Brüder getrunken haben«, sagte Ardid, »waren sie tatsächlich immer sehr heiter. Und ich kann mir vorstellen, daß ich dieses spaßige Getränk ab und zu selbst probieren werde. Ich weiß, daß ich stark genug bin, es zu nehmen und zu lassen, wie es mir beliebt.«

»Ah«, schnaubte der Kobold, »man muß schon ein Mensch und obendrein eine Frau sein, um sich in solch alberner Selbstgewißheit zu ergehen.«

Die Kleine schaute ihn ernst an, doch dann dachte sie, daß er letzthin nur ein hirnloses altes Männchen war, das sich von einer so unsinnigen und unbedeutenden Sache wie gegorenem Traubensaft das Leben schwermachen ließ. Obendrein hatte sie mehr als aus einem wirklichen Wunsch heraus aus Höflichkeit so zu ihm gesprochen.

Sie füllte die Näpfe mit Beeren und goß den Saft darüber, den der Magier gepresst hatte, um sie etwas schmackhafter zu machen. Sie hatten schon zu essen begonnen, als der Kobold fragte, ob sie nicht zufällig etwas von dem wunderbaren Getränk vorrätig hätten.

»Jetzt, da du es erwähnst«, sagte das Mädchen, »fällt mir ein, daß mein Vater für seinen besten Most ein eigenes Versteck im Weinkeller hatte. Wenn Volodius' Truppen das Faß nicht entdeckt haben, müßte es noch dort sein. Wenn du versprichst, uns zu helfen, gebe ich dir ein bißchen davon; unter der Bedingung allerdings, daß du nicht unmäßig wirst.«

»Versprochen«, antwortete der Kobold geschwind, und kaum war das Wort über seine Lippen, saß er bereits auf Ardids Schulter. »Presto! Womit kann ich euch dienen?«

Sie erklärten ihm in allen Einzelheiten, wie sie den Tunnel zum Weinberg gegraben haben wollten; und eine willkommenere Aufgabe, so schien es, hätten sie ihm kaum stellen können.

»Mit dem größten Vergnügen!« rief der Kobold. »Und keine Sorge, Ihr braucht euer Leben nicht zu riskieren, wenn König Volodius seine Männer in den Weinberg schickt. Ich selbst werde euch die prächtigen Reben bringen. Das kostet mich, dem schnellsten aller Tunnelgräber, nichts; euch, wie mir scheint, hingegen viel.«

Sie besiegelten ihren Pakt mit gegenseitigen Küssen auf Stirn, Augen und Wangen.

»Mein liebes Kind«, sagte der Magier dann, »nimm den eisernen Dolch, den du ja kennst, laß dich von ihm leiten und folg seiner Spitze. Sollte es irgendwo noch ein Faß Wein geben, wird er dich zu ihm führen. Behalt den Dolch ab jetzt und trag ihn stets bei dir.«

Ardid zündete eine Kerze an und leuchtete sich damit durch den unterirdischen Gang, der in den Weinkeller führte. Dort fand sie nur ein leeres und zersplittertes Faß vor, das offenbar zerbrochen war, als Volodius' Männer es hinausschaffen wollten. Im selben Moment jedoch schien der Dolch zu eigenem Leben zu erwachen und richtete sich auf eine im Boden verborgene Falltür. Ardid hob sie hoch und stieg über ein Leiterchen in ein kleines Gewölbe hinab, wo sie das begehrte Faß vorfand. Es war das kleinste aller Fässer, aber der Wein darin war der allerbeste. Sie füllte ihn in einen Krug und kehrte dorthin zurück, wo die beiden Alten – wie sie sie insgeheim nannte – bereits gespannt auf sie warteten.

»Hier hast du den versprochenen Most, Kobold des Südens. Aber zu deinem eigenen Besten bitte ich dich, Maß zu halten. Es wird Monate dauern, bis wir an eine Lese denken können. Und wenn du dich nicht mäßigst, wenn du in kurzer Zeit alles auftrinkst, wirst du länger auf Nachschub warten müssen, als deinem Durst guttut.«

Der Kobold steckte die Nase in den Wein, benetzte die Lippen und trank dann in so gierigen Zügen, daß sein Kummer bald nur noch blasse Erinnerung war. Er wurde immer vergnügter, schlug Purzelbäume über dem Feuer und rief die beiden bei so drolligen Namen, daß Ardid vor Lachen die Tränen kamen. Nicht so dem Magier, der, obwohl er dem Zufall dankte, ihnen einen solchen Verbündeten zugeführt zu haben, mitleidig den Kopf schüttelte. Er dachte daran, daß er Ardid seit dem schrecklichen Tod ihres Vaters nicht mehr so vergnügt gesehen hatte. »Alles wird gut werden», sagte er sich und fügte mit lauter Stimme hinzu: »Möge das Schicksal unserem Pakt und allen daran Beteiligten nur Gutes bringen; denn eines mußt du wissen, Kobold: Wir Menschen haben zwar viele Fehler, aber wir haben auch einige Qualitäten, unter denen Gefühle wie Dankbarkeit und Freundschaft nicht die geringsten sind. Wie meine Studien und Nachforschungen ergeben haben, sind euch solche Empfindungen unbekannt. Ihr laßt euch nur vom nackten Selbsterhaltungstrieb leiten, der allein auf den Erhalt eurer Gattung ausgerichtet ist. Und aus diesem Grund werde ich früher oder später meine Art verleugnen müssen, wenn es mir nicht gelingt, dich von diesem schlimmen Laster zu heilen, das du für so unschätzbar hältst.«

»Still, still, still, alter Mann!« rief der Kobold unter Purzelbäumen, ohne zu bedenken, daß er mehr als dreimal so alt war wie der Magier, wenngleich nach einer anderen Zeitrechnung. »Da du mir von Freundschaft sprichst, muß ich dir gestehen, daß ich ein zartes Pflänzchen unbekannter Art in mir herankeimen spüre, welches mich für solch Gefühl empfänglich machen könnte, doch davon will ich dir später berichten. Und ich muß dir auch sagen, sosehr die Alte Dame des Sees unsere Reinheit rühmt, glaube ich doch, daß ihr vieles dadurch entgeht, daß sie sich partout nicht von diesem herrlichen Wein verunreinigen lassen will.«

Empört über die Respektlosigkeit gegen das Hohe Geschöpf, wollte der Magier den Kobold schon schelten; aber auch weil ihn ängstigte, was er über das Herankeimen des Pflänzchens gehört hatte, denn er wußte wohl, daß damit der Samen des Herzens gelegt worden war, dieses Organs, das soviel Unglück über die Menschen und alle anderen Geschöpfe bringen kann, die sich seiner bewußt sind. Doch dann merkte er, daß der Kobold hoffnungslos betrunken war, und bettete ihn auf seinem eigenen Schlaflager zur Ruhe. Anstatt ihm jedoch zu danken, beschimpfte ihn der Kobold, nannte ihn einen Dummkopf, weil er nicht wußte, daß er sich zwischen den brennenden Scheiten des Holzfeuers am wohlsten fühlte. Dort kauerte er sich zusammen und war bald mit der roten Glut verschmolzen. Da wußten sie, daß er eingeschlafen war. Der Magier war erleichtert, als er dies sah, denn das bedeutete, daß die Unreinheit des Kobolds noch kein wirklich besorgniserregendes Stadium erreicht hatte. Seine Macht schien unvermindert. Er bedeutete Ardid, den Krug – der noch halb voll war – zu verstecken, und riet ihr, ihn nicht eher wieder hervorzuholen, als bis er es sage.

Nachdem soweit alles erledigt war, legten sich Meister und Schülerin zur Ruhe und schliefen mit neuer Hoffnung für ihre ungewisse Zukunft ein.

3 Je mehr Zeit verging, desto öfter kam der Kobold zu Besuch. Ardid ging regelmäßig in den Weinberg und ließ diesem – beraten und angeleitet vom Magier, der von diesen wie von anderen Dingen eine Menge verstand – ihre Wachsamkeit und Pflege angedeihen. Der Kobold besuchte sie dort beinah täglich, und dann saßen die beiden zwischen den Rebstöcken auf der Erde und plauderten lange über alle möglichen Dinge. So wuchs die unheilvolle Saat, die der Kobold Keim des Fremden nannte – und der Magier Herz – mit Stetigkeit in sei-

ner Brust. Ohne sich dessen bewußt zu werden, konnte der Kobold des Südens ohne die Plauderein und das spielerische Beisammensein mit dem Mädchen bald nicht mehr leben. Wenn sie nicht im Weinberg erschien, ging er zu den beiden in den Turm und gönnte sich dort das eine oder andere Schlückchen aus dem Krug. So entstand allmählich eine wunderbare und dauerhafte Freundschaft unter diesen drei Geschöpfen, die ein einzigartiger Zufall in jener trostlosen Einöde zusammengeführt hatte.

Eines Tages äußerte Ardid den Wunsch, gern einmal wieder Fleisch zu essen, doch die plumpen Waffen, die sie gefertigt hatten, taugten nicht für die Jagd. Der Kobold war zwar unfähig, Tiere zu töten, aber er konnte sie so durch seine Tunnel führen, daß sie gewissermaßen wie von selbst an den Fleischtopf kamen. Derlei Tun war dem Kobold schrecklich zuwider, und außerdem konnte er nicht sicher sein, daß die Dame des Sees ihn nicht dafür bestrafen würde. Da er der kleinen Ardid jedoch keinen Wunsch abschlagen konnte, tat er es. Und obgleich er nichts davon ahnte, wuchs der kaum erst sichtbare Keim des Fremden in seiner Brust ein kleines Stück weiter heran. Mit handfesten Knüppeln ausgerüstet, erlegten Ardid und der Magier – der im Gegensatz zu dem Mädchen die Augen zukniff – auf diesem Weg ein paar Hasen und Kaninchen. Ardid spannte später ihre Felle auf, damit sie trockneten und sie sie verarbeiten konnte. Und obwohl dem Kobold schier übel werden wollte, als er sah, wie sie beide gierig ihre Zähne in das Fleisch schlugen, verkniff er sich jede Bemerkung und betrank sich statt dessen. Die Folge war, daß, unter Witzen und Kapriolen, aus den Mahlzeiten stets ausgelassene Gelage wurden.

Eines Tages dann lernten Ardid und ihr Lehrer unter den Geräuschen der Felder und dem Rumoren der Brandung das helle unterirdische Klopfen des Diamanthammers herauszuhören, das gewöhnlichen Sterblichen verborgen blieb. Kaum vernahmen sie es, sprang das Mädchen freudig auf und hielt ein Ohr an die Erde. So konnte sie den Weg des Kobolds verfolgen und antwortete ihm, indem sie ihrerseits mit den Knöcheln auf die Erde pochte. So spielten sie Fangen: der eine unterirdisch, die andere über der Erde. Diese Wettrennen erfreuten sie über alle Maßen, bis Ardid, schweißnaß und nach Luft japsend, den Kobold bitten mußte, sich in irgendeinem Erdloch oder hohlen Baumstamm endlich zu zeigen. Der alte Magier tröstete sich damit, daß er seine Schülerin weder vor noch nach Anselmis Tod je als ein so fröhliches, gesundes und hübsches Wesen wahrgenommen hatte.

Die Kleine hingegen schien sich mehr als von allem anderen von des Kobolds Tunneln angezogen zu fühlen, und eines Tages steckte sie ihr Köpfchen in die Öffnung eines frisch gegrabenen Schachts und stellte voller Verblüffung und Erregung fest, daß der unterirdische Gang geradewegs in die Welt des Untergrunds führte. Hier und dort glitzerten Lichter in den verschiedensten Farben und Schattierungen. Die einen waren Glühwürmchen, zu schüchtern, um in die Nacht hinauszufliegen; andere waren herabgefallene und begrabene Sterne, wieder andere schimmernde Knochen von Hirschkühen oder toten Tieren mit unversehrten Herzen.

Als der Kobold das Entzücken des Mädchens sah, rief er aus: »Oh, Meister, welch eine Entdeckung! Jetzt weiß ich, daß meine Unreinheit gar nicht so weit fortgeschritten, ja, wenn überhaupt eingetreten ist. Denn wenn das Mädchen den Glanz meiner unterirdischen Welt sehen kann, dann heißt dies, das Mondtau ihren Blick verklärt. Zwar ist mir der Gedanke schon durch den Kopf gegangen, aber ich habe ihn verworfen, weil es einfach zu selten vorkommt … einmal in tausend Jahren; ein Jahrhundert mehr, ein Jahrhundert weniger. Selbst wenn ich an jenem Tag im Weinberg im Vollbesitz meiner Macht gewesen wäre, hätte mich die Kleine sehen können. Und was dich betrifft, alter Mann, so ist ja wohl offensichtlich, daß du in gewissem Maße mit unserer Substanz verunreinigt bist. Aus diesem Grund, mein Freund, laß uns den Krug hervorholen, um dies alles gebührend zu begießen und zu feiern.«

Dem Magier fiel es wie Schuppen von den Augen, denn er

hatte schon eine ganze Weile vermutet, daß Ardid diese unschätzbare Gabe besaß. Dem Kobold empfahl er Mäßigung und klärte ihn darüber auf, wie tückisch der Wein war, denn ehe er es sich versähe, könne er nicht mehr ohne ihn leben, und dann nehme die Unreinheit geradezu dramatische Ausmaße an. »Glück und Gnade«, fügte er hinzu, »sind immer ein zweischneidiges Schwert.« Ebenso wie Ardid ihre Gabe verlieren könne, wenn sie erwachsen wurde, so könne der Kobold durch übermäßigen Weingenuß seiner Substanz verlustig gehen.

Fortan half der Kobold seiner kleinen Freundin, in die Tunnel einzusteigen, und zu zweit durchstreiften sie die dunklen Labyrinthe. Das Mädchen riß die Augen auf – die in der Finsternis so leuchteten, daß man den Mondtau erkennen konnte – und sah dann aus, als sei auch sie eine Bewohnerin der verborgenen Flüsse und unterirdischen Gänge.

»Wir Bewohner des Untergrunds sprechen die Sprache Niemands«, erzählte ihr eines Tages der Kobold. »Es ist eine auf die Kehrseite der Wörter gewebte Sprache. Nur Menschen mit Mondtau in den Augen können sie entziffern und begreifen. Wir selbst beherrschen natürlich alle menschlichen Sprachen. Sie sind so simpel ...«

Auf diese Weise nahm Ardid durch Augen und Ohren eine Menge Wissen auf, häufte Kenntnisse und eine erstaunliche Erinnerung an.

Voller Erde und zartem Wurzelwerk, die Haare verklebt vom Schatten ungeborener Erdbeeren, die erst im kommenden Frühjahr das Licht der Welt erblicken würden, kehrten die beiden von ihren unterirdischen Expeditionen zurück in den Turm. Dort pflegte sie der Magier schon voller Ungeduld zu erwarten. Trotz seiner schmächtigen Statur und seiner dürren Gliedmaßen war er immer noch viel zu groß, um sich durch die unterirdischen Gänge bewegen zu können, und sosehr er es auch bejammerte, er mußte oben bleiben. Hinterher fragte er die Kleine jedesmal gewissenhaft aus und ließ sich genauestens berichten, was sie alles gesehen hatte. Und Ardid wiederholte ihm jede Einzelheit mit solcher Klarheit, daß der alte Mann höchst zufrieden war, sowohl mit sich als Lehrer wie auch mit ihr als Schülerin.

Wenngleich sie es damals noch nicht wußten, waren dies wahrhaft glückliche Wochen und Monate. Erst viele Jahre später sollten sie sich daran als eine wundervolle, unwiederbringliche Zeit erinnern.

Die Farben des Himmels und der Erde wurden reifer, und eine noch als angenehm empfundene Kühle drang in den Weinberg ein. Der Kobold erwähnte hin und wieder, eine sanfte Wärme bemächtige sich der Spitzen seiner Finger und seiner Nase, ähnlich wie von der Wirkung des Weins. Und obwohl der Magier nichts dazu sagte, wurde sein Blick traurig, weil er wußte, daß dies der zweite – und vielleicht unaufhaltsamere – Weg der Unreinheit war. Aber er konnte es nicht verhindern – und wollte es auch nicht –, denn sosehr er dem Kobold zugetan war, sein Herz gehörte Ardid: Sie war für ihn eine Tochter; zwar keine leibliche, aber eine im Geiste. Und dieses Band war für ihn stärker als jedes andere.

Eines Tages im September erblickten sie die ersten Schöße der Reben, ganz zart und winzig noch. Ihre Freude darüber war jedoch so groß, daß selbst der Magier – verhalten zwar, weil seine alten Beine nicht mehr so mitmachten – ausgelassen um die neuen Sprößlinge tanzte.

Von nun an suchten Ardid und der Kobold des Südens täglich den Weinberg auf und begutachteten das Heranwachsen der Reben. Der Kobold verscheuchte alle Tiere, die nach Ardids Meinung der Ernte gefährlich werden konnten, und führte den Reben alle im Erdreich und in den Wurzeln verfügbaren Säfte zum besseren Gedeihen zu. So verging die Zeit mit Arbeit, Plaudern, Tanz und Fangenspiel zwischen den Rebstöcken unter reifer Sonne und warmem Regen, den Boten des Herbstes. Die Zeit der Weinlese, so schätzten sie, war nicht mehr fern.

Der Kobold lernte von dem Mädchen, der Magier von der Arbeit im Weinberg, und das Mädchen lernte viele Dinge vom

Kobold. Und mit dem, was sie von diesem lernte und was ihr Lehrer ihr beibrachte, hatte sie im Alter von sechs Jahren einen Wissensschatz angehäuft, der jede Vorstellungskraft überstieg. Der Magier hatte nicht einen Tag versäumt – weder in der Grotte noch im Burgturm –, die Kleine zu unterrichten. So wuchsen ihre mathematischen Kenntnisse im selben Maße wie ihr Wissen von den Dingen unter der Erde; und hatten ihre Augen früher denen eines Eichhörnchens geglichen, so sprachen aus ihnen jetzt der Ernst, die Klugheit und die Tiefe eines sehr viel höherstehenden Wesens. In diesen Augen sammelte sich bereits die Schönheit, die sie Jahre später zu einem so verführerischen Geschöpf erblühen lassen sollte.

Schon nahte der Tag, da sie mit der Lese beginnen wollten, als sie aus der Ferne bekannte Gesänge heranwehen hörten. Mädchen und Meister suchten eilig ihr unterirdisches Versteck im Turm auf, wo Ardid mit den Fingerknöcheln den Kobold herbeitrommelte. Mit den Lippen dicht über der Erde flüsterte sie: »Kobold, wir müssen vorsichtig sein, Volodius' Winzer kommen. Die Gesänge, die der Wind herbeiträgt, gehören zur Jahreszeit der Weinlese; es sind die alten Septemberlieder, ich kenne sie gut.«

»Stimmt«, sagte der Kobold, der seine spitzen Ohren noch höher gereckt hatte. »Versteckt euch gut, ich tue desgleichen. Bei unserem letzten Freudentanz habe ich vielleicht ein bißchen zuviel getrunken, und jetzt bin ich mir des Grades meiner Unreinheit nicht mehr ganz sicher.«

Der eine lag zusammengekauert im Wurzelwerk der Rebstöcke, die anderen beiden hockten in ihrem Versteck, da hörten sie die Schritte und Stimmen der Weinbergarbeiter näher kommen. Danach das Knarren der Karren, das Klingen der Messer, das Lachen und Scherzen.

Die Männer aus Olar hatten höchstens ein Viertel aller Trauben abgeerntet, als sie vor Müdigkeit fast umfielen und sich unter den nahen Mandelbäumen zur Ruhe legten. Dicht an dicht, um sich zu wärmen, lagen sie auf dem Erdboden und waren bald fest eingeschlafen. Als Ardid und der Kobold ihr dumpfes

Schnarchen vernahmen, kamen sie vorsichtig aus ihren Verstecken, nahmen die Bastkörbe, die der Kobold zu diesem Zweck geflochten und in seinem Tunnel gelagert hatte, und machten sich daran, den Weinberg abzuernten, bis nicht eine Rebe mehr an den Stöcken hing. Und obwohl die kleine Ardid so hurtig durch die Reihen lief, daß ihr das Herz bis zum Hals schlug wie einem Vögelchen, das flatternd seinem Käfig zu entfliehen sucht, war der Kobold achthundertundachtmal schneller als sie. Der Abend war noch lange nicht in Sicht, da hatten sie bereits alle Körbe gefüllt und trugen sie auf den Schultern durch den Tunnel in den Keller des Turms.

Dort löschte der Magier hastig das Feuer, damit es sie nicht verriet. Sie verriegelten sorgsam das Tor, kauerten sich in dem ehemaligen Weinkeller aneinander und warteten darauf, daß die Männer aus Olar abzogen.

Als diese am anderen Morgen erwachten, trauten sie ihren Augen nicht, als sie feststellen mußten, daß der Weinberg über Nacht abgeerntet worden war. Die Weinbauern waren eigentlich Landsknechte, frühere Landarbeiter, zwangsverpflichtet zum Dienst im Heer ihres Königs. Die ehemaligen Winzer unter ihnen hatte Volodius zur Weinlese ausgeschickt. Den ganzen Tag suchten sie die Gegend ab, mit langen Stöcken bewaffnet und aufs übelste fluchend. Gegen Abend näherten sie sich der Burgruine. Doch so unheilverkündend ragten die verbrannten Mauern vor ihnen auf, daß ihnen ein Frösteln über den Rücken rann und sie bis ins Mark erschauerten. Da die meisten von ihnen an der Plünderung und Zerstörung der Burg beteiligt gewesen waren, dachten sie, vielleicht geistere Baron Anselmi und sein Sohn, deren Köpfe sie eigentlich auf Lanzen gespießt hätten sehen müssen, von denen aber nicht das Geringste zu entdecken war, und wenigstens die blanken Schädel hätten doch im Abendlicht glänzen sollen ... In panischem Entsetzen rannten sie zurück, sammelten sich schlotternd unter den Mandelbäumen und beschlossen, schleunigst zu verschwinden und König Volodius zu berichten, ein böser Geist habe den Weinberg mit einem Fluch belegt. Sie erinnerten sich auch, von einem der Hexerei verdächtigen alten Mann gehört zu haben, der einst über das Meer gekommen war. Lange grübelten sie darüber nach, was ihnen schrecklicher schien: die Nähe böser Geister oder des Königs Zorn; und sie kamen zu der Einsicht, daß ihnen weder das eine noch das andere behagte. Sie mochten weder bleiben noch sich mit leeren Händen in Olar blicken lassen. Also nahmen sie schweren Herzens voneinander Abschied und machten sich zu zweien oder dreien auf die Suche nach einem Hafen, um sich irgendwohin einzuschiffen, wo niemand sie kannte und sie vor Entdeckung sicher waren.

Kaum war der letzte von ihnen außer Sicht, teilten die Freunde die Ernte untereinander auf. Da Ardid und der Magier eine Mehrheit bildeten, bekam der Kobold den dritten Teil der Körbe; der Rest wurde nach Weisung des Meisters wie folgt verwendet: Eine Hälfte wurde zu Konfitüre verarbeitet und in Tiegeln aufbewahrt, aus der anderen Hälfte wurde Wein gemacht, der – wie der Magier zugeben mußte – auf seine Art ja auch sehr nahrhaft war. Der Kobold wollte nur Wein, und sie konnten gegen diesen Wahnsinn nur wenig, eigentlich gar nichts einwenden. Am Ende mußten sie sich seinen Wünschen beugen; zumal in Anbetracht der Tatsache, daß die Ernährung eines Kobolds mit der der Menschen einfach nicht vergleichbar war. Sie begaben sich also in das Gewölbe, wo früher die Traubenpresse gestanden hatte, und da diese sich noch in gutem Zustand befand, machten sie sich sogleich daran, den begehrten Schatz herauszufiltern. Sie kamen gut voran, und der Kobold war so eifrig und hilfsbereit bei der Sache – die er zu seinem eigenen Verderben vor langer Zeit von anderen Menschen gelernt hatte –, daß die Weinschläuche schneller gefüllt waren, als sie sich je vorgestellt hatten. Dann machten sie sich mit gleichem Eifer daran, das große Faß wiederherzustellen und ebenfalls mit Wein zu füllen. Als dies alles geschehen war, feierten sie hochzufrieden ihr eigenes Weinfest.

Sie hatten soeben damit angefangen, als sie in der Ferne einen berittenen Trupp erblickten, der Volodius' Feldzeichen mit sich führte. Von ihrem Versteck aus sahen sie die bewaffneten Männer vorbeireiten und dann die ganze Gegend absuchen. Sie verfolgten offenbar die geflohenen Winzer. Doch nach Tagen fruchtloser Suche und angesichts der unheilvollen Stille, der trostlosen Landschaft, des abgeernteten Weinbergs und der wie vom Erdboden verschluckten Winzer, erfaßte sie anscheinend das Grausen. Schließlich und endlich waren sie Olarenser und als solche abergläubisch. Da die Ruinen des Schlosses und die umliegenden Dörfer verlassen aussahen, entschied der Anführer: »Die Gegend hier kommt mir verwunschen vor. Wir reiten nach Olar zurück und berichten dem König, was wir gesehen haben.«

Und so ritten sie davon.

4

Auf den Herbst folgte die Kälte, und die drei Freunde verbrachten die meiste Zeit drinnen im Turm. Hin und wieder zog Ardid mit dem Kobold durch die unterirdischen Gänge. Einmal grub sie mit ihren kleinen Fingernägeln wieder im Wurzelwerk herum, um ein Leuchten zu erhaschen, welches ihr bisher stets durch die Finger geglitten war, als sie etwas Hartes und zugleich Warmes ertastete. Sie zerrte daran, und dann wurde sie plötzlich so blaß und zitterte so sehr, daß sie sich auf die Erde setzen mußte. Der Kobold erschrak und fragte: »Kind, was ist mit dir?«

Ardid zeigte ihren Fund: Es war der Holzsoldat, den ihr kleiner Bruder für sie geschnitzt hatte. Sie sagte: »Dieses Spielzeug hat der jüngste meiner Brüder für mich geschnitzt. Ich habe kaum damit gespielt, weil ich mich lieber dem Wissen gewidmet habe. Doch am letzten Tag, an dem ich ihn sah, hat er zu mir gesagt, ich solle ihn stets bei mir tragen. Ich aber habe ihn vergraben, weil der Magier mir erklärt hat, daß wir die Dinge des Herzens zurückstellen müssen, wenn wir groß und weise werden wollen. Hier habe ich ihn nun wiedergefunden und noch einmal meinen Bruder gesehen und seine Stimme gehört. Das ist für mich sehr schmerzlich.«

»Wahrhaftig«, rief der Kobold aus, »die menschliche Liebe muß eine schlimme Geißel sein – oder eine arge Strafe!«

Er riß Ardid die Puppe aus den Händen und vergrub sie an einer entlegenen Stelle, wo niemand – nicht einmal ein Gnom – sie fände.

Danach wurden die Tage immer kürzer und die Nächte immer länger. Viele Stunden saßen die drei am Feuer, erzählten Geschichten und verrieten einander Geheimnisse, tauschten ihr Wissen aus und lernten sich immer besser kennen. Bis der Kobold eines Tages wieder damit anfing, daß die Menschen doch sehr eigenartige Wesen seien und er nicht übel Lust hätte, eine Zeitlang bei ihnen zu leben. Wenn er sich zu diesem Thema verstieg, war er meist ordentlich betrunken; dennoch sagte er auch in solchem Zustand nie etwas, das er nicht aufrichtig meinte. Und in dem gleichen Maße, wie allem Anschein und auch seinen Worten nach seine Unreinheit zunahm, mehrte sich auf der anderen Seite das Wissen des Magiers. Und die kleine Ardid lernte von beiden und machte sich ihre Gedanken.

Eines Abends, als sich die drei wieder an der Glut des Feuers wärmten, sagte sie: »Mir kam da ein Gedanke, der mir nicht mehr aus dem Kopf geht.«

»Erzähl uns von dem Gedanken!« verlangten die beiden.

»Wie du dich erinnerst, Meister, habe ich geschworen, mich an König Volodius zu rächen. Und ich habe nun das Gefühl, daß die Zeit der Rache gekommen ist. Da ihr beiden von solchen Dingen ja einiges versteht, möchte ich, daß ihr mir einen Rat gebt, wie ich meine Rache am wirkungsvollsten bewerkstelligen kann.«

Der Kobold, der zwar noch nicht den üblichen Zustand von Volltrunkenheit erreicht hatte, aber doch schon erste Wirkungen zeigte, erklärte mit schwankender Stimme: »Um mit denen zu sprechen, die mehr davon verstehen als ich, fällt mir ein, daß ich da einmal etwas äußerst Merkwürdiges gehört habe, das ein echter Gnom mir erzählt hat. Er sagte, wenn ein Mensch sich an einem anderen Menschen rächen wolle, sei keine Rache furchtbarer, als diesen in den Stand oder unter das Joch der Ehe zu bringen.«

»Der Ehe?« murmelte der Magier und rührte nachdenklich in dem Kochtopf, in dem er ein Gebräu aus Jungbrunnenwurzeln mit nicht absehbarem Ergebnis anrichtete. »Ich verstehe nicht, was das mit der Frage unserer Kleinen zu tun haben soll.«

»Unsere Kleine ist klug genug, um einen alten Trunkenbold zu verstehen«, brabbelte der Kobold, dessen zähnefletschendes Lächeln jedoch dem brodelnden Kessel galt, der, soviel der Wahrheit zuliebe, den Raum mit appetitlichen Düften erfüllte. Je länger der Winter andauerte und er sich bei Ardid und dem Magier aufhielt, desto größer wurde sein Gefallen am breiten Lachen, obwohl es noch sehr gestelzt wirkte, und desto öfter nannte er das Mädchen »unsere Kleine«, genau wie der Magier.

Diese lauschte den beiden versonnen und kaute dabei an einem Wurzelstöckchen, das nach Meinung des Magiers nicht nur nahrhaft war, sondern auch Zähne und Zahnfleisch stärkte. Schließlich sagte sie: »Also gut, dann heirate ich ihn.«

»Was sagst du da?« Der Magier runzelte die Stirn. »Wenn meine Berechnungen stimmen, bist du gerade eben sieben Jahre alt. Das ist kein Alter für solche Entscheidungen. Außerdem hieße ich ein derartiges Verbrechen niemals gut. Den Schatz meines Herzens in die Fänge dieses Wolfes geben! Er wird dich zerfleischen – und mich obendrein –, noch ehe wir diesen wunderlichen Vorschlag über die Lippen gebracht haben.«

Er blickte seine beiden Mitbewohner so strafend an, wie es seine zerbrechliche Gestalt eben zuließ, und fügte hinzu: »Ich kenne keinen größeren Unsinn, den Kinder und Betrunkene sich ausdenken könnten.«

»Das zeigt einmal mehr, wie schlecht ihr Bescheid wißt«, klagte der Kobold des Südens und gönnte sich einen größeren Schluck, als ihm guttat. »Soviel ich weiß, hat König Volodius die erste Ehe aus Gründen der Staatsräson mit der Tochter des Weringerkönigs geschlossen, als diese gerade ein halbes Jahr alt war. Natürlich wurde das Kindchen beseitigt, lange bevor es Ansprüche geltend machen konnte. Volodius hatte schließlich Wichtigeres zu tun.«

»Nun ja«, wandte der Magier ein, »aber damit ist weder die Dummheit deines Einfalls widerlegt noch das Unheil gebannt, das ein derartiger Vorschlag heraufbeschwören kann ...«

»Laßt mich nachdenken«, unterbrach Ardid die beiden.

Sie zog sich in ihren Lieblingswinkel zurück und scharrte mit einem Zweig auf dem Boden. Schließlich sagte sie:

»Ich weiß nicht, wie ihr es anstellen könnt, aber da ihr, was Spitzfindigkeiten und Listen angeht, gewitzter seid als ich, sorgt dafür, daß diese Heirat zustande kommt. Wenn euch bis zum Morgengrauen nichts dazu eingefallen ist, gehe ich fort, und ihr seht mich nie wieder. Ich habe keine Lust, mein ganzes Leben in diesem Loch zu verbringen und mir die Phantastereien zweier alter Narren anzuhören.«

Angesichts der Hartherzigkeit dieser Worte verstummten die beiden Alten vor Schreck und vor Kummer – wenngleich der Kobold nicht alt, sondern ein stattliches Exemplar seiner Gattung war.

»Du würdest es nicht übers Herz bringen, unsere Gefühle so grausam mit Füßen zu treten«, sagte der Magier mit Tränen in den Augen.

Der Kobold hingegen schwieg nachdenklich, und seine Schlehenäuglein schienen hinter dem Dickicht der scharlachroten Brauen verschwinden zu wollen.

»Kind, Kind, Kind«, sagte er endlich, »du solltest die Gefühle deiner Freunde nicht so leichtfertig verletzen. Das wirft kein gutes Licht auf deine Erziehung.« Er warf dem Magier einen vorwurfsvollen Blick zu.

»Wenn du weniger dem Wein zusprächst, du Narr«, ereiferte sich der Alte, »brächtest du einen so dummen Vorwurf gar nicht über die Lippen und wärst auch nicht so heillos in einer – für dich – fatalen Zuneigung zu diesem überaus zarten Pflänzchen gefangen.«

»Wie auch immer«, wandte sich Ardid an die beiden und schaute sie mit ihren strahlenden schwarzen Augen an, in denen wilde Entschlossenheit und ein Tüpfelchen Spott aufblitzten, »ich werde es tun. Falls es stimmt, daß ihr mich in euer Herz geschlossen habt, fangt an, einen Plan zu ersinnen, der sich nicht als allzu kindisch herausstellt. Ich lege mich jetzt schlafen, und wenn ich aufwache, möchte ich ihn hören.«

Die beiden Alten stritten noch eine Weile, doch dann nahmen sie sich ihrer Aufgabe an und tüftelten an dem unseligen Plan.

Die Sonne war noch nicht aufgegangen, da hatten Magier und Kobold nach mehr oder minder geistigem Gezerre und dem schließlichen Verbinden ihrer Kräfte und Erfahrungen einen abenteuerlichen Plan vorzuschlagen.

»Mein liebes Kind«, weckte sie der Magier, »ich glaube, wir haben etwas gefunden, das uns weiterbringt. Setz dich, spritz dir etwas Wasser ins Gesicht und hör aufmerksam auf das, was wir dir zu sagen haben.«

Ardid gehorchte folgsam, setzte sich mit untergeschlagenen Beinen, wie sie es sich im Unterricht angewöhnt hatte, und lauschte mit weit offenen Augen und Ohren.

»Obgleich der Kobold die Länder des Nordens nicht mag, weil sie ihm zu nahe am See von Olar liegen und damit in Reichweite der Höchsten Dame, von der er mögliche Strafen oder Gemeinheiten befürchtet, hast du eine solche Zuneigung in ihm geweckt, daß er sich bereit erklärt, für uns die unterirdischen Wege zu graben, auf denen wir ins Königreich Olar gelangen. Dort angekommen, wird er unter der Bevölkerung das Gerücht ausstreuen, in der Nähe lebe ein wunderbares Geschöpf, eine Prinzessin vom Jenseits der Meere, wo sie mit knapper Not den grausamen Sarazenen oder ähnlichem Gelichter entkommen sei, die das Reich ihres Vaters verwüstet haben. Und wo immer sie hinkommt, begleitet nur von einem treuen alten Diener, verblüfft sie die Leute mit einem nie gehörten, überwältigenden Wissen, das jeden reich und mächtig macht, der in seinen Genuß kommt. Den gewaltigen Schatz ihres gesamten Wissens jedoch behält die Prinzessin dem Manne vor, den sie sich zum Ehegemahl erwählt. Der Glückliche wird vor allem ihr großes Talent für Mathematik, Astrologie und Botanik kennenlernen, abgesehen von den tausend Kenntnissen zur Linderung körperlicher Schmerzen sowie der Fähigkeit, die Pest zu verbannen. Da wir alle die große Unwissenheit kennen, unter der Volodius leidet, und wissen, wie sehr er es bedauert, nicht eine einzige Wissenschaft zu beherrschen, wird er mit ziemlicher Sicherheit bald herauszufinden suchen, wie es tatsächlich um das Wissen und Talent dieser sagenumwobenen Prinzessin bestellt ist. Diese Prinzessin bist du, und du hältst dich mit einem Schleier bedeckt und läßt dein Gesicht erst sehen, wenn die Hochzeit stattgefunden hat; denn nur so, wird die Prinzessin sagen, kann ihr Gemahl aller Talente und Weisheit teilhaftig werden. Ist die Heirat vollzogen, wird deine Klugheit dir sagen, wie es weitergeht. Dein Wunsch ist es gewesen, und du mußt wissen, wie du die Heirat für deine Rache nutzen willst.«

»Keine Sorge«, sagte Ardid, »um diesen Teil des Plans kümmere ich mich. Kümmert Ihr euch um euren Teil. Und jetzt wollen wir geschwind unsere Habseligkeiten zusammenpacken, denn wir machen uns gleich auf den Weg.«

»Gleich?« rief der Magier. »Das ist unmöglich! Vor dieser unseligen Hochzeit, falls sie überhaupt jemals zustande kommt, darf uns niemand zusammen sehen.«

»Wir gehen ja auch nicht bis nach Olar«, erklärte ihm Ardid. »Aber wir gehen bis in die Nähe, und ich halte mich verborgen, bis der Kobold die Zeit für gekommen hält, mich dem König vorzustellen.«

Da sie darauf nichts zu erwidern wußten, taten sie, wie ihnen geheißen. Und als die drei den zerstörten Turm von Anselmis Schloß verließen und sich auf den Weg nach Norden machten, war der Winter fast schon vorbei, und zaghaftes Grün zeigte sich zwischen den Flecken wässrigen Schnees. Ardid pflückte die ersten blauen Glöckchen, lief damit zur Grotte und legte sie auf die kargen Gräber ihres Vaters und ihres Bruders. Dann lief sie ihrem Lehrer ins Tal hinunter nach, und beide folgten der Richtung, die der Kobold ihnen unter der Erde mit dem Klopfen seines Diamanthammers vorgab. Es klang wie ferner Trommelschlag oder nach den umwickelten Hufen galoppierender Pferde. Nun waren sie auf dem Weg zum Königreich Olar und zu seinem grausamen Herrscher.

Der Frühling war schon ins Land gezogen, als sie das Lysiasgebirge endlich überwunden hatten. An seinen nördlichen Hängen entdeckten sie vereinzelte Pferde, die die Leute dort frei grasen ließen. Besonders eines von ihnen, ein prächtiger Rappe, erregte Ardids Aufmerksamkeit.

Sie bückte sich und rief dicht über der Erde, an der Stelle, wo sie den Diamanthammer hörte: »Kobold, komm herauf und mach, daß dieses junge Pferd ein schneeweißes Fell und himmelblaue Augen bekommt. An dem Tag, da ich vor den König trete, wird mein Auftritt eindrucksvoller sein, wenn ich auf so einem Pferd sitze. Von Kopf bis Fuß verhüllt, werde ich auf seinem Rücken durch die Menge reiten, und mein lieber Magier wird es am Zügel führen. Denn eine Dame von Adel kann ja wohl schlecht zu Fuß gehen – und schon gar nicht barfuß wie ich.«

Und an den Magier gewandt, fügte sie hinzu: »Such mir passende Kleider und einen Schleier, denn so, wie ich jetzt aussehe, hält man mich höchstens für eine Bettlerin.«

Der alte Mann nickte bekümmert.

»Wohl wahr«, antwortete er, »und du glaubst nicht, wie es mich schmerzt, ein wunderschönes Geschöpf wie dich in Lumpen zu sehen und zu wissen, daß jede dumme Gans am Hofe, die nackt nur ein erbärmliches Knochengestell ist, wie eine Prinzessin aussieht, nur weil sie hübsche Kleider trägt.«

Der Kobold streckte den Kopf unter einem Thymianstrauch hervor, und als er die Hand über die Augen legte, weil die Sonne ihm ins Gesicht schien, entdeckte er das Pferd.

»Das ist leicht«, sagte er. »So sehr kann meine Macht wohl kaum geschrumpft sein, daß ich eine Aufgabe wie diese nicht mehr bewältigen könnte. Du mußt nämlich wissen, mein liebes Kind, daß ich nicht mit stinkenden Kräuterbüscheln herumwedele wie ein dilettantischer Magier.« Dabei warf er einen herablassenden Blick auf den Alten. »Meine Kunst besteht vielmehr darin, das Licht so zu lenken, daß jeder Mensch, der das Pferd anschaut, es so sieht, wie du es haben willst.«

»Das Licht?« fragte die kleine Ardid beunruhigt. »Farben werden aber doch nicht vom Licht gemacht!«

»Es gibt immer noch viele Dinge, die ihr nicht wißt, du und dein Meister«, antwortete der Kobold. Und zur Verblüffung des Magiers und des Mädchens lenkte er das Licht, so daß das schwarze Pferd weiß wie Schnee wurde und seine Augen blau wie der Himmel.

»Wunderschön«, murmelte der Magier. »Aber wie bekommen wir es heran?«

»Das bleibt dir überlassen«, entgegnete der Kobold. »Mit solchen Kleinigkeiten wie dem Schönreden muß ich mich ja wohl nicht aufhalten.«

Damit verschwand er wieder unter der Erde.

Der Alte klappte seine Truhe auf, holte das *Pergament der Wahrheit und der Lüge* daraus hervor, und nach kurzer Zeit begann er eine lange Litanei herunterzubeten, die an das Pferd gerichtet war. Als dieses die Worte vernahm, hob es den Kopf, witterte in der Luft und trottete dann zu ihnen her. Neben der kleinen Ardid blieb es stehen und fuhr mit seinen warmen rosafarbenen Nüstern über ihr zerzaustes blondes Haar.

Das Mädchen stieß einen jubelnden Freudenschrei aus und griff mit beiden Händen in die lange Mähne. Der Magier mußte die Kleine auf den Rücken des Pferdes heben, und kaum saß sie, da galoppierte sie schon den Hang hinunter, das gelöste Haar flatternd im Wind wie lodernde Flammen in der Mittagssonne.

»Eine wahre Königin«, sagten die beiden Alten für sich. »Was immer wir tun können, damit ihre Hoffnung eines Tages in Erfüllung geht, es wird zu wenig sein.«

Ganz in ihrer Nähe gab es eine verfallene Hütte, in der die Fischer des Sees früher ihre Netze aufbewahrten. Seit Jahren aber fischte niemand mehr in dem See, denn es ging das Gerücht, daß böse Geister darin hausten. Einige junge Männer, die sich dem Wasser nur genähert hatten, waren verschwunden, und daher glaubten die Bewohner, ein Fluch laste auf der Gegend. Ardid und dem Magier kam die Hütte jedoch wie gerufen; sie konnten sich dort niederlassen und hatten ein Dach über dem Kopf. Nachdem sie sich eingerichtet hatten, riefen sie den Kobold, um das weitere Vorgehen zu besprechen.

Am nächsten Tag stellte der Magier, obwohl er wußte, daß diese Arbeit ihn Tage seines Lebens kostete, die fliegende Silberwolke her. Er schwang sich hinauf und flog damit über die Stadt und die nähere Umgebung. Er sah Wäscherinnen in der Nähe eines Schlößchens Wäsche waschen und sie zum Trocknen in die Sonne hängen. Nach der Größe der Kleider zu urteilen, durfte die Schloßherrin ein Töchterchen in Ardids Alter haben. Der Magier ging in sanftem Gleitflug nieder, ließ dichten Nebel aus dem Bach aufsteigen, und während die Waschfrauen sich noch bekreuzigten und die ungewöhnliche Laune des Wetters verwünschten, stahl er ein paar Kleider und ein Paar Schühchen und kehrte zur Hütte zurück.

Ardid stellte die Kleidungsstücke so gut wie möglich zusammen und probierte sie an. Mit ihren blonden Zöpfen sah sie darin aus wie eine junge Prinzessin. Zumindest in den Augen der beiden Alten, die sie im Licht des Feuers verzückt bestaunten.

»Kobold«, sagte Ardid, »lenk das Licht so, daß die Kleider eine Farbe annehmen, in der sie niemand wiedererkennt. Aber diese schrecklichen Schuhe kann ich nicht an meinen Füßen haben.«

Bei diesen Worten schleuderte sie die goldenen Schühchen von sich. Da sie nichts anderes gewohnt war, als immerzu barfuß über die Felder zu laufen, konnte sie es unmöglich ertragen, ihre Füße in so etwas wie einem Paar Schuhe einzusperren.

»Bewahr sie auf«, riet der Magier, »denn wenn du dem König von Olar entgegentrittst, kannst du das nicht barfuß wie eine Bäuerin tun.«

Das sah sie ein, und während der Kobold das Licht so lenkte, daß ihre Kleider die Farben des Weinbergs im Herbst annahmen, die seine Lieblingsfarben waren, verstaute Ardid die Schuhe in der Truhe des Magiers.

5

Während der Zeit, die sie in der Hütte am See verbrachten, unternahm der Kobold fast täglich Ausflüge in die umliegenden Dörfer und Marktflecken sowie in die Stadt Olar. Er fuhr auf den Karren der Gemüsehändler mit, die ihre Ware am Fuß der Stadtmauer ausriefen, huschte über den Markt, und sein Geschwindschritt wurde von den Menschen für eine Windbö gehalten, während sich den erschrockenen Katzen die Haare sträubten. Einmal hielt ihn ein Bauer, der mit seinem Gemüsekarren auf dem Weg zur Stadt war, für einen Fuchs und kam, eine fürchterliche Sense schwingend, hinter ihm her. Voller Entsetzen verbarg sich der Kobold in einem Schlehenstrauch, denn obgleich er wußte, daß menschliche Waffen ihm nichts anzuhaben vermochten, zeigte ihm diese Begegnung doch, daß er für das menschliche Auge nicht länger unsichtbar war. Er begriff plötzlich, daß er bei seinem Weingenuß mehr Vernunft walten lassen mußte, wenn er nicht ganz und gar unrein werden wollte.

Der Kobold sondierte Stimmungen, ließ hier und da ein paar Worte fallen und lenkte sie unter die Gespräche der Marktbesucher, Handwerker und Bauern. Diese selbst merkten gar nicht, wie ihre Gespräche eine ganz ungewollte Richtung nahmen; sie feilschten um den Preis einer Ziege, und am Ende überboten sie sich in Lobeshymnen auf ein gewisses Edelfräulein und dessen Kenntnisse über Sonne, Mond und sämtliche Gestirne. Außerdem besaß diese Dame ein ungeheures mathematisches Wissen, so daß sie jede Rechenaufgabe der Welt lösen konnte. Kein lebendes Wesen vermochte sie im Rechnen zu täuschen. Als dies den Händlern und Marktfrauen zu Ohren kam, waren sie die ersten, bei denen das Wunderkind eine besondere Neugier erweckte. Und so breitete sich sein Ruhm in der Umgebung des Sees wie ein Ölfleck aus. Es hieß, das Edelfräulein sei eine aus fernen Landen verbannte Prinzessin, und sie könne die kompliziertesten Berechnungen anstellen, ohne auf ihre Finger, auf Einkerbungen mit dem Messer oder sonstige plumpe Hilfsmittel zurückzugreifen.

Ihr Ruhm ging von Mund zu Mund, und ein jeder tat etwas dazu, so daß der Kobold bald keine Arbeit mehr hatte. Das Wissen des edlen Fräuleins nahm in immer wilderen Gerüchten so bizarre Ausmaße an, daß er die Zeit für gekommen hielt, den Auftritt des Mädchens in der Stadt zu inszenieren. Auf unterirdischem Wege sauste er daraufhin zur Hütte seiner Freunde und teilte ihnen mit, daß der erste Teil ihres Plans beendet sei.

Eines Morgens, als der Markt großen Zulauf hatte, legte Ardid ihre in den Farben des reifen Weinbergs leuchtenden Gewänder an und flocht ihr Haar mit Hilfe der Freunde zu kunstvollen Zöpfen. Die beiden hoben sie auf das Pferd, verhüllten sie vollständig mit dem Schleier, und dann begaben sich der Alte und das Mädchen durch das Südtor in die Stadt, wo Marktleute und Bauern im Schutz der Stadtmauer ihre Waren feilboten. Der Magier verkündete mit feierlicher Stimme das Erscheinen der begabten Dame, und kaum waren sie in der lärmenden Menschenmenge ein paar Schritte vorangekommen, als eine respektvolle Stille sie umgab. Schließlich näherte sich ihnen ein dicker Mann, der aus dem Köhlerwald in die Stadt gekommen war und einen mit zwei großen Säcken Brennholz beladenen Esel mit sich führte, verbeugte sich vor ihnen, soweit sein Bauch dies zuließ, und sagte: »Meine Dame, da Ihr so klug seid, beantwortet mir doch die Frage, warum ich, nachdem ich mein Brennholz verkauft habe, stets ärmer bin als vorher.«

Hinter ihrem Schleier verborgen, fragte Ardid mit einer Stimme, die zwar jung und frisch klang, aber weil sie dieses besondere Timbre hatte, welches auf das ständige Zusammensein mit zwei alten Männern zurückzuführen war, die Menge in Staunen versetzte: »Sag mir, was es dich kostet, das Brennholz zu schlagen und hierherzubringen, wie hoch du seinen Wert veranschlagst und zu welchem Preis du es verkaufst.«

Der Köhler starrte sie einen Moment lang mit offenem Mund an und brachte keinen Ton über die Lippen. Dann begann er mit den Fingern zu rechnen, geriet aber schon bald so durcheinander, daß er schließlich nichts anderes zu sagen wußte, als daß er sein Brennholz einem Töpfer verkaufe, der Suppenschüsseln herstelle, der seine Werkstatt an der Stadtmauer habe und dort auch wohne. Der Töpfer wurde sichtlich unruhig, als Ardid sich an ihn wandte und fragte: »Willst du diesem Mann in meinem Beisein wie gewöhnlich das Brennholz abkaufen?«

Der Töpfer musterte sie argwöhnisch, nickte aber zustimmend. Gleich darauf waren die beiden Männer in komplizierten Verhandlungen begriffen, an deren Ende der Töpfer die beiden Säcke zum Preis von einem erstanden hatte. Er rechnete jedoch so geschickt hinauf und hinunter und drehte und wendete die Zahlen dergestalt, daß er dem Köhler und allen Umstehenden das Gefühl gab, für einen Sack den Preis von zweien zu zahlen. Der Köhler machte schon ein zufriedenes Gesicht und glaubte, den Töpfer übervorteilt zu haben, als Ardid den Handschlag verhinderte, der den Handel beschließen sollte, und für alle vernehmlich sagte: »Die Berechnungen des Töpfers sind der reine Betrug, auf den nur ein Dummkopf oder ein Säugling hereinfallen kann.«

Und ohne die Finger zu benutzen oder irgendwo Einkerbungen zu machen, rechnete sie laut und deutlich alles nach und nannte schließlich den korrekten Preis für die Ware des Köhlers.

Die Leute trauten zuerst ihren Ohren nicht und stürzten sich dann voller Zorn auf den Töpfer, um ihn bei lebendigem Leib in Stücke zu reißen und seinen Laden zu plündern. Der Mann jedoch sprang schnell in sein Haus, verriegelte die Türen mit allen möglichen Balken und Schlössern und versteckte sich unter dem Stroh seiner Bettstatt.

Ardid setzte ihren Weg über den Markt fort. Jeder wollte ihr Fragen stellen oder sich von ihr beraten lassen, und so kam es zu einem tumultartigen Auflauf unter der Stadtmauer. Ein paar Händler wurden von aufgebrachten Bürgern verfolgt, Geschrei erfüllte die Luft, und über den Köpfen der Leute flog das erste Obst und Gemüse.

Der Lärm auf dem Marktplatz drang bis an die Ohren der Schloßwache, die strenge Order hatte, das Marktgeschehen im Auge zu halten, um jeden möglichen Aufruhr im Keim zu ersticken. Wenn nämlich die Unglücklichen aus dem Schwarzen Land wieder einmal der Verzweiflung nahe waren, kamen sie in die Stadt, um die Armen und Elenden aufzuwiegeln, obwohl jeder wußte, wie grausam sie hinterher bestraft werden würden. Aber Verzweiflung macht blind, macht aus Feiglingen mutige Kämpfer und aus friedliebenden Menschen gewalttätige Bestien. Kaum näherten sich die Wachen dem Markt, war der ganze Platz in weniger Zeit, als man braucht, um davon zu berichten, leer geräumt. So fand die Schloßwache am Ort des Geschehens nur einen alten Mann vor, der ein Pferd am Zaum hielt, auf dem in aufrechter Haltung eine winzige verschleierte Gestalt saß.

»Was geht hier vor?« fragte der Hauptmann der Wache barsch.

Der Magier berichtete ihm daraufhin mit geschmeidigen Worten und den artigsten Manieren, was sich zugetragen hatte. Der Hauptmann hörte sich das nachdenklich an und sagte dann: »Wenn deine Dame wirklich so geschickt im Rechnen ist, wie du sagst und wie mir selbst schon zu Ohren gekommen ist, dann soll sie mir bitte einmal erklären, warum ich beim Empfang des Solds immer das Gefühl habe, übers Ohr gehauen zu werden.«

»Mit Vergnügen«, antwortete der Magier. »Doch zuvor legt der Prinzessin die genauen Grundlagen Eurer Besoldung dar.«

Dies tat der Soldat, und Ardid rechnete ihm ohne Zögern vor, das das ganze Übel in einem komplizierten Rechenvorgang mit umgekehrtem Ansatz lag, bei dem alle Sonderschichten und Überstunden vom Sold abgezogen statt hinzugerechnet wurden.

Tief erschüttert strich der Hauptmann sich den Bart und kam

zu dem Schluß, daß das Übel einzig und allein in ihm selber ruhte, da er, obzwar Hauptmann, ein ausgemachter Tölpel war, während der Hohe Rat Tuso, Schatzmeister und Berater des Königs, seine Männer in der Soldstelle gut instruiert hatte; und daß Graf Tuso eindeutig das war, was man im Volksmund einen Gauner nannte. Er hütete sich jedoch, diese Meinung laut zu äußern. Er warf sein Pferd herum und befahl den Rückzug. Doch bevor sie davonritten, gab er dem Magier noch einen Rat.

»Deine Herrin, die Prinzessin, hat wundervoll räsoniert; sehr deutlich, sehr präzise. Aber mich laßt dabei aus dem Spiel; am besten vergessen wir diesen Vorfall. Darüber hinaus wäre ich Euch sehr dankbar, wenn die freundliche kluge Dame und ihr selbst, solche Tumulte künftig zu vermeiden wüßtet. Warum öffnet ihr nicht an der Stadtmauer einen Stand und verkauft eure Rechenkünste zu einem Preis, der keine Neugier über das Zustandekommen solcher Fehlberechnungen, besonders in Fällen, in denen die Königliche Verwaltung verwickelt ist, aufkommen läßt? Vermeidet einfach Tumult und Unruhe, das ist der beste Rat, den ich euch geben kann.«

»Ah, in einem Fall kann ich deinen Rat leider nicht befolgen«, sagte der Magier, »meine Herrin würde ihr Wissen nie und nimmer für Geld verkaufen. Sie kann ihre Gunst zwar verschenken, dies aber auch nur einmal pro Person. Den immensen Schatz ihrer Weisheit, der weder bei Marktmädchenrechnungen seinen Anfang nimmt noch bei mathematischen Gleichungen endet, bewahrt sie jedoch für den Mann, der sie zur Gemahlin nimmt.«

Als der Hauptmann diese Worte hörte, zügelte er sein Pferd. Neugierig fragte er: »Was ist das? So etwas habe ich fürwahr noch nie gehört!«

»Und doch ist es so. Als die Prinzessin geboren wurde, hat ihre Patenfee genau dies prophezeit: Ein hoher Herr wird kommen und sie zur Gemahlin nehmen und mit Geschenken, Ansehen und Aufmerksamkeiten überhäufen, wie es ihrer würdig ist. Ihm allein wird die Prinzessin die ganze Wunderwelt ihres Wissens zu Füßen legen.«

Der Hauptmann staunte. »Wenn eine Patenfee das sagt, wird es wohl stimmen. Aber ich versichere dir, guter Mann, ich gehöre nicht zur Gattung der hohen Herren. Ich nähme nie eine Frau zum Weib, die mit einem so scharfen Verstand gesegnet ist. Ja, ich könnte mir sogar vorstellen, daß diese außergewöhnliche Fähigkeit ihr nur Ärger und Verdruß einbringen wird. Und glaub mir, ich bedaure das; denn obwohl ich kein Mann für schnelle Freundschaften und überstürzte Gefühle bin, muß ich sagen: Ihr gefallt mir.«

Mit diesen Worten gab er seinem Pferd die Sporen und sprengte davon, die Wachsoldaten hinterher. Etwas beunruhigt war er jedoch, weil er einen bisher für andere wie für ihn selbst ganz unbekannten Winkel seines im Grunde sehr einsamen Herzens so rückhaltlos nach außen gekehrt hatte.

Der Magier war mit den Verlauf der Dinge sehr zufrieden. Er nahm das Pferd beim Zügel, führte es durch das Tor zur Stadt hinaus und schlug den Weg zur alten Fischerhütte ein.

Solche Ausritte in die Stadt wiederholten sich einige Male. Und kaum sahen die Menschen sie durch das Stadttor kommen, strömten sie zusammen, um vom Wissen der edlen Dame zu profitieren oder sie einfach nur vorbeireiten zu sehen. Und diese gewährte, in ausgewählten Fällen, dem einen oder anderen armen Teufel die Gunst ihrer Weisheit.

Was die Schloßwache anging, so mußte sie zwar hin und wieder für Ruhe und Ordnung sorgen, doch ihr Hauptmann – Randal mit Namen – pflegte beide Augen zuzudrücken. Und manchmal lauschte er selbst sogar verzückt und bewundernd den klaren, messerscharfen Argumenten der geheimnisvollen Prinzessin.

Doch die Zeit verging, ohne daß sie Früchte trug. Der Kobold und der Magier fragten sich bereits, ob das Gespinst ihres Plans vielleicht Löcher aufwies, als sie eines Morgens von Huf-getrappel aufgeschreckt wurden, das sich der Hütte näherte. Der Magier streckte den Kopf nach draußen und sah mit gespannter Erwartung Randal und seine Männer herankommen. Er setzte sein liebenswürdigstes Lächeln auf und trat vor die Tür, um den Hauptmann zu empfangen. Er verneigte sich höflich und sprach: »Was, tapferer Soldat, führt dich zu unserer bescheidenen Hütte? Es wäre mir eine Ehre, dir einen guten Wein anbieten zu dürfen. Denn nur so kann ich mich dafür erkenntlich zeigen, daß du meine unglückliche und so außergewöhnliche Herrin stets freundlich und wohlwollend behandelt hast.«

Obwohl ihre Mahlzeiten eher karg ausfielen, erlaubte ihr Weinvorrat – den der Kobold durch seine Tunnel herbeischaffte und unter der Hütte lagerte – ein solch freigebiges Angebot.

»Gern würde ich Deiner Einladung Folge leisten, guter Mann«, sagte Randal, stieg vom Pferd und zeigte eine sorgfältig versiegelte Pergamentrolle vor. »Aber wir dürfen keinen Wein trinken, es sei denn, der König schickt uns welchen, um außergewöhnliche Ereignisse zu feiern. Dann läßt er den Brunnen auf unserem Platz drei Tage lang weißen und rosafarbenen Wein speien. Das kommt aber nur vor, wenn ein Sieg über unsere Feinde zu feiern ist oder anläßlich einer Hochzeit oder Taufe bei Hof. Doch hier nehmt! Dies ist ein Brief des Königs. Ich habe Befehl, euch, nachdem du ihn gelesen hast, sogleich ins Schloß zu bringen.«

»Ist das etwa ein Haftbefehl?« winselte der Magier sogleich. »O weh! Ich schwöre, daß wir nie etwas Unrechtes getan haben; und meine arme Herrin hat, nach dem Leid, das ihr angetan wurde, ein wenig Ruhe wahrlich verdient! Das ist alles, was sie auf dieser Welt erbittet.«

»Nun, ein Haftbefehl ist es nicht«, sagte Randal und kratzte sich am Kopf, was soviel bedeutete, daß er seinen eigenen Worten nicht recht traute, dies allerdings niemals zugegeben hätte. »Es handelt sich wohl eher um eine höfliche Einladung.«

Er vergaß jedoch hinzuzufügen: »Falls ihr dieser Einladung allerdings nicht unverzüglich nachkommt, könnt ihr gewiß sein, daß eure Köpfe rollen werden wie reife Äpfel.« Und selbst seinem dunklen, verschlossenen Gesicht war deutlich anzusehen, wie schmerzlich ihn diese Vorstellung berührte.

Der Magier erbrach das Siegel und las das Pergament aufmerksam durch. Volodius befahl den alten Mann und die Prinzessin als Gäste in sein Schloß, da ihm wunderbare Dinge zu Ohren gekommen seien, welche der geheimnisvollen Dame zum Ruhm gereichten. Und da er von ihrer hohen Abkunft, aber auch von ihren beklagenswerten Schicksalsschlägen aufgrund unglücklicher Umstände und gegenwärtiger Armut Kunde habe, biete er ihr den eigenen Palast als Wohnung an, da die erlesenen Umgangsformen der Dame, so stehe wohl zu vermuten, nach nichts anderem verlangten. Trotz der erlesenen Worte schwang in der Botschaft ein bedrohlicher, jeden Widerspruch ausschließender Ton mit, der dem Magier nicht verborgen blieb und ihn mit Furcht erfüllte. Ein Draufgänger war er ohnehin nie gewesen. Ardids Starrsinn und die Leichtfertigkeit des Kobolds, sagte er sich, hatten sie in eine gefährliche Lage gebracht. Da die Dinge jedoch nicht mehr zu ändern waren, trat er niedergeschlagen in die Hütte, um dem Mädchen mitzuteilen, daß der ebenso gefürchtete wie ersehnte Augenblick nun endlich gekommen sei – obwohl es sich seiner Meinung nach um eine himmelschreiende Dummheit handle, die nur in den überhitzten Hirnen eines Kindes und eines Trunkenbolds ausgekocht werden könne.

Als er die Hütte betrat, sah er Ardid mit dem Kobold des Südens flüstern, und als er gerade den Mund öffnen wollte, legte Ardid einen Finger auf die Lippen und gab ihm damit zu verstehen, daß sie beide alles mitgehört hatten.

Ardid legte ihre Septemberlaubkleider an und hüllte sich in den Schleier. Als sie die goldenen Schühchen anzog, mußte sie eine Grimasse tiefsten Unbehagens unterdrücken, dann richtete sie sich auf.

»Sag dem Hauptmann, daß ich bereit bin, dem König Gehorsam zu leisten, und daß ich mich durch seine Einladung sehr geehrt fühle.«

»Kind, vergiß nicht, wie wir alles geplant haben, denk an jede Einzelheit«, flüsterte der Alte ihr zu und versuchte, das Zittern seiner Lippen und die bösen Vorahnungen, die über seinem ehrwürdigen Haupt schwebten, nicht allzu auffällig zu zeigen.

6

Was an Nachrichten über Ardid an den Hof von Olar gedrungen war, klang so faszinierend, daß alle darauf brannten, sie kennenzulernen. Der königliche Hof war in Wahrheit eine plumpe, von soldatischer Kargheit geprägte Gesellschaft, in der vor allem die Damen wenig Gelegenheit hatten, mit Schmuck und schönen Kleidern zu glänzen. Für dieses Ereignis nun hatte man einen Empfang ausgerichtet, auf dem die Damen den ganzen Pomp ihrer in Wahrheit wenig prunkvollen Gewänder zu entfalten und sich endlich an etwas anderem erfreuen zu können hofften als an Enthauptungen, Wildschweinjagden oder Gelagen mit betrunkenem Kriegsvolk, in die jedes Bankett bei Hofe unweigerlich auszuarten pflegte. Doch erst einmal wurden sie enttäuscht.

Der versammelte Hof wartete auf die Ankunft der fremden Dame, doch einzig ein alter, würdig aussehender Mann in langem Umhang erschien und erklärte mit einer tiefen Verbeugung vor Volodius: »Hoher Herr, wie Ihr es wünscht, hat meine Herrin, die Prinzessin, Eure ehrenvolle Gastfreundschaft angenommen; jedoch nicht für lange Zeit, da wir unsere Reise fortsetzen müssen, bis wir den Großen Herrn der Prophezeiung gefunden haben, wie ihr Stern es verlangt.«

»Was meint er?« fragte Volodius an Tuso gewandt, der wie immer in abwartender Haltung zwei Schritte hinter ihm stand. Doch noch ehe er die Antwort seines Beraters zu hören bekam, riß die Ungeduld den König von seinem Thron; und, den Gürtel seines Herrschermantels lösend, so daß er sich besser bewegen konnte, sagte er: »Mein guter Alter, sprich eine klare Sprache; ich verstehe kein Wort von dem, was du sagst.«

»Ich will sagen, mein Herr«, wiederholte der Magier mit einer zweiten, noch tieferen Verbeugung, »daß meine Herrin, die Prinzessin, bei ihrer Geburt eine Patenfee hatte – für Prinzessinnen nichts Ungewöhnliches, wie Ihr sicher wißt –, die mit ihrem Vater, dem König, gut bekannt war. Diese Dame nun, die Füllhornfee genannt, verlieh ihr die Gabe des unbegrenzten Wissens. Doch wie jede Gabe, die etwas auf sich hält, war auch diese an eine Bedingung geknüpft, welche im vorliegenden Fall lautete, daß sie ihr ganzes Wissen allein in den Dienst jenes hohen Herren stellen darf, der sie zu seiner Gemahlin nimmt. Wie Ihr sicher wißt, ist großes Unglück über unseren verstorbenen König und seine vornehme Tochter, meine Herrin, gekommen. Krieg und Elend, die Heimat ein einziger Piratensumpf ... und wir ziehen durch die Welt und suchen den Auserwählten, dem allein sie ihr Wissen und der selbst ihr die Ehe sowie allen gebotenen Respekt antragen soll. Laßt unser Verweilen an Eurem Hof daher ein begrenztes sein, sonst wird der Fluch der edlen Füllhornfee über uns alle kommen. Und da Eure Hoheit und Großherzigkeit in aller Munde ist, vertrauen wir uns ihr in aller Bescheidenheit an, edler Herrscher Volodius.«

Der König schien verwirrt, doch nach einem Moment des Besinnens sagte er: »Gut, wenn ihr es so wollt, werde ich Euch nicht über die Maßen aufhalten. Doch nun laßt mich Eure Herrin sehen und ihren befremdlichen Worten lauschen.«

»O edler König«, sprach der Magier. Und obwohl ihm die Beine vor Angst schlotterten, rang er sich noch die Kraft für eine dritte Verbeugung ab. »Nur zu gern würde ich Euren Wunsch erfüllen, doch müßt Ihr wissen, daß meiner Herrin aufgetragen ist, jedem Menschen nur eine Frage zu beantworten. Ansonsten verfliegt der ganze Feenzauber. Und wohl kann sie Euch vor Augen treten, doch darf sie ihr Antlitz niemandem zeigen als zuerst ihrem Herrn und Ehegemahl, und das erst nach der Hochzeit. Dieses Gebot ist nicht zu umgehen, denn großes Unheil widerführe jenen, deren Blick auf sie fällt, ohne daß die genannten Voraussetzungen gegeben sind.«

Volodius, der von Natur aus ebenso ungeduldig wie neugierig war – beides Charakterzüge, die ihm geholfen hatten, König zu werden –, stieg die Stufen seines Throns hinunter und rief: »Nun, dann laßt sie wenigstens eintreten!«

»Auch das ist so nicht möglich, o Majestät«, stammelte der Magier. Eine weitere Verbeugung überstieg seine Kräfte; denn er wußte, wenn er vornüber fiele, käme er für den Rest seines

Lebens nicht wieder auf die Beine. »Vor der Hochzeit ist es meiner Herrin auch nicht erlaubt, sich der Öffentlichkeit anders als auf dem Rücken ihres edlen Rosses Schneeprinz zu zeigen.«

»Welcher Unsinn ist dies nun wieder!« brüllte Volodius. »Weißt du nicht, daß ich dich auf der Stelle köpfen lassen kann, wenn du nicht unverzüglich gehorchst?«

»Daran zweifle ich nicht«, stotterte der Magier, jetzt am Ende seiner Widerstandskraft. »Aber ich muß Euch warnen: Die Füllhornfee läßt nicht mit sich spaßen, und ihre Strafen sind grausam. Wißt, daß die Mörder des Vaters meiner Herrin sämtlich erblindet sind, das Reich verwandelt in öde und verbrannte Wüstenei. Es wäre ungerecht, fände ein edler Herrscher wie Ihr, der sich meiner Herrin gegenüber so zuvorkommend zeigt, ein solch erbärmliches und unrühmliches Ende. Denn Ihr wißt wohl, daß die Macht der Feen von Menschenhand nicht zu zerstören ist, weder mit Schwertern noch mit Lanzen.«

Volodius winkte Tuso herbei und fragte ihn leise, was er von diesen – seiner Meinung nach verworrenen und hirnlosen – Einwänden halte. Doch Tuso, der sehr wohl wußte, von welchen Übeln befallen werden konnte, wer sich den Höheren Mächten widersetzte, antwortete mit Bedacht: »Am besten, mein Herr, gebt Ihr der Vernunft den Vorrang. Vor allem sehen wir erst einmal, ob all die Wunderdinge, die man von der Prinzession hört, wahr oder falsch sind. Aus Erfahrung weiß ich, daß wir es uns mit den Feen besser nicht verderben, denn ich habe mit eigenen Augen einige ihrer Vergeltungsmaßnahmen gesehen und kann Euch versichern, daß sie in ihrer Grausamkeit nicht zu übertreffen sind. Daher ist es am besten, langsam und mit Bedacht vorzugehen. Beobachtet und überlegt jeden Schritt, denn daraus kann Euch nichts Nachteiliges erwachsen. Ich glaube sogar, daß es für Euch und für das Reich sehr vorteilhaft sein könnte, wenn Ihr eine solche Verbindung oder Verwandtschaft einginget.«

Tuso hatte nämlich mit einem Mal die Möglichkeit erkannt, sich mit dem Alten und seiner Herrin zu verbünden und in Allianz mit den beiden einer freundlicheren Zukunft entgegenzusehen, als wenn er weiter seine Hoffnungen auf den ältesten der Vulgaros setzte, der sich von Tag zu Tag feiger, niederträchtiger und verschlagener zeigte.

»Wohlan«, sagte Volodius, »werfen wir einen Blick auf das Wunderfräulein, welches sich so verwirrend gibt. Danach werde ich entscheiden, wie ich mit Euch verfahre.«

Und so begaben sich alle – einige aufgeregt, andere argwöhnisch – in den Waffenhof, wo sie auf dem Rücken eines schneeweißen Pferdes mit blauen Augen, welches dem ganzen Hofstaat Bewunderung abrang und Volodius' Blut vor Neid in Wallung versetzte, da er eine Leidenschaft für solche Tiere hegte, eine schlanke, aber offenbar auch sehr kleine Gestalt erwartete.

Ardid erschien in einen langen Schleier gehüllt, und ihr Gewand mit allen Spitzen und Rüschen leuchtete in einem Glanz, der den anwesenden Damen einen schmerzhaften Stich versetzte, da ihre eigenen Kleider ihnen plötzlich plump und einfallslos erschienen. Dieser Eindruck war zum großen Teil auch richtig, denn für den Hof von Olar bestand erst seit kurzer Zeit die Möglichkeit, sich auf der Insel von Leonia mit den neuesten Stoffen und Waren einzudecken.

Volodius aber war hingerissen von dem Anblick. Nicht umsonst hatte der Kobold, der sich wachsam im Untergrund hielt, das Licht so gelenkt, daß es jeden blendete, der den Blick auf die kleine Ardid und ihr prachtvoll aufgezäumtes Roß richtete. Tief beeindruckt sagte der König: »Prinzessin, ich möchte, daß Ihr mir Antwort auf eine Frage gebt.«

»Das will ich gern tun, Herr«, antwortete Ardid, und ihre Stimme klang so frisch und appetitlich, daß sie wie lieblicher Wein in das Gehör des Königs rann und ihn schier trunken machte. Allein bei der fernen Lauria hatte er so sanfte Töne vernommen, die aller Schrillheit entbehrten, welche er zutiefst verabscheute. Leider waren die Damen seines Hofes so mangelhaft über die Regeln höfischen Raffinements unterrichtet, daß sie glaubten, immerzu mit spitzen Stimmen kieksen zu müssen – mit der bedauerlichen Wirkung, die dies auf den König hatte.

Volodius holte Rat beim Grafen Tuso ein, und dieser empfahl, die junge Dame zu fragen, wie viele Stunden seines Lebens er gekämpft und wie viele er geruht habe. Tuso kannte nämlich die richtige Antwort, da er dies und andere Dinge – wie von einem schlauen Höfling nicht anders zu erwarten – in seinen geheimen Büchern genauestens notiert hatte. Der König befolgte seinen Rat, und Ardid entgegnete:

»Ich werde Euch die Frage gern beantworten. Doch da mein Wissen nicht auf Hexerei oder Hellseherei beruht, sondern auf gründlichem Studium und strenger Logik, solltet Ihr mich erst wissen lassen, wie viele Jahreszeiten Ihr im Kampf oder in Frieden zugebracht habt. Dann kann meine Berechnung fehlerfrei und ohne Blendwerk sein.«

»Gut«, sagte der König, »den Gefallen will ich Euch tun.«

Und die Finger seiner beiden Hände zu Rate ziehend, rechnete er Siege und Scharmützel, Wunden und Amouren, Hitze und Kälte zusammen und kam auf eine Zahl, die er für die – vielleicht sogar zutreffende – seiner in Krieg oder Frieden verbrachten Jahreszeiten hielt.

Und nachdem die junge Prinzessin unter dem schimmernden Schleier kurz gerechnet hatte, nannte sie mit ihrer glockenhellen Stimme die genaue Anzahl der Tage, die Tuso an der Seite seines Königs fleißig und säuberlich aufgeschrieben hatte. Der Berater war begeistert von der Aussicht auf eine solche Verbündete, und er flüsterte dem König zu: »Es ist, wie sie gesagt hat, Herr. Ihr solltet sie am Hof behalten ... selbst eine Hochzeit wäre es wert. Vielleicht werdet Ihr sogar glücklich mit ihr, dann habt Ihr einen guten Handel gemacht. Und falls es nicht glückt: Eine Gemahlin loszuwerden ist nicht schwer. Wenn ich den Alten richtig verstanden habe, kann diese Füllhornfee nichts dagegen einwenden; ich habe mich mit diesen Dingen befaßt und weiß, daß alle Rache gegenstandslos wird, wenn der Weissagung Genüge getan wurde.«

Der König war sprachlos. Ihm stand überhaupt nicht der Sinn nach weiterem Ehebund; wenngleich der vorige problemlos aufgelöst worden war, konnte er sich doch vorstellen, daß die Kleine nicht leicht zu handhaben wäre. Seine Neugier war jedoch groß, und er sagte: »Ich sehe das Gesicht der Prinzessin nicht, alter Mann! Verrate mir eins: Ist sie häßlich? Oder ist sie von erträglichem Aussehen?«

»O nein, sie ist alles andere als häßlich«, antwortete der Magier. »Vielmehr ist sie schön wie das Tageslicht. In ihren Augen liegt der Glanz allen irdischen Wissens, und ihr Lächeln ist der reine Ausdruck kindlicher Unschuld. Sie ist jung wie der Tau, frisch und zart wie eine Rosenblüte.« Womit er genaugenommen nichts als die Wahrheit sprach.

Dem König gefiel das alles wohl, dennoch fragte er nach:

»Blond oder braun?«

»Blond, o Herr, aber mit schwarzen Augen.«

»Blonde mag ich,« rief Volodius vergnügt. »Nun, dann sehe ich keinen Grund, sie nicht zu zu heiraten. Und da ich ein mächtiger Herrscher bin, könnt Ihr sicher sein, Euren Auserwählten gefunden zu haben. Solltet Ihr mich aber täuschen, so werde ich Euch lebendig vierteilen lassen; ganz gleich, was die Füllhornfee oder wie immer sie heißt, danach unternimmt.«

»Nichts liegt uns ferner, als Euch zu täuschen, mein König«, sagte der Magier. Das dunkle Flattern, welches seine kaum noch vernehmbaren Worte zu verschlingen drohte, wurde vom Jubel des Hofstaats übertönt, der mit spontanen Hochrufen die Entscheidung des Monarchen feierte.

»So holt mir der Abt von Abundios herbei«, sagte Volodius, »die Hochzeit soll auf der Stelle stattfinden.«

Ein reitender Bote wurde zum nahen Kloster geschickt und kehrte kurz darauf mit dem verschreckten Abt zurück, der wie Espenlaub zitterte.

»Beeile dich und vermähle uns«, verlangte Volodius.

Unterdessen hatte ein Trupp Bediensteter im Waffenhof große Tische aufgestellt, da in der Hast an ein richtiges Bankett nicht zu denken war. Sie wurden mit weißem Leinen gedeckt und Wein und köstliche Speisen darauf angerichtet. Der ganze

Hof befand sich in heller Aufregung. Auf ein Zeichen des Königs hin hoben alle ihre Gläser und tranken. Bis der Abt für die Ehezeremonie bereit war, hatte der König schon gut getrunken, hielt sich aber noch sicher auf den Beinen.

»Steigt endlich vom Pferd, zum Teufel! Ich mag nicht zu meiner Braut aufschauen müssen«, sagte Volodius.

»Das ist erst möglich, Hoheit, wenn ich Eure Gemahlin bin«, antwortete das Mädchen mit fester Stimme.

»Verfluchte Fee!« Volodius schleuderte sein Glas heftig zu Boden und stülpte sich die Krone aufs Haupt, die ein kniender Page ihm reichte. »Warum muß sie einem das Leben derartig schwermachen?«

Doch dann beugte er sich dem letzten Erfordernis, und der Abt verheiratete sie: ihn stehend und sie zu Pferd.

Kaum war die Zeremonie beendet, da läuteten – den hastig erteilten Befehlen entsprechend, die schwitzende Boten überbracht hatten – in der ganzen Stadt die Glocken. Und unter dem Jubel der Menge breitete Volodius die Arme aus und hob Ardid endlich vom Pferd.

Als er sie dann vor sich sah und feststellte, daß sie ihm kaum bis zu den Knien reichte, bekam er einen Wutanfall, riß das Schwert aus der Scheide und brüllte, krebsrot im Gesicht: »Verdammter alter Schuft! Du verfluchter Gauner hast mich eine Zwergin heiraten lassen!«

Doch kaum waren die Worte über seine Lippen, da zog Ardid den Schleier von ihrem Antlitz, und der König blickte in ein rundes, von der Sonne gebräuntes Gesichtchen, aus dem ihn zwei dunkle Augen anfunkelten, in denen derselbe Zorn glomm wie in seinen.

»Welch anmaßender Gemahl Ihr seid!« sagte sie stolz. »Die Betrogene bin ich; hielt ich Euch doch für einen wahren Edelmann und sehe vor mir nur einen ungeschlachten Landsknecht ohne Manieren. Und wer sagt Euch, daß ich eine Zwergin bin? Ich bin groß und kräftig für meine sieben Jahre. Und glaubt mir, wenn ich fünfzehn bin, wird sich keine dieser verhungerten

Hippen, die Ihr Hofdamen nennt – bei diesen Worten rümpfte sie verächtlich das Näschen – in Schönheit, Anmut und Auftreten mit mir messen können.«

Nie zuvor hatte ein Mann oder eine Frau es gewagt, solche Worte an den König zu richten. Er war so verblüfft, daß es ihm die Sprache verschlug und sein Arm kraftlos herabsank.

Während dieser kurzen Sekunden der Stille und Erstarrung hörte man das Gras wachsen, die Eidechsen über die Mauern kriechen und sogar die Schmetterlinge in der klaren Morgenluft flattern. Alle waren so bestürzt, daß sie kaum zu atmen wagten, und der Magier so am Rande seiner Kräfte, daß er weder sprechen noch sich bewegen konnte. Und was alle für ernste Würde und eine nie gesehene Courage hielten, war nichts anderes als zu Stein erstarrte Angst.

Nun war die Reihe an dem Kobold, war der Moment seines Auftritts gekommen. In seinem unterirdischen Versteck nahm er den Deckel von einem ausgehöhlten Kürbis, in den er sein während der letzten Zechgelage entstandenes Lachen gefüllt hatte, und schickte dies mit dem Licht zu Volodius. Eingehüllt in das süße Aroma des Weins, drang das Lachen durch Augen, Ohren und Mund in den König ein, überschwemmte seine Brust und sein ganzes Sein. Da warf er den Kopf in den Nacken und brach in ein so brüllendes Gelächter aus, wie man es noch nie von ihm gehört hatte. Hastig und voller Verwirrung stimmte der ganze Hofstaat mit ein. Schließlich wischte sich Volodius mit dem Handrücken die Tränen aus den Augen, hob Ardid auf die Arme und küßte sie auf beide Wangen. Sie wieder auf die Erde setzend, zupfte er spielerisch an ihren Zöpfen, die golden glänzten wie das Licht der untergehenden Sonne, und sagte so laut, daß es jeder vernahm: »Ah, welch eine prachtvolle Königin haben wir in Olar! Welch eine anmutige, wunderbare Königin! Ich schwöre, dies ist das erste Mal, daß ich ein Kind mit keinem Huhn oder Kaninchen verwechseln will.«

Tuso machte sich den Augenblick zunutze. Während er sich im Geist noch dazu beglückwünschte, ein so zartes Wesen in die

Hände zu bekommen, das er nach seinem Belieben formen zu können glaubte, flüsterte er dem König ins Ohr: »Einen großen Schatz habt Ihr da ergattert, Hoheit. Denkt nur an die Vorteile, die eine solche Gemahlin Euch beschert: Über Jahre hin wird sie Euch mit Eifersucht und ähnlichen Szenen in Ruhe lassen. Ihr könnt weiterhin Eure Geliebten im Palast halten, ohne Euch das elende Gejammer einer rechtmäßigen Gattin anhören zu müssen. Da sie noch ein Kind ist, könnt Ihr nach Belieben über sie bestimmen und seid darüber hinaus aller Ehepflichten entbunden, was Ihr noch zu schätzen wissen werdet. Und Ihr könnt sie so unterrichten, wie Ihr es für richtig haltet. Wenn sie dann alt genug ist, Euch eine gute Frau zu sein, werdet Ihr keine sanftere und unterwürfigere Gemahlin finden als sie. Davon abgesehen, daß sie, ihrem jetzigen Aussehen nach zu urteilen, eine wunderschöne Frau werden wird.«

»Das will ich meinen«, sagte der König; und an seine frisch Angetraute gewandt, fragte er: »Meine geliebte Dame, wollt Ihr mir nun wohl gnädigst den Namen der jüngsten aller Königinnen verraten?«

»Das will ich gern: Ich bin Königin Ardid.«

Ihre Worte wurden allseits mit großer Zufriedenheit aufgenommen, derweil der Abt – der schon seinen Kopf hatte rollen sehen, weil er die Verbindung gesegnet hatte – und der alte Magier – aus ähnlichen Gründen – allmählich aus ihrer sprachlosen Starre erwachten.

Der König befahl, das blond bezopfte Haar der jungen Königin mit einer Blumenkrone zu bekränzen, bis eine andere aus Gold gefertigt wäre. Danach setzten sie sich nieder und aßen und tranken mit großem Vergnügen. Noch der fortgeschrittene Morgen sah sie bei Gelächter und Wein und nicht immer ganz vornehmen Späßen. Die junge Königin war dabei eingeschlafen, ihre Krone auf den Knien, die Hände jedoch so fest darum geschlossen, daß ein wacherer Blick als jene um sie herum wohl hätte ahnen lassen, wie unmöglich es sein würde, sie ihr jemals wieder zu entreißen.

Am nächsten Tag befahl der König, die Königin mit allen Annehmlichkeiten im Südturm des Schlosses unterzubringen, desgleichen ihren getreuen Lehrer. Zu seinem Berater sagte er: »Tuso, wann immer du kannst, orientiere dich am großen Wissen unserer klugen Königin. Ansonsten wache über sie, bis sie alt genug ist, mir einen Sohn zu schenken. Wenn es soweit ist, erinnere mich daran; wer weiß, vielleicht habe ich sie vor lauter Regieren bis dahin vergessen.«

»So wird es geschehen. Hoheit, seid ohne Sorge«, erwiderte Tuso. »Die Königin wird behandelt, als wäre sie meine eigene Tochter. Ich werde das Wissen aus ihr herausfließen lassen wie aus einem Krug, um damit Euch und dem Reich zu dienen.«

»Und jetzt«, sagte der König mit nachsichtigem Lächeln, »frag die kleine Königin, welches Geschenk sie sich anläßlich eines so einzigartigen Ereignisses von ihrem König wünscht.«

Zur Verblüffung des ganzen Hofes – und des Königs selbst – erbat die kleine Ardid ein Paar goldener Sporen.

»Schmiedet ihr die schönsten Sporen aus dem reinsten Gold!« rief der König, der hochzufrieden über diese Vorliebe war. »Und überreicht sie ihr mit meinen tief empfundenen Grüßen.«

So geschah es. Und auf diese Weise wurde die kleine Ardid mit sieben Jahren Königin von Olar.

V

DIE JÜNGSTE ALLER KÖNIGINNEN

I

Königin war Ardid allerdings nur dem Namen nach. Ihr ehrgeiziges kleines Herz war weder für die Rache noch für die Macht groß genug. »Ich werde Volodius vernichten, und dann wird mein Sohn der größte König, den die Welt je gesehen hat«, dachte sie versonnen. »Erst dann ist meine Familie gerächt. Auf mein Blut wird die Krone dessen übergehen, der meinem Vater und meinen Brüdern das Leben und mir selbst alles genommen hat, was ich auf Erden besaß.« Trotz ihrer Klugheit und frühen Reife wußte sie jedoch nicht, daß die Erde und die Welt größer, älter, verlockender und verderbter waren, als sie es sich vorstellen konnte.

Wie Volodius befohlen hatte, wurde sie im Südturm des Schlosses untergebracht; in den geräumigsten Gemächern, die auf den See der Vermißten hinausgingen. Neben ihren eigenen Räumlichkeiten befand sich eine Kammer, in welcher der Magier sich einrichtete. Er bekam darüber hinaus noch einen Raum zugewiesen, in dem er ein Laboratorium einrichten und sich ganz seinen Studien und Forschungen widmen konnte. Tuso las ihm jeden Wunsch von den Lippen ab und umschmeichelte ihn, um sich so die kleine Königin gewogen zu machen und sie später dann nach seinem Belieben lenken zu können. Sollte, wie der König gesagt hatte, das Mädchen ihm eines Tages einen legitimen Nachfolger für den Thron von Olar schenken, blieb ihm, Tuso, reichlich Zeit zu überlegen, welchen der Nachkommen als Thronfolger zu fördern für ihn am günstigsten war.

Kurz vor Ardids Erscheinen am Hof war die Nachricht von der Geburt eines siebten Kindes des Königs eingetroffen; seine Mutter war die berühmte Lauria. Der Junge wurde zur Zeit in Lorenta aufgezogen, und Tuso grübelte noch, ob es zweckmäßiger war, ihn am Leben zu lassen oder nicht, als die eben genannten Ereignisse eintraten. Nun, so überlegte er, bekam er eine weitere Karte, die er ausspielen konnte. Er hatte zwar seine Gründe, Anzius zu fördern, doch war es immer ratsam, sich weitere Möglichkeiten offenzuhalten.

Er verschaffte der kleinen Königin alle nur denkbaren Annehmlichkeiten und ordnete an, ihr jeden Wunsch zu erfüllen. Sollten ihm von dem Mädchen Klagen zu Ohren kommen, drohte er harte Strafen an. Auch die Hofdamen überboten sich in ihren Anstrengungen, die Zuneigung der jungen Königin zu erringen. Ardid hingegen ließ vom ersten Tag an erkennen, daß sie den Umgang mit so wenig geistreichen Menschen weder gewohnt war noch gewillt, sich von ihnen einwickeln zu lassen.

Nicht einen Tag lang verzichtete sie auf den gewohnten Unterricht des Magiers. Danach pflegte sie auf ihrem prächtigen Schimmel in der Umgebung des Sees lange Ausritte zu unternehmen; angetan mit den goldenen Sporen und begleitet stets von einer bewaffneten Eskorte, die Tuso unter den Befehl von Randal gestellt hatte. Der Hauptmann war hingerissen von der kleinen Königin und hätte sein Leben für sie gelassen.

Eine einzige Warnung hatte Tuso ausgesprochen, als der Magier ihn um ein Kämmerchen bat, in dem er ungestört seinen Forschungen und Experimenten nachgehen könne.

»Das dürfte keine Schwierigkeiten bereiten, Meister.« Er sprach ihn an, wie alle es taten, da auch die Königin den Magier so nannte. »Aber ich muß dich warnen: Jede Art von Hexerei oder Schwarzer Magie ist im Königreich Olar streng untersagt, ebenso wie Beschwörungen und dergleichen. Wenn du also nur Studien über Mathematik und andere ehrenvolle Wissenschaften betreiben willst, so soll dir mit Freuden gedient sein. An andere, weniger harmlose Forschungen, die nach Zauberei oder ähnlichem riechen, solltest du nicht einmal denken, denn dafür erwartet dich der Scheiterhaufen. Und dem würden nicht einmal die Königin selbst oder des Königs eigene Söhne entgehen; viel weniger ein Lehrer, der schließlich nur ein Diener ist, genau wie ich selbst.«

»Das verstehe ich sehr gut«, erwiderte der Magier leichthin. Da er sein Leben lang derartige Drohungen vernommen hatte, war er es gewohnt, darüber zu lügen. »Ich beschäftige mich nur mit vornehmen Wissenschaften. Alles, was mit Magie oder dergleichen zu tun hat, stößt mich ab wie keinen zweiten.«

»Das hoffe ich«, sagte Tuso zufrieden; denn alles, was sich seinem menschlichen Begreifen entzog, versetzte ihn ihn Angst und Schrecken. Besagtes Gesetz war auch erst auf sein Wirken hin zustande gekommen, da den König die ganze Brut von Magiern und Hexen völlig unberührt ließ. »Wenn es so ist, wie du sagst, soll es dir und der Königin an nichts fehlen, und was immer passieren mag, in mir werdet ihr stets einen zuverlässigen Freund finden.«

Der Magier war beruhigt. Nicht hingegen die kleine Ardid, die gelauscht hatte und der kein einziges Wort entgangen war. Sobald sie allein waren, sagte sie zu ihrem Lehrer: »Diesem Mann ist nicht zu trauen, Meister! Er ist nicht nur abstoßend, sondern verderblicher als Treibsand. Du tätest gut daran, ihn weiterhin in Unkenntnis über uns zu lassen. Er brächte uns nur Unglück.«

»Wenn du meinst, mein liebes Kind, dann soll es so sein«, sagte der Magier, der sich um das Thema nicht weiter kümmerte und der im Gegenteil höchst angetan war von der Aussicht, wieder ein eigenes Kämmerchen zu haben, in dem er sich unbeschränkt seinen geheimen Experimenten widmen konnte. »Die Augen eines klugen Kindes, wie du es bist, sehen dreimal mehr als die Augen eines alten Mannes.«

Dann ließ er sich von einem Diener in die Verliese hinunterführen, wo er für sich eines auswählte, welches seiner Meinung nach die besten Voraussetzungen bot. Ohne es zu wissen, hatte er ausgerechnet jenes gewählt, das unmittelbar neben dem Geheimgang lag, durch den die Vulgaro-Brüder die geraubten Mädchen ins Schloß zu bringen pflegten. Er fertigte eigenhändig den Schlüssel für sein neues Refugium, nähte ihn in seinen Mantel ein und verbat sich jede Störung, solange er sich hinter der verschlossenen Tür aufhielt. Danach schaffte er seine Truhe hinunter sowie alle seine Bücher, Tiegel, Kräuter, Elixiere und Pergamente. In dem Gefühl, von allen Sterblichen der glücklichste zu sein, machte er sich daran, das Leben wieder aufzunehmen, welches vor Jahren eben jener König Volodius so jäh unterbrochen hatte, unter dessen Schutz er inzwischen stand.

Der Kobold des Südens kannte bald alle geheimen Gänge im Schloß und betrat durch den Kamin die Gemächer der kleinen Ardid. Wenig später tollten die beiden dann durch Kaminschächte und Tunnel und spielten Fangen, und dabei hörte die Kleine alles, was am Hof gesprochen wurde, welche Ränke geschmiedet und welche Mißfälligkeiten geäußert wurden. Und jedes Wort bewahrte sie in ihrem einzigartigen Gedächtnis, um bei passender Gelegenheit davon Gebrauch zu machen.

Sie kletterten auch zu den Zinnen des Turms hinauf und betrachteten von dort die Wälder und Wiesen.

Der Kobold trank zwar mit aller ihm zu Gebote stehenden Zurückhaltung, dennoch bemerkte die kleine Königin, wie seine Unreinheit in winzigen Stufen voranschritt. Mit großer Besorgnis machte sie ihn darauf aufmerksam: »Du mußt vorsichtiger sein, Kobold, sehr viel vorsichtiger. Als du gestern deinen Kopf aus dem Kamin im Ratssaal gesteckt hast, hat dich ein Page gesehen. Er hat das Feuer angefacht, weil er wohl glaubte, eine Eule habe sich in den Kamin verirrt. Wenn du nicht mit dem Trinken aufhörst, wirst du eines Tages deine Macht gänzlich verloren haben und für jedermann sichtbar sein. Und das ist für dich ebenso schlimm wie für uns.«

»Keine Angst, mein Kind«, antwortete der Kobold, der schon wieder angeheitert war, und schlug auf den Zinnen Purzelbäume. »Meine Unreinheit ist doch nicht der Rede wert. Und was kann so ein bißchen denn schaden, wenn es mir soviel Freude bereitet!«

Darauf mußten beide lachen; doch der Magier, der sich des Nachts gern zu ihnen gesellte, wiegte besorgt den Kopf. Er wußte, daß der andere, schon weiter fortgeschrittene Einfluß für den Kobold auch der gefährlichere war. Der Gute hatte sein

Land im Süden verlassen und lebte jetzt unter Menschen im kalten, unwirtlichen Norden in einer ebenso kalten, primitiven Burg – anstatt zwischen den saftigen Wurzeln der Weinstöcke und den im Frühling so herrlich blühenden Mandelbäume seiner Heimat umherzusausen –, weil er bei seinen Freunden sein wollte. Und das war der Punkt: er konnte ohne sie nicht mehr leben. Er kam auch nicht auf den Gedanken, daß diese Art der Unreinheit viel berauschender und geschwinder daherkam und weit gefährlicher war als die durch den Wein verursachte, welcher ihn nur albern und sorglos machte.

So verbrachten sie ihre Zeit. Ardid lernte und verblüffte mit ihrem Wissen, wann immer der König seinen Berater mit einer Frage zu ihr schickte. Angetrieben wurde sie nach wie vor von ihren Vorsätzen und Gefühlen, die sie nach Olar geführt hatten. Und obwohl Graf Tuso ihr äußerst abstoßend erschien, gab sie ihm das Gefühl von Freundschaft, ohne jedoch einen einzigen Augenblick lang ihr würdevolles und hoheitliches Auftreten darüber zu vergessen. Dieses, so war man sich allgemein einig, zeichnete sie als eine wahrhafte Königin aus. Wenngleich sie die Hofdamen, die sie empfing, mit Ärger und Abscheu betrachtete, so wußte sie diese Gefühle wohl zu verbergen. Zu allen war sie in gleichem Maße freundlich, gerecht und gemessen im Umgang; und wenn sich auch keine der Damen rühmen konnte, das Vertrauen und die Hochachtung der jungen Königin erworben zu haben, so hatte andererseits keine von ihnen das Gefühl, ihr mißliebig zu sein. Damit bewies Ardid eine Klugheit, die weit über jenes mathematische Wissen hinausreichte, für das alle sie bewunderten.

Zu jener Zeit kam es zu den großen Schlachten gegen die Wilden Horden der Steppe.

Immer öfter kamen die Steppenreiter über den Großen Fluß und drangen ungeachtet der von Volodius wiederhergerichteten Befestigungsanlagen in Olar ein und säten auf ihren ebenso blitzartigen wie erbarmungslosen Raubzügen Tod und Entsetzen in grenznahen Dörfern und Klöstern. Letztere waren das bevorzugte Ziel ihrer Plünderungen: Schließlich wußte man, welche Schätze – goldene Kelche, silberne Tabernakel, mit Edelsteinen verzierte Kruzifixe – sich dort häuften.

Volodius spürte eine neue Empfindung in sich herankeimen: eine Mischung aus Zorn und Neugier auf diese unglaublichen Reiter, die dazu führte, daß er immer häufiger über sie nachdachte. Er erkannte die Überlegenheit ihrer Taktik über ein schwerfälliges Heer, und das erweckte eine wahre Leidenschaft für ihre Reittiere. Wenn es ihm auf seinen Verfolgungsritten gelang, einiger dieser flinken Pferde habhaft zu werden, war seine Freude größer, als wenn er Gefangene machte oder den Steppenreitern eine Niederlage beibrachte. In seiner unermeßlichen Wißbegier weckte die weite Steppe vor seinen Augen ein grollendes Verlangen, dessen Befriedigung gleichsam in immer weitere Ferne rückte; einen Durst, den er in seinem Leben nicht mehr zu löschen vermochte.

Die Steppenreiter hatten sich noch nie zu einem großen Heer zusammengeschlossen. Beim ersten Hinweis auf einen neuerlichen Raubzug versammelte Volodius seine Männer um sich und zog sofort gen Osten. Was immer er gerade tat, er ließ alles stehen und liegen, zerfressen von einem haltlosen Zorn, besessen von dem rasenden Wunsch zu vernichten oder von der düsteren Hoffnung beseelt, den Schlüssel zu einem Geheimnis zu finden, das für ihn immer mehr ausuferte. Er hetzte die Steppenreiter vor sich her, obwohl er wußte, daß die Verfolgung stets im Nichts endete. So geschwind wie sie auftauchten, zerstreuten sich die Schwarzen Teufel in kleinen Trupps, um bald darauf erneut über sie herzufallen: einmal hier, einmal da, stets unerwartet, unvorhersehbar, unter markerschütterndem Kriegsgeschrei. Und obwohl sie schlechter bewaffnet und denen aus Olar zahlenmäßig unterlegen waren, brachten sie ihnen furchtbare Verluste bei und säten in ihren Reihen etwas weit schrecklicheres als den Tod: die Angst nämlich.

Manchmal gelang es ihnen, einige dieser Krieger gefangenzunehmen. Doch so grausam sie auch bestraft und gefoltert wurden, kein Ton drang ihnen über die Lippen. Sie verrieten nichts. Ihre geschundenen Leiber wurden auf den Zinnen der Wachttürme an Pfähle gebunden oder aufgespießt, manchmal sogar lebendig, damit ihre Stammesbrüder sahen, welch qualvolles Ende König Volodius seinen Feinden bereitete. Die gespenstischen Reiter der Steppe ließen sich davon jedoch weder abschrecken noch vertreiben.

Diese endlose Steppe, die auf der anderen Seite des Großen Flusses begann und in die noch nie ein Mensch aus Olar seinen Fuß gesetzt hatte, war für Volodius' Männer der Inbegriff des Schreckens. Lieber hätten sie sich vierteilen lassen, als in die Steppe vorzudringen. Denn dort, so hieß es, erwartete sie nicht nur der Tod, sondern die Finsternis des Endes der Welt. Nicht nur unter den Kriegsleuten, sondern im ganzen Reich hatte sich der Glaube verbreitet, hinter dem Großen Fluß befinde sich der Abgrund vom Ende der Welt, und die schwarzen Reiter seien nichts anderes als schwarze Teufel aus dem Reich der Finsternis. Wer es wagte, bis dorthin vorzudringen, würde in den Abgrund gerissen, und seine Seele wäre verdammt, sich in Todesqualen zu winden bis in alle Ewigkeit.

Volodius glaubte nicht an solche Geschichten. Ihn verzehrte eine brennende Neugier und eine Bangigkeit vor etwas, wofür sein menschlicher Verstand keine Erklärung fand.

»Kümmert Euch nicht um die Steppe und ihre Reiter, Majestät«, sagte sein Ratgeber Graf Tuso manchmal zu ihm. »Beschränkt Euch darauf, sie von Euren Grenzen fernzuhalten. Ich versichere Euch, daß jenes Land und seine Menschen kein Geheimnis für Euch bergen. Ich weiß aus sicherer Quelle, daß es sich bei ihnen um wilde, gesetzlose Horden handelt, die weder König noch Vaterland kennen; Barbaren, die sich von grausamen Häuptlingen auf blutige Raubzüge führen lassen. Für ein blühendes Reich wie das Eure sind sie ohne jeden Wert. Wenn sie in unsere Prärien und bis zu den grünen Hügeln von Olar vordringen, dann nur deshalb, weil der Hunger sie treibt. Sie sind nichts als erbärmliche Diebe, die für eine Ziege oder ein Huhn ihr Leben aufs Spiel setzen. Der goldene Kelch aus einer geplünderten Kirche ist schon mehr, als sie eigentlich bewältigen können … Ein so wüstes, trostloses und unbewohnbares Land zu erobern, wird Euch, Herr, gewiß keinen Nutzen bringen, sondern nur Kummer bereiten. Es gibt dort nur Wind, Kälte, Staub und finstere Unwissenheit.«

Auf diese Weise gelang es ihm meist, den König zu überzeugen oder wenigstens zu vertrösten.

Manchmal jedoch, wenn sie von einer Schlacht an den Grenzen der Steppe zurückkehrten, nachdem sie die Angreifer vertrieben und ihren Rachedurst gestillt hatten, betrank sich Volodius im stillen und berauschte sich, wie man es sonst nicht an ihm kannte.

»Mein Bruder Almandin hat mir vor Jahren von anderen Dingen erzählt«, sagte er, wenn der Wein seine Augen und seine Zunge allmählich trübte. »Mein kleiner Bruder Almandin hatte ein Buch unter dem Dudelsack … daraus las er höchst merkwürdige Geschichten vor von einem prachtvollen Königreich; von Königen, die in Zelten aus goldener Seide am Ufer eines Flusses schliefen und aus edelsteinbesetzten Bechern tranken. So stand es geschrieben … und auch daß die Türme ihrer Städte nicht von Menschen errichtet worden waren, sondern der Wind ihre goldenen Kuppeln und blauen Zinnen geschliffen hatte … Ja, ja, ruf mir Almandin, ruf meinen kleinen Bruder und sag ihm, der König brauche ihn, und er solle sein Buch mitbringen und mir Geschichten daraus vorlesen …«

Almandin wurde gerufen und eilte wie immer unverzüglich herbei, war stets zur Stelle, selbst wenn man ihn nächtens dem Schlaf entriß.

Er hatte sich kaum verändert seit der Zeit, als er auf dem Turm das Wachen erlernte: Er war zu einem jungen Mann herangewachsen, dem der König den Rang eines Fürsten verliehen hatte und der im nicht weit entfernt gelegenen Schwarzen Turm wohnte. Er trug immer noch jenen verträumten Ausdruck im

Gesicht, den ganz Unverbesserliche am Hof hinter vorgehaltener Hand als Maske der Dummheit bezeichneten.

Wenn der König ihn rief, sprang er in seine Kleider und eilte zu ihm, dem Bruder, den er über alles liebte. Er sprach mit befremdlichen Worten auf ihn ein – blanken Unsinn nach allem, was Graf Tuso davon verstand – und besänftigte die wirren Alpträume, welche der Wein in diesem so mächtigen und widersprüchlichen Herrscher entfesselte.

»Ich habe das Buch verloren«, sagte Almandin, und noch weitere unbegreifliche Dinge. »Ich habe es verloren, als Ihr mich zum Kloster geschickt habt … Es tut mir leid, mein Bruder. Auch den Dudelsack habe ich nicht mehr. Doch sagt mir: Wie geht es Euren geliebten Vögeln Ohne Namen? Sind sie immer noch für Euch da? Vermehren sie sich?«

Man mochte es kaum glauben; doch solche jeder Verständigkeit entbehrenden Worte führten den König aus seiner Verwirrung. Almandin sprach mit konfusen Worten beruhigend auf ihn ein, bis Volodius schließlich einschlief. Anderntags ritt der König in die Wälder, und seine Knappen berichteten, daß sich Schwärme von unscheinbaren grauen Vögeln laut zwitschernd auf seinen Schultern niederließen und er sich offenbar freue, sie zu sehen. Darüber schien er die Steppe und ihre lästigen Bewohner zunächst zu vergessen.

»Hölle, Tod und Teufel!« knurrte Tuso, der gern das letzte Wort hatte. Er sagte es zwar nicht laut, aber er verabscheute Prinz Almandin zutiefst, weil dieser zu einer Zeit, die des Grafen Zugriff entzogen war, einem so phantasielosen, so zupackenden, praktisch veranlagten und allen Hirngespinsten abholden König den Kopf mit derart wunderlichen Geschichten verdrehte: windgeschliffene Städte, goldseidene Zelte und was für Verrücktheiten mehr! Vor allem aber verabscheute er Almandin wegen dieses unseligen Dudelsacks, für den er keine Erklärung fand und der ihn jedesmal ärgerte, wenn die Sprache darauf kam.

»Ein Dudelsack! Hölle, Tod und Teufel!« fauchte er wütend, sobald er allein war. Am liebsten wäre er in seiner Ratlosigkeit mit dem Kopf gegen die Wand gerannt, weil es ihm einfach nicht gelingen wollte, die unverständlichen Anspielungen zu durchschauen, um die es sich zweifellos handelte.

»Hölle, Tod und Teufel, mein Herrscher«, sprach er mit sanfterer Stimme, wenn die Wirkung des Weins verflogen und der Kopf des Monarchen wieder klar geworden war, »bringen die Steppenhorden über unser Land. Aus einem Reich wie Olar, das von Tag zu Tag wohlhabender und blühender wird, müssen solche Barbaren ferngehalten werden …«

»Recht hast du«, antwortete Volodius, wieder nüchtern und mit vernünftigeren Dingen beschäftigt …

… bis der nächste Angriff erfolgte und der König, nachdem er sich tapfer geschlagen und eine bewundernswerte Unbeugsamkeit an den Tag gelegt hatte, wieder nach Hause ritt – ein halber Sieger, denn er hatte ja nur verteidigt, was ihm gehörte –, um sich ein weiteres Mal zu betrinken und nach Almandin zu verlangen. Nur bei diesen Anlässen erinnerte er sich seines Halbbruders.

Almandin lebte zurückgezogen im Schwarzen Turm, wo er seine Zeit damit verbrachte, die hübschesten und verschwenderischsten Uniformen für seine Leibgarde zu ersinnen, die sein Bruder, der König, ihm nicht nur zur Verfügung gestellt, sondern sogar als Eigentum überlassen hatte. Soldatenverschwendung nannte Graf Tuso das, obwohl er nicht wagte, es laut zu sagen. Merkwürdig, dachte er, eine wirklich merkwürdige Bindung haben diese beiden Brüder aneinander. Was steckt nur dahinter? Vor seinem inneren Auge erschien dann ein vollkommen unpassender, unbegreiflicher, wenngleich überzeugend geformter Dudelsack, und er raufte sich verzweifelt die Haare.

Volodius war von der Steppe buchstäblich besessen. Das wurde besonders in jenen Wintern deutlich, die rauher waren als alle, die man in Olar je erlebt hatte. Trotz des unwirtlichen Klimas, getrieben vielleicht von der Hölle, dem Tod und dem Teufel, die Tuso ständig beschwor, fielen die Wilden Horden häufiger als sonst und mit wachsender Raublust in das Land ein.

So kam es, daß in den ersten Jahren von Königin Ardids Herrschaft in Olar – die ja nur dem Namen nach bestand – ihr Gemahl, der König, fast unentwegt im Osten weilte, wo er die Schlacht suchte und Scharmützel fand, während sein Heer allmählich ausblutete und er vor Zorn beinahe wahnsinnig wurde. Mit keinem Gegner aus Fleisch und Blut hatte er es zu tun, sondern mit Geisterreitern.

Bei ihrer Verfolgung drangen die Heerhaufen des Königs manchmal bis in die Steppen nahe des Großen Flusses vor. In der Ödnis dort wurden jedoch selbst die tapfersten Krieger von einer unerklärlichen, maßlosen Furcht befallen. Und so kehrten sie – niemals besiegt, selbst niemals Sieger, immer unzufrieden – nach Olar zurück.

»Leibhaftige Teufel!« knurrte der König erzürnt. »Ich habe sie noch nie von vorn gesehen. Du hörst sie nicht, du riechst sie nicht; und dann sind sie plötzlich über dir ...«

Eines Tages jedoch konnte er mit seinen Männern einen Trupp Steppenreiter überraschen, die im Ufergebüsch eines Bachs ihr Lager aufgeschlagen hatten. Daraus wurde das unvergeßliche Massaker, bei dem sie dem Anführer Hukjo und dessen Sohn Krejko die Köpfe abschnitten und die Zelte plünderten, in denen sie aber nur Felle fanden und ansonsten wertloses Zeug. Besonders an einem Fell, das Hukjo als Decke gedient hatte, fand Volodius Gefallen, und mit diesem sowie einigen weiteren ließ er später sein Gemach ausstaffieren.

Die Häupter der beiden Anführer wurden auf Lanzen gespießt und von seinen zwei tapfersten Kriegern nach Olar hineingetragen. Dort ließ er die Köpfe präparieren und stellte sie auf den Sims seines Kamins. Ob nun die Präparation unsachgemäß ausgeführt worden war oder die Feuchtigkeit des Sees ihnen nicht bekam ... jedenfalls fingen die Köpfe nach kurzer Zeit so bestialisch zu stinken an, daß man keine andere Wahl hatte, als sie auf den Mist zu werfen. Ihr Anblick erfüllte streunende Kinder und vorbeikommende Bauern mit Grausen. Später glaubte man, sie als Nachtgespenster auf bleichen Rössern über den See reiten zu sehen, bis sie sich in der endlosen Steppe des Himmels verloren.

Volodius ließ sich zum Trost Nachbildungen der Köpfe in seine Bettpfosten schnitzen. Dort betrachtete er sie manchmal gedankenvoll und fragte sie stumm, was wirklich hinter dem Großen Fluß in den Weiten der Steppe zu finden war; dort, wo die Sonne sich wie ein Feuerball aus finsteren Tiefen erhob.

2

So gingen sechs Jahre ins Land, bis Volodius eines Tages bei einem der Scharmützel im Osten eine schwere Verwundung davontrug. Er wurde vorsichtig nach Olar in sein Schloß gebracht, denn auf dem Schlachtfeld wäre er verblutet. Eine Lanze hatte ihm die Brust durchbohrt, und wenngleich er auf seinen Feldzügen schon oft verwundet worden war – wovon zahllose Narben an seinem Körper Zeugnis ablegten –, so war diese Verletzung schlimmer als alle zuvor. Als er endlich auf seinem Lager ruhte, ließ er seinen Leibarzt kommen, damit dieser die Lebensgeister zurückrief, die ihn zu verlassen drohten.

Der Arzt bereitete Tränke und geheime Kräutersalben zur Linderung der Schmerzen und brannte die Wunde mit einem glühenden Messer aus, um sie vor Infektionen zu schützen. Und nachdem er die Blutung zum Stillstand gebracht hatte, entließ er den König in eine sanfte Bewußtlosigkeit.

Volodius war zwar sehr geschwächt, aber er besaß eine so robuste Natur, daß er schon bald wieder genas, wenngleich er das Bett noch nicht verlassen konnte.

Der Frühling war gekommen, als Volodius in den südlichen Teil des Schloßparks gebracht zu werden wünschte, wo hohe Bäume wuchsen. Er wollte bei seinen alten Freunden sitzen, den Vögeln Ohne Namen, die sich die ganze Zeit über nicht von seinem Fenster fortbewegt hatten, und sie mit Brotkrumen füttern. Er wurde in einem Sessel sitzend behutsam dorthingetragen; seine Beine waren in das Wolfsfell gewickelt, das einst Hukjo gehört hatte. Auf seinen Wunsch hin ließ man ihn allein, denn er wollte ohne Zeugen bei seinen Vögelchen sitzen; und niemand sollte sehen, mit welcher Zärtlichkeit er ihnen begegnete, die ihm möglicherweise als Schwäche ausgelegt würde.

Er hatte es zwar vergessen, aber an dieser Stelle erhob sich auf der Innenseite der Stadtmauer der sogenannte Südturm, und darin wohnte Ardid.

Zu Füßen des Turms hatte die junge Königin einen Blumen- und Gemüsegarten anlegen lassen. Dort wuchsen Rosen und verschiedenartigste Pflanzen, die in dem rauhen Klima von Olar einer unentwegten Pflege bedurften. In der Mitte des Gärtchens hatte sie sich einen Springbrunnen bauen lassen, in dem goldene, rote und blaue Fischlein schwammen, die sie an ihre warme Heimat erinnerten, wo sie oft in üppigen Gärten und gepflegten Anlagen gespielt hatte, als es diese noch gab. Hier nun hatte sie auf ihren Ausflügen mit dem Kobold ein Eisentörchen in der Mauer entdeckt, das so hinter Blattwerk und Rankengestrüpp verborgen lag, daß kein Mensch davon wußte. Diese Tür belebte Ardids Vorstellungswelt auf eine Weise, daß sie mit dem Kobold übereinkam, sie vor allen geheimzuhalten, »für den Fall, daß man eines Tages auf sie angewiesen wäre.«

Der König war überrascht, als er diesen bezaubernden Garten sah. Er sagte jedoch nichts und fragte auch nicht, denn er war ein Mensch, der lieber allein die Antworten auf Dinge fand, welche seine Verwunderung oder Neugier weckten. Daher beschloß er, sobald seine Beine ihn wieder trügen, selbst herauszufinden, wer dieses reizende Gärtchen angelegt hatte. Dann rief er leise nach seinen gefiederten Freunden und holte unter Hukjos schwarzem Fell verstohlen eine Handvoll Brotkrumen hervor, um sie damit zu füttern.

Der König saß allein mit seinen Vögeln, die ihm aufgeregt um die Füße flatterten. Sie pickten mal hier, mal dort, und wie sie im Kreis um ihn herumhüpften, sah es aus, als wären sie in eine angeregte Unterhaltung vertieft. Da erblickte er zwischen zwei Bäumen ein schönes Mädchen mit blonden Haaren und glänzenden schwarzen Augen, welches zu ihm trat und sich mit einem anmutigen Knicks vor ihm verneigte.

Vielleicht lag es an dem traulichen Zusammensein mit seinen geliebten Vögeln oder an dem Blutverlust, daß Volodius schwermütigen Gedanken nachhing; doch als er das junge Mädchen vor sich sah, breitete sich eine überaus angenehme und belebende Wärme in seinem Körper aus.

»Wer bist du, mein schönes Kind?« fragte er und fügte sogleich hinzu: »Doch zuerst sag mir: Wie alt bist du?«

»Dreizehn«, antwortete das Mädchen mit einem bezaubernden Lächeln. »Und wenn Ihr Euch erinnern wollt: Ich bin Königin Ardid, Eure Gemahlin.«

»Donnerwetter!« entfuhr es dem König, der unwillkürlich aufzustehen versuchte. »An Euch habe ich ja überhaupt nicht mehr gedacht.«

»Ich aber sehr wohl an Euch«, erwiderte sie sanft und dennoch bestimmt. »Man hat mir berichtet, daß Ihr eine schwere Verwundung davongetragen habt; und als Eure Gemahlin halte ich es für meine Pflicht, Euch zu pflegen und in dem mir möglichen Maße behilflich zu sein. Vielleicht habt Ihr noch nicht vergessen, daß Ihr mich meines umfassenden Wissens wegen zur Frau genommen habt.«

»Aber ja«, sagte Volodius lebhaft. »Ich erinnere mich sehr gut. Doch Ihr müßt wissen, teurer Schatz, daß grausame Schlachten und große Sorgen um das Reich mich von Euch ferngehalten haben. Ich hoffe, daß Ihr unterdessen gesund heranwachsen konntet und keinen Grund zu Klagen hattet.«

»So ist es«, sagte Ardid und ließ sich zu seinen Füßen nieder. »Seht nur, was ich aus diesem Ort gemacht habe! Wo vorher nur Unkraut wucherte, blüht jetzt mein und Euer Garten. Ihr dürft allerdings nicht vergessen, daß, während Ihr fort wart und Euch den teuflischen Horden der Steppe entgegengeworfen habt, das Reich ziemlich ausgeblutet ist. Denn Kriege, in denen man verteidigt und nicht erobert, bringen keinen Reichtum, sondern verursachen Kosten.«

Der König staunte, als er solch besonnene Worte aus einem fast kindlichen und obendrein weiblichen Mund vernahm. Da er sich jedoch erinnerte, daß das Wissen der Königin nahezu unerschöpflich war, hütete er sich, seine Verblüffung zu erkennen zu geben. Er hörte ihr vielmehr mit wachsender Bewunderung zu, obschon ihre Anspielung auf die Verteidigung und die nicht unbeträchtlichen Aderlässe des Volkes ihn schmerzlich berührt hatte und reizte.

»Aber«, fuhr Ardid entschlossen fort, »nicht umsonst habt Ihr mich zur Gemahlin genommen und zur Königin gemacht. Da ich gut rechnen kann und noch in vielen anderen Dingen bewandert bin, habe ich Euren Ratgeber, Schatzmeister und Reichsverweser Graf Tuso zu belehren und sogar anzuleiten gewußt. Zwar waren die letzten Jahre überaus entbehrungsreich für Olar, und wir mußten Bürger, Bauern und alle Untertanen bis auf den sprichwörtlichen letzten Blutstropfen schröpfen; aber wir sind, obwohl das Land in dieser Zeit nicht gedeihen konnte, auch nicht in hoffnungslose Armut und zu erwartendes Elend gestürzt. Seid versichert, daß die Länder im Süden sowie die anderen von Euch eroberten Gebiete in einer Weise ausgebeutet worden sind, daß ich, mein geliebter Herrscher, in der Haut keines Eurer dortigen Vasallen stecken möchte.«

Bei diesen Worten lächelte sie so lieb, daß der König nicht wußte, ob er aus dem Gesagten einen Vorwurf oder ein Lob heraushören sollte.

»Wenn das alles wahr ist«, sagte er schließlich und streichelte ihr zärtlich die Wangen, »seid versichert, daß ich Euch noch mehr zu schätzen wissen werde, als dies bereits der Fall ist. Und keine Königin, mein liebes Kind, soll höher geehrt sein als Ihr.«

»Es stimmt mich sehr froh, dies zu hören«, erwiderte sie und warf kokett das Haar zurück. »Nehmt jedoch zur Kenntnis und vergeßt es bitte nicht, daß ich in keiner Beziehung mehr ein Kind bin.«

Nach diesen Worten erhob sie sich und beugte sich hinunter, um das Fell aufzuheben, das zu Boden geglitten war, und es dem König über die Beine zu legen und mit behutsamen Bewegungen an den Seiten festzustopfen.

»Ein schönes Fell«, sagte sie und streichelte darüber. »Schade, daß es eine so düstere Farbe hat.«

»Ein Häuptling aus dem Osten hat es als Umhang benutzt«, entgegnete Volodius. »Und du kannst sicher sein, daß mit seinem eigenen Fell dasselbe passiert wäre, wenn ich es nicht mit der Lanze durchlöchert hätte und es mich in einem Winter wie diesem kaum wärmen würde.«

Er fand seinen Einfall wohl ungeheuer spaßig, denn er brach in ein Gelächter aus, wie man es bisher nur ein einziges Mal, vor sechs Jahren, von ihm gehört hatte. Auch der Kobold des Südens vernahm es, denn er turnte im Geäst der Bäume herum und freute sich, daß alles zu seiner und Ardids Zufriedenheit verlief, wie sie beide es geplant hatten.

»Für mein Empfinden habt Ihr wirklich genügend Kriege geführt«, sagte Ardid. »Und wenn Ihr es mir erlaubt, möchte ich Euch raten, eine Zeit der Ruhe und des Friedens einzulegen, Euch von Eurer Verwundung zu erholen und mich zu Euch zu nehmen. Denn wenn ich wirklich Eure Gemahlin bin, sollte ich mich auch als solche fühlen.«

Der König vernahm die Worte mit Erstaunen und wußte erst nicht, wie er sie deuten sollte. Doch als er die Königin eingehender betrachtete, kam er zu dem Schluß, daß sie in der Tat kein Kind mehr war. Hochgewachsen und wohlgebaut wirkte sie insgesamt wie eine delikate Frucht. Und obwohl sie den Stolz und die Haltung einer wahren Königin besaß, wirkte sie so frisch und unbekümmert wie jene Bauernmädchen, die seinem Geschmack nach viel appetitlicher waren als die faden Adelsdamen am Hof. Und da die Gesamtheit dieser Eigenschaften ausgesprochen anziehend auf ihn wirkte, sagte er, während er den Arm um ihre Taille legte und sie zu sich heranzog: »Wenn ich es recht bedenke, glaube ich, daß wir es mit unserer Heirat gut getroffen haben.«

»Ohne Zweifel«, lächelte das Mädchen. »Doch nun mäßigt Euch. Eure Wunde muß heilen, und Ihr bedürft der Genesung.«

Der König war überaus angetan von den Antworten der Königin und dachte, obgleich sie nicht den fesselnden Zauber der unvergeßlichen Lauria ausübte, sie auf jeden Fall die kurzweiligste Person am Hofe sein würde und darüber hinaus auch vielversprechend in der Liebe, wenn sie sagte – und wie er gern glauben wollte –, daß sie kein Kind mehr sei.

»Gebt Euch Mühe«, sagte er und tätschelte sie voller Behagen. »Sorgt dafür, daß die Wunde verheilt, und ich versichere Euch, Ihr sollt es nicht bedauern, mich als Gemahl erhört zu haben.«

So verstrich der Vormittag unter angeregtem Geplauder. Der König war verblüfft, welch ein Wissen dieses Mädchen oder diese Frau angesammelt hatte, sowohl was den Hofstaat betraf als auch über seine eigenen Heldentaten im Krieg oder in der Liebe. Mit großer Erleichterung stellte er fest, daß seine junge Gemahlin weit davon entfernt war, sich als eifersüchtiges Eheweib aufzuführen. Im Gegenteil: Sie wußte sehr treffende Beobachtungen, die einer gewissen Boshaftigkeit durchaus nicht entbehrten, über alle seine Gespielinnen anzustellen, und diese Bemerkungen erheiterten ihn in hohem Maße.

Wieder nahm er, wie vor sechs Jahren, ihre Zöpfe in die Hand und zupfte versonnen daran. Der Glanz in seinen Augen war jetzt jedoch ein anderer, und die krankhafte Schwermut war gänzlich aus ihnen gewichen.

»Ich glaube fast, geliebte Gemahlin«, sagte er, »die Unterhaltung mit dir ist meiner Heilung zuträglicher als jede Medizin.«

»Aber wir dürfen nicht ganz darauf verzichten«, antwortete die Königin. »Ich habe lange über Salben und Arzneien nachgedacht, und ich muß sagen, daß mein Meister, dem ich sehr viel verdanke, auch dazu seinen Rat gegeben hat.«

»Ach, richtig, der Alte«, sagte der König wohlwollend. Seit Ardid vor seine Augen getreten war, erfüllte ihn alles mit freudiger Zustimmung. »Ein würdevoller Mann, obwohl ein bißchen zu förmlich für mein Gefühl.«

»Da Ihr es schon ansprecht«, entgegnete Ardid mit stolzer Gebärde, »darf ich Euch verraten, daß ein bißchen mehr Förmlichkeit bei Hof durchaus angeraten wäre. Soweit ich gesehen habe, gleichen selbst Eure vornehmsten Edelleute einer Komödiantentruppe oder, schlimmer noch, verkleideten Piraten eher als einem Hofstaat.«

»Wenn Ihr es wünscht, führen wir etwas feinere Manieren ein«, sagte Volodius. »Ihr dürft jedoch nicht vergessen, daß dieses Königreich mit dem Schwert und nicht mit Hofknicksen geschaffen worden ist.«

Bei diesen Worten, die als zwar nicht sehr elegante, aber durchaus zulässige Retourkutsche aufzufassen waren, bewies Ardid ein höchst ausgesuchtes Taktgefühl, als sie mit ihrer lieblichsten Stimme erwiderte: »Auch das ist richtig, gütiger Herr; und mir ist wohl bewußt, daß man allein auf diese Art ein mächtiges Reich zu schaffen vermag. Seid gewiß, daß ich Euren Gedanken als Lektion begreife, die ihre treffliche Wirkung nicht verfehlen soll.«

Das waren Worte, die Volodius nicht nur entzückten, sondern auch in höchstem Maße schmeichelten. Und dies war das einzige, was die kluge Ardid bislang vernachlässigt hatte; doch das sollte in Zukunft nicht mehr vorkommen, denn außer intelligent und gut beraten war sie vor allem eine Frau und daher von Natur aus klug.

Von diesem Tag an wich die Königin nicht mehr von des Königs Seite, pflegte ihn aufopfernd und erfreute ihn mit ihrem Geplauder. Bis der Tag kam – früher noch, als der Leibarzt prophezeit hatte –, da Volodius fast gänzlich genesen war. Er entwickelte einen guten Appetit und kam erstaunlich schnell wieder zu Kräften. Auf die gleiche Weise äußerte sich auch seine leidenschaftliche Natur ganz unverhohlen, denn sobald er es für machbar hielt, sagte er zu seiner Frau: »Wenn Ihr, wie Ihr mir versichert und ich auch glaube, kein Kind mehr seid, ist es nun an der Zeit, mir dies unter Beweis zu stellen.«

Woraufhin König und Königin – unter den traurigen Blicken

der in die Bettpfosten geschnittenen Kriegerköpfe, die weit davon entfernt waren, sich von solch zutiefst menschlichem Gebaren aus der Ruhe bringen zu lassen – die Nacht und noch viele weitere Nächte zusammen verbrachten.

Tatsächlich konnte der König feststellen, daß Ardid nicht nur eine Frau war, sondern eine der anschmiegsamsten, einfühlsamsten und erfindungsreichsten obendrein; was ihm, der Wahrheit sei's bezeugt, schon sehr gelegen kam und daher über die Maßen behagte.

Doch die Zeit hielt in ihrem unermüdlichen Lauf nicht inne, und so großzügig sie sich in der Schnelligkeit erwies, mit der sie den König gesund werden und die kleine Ardid zur Frau reifen ließ, so galt selbiges auch für den Lauf aller weiteren Dinge.

3

Es kam der Tag, da den König das Leben am Hof ermüdete, und obwohl er sich mit seiner jungen Gemahlin vergnügte und seine Freude an ihr hatte, vermißte er die Gesellschaft seiner Soldaten und das Klirren der Waffen. Denn vor dem Gemahl, dem Liebhaber oder König war er ein Krieger, der nur unter Kriegern und in gefährlichen Abenteuern die Erfüllung seines Lebens fand. Er liebte Gefahren und Abenteuer, ließ das geringste Maß an Kultur vermissen, war hart, zäh, sinnlich und vergeßlich; und diese Charaktereigenschaften nahmen mit fortschreitendem Alter nicht ab, sondern verstärkten sich.

Aus diesen genannten Gründen empfing er fast freudig die Nachricht von einem Aufstand im Land der Weringer. Er stellte sich unverzüglich an die Spitze seiner besten Männer, gab Ardid einen zärtlichen Kuß – den sie mit untadeligem Lächeln und ohne lästige Tränen erwiderte – und nahm Abschied.

»Majestät«, sprach die Königin dann, »ich erwarte ein Kind von Euch. Wenn Ihr heimkehrt, findet Ihr im Palast vielleicht schon einen Thronfolger vor.«

»Gut«, sagte Volodius, den diese großartige Nachricht offenbar weniger bewegte als die Ereignisse, die ihn im Land der Weringer erwarteten. »Aber was die Thronfolge angeht, darüber sprechen wir später. Ihr wißt, daß ich noch andere Söhne habe.«

»Aber dieser wird Euer legitimer Nachfolger sein«, sagte Ardid. Und zum ersten Mal sprach sie zum König mit unbesonnenen Worten.

Volodius hatte seinem Pferd jedoch schon die Sporen gegeben und hörte sie nicht mehr. Was Ardid für die bitteren Zeiten, die auf sie warteten, noch einen Aufschub gewährte.

Die Tage eines langen ereignislosen Winters vergingen, und zum erstenmal spürte Ardid eine sonderbare Wehmut in ihrem Herzen. In den Gesprächen mit dem Magier und dem Kobold vermißte sie die frühere Lust an der Rache und der Befriedigung ihrer Wünsche. In ihrem Herzen keimte etwas, das sie düster und nachdenklich stimmte. Bis eines Tages sogar der Magier es bemerkte und sagte: »Was habt Ihr nur, mein Kind? Noch nie habe ich Euch so bleich und lustlos gesehen. Seid Ihr etwa krank?«

Trotz der neuen, ehrfürchtigen Anrede, die der Königin galt, nannten Magier und Kobold sie oft noch ›Kind‹.

»Nein, nein«, sagte Ardid. »Du kannst ganz beruhigt sein; ich bin so kräftig wie eine Frau vom Land und wasche mich jeden Morgen mit Schnee, ohne daß mein Körper zittert und meine Zähne klappern. Ich bin nicht krank und weiß auch, daß Schwangerschaft keine Krankheit ist. Du bildest dir das nur ein.«

Aber mit dem Kobold durchs Schloß tollen mochte sie nicht mehr. Ihre Figur ließ zwar schon seit langem nicht mehr zu, daß sie des Kobolds Tunnel betrat; aber dennoch war sie mit ihm durch andere Gänge geschlichen, hatte sich versteckt und gelauscht. Jetzt hingegen blieb sie am liebsten in ihren Gemächern und ließ den Kobold berichten, was er gehört und gesehen hatte. Eines Nachts sagte er, offensichtlich sehr niedergeschlagen: »Liebes Kind, wenn ich ehrlich bin, macht es mir gar keinen Spaß, ohne dich durchs Schloß zu streifen. Könnten wir nicht alle drei hier bei dir am warmen Feuer sitzen, plaudern und ein bißchen trinken, anstatt daß du mich herumschickst, um mir lauter Dummheiten anzuhören? Glaub mir, mehr als du von diesen dummen, bösartigen Menschen schon weißt, kannst du gar nicht erfahren.«

»Gut«, antwortete die Königin, »wenn das deine Überzeugung ist, dann lassen wir das. Aber Vorsicht mit dem Wein! Ich möchte dich nämlich nicht verlieren. Ich habe das Gefühl, euch beide jeden Tag dringender zu brauchen.«

»Fühlt Ihr Euch etwa einsam?« fragte der Magier besorgt.

Ardid fuhr bei diesen Worten auf, und sie sahen, wie ihre Wangen sich röteten, als sie antwortete: »Überhaupt nicht. Wie sollte ich mich bei euch einsam fühlen? Ihr seid doch meine besten Freunde; hier und überall sonst.«

Der Kobold und der Magier glaubten das gern. Nur ein feines spitzes Stimmchen in Ardids Innern meldete sich ganz ungelegenen mit der Bemerkung, nun habe sie ihre treuen alten Freunde zum ersten Mal belogen.

Zwei Monate bevor Ardids und Volodius' Sohn zur Welt kommen sollte, kündete gewaltiger Trompetenschall von der Rückkehr des Königs nach Olar. Die lange Zeit seiner Abwesenheit hatte alle sehr beunruhigt, denn man hatte gehört, daß der Aufstand der Weringer schon nach wenigen Tagen niedergeschlagen worden war, da sie kaum Waffen und auch sonst nichts besaßen als allein ihren Haß. Danach war der König aus eigenem Antrieb und ohne durch eine Grenzverletzung dazu gezwungen worden zu sein, erstmals in die geheimnisumwitterte Region der Steppen vorgedrungen. Seither hatte man vom König und seinem Heer nichts mehr gehört, obwohl Tuso des öfteren Boten ausgesandt hatte. Man machte sich schon Sorgen in Olar, und große Betroffenheit herrschte überall, als die Heimkehr des Königs endlich alle aufatmen ließ und man nun von seinem gefahrvollsten und ruhmreichsten Feldzug erfuhr. Tatsächlich kehrte der König mit einem wilden Glanz im Blick aus dem Osten zurück. Zum ersten Mal hatte er die Horden der Steppe nicht abwehren müssen, sondern sie hatten sich seiner zu erwehren gehabt.

Aus diesem Anlaß wurde ein gewaltiges Freudenfest verfügt, obgleich die wirtschaftliche Lage des Landes dies nicht angeraten scheinen ließ, und Volodius ritt an der Spitze seines Heeres als strahlender Held durch das Volinka-Tor, dem nach seiner Mutter benannten Haupttor der Stadt. Seine Soldaten schienen jedoch mehr tot als lebendig, und kein Stolz stand in ihren Gesichtern, denn dieser unnütze Krieg hatte viele Tote und Verwundete gefordert und viel Leid über sie gebracht.

Volodius sah nichts von alledem; er verkündete, sein großer Wunsch, in die Steppe vorzudringen, sei endlich in Erfüllung gegangen. In Olar hieß es, seine Männer seien bis zum Großen Fluß vorgestoßen und hätten auf der anderen Seite eine hohe Mauer aufragen sehen, hinter der sie eine wehrhafte Stadt vermuteten. Doch bevor sie näher herankommen konnten, waren sie von Kriegern angegriffen worden, und es kam zu einer großen Schlacht, in der sie die Steppenreiter besiegten. Doch groß war ihr Erstaunen, als sie danach feststellten, daß die für unüberwindbar gehaltene Mauer gar nicht von Menschenhand errichtet worden war, sondern aus gewachsenem Fels bestand, hinter dem sich auch keine Stadt verbarg, sondern nur eine erbärmliche Stammessiedlung, bestehend aus Holzhütten, Zelten und klobigen Karren. Unter wehenden Rauchfahnen drohten Schädel und Skalpe besiegter Feinde auf langen Lanzen, die das Dorf wie ein Palsisadenzaum umgaben.

Brennend vor Neugier war der König in den finsteren Kreis gestürmt und dort auf einen jungen, wie ein Häuptling gewandeten Krieger gestoßen, der auf einem prachtvollen Rappen die Flucht ergriff. Erbittert verfolgte er ihn, und als er ihn überwältigt hatte und auf ihm kniete, um ihm die Kehle durchzuschneiden, stellte er fest, daß er keinen Häuptling vor sich hatte, sondern eine junge Frau mit langen schwarzen Haaren und glühenden Augen wie Kohlen im Feuer. Sie war kaum zu bändigen, und es kostete ihn große Mühe, sie zu fesseln. Der rätselhafte Blick der unbekannten Kriegerin jedoch hatte ihn in seinen Bann geschlagen. In Ketten gelegt, brachte er sie als Kriegstrophäe mit nach Olar.

Schon beim ersten Blick, den Ardid auf die Frau aus der Steppe warf, fühlte sie etwas wie kalten Stahl in ihr Herz eindringen.

Noch nie hatte sie einen Menschen gesehen, der, obgleich in Ketten, solchen Hochmut und Stolz ausstrahlte. In den Augen dieser Frau brannte ein Feuer, das jeden anderen Blick verzehrte. Ardid glaubte einen schwarzen Raubvogel zu sehen, der seine Bahn über den Himmel von Olar zog. Einen plötzlichen Schauder unterdrückend, trat sie auf den König zu. Doch Volodius schenkte ihr kaum Beachtung. Er küßte sie flüchtig auf die Stirn und befahl sogleich, ein großes Bankett anzurichten, um den Sieg gebührend zu feiern, wozu natürlich auch gehörte, daß auf dem Marktplatz die beiden Springbrunnen mit Wein angestellt wurden.

»Gütiger Herr, wir können uns solche Ausgaben kaum leisten«, sagte Ardid. »Bedenkt, wieviel Euer letzter Feldzug gekostet hat.«

»Wie könnt Ihr es wagen!« schrie Volodius erzürnt. »Nicht Ihr seid es, die in Olar die Befehle gibt!«

Es war das erste Mal, daß der König sie grob anfuhr; und es entging Ardids wachsamen Blicken auch nicht, daß Volodius nur Augen für seine Gefangene hatte. Sie begriff, daß alles, was er tat und sagte, sich nur darauf richtete, der Unterworfenen zu zeigen, wie reich und wie mächtig ihr Bezwinger war.

Daraufhin bat die Königin, sich vom Festmahl zurückziehen zu dürfen, da sie sich wegen des fortgeschrittenen Stadiums ihrer Schwangerschaft sehr erschöpft fühle. Volodius lächelte nur, als er dies hörte und antwortete:

»Ja, das glaube ich gern. Geht also und ruht Euch aus, und überlaßt alles andere mir.«

Ardid fühlte sich gedemütigt und abgewiesen. Verbittert zog sie sich in ihre Gemächer zurück, fand jedoch keine Ruhe und schon gar keinen Schlaf. Der Stimmenlärm der Festgäste und des feiernden Volkes drang an ihr Ohr, und als sie aus dem Fenster schaute, sah sie den Himmel über der Stadt gerötet vom Schein der Feuer, um die das Volk tanzte und den Sieg seines Königs bejubelte. Allein der See, dessen glatte schwarze Oberfläche geheimnisvoll glänzte, schien ihren erhitzten Gedanken Kühlung zu bringen. Doch schließlich hielt sie es nicht länger aus, trat zum Kamin und rief nach dem Kobold, der auch unverzüglich zu ihr kam.

»Mein lieber Kobold«, sagte sie, »ich bin leider viel zu schwerfällig, um dir durch deine Tunnel zu folgen, aber ich möchte doch zu gern wissen, was der König in dieser Nacht tut.«

»Euer Wunsch ist mir Befehl«, antwortete der Kobold. »Ich habe nämlich gesehen, daß große Fässer mit einem Rosé hereingebracht wurden, von dem ich noch nie gekostet habe. Und ich kann dir versichern, diese Nacht gönne ich mir den Genuß.«

»Aber sei vorsichtig«, sagte Ardid besorgt. »Ich befürchte, daß jemand dich sehen könnte. Du weißt ja, daß betrunkene Menschen manchmal gewisse Fähigkeiten entwickeln; doch während sie bei diesen ebenso schnell vergehen, wie der Alkohol verfliegt, mache ich mir Sorgen wegen des fortgeschrittenen Grades deiner Unreinheit.«

»Keine Sorge«, erwiderte der Kobold. »Ich kann noch eine ganze Menge trinken, bevor ich mich in einer solchen Situation überraschen lasse. Ich versichere Euch, mein liebes Kind, so schlimm steht es noch nicht um mich.«

»Du darfst nicht nur an den Wein denken«, sagte Ardid mit leiser Stimme. »Es gibt noch andere Wege, lieber Kobold, die dich ins Verderben führen können.«

»Ihr meint doch wohl nicht die Liebe!« lachte der Kobold. »Ein Kobold kann sich unmöglich in so etwas Häßliches, verzeih, wie einen Menschen verlieben!«

»Ach, Kobold«, seufzte Ardid, »du weißt nicht, wovon du sprichst. Es gibt nicht nur diese Liebe, die deinen Untergang bewirken kann, sondern jedes Gefühl von Zärtlichkeit und Zuneigung, das die Frucht in deiner Brust heranwachsen läßt. Und was du als häßlich oder schön bezeichnest, spielt bei diesen Dingen überhaupt keine Rolle. Nicht einmal das Alter oder der schlechte Charakter eines Menschen können das Wachsen dieses bösartigen Keims aufhalten, begreif das doch.«

Der durstige Kobold aber war längst verschwunden.

Der Morgen graute bereits, als er zurückkam. Er fand die Königin noch an demselben Platz vorm Kamin, in dem das Feuer bis auf eine schwache Glut herabgebrannt war. Sie sah bleich und ernst aus. Und zum ersten Mal sah der Kobold sein liebes Kind als Königin und Frau mit gereiftem Verstand.

»Ich bringe gute Neuigkeiten, meine Liebe«, sagte er. »Der König ist in Leidenschaft zu dieser barbarischen Prinzessin entbrannt. Sie hat ihn so in ihren Bann geschlagen, daß er sie nicht als Gefangene, sondern als Geliebte halten will. Du hast schon recht, wenn du sagst, daß das Herz den Menschen manchmal üble Streiche spielt. In seinem jetzigen Zustand ist der König verwundbar und ein leichtes Opfer für jedwede Rache, ob von dir oder von ihr. Du hättest ihn sehen sollen, wie er sich aufführte, um von ihr bewundert zu werden, während diese Frau mit ihren grausamen Mörderaugen ihn nur verachtete. Ich habe gesehen, wie sie einen Dolch in ihrem Gewand verbarg. Und soll ich dir noch etwas sagen? Der König hat ihr die Ketten abnehmen lassen, sie mit einem Mistelzweig gekrönt und dann Befehl gegeben, sie in dieser Nacht zu ihm in seine Kammer zu bringen. Ihr könnt also sicher sein, daß er den morgigen Tag nicht erleben wird. Sie wird ihm das Messer ins Herz stoßen, und kein Arzt und keine Arznei können ihm dann noch helfen.«

Nach diesen Worten flatterte er über das Sims, schlug zwei oder drei Purzelbäume über der Kohlenglut und verschwand wieder im Dunkel des Kamins.

Ardid war aufgestanden. Sie zitterte. Ihre Lippen waren eiskalt, ebenso ihre Hände. Sie konnte weder sprechen noch sich bewegen. Sie hatte plötzlich ein Gefühl, als wüchse der böse Keim, von dem der Kobold gesprochen hatte, jetzt in ihr heran.

Und ein mächtiger Baum würde sein Geäst in ihr verzweigen. Im Blut und auf ihren Lippen schmeckte sie den sauren Saft, der bitter wie unreife und berauschend wie vergorene Trauben war. Ohne zu überlegen und überhaupt einen klaren Gedanken zu fassen, riß sie die Tür auf und eilte zu den königlichen Gemächern. Sie wußte, daß die Wachen – noch – nicht wagen würden, ihr den Zutritt zu verweigern; immerhin war sie die Königin. Sie befahl ihnen, den Weg freizugeben, und stürmte hinein wie ein Wirbelwind, daß die Türflügel gegen die Wand krachten. Sie riß den Vorhang zur Seite und sah, wie der König soeben die Frau aus der Steppe an sich zog.

Volodius begriff gar nicht, welch wütende Kraft ihm die Gefangene aus den Armen riß und an den Haaren gepackt hielt, bis er in zwei blitzende Augen schaute und eine Stimme sagen hörte: »Seid Ihr so töricht, daß Ihr nicht seht, was diese Frau in ihrem Gewand verbirgt? Erkennt Ihr nicht, daß sie Euch töten will?«

Die erste Regung des Königs war, Ardid enthaupten zu lassen. Doch dann entdeckte er den Dolch in der Hand seiner Gefangenen und besann sich. Immer noch voller Zorn wandte er sich an die Königin: »Ihr seid unbesonnen, Ardid. Nie hättet Ihr in dieser Nacht hierherkommen dürfen. Eure ganze Klugheit hat Euch nicht geholfen.«

»Aber seht Ihr denn nicht, daß ich Euch das Leben gerettet habe?« rief sie bebend vor Zorn.

»Ihr seid töricht«, sagte der König und schnaubte vor Wut. Er wand der Frau den Dolch aus den Händen und warf ihn durchs Fenster. »Glaubt Ihr, ich kannte ihre Absicht nicht? Ich kenne jede weibliche List. Diese Frau hier kam mit neuem Feuer, mit neuen Reizen. Ich kann nicht glauben, daß Ihr mich für so dumm gehalten habt und es selbst seid.«

Ardid schwanden die Kräfte; sie merkte, wie ihre Lippen bebten und sie kein Wort mehr herausbrachte.

»Verschwindet jetzt, bevor es zu spät ist, dummes Weib«, sagte der König. »Und haltet Euch in Zukunft von mir fern, wenn Ihr weiterhin in Frieden leben wollt.«

Mit diesen Worten entließ er sie an jenem Morgen. Und im Grunde ihres Herzens wußte Ardid, daß es für immer war.

Von Stund an sprach der König kein Wort mehr mit Ardid, er verbannte sie aus seinem Gedächtnis. Er war mit den Gedanken nur bei seiner unnahbaren Feindin, die ihrerseits keine Gelegenheit ausließ, ihm ihren Haß zu zeigen. Und je größer ihr Haß wurde, desto zügelloser wurde die Leidenschaft des Königs, zum Erschrecken des ganzen Hofes.

Graf Tuso hielt es noch für verfrüht, sich in die Angelegenheit einzumischen, obwohl sie ihm großes Unbehagen bereitete. Volodius hatte befohlen, die Gefangene in einer Kammer neben seinen Gemächern unterzubringen und sie mit Kleidern und prächtigen Gewändern zu überhäufen. Die geheimnisvolle Frau, deren Stimme er noch nicht ein einziges Mal vernommen hatte, dankte es ihm mit blanker Verachtung.

So standen die Dinge, als Ardid beschloß, selbst einen Ausweg aus dieser Lage zu suchen. Sie wußte, daß die Frau aus der Steppe, sosehr sie vom König umschmeichelt wurde, tatsächlich immer noch eine Gefangene war. Ihr waren sogar die Hände auf den Rücken gebunden worden, da sie andernfalls dem König das Gesicht zerkratzte, bis es blutige Spuren aufwies, als hätte ihn eine rasende Wildkatze angefallen. Und als Ardid erfuhr, daß die Prinzessin der Steppe für nichts anderes Augen hatte, als ein Fenster zu finden und unentwegt nach Osten zu starren, kam sie zu dem Schluß, daß man sich ihrer am besten entledigte, indem man ihr zur Flucht verhalf.

Sie wählte dafür einen Abend, an dem der König wortkarg und bedrückt gewesen und mit seinem Bruder Almandin auf die Jagd geritten war. Sie ging zu ihrem Meister und bat ihn mit Tränen in den Augen, ihr in Dämpfen gewendetes Schlafmohnpulver zu geben, um damit die Soldaten einzuschläfern, welche die Gefangene bewachten. Den alten Mann durchfuhr ein großer Schreck, und er rief: »Was ist in Euch gefahren, Kind? Was lese ich in Euren Augen? Ihr solltet glücklich sein, Euren Feind in den Händen dieser Bestie zu wissen, die seinem Leben früher oder später ein Ende bereiten wird. Damit hätte sich Eure Rache erfüllt, Ihr würdet als Königin herrschen, und Euer Sohn wäre der legitime Thronfolger. Was könnt Ihr mehr verlangen?«

»Schweig, Meister, und stell keine Fragen«, sagte Ardid. »Um deiner Liebe willen flehe ich dich an: Tu, worum ich dich bitte.«

Der Alte schüttelte besorgt den Kopf, doch dann machte er sich umständlich an die Arbeit. Er verrichtete sie mit offensichtlichem Widerwillen, denn die Herstellung eines solchen Gebräus war etwas für Anfänger und weit unter seiner Würde.

Ardid näherte sich dem Gemach, in dem die Gefangene eingesperrt war, zerstäubte das Schlafpulver, und sogleich verfingen sich die Wachen in den Netzen eines traumlosen Schlafs. Daraufhin trat sie ins Zimmer und bedeutete der Frau, ihr zu folgen. Diese schaute ihr fest in die Augen, und ein unsichtbares, doch unabweisliches Band umschlang ihrer beider Blicke. Danach tat sie, wie ihr geheißen.

Ardid brachte sie zu den Ställen. Unterwegs machte sie wieder von ihrem Pulver Gebrauch und schläferte jeden Diener, Pagen oder Stallknecht ein, der ihnen begegnete. Sie band den herrlichen Rappen der Prinzessin los, dem der König in seinen Ställen die beste Pflege angedeihen ließ, und befahl ihr aufzusitzen. Dann führte sie Pferd und Reiterin vorsichtig zum Südteil des Schlosses, wo sie einst ihren Garten angelegt hatte, und öffnete das hinter Gestrüpp verborgene Törchen. Erst dann zerschnitt sie die Fesseln der Frau und forderte sie auf zu fliehen. Da warf die Gefangene ihr einen flammenden Blick zu, legte ihr die Hand auf die Schulter und sprach mit leiser Stimme ein paar Worte in der Sprache von Olar, denen Ardid ungläubig lauschte: »Liebe den Wolf nicht, töte ihn!« Dann stieß sie ihre Fersen in die Flanken des Pferdes und verlor sich rasch in der Dunkelheit, in der Richtung ihres ersehnten Ostens.

Die Worte der Prinzessin gruben sich tief in Ardids Herz. Furchtsam und voller düsterer Vorahnungen kehrte sie in ihre Gemächer zurück.

König Volodius war fassungslos, als er vom Verschwinden der Steppenfrau erfuhr. Da jedoch niemand etwas gesehen hatte und keiner sich erklären konnte, wie dies zugegangen war, da die Wache sich nicht von der Tür fortbewegt hatte und diese keine Spuren einer gewaltsamer Öffnung aufwies, durchlief alle im Schloß ein gruseliger Schauer, vom kleinsten Küchenjungen bis hin zum König selbst. Graf Tuso, der immer seine Befürchtungen hinsichtlich der kriegerischen Prinzessin gehabt hatte, sagte zum König: »Jetzt habt Ihr die Gewißheit, daß diese Frau eine böse Hexe war. Sie hätte Euch nur Unheil gebracht, wenn Ihr sie bei Euch behalten hättet.«

Der König zog ein verdrießliches Gesicht. Er verbrachte den ganzen Tag allein, wollte niemanden sehen, nichts essen, nur trinken, bis tief in die Nacht.

Am nächsten Tag suchte Ardid ihren Gemahl auf, und sie umgab sich mit einer falschen Demut und Sanftheit. Der König begegnete ihr jedoch ausweichend und beachtete sie kaum. So ging es auch am Tag darauf und am folgenden und dem darauffolgenden. Bis der Tag kam, an dem Ardid die Geduld verlor und ihn zur Rede stellte. »Ich muß Euch sagen, mein lieber Gemahl, daß Ihr zwar einmal ein großer König wart, jetzt jedoch alles zerstört, was Ihr erreicht habt. Wegen Eurer kindischen Launen und dem Wahn, hinter Leuten herzulaufen, die besser von Hof ferngehalten würden, wäre das Land längst in Elend und Verderben gestürzt, wenn ich es dank meiner großen Umsicht und Klugheit nicht davor bewahrt hätte. Ihr wäret jetzt ein Bettlerkönig, bis ans Ende Eurer Tage auf der Flucht vor Euren Feinden, derer es, da seid gewiß, zahlreiche gibt. Und wäre diese gar giftige Schlange nicht kraft eines abscheulichen Zaubers verschwunden, den ich nicht kenne und der mir zutiefst zuwider ist, hätte Eure lächerliche Leidenschaft für solch ein Geschöpf bestimmt ein großes Unglück heraufbeschworen.«

»Wollt Ihr wohl endlich schweigen!« rief der König, der nicht einmal Zorn, sondern nur tiefen Abscheu zeigte. »Gemahlin solltet Ihr sein, nichts weiter! Wie konnte ich in solch ein Netz geraten! Ihr seid ein dummes, plapperndes Geschöpf. Ihr habt mit Eurer kindlichen Denkweise nie begriffen, was die Prinzessin der Steppenreiter für mich bedeutet hat. Sie war nicht nur eine Frau: Sie war die Steppe selbst; das unbekannte Land, die große Unwissenheit, die mich quält mit dem, was meine Augen nicht sehen, meine Hände nicht fassen können. Nein, sie war nicht nur eine Frau. Sie war ein lebendes Geheimnis; die Leidenschaft, das Unbekannte zu erobern. Sie war der letzte Bote meiner Jugend.«

Die Königin stand wie erstarrt. Sie verstand die Worte nicht. Noch nie hatte sie aus des Königs Mund so eine lange Rede vernommen, und er war auch nicht betrunken. Plötzlich sah sie ihn bar aller königlichen Würde, Stärke und Macht. Sie sah nur einen in endloser, schrecklicher Einsamkeit verlorenen Mann.

»Nun«, sagte sie endlich so sanft, wie es ihr möglich war, »dann denkt doch daran, daß Eure Gemahlin noch sehr jung ist und Euch schon bald einen prächtigen, starken Sohn schenken wird.«

»Laßt mich in Frieden, habe ich gesagt!« fuhr der König auf. »Diese Dinge öden mich an. Laßt mich allein!«

Und dann beging Ardid den größten Fehler ihres Lebens: Mit ihrem beharrlichen Bleiben und mit weiteren Worten zerstörte sie die Einsamkeit, welcher der König in diesem Augenblick so sehr bedurfte. Auf seine Ungeduld hin geriet sie in Zorn und schrie: »Ihr seid so dumm und einfältig, wie mir noch kein anderer Mensch begegnet ist, König Volodius! Und glaubt mir, die verfluchte Steppenhexe hat den kläglichen Rest von Jugend mitgenommen, der Euch geblieben war; denn jetzt sehe ich nur einen alten Dummkopf vor mir und nicht den großen König, den ich zum Gemahl genommen zu haben glaubte. Ich schwöre Euch, ich werde diese Mißachtung rächen, und mein Sohn wird ein wahrer König sein und kein betrunkener, verliebter Hampelmann, der imstande ist, ein Land verkommen zu lassen, das unter so großen Opfern und mit soviel Blut ein großes Königreich geworden ist.«

Der König geriet ob dieser Worte außer sich, und wie in einem Rausch, den der stärkste Wein ihm nicht hätte beibringen können, brüllte er seine Wache herbei und befahl, die Königin für den Rest ihres Lebens in den Ostturm zu verbannen und ihren Namen nie mehr in seiner Gegenwart auszusprechen. Danach ließ er seinen Bruder Almandin zu sich kommen, weil dieser der einzige Mensch war, dem er vollkommen vertraute, und weil er die bestausgerüsteten Soldaten befehligte. Er sprach zu ihm: »Almandin, deinem Schutz vertraue ich diese Hexe an, die ich nur deshalb nicht auf den Scheiterhaufen stelle, weil erstens ihr Rat weiterhin für das Gedeihen des Landes bedeutsam ist, den sie uns aber auch im Arrest geben kann; und weil, zweitens, sie mir einen Sohn gebären wird, von dem noch niemand weiß, was einmal aus ihm werden kann. Aber merke dir eins, mein Bruder: Die Königin darf ihre Gemächer niemals verlassen und keinen Menschen empfangen außer dir. Zwei Hofdamen darf sie mit zu sich nehmen, und dann will ich für den Rest meines Lebens nichts mehr von ihr hören. Wenn das Kind ein Junge wird und ein Alter erreicht, in dem er Vernunft genug hat, um auf meine Fragen zu antworten, und Kraft genug, um ein Schwert zu führen, dann bring ihn zu mir. Sollte ich etwas Gutes an ihm sehen, behalte ich ihn bei mir. Falls nicht, werde ich mir überlegen, was mit ihm zu geschehen hat.«

Mit diesen Worten erlosch der aufstrebende Stern der Königin Ardid. Sechs lange Jahre lebte sie fortan von allen vergessen in tiefer Finsternis.

VI

PRINZEN

I

Die Brüder Vulgaro hegten eine lebhafte und begründete Abneigung gegen die Königin, und diese erwiderte ihre Gefühle von ganzem Herzen. Ardid haßte ihre Fuchsgesichter mit den endlos langen Zähnen und den verschlagenen Blick ihrer grünen Augen.

Als die Königin in den Ostturm verbannt wurde, war Anzius knapp fünfzehn Jahre alt. Er freute sich so über Ardids Unglück, daß er in jener Nacht ganz allein ein halbes Faß Bier austrank und erst gegen Mittag des nächsten Tages wieder halbwegs bei Sinnen war. Seine Zeit verbrachte er – wenn er sich nicht prügelte oder betrank – gewöhnlich damit, in den Gesindehäusern oder den Unterkünften der Soldaten herumzulungern, mit denen er sich gern beim Würfelspiel vergnügte. Oft genug erleichterte er diese unglücklichen Grobiane um ihren mageren Sold – so sie ihn überhaupt bekamen, was nur sehr unregelmäßig geschah – oder sogar das, was sie am Leibe trugen; einen Dolch oder einen Brustpanzer. In seiner stinkenden Turmkammer hatte er ein wahres Arsenal angehäuft, versteckt unter Fellen, die er hier und dort stahl, wenn es ihn in Räumlichkeiten verschlug, die wohnlicher eingerichtet waren als seine Höhle im Turm. Das weckte den Neid seiner Brüder und war vielleicht der Grund, daß sie ihn noch mehr als wegen seiner außergewöhnlichen Körperkraft verabscheuten, die er bei jeder Gelegenheit bedenkenlos einsetzte.

Banzius und Canzius, die Zwillinge, waren in jenen Tagen dreizehn Jahre alt geworden. Sie glichen einander wie ein Ei dem andern und hatten auch dieselbe Moral: es war nicht festzustellen, wer von beiden feiger, verlogener, prahlerischer und geschwätziger war. Andererseits waren sie ununterbrochen in rabiateste Zweikämpfe verstrickt. Beim geringsten Anlaß gingen sie ohne Vorwarnung aufeinander los, und das Sonderbare daran war, daß immer beide gleichzeitig in Rage gerieten und daher beide dasselbe Quantum an Prügel, wüsten Beschimpfungen und grausligen Drohungen einsteckten.

Einmal, im Kindesalter noch, waren sie derart mit Fäusten und Zähnen aufeinander losgegangen, daß am Ende beiden ein Ohr fehlte. Banzius hatte das rechte Ohr von Canzius glatt abgebissen, während Banzius' linkes Ohr zwischen Canzius' Zähnen hing. Verblüfft und vor Schmerzen wimmernd erkannten sie auf diese Weise die wunderbare Gleichartigkeit, die Eintracht gewissermaßen ihrer zerstörerischen Triebe. Die von brüderlichen Klauen und Zähnen verursachten Narben verdeckten sie mit störrischen roten Haarsträhnen, die in Beschaffenheit und Aussehen stark an altes Maisstroh erinnerten.

Ansonsten waren sie unzertrennlich und bildeten beinahe eine einzige Kraft. Von den vier Brüdern waren sie, in bezug auf Robustheit und Kraft, am mindersten bemittelt, was sie durch Nervenstärke jedoch wieder wettmachten; zudem waren sie beide recht behende. Unglücklicherweise war auch beider Hirn in gleichen Maßen unterentwickelt, so daß ihr Mangel an Verstand ebenso offenkundig wie bedrückend vor aller Augen lag. Dennoch glaubte der eine oder andere zu wissen, daß diese ruppigen, abgerissenen Zwillinge, obwohl sie sich gegenseitig und unablässig mit den finstersten Prophezeiungen bedachten – bei denen es in der Regel um besonders abgefeimte und grausame Arten des Zutodebringens ging –, einander insgeheim liebevoll zugetan waren und daß diese Zuneigung, wenngleich von der Zurschaustellung ihrer erbärmlichen Intelligenz erstickt, ein starkes Band der Einheit und des gegenseitigen Einstehens bildete: stärker als alles Kämpfen, Beschimpfen und Verwünschen. Und kurioserweise waren sie zwar die dümmsten von den Geschwistern, aber auch die mit dem größten Maul – was in ihrer alltäglichen Umgebung allerdings nicht weiter auffiel.

Die Brüder Danzius und Enzius, die nach ihnen kamen, waren früh gestorben. Der kleine Danzius an den Fleischwunden, die eine verrückt gewordene Bulldogge ihm gerissen hatte, als er unvorsichtigerweise versuchte, ihr mit einem Stichel die Augen auszustechen. Enzius – schon etwas älter als sein verstorbener Bruder – verendete elendig in einem stinkenden Tümpel, woran ein Fuchs die Schuld trug – Füchse gehörten zu den bevorzugten Tieren, die er in raffinierte Fallen zu locken pflegte –, welchem er dieses Schicksal eigentlich zugedacht hatte.

Und Furzius schließlich, der jüngste der sechs Vulgaros, war gerade acht Jahre alt geworden, als der Leidensweg der jungen Königin begann. Furzius war so frühentwickelt und durchtrieben, so gemein und über jeden Verdacht von Gutmütigkeit erhaben, daß er für weitaus reifer gehalten wurde, als er war. Als hervorstechendste Eigenschaft – abgesehen davon, der einzige Ansehnliche der Vulgaro Brüder zu sein – hatte er schon als Kind eine hemmungslose Triebhaftigkeit entwickelt, die er auch ganz ungeniert und unübersehbar zur Schau stellte. Die Damen am Hofe kannten ihn schon und ließen still ergeben die obszönen Gesten über sich ergehen, mit denen der junge Prinz sie von hohen Fenstersimsen oder zwischen Vorhangfalten verborgen beschämte und zuweilen auch erheiterte. Darüber hinaus neigte er wie seine Brüder zu Aufschneiderei und Geflunker und trieb sich wie sie oft in den Behausungen der Dienerschaft und Soldaten herum. So war er nicht nur überall bekannt, sondern auch denkbar schlecht gelitten von allem, was in der Burg Röcke trug – das galt von der reifsten Matrone bis zum verschämtesten Küchenmädchen.

Von diesen Eigenarten abgesehen, bewies Furzius auch einen merkwürdigen Sinn für Widersprüchlichkeit, von dem keiner verschont blieb, der je mit ihm zu tun bekam. So konnte er in ausgesprochen ernsten Situationen unvermittelt in ein wieherndes Gelächter ausbrechen, das keiner, der es hörte, jemals wieder vergessen sollte. Aber auch keiner, sosehr er nach dem Grund dafür forschte, fand dafür eine Erklärung. Weilte er aber in fröhlicher Gesellschaft und die Stimmung war ausgelassen, so nahm das hübsche Gesicht des kleinen Furzius plötzlich einen tieftraurigen Ausdruck an, und sein tränenverhangener Blick wurde so düster, daß niemand ihn ansehen konnte, ohne daß es ihm die Stimmung verdarb. Die finsterste Prophezeiung konnte nicht so erschütternd sein wie das heraufziehende Unheil, das in den herrlich türkisfarbenen Augen des Jungen dräute.

Aus all den genannten Gründen kann man leicht verstehen, daß König Volodius nur mäßig begeistert war, solche Sprößlinge um sich zu haben und überhaupt sein eigen zu nennen. Obwohl er seine Nachfolge noch nicht geregelt hatte, bedachte er jeden von ihnen mit Titeln und Ländereien, in den Genuß deren tatsächlichen Nutzens sie allerdings erst nach seinem Tod kommen sollten. Bis dahin hielt er sie bei sich im Schloß, um sie unter Aufsicht zu haben und ihre Entwicklung verfolgen zu können, wenngleich er dafür Sorge trug, ihnen so selten wie möglich über den Weg zu laufen. Im Grunde kümmerte ihn gar nicht, was aus ihnen wurde, und er ließ sie – halb entmutigt, halb erleichtert – einfach gewähren.

Volodius hatte überhaupt nur eine sehr ungenaue Vorstellung von Furzios Existenz. Da er noch nicht in dem Alter war, ihm vorgestellt zu werden – man kannte die strikten Anweisungen des Königs in dieser Beziehung –, hielten die älteren Brüder den Kleinen in ihren Höhlen verborgen, zwischen Hunden, stinkenden Fellen, abgenagten Wildschweinknochen, knirschenden Nußschalen, abgestandenem Bier und Brotresten, wechselnden Konkubinen und den Waffen. Ihre Vorlieben und die Art, wie sie hausten, ließen an ihrer direkten Abkommenschaft von Markgraf Sykrosius keinen Zweifel. Und das war nicht die einzige Gemeinsamkeit, die sie mit ihm verband.

Volodius bekam Anzius, Banzius und Canzius nur selten zu Gesicht. Da alle drei aber ganz ordentlich – und Anzius sogar bemerkenswert – mit Waffen umzugehen verstanden, sagte sich der König mit gesundem Menschenverstand und wehmütiger Verbitterung, daß sie in Friedenszeiten zwar arg lästig, für den Krieg jedoch gut zu gebrauchen waren. Das reichte ihm, sie nicht zu ihrer Mutter zurück oder in die Verbannung zu schicken. Von seinem Waffenmeister ließ er sich über ihre Fortschritte auf dem laufenden halten; und falls ihn jemals ein Gefühl streifte, das entfernt an so etwas wie väterlichen Stolz erinnern mochte, dann war das in jenen Augenblicken, wenn er Anzius mit eingelegter Lanze, in Schweiß und Blut gebadet, einen kampferprobten Ritter besiegen sah.

Obwohl Anzius seinem jüngsten Bruder verboten hatte, sich außerhalb der oberen Gemächer zu zeigen, spottete Furzius diesen Anweisungen oder Befehlen und stahl sich oft genug aus dem Turm nach draußen. Es gab nur wenige, die sich in dem heruntergekommenen Schloß so gut auskannten wie der verstockte junge Furzius. Er trug jedoch stets dafür Sorge, seinem Vater nicht unter die Augen zu treten, da dies auch seinen Brüdern schlecht bekommen wäre: Entweder würden sie in südliche Gefilde zu ihrer Mutter und Goldig zurückgeschickt oder ebenso endgültig wie diskret aus dem Schloß – und wer weiß, vielleicht sogar aus dieser Welt – entfernt werden. Und so ließ er – aus anderen Gründen als seine Brüder, aber aufgrund derselben Neigungen – sein hübsches Gesichtchen nur in den untersten Gewölben und dunkelsten Gängen des Schlosses sehen, wohin nie ein Sonnenstrahl drang. Und nicht selten vernahm man in dieser unterirdischen Welt das schockierende Gelächter des Prinzen mit den türkisfarbenen Augen, oder sein betrübtes Schweigen, welches auch hörbar war; und es schien die Grundfesten aus gewachsenem Fels zu erschüttern. Gewöhnlich wurden die Gänge und Räume in den Gewölben mit Stroh ausgelegt, damit man nicht auf den Ausscheidungen von Tieren und Menschen ausglitt und der ganze Dreck leichter in noch schmutzigere Ecken gekehrt werden konnte, was selten genug passierte. Doch für den Jungen mit dem Feuerschopf und den Katzenaugen war es keine Seltenheit, dort die Nacht zu verbringen; und wenn er morgens erwachte, fühlte er sich so wohl und ausgeruht wie die verwöhnteste Prinzessin unter seidenen Decken. Seine Schönheit mußte wohl außergewöhnlich sein, wenn sie inmitten all des Schmutzes bestehen konnte, in dem Furzius ständig lebte, und in dem er sich offensichtlich wohl fühlte.

Tatsächlich war das ganze Schloß von Olar, selbst in seinen vornehmsten Räumen, weder bequem noch sauber, ja, nicht einmal ansehnlich. Mit Ausnahme der königlichen Gemächer sowie jener der höchsten Würdenträger, die im Schloß wohnten, verfügte kaum ein Zimmer über Teppiche oder Vorhänge. Dieser Mangel an Wärmung, im Verein mit den langen kalten Wintern und dem See in der Nähe, hatte ein ungesundes Klima zur Folge. Die Fenster waren, wie in jenen Breiten üblich, sehr schmal, und kaum einmal fand ein Sonnenstrahl seinen Weg in die Gemächer. Drinnen rann stets eine schwarzgrüne Flüssigkeit, wie Schweiß oder Tränen, von den Mauern herab; und in den Ecken gedieh Moos und alles, was man sich an winzigen, pilzigen, mehr oder minder lebendigen Daseinsformen vorstellen konnte. Mehr als ein böses Fieber nahm Gesinde und selbst vornehme Leute mit in die andere Welt, und es wunderte keinen, daß vom niederen Adel abwärts jeder, der in diesen Gemäuern überlebte, hartnäckig hustete und verdächtig blaß aussah.

Trotz allem war der rasende Lebenswille der Vulgarosprößlinge so unbändig – Danzius und Enzius waren bekanntlich an äußeren Einwirkungen gestorben, und jede innere Krankheit war ihnen fremd –, daß sie wegen ihrer robusten Gesundheit von manch hohlwangigem Höfling verflucht und beneidet wurden. Jeden Tag aufs neue erwachten die Vulgaros, allen Gefahren ihrer ungesunden Umgebung zum Trotz, strotzend vor Kraft und in bester körperlicher Verfassung. Der menschenunwürdige Zustand ihrer Gemächer war für keinen ein Geheimnis, denn Graf Tuso, der für ihre Unterbringung und Erziehung – wenn man dies so nennen wollte – zuständig war, ließ die Prinzen schlichtweg verkommen. Jeder Landsknecht, der sich auf den Feldzügen wacker geschlagen hatte, bekam mehr Aufmerksamkeit vom König als die unseligen Rotschöpfe. Der listige Berater wiederum hielt es für weit angebrachter, sich selbst alle jene Annehmlichkeiten zukommen zu lassen, die von Rechts wegen jenen zugestanden hätten, die immerhin des Königs Söhne waren. Was zu der wenig gerechten Verteilung sicherlich noch beitrug, war Tusos Überzeugung, daß die vier Brüder eine Verschönerung oder Verfeinerung ihrer Wohnställe gar nicht zu schätzen gewußt hätten. Er vermutete – und hatte damit wahrscheinlich gar nicht einmal unrecht –, daß das Himmelbett einer Prinzessin oder ein Schweinetrog kaum einen Unterschied für sie bedeutete. Daher sagte er sich, daß er selbst weit mehr von solchen Dingen hatte als diese Hohlköpfe.

Anzius und Furzius waren hochgewachsen wie Volodius und hatten den kräftigen Körperbau derer von Olar. Sie konnten Schläge einstecken und Kälte ertragen, Hitze und Stürme machten ihnen nichts aus, sie trotzten den Gewittern und spotteten der Blitze. Keine Frage, daß sie eine treffsichere Lanze weniger fürchteten als einen schweifenden Gedanken. Schweifend und damit furchterregend war für sie – darin glichen sich alle vier – aber jeder Gedanke, der sich auf etwas anderes richtete als auf ihr persönliches Wohlbefinden und ihren eigenen Nutzen. Und wenn die beiden auch ein ganzes Bündel eher negativer Eigenschaften auf sich vereinigten, so gab es doch etwas, das einen flüchtigen Hauch von Wohlgefälligkeit zu wecken vermochte; und das war ihre überschäumende Liebe zum Leben, die ihnen zu Augenblicken strahlender Größe verhalf: Bei Anzius gab es sie im Turnier, und bei Furzius – nicht ganz so strahlend, zugegeben –, wenn er stahl und betrog. Aber immerhin.

Banzius und Canzius hingegen blieben – obwohl sie wie Felle beim Gerber alles Strecken, Reißen, Dünsten und Spannen tapfer über sich hatten ergehen lassen – so schmächtig, wie sie zur Welt gekommen waren; und ihre gelbliche, von Sommersprossen übersäte Haut glänzte auch nicht wie ein saftiger Apfel. Ob es nun eine befremdliche, auf Gegenseitigkeit beruhende Art von Zuneigung war, die sie zusammenhielt, oder nur dasselbe Gift, jedenfalls überstanden sie mit eisernem Gleichmut und harten Knochen alle Widrigkeiten und Grausamkeiten, die ringsum auf sie eindrangen. Sie waren nicht beliebt, das wußten sie. Aber unter all den Stößen, Püffen, Beschimpfungen, Drohungen und Hieben, die sie unter sich austeilten, schwang vielleicht doch jedesmal ein winziges Körnchen – zu zart, um sprießen zu können – scheuer Bruderliebe mit. Aber wer konnte über solche Dinge zuverlässig etwas wissen? Niemand. Und die beiden selbst am wenigsten.

So gesehen war es nicht verwunderlich, daß die Brüder an dem Ungemach der Königin Ardid ihre Freude hatten. Anzius vor allem, den es ganz besonders freute, daß der gefürchtete legitime Sohn in Gefangenschaft geboren würde. Und sollte es nötig sein, fand sich gewiß auch eine erbarmende Hand, die diesem die Unannehmlichkeiten der Welt für immer ersparte.

Mit solchen Gedanken im Kopf ging er, als sich die alkoholischen Nebel der Nacht aus seinem Hirn verzogen hatten, zu seinem Meister und Mentor, dem Grafen Tuso. Er hatte den Eindruck, daß dieser in der letzten Zeit ein wenig abweisend zur Königin gewesen war; und sein Fuchsinstinkt sagte ihm, daß irgend etwas zwischen den beiden nicht stimmte. Sobald er mit dem Grafen allein war, sagte er daher, taktvoll und diskret, wie er glaubte: »Wenn du willst, mach ich den Sohn der Königin kalt, sobald er auf der Welt ist.«

Graf Tuso betrachtete Anzius mit nachdenklicher Aufmerksamkeit. Er wog in Ruhe den Anteil an fuchshafter Gerissenheit in seinen Augen und fand diesen beträchtlich eingeschränkt durch eine immer wieder staunenswerte Menge von Dummheit und Grausamkeit. Dennoch führte auch schäbigste Hinterhältigkeit ein liebevoll gepflegtes Dasein in diesem Geschöpf; und wie er den Jungen von oben bis unten musterte, blieb sein Blick auf dessen langen, sommersprossigen Händen haften, Händen mit breiten Fingern und gewissenhaft mit schwarzen Rändern versehenen Nägeln. Die Hände eines Diebes, Hände zum Meucheln, zum Verabreichen von Gift; Hände zweifellos, die nur im Schatten anderer, mächtigerer, mutigerer oder wahnsinnigerer Hände lustvoll ihr Werk vollführten. Denn Ehrgeiz las er nicht in Anzius' Augen: Nur auf Befehl eines Mächtigeren tat der perfide Vollstrecker sein Werk.

In diesem Augenblick nahm ein finsterer Entschluß im Geist des Grafen Gestalt an, den, obwohl er wußte, daß er dazu geboren war, Hunde wie Anzius abzurichten, der bloße Anblick von Blut schon zum Erschauern brachte. Er hatte zwar seine eigenen Gründe, die Vulgaro-Brüder zu fördern – oder was er darunter verstand –, aber er wußte auch, daß dies bei Anzius über eine streng persönliche, primitive Lustbefriedigung höchst begrenzten Ausmaßes nicht hinausgehen durfte. Mit solchen Gelüsten unter meiner Anleitung genau der richtige König, dachte er. Er riß sich aus seinen Zweifeln und Überlegungen, wie er der Königin gegenübertreten sollte, die sich zwar sanft und freundlich gab, aber, das ahnte er, schneidend und unnachgiebig sein konnte wie der Stahl eines gut gehärteten Schwertes. Und bei dem Gedanken, daß der mutmaßliche Thronfolger ja nicht einmal geboren war – und sich, nebenbei gesagt, immer noch als Mädchen erweisen konnte –, legte er den Arm um des Jungen Schulter und sagte: »Du bist nicht eben feinfühlig, Anzius, aber dafür hast du andere Vorzüge. Komm diese Nacht zu mir, dann unterhalten wir uns in Ruhe.«

Anzius gab einen offenherzigen Blick auf jenen Teil seiner Zähne frei, der gewöhnlich von den Lippen verdeckt wurde, und war überzeugt, sich mit dem bezaubernsten Lächeln von seinem Mentor und wohl nicht ganz zu trauenden Mitverschworenen verabschiedet zu haben. Vielleicht unterschätzte Graf Tuso doch ein wenig die verborgenen Qualitäten dessen, der am Hofe – nicht umsonst – *der Fuchs* genannt wurde.

Und als der Erstgeborene des Königs in dieser Nacht das Zimmer des Königlichen Beraters betrat, setzte er sich mit der Bescheidenheit eines Kindes und der Verehrung eines Schülers zu dessen Füßen.

»Vergiß nicht, Anzius, daß Vernunft immer die beste Ratgeberin ist«, sagte Tuso.

Damit brachte er den *Fuchs* fürs erste von seinen mörderischen Plänen ab. Im Moment reiche es, fuhr er fort, die Königin unter strenger Bewachung zu halten, worum er sich persönlich kümmern werde.

»Und wenn der entscheidende Tag gekommen ist«, schloß er, »solltest du dir eins in deinen Schädel gehämmert haben: Was immer ich dir sage, mußt du ohne Zögern ausführen. Wenn du mir das versprichst, schwöre ich dir, dich zum König von Olar zu machen.«

»Ich werde es tun, verlaßt Euch darauf«, antwortete Anzius mit ehrfürchtiger Miene.

Erst nach diesen Worten holte der Königliche Berater aus einer kleinen Truhe zwei fein geschliffene Gläser hervor, Hinterlassenschaft einer weit zurückliegenden Zeit des Glanzes, die eine wehmütige Wolke über sein blaues und sein gelbes Auge ziehen ließen. Er füllte sie mit jenem hervorragenden Tropfen, den er – hier ein bißchen, dort ein bißchen – aus den geheiligten Fässern des Königs stibitzte, und stieß auf die Erwartung sehr viel besserer Tage mit seinem Schützling an.

In die tröstliche Besinnlichkeit seines Weins und seines Glases versunken, tauchte Tuso für kurze Zeit – wie er es hin und wieder in der Einsamkeit seines Gemachs zu tun liebte – in die verborgenen Abgründe seiner Gefühle ein und erinnerte sich, vielleicht mit Bedauern, an andere Zeiten, andere Länder, andere Menschen. Anzius nippte unterdessen an dem Wein, der ihm nicht im entferntesten so gut schmeckte wie sein geliebtes Bier, während in seinem Hirn eine Vorstellung darüber heranreifte, auf welche Weise er, kaum hätte man ihm die Krone auf das widerborstige rote Haar gedrückt, jene Zweisamkeit, jene despotische Bevormundung beenden könnte und würde, die er aus tiefstem Herzen verabscheute.

2

Die beiden Hofdamen, die Königin Ardid in ihr Gefängnis begleiteten – und ohne jede Schuld deren Los zu teilen hatten –, waren nicht ihre bisherigen, dem Adel angehörenden Kammerzofen. Vielmehr hatte man für diesen traurigen Anlaß zwei Mädchen ausgewählt, die bisher nur als Gehilfinnen von Kammerfräulein und Ankleidedamen im niederen Adel tätig gewesen waren.

Sobald sie mit den beiden bitterlich weinenden Mädchen allein war, sprach die Königin:

»Tröstet euch, meine Kinder. Ich verspreche euch, daß ihr bald wieder in Freiheit seid, denn sobald mein Kind zur Welt gekommen ist, werde ich eurer Dienste nicht mehr bedürfen. Ich bitte euch nur, euch bis zu diesem Moment zu gedulden, den ich im übrigen schon herannahen fühle. Ihr werdet eure Freiheit also bald zurückbekommen.«

Die Mädchen, Dolinda und Artisia mit Namen, starrten sie ungläubig an. Noch keine Dame und kein Herr hatte bisher in einer Weise zu ihnen gesprochen, die sie von Hunden unterschieden hätte, und damit waren keine Schoßhündchen gemeint. Sie trockneten ihre Tränen mit den Schürzenzipfeln, und diejenige von ihnen, Dolinda, die sich am ehesten wieder gefangen hatte, fragte:

»Wie soll das möglich sein, Majestät?«

»Vertraut mir und stellt keine weiteren Fragen«, sagte die Königin und betrachtete voller Zuneigung die noch kindlichen Gesichter. »Ich bleibe nur so lange wie unbedingt nötig in diesem gräßlichen Turm, weil ich will, daß mein Kind im Schloß geboren wird. Ihr werdet noch sehen, daß ich diese Gefangenschaft sehr wohl hätte vermeiden können.«

Eine solche Selbstsicherheit lag in ihrer Stimme, und so bestimmt und dennoch warmherzig hatte die Königin zu ihnen gesprochen, daß die armen Mädchen – elf und zwölf Jahre alt – wieder Hoffnung schöpften. Überwältigt von der herrschaftlichen Art, sich lächelnd einem so düsteren Schicksal zu stellen, brachten sie kein weiteres Wort über die Lippen.

Tage und Wochen vergingen, in denen die beiden Zofen, durch Ardids Verhalten und Worte ermutigt, ihre Unsicherheit und Schüchternheit ablegten. Und da sie noch nie einem Menschen wie dieser Königin begegnet waren – bisher hatten sie sie voller Furcht und Bewunderung nur von ferne gesehen –, spürten die beiden Mädchen trotz der traurigen Umstände zum erstenmal menschliche Wärme und sogar Zuneigung; beides Gefühle, die sie in ihrem kurzen Leben noch nie kennengelernt hatten.

Sie waren hübsch und keineswegs dumm – weswegen sie auch in die Dienerschaft des Schlosses aufgenommen worden waren – und dabei geschickt im Nähen und in allen Bereichen der Haushaltsführung. Ardid unterhielt sich mit ihnen, leitete sie an und gab nebenbei ihren Manieren und ihrer Ausdrucksweise den nötigen Schliff. Sie freute sich über den Eifer, mit dem die beiden Zofen ihr zuhörten und dabei ihren Pflichten nachkamen, wie es vollkommener kaum möglich war. Ardid stellte fest, daß sie beide lebhaft waren und einen wachen Geist besaßen, besonders Dolinda. Diese Eigenschaften erregten sogleich ihre Aufmerksamkeit, zumal in der zwangsweisen Enge, in der sie miteinander verkehrten; und mit einem vagen Gefühl von Empörung – obwohl sie nicht sagen konnte, wogegen: gegen die Welt, gegen Olar, gegen sich selbst – wurde ihr bewußt, daß sie, unter einem anderen Stern geboren, einiges von ihren Zofen hätte lernen können. Verglichen mit einigen jungen Damen des Adels war die kleine Dolinda, ihrer schlichten Erscheinung zum Trotz, ein strahlendes Licht. Doch Ardid war nicht die Frau, die mit ihren Gedanken allzulange bei derartigen Dingen verweilte, denn obwohl sie deren Bedeutung nicht unterschätzte, gab sie persönlicheren, ehrgeizigeren Vorhaben den Vorzug.

Dennoch wuchs die Vertrautheit zwischen Königin und Zofen von Tag zu Tag, und wenn die Mädchen viel dabei lernten, so lernte die Königin noch mehr von ihnen.

Und eines frühen Morgens dann kündigte sich unverwechselbar die Ankunft dessen an, von dem die drei Frauen untereinander nur noch als dem Thronprinzen sprachen. Und da die junge

Königin von ihrem Meister ohne alle Vorbehalte in die Ursachen und Ursprünge menschlichen Lebens eingeweiht worden war, wußte sie in diesen Dingen besser Bescheid als jede Hebamme. So gab sie selbst den Zofen ganz genaue Anweisungen; und ohne viel Aufhebens und Gestöhne brachte die Königin einen gesunden Jungen zur Welt, kräftig und mit schwarzen Strubbelhaaren, wie sie, den Zofen zufolge, in solcher Menge bei Neugeborenen keineswegs üblich waren. Für noch mehr Bewunderung sorgten bei den dreien jedoch die schwarzblauen Augen des Kindes, in die – wenngleich noch getrübt von dem Erstaunen der frisch Geborenen beim ersten Blick in die Welt, in die es sie verschlagen hat – schon bald ein einzigartiger Glanz getreten war, der die Königin zum erstenmal seit ihrer Gefangenschaft zum Lächeln brachte.

»Ah!« rief sie. »Diese Augen verraten ihre Herkunft. Und jetzt, Kinder, geht schlafen, ihr habt ein wenig Ruhe verdient.«

Die drei Frauen hatten einfache Stoffwindeln zurechtgeschnitten, und in diese wickelten sie, als handle es sich um ein Kind vom Land, den, der, ohne daß sie es wußten, einmal der größte König des Reiches Olar werden sollte.

Als die beiden Zofen tief schliefen, rief die Königin den Kobold. Seit ihrer Gefangenschaft hatte sie ihn erst zweimal gesehen, und beide Male hatte sie sich geweigert, ihr Gefängnis durch seine Tunnel zu verlassen. Abgesehen von ihrer Körperfülle, die ihr dies unmöglich machte, hielt sie folgendes dagegen:

»Warum sollte ich fliehen, lieber Freund? Wo sollte ich mich verstecken? Man würde mich verfolgen wie ein wildes Tier, und hier fehlt es mir und meinem Sohn doch an nichts. Im Gegenteil; ich genieße die Ruhe, bis der Tag kommt, da mein Sohn sein Recht fordert. Dann wird sich meine alte Rache erfüllen, die ich aus Dummheit vernachlässigt habe, weshalb ich mich in meiner jetzigen Lage befinde. Nein, lieber Kobold, hab Geduld und warte auf diesen Tag, wie ich es tue; benachrichtige aber meinen guten Meister, der sicher so in seine Forschungen und Studien vertieft ist, daß er von den Ereignissen gar nichts mitbekommen hat. Was mich für ihn freut, denn da der König sein bescheidenes, ganz unersetzliches Dasein vergessen hat, ist ihm eine Strafe wie die meine erspart geblieben.«

»Das will ich tun«, antwortete der Kobold. »Aber ich glaube nicht, daß meine unterirdischen Wege für ihn so einfach zu beschreiten sind.«

»Bitte ihn, es wenigstens zu versuchen«, sagte Ardid, »ich brauche ihn.«

Kurz darauf kehrte der Kobold mit der Nachricht zurück, daß der alte Mann, obwohl er bittere Tränen deswegen vergossen habe, nicht in der Lage sei, seine Tunnel zu betreten.

»Er ist wirklich schon sehr alt«, sagte der Kobold und schnalzte mit der Zunge. Er vergaß offenbar ganz, daß er selbst den Alten noch um ein paar Jahrhunderte übertraf, und fügte hinzu: »Sosehr er Euch mag, aber ich fürchte, er wird nicht zu Euch kommen können.«

»Dann sag ihm, daß ich diese Nacht mein Fenster offen lasse und er mit seiner fliegenden Wolke herkommen soll. Etwas anderes fällt mir nicht ein, und dann können wir uns ungestört zusammensetzen und verschiedene Pläne ausarbeiten.«

Der Kobold tat wie ihm geheißen. Und in der Nacht, als die beiden Zofen schliefen, kam der Magier ins Zimmer geflogen und schlug der Länge nach auf die Felle, die der König Ardid mitzunehmen erlaubt hatte, und unter denen sich auch das des unglücklichen Hukjo befand. Der Kobold brachte ihn rasch wieder zu sich, indem er ihm einen Schluck aus einem blauen Fläschchen zu trinken gab, das er selbst mit Heilkräutersaft gefüllt hatte. Als der Magier sich wieder erholt hatte, nahm er Ardid in die Arme, und beide beweinten ihr Unglück vor den liebevollen und traurigen Blicken des Kobolds, dessen Unreinheit noch nicht so weit fortgeschritten war, daß er Tränen vergießen konnte. Dennoch war sein Mitleid ein zunehmend gefährlicherer Dünger für den frischen Keim, der in ihm heranwuchs.

»Ach, mein Kind!« rief der Alte schließlich und trocknete sich die Tränen mit einem Zipfel seines Mantels. »Was hat Euch nur von unserem geraden Weg abgebracht? Warum habt Ihr Euch nicht an einen so wohldurchdachten Plan halten können, sondern Eurem Gegenspieler das Handeln überlassen? Was ist nur mißglückt?«

»Lassen wir das«, antwortete Ardid mit offensichtlichem Unbehagen. »Der Bann ist jetzt gebrochen.«

»Bann?« wunderte sich der Magier. »Ich wußte nicht, daß es in diesem Schloß außer mir und dem Kobold jemanden gibt, der über das entsprechende Wissen verfügt.«

»Es ist nicht das, was du unter einem Bann verstehst«, erwiderte Ardid, »sondern etwas, das unzählige Menschen trifft. Doch ich bitte dich, lassen wir das: Es ist vorbei. Die Wurzel dieses Übels hat sich jetzt in ihr Gegenteil verkehrt; in einen starken Ast namens Haß.«

»Verstehe, verstehe«, murmelte der alte Mann. »Ihr habt ihn also geliebt.«

»Nun, wenn du es so verstehen willst«, erwiderte sie mit zitternder Stimme; doch dieses Zittern war der letzte Nachhall einer endgültig überwundenen Liebe; einer Liebe, die wie eine Windbö durch das offene Fenster entschwand. Und als sie den schweren Vorhang streifte, bewegte sich dieser, und ein aufgestickter blauer Vogel erbleichte, als hätte die Sonne zu lange darauf geschienen.

Ardid hatte sich wieder gefangen, und mit der ihr eigenen Entschlossenheit sagte sie: »Sachlich gesehen ist das nichts Ungewöhnliches; wir haben es nur versäumt, die Möglichkeit in Betracht zu ziehen und auf ein Gegenmittel zu sinnen. Da ich unter älteren Männern aufgewachsen bin, war es nur logisch, daß ich mich in einen älteren Mann verliebte. Und Volodius war dieser Mann, der alle Eigenschaften in sich vereinigte, ein solches Gefühl in mir zu wecken. Doch da dies jetzt alles vergangen ist und nur noch ein beständiger Haß in mir heranwächst, sehe ich geduldig dem Augenblick entgegen, da dieser Zweig ausschlägt und Blüten treibt, um mich an ihrem Duft zu berauschen.«

»So gefällt mir meine kleine Königin!« rief der Alte. »Das ist meine Ardid!«

»Ja, das ist meine Ardid«, stimmte der Kobold ein und gönnte sich zur Feier ein paar zusätzliche Gläschen Wein, die er sich, genaugenommen, ja auch verdient hatte.

In der Nacht, als der kleine Prinz geboren wurde, rief die Königin den Kobold zum dritten Mal. Dieser betrachtete den Neugeborenen liebevoll, berührte dessen Augen und Wangen mit seinen für Uneingeweihte schwerelosen Fingern und sagte:

»Ganz der Vater.«

»Sag das nicht noch einmal!« stammelte Ardid in plötzlich aufwallendem Zorn. »Die Augen hat er von mir.«

»Ich weiß nicht«, entgegnete der Kobold zögernd. »Ich sehe die zukünftige Beschaffenheit seines Gehirns und seines Körperbaus, und die gleicht seinem Vater. Wie er wird auch der Junge stark, sinnlich und mutig sein. Doch halt, in seinem aufgehenden Blick sehe ich etwas Ungewöhnliches ... Sollte er vielleicht die Fähigkeit bekommen, mich zu sehen, so wie Ihr mich damals unter den Rebstöcken gesehen habt? Sehr sonderbar, mein Kind, vielleicht hat er ja doch auch Ähnlichkeit mit Euch ...«

Ardid bemerkte jedoch nicht – oder wollte es nicht bemerken –, daß die letzten Ausführungen des Kobolds mehr von Wunschdenken als von strenger Wissenschaft getragen waren. Und ebensowenig sah sie – denn dazu war weder sie noch der Kobold in der Lage – die bösartige Wucherung in der Brust des Kobolds, die durch derartige Äußerungen einen deutlichen Wachstumsschub bekam.

»Wenn das so ist, habe ich nichts dagegen«, sagte sie. »Wenn er seinem Vater im Guten ähnelt und auch von mir das Beste hat, kann ich zufrieden sein: Dann wird er ein großer König.«

»Ist es denn so wichtig, ein großer König zu sein?« fragte der Kobold des Südens.

Die Königin dachte eine Weile darüber nach; doch dann verscheuchte sie alle möglichen Zweifel aus ihren Gedanken und antwortete: »Ja, es ist so wichtig; und obwohl ich weiß, wie schwer meinem Meister die Reise fällt, geh hin und sag ihm, daß er kommen und sich unseren Prinzen anschauen soll.«

Der Kobold richtete es aus, und kurz darauf kam der Magier wie ein Kugelblitz durch das offene Fenster ins Zimmer gefahren. Seine Ungeduld, das Kind zu sehen, war so groß, daß er darüber sogar in Ohnmacht zu fallen vergaß. Zu dritt saßen sie dann unter zärtlichem Geplauder an der Wiege, bis der neue Tag heraufdämmerte. Da kehrte jeder an seinen Platz zurück: der Kobold in seine Tunnel, der Magier in sein Laboratorium, die Königin in ihr Bett. Doch eine Hoffnung, so schwach wie der Schein eines Leuchtkäfers, schien die drei Freunde mit einem inneren Licht zu erfüllen.

Kaum war die Königin am anderen Morgen aufgewacht, sagte sie zu ihren Kammerzofen: »Meine Lieben, eure Gefangenschaft hat nun ein Ende. Der Prinz ist geboren, und ich bin auf eure Hilfe nicht mehr angewiesen, ich komme gut allein zurecht. Ich werde euch daher einen Geheimgang zeigen, durch den ihr entfliehen könnt. Jeder von euch gebe ich einen Ohrring mit auf den Weg, damit ihr nicht mit leeren Händen gehen müßt, denn ich weiß sehr wohl, daß Gold oder Schmuck recht hilfreich ist, um Schwierigkeiten in dieser Welt aus dem Weg zu räumen.«

Die Mädchen sahen sich zuerst ratlos an, flüsterten dann ein Weilchen miteinander, und dann sagte Dolinda, die von beiden die sprachgewandtere war: »Majestät, wir haben lange darüber nachgedacht und sind zu dem Schluß gekommen, daß wir hier gut aufgehoben und gut versorgt sind. Ihr dürft nicht vergessen, daß wir aus dem einfachen Volk kommen, und es ist kein Segen, dorthin zurück zu müssen. Auf der anderen Seite empfinden wir eine liebevolle Zuneigung zu Euch, denn obwohl Ihr eine große Königin und stolze Dame seid, seid Ihr weder launisch noch boshaft wie andere Herrinnen, die uns mit Nadeln gestochen und das Gesicht zerkratzt haben, wenn wir sie nicht ganz genau so kämmten, wie sie es wollten. Und darüber hinaus haben wir auch den neugeborenen Prinzen so in unser Herz geschlossen, daß es uns sehr betrüben würde, wenn wir Euch und ihn verlassen müßten. Wenn Ihr es also erlaubt, möchten wir, so Euch unsere Anwesenheit nicht stört, lieber bei Euch bleiben.«

Die Königin schloß sie gerührt in die Arme. Jetzt hatte sie zwei Mädchen, die die traurigen Tage der Verbannung mit ihr teilten. Die Gesellschaft des Kobolds und des alten Magiers beglückten sie zwar wie nichts anderes auf der Welt, doch es gab ein paar verborgene Herzensbedürfnisse, das wurde ihr allmählich klar, die konnten die beiden Männer nicht so recht befriedigen. Und darum waren sie auch nicht mehr ihr ein und alles auf der Welt wie in früheren Zeiten, als sie barfuß über die Felder und durch Weinberge gelaufen war und das Meer durch ein rundes Loch in einem Stein betrachtet hatte. Am Königshof und in der Liebe, die so kurz und verheerend über sie gekommen war, hatte sie das Leben aus einer neuen Sicht kennengelernt, von der zwei alte Männer wie der Kobold und der Magier, denen der mühsame Alltag der Menschen doch sehr fern war, nichts verstehen konnten. Die Königin, die zum erstenmal den Wunsch verspürte, sich hübsch und jung zu halten, konnte über diese Dinge mit ihren beiden Zofen plaudern, die schon viele Damen gekämmt, angekleidet und geschminkt hatten und zahllose Kniffe, Mittelchen und Geheimnisse für Schönheit und Jugend kannten, von denen Ardid bei all ihrer Klugheit noch nie etwas gehört hatte. Auf der anderen Seite kannten die Mädchen auch die Launen und Schwächen der Männer, sowohl des Adels wie auch aus dem Volk. Und darüber hatte die Königin, die alles zu wissen glaubte, ebenfalls nichts gelernt.

Am Ende erkannte Ardid, daß sie, wenngleich nicht vom wichtigsten, so doch von einem überaus nutzbringenden Teil des Zusammenlebens mit ihren Mitmenschen nichts wußte. Und so lernte sie von ihren Zofen nicht nur etwas über diese Dinge, sondern hörte sie auch viel von Ränken und Intrigen, von Gehässigkeiten und unter Rouge verborgener Mißgunst erzählen; und sie erfuhr viel über die Liebe, abgetötet oft, wie es schien, unter einem ihr bisher nicht bekannten qualvollen Wäscheteil, mit dem man, nach den Worten der Mädchen, jeden Körperumfang zu gertenschlanker Taille zusammenschnüren konnte, wenn auch nicht für lange Zeit, da die Dame sonst unweigerlich rot anlief und am Ende in Ohnmacht fiel. An solchen Plaudereien fand Ardid viel Vergnügen und noch mehr Gefallen daran, was sie dabei lernte.

Der kleine Prinz schrie zwar oft in ohrenbetäubender Lautstärke, die Zeugnis von seinen kräftigen Lungen ablegte, war ansonsten jedoch ein hübscher, pummeliger Säugling. Mit wachen Augen betrachtete er die Vorhänge mit den blauen Vögeln, das Fell aus der Steppe oder das Feuer, das in dem großen steinernen Kamin brannte. Und als der Frühling kam und die Kälte vertrieb und die Sonne durch die schmalen Fenster des Ostturms schien, lachte er zum erstenmal einen Schwarm kleiner Vögel an, die ihn – ohne daß es jemandem auffiel – sogleich als den Sohn eines Mannes erkannten, den sie sehr liebten.

3

Almandin, der Halbbruder des Königs, war von Natur aus ein Feind des Krieges und jeder Gewalt. In seinen ersten Jahren war er oft von den Söhnen des Markgrafen Sykrosius angegriffen worden, nur von Volodius nie, der ihn vielmehr beschützt hatte. Er war fast noch ein Kind, als dieser sich zum König ausrufen ließ. Und Volodius, nachdem er mehr oder weniger eigenhändig seine beiden Brüder getötet hatte, dachte darüber nach, was aus diesem Jungen werden sollte, der noch lange nicht erwachsen war. Er dachte mit Wohlgefallen an die Zeit zurück, da der siebenjährige Almandin – er selber war fünfzehn – ihm als kleiner Knappe den Köcher mit Pfeilen oder die Lanze getragen hatte. Und auch an den Tag, als der Junge die Sprache der Vögel verstanden und ihm die Königskrone prophezeit hatte.

Jetzt, als König, saß er manchmal in die Betrachtung jenes jungen Mannes versunken, dessen Gesichtszüge den seinen zwar ähnelten, doch so viel weicher und liebreizender waren, daß es schon eines längeren und genauen Hinschauens bedurfte, um zu erkennen, daß sie Söhne desselben Vaters waren. Almandin hatte ein sanftes Wesen, hatte ihm stets zur Seite gestanden und liebte ihn; und Volodius verstand zwar nicht genau den Grund, aber er brachte seinem Halbbruder ein warmes Gefühl der Zuneigung entgegen, wie es sein so schweigsamer Bruder Sirko und der schwachsinnige Roedisius nie in ihm zu wecken vermochten. Er behielt Almandin daher an seiner Seite und stellte schon bald fest, daß er noch immer scheu und voller Liebreiz wie ein Mädchen war und mit Leidenschaft der Kunst und dem geschriebenen Wort anhing, wie früher, als es nur ein Buch gab, das er unter einem Dudelsack verbarg. Und obwohl er stark und behende war und gut mit dem Schwert umgehen konnte, wenn die Umstände es erforderten, tat er dies nur mit größtem Widerwillen. Einmal hatte sich Volodius in lebensbedrohlicher Lage von der zuverlässigen Treue seines Halbbruders überzeugen können.

Es war während der Kriege im Süden gewesen, als er seinem Reich die Länder mit dem wohltuenden Klima und den begehrten Weinbergen einverleibte. In einer der Schlachten war er von einem Pfeil in die Schulter getroffen worden, und der Schmerz hatte ihn vom Pferd geworfen. Wehrlos am Boden liegend, sah er über sich die Gestalt eines Gegners mit erhobener Axt, im Begriff, ihm den Schädel zu spalten. Im selben Augenblick schob sich blitzschnell ein schlanker, unerwartet starker und sehniger Körper zwischen ihn und den Angreifer; es war Almandin, der ihn als Schildknappe auf dem Feldzug begleitete. Der Dolch, den er mehr zur Zierde denn als Waffe am Gürtel trug, drang in die Brust des Feindes, dessen Axt den Kopf des Königs zwar verfehlte, dafür aber das rechte Handgelenk Almandins durchtrennte, der um diesen Preis das Leben seines Bruders rettete.

Zu den wenigen Tugenden, die Volodius – neben seinen Fähigkeiten als Krieger und König – zierten, gehörte eine stets wache Erinnerung an jene, die sich ihm als Wohltäter erwiesen hatten. Und wie er die geringste Beleidigung auf ewig in seinem

Gedächtnis behielt, so vergaß er auch niemals einen Gefallen, der ihm erwiesen worden war. Seit jenem Tag nun richtete sich des Königs ganze Bruderliebe – soweit sie eben reichte – auf seinen Halbbruder Almandin, und er schwor, ihn zu beschützen, solange er lebte, und ihm keinen Wunsch abzuschlagen, der ihm nicht unvernünftig schien.

Nach den Feldzügen im Süden gab er eine Hand aus Elfenbein in Auftrag, die er an den Armstumpf des unglücklichen Almandin anbringen und darüber einen roten Handschuh aus wunderbar weichem Samt streifen ließ. Außerdem schenkte er ihm einen Dolch aus reinem Gold mit einem Knauf aus Rubin und einer Gravur auf der Klinge, die da hieß: Ein treues Herz verdient zu leben. Und damit war auch ein für allemal jeder Zweifel aus der Welt geräumt, ob er ihm nicht doch über kurz oder lang das Schicksal seiner Brüder zugedacht hatte.

In jenen Tagen war die Zeit noch jung und der König begeistert von seinen Siegen auf den Schlachtfeldern und der Ausdehnung seines Reiches. Volodius wuchs in seinem Herzen zu einem großen König heran, und wenn er siegreich durch das Volinka-Tor in die Stadt einritt, kamen ihm seine Freunde, die Vögel, in silbernen Schwärmen entgegen und kündeten vom wachsenden Reichtum der Stadt und des Landes. So trunken war der König von Macht und von Ruhm, daß er Almandin zu erfüllen versprach, was dieser sich am meisten wünschte. Der Junge dachte lange nach und sagte dann errötend, da er nichts auf der Welt mehr liebe als das Studium der Bücher und keinen passenderen Ort dafür kenne als das Kloster von Abundios, möchte er dort eintreten. Volodius ließ sich sein Erstaunen nicht anmerken und erfüllte seinem Halbbruder den ungewöhnlichen Wunsch.

Almandin machte sich mit vor Erwartung pochendem Herzen auf den Weg zu dem Ort, wo er die Erfüllung seines größten Traums erhoffte. Er blieb jedoch nicht sehr lange im Kloster und wurde vom Abt mit folgendem Brief an den König zurückgeschickt:

Wir bedauern sehr, Euch unseren sanftmütigen und zartfühlenden Bruder Almandin zurückschicken zu müssen. Wir trennen uns unter Schmerzen von ihm. Doch wißt, daß er zwar mit großer Klugheit ausgestattet ist, jedoch nicht, wie hier erforderlich, mit Ausdauer und wirklicher Berufung für eine Sache. Sein Geist ist eher flatterhaft zu nennen und offenbar nicht dazu bestimmt, längere Zeit bei einer Blüte zu verweilen. Des weiteren fällt es dem jungen Almandin, an Eure großzügige Fürsorge gewohnt, nicht leicht, sich den strengen Regeln unseres Ordens zu unterwerfen: Er verabscheut unsere Speisen und die harte Bettstatt, trägt unter der Kutte unpassenden Halsschmuck und sogar ein samtenes Wams unter dem Vorwand, dies sei ein persönliches Geschenk von Euch. Angesichts dieser und anderer Umstände halten wir es für wahrscheinlicher, daß er seine Bestimmung am Hofe findet, wo er die Damen mit seiner noblen und zuvorkommenden Art, mit kluger Konversation und seinem Hang zu Musik und Gesang erfreuen kann; Dinge alles, die ihn offenbar mehr beglücken als das mönchische Klosterleben.« Der König war bestürzt, als er die Zeilen las, und wollte schon das Kloster samt Abt und Mönchen drinnen abreißen lassen, als ihm der Gedanke kam, vorher vielleicht Almandin nach dessen Meinung zu befragen. Dieser errötete wieder, seufzte und senkte den Kopf, als er eingestand, daß das Leben im Kloster tatsächlich gar nicht seinen Vorstellungen entsprach und daß sein Wunsch, es zu verlassen, ebenso groß war wie der der Mönche, ihn von dannen ziehen zu sehen.

»Also gut«, sagte der König, »dann bleibst du am Hof. Ich ernenne dich zum Prinzen und trete dir den Schwarzen Turm sowie das dazugehörige Land ab, das unserem Vater gehört hat. Du wirst ihm mit deinem vorzüglichen Geschmack zu neuem Glanz verhelfen. Außerdem werde ich dir eine kleine Truppe zur Verfügung stellen, die du kleiden und ernähren sollst. Aber wann immer ich dich brauche, sollst du mit deinen Männern für mich bereitstehen, denn du bis der einzige, dem ich unumschränkt vertraue. Du sollst deine Männer in der Kriegskunst unterweisen und in Form halten, damit sie auf jeden unvorhergesehenen

Zwischenfall vorbereitet sind. Der Schwarze Turm soll zu Lebzeiten dein Eigentum sein, und alles dazugehörige Land untersteht dir als Lehen. Doch eine Sache merk dir: Alles, was du bist und besitzt, hast du von mir, und ich nehme es dir wieder, falls du mein Vertrauen nicht mit deiner bedingungslosen Treue belohnst.«

Mit Tränen in den Augen küßte Almandin die Hand seines Bruders. Als Prinz war Almandin fortan unerläßlich für jedes höfische Zeremoniell, er wurde zum Zeremonienmeister ernannt und war zugleich verantwortlich für die Einkaufskarawanen zur Insel Leonia im Süden, wo alle nur denkbaren Waren erstanden und reger Handel betrieben wurde. Seine Ritter staffierte Almandin aufs großzügigste aus, und obwohl seine Truppe fürs erste noch nicht an den Schlachten des Königs teilnahmen, wußte dieser doch, daß er in ihnen eine gut genährte und ausgerüstete Reserve für den Notfall besaß. Almandins tadelloser Charakter und seine unverbrüchliche Treue zum König wurden in der Folgezeit ausreichend unter Beweis gestellt, und der König war es zufrieden.

Es gab jedoch Gerüchte, die besagten, der junge Prinz wisse zwar die Damenwelt mit der Musik seiner Laute, mit seinen Liedern, Gedichten und dergleichen läppischen Dingen zu bezaubern – so daß Goldig, wie es hieß, darüber ganz neidisch wurde –, hingegen sei ihm noch keine einzige Liebschaft nachzusagen, obwohl mehr als ein Herz für seine dunklen Locken schlug und sich nach seinen blauen Augen verzehrte. Der König befürchtete daher schon, die Vorlieben seines Bruders gingen in eine andere Richtung, und er rief ihn kurzentschlossen zu sich, um ihn vertraulich darüber zu befragen. Schließlich mußten diese Dinge so genommen werden, wie sie waren; und er sah auch keinen Grund, seinem edelmütigen und loyalen Bruder durchaus zulässige fleischliche Gelüste in irgendeiner Form zu reglementieren, wenngleich sie diskret gehandhabt werden sollten. Der Junge jedoch war zutiefst erstaunt und sagte: »Nein, nein, mein Herrscher, das ist es nicht. Ich trage vielmehr das Idealbild eines geliebten Wesens in mir, und ich kann niemanden lieben, da ich bisher keinen Menschen gesehen habe, der dem Inbild meiner Liebe nur im entferntesten gleichkäme.«

Volodius dachte daran, daß Almandins Mutter eine Fee gewesen war und ihm seine Worte daher keineswegs ungewöhnlich klangen.

»Nun gut«, antwortete der König, »dann beschreib sie mir, und wir lassen sie suchen.«

»Sie ist unbeschreiblich«, erwiderte der junge Prinz.

»Dann sag mir wenigstens, ob es sich um eine Frau, einen Mann oder eine andere Gattung handelt.«

»Um die Wahrheit zu sagen: Ich bin mir nicht sicher. Über dergleichen habe ich mir noch keine Gedanken gemacht. Aber ich verspreche Euch, wenn der Fall eintritt, sollt Ihr es erfahren.«

Doch als der Fall eintrat, sollte er es nicht erfahren. Almandin ließ ihn aus verständlichen Gründen im ungewissen, denn das von ihm über lange Jahre hinweg erträumte Idealwesen zeigte sich unmittelbar und schmerzlich in der Gestalt der siebenjährigen Ardid, als sie nach ihrer ungewöhnlichen Heirat in Anwesenheit des ganzen begeisterten Hofstaats ihren Schleier hob.

Von diesem Augenblick an zerriß es den jungen Almandin fast zwischen seiner Treue dem König gegenüber und der Liebe zu jenem ungewöhnlichen Wesen, das in der Tat unbeschreiblich war. Er bewahrte das Geheimnis tief in seinem Herzen, und selbst als die Königin herangewachsen war und schließlich in Ungnade fiel, hatte seine Liebe nicht die geringste Schmälerung erlitten. Denn wie bei manchen Menschen diese Empfindung von ihrem Herzen ausgeht und bei anderen vom Bauch, so gehörte Almandin zu denen, die dieses wunderbare Gefühl im verborgensten Winkel ihrer Phantasie beherbergen. Und das bringt natürlich sehr viel größeren Kummer mit sich als bei Menschen, die zwar vom selben Leiden befallen sind, dies jedoch an den bekannten Stellen zu spüren bekommen.

Daher war Prinz Almandin zutiefst erschüttert, als der König ihm nach der Jagd mitteilte, daß Ardid in Ungnade gefallen sei, und er ihm eine heikle Aufgabe zugedacht habe; nämlich die ihres Bewachers.

Er leistete den Befehlen seines Bruders jedoch Folge und schickte die schmucke, wohlbewaffnete Wache seines kleinen Heers los, die Gemächer der Königin zu bewachen. Sein Herz schlug ihm jedoch bis zum Hals, und noch in derselben Nacht wurde er von Fieberschauern überwältigt und mußte das Bett hüten. Er genas zwar rasch, doch seine Gedichte und Lieder waren danach von einer Wehmut, die kein Herz unberührt ließ; und das Volk verbreitete sie auf die ihm eigene Weise, schönte sie manchmal und machte aus anderen schreckliche Gassenhauer.

Dann kam der Tag, da er seinen wöchentlichen Besuch bei der Königin – den er bislang unter mehr oder weniger geschickt erfundenen Vorwänden hinausgeschoben hatte – nicht mehr vermeiden konnte, denn von seinen Wachen war er unterrichtet worden – und diese wiederum von den Zofen –, daß der kleine Prinz das Licht der Welt erblickt hatte. Almandin sprach sich Mut zu, denn er spürte, während er sich elegant herausputzte, wie in seinem Innern ein heißer Kampf zu toben begann. Trotz seines lieblich anzuschauenden verträumten Äußeren barg er in sich nämlich ein Temperament von hitziger Leidenschaft, woran seine Blutsverwandtschaft mit Volodius nicht unschuldig war, da offenbar Sykrosius seiner ganzen Bande von Nachkommen jene erotische Raserei vererbt hatte, die für ihn so bezeichnend wie verderblich war. Doch sein Edelmut, seine brüderliche Liebe und Bewunderung für den König waren wie ein harter Felsen, an dem alle seine Träume von Liebe zerschellten.

Er sah ein, daß er sich eines Tages den Tatsachen würde stellen müssen, und so ließ er der Königin ausrichten, Prinz Almandin, ihr Beschützer, werde sie an jenem Abend kurz vor Sonnenuntergang aufsuchen, um sich nach ihrem und ihres königlichen Sohnes Befinden zu erkundigen, wie es sein Auftrag war.

Die Königin nahm die Ankündigung des Besuchs gleichgültig zur Kenntnis. Sie erinnerte sich undeutlich an Almandin als einen schüchternen, törichten Jungen, der wie ein Schatten zwischen den Vorhängen aufzutauchen pflegte. Insgeheim verachtete sie ihn sogar ein wenig, da sie ihn für einen Nichtsnutz hielt, der die Großzügigkeit des Königs ausnutzte. Was seine Lieder und Gedichte anging, so hatte sie derartige Feinheiten nie zu würdigen gelernt und hielt sie nur für mehr oder minder geglückte Wortspiele und Tonfolgen.

Die Wissenschaft war alles, was damals ihre Aufmerksamkeit erregte, und danach ihre Rache. Später hatte die Liebe diese Empfindungen ausgelöscht, und jetzt war sie mit ihren Gedanken nur noch bei dem kleinen Prinzen, auf den sie alle Liebe und Hoffnung richtete, deren sie fähig war. Ihn zum König zu machen war alles, was sie auf dieser Welt ersehnte. Und da sie wußte, daß weiblicher Charme als Waffe in dem Kampf, den sie aufzunehmen gedachte, nicht zu unterschätzen war, pflegte sie sich sorgsam und gewissenhaft, damit die Frische ihrer Wangen und die Glätte ihrer Haut noch lange nicht welkten.

Prinz Almandin trat erhobenen Hauptes in ihr Gemach, bestrebt, einen militärisch strengen Eindruck zu machen, obwohl ihm fast das Herz blutete. Die Königin empfing ihn in ebenso stolzer Haltung, in der aber auch ein Hauch von Geringschätzung zu lesen war. Nach einer kühlen, förmlichen Begrüßung zeigte sie ihm die Wiege mit dem neugeborenen Prinzen.

»Ich werde unseren geliebten König davon in Kenntnis setzen«, sagte er und versuchte seiner Stimme einen sachlichen und teilnahmslosen Klang zu verleihen.

Im selben Moment jedoch stimmten ein paar Mädchen, die am Ufer des Sees entlanggingen, eines der Lieder an, die er mit der Tiefe seines Herzen für jene Frau komponiert hatte, die jetzt vor ihm stand, so wunderschön, wie er sie noch nie gesehen hatte. Und das Lied besang ihre Schönheit und seine Liebe für sie auf eine Weise, daß er die Worte in seine Brust eindringen spürte wie einen spitzen Dolch. Er wurde totenblaß, fuhr sich mit der Hand über die Stirn und brach lautlos auf Hukjos berühmtem Fell zusammen. Als sie ihn sanft wie einen verwundeten Hirsch zu Boden sinken sahen, verschlug es der Königin und ihren Zofen die Sprache: Noch nie hatte ein Mann, der nicht von einer irgendwie gearteten Waffe durchbohrt worden war, ihnen ein solches Schauspiel vor Augen gebracht. Und selbst dann pflegten sie nicht wie der Prinz elegant zu Boden zu sinken, sondern stöhnend, fluchend und – je nach dem Ort des Geschehens – die Hände in Vorhänge oder Laubwerk gekrallt, um ihren Fall aufzuhalten.

»Was ist denn das?« rief die Königin. »Er hat doch nicht etwa Zugluft gekriegt?«

Sie beugte sich über ihn, um ihn aus seiner unwürdigen Lage hochzuheben. Dabei streifte ihr Haar Almandins Gesicht, so daß er die Augen aufschlug. Und als er die Augen und die Lippen der Königin in so überwältigender Nähe vor sich sah, wurden all seine Treuegelöbnisse und guten Vorsätze wie vom Wind hinweggeweht, und nur noch seine grenzenlose Liebe hatte Platz in dieser Welt. Er vergaß die Gegenwart der beiden Zofen und umfing in verzweifelter Leidenschaft die Hüften der Königin. Und sie mit dem linken Arm – das war der mit der gesunden Hand – zu sich herabziehend, küßte er ihre Lippen mit solch einer Glut und süßen Gewalt, daß die Königin, welche schon durch ihren Gemahl jene Wonnen kennengelernt hatte, die derlei Verkehr mit sich zu bringen pflegte, längst aus ihren Gedanken, nicht jedoch aus ihrem Körper entschwundene Gefühle jäh wieder aufleben spürte. So wälzten sie sich umschlungen auf dem Fell des grausamen Hukjo, derweil die Zofen sich still ins Nebengemach zurückzogen, zärtlich berührt und hoffnungsvoll darüber nachsinnend, welche Folgen dieser Vorfall für ihre geliebte Königin, für ihren nicht minder geliebten Thronprinzen und für sie selbst wohl haben mochte.

Obwohl die Königin nach dieser stürmischen Begegnung ihre hoheitliche Haltung wiederfand und durch die Nebel des jüngsten, höchst angenehmen Erlebnisses feststellen konnte, daß Prinz Almandin keineswegs häßlich, sondern im Gegenteil ein hübscher junger Mann war, ungestüm und doch sehr sanft, machte ihr die Bitterkeit ihrer letzten Erfahrungen plötzlich das Vorteilhafte der Situation deutlich. Sie löste sich aus dem Arm, der sie so beharrlich hielt, zupfte, noch auf der Erde sitzend, das Mieder zurecht und richtete ihr Haar, wobei sie ausrief:

»O, Prinz Almandin, wie konntet Ihr nur die Schwäche einer Frau ausnutzen, die, so jung noch, zu Einsamkeit und Enthaltsamkeit verurteilt wurde? Seid Ihr wirklich so grausam, Euch an meinem Unglück zu weiden und hinterher eitlen Spott über mich zu ergießen und über die vornehmen Gefühle, die ich Euch entgegenbringe?«

Bei diesen Worten sah sie Almandins blaue Augen, halb hinter Vorhängen und seidenen Gardinen verborgen, sie auf eine Weise anstarren, die sie damals für schwachsinnig gehalten hatte, jetzt jedoch in einem ganz anderen Licht betrachtete.

»Majestät!« brüllte er flüsternd, soweit dies möglich ist, was es für ihn jedenfalls war. »Wie könnt Ihr mir eine solche Niederträchtigkeit zutrauen! Ich flehe Euch in aller Demut an, verzeiht mir meinen Überfall; doch so lange, so lange schon ...«

Und so begann die heimliche Idylle, der Pakt, die schimmernde Hoffnung, die Ardid viel Geduld abverlangte, bis der ersehnte Tag der Rache kam.

Almandins Liebe wuchs von Tag zu Tag, von Jahr zu Jahr. Doch in Ardids Brust entzündete sich die Liebe nicht. Sie hatte zuviel von ihren finsteren Folgen am eigenen Leib erfahren, um sich noch einmal von einem so gefährlichen Gefühl hinreißen zu lassen. So nahm sie die Umstände als eine angenehme und gesunde Gelegenheit, ihre kraftvolle Schönheit der Jugend nicht in der stupiden Einsamkeit ihrer vier Wände welken lassen zu müssen; doch keineswegs vergaß sie darüber, Pläne für eine vielversprechendere Zukunft zu schmieden.

4

Das Kind, das Ardid Thronprinz nannte, wurde ohne viel Aufhebens und in unvergleichlicher Kürze getauft. Ein Mönch aus dem Kloster Abundios wurde unter Bewachung in den Ostturm gebracht, goß Wasser über den Kopf des Kindes, gab ihm den Namen Gudú – nach dem Wunsch seiner Mutter – und kehrte, schneller, als man gedacht hatte, dorthin zurück, woher er gekommen war. Der Abt hatte unter den gegebenen Umständen seine Anwesenheit als unpassend empfunden und damit den Brauch gebrochen, nach dem er es war, der die Kinder des Adels und vor allem die Kinder des Königs zu taufen hatte.

Der Junge wuchs ohne übertriebene Annehmlichkeiten in den Gemächern seiner Mutter heran. Im Lauf der Zeit und einfach durch Gebrauch gingen Möbel und Gerätschaften zu Bruch, ohne daß jemand sich der Mühe unterzog, sie zu reparieren. Die Königin machte sich darüber keine Gedanken, sie sann über andere Dinge nach.

Der Junge lernte schon bald, auf seinen langen kräftigen Beinen zu gehen, und tappte ungewöhnlich früh, ohne Hände und Knie zu Hilfe zu nehmen, im Zimmer umher. Seine Mutter, der Magier, der Kobold und Prinz Almandin liebten ihn zwar, waren aber so in ihre eigenen Dinge vertieft, daß sie sich nicht darum kümmerten, wo er überall herumlief, und weniger noch um seine Erziehung, da sie es noch zu früh dafür hielten und so viele andere Dinge ihre Aufmerksamkeit verlangten.

Almandin pflegte freundlichen Umgang mit dem Magier und ließ ihn jederzeit zur Königin vor. Und da sie gemeinsame Vorlieben hatten – wenngleich bei Almandin in vergleichsweise bescheidener Ausprägung – willigte der Magier ein, ihn in einigen seiner Wissensgebiete zu unterrichten, was den abendlichen Gesellschaften in Königin Ardids Gemächern einen Anstrich halb von verbotenen Treffen, halb von heimeliger Häuslichkeit verlieh. Den Kobold konnte Almandin zwar nicht sehen, doch nachdem er von seiner Existenz erfahren hatte, war es ihm möglich, durch Vermittlung des Magiers oder der Königin die eine oder andere Höflichkeitsfloskel mit ihm auszutauschen. Denn obwohl sie sich gegenseitig respektierten, gelang es keinem von ihnen, den anderen zu verstehen.

Trotz aller Prophezeiungen des Kobolds über die Augen des kleinen Gudú deutete nichts darauf hin, daß dieser das Vorhandensein des Kobolds bemerkte. Und obwohl dies ein deutlicher Beweis für den geringen Grad seiner Unreinheit war, war der Kobold darüber zutiefst enttäuscht. Er sprach es zwar nicht aus, aber sein großer Wunsch wäre genau das Gegenteil gewesen; und um seine Aufmerksamkeit auf sich zu lenken, hörte er nicht auf, vor dem gleichgültigen Blick des Kindes Kopfstände zu machen und Purzelbäume zu schlagen. Für alle anderen Dinge hatte Gudú jedoch einen sehr scharfen Blick. Manchmal klammerte er sich ans Fensterbrett und schaute nach draußen; und nichts blieb dann seinen spähenden Augen verborgen, die mit der Zeit eine hellblaue Farbe bekamen, vermischt mit Grau, und einen Schimmer, ähnlich dem glitzernden Rauhreif auf den kahlen Bäumen des Parks.

So vergingen einige Jahre, und als Gudú drei Jahre alt wurde, hatte man am Hof von Olar die Gefangenen im Ostturm sowie auch ihre Bewacher – Hauptmann Randal und seine Leute, die sich mit Haut und Haaren der Königin und Prinz Almandin verschrieben hatten – vollkommen vergessen.

Da die Wachen gelockert waren, überschritt der kleine Prinz eines Tages die Schwelle der mütterlichen Gemächer und wagte sich auf Gänge und Treppenabsätze hinaus. Er wirkte so derb und robust und trotz seiner Blässe so anders als die schwächlichen und albern gekleideten Kinder der adligen Damen, daß man ihn für einen Bauernjungen gehalten hätte, wären nicht die beiden adretten Zofen gewesen, die auf ihn achtgaben.

Gudú hatte einen großen Kopf und eine breite, hohe Stirn, die unter dem Gewirr seiner schwarzen Locken jedoch völlig verschwand. Seine forschenden Augen schienen alles, was sie ansahen, zu durchbohren, und in seiner Miene lag eine Wildheit, die für so ein kleines Kind gänzlich unpassend war. Er hatte große Hände, wenn auch noch voller Grübchen, und was sie ergriffen, ließen sie nicht zu Boden fallen, wie andere Kinder seines Alters dies taten, sondern hielten es so fest, daß niemand imstande war, es ihm zu entreißen. Wenn er sich von seiner Beute trennte, dann nur, um sie mit erstaunlicher Genauigkeit auf einen Kopf zu schleudern, den seine Willkür sich als Ziel erkor. Damit bewies er eine ausgeprägte Treffsicherheit einerseits und wenig ausgeprägtes Mitgefühl für seine Mitmenschen andererseits.

Obwohl er trotz seiner Statur in den dunklen Nischen und Kreuzgängen des Schlosses kaum aufgefallen wäre, strolchte er mit so beharrlicher Vorliebe darin umher, daß Diener und Soldaten ihn bald für den Sohn eines der Ihren hielten. Mehr als einmal empfing er daher wohl auch einen Tritt in sein zartes Hinterteil; doch als Vergeltung einer solchen Demütigung biß er unverzüglich zu, und die Abdrücke seiner Zähne bewiesen, daß sein Gebiß ebensogut entwickelt war wie seine Zielsicherheit. Obwohl sich kein Mensch wirklich darum kümmerte, woher das Kind kam, ahnte es mancher wohl. Da jedoch niemand es auszusprechen oder eine Bemerkung darüber zu verlieren wagte, gehörte es bald zum Alltag von Dienstboten und Rittern, den kleinen Kerl zwischen ihren Beinen herumwieseln zu haben wie einen jungen Hund. Nach dem ersten Fußtritt rieb Gudú sich ausgiebig den betroffenen Körperteil und lernte fortan, so schnell zu rennen, zu klettern und geschickt auszuweichen, daß er für alle, die von seinen blitzartigen Streifzügen heimgesucht wurden, ein wahrer Alptraum war. Er drang sogar bis in die Küchen vor, wo er manchmal Happen schnappen konnte, die er nie zuvor probiert hatte. Er stahl, was ihm begehrenswert erschien, und verkrümelte sich wie ein Kater, verbarg seine Schätze in einer Höhlung des Kamins, wo der Kobold sie eines Tages fand. In einer Aufwallung von Wehmut strich er zärtlich darüber und flüsterte:

»Ach, mein kleiner Prinz. Wirst du mich eines Tages sehen können? Wenn das geschähe, wäre mir der Grad gänzlich gleichgültig; damit wollte ich's zufrieden sein.«

5 Die Jahre vergingen für die Königin und ihre Riege schneller, als sie es sich am Anfang ihrer Verbannung hätten vorstellen können.

Es kam der Tag, da Anzius zwanzig Jahre alt wurde, Banzius und Canzius achtzehn, Furzius dreizehn; und kurz bevor Gudú fünf Jahre alt wurde, traf ein weiterer Sohn des Königs in Olar ein. Er stammte von einer gewissen sagenhaften Lauria, und sobald Volodius seiner ansichtig wurde, erkannte er sogleich seinen noblen Charakter und gab ihm – damit daran nicht der geringste Zweifel bestehen konnte – den Namen Nobel.

Nobel war zweifellos der wohlgeratenste Sohn des Königs. Obwohl er noch keine dreizehn Jahre alt war, bewies er durchweg Klugheit, Vernunft und Edelmut, so daß niemand sich über die wachsende Zuneigung des Königs für ihn wunderte. Der Adel teilte sich in zwei Lager: Eines scharte sich um Graf Tuso, der ebenso unverfänglich wie unzweideutig seine Parteinahme für Anzius bekundet hatte; die anderen ließen sich von dem Wohlwollen lenken, welches der junge Nobel in ihnen weckte, ohne selbst davon zu wissen. Ihre Zahl lag weit unter der der ersten Gruppe – es war die Zeit der grausamen Übergriffe von Anzius und seinen Brüdern.

Graf Tuso erkannte hinter Nobels zurückhaltendem Auftreten sofort seinen unbeugsamen Charakter. Und der bestätigte sich bei den regelmäßig im Schloß stattfindenden Ritterturnieren, auf denen er sich als so guter Reiter und Krieger erwies, daß diese beiden väterlichen Tugenden bei ihm in besonders hervorstechender Weise zum Ausdruck kamen. Anzius war zwar erfahrener und stärker, aber auch schwerfälliger; und sein Geschick beruhte eher auf Hinterhältigkeit und Tücke denn auf Klugheit. Dieser Teufel wird schwer zu lenken sein, sagte sich Tuso. Nie werde ich auf ihn als Kronprinz setzen.

Der König hingegen beobachtete alle seine Söhne genau, und obwohl sein Herz für Nobel schlug, veranlaßten ihn die Güte des Jungen und seine völlige Unfähigkeit zu Verstellung und Unlauterkeit, ernsthaft daran zu zweifeln, ob derjenige ein fähiger König sein konnte, der mit solchen – wie er es sah – Mängeln behaftet war. Nicht viel später zeigte Nobel eine weitere Schwäche, die ihm die Krone von Olar in noch weitere Ferne rückte. Er empfand eine tiefe Abneigung gegen Grausamkeit. Wurde an einem Gefangenen eine Strafe vollzogen, die Feinde oder Aufständische abschrecken sollte, so ließ er sich nicht nur nicht dabei sehen, sondern preschte mit seinem Pferd in die Wälder, immer tiefer hinein, wo er im Dickicht und umweht vom Geruch der Bäume vergessen wollte – freilich ohne Erfolg –, was in seinem Rücken geschah.

Hat es je einen großen König mit dergleichen Mängeln gegeben? fragte sich Volodius bekümmert. Nein, das hat es doch wohl nicht.

»Mein Sohn«, sprach er während eines Ausritts vor den Toren der Stadt zu ihm, »es ist gut, wenn ein König gerecht und großzügig erscheint, ja, sogar verzeihend: Aber ich sage: *erscheint.* Nicht: *ist.* Merk dir also: Natürlich ist im Leben eines Königs Platz für alle diese Dinge, aber dennoch haben sie sich einer Sache immer zu unterwerfen – und das ist der Zeitpunkt. Zur falschen Zeit gerecht und großzügig und edelmütig zu sein, ist das Schlimmste, was du dir und deinem Reich antun kannst. Solche hochempfindlichen Waffen darf man nur mit großem Gespür handhaben und äußerst maßvoll einsetzen.«

Nobel gab darauf keine Antwort; aber Volodius wußte, daß seine Mahnungen nur wenig oder gar keinen Eindruck auf diesen Sohn gemacht hatten, der von allen seinem Herzen am nächsten stand. Und je mehr er ihm versicherte, daß Ehrgeiz keineswegs ein Mangel sei und man ohne Ehrgeiz nicht weit komme, erfüllte ihn Nobels Schweigen mit Zweifel und Unbehagen. Sie bestätigten sich, als sein Sohn mit einer Gegenfrage antwortete: »Vater, wohin kommt man nicht weit? Wollen denn alle Menschen dasselbe Ziel erreichen?«

Und so wurde das Grübeln über die Thronfolge immer schwieriger und mühevoller für einen König, der sich von Tag zu Tag dem Alter näher fühlte.

Das waren die Eigenschaften, die man an Prinz Nobel kannte; was jedoch niemand kannte, war seine grenzenlose Einsamkeit. Oft ritt er mit wehendem Haar durch die Wälder und trabte durch die Dörfer, hinter denen das Land der Unglücklichen oder das Armenland begann. Die Leute dort sahen den prachtvollen Ritter auf seinem herrlichen Roß wie eine Erscheinung dahingaloppieren, wie eine Märchengestalt jenseits all des Bösen, das sie nur kannten.

Nobel fühlte sich von diesen Menschen angezogen, sah ihr Elend und ihre Hoffnungslosigkeit, und eines Tages richtete er das Wort an einen Jungen, sprach am nächsten Tag mit einem Mann, an wieder einem anderen mit mehreren Männern und Frauen. Er näherte sich ihren Hütten und wurde nicht mehr mit Schweigen oder mit Steinwürfen empfangen, wie es einem der Vulgaros oder einem aus ihrer Meute einmal passiert war. Nur am ersten Tag hatte man sich von ihm abgewandt, und ein Stein hatte ihn an der Stirn getroffen. Ein Mädchen namens Lure hatte sich daraufhin seiner angenommen und ihn in ihrer Hütte versorgt. Und so erhaben und schön hatte er dort gelegen, daß eine Nachbarin davon schier geblendet war und verkündete, Lure habe den heiligen Georg zu Besuch empfangen. Als einige sich furchtsam näherten und Nobel ihre Lumpen und ihre verhärmten Gesichter sah, wurde sein Herz vor Kummer ganz schwer. Er schwor, wenn er König werden sollte, würde er diese Ungerechtigkeit beenden. Er sagte es auch, doch der Großvater des Mädchens entgegnete ihm: »Sicher glaubst du an deine Worte, junger Prinz. Aber du wirst dich nicht daran halten. Ein König kann niemals so sein, wie du sagst. Und falls du doch König wirst, wirst du dich wie ein solcher verhalten, um es zu bleiben.«

»Nein, nein!« rief Nobel. »Ich sage die Wahrheit. Ganz anders werde ich mich verhalten.«

»Dann wirst du kein König mehr sein«, wiederholte der Alte. »Ich lebe schon viele Jahre, ich weiß einiges von diesen Dingen. Und ich will dir noch etwas sagen, edler Prinz: Vielleicht sind wir die Ersten, die dich vom Thron stürzen.«

Diese Worte verwirrten Nobel, und er dachte: Mein Vater und dieser alte Mann sagen dasselbe, nur von gegensätzlichen Standpunkten aus.

»Dann«, erwiderte Nobel schließlich, »werde ich niemals König werden.«

Der Alte lächelte.

»Damit könntest du kleinen Leuten wie uns vielleicht etwas Gutes tun.«

»Eines Tages wird es auf der Welt Gerechtigkeit für alle geben«, erklärte Nobel nachdenklich.

»Vielleicht behältst du recht«, erwiderte der Alte zweifelnd. »Vielleicht wird das eines Tages, irgendwann, wirklich einmal möglich.«

»Alles ist möglich«, rief Nobel leidenschaftlich, »wenn wir es nur wollen!«

Seit jenem Tag ritt er – was er im Schloß verheimlichte – bei jeder sich bietenden Gelegenheit zu diesen Menschen hinaus, bei denen allein er sich alle Einsamkeit, alle Ängste und Verzweiflungen von der Seele reden konnte, die ihn bedrängten, während er zum Mann heranwuchs. Und während dies alles geschah, gab es etwas, woran er litt und das ihn zugleich tröstete: Trotz all des Neuen, das er entdeckte, dachte und fühlte, liebte er seinen Vater und würde niemals aufhören, ihn zu lieben.

Eines Tages stieß er im Schloß von Olar auf eine Horde Küchenjungen, die ein Kind quälten und verhöhnten. Sie hatten es eingekreist und stießen es mit Füßen. Das Kind war noch klein, höchstens fünf oder sechs Jahre alt. Wie ein wild gewordenes Wolfsjunges sprang es fauchend hin und her und biß um sich und hatte schon mehr als eine Wade zum Bluten gebracht. Das erregte die Jungen nur noch mehr, belustigte sie und machte sie wütend.

Nobel spürte einen alten, tief sitzenden Zorn in sich aufsteigen; einen Zorn, den er bisher nicht gekannt, den er bei seinen Besuchen im Armenland erst zu ahnen begonnen hatte und der jetzt wie ein Donnerschlag in ihm dröhnte. Zum ersten Mal verdunkelten sich seine Augen vor dumpfer, blinder, rotglühender Wut. Kein Mensch hatte sein gewöhnlich heiteres, wohlwollendes Antlitz je von so wildem Haß verzerrt gesehen. Er hob das Schwert und drosch mit der flachen Klinge dergestalt auf die nichtsnutzige Bande ein, daß nicht nur einer während der folgenden Tage hinkte oder den Arm in der Schlinge trug. Und als sie davonstoben, schrie er außer sich: »Nie! Niemals soll sich jemand in meiner Gegenwart an einem Wehrlosen vergreifen!«

Einer jedoch war nicht davongelaufen; einer, der sich seinen Hieben geschickt entzogen hatte, jetzt hinter einem großen irdenen Krug auftauchte und ihn wütend anzischte: »Dummkopf! Weißt du, wer das ist, den du wehrlos nennst und der wie eine Wildkatze um sich beißt?« Er zeigte ihm seine blutende Hand, auf der ein Abdruck kleiner scharfer Zähne zu sehen war. »Das ist der widerliche Sohn der widerlichen Hexenkönigin, die unser Vater vor sechs Jahren in den Ostturm verbannt hat.«

Nobel erkannte seinen Bruder Furzius, der genauso alt war wie er selbst, und warf dann einen Blick auf das Kind. Es sah eher aus wie ein aufgescheuchter junger Hund, und seine blau-grauen Augen starrten ihn ungläubig an: Noch nie hatte ihn jemand beschützt.

»Es ist mir einerlei, wer das ist«, sagte Nobel. »Und wenn es stimmt, was du sagst, dann ist er mein Bruder; und als Bruder habe ich ihn zu beschützen und zu respektieren.«

»Dummkopf«, zischte Furzius. »Du kannst nur hoffen, daß der König nicht erfährt, was du gesagt hast.«

Darauf brach er in sein kreischendes Gelächter aus und trollte sich. Nobel beugte sich zu dem Kind hinab und streichelte ihm über das wirre Haar. Von diesem Tag an folgte Gudú ihm, von fern oder von nah, wie ein neugieriges und erstauntes kleines Tier. Nobel schmerzte sein Anblick, doch zugleich weckte er in seinem Herzen ein zärtliches Gefühl, das von Tag zu Tag wuchs und ihn nie mehr verließ. Und welches am Ende sein Untergang war.

Doch von Stund an wagte kein Mensch mehr – zumindest nicht in seiner Gegenwart –, dem noch unbekannten und verachteten Prinzen Gudú ein Leid zu tun.

VII

DER TOD
DES WILDSCHWEINS

I

Er wußte nicht, daß jener Morgen der letzte sein sollte, an dem er die Sonne aufgehen sah, noch daß am Abend, bevor dieselbe Sonne im See der Vermißten versank, er den Nachen bestiegen hätte, der keine Wiederkehr kannte. Und dieser Nachen sollte mit ihm entschwinden, ohne daß er aus eigenem Willen geklärt hatte, was für ihn, und daher für Olar, das Wichtigste war: die Thronfolge.

Hätte man es ihm gesagt – er war stark, er war gesund, er war der König, – er hätte es nicht geglaubt; was ihn, trotz allem, von anderen Männern wiederum nicht allzusehr unterschied. Offenbar glaubt niemand, daß der Geruch der Erde, das Licht des Himmels oder der Wind ein letztes Mal den Hauch des Lebens mit sich führen, sei es im Winter, im Frühling, im Sommer oder im verwirrenden Herbst.

Doch Volodius hätte merken können, daß die Kälte nur für ihn gekommen war. Als man ihm sagte: »Der Herbst ist keine kalte Jahreszeit. Nur der Winter dringt bis in die Knochen«, spürte er die Kälte eben dort, in seinen Knochen. Eine Kälte, wie er sie nicht einmal auf seinen langen Feldzügen in der Steppe gekannt hatte.

In dicke Pelze gehüllt, fand er dennoch keine Wärme. Er hüllte sich darin ein und legte seine Gemächer damit aus. Jeder einzelne hatte für ihn eine eigene Bedeutung, stammten sie doch von seinen schlimmsten Feinden. Ihr Anblick stimmte ihn froh, und er liebte es, das schwarze, weiße oder braune Fell zu streicheln. In Wirklichkeit streichelte er die Niederlage jener Krieger, die sein Land bedroht hatten und noch lange Zeit bedrohen sollten.

Solange er lebte, erwachte König Volodius bei Anbruch des

Tages. Der Schlaf verließ ihn in dem Augenblick, da die Sonne am Rand der Welt aufging. Auch Markgraf Sykrosius – dieser große Jäger und unermüdliche Mann – pflegte im Morgengrauen aufzustehen. Doch im Gegensatz zu ihm brauchte Volodius weder Schildknappen noch Pagen oder sonstige Helfer, die ihn wachrüttelten. Während sie ihn gewaltsam den Nebeln seiner Alpträume nach alkoholischen Ausschweifungen entrissen, hatten sein Bruder Sirko und er oft genug am eigenen Leib den Schrecken erlebt, den der von Sykrosius selbst gegebene Befehl unter der Dienerschaft auslöste. Das Entsetzen davor war allgemein, denn kaum erwachte der Markgraf aus den finsteren Tiefen seiner Träume, erging er sich in gotteslästerlichen Flüchen und wilden Stockhieben nach links und rechts und endete stets in einem unerklärlichen und fast kindlichen Schluchzen.

Mußte sein Vater auch das zornige Entsetzen niederkämpfen, die fast naive Verwunderung, jeden Tag aufs neue ins Leben und ins Licht der Sonne einzutreten, so brauchte Volodius nicht an Armen und Beinen gezerrt oder wie ein Sack geschüttelt zu werden. Beim ersten Licht des Tages öffneten sich seine Augen ganz von selbst.

An jenem Morgen glühten im Kamin noch die Scheite des nächtlichen Feuers. Volodius schaute zum Betthimmel hinauf und begegneten den Blicken der in die Bettpfosten geschnitzten Köpfe von Hukjo und Krejko, stets beleuchtet vom Schein des Feuers oder vom Licht des frühen Tages, immer mehr verblassend wie die Erinnerung.

Volodius schob die Vorhänge zur Seite und sprang aus dem Bett. Wieder schüttelte ihn die beißende Kälte. Er hüllte sich tiefer in sein Fell, doch auch das wärmte ihn nicht. Er warf noch einmal einen Blick auf die beiden Köpfe: Ihm war, als hätten die Häuptlinge der Steppe aus einer entlegenen Region seines letzten Traums zu ihm gesprochen, und er suchte sich vergebens zu erinnern, was es gewesen war. Schließlich wandte er sich ab mit dem Eindruck von etwas Schwebendem auf der Schwelle zwischen Nacht und Tag; einer weißlich durchsichtigen Materie, deren Bedeutung ihm verborgen blieb. Ein Page füllte ihm Wasser in das Becken, in dem er seine morgendliche – stets etwas oberflächliche – Waschung vornahm. Um das immer noch undeutliche, verschwommene Bild aus seinem Kopf zu verscheuchen, dachte er: Hukjos und des andern Kopf an mein Bett zu nageln war ein guter Einfall. Ich sollte das öfter tun. Es hat mir nie an guten Gründen gemangelt, mich derer zu entledigen, die versuchten, sich mir in den Weg zu stellen. Der Page goß Wasser nach, und plötzlich wunderte sich Volodius, daß nicht das dünne Eis zerbrochen war, welches sich auf dem morgendlichen Waschwasser zu bilden pflegte. Es ist weder Winter, dachte er dann, noch ist die Zeit gekommen, wenn das Wasser vereist. Eine seltsame Müdigkeit überkam ihn, und seine Arme und Beine fühlten sich ungewöhnlich schwer an. Für mich war das Leben immer gleichbedeutend mit meinem Dasein. Und mein Dasein hat mich zum König und Olar zum Königreich gemacht. Ohne dieses Dasein wäre das Land nur ein zerstückeltes Gebiet, in dem streunende Horden sich untereinander bekriegen und einer dem anderen wegen einer Henne den Hals durchschnitte. Ohne Vaterland, ohne König, kraftlos und zerstritten.

Baron Ramius hielt die Gewänder seines Herrn und Königs bereit. Ramius nahm im Palast die Aufgaben eines Hofmarschalls wahr. Er war ein schweigsamer, hagerer Mann, dessen Stimme man nur selten vernahm. Jetzt war er schon alt, doch in früheren Zeiten war er ein mutiger Kämpfer gewesen und Volodius treu ergeben. Er hatte ihm beim Aufstand gegen Sykrosius zur Seite gestanden und hielt sich seitdem stets in seiner Nähe. Auch bei den Schlachten gegen die Steppenreiter und auf den Feldzügen im Süden war er dabei gewesen. Jetzt fehlte ihm ein Auge, und sein Kinn war von einer violetten Narbe durchschnitten, weswegen er keinen Bart tragen konnte. Volodius zeichnete ihn mit einem ungewöhnlichen Maß an Vertrauen aus.

Im Gegensatz zu seinem Vater hielt Volodius die Vielweiberei von sich fern. Jedermann am Hof wußte, daß die Momente der Stille und Einsamkeit des Königs so unantastbar waren wie seine

Entscheidungen und Befehle. Doch niemand hätte zu sagen vermocht, ob Volodius für Baron Ramius Zuneigung empfand oder ob er ihm sein Vertrauen schenkte. Diese Gefühle des Königs waren stets ein Rätsel. Nicht einmal Graf Tuso, sein Berater, konnte sich rühmen, ihrer teilhaftig zu sein – und er war klug genug, dies auch nicht zu tun. Allein der Halbbruder des Königs, Prinz Almandin, hätte sich seines uneingeschränkten Vertrauens sowie seiner Zuneigung brüsten können; aber er tat es nicht und nutzte es auch nicht aus, erkannte vielleicht nicht einmal das Ausmaß dieser Ehre.

König Volodius rieb sich die Augen und tauchte den Kopf ins Wasser, wobei es ihn schüttelte, als wäre es Eis oder Schnee. Obwohl er eher gestorben wäre, als es zuzugeben, war nicht nur die Kälte in seinen Körper eingedrungen, sondern ein weiteres Phänomen, das ihm noch stärker zusetzte: Vor seinen Augen verschwammen die Gegenstände, und es wurde von Tag zu Tag schlimmer. Er versuchte die Bitterkeit, die diese Wahrnehmungen in ihm weckten, durch erfreulichere Gedanken zu vertreiben. Olar ist ein schöner Name; nicht nur für die Stadt und das Reich, nicht nur meines Geschlechts. Es ist der Name meines ganzen Seins.

Plötzlich schien aus der runden Schale des Behältnisses, schien aus dem Wasser selbst ein Antlitz an die Oberfläche zu dringen; über dem Schimmer eines schwarzglänzenden Königreichs schwamm sein abgeschlagener Kopf. Einen Moment lang war der König vor Entsetzen wie gelähmt. Mit einer unwilligen Geste schlug er die Schüssel zur Seite, die scheppernd zu Boden fiel. Im Schein des Kaminfeuers stoben rötliche Funken aus ihrem polierten Kupfer, und das Wasser ergoß sich über Hukjos Felle, die es durstig tranken. Volodius glaubte ein fernes Grauen über sich zusammenschlagen zu fühlen, so fern wie der dunkle Ursprung des Lebens angesichts der gespenstischen Erscheinung seiner eigenen Enthauptung. Ich fürchte mich nicht. Ich habe nur das Gesicht eines alten Mannes gesehen, den ich nicht kenne. Aber es war kein alter Mann. Altern, hatte man ihn oft sagen hören, »ist mit den Männern meines Geschlechts nicht zu vereinbaren«. Er kleidete sich hastig an und vermied es, daß Ramius seine zitternden Hände sah.

In Friedenszeiten wie jetzt pflegte er mit schon an Besessenheit grenzender Regelmäßigkeit auf die Jagd zu gehen; und der Herbst war die beste Jahreszeit für die Wildschweinjagd. Keine Schlacht, die es zu gewinnen gab, niemand, vor dem es sich zu schützen galt, kein lockenderes Wild, das erlegt werden wollte. Mit einer Wildschweinjagd begann auch dieser Tag, und der Gedanke daran brachten ihm die Ruhe seines Gemüts und die gute Stimmung zurück. Ich werde nicht mehr auf den Grund des Wassers schauen, dachte er. Wie leicht konnten dort die Geister vergangener Könige oder eines alten, vielleicht schon verlorenen Traums erscheinen. Er wollte sich noch einmal den in die Bettpfosten geschnittenen Köpfen seiner Feinde zuwenden und sie fragen, ob ein großer König – oder ein alter König – von unheimlichen Prophezeiungen oder Wahnbildern heimgesucht werden kann. Aber er war nicht allein; die schweren Vorhänge waren schon zur Seite gezogen worden, und durch die Fenster drang das belebende Gesumm des heraufziehenden Morgens.

Wieder einmal begann mit dem neuen Tag auch eine königliche Jagd. Aus den nahen Wäldern trug der Wind eine Vielfalt von Gerüchen heran. Im Schloßhof warteten die einbestellten Ritter und ihre Damen sowie der eine oder andere von Volodius' Söhnen.

Das aufgeregte Gebell der Hunde drang an des Königs Ohr. Noch immer, dachte er lächelnd, kann ich den Wurfspieß weit schleudern, ohne das Ziel zu verfehlen. Er wußte aber nicht, daß sein getrübtes Sehvermögen für niemanden am Hof ein Geheimnis war. Die Hofschranzen stellten ihm die Ziele so dicht vor die Nase, daß er schon hätte blind sein müssen, um danebenzuwerfen. Ansonsten hatten ihn seine Kräfte jedoch nicht verlassen, und drei Frauen genossen am Hof seine Gunst weit öfter, als sein Alter und seine würdigen grauen Schläfen dies vermuten ließen.

Die verrinnende Zeit macht sich bei jedem auf andere Weise bemerkbar, und bei ihm waren es nicht nur Kälte und Kurzsichtigkeit, die seinen Niedergang ankündigten. Mehr noch war es wohl die – für ihn ganz ungewohnte – Liebe zu einem seiner Söhne: Prinz Nobel.

Wie seine vier Brüder – die Vulgaros – war auch Nobel ein illegitimer Sohn. Und obwohl der König einen legitimen Sohn von Ardid, seiner Gemahlin, hatte, wurde dieser wegen der Abneigung, die Volodius gegen die Königin hegte, von ihm abgelehnt und sogar totgeschwiegen. Am Tag der Jagd hatte Volodius noch immer nicht entschieden, wer von seinen Söhnen der Thronfolger sein sollte. Eine gesetzliche Erbfolgeregelung gab es nicht in Olar, und Volodius, der sich den Tod gern hinter einer noch sehr fernen Biegung seines Weges lauernd vorstellte, verschob die Beantwortung der Frage stets auf später. Er hatte dafür eine ganze Reihe verständlicher Gründe, und sie stürzten ihn immer wieder in große Zweifel.

Als er in seinem roten Umhang – den er in letzter Zeit kaum mehr ablegte – die Treppe zum Schloßhof hinunter und durch das Spalier der Pagen mit brennenden Fackeln schritt, hätten weder seine ergebensten Höflinge noch seine Söhne geglaubt, daß sie ihren König zum letzten Mal jene Stufen hinabsteigen sahen.

Im Hof wieherten die Pferde, und das Gebell der Hundemeute wehte zu den Wäldern hinüber. Noch hatte sich der Himmel nicht ganz von der Nacht freigemacht, und der eine oder andere Stern glitzerte noch schüchtern im Wind. Nicht viele waren es, die den König auf seine Jagden begleiteten, doch stets waren es ausgewählte Gäste. Sein Königlicher Berater war immer dabei.

Volodius war alt und ging schleppenden Schritts, doch wirkte er immer noch durch seine imposanten Majestät, die unter anderen Monarchen ihresgleichen suchte. Zwischen dem Spalier der Fackeln betrachtete er im Licht der letzten Sterne seine Söhne, und etwas wie ein kalter Glanz drang in seine Brust. Er nahm sich vor, schon bald die Frage der Thronfolge ein für allemal zu klären. Und in diesen Gedanken hinein ertönten der Ruf der Jagdhörner, das erwartungsvolle Gebell der Hunde. Die Zugbrücke wurde herabgelassen, und die Gesellschaft brach zu ihrer letzten Jagd auf; zumindest mit diesem König an der Spitze.

Wie er sein Leben lang bewiesen hatte, war Volodius ein großer Liebhaber geistiger Getränke; und da diese Leidenschaft mit dem Alter noch zunahm – besonders seit ihm in diesem Herbst die Kälte in die Knochen gekrochen war – begleitete ihn sein geliebter Wein stets überallhin, und gerade besonders edle Tropfen natürlich auch auf die Jagd.

Wildschweine gab es in den Wäldern von Olar zuhauf, und jeder jagte sie auf seine eigene Art. Etwas ganz anderes war jedoch die königliche Jagd. Vor allem in den letzten Jahren waren dazu alle möglichen Vorbereitungen und Kunstgriffe notwendig geworden. Jeder wußte, wie schon gesagt, daß der König nicht mehr gut sah. Aus diesem Grund hatte man sich folgende Lösung einfallen lassen: Der König wurde an eine Stelle gebracht, die bei allen *der Ansitz des Königs* hieß; dieser Ansitz war von erfahrenen Jägern ausgesucht worden, und von ihm aus konnte das Wild unfehlbar und gefahrlos erlegt werden. Gewöhnlich lag *der Ansitz des Königs* etwas erhöht und beherrschte eine schmale Schneise, unauffällig präpariert, in die Treiber, Knechte und alle möglichen Leute mit etwas Geschick das begehrte Wild hineintrieben. Und sobald das Wildschwein sich dort sehen ließ und auch die trüben Augen des Königs es nicht mehr verfehlen konnten, warf dieser seine Lanze. Und wenn das Tier tot oder verwundet zu Boden sank, brandeten ringsum Beifall und bewunderndes Gemurmel auf.

Nur Nobel wohnte diesem Schauspiel stumm und bleich vor Beschämung bei. Oft genug biß er sich vor Ärger auf die Lippen; doch seine wachsamen Augen huschten hierhin und dorthin, um jeden Zwischenfall, der den ganzen wohlgeplanten Schwachsinn zunichte machen könnte, vorherzusehen und sofort zu unterbinden. Aus dem einzigen Grund, möglichen Schaden von seinem Vater fernzuhalten, den er in seiner tiefinneren

Einfalt liebte, den er aber, ohne es sich einzugestehen, jeden Tag etwas weniger bewunderte.

An jenem Morgen nahm der König auf seinem gewohnten Beobachtungsposten Platz, auf weichem Kissen und hinter einer Tarnung aus Zweigen. Hinter ihm verteilten sich auf mehr oder weniger prächtigen Hockern und Schemeln – je nach Abkunft, Vermögen oder Eitelkeit – der königliche Berater Tuso, die adligen Herren des Hofstaats, Ritter und vornehme Damen. Etwas abseits und strategisch postiert: Soldaten, Jäger und Diener sowie Mundschenke, die dem König das Glas füllten und auf die Schläuche mit dem kostbaren Naß aufpaßten, die auf dem Rücken eines Eselchens festgebunden waren.

Die Damen waren wegen der Stille, die es bei einer Jagd selbstverständlich zu wahren galt, meist gelangweilt. Sie tupften sich angeblichen oder tatsächlichen Angstschweiß von Stirn und Schläfen und häuteten, vierteilten oder köpften hinter vorgehaltener Hand jeden oder alles, was ihnen vor die scharfen Zungen kam. Nur wenige von ihnen hatten für die Jagd wirklich etwas übrig, was jedoch keine hinderte, eine blitzende und schimmernde Auswahl goldener Sporen, reich verzierter Köcher aus geschnitztem Elfenbein und ähnlichen Jägerzierat zur Schau zu stellen. Falken mit edelsteinbesetzten Hauben ruhten stolz auf ihren Fäusten; und auf diese Weise mehr oder weniger malerisch ausstaffiert, hielten sie Pfeile und Bogen oder Wurfspeere in Händen, je nachdem, was sie für ihre Kostümierung am passensten hielten.

Die adligen Herren standen ihnen in nichts nach, gaben sich insgesamt jedoch etwas sachlicher und ernster. Ein Junge von schwarzer Hautfarbe – Geschenk der Königin Leonia, einer schillernden Persönlichkeit mit undurchsichtiger Vergangenheit, Herrscherin und Handelsfrau, von Volodius respektiert und vielleicht sogar bewundert – hielt zwei altgediente Windhunde an der Leine, die mit Verachtung in den Augen das ganze Spektakel beäugten. Sie rieben die Köpfe aneinander und raunten geheimnisvoll in ihrer Sprache. Ab und zu ließen sie ein Gebell ertönen, das eigentlich nichts anderes als freundlich gemeinte Pflichterfüllung war, doch aus ihren Blicken sprach nur müde Ironie. Wenn sie ihren König anschauten, den sie jahrelang in ernsteren Angelegenheiten begleitet hatten, trat ein verstohlener Glanz in ihre Augen; fiel ihr Blick auf Nobel, wurde das blasse Gelb ihrer Iris zu honigfarbenem Gold. Ansonsten und je weiter die Sonne am Himmel emporstieg, dösten die beiden Hunde vor sich hin; und wenn sie einmal gähnten, ein Auge aufschlugen und dieses Auge über den Rest der königlichen Gesellschaft schweifte, füllte es sich mit solchem Widerwillen, daß es sich sogleich wieder schloß: vielleicht um zu den Bildern einer anderen Zeit zurückzukehren, die – ihrem sehnsüchtigen Brummen nach zu urteilen – betrachtenswerter waren als die Wirklichkeit ringsum.

Die Sonne schien schon eine Weile hoch vom Himmel, doch der König, in seinen Umhang und in Pelze gehüllt, hatte den Eindruck, sie wärme kein bißchen. Volodius stand eben im Begriff, zum ungezählten Mal sein Glas an die Lippen zu führen, als ein Posten das für diesen Zweck vereinbarte, angesichts der Jahreszeit jedoch völlig unpassende Gackern eines Rebhuhns nachäffte. Dies zeigte dem König und seinem Gefolge an, daß das unglückliche Wildschwein sich endlich hatte bewegen lassen, die geplante Richtung zu jener Stelle einzuschlagen, wo es einen würdigen Tod empfangen sollte – der immerhin von königlicher Hand gewährt wurde. Doch nicht immer wußten die Tiere diese Ehre zu schätzen und weigerten sich, den von allerhand Treibervolk vorgesehenen Weg einzuschlagen.

Selbst wenn ihm die Hunde schon dicht auf der Fährte waren, entschloß sich ein solches Wildschwein manchmal, das gesamte Programm einfach auf den Kopf zu stellen. In solchen Fällen begann das ganze Jagen von vorn, bis das arme Tier schließlich so erschöpft war, daß es dem Pfad des Verderbens nicht mehr auswich. Erst dann konnten auch die keineswegs freiwillig schuftenden Treiber ausruhen; und nicht selten sah man sie sich vor Freude in den Armen liegen und Tränen der Erleichterung vergießen, da ihre Qualen, für das eine Mal jedenfalls, doch noch ein Ende gefunden hatten.

Das Wildschwein war ein großer schwarzer Eber, der in seinem Revier dasselbe Ansehen und Alter in Anspruch nehmen konnte wie der König in seinem Reich, und er war auch genauso mutig, zäh und erfahren wie dieser. An jenem Morgen nahm der König der Wälder den Weg des Verderbens mit schicksalsergebener Gelassenheit, wie es schien. Die ersten Treiber fingen schon an, einander in die Arme zu sinken, als ein markerschütternder Schrei – in Wirklichkeit mehrere Schreie, verschmolzen zu einem einzigen kehligen Schreckenslaut aus vielen Mündern – die Gefühlsergüsse dieser Unglücklichen beendete.

Der Königseber hatte ganz überraschend und wie von allein den Weg zu einem doppelt königlichen Tod angetreten, wie er ihm gewiß auch zustand. Als er jedoch die Stelle erreichte, wo er den Berechnungen zufolge leichtes Ziel für den Wurfspeer des Monarchen sein sollte, änderte er jäh die Richtung. Und wie man es noch nie gesehen hatte, stürmte er mit einer Kraft und Schnelligkeit, die nur mit der des Kriegers Volodius in seinen besten Tagen vergleichbar war, die Anhöhe hinauf und griff ohne Zögern den königlichen Ansitz samt königlichen Ansitzer an.

So schnell geschah alles und so zielstrebig ging das Wildschwein auf sein Ziel los, daß es die unbeholfene Zweigkonstruktion, welche sein Opfer vor ihm verbergen sollte, schneller niedergetrampelt hatte, als man davon berichten kann. Mit wilder Kraft, von König zu König, stieß das Tier Volodius von seinem Sitz, rammte ihm seine gewaltigen Hauer in Hals und Brust, und im herbstlichen Sonnenlicht glänzten die Waffen der königlichen Bestie wie der goldene Becher des alten Kriegers. Volodius fand keine Zeit mehr, seinen Wein auszutrinken, viel weniger noch, den Wurfspeer zu heben. Er wurde vom wilden Ansturm des Ebers zu Boden geworfen, ohne überhaupt einen Wehlaut ausstoßen zu können.

Der Schrei, den die Treiber hörten, kam also nicht aus der Kehle des Königs, sondern aus den Mündern seiner entsetzten

Begleiter. Nicht einer von ihnen aber wagte nur einen Schritt zur Rettung des Königs zu tun. Im Gegenteil: Edelleute, Ritter und sonstiger Hofstaat – einschließlich Berater und junge Vulgaros – traten so überstürzt wie rücksichtslos die Flucht von jener Stelle an, an der die beiden Könige einen letzten mysteriösen Kampf ausfochten. Mit kopfloser Behendigkeit und einer vollkommenen Mißachtung von höfischem Anstand und Würde, die weder adliger Stand noch Unwegsamkeit des Geländes hätten vermuten lassen, kletterten sie den Hang hinauf und brachten sich in Sicherheit.

Nur ein kaum vierzehn Jahre alter Junge warf beherzt seine Lanze, die wie ein schimmernder Goldvogel die Luft durchschnitt und ebenso treffsicher wie tödlich das rechte Auge des Königsebers traf.

Erst dann zischte die Stimme des königlichen Beraters ein leises, nichtsdestoweniger unmißverständliches »Dummkopf« in das Ohr von Anzius, dem *Fuchs*. Und kaum war diese, den schmerzlichen Umständen wenig angemessene Bemerkung verklungen, stieß Tuso den Erstgeborenen des Königs unsanft zu dem Ort, an dem der sterbende Monarch auf eine befremdlich anmutende, fast freiwillig zu nennende Weise sein Leben aushauchte. Unter lautem Geschrei stürzte sich Anzius daraufhin auf das ungewöhnliche Knäuel ineinander verkeilter Könige und hieb fluchend und schluchzend seinen Dolch in das Tier.

Nachdem die versprengte Horde von Höflingen aus ihren Verstecken hervorgekommen war, umringte sie den traurigen Schauplatz unter Jammern und Wams- oder Miederreißen, galt es doch in Olar bei solchen Anlässen als Zeichen tiefer Zerknirschung, wenn man sich die Kleider zerriß. Inmitten der Überreste des zerstörten königlichen Ansitzes sahen sie, zum Teil mit ungläubigem Entsetzen, daß Volodius noch lebte. Und daß er sie alle mit seinen wütenden blauen Augen anstarrte, in denen jetzt auch ein rätselhafter, ungläubiger, fast kindlich zu nennender Schmerz lag, den sie noch nie darin gesehen hatten. Niemand wußte es, aber im Augenblick des Sterbens war Volodius` Antlitz das exakte Abbild seines Vaters Sykrosius beim morgendlichen Erwachen.

Der Mantel des Königs war zerrissen, und das Blut, das ihm in Strömen aus dem Hals quoll, verlor sich in der Farbe des Stoffs. Danach ergoß es sich über das herbstliche Gras wie ein ungewöhnlich dichter, lebendiger Tau. Und dann erfüllte ein wahrhaftiges, aus tiefem Herzen kommendes Wehklagen die Luft: Die treuen Windhunde, Köpfe in den Wind gestreckt, beweinten ihren König. Denn wenn der Tod auch noch nicht ganz von diesem Körper Besitz ergriffen hatte, so war doch nicht mehr allzu viel übrig von jenem, der einst die Verkörperung von Hoffnungen, Triumphen, Träumen und monarchischer Mühsal gewesen war. Als Volodius sie hörte, hob er den Arm, die Finger erschlafften, das Glas fiel zu Boden, und Wein, Umhang und Blut verschmolzen ein letztes Mal zu einem einzigen Rot.

Tuso befahl mit tönender Stimme, ihn mit der gebotenen Vorsicht vom Boden aufzuheben und so schnell wie möglich ins Schloß zu bringen. Und inmitten des ganzen Durcheinanders aus Rufen und Schluchzen verbarg sich ein Junge, fast noch ein Kind, der einzige, der den Mut aufgebracht hatte, dem König der Wälder den Todesstoß zu versetzen, abseits im Gebüsch, wo er still und einsam den Tod seines Vaters beweinte. Und da ihm schon als Kind beigebracht worden war, daß Tränen bei einem Mann unschicklich und verachtenswert sind, benetzte sein Weinen nicht die Wangen, sondern ergoß sich wie ein Fluß aus Feuer nach innen durch die Brust zum Herzen. Und dort fühlte er Feuer und Galle miteinander verschmelzen.

Während Diener eine Trage zusammenbauten, auf der der sterbende Volodius transportiert werden sollte, glühten die Gedanken der Umstehenden in fiebrigen Furunkeln unwahrscheinlichster Hoffnungen, Ängste oder Träume. Jeder von ihnen suchte im Labyrinth seiner hastenden Gedanken herauszufinden, welche Richtung für ihn am verheißungsvollsten war: in das Lager von Anzius oder auf die Seite von Nobel. Wenn eins den König noch am Leben hielt, dann war dies – daran zweifelte keiner –

sein eiserner Wille. Nicht ohne Grund hatten sie ihm fast dreißig Jahre lang die Treue gehalten und ihn ertragen. Während er so vorsichtig wie möglich zum Schloß getragen wurde, entrang sich dem Mund des Königs ein mattes Knurren, das offenbar alle gotteslästerlichen Flüche ersetzen mußte, zu denen ihn diese banale und unsinnige Art zu sterben drängte.

Einen solchen Tod hatte sich der König von Olar offensichtlich nicht einmal in seinen haarsträubendsten Träumen vorstellen können.

2

Hingestreckt auf seinem Lager aus schwarzen Steppenfellen, bot Volodius den schaurigsten Anblick seines Lebens. Im Kamin loderten gewaltige Scheite, und der Feuerschein rötete die hölzernen Köpfe der besiegten Feinde, die teils zu jubeln, teils vom Todeskampf ihres Bezwingers tief bekümmert schienen; so als hätte der Augenblick der Rache sie vollkommen überrascht und als wüßten sie nun so gar nichts Rechtes damit anzufangen.

Der Hofadel postierte sich mehr oder weniger strategisch um das Lager des Königs. Sitzend oder stehend, mit betrübtem Gesicht oder einem Hauch von Furcht in den Augen. Mit herrischem Blick und drohender Haltung hatte sich erwartungsgemäß Graf Tuso den nächsten Platz am Kopfende des Bettes gesichert. Er bedeutete Anzius, sich neben ihn zu setzen, und als dieser Platz nahm, sahen alle, daß sein Nackenhaar sich sträubte. Offenbar sah Anzius zum ersten Mal einen Menschen ohne sein Zutun sterben, und seine ganze Haltung verriet, daß er über diese neue Erfahrung keineswegs erfreut war; in seinen Augen flackerte das Entsetzen, und er zitterte, als stünde er dem Leibhaftigen persönlich gegenüber.

Der Herbst war mild und sonnig. Und da die Sonne schon hoch stand, waren einige der Meinung, man müsse die Vorhänge von den Fenstern ziehen. Kaum war dies geschehen, ließ sich ein Schwarm jener kleinen dunklen Vögel Ohne Namen, die den Winter ankündigen, auf den Fensterbrettern nieder. Die alten Freunde des Königs, Nachfahren jener, die früher, zusammen mit Almandin, den jungen Zweitgeborenen auf seine Bestimmung hingewiesen hatten, waren gekommen, um Abschied zu nehmen. Jahr für Jahr waren diese Vögel – nach den Vätern die Kinder – stets zu Volodius zurückgekehrt. Und wenn er nach einer siegreichen Schlacht triumphierend in Olar einritt, waren sie die ersten, die ihn empfingen und zum Schloß begleiteten. Der König hatte im gesamten Reich verboten, ihnen ein Leid anzutun. Wer dennoch dabei ertappt wurde, hatte schwerste Strafen zu erwarten; nicht nur Männer und Frauen, auch Jungen, Mädchen und sogar Kinder.

Der König drehte den Kopf und schaute aus dem Fenster auf ein Stück des blauen Himmels. Und zum letzten Mal konnte er sehen, wie seine Freunde kamen, die ihm nun die letzte Ehre erwiesen. In der plötzlich eingetretenen Stille lauschte er eine Weile ihrem Gezwitscher, und mit einem Mal verstand er ihre Sprache, wie sie einst der kleine Turmwächter schon verstand. Sie sprachen zu ihm:

»Leb wohl, lieber Freund. Nie mehr wird die Sonne uns deinen Ruhm verkünden, werden die Wiesen uns von deinen Schritten berichten, nicht die Bäche die Geschichte deines Herzens. Leb wohl, alter Freund. Wir werden dir dorthin folgen, wo man sich deiner erinnert; und jedem Unwissenden oder Störenfried, der dein Gedenken beschmutzt, werden wir die Augen auspicken.«

Es war das erste Mal, daß er ihre Sprache verstand, sosehr er sich dies immer gewünscht hatte. Er vermisste jetzt Almandin.

Dann legte sich die Wildheit in den Augen des Königs, und er sprach die letzten Worte seines Lebens:

»Komm zu mir, mein Sohn.«

Anzius zögerte. Doch ein leichter Stoß von Tuso beförderte ihn – der am ganzen Leib zitterte und der sich in den Handrücken biß – zu dem Mann, der noch immer sein Vater war und ihn in solche Furcht versetzte. In diesem Augenblick flehte Anzius Himmel oder Hölle an – beide waren ihm recht –, ihm einen Tod im Bett zu ersparen.

Kaum trat er in Volodius' Blickfeld, verzerrte sich des Königs Antlitz, und aus der Halswunde quoll schwärzliches Blut, als er mühsam das Haupt hob und einen bangen Blick in die Runde warf. Bis er neben dem Wandbehang, auf dem er die ehrenvolle Kapitulation der Weringer hatte verewigen lassen, seinen Sohn Nobel entdeckte. Er streckte den Arm in seine Richtung, doch sosehr er etwas zu sagen versuchte, kein Wort kam ihm über die Lippen. Sein Blick war jedoch so beredt, daß Nobel zu ihm trat.

Als er ihn an seiner Seite sah, ließ Volodius den Kopf aufs Kissen sinken; Anzius und Nobel standen jetzt nebeneinander. Die Anwesenden verfolgten die Szene mit angespannten Sinnen, voller Furcht und Ungewißheit. Tuso, der mit dem Erbfolgeritual vertraut war, flüsterte heiser: »Kniet nieder!« Wobei er seinem Schützling einen leichten Tritt ins Hinterteil versetzte, damit dieser der Hand des Königs etwas näher kam.

Eine fast schon Gesetz gewordene Tradition bestimmte in Fällen wie diesem den zum Thronfolger, dem der sterbende König die rechte Hand aufs Haupt legte.

Alle waren in gespannter Erwartung niedergekniet, manche auch voller Furcht, und die beiden Söhne taten es zur gleichen Zeit. Ihre Haltung jedoch konnte unterschiedlicher nicht sein: Während Anzius den König mit hervorquellenden Augen und offenem Mund anstarrte, hielt Nobel das Gesicht gesenkt, damit keine mürbe Neugier seinen Kummer beflecke.

Schließlich hob der König den Arm und bewegte die Hand ohne jeden Zweifel in Richtung des demütig gesenkten Kopfes seines Sohnes Nobel.

Doch noch hatte sie sich nicht auf sein schimmerndes Haar gelegt, als etwas vollkommen Unerwartetes geschah. Unter dem Bett des Königs kam ein blauer Ball hervorgerollt, und ihm folgte ein wirrer schwarzer Lockenschopf, dem des jungen Volodius gar nicht unähnlich, und zwei kleine Hände, die den blauen Ball ergriffen, bevor er davonhüpfen konnte. Dann hob sich der Kopf dieses Kindes, und zwar genau an der richtigen Stelle und just in dem Augenblick, als die kraftlos gewordene Rechte des Königs darauf niedersank. Auf ihn und sonst keinen.

Bevor noch die Anspannung und Verblüffung der Anwesenden an jenen Punkt gelangte, an dem sie in dreisten oder listigen Entschluß umschlagen konnte, wurde – und wer dabei war, sollte es nie mehr vergessen – die Tür zum königlichen Gemach feierlich aufgestoßen, und der Ruf zweier prächtig anzusehenden Pagen des Prinzen Almandin verkündeten den Einzug der Königin von Olar.

Ardid schritt hoheitsvoll und energisch über die Schwelle des königlichen Gemachs, und auf dem Fuß folgte ihr Bewacher, Prinz Almandin, der einzige Mensch, dem Volodius bekanntermaßen unumschränkt vertraute. Entschlossen, wie man ihn nie zuvor gesehen hatte, trat er hinter der Königin in das Zimmer, in dem soeben der schon bewußtlos gewordene König starb. Im Todeskampf krallte Volodius seine rechte Hand in den kindlichen Haarschopf, der zu so passender Zeit – oder unpassender, je nach Sichtweise der Anwesenden – unter dem Bett hervorgekommen war.

Prinz Almandin trat noch einen Schritt vor, und nach einer tiefen Verbeugung vor seinem Halbbruder, dem König, sagte er mit lauter, weithin hörbarer Stimme:

»Geliebte und verehrte Majestät, klar und deutlich haben wir, die hier Anwesenden, Euer Zeichen gesehen und Euren erlauchten Willen verstanden.«

Dann trat er wieder an die Seite der Königin. Diese hob nun den Schleier, der bis dahin ihr Gesicht verhüllt hatte, und die Höflinge, Würdenträger und Damen des Hofes erblickten nach langer Zeit wieder das Antlitz der Königin – und die Jüngeren unter ihnen sahen es zum ersten Mal. Zugleich aber sahen sie, daß die Soldaten von Almandins berühmter Leibgarde sich unter dem Befehl von Hauptmann Randal ringsum an den Wänden des königlichen Gemachs postiert hatten. Und sollte bisher noch jemand Zweifel an der Ordnungsmäßigkeit der Nachfolgeregelung gehegt haben, so steht zu vermuten, daß diese Zweifel sich nun recht schnell zerstreuten.

Die Königin schritt majestätisch erhobenen Hauptes zum Totenbett des Königs und betrachtete einige Augenblicke lang still das Antlitz des Mannes, der bis eben ihr Gemahl gewesen war.

Volodius hatte in seinem Leben große und bedeutende Taten vollbracht, die es verdient hätten, im Augenblick des Todes noch einmal Gestalt anzunehmen. Als letztes Bild auf dieser Welt sah er im Nebel seiner erlöschenden Gedanken jedoch seltsamerweise das verhaßte Gesicht seines Vaters, wie er mit von Bier aufgedunsenem Gesicht nach Westen wies und die erschütternden Worte sprach: »Von dort, mein Sohn … das Vergessen«. Und mit einem Ausdruck unendlicher Verlassenheit auf seinem nach Westen gewandtem Gesicht starb Volodius, *der Eroberer*.

Die Königin löste daraufhin die starren Finger des Königs von den Locken des Kindes und hob dieses in die Höhe.

Es war ein kräftiger Junge von sechs Jahren, ungebärdig und finster dreinschauend. Ein wildes Grunzen war sein einziger Kommentar, bis er wieder freigelassen wurde und zwischen Vorhangfalten und den Beinen der Anwesenden weiter dem blauen Ball nachstellte, der ihn unter das königliche Bett geführt hatte. Und alle vernahmen sie seine brabbelnde Stimme, die mehr oder weniger vollständig, aber doch unverkennbar dieselben Flüche und Verwünschungen ausstieß, die sie mehr als einmal von den Lippen dessen gehört hatten, der jetzt für immer verstummt war.

Die Königin wandte sich an den immer noch knienden Hofstaat und sprach mit sanfter, doch deutlich vernehmbarer und jeden Zweifel ausschließender Stimme: »Prinz Gudú, einzig legitimer Sohn unseres geliebten verstorbenen Königs Volodius, wurde von diesem, wie wir alle gesehen haben, als sein Nachfolger auf dem Thron von Olar bestimmt. Das soll geschehen, so wahr mir Gott helfe, und alle hier Anwesenden rufe ich als meine Zeugen an. Ich schwöre, meinem Sohn, Prinz Gudú, zu seinem Recht zu verhelfen mit der Kraft meines Geistes und, falls nötig, mit dem Schwert.«

Unterstrichen wurden diese Worte von dem dumpfen Geräusch gegen Schilde schlagender Lanzen, womit die Soldaten von Randals Truppe und Almandins Leibwache offenbar ihre Ergebenheit bekundeten.

Es gab nur einen kurzen Moment der Ungewißheit, als die Augen aller sich auf Graf Tuso richteten. Doch der schien wie versteinert; sein gefürchteter Blick war in ein einziges Ziel verbohrt: die ungläubig hervorquellenden Augen von Anzius, der, mit noch weiter offenstehendem Mund als gewöhnlich, vollkommen hypnotisiert zurückstarrte.

In diesem verwirrenden Augenblick ging so etwas wie ein unhörbares Raunen durch den Raum; eine lang unterdrückte Beklemmung schien sich aus den Kehlen zu lösen, eine vielstimmige Erleichterung breitete sich wie warmer Atem aus. Und ein einziger Gedanke beherrschte alle Gemüter: Dies ist die beste Lösung. Weder der verhaßte Anzius mit seinem finsteren Berater noch der gutherzige Nobel, der keiner Intrige gewachsen wäre. Andererseits war der neue König noch ein Kind. Ein Kind von sechs Jahren …! Was wird ihm alles zustoßen können, bis er alt genug zum Regieren ist! Wir wissen doch alle, daß Kinder – besonders wenn sie Thronfolger sind oder zum Regieren zu junge Könige – ungewöhnlich leicht zu Tode kommen.

Und so löste sich die unheilvolle Gewitterwolke, die seit dem Kampf der Könige so drohend über ihnen gehangen hatte, in einem Windhauch auf, der neue Hoffnung versprach. Und während noch alle niederknieten, dem kleinen Gudú zujubelten und ihn ihrer Gefolgschaft versicherten, waren nicht wenige auch angenehm überrascht von der ungewöhnlichen und unbändigen Schönheit der jungen Königin. Als die vornehme Herrin ihr Antlitz dann dem Prinzen Almandin zuwandte und ihrem früheren Bewacher ein strahlendes Lächeln schenkte, hielt sich das

Erstaunen der Anwesenden daher auch in verständnisvollen Grenzen.

Das Schicksal des Königreiches Olar hätte vielleicht eine andere Richtung genommen, wäre in einem so kritischen Moment dem Grafen Tuso nicht eine Erscheinung vor Augen getreten, die ihm klares Denken und Handeln unmöglich machte. Ein Dudelsack auf dem Wappenschild eines Menschen, der so rätselhaft für ihn war, daß er ihn beunruhigte und zutiefst verunsicherte: Prinz Almandin.

ZWEITER TEIL

VIII

KÖNIG GUDÚ

I

Königin Ardid war eine unerschrockene Frau. Nach ihrer aufsehenerregenden Hochzeit im Alter von sieben Jahren mit dem verstorbenen König Volodius und auch während der sechsjährigen Verbannung im Ostturm hatte sich daran nichts geändert. Sie war eher noch resoluter und in ihren Methoden noch listenreicher geworden. Almandin und sein von Hauptmann Randal befehligtes kleines Heer waren ihr bedingungslos ergeben. Die Soldaten von Olar warteten nur darauf, in ihre Dienste zu treten; denn ein Dasein wie das von Almandins Männern war für sie überzeugender als jedes Versprechen von Ruhm und Ehre.

Der Adel, von Volodius stets unterdrückt und geknechtet, fand zu neuem Selbstbewußtsein. Der künftige König war schließlich noch ein Kind, und die Herrschaft der Mutter konnte den edlen Herren zum Nutzen gereichen, wenn sie die richtige Art des Umgehens mit ihr fanden. Ardid ihrerseits war von Anfang an gewillt, sich dem Adel wohlwollend und großzügig zu zeigen, und gab ihm sogar Vorrechte zurück, die Volodius einfach für ungültig erklärt hatte. Außerdem ließ die Königin feierlich verkünden, sie wolle in den kommenden Jahren alles in ihrer Macht Stehende tun, den Frieden des Landes zu bewahren und Geld und Leben verschlingende Kriege zu vermeiden. Diese Aussichten erfüllten das ganze Volk mit freudiger Hoffnung auf ein baldiges Wohlergehen.

Zwar war das Samenkorn der Intrige in manches Herz gesät – das war unvermeidlich und normal –, doch würde es Jahre der Geduld, Beobachtung und Planung bedürfen, um es heranreifen zu lassen; Jahre, die jedem auf seine Art zugute kamen. Entgegen allen Erwartungen ließ die Königin auch Graf Tuso als Berater im Amt und bewies damit einmal mehr, daß List und Weitsicht zu ihren herausragendsten Tugenden gehörten. Sie zeigte sich dem Grafen freundschaftlich zugetan, empfand ihn im Grunde jedoch als abstoßend und lächerlich. Aus eigener Erfahrung und aus den Lehren ihres Meisters wußte sie aber, daß man sich den Feind, den man nicht schlagen kann, am besten zum Verbündeten macht. Manch einer wunderte sich, daß sie nicht Prinz Almandin zu ihrem offiziellen Berater ernannte und ihn auch nicht zum Gemahl nahm, sondern ihn einfach nur mit der unumschränkten Vollmacht ausstattete, den Warenhandel mit anderen Ländern voranzutreiben, vor allem mit dem Reich der im Überfluß schwelgenden Leonia. Almandin wurde so zu einer Art Botschafter seines Landes, wofür ihn sein feinsinniges, bezauberndes Wesen wie geschaffen machte, da Frauen sich dafür in der Regel als überaus empfänglich erwiesen. Und so waren für den Augenblick alle zufrieden und erleichtert, vor allem begreiflicherweise Graf Tuso und sein Schützling Anzius. Sie konnten jetzt mit neuer Hoffnung ihren Verschwörungen nachgehen, und obwohl Anzius anfangs noch vor Wut schäumte, riet Graf Tuso ihm zu Geduld und Zurückhaltung und konnte ihn nach und nach beruhigen.

Mit einer Großzügigkeit, die allen schier die Sprache verschlug, gab die Königin bekannt, daß ihr persönlicher Besitz – den sie an der Seite von Volodius angesammelt hatte, der ihr gegenüber über alle Maßen freigebig gewesen war, – in die Kassen des Reiches fließen solle. Und als erstes schickte sie danach Almandin zur Königin Leonia, um mit ihr einen Güterverkehr auszuhandeln, der allen Untertanen zugute kommen sollte.

Mit überschwenglicher Freude wurde die Rückkehr der ersten Gesandtschaft zur Insel der beneidenswerten Schätze begrüßt, denn Almandin hatte nicht nur ein äußerst vorteilhaftes Abkommen mit der Königin dieses malerischen Landes im Süden getroffen, sondern brachte bereits die mannigfaltigsten Waren mit sowie Kredit, feinste Stoffe und viele andere Dinge, die in Olar bisher ganz unbekannt waren und die bewirkten, daß die

Damen, wie auch sogar mancher Ritter oder Edelmann vor Entzücken ganz aufgeregt wurden. Danach wußte Königin Ardid den Adel hinter sich, und als sie im Volk noch Mehl und Wein verteilen ließ, nahm der Jubel kein Ende, und ihr Name war auch bei den Armen in aller Munde; obwohl sich bei diesen ein Rest von Argwohn hartnäckig hielt.

Damit nicht zufrieden und zur Mehrung ihrer eigenen Größe ließ sie für ihren wenig geliebten Gemahl im Kloster Abundios – das von Königin Ardid ebenfalls mit einem Wohlwollen ohnegleichen bedacht wurde – einen königlichen Friedhof anlegen und Volodius dort begraben. Auf der Insel Leonia, wo die Künste blühten, wie Almandin mit glänzenden Augen geschwärmt hatte, war ein Steinmetz beauftragt worden, ein Denkmal nach Volodius' Ebenbild zu schaffen. Die steinerne Statue wurde auf sein Grab gestellt, und dort stand er nun jünger und schöner, als er je gewesen war. Und da jeder König, der etwas auf sich hielt, auch einen Beinamen brauchte, der sein Wesen beschrieb, ließ sie in den Sockel die Worte meißeln: Volodius I., *der Eroberer*. Damit fühlte sich das ganze Land, wider jede Logik und Erklärbarkeit, größer und reicher. Das ganze Land, bis auf das Armenland, denn das hatte auch die Königin vergessen.

Nachdem alle diese wichtigen Dinge erledigt waren, bezog die Königin den Südflügel, wo sie sich ganz nach ihren Bedürfnissen einrichtete. Dolinda und Artisia wurden zu königlichen Kammerzofen und damit zu Herzoginnen ernannt, was sie erwartungsgemäß überglücklich machte. Unglücklicherweise vergaßen auch sie danach ihre Verwandten und Angehörigen im Armenland; beide heirateten vielmehr adlige Männer, die doppelt so alt waren wie sie, aber auch doppelt so reich.

Als die Dinge im Land soweit geklärt waren, rief die Königin ihre engsten Freunde zusammen, um ihnen einen Plan vorzulegen, den sie schon seit den Jahren ihrer Gefangenschaft in Gedanken und im Herzen hatte reifen lassen.

Als der Magier, der Kobold des Südens und der schmucke Almandin – obwohl dieser nicht ganz so vonnöten und seine Anwesenheit nur höflichkeitshalber verlangt worden war, da er bei derartigen Besprechungen regelmäßig einzuschlafen pflegte – in den Privatgemächern der Königin versammelt waren, sagte sie zu ihnen: »Liebe Freunde, jetzt ist der Augenblick gekommen, da wir eine wichtige Entscheidung für Gudú treffen müssen. Es handelt sich um nichts Geringeres, als ihm ein für allemal die Krone und das Königreich zu sichern. Und da mir alles, was ich von euch gelernt habe, und auch meine eigenen Erfahrungen mir gezeigt haben, daß eine Voraussetzung dafür unerläßlich ist, müssen wir diese für ihn schaffen.«

Sie legte eine kleine Pause ein, denn ihre vielleicht einzige Schwäche war ein leichter Hang zu Theatralik. Die Freunde lauschten aufmerksam.

»Liebe Freunde«, wiederholte sie so sanft und bestimmt wie immer, »das Problem ist einfach und kompliziert zugleich, und darum brauche ich eure Künste und eure Weisheit. Es geht ganz einfach darum, Gudú die Fähigkeit der Liebe zu nehmen.«

»Gute Königin«, antwortete der Magier, »ich möchte Euch nicht widersprechen, Ihr kennt meine Meinung in der Hinsicht; aber ich glaube, Ihr übertreibt es mit Eurem Mißtrauen gegen dieses Gefühl. Wenige wissen wie Ihr, welche Lust und welches Leid die Liebe bereiten kann. Aber glaubt mir: Selbst wenn wir einen Trank oder Ähnliches finden, kann er nicht vollkommen sein. Man kann die Fähigkeit zu lieben nämlich nicht nur zum Teil, das heißt, bedingt entfernen; falls es überhaupt möglich ist, wird sie nur in all ihren Erscheinungsformen auszuschließen sein.«

»Ich weiß«, sagte Ardid geduldig. »Ich sehe darin freilich kein Hindernis.«

»Aber«, fiel der Kobold ein, »dann wird ihm auch die Fähigkeit zur Freundschaft genommen werden, zu jeder Art von Zuneigung. Das heißt, er wird auch Euch nicht lieben können. Ich gebe das nur zu bedenken, weil die Menschen dieses Gefühl doch höher schätzen als alle anderen Empfindungen. Bei unsereins ist das ohnehin ganz anders, Verehrte; aber ich erachte es als meine Pflicht, Euch darauf hinzuweisen.«

»Ich habe schon darüber nachgedacht«, entgegnete Ardid, und diesmal klang ihre Stimme nur noch bestimmt und gar nicht mehr sanft, da sie dies im Augenblick als überflüssig empfand. »Es stört mich nicht, wenn Gudú mich nicht liebt. Es reicht, wenn ich ihn liebe.«

Sie wendeten das Problem noch eine Weile hin und her, doch angesichts von Ardids unverbrüchlicher Entschlossenheit willigten sie ein, sich des Falls mit aller Umsicht und Aufmerksamkeit anzunehmen. Almandin war bereits eingeschlafen; er hätte wahrscheinlich ohnehin nicht ganz begriffen, worum es genau ging, auf jeden Fall hätte er es wieder vergessen. Er vergaß so gut wie alles, bis auf seine Liebe zu Ardid, die so in ihm verwurzelt war und deren Zweige sein ganzes Sein durchwucherten, daß für andere Dinge kaum ein Platz mehr blieb.

Einige Zeit darauf teilten der Magier und der Kobold der Königin mit, was ihre Untersuchungen ergeben hatte. Ardid eilte zu den Verliesen hinunter, in denen sich ihr alter Lehrer so wohl fühlte. Er hatte sich geweigert, eine behaglichere Unterkunft zu beziehen, denn für ihn gab es nichts Besseres im ganzen Schloß. Die drei saßen um ein Feuer, das die Erinnerung an weit zurückliegende Zeiten weckte, als sie sich noch in den Ruinen von Anselmis Schloß versteckt hielten. Schließlich teilten die beiden alten Männer Ardid folgendes mit: »Es gibt tatsächlich eine Möglichkeit, König Gudú die Liebesfähigkeit zu entziehen. Wohlgemerkt, dies ist ein endgültiger Vorgang. Solltet Ihr weiterhin auf Eurem Wunsch beharren, werden wir zuerst ein paar Nebenaspekte klären müssen. Wie Ihr wißt, gibt es keine Beschwörung, keinen Zauber oder Umgang mit höheren Mächten, die nicht an eine Bedingung geknüpft sind, welche sich auf lange Sicht unter Umständen gegenläufig auswirken könnte. In dem uns vorliegenden Fall besteht diese Kleinigkeit darin, daß demjenigen, dem die Fähigkeit zu lieben entfernt wird, damit zugleich die Fähigkeit zu weinen abhanden kommt.«

»Ich sehe darin kein Problem«, sagte Ardid. »Um so besser;

dann lernt er dieses zutiefst entwürdigende Gefühl gar nicht erst kennen.«

»Gewiß«, erwiderte der Kobold, »aber da gibt es noch eine Komplikation in dieser scheinbar so einfachen Frage. Falls nämlich aus einem unvorhersehbaren Grund – man kann nicht alles berücksichtigen, unsere Kraft ist begrenzt – die behandelte Person irgendwann einmal eine Träne vergießt, dann wird diese Person und alles, worauf sie je einen Fuß gesetzt hat und alle, die mit ihr zusammen existiert haben, für immer im Vergessen der Zeit und vom Antlitz der Erde verschwinden.«

»Aber wenn ihr ihm die Fähigkeit zu lieben nehmt und damit auch die Fähigkeit zu weinen … dann kann dieses Verschwinden logischerweise nicht eintreten.«

»Das hoffe ich«, sagte der Magier, klang aber nicht ganz und gar überzeugt.

»Alles deutet darauf hin; falls unsere Berechnungen stimmen«, ergänzte der Kobold. »Aber die Klausel steht in den Abhandlungen; und wenn sie darin steht, muß es irgendwo eine Ritze oder Lücke geben, durch die wir nicht bis zum Kern ihrer wahren Bedeutung vorgedrungen sind.«

»Ich vermisse die Logik in euren Befürchtungen«, entgegnete Ardid ungeduldig. »Ihr habt selbst gesagt, das eine bedingt das andere: Wenn er nicht liebt, weint er nicht. Und wenn er nicht weint, gibt es auch keinen Grund, sich zu sorgen.«

Die beiden Freunde der Königin nickten schweigend, doch in ihren Augen schimmerte ein Zweifel, undeutlich nur und sehr fern, aber dennoch ein Zweifel.

»Bedenkt bitte«, sagte der Kobold schließlich, »daß unsere Macht nur beschränkt ist. Nicht einmal wenn wir Kobolde über alle Unreinheit erhaben sind, ist uns das Wissen um jede Möglichkeit vergönnt. Viel weniger noch in einem, wenn auch sehr geringen Maß der Unreinheit. Eine Kleinigkeit könnten wir vergessen oder übersehen haben.«

Sie wälzten noch lange das Für und Wider, und als schon der Morgen graute, gelangten sie zu dem Schluß – denn eigentlich sprachen sie ja nur über menschliche Skrupel und nicht über eine ernstlich befürchtete Möglichkeit –, den heiklen Versuch an dem kleinen Gudú vorzunehmen. Im weiteren Verlauf der Beratschlagung waren noch ein paar wichtige Einzelheiten festgelegt worden. So hatte die Königin zu bedenken gegeben, daß der König zwar keinem Menschen in Liebe verfallen, ihm andererseits aber auch nicht der Geschmack am anderen Geschlecht verleidet werden dürfe, da er Nachkommen brauche, um die verflixte Erbfolge zu regeln, deretwegen Gudú und, der einhelligen Meinung aller Anwesenden nach, das Reich selbst beinahe um seine Rechte gebracht worden wären.

»Das läßt sich machen«, sagte der Kobold nach kurzer Rücksprache mit dem Magier. »Obwohl dies bei den Menschen wenig üblich ist, kann man es so einrichten, daß er Gefallen am anderen Geschlecht findet, ohne daß die Liebe ihr Teil dazu tut.«

»Da ist noch etwas«, sagte die Königin. »Wir müssen verhindern, daß er davon beherrscht wird. Wenn wir an die letzte Leidenschaft seines Vaters denken, glaube ich, daß dies ebenso schädlich sein kann wie die Liebe selbst.«

»Gut erkannt!« rief der Magier. »Machen wir also, daß keine Frau ihn längere Zeit zu fesseln vermag. Laßt uns allein, und wenn wir herausgefunden haben, wie es zu bewerkstelligen ist, teilen wir Euch das Ergebnis mit.«

So wurde es gemacht, und bald darauf brachten sie der Königin folgende Neuigkeiten:

»So ungewöhnlich es scheinen mag, Verehrteste, aber dieses Problem ist schwieriger zu lösen als das erste. Es gibt keine Anweisungen dafür. Aber keine Sorge, wir haben uns eine List ausgedacht. Dabei übernimmt der Kobold Euch zuliebe allerdings einen schwierigen Part.«

»Nun, heraus mit der Sprache!« rief Ardid ungeduldig.

»Wir haben lange darüber nachgedacht und sind zu dem Entschluß gekommen: Wenn wir eine Frau für die fleischliche Befriedigung des Königs fänden, die tausend verschiedene Gestalten annehmen könnte und doch immer dieselbe wäre, die ihn von der jeweils anderen ablenken würde, und das immer nur für kurze Zeit, dann könnte der König keiner dieser Frauen verfallen. Die Gemahlinnen, die er haben wird, zählen natürlich nicht mit«, sagte der Magier mit Bestimmtheit. »Mit denen kann er machen, was er will. Für die Angelegenheit, um die es uns geht, stellen sie keinerlei Gefahr dar, wie wir wissen.«

»Selbstverständlich«, antwortete die Königin mit einem Unterton von Bitterkeit oder Schmerz in der Stimme. »Die Gemahlin erledigt sich über kurz oder lang selbst. Das beste Rezept dafür ist die Heirat, darüber sind wir uns einig. Aber ... Wo finden wir ein solch wunderbares Geschöpf? Ich kenne niemanden, der alle diese Tugenden in sich vereint. Und selbst wenn – die Jahre vergehen, und wer heute jung und saftig ist, ist morgen alt und runzelig.«

»Ich kenne da jemanden«, sagte der Kobold, »der über solcherlei Erbärmlichkeiten erhaben ist. Natürlich findet sich ein derartiges Wesen nicht unter euresgleichen.«

»Dann taugt es nicht«, sagte die Königin. »Ein nichtfleischliches Wesen ist für einen Menschen aus Fleisch und Blut nicht begehrenswert.«

»Laßt mich nur machen«, sagte der Kobold mit einem Lachen, das nach Ansicht seiner Freunde etwas zu weinselig roch. »Laßt mich nur machen; es ist zwar kein Wesen aus Fleisch und Blut, kann aber für kurze Zeit menschliche Gestalt annehmen. Kurze Zeit, darum geht es doch, oder? Und so viele menschliche Gestalten wie gewünscht, alle sehr verführerisch.« Und mit einer herablassenden Geste fügte er hinzu: »Nach menschlichem Dafürhalten, versteht sich.«

»Nun gut, wie auch immer, versucht es mit diesem Wesen so bald wie möglich.«

»Da liegt das große Opfer, das unser lieber Freund bringen muß«, erklärte der Magier mitleidig. »Wir müssen ihn einer Begegnung aussetzen, die ihm gar nicht gefällt und die er vermeidet, seit er unrein geworden ist. Er muß nämlich die Wassernixe aufsuchen, die auf dem Grund des Sees wohnt. Mit ihr versteht er sich zwar ausgezeichnet, nicht jedoch mit ihrer Großmutter, der Alten Dame. Und die Alte Dame, höchste Macht und Inbegriff der Reinheit, verabscheut alle Unreinen. Und zu allem Unglück wohnt sie dort, wo alle Wasser entspringen, die sie so weise zu lenken versteht.«

»Auf dem Grund des Sees?« fragte Ardid ungläubig, die davon noch nie gehört hatte.

»Nicht gänzlich auf dem Grund, glücklicherweise«, antwortete der Kobold und trank sich mit einem Schluck etwas Mut an. »Wenn dem so wäre, könnte ich gar nichts ausrichten. Nein, sie wohnt ein Stückchen weiter oben, in der Quellgrotte. Wenn ich ein bißchen Glück habe, besucht sie ihre Enkelin nicht gerade dann, wenn ich mit ihr spreche.«

Nach diesen Worten goß er sich noch einmal ein, ja, betrank sich schließlich auf so heftige Weise, daß seine Nase eine tiefrote Färbung annahm, wie man es noch nie zuvor gesehen hatte. Was seine beiden Freunde natürlich mit größter Sorge erfüllte. Doch die Würfel waren gefallen.

2

Undine, die Wassernixe vom Grund des Sees, wohnte seit vierhundertdreißig Jahren an dem schönsten Ort des Gewässers. Undine war von außergewöhnlicher Schönheit: Ihr seidiges, algenfarbenes Haar umschwebte sie bis zur Taille, die Farbe ihrer großen Augen veränderte sich je nach Lichteinfall von weichem Gold bis zum tiefsten Grün, und ihr Körper schimmerte in einem bläulichen Weiß. Ihre Arme ruderten mit geschmeidigen Wellenbewegungen zwischen den Wurzeln der Wasserpflanzen, und ihre Beine bewegten sich wie die Flossen des Karpfens. Auf ihren Lippen lag ein schimmerndes Lächeln, das vom Perlmutt der Muscheln zum fließenden Rosa des Sonnenaufgangs wechselte. Jeder Mensch wäre bei ihrem Anblick vor Bewunderung erstarrt; nur beim Anblick der Ohren nicht, die wie bei allen Wassernixen außerordentlich lang und spitz waren, dafür aber von einer bezaubernden Tönung zwischen Rosa und Golden.

Obzwar eine Enkelin der Großen Dame des Sees, besaß sie nicht ein Zipfelchen von deren Weisheit, ja, nicht einmal ein Körnchen Klugheit, wie das bei Wassernixen ja oft der Fall ist. Dafür war sie so weich und anschmiegsam und von einer solchen Naivität, daß ihre bodenlose Dummheit gern mit bezauberndem Liebreiz verwechselt wurde. Wie alle Wassernixen war sie vollkommen unberechenbar und launisch, und ihr großes Steckenpferd war ihr liebevoll gehegter *Garten der Grünen Umwickelten*. Undines Sammlung bestand aus einer ansehnlichen Zahl hübscher Jungen zwischen vierzehn und fünfundzwanzig Jahren. Sie hatte einen so ausgeprägten Hang zu Menschenkindern dieses Alters, daß sie immer wieder welche auf den Grund des Sees hinabzerrte und sie dort mit Hilfe des Safts der Maraubine – eines Gewächses, das nur alle dreitausend Jahre unter den Wasserpflanzen gedeiht – rosig und unversehrt aufbewahrte. Sie wurde ihrer jedoch schnell überdrüssig, denn sosehr sie sie auch mit Seerosen schmückte, ihnen Kronen aus glitzernden Muscheln aufs Haupt setzte, ihr Haar streichelte und ihre kalten Lippen küßte, sie sagten nichts und taten nichts; und so brauchte sie immer mehr und mehr junge Männer, um sich an der reinen Vielfalt zu ergötzen.

Manchmal war sie sogar heimlich bis in die Nähe des Ufers vorgedrungen, hatte junge Pärchen beobachtet, die sich streichelten und küßten, und das hatte ihren Neid geweckt. Den Kobolden hatte sie ihr Leid schon geklagt, und diese empfanden solches Mitleid mit ihr, daß sie ab und zu einen Jungen ins Wasser stießen. Auch dem Kobold des Südens hatte sie ihre wahnhafte Vorliebe schon geklagt. »Das ist doch Unsinn«, lautete stets die Antwort der Kobolde. »Nimm dir einen Delphin aus den südlichen Gewässern zum Mann und vergiß deine Marotte. Angesichts deines jugendlichen Alters ist sie zwar verzeihlich, aber nimm dich vor deiner Großmutter in acht: sie duldet keine Unreinheit mit Menschen, und nur mit Ertrunkenen kannst du gefahrlos spielen.«

»Ihr habt ja recht«, pflegte sie dann zerknirscht zu antworten. »Ich will es nicht vergessen.« Da sie jedoch so dumm war, daß es ihr ganzes Wesen ausfüllte, vergaß sie ihre Worte nicht nur im Gegenteil sogleich, sondern ließ sich auch von dem wunderlichen Wunsch nach Zärtlichkeiten und Küssen lebender Männer nicht abbringen.

»Aber warum?« fragte der Kobold des Südens sie einmal, der, seit er trank und meistens im Schloß lebte, dessen Nordseite die Wellen des Sees beleckten, häufiger lange Gespräche mit ihr führte. »Ich sehe keinen Sinn darin.«

»Ich auch nicht«, erwidert Undine. »Ich sehe den Sinn auch nicht; es ist einfach so.«

Und nun hatte sich der Kobold wieder an ihre Naivität und ihre unvernünftige Eigenwilligkeit erinnert. So waren die Wassernixen nun einmal, sagte er sich. Im Süden hatte er eine gekannt, die war auf Esel fixiert; und weiter im Osten eine mit einer Vorliebe für rotbärtige Landsknechte. Von Wassernixen konnte man alles erwarten, nur keine Vernunft.

Er paßte eine geeignete Nacht im zunehmenden Mondzyklus ab, dann grub er sich unter dem See durch, bis er zu der Stelle kam, wo die Nixe wohnte.

»Du warst aber lange nicht hier, Kobold des Südens«, begrüßte ihn Undine, die eine heimliche Vorliebe für ihn hatte, weil ihm ein leicht menschlicher Geruch anhing. »Soll ich dir meine neueste Errungenschaft zeigen? Der Kobold von Alamanita hat ihn mir gegeben, und er ist wunderschön. Ich werde gar nicht müde, ihn zu schmücken. Sieh nur, ich habe ihm Ohrringe aus Muscheln gemacht und ihn ganz mit Maraubinengrün behängt; und hier, diese Perle in seinem Bauchnabel, die hat mir eine Auster aus dem Drango-Meer geschenkt. Was kann ich sonst tun, um mich nicht zu langweilen?«

Der Kobold betrachtete nachdenklich einen jungen Burschen mit dunklen Haaren und goldiger Haut, doch mit einem Ausdruck des Entsetzens im Gesicht, da sie wohl noch keine Zeit gefunden hatte, ihm die Augen zu schließen. Der Junge schien ihm ein Ausbund an Häßlichkeit und Würdelosigkeit, doch behielt der Kobold seine Meinung für sich, da er Undines Wohlwollen nicht verlieren wollte. Er schaute sich argwöhnisch um und flüsterte schließlich:

»Du erwartest doch nicht etwa Besuch von der Großen Dame, oder?«

»Ach was«, entgegnete Undine. »Die ist viel zu sehr damit beschäftigt, das nächste Tauwetter vorzubereiten. Nicht einmal meine letzten drei Neuerwerbungen hat sie gesehen. Sie mag sie nicht besonders; aber wenn ich mich mit Ertrunkenen begnüge, sagt sie, läßt sie mich gewähren.«

»Gut, gut«, sagte der Kobold. »Ich habe viel an dich gedacht, meine Süße. Und ich könnte mir vorstellen, daß wir eine Lösung für dich finden, ohne deine Wunderbare Großmutter, Die Mir Höchsten Respekt Abverlangt (wenn er so unmittelbar von ihr sprach, konnte er das nur mit großen Anfangsbuchstaben tun) zu verärgern.«

»Wirklich?« rief Undine und klatschte in die Hände. »Sag mir, wie, Kobold des Südens.«

»Ich biete dir eine einmalige Gelegenheit. Wir haben einen Trank erfunden, der es dir ermöglicht, für die kurze Zeit von zehn Tagen menschliche Gestalt anzunehmen, ohne unrein zu werden. Du darfst die Zeit allerdings nicht überschreiten, denn schon nach einer Minute wäre deine Unreinheit so stark fortgeschritten, daß sie nicht mehr rückgängig zu machen wäre. Aber launisch, wie du bist, wirst du dich ohnehin nicht länger als zwei Tage mit ein und demselben menschlichen Mann vergnügen, kannst dich jedoch mit so vielen, wie du willst, während der genannten Zeit ungehemmt ausleben. So ist die Gefahr für dich fern, und du hast nur den Vorteil: Du kannst das Elixier trinken, sooft du willst, und für zehn Tage die Gestalt der menschlichen Frau annehmen, die dir am zweckmäßigsten erscheint; sie muß sich nur jedesmal von der vorherigen unterscheiden. Wenn du mich fragst, kannst du dich auf diese Weise bis zum Umfallen amüsieren, und das jahrhundertelang.«

Die Wassernixe schlug zwei Purzelbäume im Wasser. Das war ihr Ausdruck von höchster Beglückung, denn ihr Mund kannte nur eine einzige Art zu lächeln.

»Schnell!« rief sie, und die Oberfläche des Sees durchlief ein Zittern, als striche eine Windbö über das Wasser. »Schnell, gib mir diesen Trank!«

»Moment noch, Schätzchen«, wehrte der Kobold ab. »Tut mir leid, das sagen zu müssen, aber alles hat seine Bedingungen.«

»Nenne mir deine Bedingungen.«

»Also: Du kannst deine Glücksmomente nutzen, wie du willst, aber« – und hier wählte er seine Worte mit Bedacht – »du mußt mit jeder neuen Gestalt einen bestimmten Mann betören, der anfangs noch jung und anziehend sein mag, mit der Zeit jedoch alt und häßlich und vielleicht sogar abstoßend wird. Nur wenn du mir das feierlich schwörst, verabreiche ich dir den Trank.«

»Was soll's«, antwortete die Wassernixe. »Ich kann mich ja mit anderen trösten, solange das Menschengeschlecht solche wundervollen Geschöpfe hervorbringt.« Wobei sie auf den Garten der ertrunkenen Jünglinge wies.

»Gut. Ich werde deine Zustimmung der entsprechenden Stelle melden«, verkündete der Kobold und ließ sie, in hoffnungsvollen Träumen gefangen, in ihrem nassen Element zurück.

Königin Ardid war zwar sehr angetan von den Neuigkeiten, die ihr der Kobold berichtete, fragte jedoch zweifelnd: »Bist du sicher, mein Lieber, daß Undine es nicht überdrüssig wird, auf diesen Trank zu warten? Bis Gudú in dem Alter ist, ihre Reize zu würdigen, vergehen noch einige Jahre.«

»Ach, werte Königin«, entgegnete der Kobold, »was sind ein paar Jahre für jemanden, der in Zeitbegriffen von Jahrhunderten lebt? Nichts, Verehrte, gar nichts.«

Und er trank, ein wenig zitternd noch, einen Schluck von dem guten rosenfarbenen Wein, den er für besondere Anlässe aufbewahrte. Denn die Furcht, die ihm die Alte Dame des Sees einflößte, war nur zu vergleichen mit der Zuneigung, die er für Königin Ardid empfand.

Da der kleine König in wenigen Tagen Geburtstag hatte, schien dies der passende Moment, die vereinbarten Machenschaften an ihm vorzunehmen.

Gudú seinerseits tobte ungehindert durchs ganze Schloß, ohne die geringste Ahnung von den Ereignissen, die sich über ihm zusammenbrauten. Seinem Bruder Nobel folgte er auf Schritt und Tritt, und dieser kümmerte sich so liebevoll um ihn, daß es der Königin nicht verborgen blieb. Eines Tages rief sie ihn zu sich, denn sie empfand eine überwältigende Sympathie für diesen Jungen, der so anders war als seine Brüder.

»Prinz Nobel«, sprach sie zu ihm, »ich sehe, daß du eine große und tiefe Zuneigung zu unserem geliebten König und Herrn Gudú empfindest.«

»So ist es«, erwiderte der Junge. »Tatsächlich ist er der einzige meiner Brüder, zu dem ich mich wirklich hingezogen fühle; mit dem mich ein brüderliches Band verknüpft.«

»Dann«, sagte die Königin, »ernenne ich dich ab sofort zu seinem Beschützer und Leibwächter, da in diesem Schloß zahllose Gefahren auf meinen Sohn lauern. Hier ist viel Heuchelei im Gange, und längst ist nicht alles so, wie es den Anschein hat.«

Nobel schwieg, doch die Königin beobachtete, daß eine für sein Alter unzeitgemäße Traurigkeit seine Augen erfüllte.

»Komm zu mir«, sagte sie zu ihm. »Ich möchte, daß du ab jetzt in mir die Mutter siehst, die du nie gekannt hast.«

Dann gab sie ihm einen Kuß, und so, wie der Junge darauf errötete, merkte sie, wie glücklich ihn ihre Worte gemacht hatten. Dies, dachte sie, ist ein Mensch, den ich nicht mit Hilfe von Furcht, Macht oder Begehrlichkeit beherrschen darf; dies ist ein Mensch, den ich nur mit Liebe beherrschen will. Unter diesen Gedanken nahm sie ihn mit in ihre Gemächer. Dort öffnete sie eine Truhe, in der sie ihre wenigen persönlichen Schätze aufbewahrte, und fand ganz unten einen Stein, den sie vor vielen Jahren, als sie noch ein Kind war, am Meeresstrand gefunden hatte. Er war bläulich gefärbt, glatt und länglich und sah aus, als sei er mit einer scharfen Klinge längs durchgeschnitten worden. Dieser Stein war das einzige Spielzeug ihrer kargen Kindheit gewesen. In seiner Mitte befand sich ein kleines rundes Loch, durch das sie vor vielen Jahren das im Sonnenlicht glitzernde Meer betrachtet hatte. Vielleicht hatte sie ihn deswegen aufbewahrt. Manches Mal war sie versucht gewesen, ihn fortzuwerfen, doch ohne den Grund dafür zu wissen, hatte sie ihn immer behalten. Sie nahm in mit feierlicher Geste in beide Hände und sagte:

»Mein Sohn, dieser scheinbar simple Stein ist eines meiner wertvollsten Andenken. Dir gebe ich ihn, damit du ihn als Unterpfand meiner Zuneigung und unseres Paktes stets bei dir tragen magst.«

So gerührt und dankbar, wie sie es nie für möglich gehalten hatte, nahm Nobel den halbierten Stein, küßte ihn und sprach:

»Danke, Majestät. Ich schwöre Euch bei meinem Leben, daß ich ihn nie vergessen werde. Ich werde ihn niemals von mir geben, und unserem Pakt will ich bis ans Ende meiner Tage die Treue halten.«

Daraufhin zog Prinz Nobel den Stein durch jene Öffnung, durch die Ardid vor vielen Jahren das Meer betrachtet hatte, auf eine goldene Kette, die sein Vater, König Volodius, ihm geschenkt hatte. Und fortan trug er ihn auf der Brust als ein Zeichen unverbrüchlicher Treue, wie sie nur selten einem Menschen zuteil werden konnte.

Ein so argloser Junge, dachte Ardid, als Nobel gegangen war. Man muß ihm seine Gutgläubigkeit lassen, solange es möglich ist. Und ohne daß sie es verhindern konnte, entrang sich ihr der Seufzer: »Armer Prinz Nobel.«

Doch gleich darauf wurde dieser Seufzer von den Sorgen des Alltags aus ihrem Herzen fortgetragen.

An Gudús Geburtstag nahm die Königin ihn mit in ihre Gemächer, setzte ihn auf einen Schemel und ließ ihn aus einem Becher Honigwasser trinken, in dem Schlafmohn sowie ein paar weitere Zutaten aufgelöst waren. Als der Junge eingeschlafen war, rief sie den Kobold und den Magier zu sich. Sanft betteten sie Gudú auf den Boden. Sie fachten das Feuer im Kamin an, und als es die Farbe des Abendrots über dem See angenommen hatte, sprach der Magier die Worte des Rituals. Danach nahm der Kobold mit äußerster Behutsamkeit den Kopf des Kindes in seine Hände, blies auf seine Stirn, und diese öffnete sich so sanft und lautlos wie eine Blüte. In gleicher Weise blies er auf seine Brust, und als das Herz zutage trat, schloß der Magier es geschickt in ein festes durchsichtiges Gefäß. Unter der Stirn des Jungen zeigten sich Träume von Pferden und einer ungefügen roten Sonne, von Schwerterklang und einer im Wind sich biegenden Pappel.

»Nichts Gefährliches«, sagte der Kobold. »Haben wir noch Zeit? Sollen wir ihm noch etwas anderes entfernen? Neugier? Unschuld?«

Die Königin verspürte mit einem Mal einen tiefen Schmerz, schlug die Hände vor die Augen und brach in Tränen aus.

»Schluß!« rief sie. »Schluß damit! Es reicht.«

Der Kobold blies auf Stirn und Brust des Jungen, die beide sich schlossen, ohne Narben zu hinterlassen, und das Feuer im Kamin erlosch von allein. Durch eine Sanduhr auf dem Kaminsims tröpfelte langsam der goldene Regen der Zeit.

Ardid ließ ihren Blick und ihre Gedanken durch das Zimmer schweifen, als sähe sie es zum ersten Mal. Durch das Fenster und sogar durch die Steine, die Vorhänge und die Turmmauern drang die Nacht zu ihr herein. Es war eine wunderschöne Nacht, in der man den Schlaf einiger Vögel und das Erwachen anderer atmen konnte. Sogar das gläserne Zittern der Libellen über stillen Tümpeln schien wahrnehmbar zu sein. Und unten auf dem See der Vermißten – so wußte Ardid und ahnte es zum Teil – strich jemand oder etwas mit unsichtbaren Fingern über die Oberfläche des Wassers. Wie groß und wie rätselhaft, wie mild und wie schrecklich kann eine einzige Nacht sein, dachte sie. Dann merkte sie, daß ihre Augen feucht geworden waren und sich fernen Erinnerungen zuwandten. Unter Schmerzen löste sie sich von ihrem Traum und wandte sich an ihre Freunde. »Der König ist geboren«, sagte Ardid und trocknete ihre Tränen. »Mögen wir lange genug leben, um seine Größe zu schauen! Weckt ihn auf, und im ganzen Land sollen die Glocken läuten.«

So geschah es, und der Geburtstag des Königs wurde mit einem Prunk und Aufwand begangen, wie man es noch nie zuvor erlebt hatte.

3

Gudú wuchs im Schloß von Olar unter der strengen Aufsicht seiner Mutter, dem unbestechlichen Schutz seines Bruders Nobel und den Lehren des Magiers heran.

Obwohl sich seine Umgebung deutlich verändert hatte, erinnerte sich Gudú oft an die Zeit, da er nach draußen entwischt und durch die Wehrgänge und Gewölbe des Schlosses gestreift war. Erinnerungsfetzen einer dunklen Vergangenheit drangen in sein Hirn: Er sah sich als Kind, das sich kaum auf den Beinen halten konnte; er glitt aus und floh, ohne zu wissen, vor wem, was oder wohin; durch finstere Gänge, abgelegen und halb geheim. Doch alles andere beherrschte seine Erinnerung an einen äußerst merkwürdigen Tag, an dem Vögel auf dem Sims eines Fensters mit roten Vorhängen zwitscherten; Vorhängen, so rot wie die untergehende Sonne, die in ein Zimmer schien, in dem er noch nie gewesen war. Und noch immer spürte er in seinem Rücken den Stoß, sanft aber entschieden, wie von unsichtbaren Händen. Der Schubs dieser Hände hatte ihn auf die Fährte eines blauen Balls geführt, der unter ein Bett gerollt war, auf dem ein großer sterbender Mann mit rötlichem Bart lag, der eine Hand gehoben und genau auf seinen Kopf hatte niedersinken lassen. Doch das lag alles weit zurück und war sehr rätselhaft für ihn. Geheimnisse behagten ihm jedoch gar nicht, und wie alles, was ihm nicht behagte, verbannte er sie aus seinen Gedanken. Die unsichtbaren Hände jedoch, der seltsame blaue Ball – einer hellen blauen Kugel ähnlich, durchsichtig wie Wasser – und das ohrenbetäubende Zwitschern der Vögel nisteten in seinem Gedächtnis. Und sein Leben lang, wenn er am wenigsten damit rechnete, machten sie sich auf beunruhigende Weise bemerkbar. Doch wenigstens nie für lange Zeit.

Ardid, die das tief verwurzelte Unwissen am Hofe verabscheute, strebte für Gudú nach einer Bildung auf allen Gebieten. Sie ließ keinen Tag vergehen, ohne den jungen König zu unterrichten, der schon bald Anzeichen eines starken, nicht leicht zu beugenden Charakters zeigte. Er bewies eine scharfe und wache Intelligenz, obgleich er für theoretische Fachsimpeleien nicht viel übrig hatte und sich mehr den praktischen, konkreten, handfesten Dingen zugetan zeigte. So lernte er zwar halbwegs lesen und schreiben, konnte sich jedoch nie für diese Dinge begeistern, mit Ausnahme der Archive, die der Magier angelegt hatte und eifersüchtig hütete. Diese enthielten sein gesammeltes Wissen sowie all das, was er in seiner frühen Jugend bei Aufenthalten in zahllosen Klöstern zusammenstibitzt hatte. In jenen Jahren hatte er versucht, im klösterlichen Leben heimisch zu werden, welches er seiner heimlichen Leidenschaften wegen jedoch hatte aufgeben müssen; er wurde der Ketzerei und beinahe gar der Zauberei verdächtigt. Bevor man ihn anklagen konnte, machte er sich heimlich aus dem Staub und landete nach mancherlei Nöten im Schloß von Ardids Vater, dessen Vater wiederum ihn beauftragte, seine Söhne zu unterrichten. Der alte Mann war mehr den Wissenschaften als dem Kriegshandwerk zugeneigt, und sein Sohn hatte diesen Wesenszug in abgeschwächtem Maße geerbt. Die kleine Ardid hingegen war, wie der Magier bald feststellen konnte, das lebende geistige Abbild ihres Großvaters. Sie lernte mit Eifer und Begeisterung und mehrte ihre wunderbare Intelligenz, deren hervorstechendste Merkmale ein außergewöhnliches Gedächtnis und eine raffinierte Klugheit waren.

Gudú war ganz anders als seine Mutter. Der Magier war oft

verblüfft über seine scharfsinnigen Beobachtungen, die aber immer praktischer Art waren und der Logik des gesunden Menschenverstands gehorchten. Vor allem jedoch bewies der Junge ein ausgeprägtes Bewußtsein von der Nützlichkeit dessen, was ihm im Umgang mit anderen Menschen – meist niedrigeren Bildungsstands – von Vorteil sein konnte. Die größte Neugier weckten bei ihm die Sagen des Altertums über Könige und Länder, Völker und Regenten. Genau wie seine Mutter zeigte auch er ein reges Interesse für Mathematik. Für Poesie, Musik und die Künste im allgemeinen zeigte er hingegen von Anfang an wenig Neigung und nur geringes Talent. Bücher las er nur, wenn sie seine Leidenschaft für alte Völker und Waffen befriedigten, und alles, was er darüber las, bewahrte er in seinem Gedächtnis, das ebenso erstaunlich war wie das seiner Mutter. Bedauerlicherweise langweilten ihn all jene Wissensgebiete, die der Magier ihm mit besonderer Vorliebe nahegebracht hätte: Astrologie, Schwarze Kunst und Prophezeiungen, die Wissenschaft von den geheimen Kräften, Mysterien und überlieferten Weisheiten; Fächer, bei denen Gudú unverhohlene Langeweile zeigte und während des Unterrichts schamlos gähnte.

Vor allem jedoch zeichnete ihn eine Tugend aus, die er offensichtlich von seinem Vater geerbt hatte; und das war eine brennende Neugier auf alles Unbekannte – vorausgesetzt, es gehörte zu dieser Erde und den Geschöpfen, die sie bevölkerten. Er löcherte seinen Lehrer buchstäblich mit Fragen darüber, wie es in Gegenden aussah, die er nicht kannte, was es hinter den Lysiasbergen gab, in den Ländern, die sein Vater erobert hatte, und vor allem über dessen Heldentaten auf den Feldzügen, die sich der Junge in allen Einzelheiten beschreiben ließ. Schon früh zeigten sich auch seine Geschicklichkeit im Umgang mit Waffen, seine Treffsicherheit und sein Kampfgeist.

Er war gerade acht Jahre alt geworden, als im Schloß ein Ritterturnier stattfand und Gudú so scharfsinnige Beobachtungen zum Kampfverlauf anstellte, daß alle, die ihn hörten, schier sprachlos waren. Er stellte exakt und mit knappen Worten – die lebhaft an Ardids frühere Rechenexempel erinnerten – dar, warum der Besiegte besiegt worden war und warum er, wäre er an seiner Stelle gewesen, gesiegt hätte. Dieser Beweis von Logik und klarem Denkvermögen hatte nichts von der tückischen Gerissenheit eines Anzius, Banzius oder Canzius, sondern war der schlichte Beweis eines scharfen Verstandes. Der Magier als sein Lehrer hatte daher ein recht zwiespältiges Gefühl zu ihm, und das sagte er auch zu Ardid.

»Der Junge ist ein sonderbares Geschöpf. In Dingen, die seine Neugier hervorrufen, vermag er uns noch zu übertreffen; doch in anderen, die ihn langweilen, wird er so ungebildet bleiben wie der dümmste Knecht.«

So aber standen die Dinge nun einmal, und so mußte man sie nehmen.

Von seinem Vater hatte Gudú auch die überschwengliche Lebensfreude geerbt sowie eine besondere Art, Dinge und Menschen zu beobachten; und was sein Blick erfaßte, weckte eine angeborene Begehrlichkeit in ihm. Es machte ihm nichts aus, deutlich zu zeigen, was ihm gefiel und was nicht. Das Mißfallen, welches seine Brüder, die Vulgaros, ihm einflößten, war ebensowenig zu übersehen wie das Wohlgefallen an der Gesellschaft seines Bruders Nobel. Er war der einzige, mit dem er sprach, spielte oder spazierenging. Von ihm lernte er Reiten, und dies mit derselben Geschicklichkeit fast wie sein Lehrer selbst. Die beiden Jungen lebten trotz des Altersunterschieds praktisch immer zusammen, und Gudú fragte Nobel immer alles, wozu seine Neugier ihn drängte; und dieser versuchte, ihm nichts zu verbergen und auf alles eine Antwort zu finden. Eines Tages bat Gudú darum, auch Nobel am Unterricht teilhaben zu lassen. Mit einem seltenen Gespür für Zweckmäßigkeit erklärte er seiner Mutter:

»Wenn er stets an meiner Seite und mir zu Diensten sein soll, will ich, daß er genausoviel weiß wie ich; und mehr noch, denn was ich nicht begreife, begreift er, und beide zusammen wissen wir mehr als einer allein. Ich glaube, so wird er mir sehr nützlich sein, wenn die Zeit meiner Herrschaft gekommen ist.«

Ardid verstand dies, und seitdem nahm Nobel – siebzehn Jahre alt und Gudú neun – am Unterricht teil, den der Magier dem König erteilte. Vom ersten Augenblick an war der alte Lehrer nicht nur von der Klugheit des Prinzen angetan, sondern in gleichem Maße von seinem Edelmut und seiner Charakterfestigkeit. Schmerzhaft wurde ihm bewußt, daß er sich diese Tugenden für den König gewünscht hätte. Nobel erwies sich im Unterricht als einfühlsam und feinsinnig, zugleich jedoch entschlossen und von wachem Geist. Er besaß eine natürliche Begabung, alles zu lernen und sich für alle Fächer zu interessieren, die ihm angeboten wurden. Ardid jedoch hatte dem Alten eindeutige Anweisungen gegeben, ihn nur in solchen Dingen zu unterrichten, die für Gudú einmal wichtig sein könnten, und keinesfalls in irgendeiner Wissenschaft, die nicht zu den sichtbaren Dingen dieser Welt gehörte. Der Magier war ein wenig bekümmert, wenn er daran dachte, welch großer Schüler ihm dadurch verlorenging. Er verstand Ardids Gründe indessen und tröstete sich über den Verlust mit der Einsicht hinweg, daß seine erste Schülerin stets recht behalten hatte.

In jenen Tagen auch bat Prinz Almandin die Königin, sich in Olar niederlassen und aus dem alten Turm ausziehen zu dürfen, den Volodius ihm vermacht und in dem er sich nie so richtig wohl gefühlt hatte. Lieber bewohne er nur ein paar saubere und nach seinem Geschmack eingerichtete Kammern als den riesigen schwarzen Turm, der ihm nur Kummer und Kopfzerbrechen bereitete, und so abgelegen war, daß er fast an die Grenzen des Armenlandes stieß.

»Er ist kalt und unwohnlich, und sosehr ich ihn herzurichten versuche, es will mir nicht gelingen«, erklärte er.

Ardid, die ihm nichts abschlagen konnte – und tatsächlich war Almandin sehr bescheiden in seinen Wünschen –, stimmte seinem Begehren zu, und so zog er ins Schloß von Olar ein; was bösen Zungen am Hof sogleich Anlaß zu giftigem Gerede gab. Da das Leben unter der Regentschaft Königin Ardids jedoch unendlich angenehmer war als unter der ihres verstorbenen Gemahls, wagte niemand, sich ihr offen zu widersetzen. Die Edelleute waren in den früheren Stand ihrer Rechte zurückversetzt worden, welche von der Königin in kluger Vorausberechnung noch erweitert worden waren, so daß der Adel in Abständen sogar die von Bauern und Vasallen eingetriebenen Steuern erhöhen durfte.

Als der Frühling seines zehnten Geburtstags kam, begann Gudú, mit Nobel an seiner Seite, zu Pferd das Land außerhalb des Schlosses zu erkunden. Sie galoppierten über die Felder und drangen in die Wälder ein, doch Nobel sorgte stets dafür, daß sie dem Armenland nicht allzu nahe kamen, da er wußte, wie der junge König dort empfangen würde.

Eines Tages erblickte der kleine Gudú auf einem ihrer Ausritte die von Almandin verlassene Burg. Er konnte den Blick nicht davon lösen und wurde von einer überraschenden Unruhe erfaßt. Mit einem Mal gab er seinem Pferd die Sporen und stob durchs Gebüsch davon. Nobel folgte ihm, und als er die Burg erreichte, saß Gudú schon auf den Treppenstufen und schaute sich aufmerksam um.

»Verschwinden wir von hier«, sagte Nobel unbehaglich. »Die Gegend ist verlassen, seit Euer Onkel, Prinz Almandin, fortgezogen ist. Hier könnten sich Wegelagerer oder Leute, die Euch nicht mögen, versteckt halten.«

»Nun, dann wird es deine Aufgabe sein, mir beizustehen«, antwortete Gudú. »Mir gefällt es hier. Ich werde öfter herkommen; und wenn ich eines Tages König bin, werde ich hier wohnen.«

»Das wird nicht möglich sein«, erwiderte Nobel mit einem Gefühl von Unbehagen, das diesmal nichts mit gefährlichen Wegelagerern zu tun hatte. »Der König muß im Schloß von Olar residieren, wie Ihr wißt.«

»Ich werde schon einen Weg finden, hier zu wohnen«, sagte Gudú mit jenem kehligen leisen Lachen, das so charakteristisch für ihn war und Nobel manchmal frösteln ließ. »Da kannst du ganz sicher sein. Und du kommst mit mir.«

»Seid sicher, daß ich stets an Eurer Seite sein werde«, antwortete Nobel, jetzt ebenfalls lächelnd. »Aber bis dahin haben wir ja noch Zeit ...«

Gudú kletterte zu den Zinnen der Turmmauer hinauf, gefolgt von seinem Bruder.

»Warum sind die Steine so schwarz?« fragte er.

»Seht Ihr dort hinten das steil abfallende Land, das von Büschen umgeben ist? Von dort kommen die dunklen Steine.«

»Was gibt es dort?«

»Dort«, antwortete Nobel widerwillig, aber seinen Bruder konnte er nicht belügen, »wohnen arme Leute, die in den Bergwerken des Königreichs arbeiten, und ein paar Köhler. Man nennt es das Armenland.«

»Sind sie uns nützlich?« fragte Gudú, der die Zinnen erklommen hatte und eine Hand über die Augen legte, um sich gegen die Sonne zu schützen.

»Das sind sie«, antwortete Nobel gequält und mit verhaltenem Unmut in der Stimme. »Doch kein Mensch will das anerkennen und ihr Leben ein wenig erleichtern und menschenwürdiger machen. Wenn Ihr eines Tages Herrscher seid, solltet Ihr an sie denken.«

Gudú schaute ihm in die Augen, und ein rätselhaftes Lächeln spielte um seine Lippen.

»Gewiß, mein Bruder. Wenn sie nützlich sind, wie du sagst, werde ich sie nicht vergessen.«

Doch Nobel erriet nicht den wahren Sinn dieser Worte oder wollte ihn nicht verstehen. Er merkte, wie seine Beobachtungen ihn zunehmend verstimmten.

Fortan ritten Gudú und Nobel häufiger zur Burg hinaus, die sie unter sich den Schwarzen Turm nannten. Der junge König sprang leichtsinnig von Zinne zu Zinne, stieß wilde Schreie aus und fuchtelte mit dem kleinen Eisenschwert, das er stets am Gürtel trug. Bis zu seiner Krönung, so wollte es das Gesetz, durfte er noch nicht das Schwert seines Vaters tragen, dessen Knauf mit fünf herrlichen Edelsteinen besetzt war, die an seine größten Schlachten und an die reichen Länder erinnerten, die er dem ehemals armseligen Herzogtum Olar nach und nach einverleibt hatte.

Eines Tages fragte Gudú seinen Lehrer:

»Warum nimmt die Wasserfläche des Sees im selben Maße zu, in dem Olar an Größe gewinnt?«

Dem alten Mann verschlug es die Sprache. Dies war eines der Dinge, die er selbst durch langes Forschen herausgefunden hatte, ohne den Grund dafür zu kennen. Gerade in jenen Tagen hatte er das Gefühl, einer Antwort näher zu kommen. Da er aber weder dem Kind noch sonst einem Menschen je ein Sterbenswörtchen davon gesagt hatte, verblüffte ihn die Frage.

»Woher wißt Ihr davon?« fragte er zaghaft.

Gudú lachte.

»Kannst du mir die Frage beantworten oder nicht?«

»Nein«, gab der Magier verwirrt zu. »Die Wahrheit ist, daß ich die Antwort nicht kenne.«

»Nun, falls du sie findest, vergiß nicht, sie mir mitzuteilen. Dieses Geheimnis könnte uns eines Tages von großem Nutzen sein«, fügte er nachdenklich hinzu.

Einige Zeit später, als der Meister sich wieder einmal erfolglos mühte, der Handschrift des jungen Königs etwas Schliff zu verleihen, fragte dieser unvermittelt – und diesmal vernahm der Magier es mit mehr Schrecken als Verblüffung: »Was bedeuten eigentlich die kleinen bunten Zeichnungen auf einigen Eurer Pergamente?«

Der Magier sprang wie von der Tarantel gestochen von seinem Stuhl auf und rief, ohne seine Überraschung und Bestürzung verbergen zu können:

»Mein Herr, wie könnt Ihr davon wissen? Ich habe sie noch nie einem Menschen gezeigt!«

»Nun, du mußt deine Geheimnisse besser wahren«, antwortete Gudú lachend. »Unglaublich, daß du so unfähig bist, sie zu hüten, wenn sie so wertvoll für dich sind.«

Sosehr der Magier auch versuchte, dem Kind eine Antwort zu

entlocken, es sagte nichts. Und als er der Königin seine Besorgnis mitteilte, rief diese den Kobold.

»Kobold des Südens«, sagte sie feierlich (immer wenn sie ihn so ansprach, war der Kobold auf Schelte gefaßt, denn in letzter Zeit machte sich die Königin zunehmend Sorgen wegen seiner Trinkerei), »hast du etwas damit zu tun, wovon der Magier mir berichtet hat?«

»Keineswegs! Wenn dem nur so wäre!« lamentierte der Kobold. »Da verfolgen mich manche Bedienstete mit Besen und Kohlenzangen, weil sie glauben, einen Fuchs gesehen zu haben, und der junge König sieht mich nach wie vor nicht. Wie soll ich da mit diesen Dingen zu tun haben? Und wenn Ihr mich zur Rede stellt, gnädige Frau, solltet Ihr darüber nicht vergessen, daß unser lieber Magier von Tag zu Tag vergeßlicher und zerstreuter wird, weil er wahrscheinlich schon an Gehirnverkalkung leidet.«

»Ach«, erwiderte der Alte mit verkniffenem Lächeln, »ich verstehe nicht, wie einer von Verkalkung sprechen kann, der selbst über dreihundert Jahre auf dem Buckel hat.«

»Mein Teuerster«, rief der Kobold und schlug ein paar Purzelbäume auf der königlichen Kommode, »wie oft muß ich dich daran erinnern, daß wir eine ganz andere Berechnungsgrundlage haben? Ich glaube allmählich, daß auch du jenem wundervollen Getränk verfallen bist, das mich so über die Maßen unrein macht.«

Der Magier schwieg beleidigt, und die Königin versuchte, die beiden zu besänftigen.

»Ihr solltet euch nicht über solch einen Unsinn streiten, liebe Freunde. Ich liebe euch beide, so wie ihr seid, und wir haben wohl alle drei unsere Schwächen. Wir sollten uns auf das besinnen, was uns zusammengeführt hat.«

Von diesem Tag an spionierte sie ihrem Sohn Gudú hinterher. Und wie sie früher selbst getan hatte, ertappte sie ihn, wie er des Nachts aufstand und durch Gänge und Gewölbe schlich, wie er es von Kindesbeinen an gewohnt war. Sie folgte ihm bis zur Tür im Verlies des alten Magiers und beobachtete, wie der

Junge durch die Ritzen der morschen Tür und durchs Schlüsselloch spähte, in welchem die Funken der rituellen Feuer sprühten. Da mußte Ardid innerlich lächeln und sagte nichts, denn die Neugier dessen, der schneller, als sie alle für möglich hielten, in Olar regieren würde, schien ihr keineswegs verwerflich. Jeder Herrscher, dachte sie bei sich, muß ein Auge auf dem Thron haben und das andere an allen Schlüssellöchern seines Reiches. Und mit Vergnügen sah sie zu, wie er erst ein Auge, dann das andere und dann beide Ohren an jede sichtbare Öffnung legte. Danach streckte sich der kleine König auf dem Boden aus und lugte durch den Spalt unter der Tür, der wie eine gleißende Linie im Dunkeln leuchtete.

Da kehrte Ardid beruhigt in ihr Gemach zurück und sagte zu dem Magier: »Keine Sorge, lieber Meister, vielleicht hast du nur vergessen, eines deiner Pergamente einzuschließen, und der König hat es gesehen. Aber da es sich um den König handelt, brauchst du nichts zu fürchten.«

»Wenn Ihr meint«, antwortete der Magier; doch mehrere Tage lang war er noch beunruhigt, bis ihn wieder seine Forschungen und wissenschaftlichen Untersuchungen alles vergessen ließen.

Gudú wuchs zu einem kräftigen großen Jungen heran. Und wie er von seinem Vater die unbändige Lebenskraft, die Gesundheit und den mächtigen Körperbau geerbt hatte, so hatte er von seiner Mutter die stolze Haltung, die geschmeidigen Bewegungen und sehnigen Gliedmaßen. Obwohl bei weitem nicht so hübsch wie sein Bruder Nobel, war er keineswegs unansehnlich: Er hatte schwarze Locken, glänzende helle Augen, die Nase gebogen wie einen Adlerschnabel und einen ironischen Zug um den frischen, sinnlichen Mund. Besonders sein Blick war kraftvoll und durchdringend, und obwohl er noch ein Junge war, spürte man schon etwas von seiner großen Anziehungskraft auf das weibliche Geschlecht. Mit zwölf Jahren war er so groß wie sein Bruder Nobel – der zwanzig war –, und jeder hätte ihn, sowohl wegen seines Aussehens als auch seiner gereiften Ausführungen und

Beobachtungen, für älter gehalten. Nie kam ein überflüssiges Wort über seine Lippen, was auch seiner kurz angebundenen Art entsprach.

Die Damen am Hof verspürten ein angenehmes Kribbeln im Nacken, das warm über den ganzen Körper floß, wenn der Blick des jungen Königs auf ihnen ruhte. Der aber fiel nur auf die mit der weißesten Haut, dem seidigsten Haar und der verlockendsten Figur. Da er aber immer noch ein Kind war, brachten sie ihm eher mütterliche Zuneigung entgegen, gepaart mit einer gewissen Albernheit, was deutlich zeigte, wie unausgereift diese Gefühle noch waren. Die Damen schmeichelten ihm gern, bedachten ihn mit Leckereien, Süßigkeiten oder Geschenken die ihrer Meinung nach seinen Zuspruch finden mochten. Meist nahm der König diese Dinge mit würdigem Wohlgefallen an, doch manchmal, wenn ihm jemand zu aufdringlich wurde oder schlichtweg unleidlich war, konnte er mit bösem Spott, mit Ironie oder schlicht unfreundlich reagieren. Und wenn seine Mutter ihn hinterher schalt, weil sein Verhalten eines Ehrenmannes unwürdig gewesen war, antwortete Gudú: »Es mag zwar so sein, wie Ihr sagt; aber Tatsache ist auch, daß mich diese Dame nicht mehr belästigen wird. Und was eines Ehrenmannes würdig oder unwürdig ist, so seid versichert, daß ich solches oder gar schlimmeres Verhalten bei den höchsten Würdenträgern des Reiches beobachten konnte, was diese natürlich nicht im entferntesten ahnen.«

Ardid gab darauf eine Antwort, die sie sogleich als unpassend empfand und zum Erröten brachte:

»Nun, dann behandelt in Zukunft vertraulich, was Euch auf vertraulichen Wegen vor Augen kommt.«

Die Röte verschwand jedoch aus ihrem Gesicht, als der König fortfuhr:

»Ihr seid wirklich eine kluge Frau. Da es dem Menschen ja nicht gegeben ist, sich die Frau auszusuchen, die ihn zur Welt bringt, bin ich besonders glücklich, es mit einer Mutter zu tun zu haben, die gar nicht dumm ist. Und ich versichere Euch, daß die lebhafte Bewunderung, die ich für Euch empfinde, niemals schwinden wird.«

Ein samtenes, fast trügerisches Gefühl linderte für einen Augenblick den Schmerz, über den Ardid mit keinem Menschen sprach und welcher der Gewißheit entsprang, daß ihr Sohn sie niemals würde lieben können. Vielleicht, dachte sie, konnte Bewunderung jene Regung ersetzen, die jeder Frau, selbst der ärmsten, im Leben zuteil wird; nur nicht der Königin von Olar.

4 Obwohl die Königin dem Grafen Tuso mit Honig um den Bart ging, konnte dem schlauen Berater nicht verborgen bleiben, daß sich hinter der Sanftheit dieses Umgangs ein unüberwindlicher Widerwille verbarg. Angesichts dieser Erkenntnis wuchs sein Unbehagen. Und nicht nur sein Unbehagen, sondern auch der immer anmaßendere Zorn von Anzius und seinen Brüdern. Mit ihrer besinnungslosen Ungeduld machten sie dem Berater – der dies nur noch dem Namen nach war – das Leben zu einer schlimmeren Hölle, als er es sich jemals vorgestellt hatte.

König Gudú, der täglich stärker, erfindungsreicher und bissiger wurde, ließ keine Gelegenheit aus, die Vulgaros zu demütigen, und erniedrigte sie noch mehr, indem er seinen Bruder Nobel mit Ehren und Auszeichnungen überhäufte, die er ihnen vorenthielt. Auf den Versammlungen und Festen bei Hofe – die Königin Ardid so liebte – pflegte er Anzius und seine Brüder mit Spott zu übergießen, und obwohl er dies nur mit Wortspielen und durch die Blume gesprochenen Andeutungen tat, brachte er damit zumindest den Ältesten, welcher der am wenigsten verblödete von den vieren war, vor Wut zum Kochen. Der Hofstaat, der wie jeder Hofstaat aus Schranzen und Speichelleckern bestand, feierte des jungen Königs Hohn mit übertriebenem Gelächter.

Zu den zahlreichen Vorzügen, deren Nobel sich rühmen konnte, zählte nicht die Keuschheit – was bei einem Sohn von Volodius wohl auch undenkbar gewesen wäre. Er hatte jedoch nichts von der primitiven Lüsternheit der Vulgaro-Brüder, sondern zeigte sich auf natürliche Weise empfänglich für die Reize des Weiblichen und war ohne Zweifel gar der ansehnlichste Mann am Hofe: der tapferste, edelmütigste, gescheiteste und – sowohl in der Öffentlichkeit als auch privat – der wohlerzogenste. All das machte ihn zum Gegenstand glühender Verehrung seitens der Weiblichkeit im Schloß, die männliche Wesen solcher Güte nicht eben zuhauf um sich hatte.

In den Jahren des Wachstums und Wohlergehens, die dem Frieden und Ardids kluger Politik zu verdanken waren, wurde das Leben am Hofe immer ausschweifender und raffinierter. Der wirtschaftliche und kulturelle Austausch mit der prunkenden Insel Leonia zeitigte nicht zu übersehende Resultate. Die schlecht gekleideten und noch schlechter frisierten, zu ihrem eigenen Leidwesen auch nicht immer sonderlich sauberen – weil in den Moden des Südens lange Zeit vollkommen unbedarften – Damen hatten sich von Grund auf gewandelt. Aus den nicht ernst zu nehmenden und zum Teil grotesk herausgeputzten Mädchen, die Nobel früher gekannt hatte, waren ebenso ansehnliche wie anmutige junge Damen geworden. Auch in ihrem Auftreten und ihrer Ausdrucksweise hatten sie sich vervollkommnet. Von der Insel des Überflusses waren in letzter Zeit sogar parfümierte Salben eingeführt worden, welche den Körpergeruch bannten. Sie wurden den Händlern geradezu aus den Händen gerissen. Auch Almandin war sehr angetan von diesen Mittelchen und Pülverchen, die er von der goldenen und jetzt befreundeten Insel mitbrachte und mit denen er ganz Olar überschwemmte. Verständlich also, daß es dem Prinzen an amourösen Begegnungen und Liebesabenteuern nicht mangelte, denn obgleich er seine Vorzüge und sein vorteilhaftes Äußeres nicht mißbrauchte, verachtete er sie doch nicht und verbot sie sich auch nicht. Er bediente sich ihrer auf sehr zurückhaltende Art.

Die Königin hatte ihm befohlen, sich keine Frau zu nehmen, bevor der König dies tat. Im Gegensatz zu den Vulgaro-Brüdern und mehr als einem Edelmann am Hofe war Nobel nie einer Frau nahegetreten, die ihn nicht mit offenen Armen empfangen hätte. Nie wäre es ihm in den Sinn gekommen, eine Frau mit Gewalt zu nehmen oder sich ihren Wünschen zu widersetzen, so wie er auch nie die flüchtigste Liebelei mit einer Dame oder einem Hoffräulein hatte, die nicht ungeteilt erwidert worden wäre. Dieses Verhalten war nicht angelernt oder abgeschaut, sondern entsprach schlicht und einfach seinem Naturell. Manchmal allerdings, in der Einsamkeit seines Herzens, sagte er sich, daß es sonderbar war, nie für eine Frau das empfunden zu haben, was er als die wahre Liebe betrachtete. Und voller Sorge stellte er sich die Frage nach dem Warum dieser Einsamkeit und Leere. Warum hielten sich all die Liebesabenteuer nur so kurze Zeit in seinem Herzen und in seinen Gedanken? Einmal fragte er sich, ob er überhaupt zur Liebe fähig war. Dank der Lehren des Magiers hatte er viel über die Liebe gelesen. Mochte Gudú der Literatur auch gleichgültig gegenüberstehen, er war ihr immer stärker verfallen. Heimlich las er sogar Gedichte, was ihm großes Vergnügen bereitete und eine stille Sehnsucht nach einem Menschen in ihm weckte, der, wenn auch fremd, in seinen Augen schön und begehrenswert war. Er hatte von der unendlichen Liebe des verstorbenen Königs Volodius zu seiner Mutter gehört, und er fragte sich, ob mit jener Liebe, die ihn zur Welt gebracht hatte, sämtliche Bestände dieser sonderbaren menschlichen Fähigkeit erschöpft worden waren.

Trotz seiner Neigung zum Grübeln über alle möglichen Dinge und der Lust, mit der er seine Kenntnisse ebenso wie seine Empfindungen drehte und wendete, waren dies keineswegs seine vordringlichsten Beschäftigungen. Er sagte sich auch, daß er noch jung war und seine Neugier auf ein Gefühl, welches er undeutlich herbeisehnte und zugleich fürchtete, eines Tages schon noch befriedigt würde.

Zu jener Zeit geschah es, daß eine junge Hofdame ihr Herz

hoffnungslos an Prinz Nobel verlor. Sie war die Gattin eines Edelmannes namens Rinse, der dem verstorbenen Volodius sehr nahegestanden hatte, weswegen es auch nicht verwunderte, daß er vierzig Jahre älter war als seine junge Gemahlin. Diese war die bisher letzte der insgesamt fünf, die er besessen hatte. Die junge Dame verliebte sich dergestalt in Prinz Nobel, daß sie ihm dies unumwunden eingestand. Sie war wunderschön, und das Liebesidyll ließ nicht lange auf sich warten und sprach sich schnell herum. Als Nobel eines Tages den König auf einem seiner Ausritte durch die Wälder begleitete, sprach dieser zu ihm:

»Sie ist wunderschön, deine kleine Freundin, aber ich glaube, ihr Mann ist ebenso eifersüchtig wie grausam. Du solltest also auf der Hut sein.«

Nobel war sprachlos, als er diese Worte vernahm, hatte er sich doch in dem sicheren Glauben gewiegt, die Angelegenheit mit größter Zurückhaltung zu betreiben.

»Ich verstehe nicht, Herr«, murmelte er. »Ich weiß wirklich nicht, was Ihr meint.«

»Oh, du verstehst mich sehr gut«, erwiderte der König. »Du mußt wissen, mein lieber Bruder, daß ein König gar nicht neugierig genug sein kann, um seine Untergebenen kennenzulernen. Besonders die in seiner unmittelbaren Umgebung. Und du kannst sicher sein, daß ich mich dieser Pflicht aufs sorgfältigste unterziehe. Wundere dich also nicht, daß ich nach Herzenslust lausche und herumspioniere. Ich kann dir versichern, was Verstecke und gute Beobachtungsposten angeht, kenne ich mich aus. Du erinnerst dich gewiß noch, wo du mir zum ersten Mal im Schloß begegnet bist. Ich hatte schon immer viel für versteckte Winkel und geheime Gänge übrig. Und daher kenne ich nicht nur deine Umtriebigkeiten, sondern auch die von anderen, die weit entfernt sind, etwas davon zu ahnen.«

Nobel wußte nicht, was er darauf antworten sollte. Schließlich sagte er:

»Wohlan, Herr. Wenn es Euch mißfällt, so sagt es mir, dann werde ich beenden, was immer Euch falsch dünken mag.«

»Ach was!« rief der König. »Diese Dinge kümmern mich nicht. Ich sehe nur, daß der Alte gefährlich ist wie ein Fuchs, grausam wie ein Wolf, der Blut geleckt hat, und rachsüchtig wie ein zänkisches Weib. Aber wenn es dir Spaß macht; gewarnt bist du jedenfalls. Ich befehle dir nur, am Leben zu bleiben, denn noch hast du mir von großem Nutzen zu sein.«

Diese Worte hinterließen bei Nobel ein Gefühl der Bitterkeit, begriff er doch, daß, auch wenn er selbst eine tiefe Zuneigung zu seinem Bruder empfand, für diesen allein das Wissen um die selbstlose Hilfe zählte, die er – Nobel – ihm zeitlebens niemals würde versagen können. Und da kam ihm der Gedanke: Natürlich, ich bin des Königs einziger Freund. Wenn er nichts für andere empfindet, braucht er meine helfende Hand, solange er regiert.

Der König unterbrach seine Gedanken und sagte: »Eins will ich dir dazu noch sagen: Wenn es so weit ist, werde ich dasselbe tun, was ich all die anderen so oft habe tun sehen.«

Nobel verstand, was der König meinte, und obwohl er ihn für sehr jung hielt – er war noch keine dreizehn Jahre alt –, wußte er, daß er seine Worte wahrmachen würde. Darum rang er sich zu einem Einwand durch:

»Ich wundere mich über Eure Worte, Herr, denn ich halte Euch für noch recht jung. Falls Ihr jedoch eine bestimmte Dame oder eines der Turmfräulein im Auge habt, solltet Ihr es mir vielleicht mitteilen. Aufgrund meiner Erfahrung könnte ich Euch mit gutem Rat zur Seite stehen.«

»Unsinn«, rief der König, »mir ist jede recht, solange sie nur hübsch und nicht gar zu alt ist! Und keine Sorge, ich komme schon allein zurecht. Ich brauche keines Menschen Rat und Hilfe.«

Diese Worte machten Nobel einmal mehr deutlich, welche außerordentliche Selbstsicherheit die Taten und Entscheidungen des jungen Königs regierte.

»Ich möchte nur nicht«, fuhr der junge Monarch nach einer Weile fort, »daß es eine der Frauen am Hofe ist. Es wäre nicht gut, wenn eine von ihnen sich bei mir Freiheiten herausnähme oder es in irgendeiner Weise an Achtung zu mir mangeln ließe. Ich weiß, was meine Brüder Anzius, Banzius, Canzius und der abscheuliche Furzius treiben, aber dies scheint mir der einzig gangbare Weg zu sein.«

Nobel war von diesen Worten unangenehm berührt. Da er aber wußte, daß offener Widerspruch beim König zu nichts führte, sagte er nur: »Ich weiß nicht, ob das die richtige Methode ist, Herr. Ich kann Euch nur sagen, daß ich persönlich keinerlei Gefallen daran finde, mir etwas mit Gewalt zu nehmen. Vergnüglicher ist es, wie ich aus eigener Erfahrung weiß, wenn man sich vorher vergewissert hat, daß die andere Seite ebenso geneigt ist wie man selbst.«

Gudú dachte über diese Worte nach und sagte dann: »Falls es so ist, wie du sagst, verliere ich nichts, wenn ich es versuche. Was hältst du davon, wenn wir uns verkleidet unter das gemeine Volk mischen und die Marktflecken der Umgebung besuchen? Da werden wir sehen, ob mir, ohne daß man weiß, wer ich bin, seitens des anderen Geschlechts dieses Maß an Zuneigung zuteil wird, von dem du sprichst. Nicht, daß ich dir nicht glaube; wie ich selbst sehen konnte, wird bei Hofe keiner von der Weiblichkeit besser behandelt als du.«

Bei diesen Worten brach er in sein kehliges Gelächter aus, was Nobel mit schmerzlicher Verlegenheit erfüllte.

Da der König aber niemals vergaß, was er sich einmal vorgenommen hatte, kam er nach wenigen Tagen auf das Thema zurück und drängte Nobel, den beim letzten Ausritt ersonnenen Gedanken in die Tat umzusetzen. Dieser schwamm in einem Meer von Zweifeln: Einerseits hielt er den Vorschlag des Königs für gefährlich und unvernünftig; andererseits aber graute ihm bei dem Gedanken, der König könne sich das Verhalten der Vulgaros zum Vorbild nehmen. Da fiel ihm ein, was Königin Ardid einmal gesagt und dem er seinerzeit keine große Aufmerksamkeit geschenkt hatte, worüber er jetzt jedoch eingehender nachdachte: Die Königin hatte ihm damals zu verstehen gegeben, daß, falls der junge König eines Tages Interesse an einer Frau bekunde, sie als erste darüber unterrichtet zu werden wünsche, um wen es sich bei selbiger handle. Sosehr er solche Heimlichkeiten verabscheute, überwand er sich schließlich doch zu einem Besuch bei der Königin. Ardid empfing ihn mit der üblichen Herzlichkeit, sagte »mein Sohn«, wie sie es immer tat. Diese Worte erfüllten das Herz des Jungen mit Dank und süßem Behagen.

»Majestät«, sprach er sichtlich zerrissen, »ich habe Euch etwas mitzuteilen, das mir in doppelter Weise peinlich ist. Denn ich weiß nicht, ob ich das Vertrauen des Königs mißbrauche, wenn ich spreche, oder das Eure, wenn ich schweige.«

»Du kannst unbesorgt sprechen«, sagte die Königin in ihrer gewohnt forschen Art, »ich lebe nur und ganz allein für meinen Sohn. Was immer ich über ihn erfahre, kann ihm, so vertraulich es dir erscheinen mag, nur zum Guten gereichen.«

»Darauf vertraue ich, Majestät, wenn ich nun meine ungewöhnliche Mission erfülle«, sprach der Junge. »Ihr müßt nämlich wissen, daß mein Herr, der König, die Absicht hegt, sich schon in kürzester Zeit mit einer Frau einzulassen.«

Die Königin zuckte leicht zusammen, überspielte ihre Betroffenheit jedoch mit einem Lächeln.

»Nun, dann sag mir, um welche Frau es sich handelt.«

»Das ist es ja«, antwortete Nobel. »Es handelt sich um keine bestimmte. Auf keinen Fall soll es eine der Hofdamen sein, sondern eine von niederer Abkunft, die außerdem nicht wissen darf, wer er ist. Aus diesem Grund hat er mich gebeten, mit ihm verkleidet durch die Dörfer zu ziehen, bis er eine ansprechende Frau gefunden hat ... Da ich dies aber für gefährlich halte, habe ich mich dazu durchgerungen, Euch den Fall vorzutragen und Euren Rat zu erbitten.«

Die Königin dachte lange über diese Worte nach. Schließlich sagte sie: »Du hast gut daran getan, mir über das Vorhaben des Königs zu berichten. Ich halte diesen Einfall ebenfalls für gefährlich. Aber ich werde über das Problem nachdenken und eine geeignete Lösung dafür finden. Dazu brauche ich ein paar Tage und bitte dich bis dahin, falls er dich zum Aufbruch drängt, eine Krankheit vorzuschützen, damit wir die Zeit gewinnen, in der ich zu einer angemessenen Lösung finde.«

Obgleich er Machenschaften dieser Art verabscheute und keinerlei Lust verspürte, eine Krankheit vorzutäuschen, die er gar nicht hatte, tat er aus Liebe zur Königin und zu seinem Bruder, was diese von ihm verlangte.

Der König schien tief enttäuscht, als er hörte, daß sein Bruder mit hohem Fieber just an jenem Tag das Bett hüten mußte, den er für das geplante Abenteuer gewählt hatte. Der Magier, der am Königshof auch die Aufgabe des Arztes und Arzneimischers wahrnahm, teilte ihm mit, Nobel müsse mehrere Tage im Bett bleiben und dürfe keinen Besuch empfangen. Damit schien sich der König zufriedenzugeben.

Groß war jedoch Nobels Überraschung, als König Gudú am nächsten Tag unerwartet in seine Kammer trat. Nachdem er sich nach seinem Befinden erkundigt hatte, befahl er, sie beide allein zu lassen. Nachdem dies geschehen war, sagte er:

»Nobel, ich muß dir etwas sagen. Da du zu so unpassender Zeit krank geworden bist, sah ich mich gezwungen, auf deinen Rat und deine Hilfe zu verzichten. So bin ich denn in der vergangenen Nacht allein losgezogen, durch die ganze Stadt bis zur Nordmauer. Ich habe nämlich ein paar Soldaten belauscht und gehört, daß es dort einen Gasthof geben soll, wo man leicht findet, wonach ich suchte. Und ich bin hocherfreut, dir mitteilen zu können, daß meine Neugier nun befriedigt ist und ich entschlossen bin, mir weitere Erlebnisse dieser Art zu verschaffen. Verkleidet oder nicht verkleidet, ich kann nichts Verachtenswertes an einer solchen Erfahrung finden. Und wenn mich nicht alles täuscht, werde ich sie mit fortschreitender Zeit immer weniger verachtenswert finden. Also, vergiß nicht: Sobald du wieder genesen bist, begleitest du mich wie geplant. Und eines kann ich dir versichern: Wir werden unsern Spaß dabei haben.«

Ohne eine Antwort abzuwarten, stürmte er aus dem Zimmer und ließ Nobel vollkommen verwirrt zurück. Als die Königin diesem erlaubte, wieder gesund zu werden, hatte er Zeit genug gehabt, zu der Einsicht zu gelangen, daß die Lüge zwar seinem Naturell widerstrebte, es jedoch Situationen im Leben gab, in denen sie das geringere von zwei Übeln war. Daher sprach er zur Königin: »Majestät, ich glaube, der König hat zum ersten Mal einen Vorsatz aufgegeben. Ich werde Euch unterrichten, wenn er sich wieder an ihn erinnert und darauf dringt, ihn in die Tat umzusetzen. Allerdings glaube ich nicht, daß mein Herr, der König, so bald noch einmal von dieser Laune heimgesucht werden wird.«

Die Königin schien's zufrieden. Doch kaum war Nobel wieder zum Dienst und zur Bewachung seines Bruders angetreten, wurde der Plan ausgeführt, und die beiden begaben sich auf ihre immer zügelloser werdenden wortbrüchigen Streifzüge. Wenn diese auch, wie Gudú vorausgesagt hatte, alles andere als langweilig waren, so ließen sie doch das Herz des treuen Bruders bänglich pochen und täglich verzagter werden.

Ein für allemal begriff Nobel nun, daß Gudú, wenn er sich etwas vorgenommen hatte, durch nichts auf der Welt von seinem Vorhaben abzubringen war. Und darein fügte er sich widerstrebend.

5

Je länger es ging, um so mehr Gefallen fand der König an ihren kleinen Fluchten. Bald kam der Tag, an dem er vierzehn Jahre alt wurde. Der Winter war mit beißender Kälte über das Land hergefallen, und obwohl die Orte, die sie gewöhnlich aufsuchten, in dem rauhen Klima noch unwirtlicher und abweisender waren, schien dies Gudús Vergnügen keinen Abbruch zu tun. Er war abgehärtet wie kein zweiter, und Nobel stand ihm trotz seines scheinbaren Leichtgewichts in nichts nach.

Dick vermummt, gaben sie sich in den Weilern und alten Grafschaften von Olar als Hausierer oder Reisende aus. Mit der Zeit drangen sie immer weiter in südliche Gefilde vor. Obwohl von jeder Ähnlichkeit noch weit entfernt, dachte Nobel immer häufiger und voller Sehnsucht an die Zeit zurück, als er unter zwar strengen, aber einfühlsamen Händen im Schloß seiner Mutter gelebt hatte. Vor seinem geistigen Auge nahm die heimatliche Landschaft mit ihren Bewohnern Gestalt an und erwärmte sein Herz. Die Königin hatte diese Besitzungen für ihn in Verwahrung genommen, ihm jedoch angeraten, sie erst wieder zu betreten, wenn auch der König sie besuche. So verwunderte es nicht, daß er seinem kleinen Bruder in kalten Winternächten von dieser Zeit vorschwärmte. Gudú wiederum beobachtete ihn bei diesen Gelegenheiten sehr genau und bemerkte die seltsame Verträumtheit, die das Antlitz des Bruders mit einem geheimnisvollen Glanz überzog. Das berührte ihn über alle Maßen, und ganz tief in seinem Herzen regte sich ein undeutliches, befremdliches Gefühl von Respekt vor diesem Bruder, der ebenso mutig wie galant und bezaubernd war. Er empfand eine Hochachtung für ihn, die, zum Teil, jene Freundschaft und Zuneigung ersetzte, zu der er nicht befähigt war.

Wie sich dem Blinden der Tastsinn schärft und dem Taubstummen der Blick, so hatte die Unfähigkeit zu jeder Art von Gefühl bei Gudú andere Wesenszüge schärfer hervortreten lassen. Zu diesen gehörte die Wißbegier ebenso wie die Lust, neue Gegenden und neue Menschen kennenzulernen; jedoch auch eine Eigenschaft, an die Ardid nicht gedacht hatte und die viel gefährlicher war: die Vorstellungskraft. Allerdings blieben Phantasie und Vorstellungswelt des Königs auf greifbare und konkrete Dinge beschränkt, verloren sich nie in Träumereien jenseits der menschlichen Wirklichkeit. Da er noch sehr jung war, vertrat er die Ansicht, daß es eine große Zahl überraschender und bemerkenswerter Dinge auf dieser Welt gab, die ihm durchaus erreichbar schienen. Darauf wollte er seine Kräfte richten – und nicht auf poetische Hirngespinste oder halbgare philosophische Betrachtungen. Was für sein weiteres Schicksal zweifellos von Vorteil war.

»Was siehst du, wenn du mir von diesen Dingen erzählst?« fragte er eines Tages seinen Bruder.

»Ich sehe die Weinberge im September, die Sonne über dem Meer und die weißen Klippen der Insel Leonia.«

»Und was ist so Besonderes daran?« bohrte Gudú wißbegierig weiter.

»Es ist dort wärmer als hier, schöner«, antwortete Nobel. »Der Winter ist nicht so rauh, und es kommt nur selten vor, daß man Schnee auf den Feldern sieht. Die Menschen dort sind liebenswürdig, die Frauen so schön wie nirgendwo sonst.«

»Schöner als die Frauen hier?« fragte Gudú mit lebhaft erwachter Neugier.

»Das ist Geschmacksache, Herr«, sagte Nobel, der zu spät erkannte, daß er das Gespräch auf ein offensichtlich gefährliches Terrain gelenkt hatte. »Für galante Abenteuer sind sie eigentlich weniger zu haben. In der Regel sind sie treue Eheweiber, die allseits respektiert werden.«

»Nun, wenn ich mir eines Tages eine Gemahlin suchen muß«, sagte Gudú nachdenklich, »sollte ich mich in jener Gegend umsehen. Denn heiraten muß ich wohl, wenngleich mir die Ehe an sich vollkommen unnötig erscheint. Ich weiß nicht, warum man etwas halten soll, das eines Tages nicht mehr von Nutzen ist. Doch nun, als König werde ich einiges hinnehmen müssen, was mir nicht behagt. Und wie gesagt, wenn das Übel schon nicht abzuwenden ist, dann soll es wenigstens von ansprechendem Äußeren und obendrein treu sein.«

Wenn Gudú solche Reden führte, schwieg Prinz Nobel, der noch nie einen Menschen, nicht einmal den eigenen Vater, so bündig und treffend hatte sprechen hören. Es versetzte ihn in Staunen, obwohl er sich dabei unbehaglich fühlte, und zugleich keimte auch in ihm so etwas wie Bewunderung für den Bruder auf. Und er sagte sich, daß es kaum einen König geben durfte, der für die Krone geschaffener wäre. Wenn Gudú mit der Zeit seine Impulsivität auch zu zügeln und mit mehr Überlegung zu handeln lernte, konnte man doch sicher sein, daß er einen einmal ausgesprochenen Gedanken in seinem Innern so lange reifen ließ, bis er einen Weg gefunden hatte, ihn in die Tat umzusetzen.

So kam es, daß er eines Tages seinen Bruder beiseite nahm und zu ihm sprach: »Nobel, ich habe daran gedacht, in absehbarer Zeit einmal die südlichen Länder zu besuchen. Und auch wenn es dich erzürnt, muß ich dir sagen, daß es an der Zeit ist, einen Blick auf die Besitzungen zu werfen, die mein Vater dir vermacht hat. Diese Dinge darf man nicht vernachlässigen. Bei der Gelegenheit kann ich mich mit eigenen Augen überzeugen, was so außergewöhnlich daran ist, daß du immer wieder an sie denken mußt. Auch will ich die Möglichkeit nicht ausschließen, eventuell eine dieser Damen kennenzulernen, von denen du so schwärmst; eine, bei der die strengen Moralvorstellungen vielleicht nicht ganz so tief verwurzelt sind ...«

»Herr«, murmelte Nobel furchtsam und verwirrt, »niemand könnte diese Reise mehr wünschen als ich. Dennoch bin ich der Meinung, daß Eure Frau Mutter ebensoviel darüber wissen sollte wie wir. Man kommt nicht in ein oder zwei Nächten dorthin, auch nicht in zwei oder drei Tagen. Wir werden zehn Tage oder länger unterwegs sein, und eine so lange Abwesenheit wird schwerlich unbemerkt bleiben.«

»Als hätte ich daran nicht gedacht!« erwiderte Gudú mit einem Anflug von Ungeduld. »Halt mich nicht für so unbedacht, mein Bruder. Selbstverständlich wird dies kein Abenteuer wie die anderen sein; aber auch wenn es mir den Reiz des Heimlichen raubt, werde ich deshalb nicht darauf verzichten. Verlaß dich drauf, daß ich mit meiner Mutter sprechen und meinen Entschluß mit allem Nachdruck vortragen werde. Inzwischen machst du dich für die Reise bereit und leitest alles Notwendige in die Wege. Diesmal werden wir eine Eskorte und vieles andere mitführen müssen.«

Gesagt, getan: Gudú suchte die Königin auf. Wie immer empfing sie ihn sofort.

»Sprecht, mein Sohn«, sagte sie und bot ihm einen Schemel an, auf dem er seit der Zeit ihrer Gefangenschaft im Ostturm

Platz zu nehmen pflegte, wenn er mit seiner Mutter etwas besprechen wollte, »ich lausche Euch mit großem Vergnügen.«

»Mit ebensolchem Vergnügen teile ich Euch mit, daß ich beschlossen habe, die Länder des Südens zu besuchen, wo Ihr und mein Bruder Nobel geboren seid. Ich glaube, es ist an der Zeit, daß er dort ein Schloß und einen Besitz in Augenschein nimmt, die ihm gehören. Zugleich kann ich mir endlich ein Bild von diesem Land machen, dessen Eroberung meinem Vater solche Wonnen bereitet hat.«

Die Königin war zuerst sprachlos, doch dann antwortete sie: »Dies ist ein verständliches Vorhaben, als nichts anderes habe ich es aufgefaßt. Ein König muß jeden Zoll des Reiches kennen, über das er herrscht, und nichts liegt mir ferner als die Vermutung, Ihr könntet dies vergessen haben. Doch muß ich Euch gestehen, daß mich eine Sorge quält, die Ihr vermutlich mit mir teilen werdet.«

»Nun, so sprecht sie aus, dann werde ich sehen, ob ich sie mit Euch teile«, antwortete Gudú mit derselben Unverfrorenheit wie seine Mutter, von der er diese Tugend geerbt, zumindest jedenfalls gut abgeschaut hatte.

»Wohlan denn, mein Sohn, ich möchte Euch nicht beunruhigen«, fuhr Ardid langsam fort, als bewege sie sich auf dünnem Eis, »doch in letzter Zeit gewinne ich immer mehr den Eindruck, als ob Euer Königlicher Berater und Euer Bruder, Prinz Anzius, sich nicht länger damit abfinden wollten, daß Euer Vater Euch zum Erben der Krone bestimmt hat. Seit längerem schon spüre ich die wachsende Feindseligkeit und Intrige, die aus ihren Worten spricht und in ihren Blicken steht. Könnte Eure Abwesenheit nicht von ihnen genutzt werden, uns hinterrücks einen tödlichen Schlag zu versetzen? Wenn Ihr abreist, laßt Ihr in diesem Schloß eine hilflose Frau zurück, die nicht mehr die Jüngste ist« – bei diesen Worten stieß sie einen scheinheiligen Seufzer aus, während ihr Blick über das glänzend polierte Glas des Spiegels huschte, der ihre voll erblühte Schönheit zeigte – »und in ihrer Schwachheit wer weiß welchen Machenschaften ausgesetzt.«

»Mutter«, antwortete Gudú mit ernster Miene und gab damit zu erkennen, daß er alle Möglichkeiten berücksichtigt hatte, »diesen Dingen muß man sich stellen und darf ihnen nicht feige aus dem Wege gehen. Wenn Ihr mir also erlaubt, so laßt Euch sagen, daß es meines Wissens auf der ganzen Welt keine Frau gibt, die weniger hilflos und schwach, die scharfsinniger und klüger ist als Ihr. Und ich freue mich, daß ich diese Frau zur Mutter habe und nicht zur Gemahlin. Für das andere Problem, so denke ich, gibt es ein wirkungsvolles Mittel, die Übergriffe, die Ihr von seiten des Beraters Tuso und meiner unerfreulichen Brüder erwartet, gleich an der Wurzel zu kappen. Ich halte es für eine gute Maßnahme, alle sechs ohne große Vorrede und Warnung in den Kerker zu sperren – wie man es vor Jahren ebenso unnachsichtig mit uns getan hat – und sie unter Aufsicht meines Onkels Almandin ununterbrochen bewachen zu lassen. Falls ich es nach meiner Rückkehr für sinnvoll erachte, ihnen die Freiheit zurückzugeben, kann das unter dem Vorwand geschehen, über ihr Tun falsch unterrichtet worden zu sein. Da wir jedoch beide wissen, daß sie Intrigen geschmiedet haben, werden sie sich hüten, allzulaut zu protestieren oder sich aufzulehnen.«

Der Königin hatte es ob dieser Rede schier den Atem verschlagen, und während sie sich mit der Zunge langsam die Lippen befeuchtete, versuchte sie in aller Eile ihre Gedanken zu ordnen. Schließlich sagte sie: »Mein Sohn, Ihr habt zahlreiche Tugenden; die des diplomatischen Gespürs zählte indes offenbar nicht dazu.«

Gudú schaute sie verständnislos an.

»Der Sinn Eurer Worte bleibt mir verborgen, Mutter. Seid bitte so freundlich, ihn mir verständlich zu machen, bevor die Neugier mich übermannt, oder die Ungeduld.«

»Euren Vorschlag hättet Ihr nicht mir machen sollen, die die Undurchschaubarkeiten an diesem Hof kennengelernt und ihre Grausamkeit zu spüren bekommen hat. Nicht weil ich klüger bin als Ihr, sondern älter, laßt Euch sagen, daß eine solche Entscheidung, wenn ich sie auch bei passenderer Gelegenheit nicht verwerfen würde, wenig angebracht ist für einen König, der noch nicht gekrönt wurde und unter der Vormundschaft einer Königinmutter steht, die, auch das sollte erwähnt werden, Euch bisher nicht den geringsten Anlaß zu Mißfallen gegeben hat.«

»Das stimmt«, bestätigte Gudú ernst. »Über diese Sache denke auch ich schon seit geraumer Weile nach, und ich glaube, daß wir diese lästige, jedoch notwendige Kleinigkeit, wie ich erkennen muß, vorziehen sollten. Die Krönung hätte erfolgen müssen, sobald ich den Kinderschuhen entwachsen war.«

»Nun«, fuhr die Königin fort, und ihre Stimme nahm einen wärmeren Ton an, »unter den wenigen Gesetzen, die Euer Vater erlassen hat, gibt es eines, welches besagt, daß das, was Ihr zu beschleunigen beabsichtigt, erst dann eintreten darf, wenn der Thronfolger das achtzehnte Lebensjahr vollendet hat. Wenn meine Berechnungen – und Ihr wißt, daß meine Rechenkünste mich auf diesen Thron geführt haben – richtig sind, dann fehlen Euch noch drei Jahre, drei Monate und fünfundzwanzig Tage zum erforderlichen Alter. Ich glaube nicht, Euch daran erinnern zu müssen, daß ein König, der gegen geltende Gesetze verstößt, sich kaum das Recht herausnehmen darf, seine Untertanen zu ihrer Befolgung zu zwingen. Wenn ein König seinen Willen auch über den des Reiches stellen darf und soll, wobei Ihr nicht vergessen dürft, daß ein Reich nicht nur aus Land und Wasser, sondern auch aus Gesetzen und Menschen besteht, ohne welche es gar kein Reich gäbe, so soll er es doch auf eine Weise tun, daß es aussieht, als ob dieser Wille mit dem seiner Untertanen einiggeht … Abschließend laßt Euch noch gesagt sein, mein Sohn, und ich überlasse es Eurem freien Ermessen, ob Ihr den Rat einer Frau befolgen wollt, die Ihr als gar nicht dumm anerkannt habt, daß zu eben diesem Zwecke eingerichtet worden ist, was Euch als Rat der Edlen bekannt sein dürfte. Diese klingende Bezeichnung umfängt mit ihrem Glanz die Eitelkeit jener, die dieser Erfindung angehören. So ich diesen Edlen einige Vorrechte eingeräumt und alte Rechte zurückgegeben habe, deren Existenz Euer Vater in den letzten Jahren seiner Herrschaft vergessen – und deswegen um ein Haar das Reich verloren – hatte, geschah dies aus dem einzigen Grund, ihren Ehrgeiz und ihre Habsucht mit den Krümeln eines Kuchens zu stillen, den mit einem einzigen Bissen zu verschlingen sie bereit gewesen wären. Glaubt also nicht, und da Ihr mich so gut zu kennen scheint, werdet Ihr es gewiß richtig verstehen, daß ich aus Schwäche oder Großmut gehandelt habe. Das sind Eigenschaften, deren Wurzeln, falls sie einmal in mir keimten, das Leben an diesem Hof schon früh hat verdorren lassen. Wenn Ihr Euch also weigert, eines der wenigen Erfordernisse zu erfüllen, die unumgänglich sind, um offiziell die Herrschaft über das Reich anzutreten, wird die verletzte Eitelkeit jener, von denen ich eben sprach, über schöne Worte, Ämter und Pfründe obsiegen. Und da Ihr schon bestens unterrichtet seid über Glanz und Elend anderer Reiche, anderer Könige und anderer Länder, für die Ihr ein lobenswertes Interesse an den Tag legt, vergeßt auch nicht, wie streitsüchtig und habgierig die Männer sind, welche notwendigerweise den Hofstaat eines Reiches bilden; sie sind sein Fundament, aber auch sein unverläßlichster Halt. Denn Edelmut und Treue, die ein glückliches Schicksal uns mit Männern wie Eurem Onkel Almandin und Eurem Bruder Nobel beschert hat, glaubt mir, findet man nicht oft. Weder hier noch anderswo. Und offensichtlich und als weiteres Geschenk für uns ist keiner von beiden aus dem Holz geschnitzt, aus dem Könige gemacht werden.«

Nachdem diese Worte gesprochen waren, schwieg die Königin freundlich und voller Vertrauen, wie es schien. Gudú hingegen versank in eine lange wortlose Nachdenklichkeit – vielleicht nicht ganz so lange, wie es der Königin vorkam –, bis er schließlich mit einem jähen Auflachen sagte: »Wirklich, Mutter, Ihr seid gerissener als jeder Fuchs. Mann und Frau zusammen könnten zu keinem hellsichtigeren Ergebnis gelangen als Ihr; selbst die schlauesten nicht.«

Dann erhob er sich und verließ das Zimmer festen Schritts und – wie seiner Mutter schien – mit zufriedenem Gesicht.

Für dieses Mal verschob Gudú die Reise zu den Ländern des

Südens. Aber – und das wußte auch seine Mutter – aufgehoben hatte er sie nicht.

Einige Tage später besuchte der König seine Mutter erneut, nahm wieder auf dem Schemel Platz und sprach: »Ich habe mir die Zeit genommen, genau zu beobachten, wie man das Feuer entzündet, welches uns im Winter so unentbehrlich ist wie lästig im Sommer.«

»Ich höre«, sagte die Königin und überspielte ihre Beunruhigung mit holdestem Lächeln.

»Also, zuerst schlägt man den Feuerstein in den Zunder, bis ein Funke überspringt. Der Funke entzündet das Stroh, das Stroh das Brennholz. Klug, wie Ihr seid, reicht es wohl, wenn ich Euch sage, daß ich bereit bin, für den Funken zu sorgen, der das Stroh entzündet. Sobald das Stroh Feuer gefangen hat, blast Ihr in die Flamme, bis das Holz lichterloh brennt. Danach erwarte ich von Euch nicht mehr an Hilfe, als notwendig ist, das Feuer einzudämmen und in Asche zu verwandeln, die der Wind von dannen weht. Und da ich Euch weiter nichts mitzuteilen habe, als daß ich nun beginnen werde, den Feuerstein zu schlagen, haltet so denn Blasebalg und Schürhaken bereit, um ans Werk zu gehen, wenn Ihr an der Reihe seid.«

Gudú verabschiedete sich mit einer Verbeugung von seiner Mutter und ließ sie sprachlos zurück; vielleicht sogar zum erstenmal in ihrem Leben in keiner Weise wissend, was ihr da soeben mitgeteilt worden war.

Wenige Tage nach dieser Szene ließ der noch ungekrönte König seinem Berater Tuso eine Botschaft überbringen, in der er mit wohlgesetzten Worten seinem Wunsch Ausdruck verlieh, ihn dringend zu sprechen, da er in einer Sache von großer Wichtigkeit seinen Rat brauche.

Verwundert und mißtrauisch, zugleich jedoch von hoffnungsvoller Neugier getrieben, folgte Graf Tuso dem Ruf des Königs. Dieser empfing ihn in seinem Privatgemach, leichtfertig mit einem albernen Zeitvertreib beschäftigt, den die Hofdamen ihm beigebracht hatten und der darin bestand, mit Karten aus Elfenbein – Geschenk der Königin Leonia – knifflige Patiencen zu legen.

»Mein hochgeschätzter Ratgeber, bitte nimm doch Platz«, sagte er liebenswürdig, obwohl er ihn in seiner Anwesenheit gewöhnlich geradestehen ließ wie einen Ladestock, und dies trotz der im Alter unrühmliche Formen annehmenden Hühneraugen des Grafen, »und hör mir aufmerksam zu, denn ich betrachte dich als treuen Freund und klugen Berater, wie du es für meinen Vater warst und jetzt für meine Mutter bist, der du lange Jahre treu und umsichtig gedient hast. Heute ist der Tag gekommen, an dem ich deiner großen Weisheit bedarf und mich vertrauensvoll in einer Angelegenheit an dich wende, die mich bedrückt und verwirrt.«

Die ungewohnt salbungsvollen Worte machten Tuso mehr als mißtrauisch, und er richtete den zweifarbigen Blick seiner Augen – der zu seinem Leidwesen allmählich matt wurde – forschend auf die des Königs. Doch aus diesen schlug ihm eine so ursprüngliche Arglosigkeit entgegen, daß ihm die Überlegung durchs Hirn zuckte: Vergessen wir nicht, daß der König noch ein Kind oder fast noch ein Kind ist. Also nahm er mit würdevoller Umständlichkeit den Platz ein, den der König ihm angewiesen hatte, und legte alle Hochachtung, deren er fähig war, in seine Stimme, als er erwiderte: »Ich weiß Eure Worte wohl zu schätzen, edler Gudú, verehrter König und Herrscher. Seid versichert, daß ich willens bin, mein bescheidenes Wissen und meinen wohlüberlegten Rat vorbehaltlos in Eure Dienste zu stellen.«

»Das glaube ich wohl«, sagte Gudú treuherzig lächelnd, wobei auch ein Schimmer von Scham aufzublitzen schien. »Ich habe dich in einer heiklen Angelegenheit rufen lassen, die ich nicht mit meiner Mutter besprechen kann. Da ich nicht das Glück habe, daß mein Vater noch lebt, und sich in meiner Umgebung kein geeigneterer Mann findet als du, um Vertrauliches zu besprechen, laß dir also folgendes sagen. Wie du festgestellt haben wirst, läßt meine körperliche Entwicklung mich älter erscheinen, als ich an Jahren bin. Mein Geist hingegen hat an dieser vorzeitigen Reifung nicht in demselben Ausmaß teilgehabt, so daß ich mich in einem Zustand großer Verwirrung befinde, da ich seit einiger Zeit Gelüste verspüre, die bei anderen Jünglingen in meinem Alter vielleicht weit weniger stark ausgeprägt sein mögen.«

Hier schwieg der junge König und schaute verlegen zu Boden. Graf Tuso spürte so etwas wie einen frischen Wind, der die dunklen Wolken eines gefürchteten Gewitters vertrieb, und beeilte sich, mit allem gebotenen Takt und Ernst eine Antwort zu geben.

»Ich mag wohl alt und vertrocknet sein, Hoheit, doch verstehe ich, was Euch bedrückt. Soviel ich weiß, gibt es für diese Dinge einfache und vergnügliche Abhilfe. Mag mein Fleisch auch hinfällig sein, so nicht jedoch mein Geist, der mir manch schöne Jugenderinnerung ins Gedächtnis ruft. Daher kann ich in Eurer Enthüllung nichts Ungewöhnliches sehen; im Gegenteil. Und dies um so mehr noch, wenn man in Betracht zieht, wessen Sohn Ihr seid.«

»Ich danke dir für dein Verständnis, mein guter Berater. Ich weiß, daß es einem König nicht ansteht, sich Gelüsten und Vergnügungen hinzugeben, die zu übler Nachrede führen und jene zu falschen Schlüssen verleiten könnten, die mir vertrauen. Daher habe ich daran gedacht, ob es nicht die beste Lösung sei, eine Gemahlin zu nehmen. Dies zu tun, wie ich sehr wohl weiß, ist es Sitte – oder Gesetz –, bis zum Tag der Krönung zu warten. Ich weiß auch, daß die Krönung erst stattfinden kann, wenn der König sein achtzehntes Lebensjahr vollendet hat, und keinen Tag früher. Da mir nichts stärker widerstrebt, als dieses Gesetz oder irgendein anderes zu brechen, findest du mich in diesem Zustand der Niedergeschlagenheit und Ratlosigkeit. Dir vertraue ich mich heute in der Hoffnung an, daß mir deine bewährte Klugheit und Treue einen ebenso ehren- wie statthaften Ausweg aus meinen Qualen weisen mögen.«

Graf Tuso war von Freude und Verblüffung überwältigt, als er diese Worte vernahm, die er nie im Leben von Gudú und auch von keinem anderen König – nicht einmal von Anzius auf dem Thron – erwartet hatte. Er sammelte seine Gedanken und antwortete dann: »In der Tat, Hoheit, das ist eine verzwickte Lage. Andererseits sehe ich aber nichts Anrüchiges in Euren Worten, verstehe hingegen sehr gut, welche Qualen Euch eine offensichtlich maßlose Wartezeit bereiten muß, wie sie zwischen Eurer körperlichen Entwicklung und dem vorgeschriebenen Alter liegt. Für einen vor Lebenskraft strotzenden Jüngling wie Euch sind drei Jahre der Enthaltsamkeit eine lange Zeit, so begierig und unnachgiebig, wie ich Euch nach vorehelichen Erfahrungen streben sehe.«

»Sei versichert, daß es sich genauso verhält«, murmelte Gudú mit einem so tiefen Seufzer, daß es den immer noch mißtrauischen Grafen beinahe ernstlich gerührt hätte. »Aber nun, mein Freund« – und diese Worte hatte Tuso nicht einmal von Volodius zu hören bekommen – »was kann ich tun, um nicht dem Wahnsinn oder der Verzweiflung zu verfallen? Ich möchte wissen, ob es eine Möglichkeit gibt, in den Stand der Ehe zu treten, bevor ich zum König gekrönt worden bin, ohne das Gesetz zu verletzen, was ich unter keinen Umständen antasten werde, lieber will ich sterben.«

Nun, das ist das einzige, worauf es mir ankommt, dachte Tuso und rieb sich im Geist die Hände. Sei versichert, mein lüsterner Knabe, daß dein Problem gelöst werden wird, so wahr ich Tuso heiße. Mit keiner Aufgabe hättest du mich besser betrauen können, als dich mit einer von mir ausgewählten Frau zusammenzubringen, was ich, dessen kannst du versichert sein, auf schnellstem Wege bewerkstelligen werde.

»Herr«, sagte er nach geheucheltem Überlegen, »ich sehe zwei Möglichkeiten. Erstens, wenn ich es richtig verstehe, liegt Euch mehr an der Wahrung des äußeren Scheins, was für einen König nur natürlich ist, als an der Art der Angelegenheit selbst. Wenn wir also die Dinge behutsam und diskret behandeln, könnte die erste Möglichkeit darin bestehen, Euer Naturell unter völliger Geheimhaltung auszuleben, so daß, wenn der Tag kommt, an dem Ihr Eure Gemahlin erwählt, es keinerlei Anlaß zu Gerede und Getuschel geben kann.«

»O nein, nein!« Gudú schlug sich die Hände vor die Augen. »In einem solchen Fall wäre es aufgrund meines Alters und meiner Unerfahrenheit mehr als denkbar, daß die Person, die sich bereit fände, meinen Durst zu stillen, über alle Maßen Einfluß nähme auf mein Gefühl und ich, wenn der Tag gekommen, meiner Angetrauten kein guter Gemahl mehr sein könnte. Vergiß diesen Gedanken, ich bitte dich, sprich ihn in meiner Gegenwart nie mehr aus.«

Er ziert sich also, dachte Tuso mit einem Anflug von Mißtrauen. Solchen Unsinn hat sich sein Vater bei diesen Dingen nie einfallen lassen. Je nun, wenn er tatsächlich so naiv und so übertrieben gewissenhaft sein sollte, wie er sich den Anschein gibt, um so besser.

»Wenn dem so ist«, antwortete er, »gibt es wohl nur eine Lösung, daß ich nämlich, als geschähe dies hinter Eurem Rücken, dem Rat der Edlen vorschlage, Eurer Hochzeit aus den dargelegten Gründen zuzustimmen, noch bevor Ihr gekrönt worden seid. Was nicht heißt, daß die Krönung unweigerlich von der Vermählung abhängig ist. Euer Vater hat dies so festgelegt für den Fall, daß der Thronfolger vor dem achtzehnten Lebensjahr Anzeichen einer schweren Krankheit, von Schwachsinn, Wahnhaftigkeit oder Verschwendungssucht an den Tag legt. Eine weitsichtige Maßnahme, wie Ihr zugeben werdet, die sich jedoch nicht auf Heirat erstreckt. Es handelte sich vielmehr um eine simple Formalität, die, behutsam reformiert, den wahren Sinn des Gesetzes nicht verändern wird.«

»Ich verstehe das sehr gut«, sagte der König. »Wenn ich in diesen drei Jahren, obwohl in den Stand der Ehe getreten, nicht glaubwürdig darzulegen vermag, daß ich die erforderlichen Voraussetzungen in mir vereine, kann die Krönung verschoben oder sogar aufgehoben werden. Und wenn das so ist, unterzeichne ich bereitwillig alles, was man mir dazu vorlegt.«

Das hört sich schon besser an, sagte sich Tuso im stillen und fühlte seine alten Hoffnungen aufkeimen, als hätten sie nur auf diesen Moment gewartet. Du mußt ganz schön einfältig sein, mein Kleiner, dich auf solche Geschichten einzulassen, nur um deine Sinnenfreuden ausleben zu können, die doch auf sehr viel einfachere Weise zu befriedigen wären. Doch plötzlich, aufs höchste alarmiert, fragte er: »Da Ihr mir soviel Vertrauen entgegenbringt, Hoheit, darf ich wohl erfahren, ob die Gemahlin Eures Herzens bereits erwählt worden ist? Oder habt Ihr noch keine bestimmte Frau ins Auge gefaßt?«

»O nein«, antwortete Gudú. »Aber da du dich als so verständig erweist, laß mich dich um einen letzten Gefallen bitten. Wähl du die künftige Gemahlin aus, und ich werde sie als solche anerkennen. Doch um den Anschein zu wahren, solltest du die Auserwählte, falls der Rat der Edlen deinem Ansinnen stattgibt, zuallererst meiner Mutter vorstellen und in Erfahrung bringen, ob sie ihre Zustimmung findet.«

Du bist mir schon ein schräger Vogel, dachte Tuso zufrieden. Du weißt so gut wie ich, daß die Meinung deiner Mutter dich in dieser Angelegenheit genauso wenig kümmert, wie in anderen. Ich verstehe nur nicht, warum du, so aufgeweckt du in anderen Dingen zu sein scheinst, mir so blauäugig entgegentrittst ... Ach, die Glut der Jugend! sagte er sich dann in Erinnerung an etwas, das er einmal gehört oder vielleicht gelesen hatte. Welches Unheil kann doch blinde Leidenschaft selbst über Menschen bringen, die man für klug und vernünftig gehalten hat.

Hochzufrieden zog er sich zurück, um seine Pläne zu schmieden, die ihm eine glänzende Zukunft versprachen, in der sein früherer Ruhm und seine Macht wiedererstarken konnten wie zu der Zeit, als er wirklich Berater eines sinnlichen, gewalttätigen und barbarischen, aber auch tapferen und listenreichen Königs gewesen war.

Graf Tuso wandte sich an die Königin und bat um ihre Zustimmung, den Rat der Edlen einzuberufen, da es eine komplizierte Frage zu klären gelte, die König und Königreich beträfen. Ardid ahnte gleich, daß dies etwas mit dem Plan ihres Sohnes zu tun haben mußte, und rief den Kobold zu sich, der den Auftrag hatte, ihr über jeden Schritt des Königs Bericht zu erstatten. Der Kobold kam auch sogleich herbeigeeilt, war jedoch so betrunken, daß er kein verständliches Wort über die Lippen brachte. Verärgert zwar, aber voll des Wohlwollens, mit dem jeder seiner Auftritte – selbst der erbärmlichste – sie erfüllte, verzichtete sie auf seine Hilfe und ließ den Magier kommen. Als sie allein waren, vertraute sie ihm ihre Sorgen an.

Nach langem Überlegen antwortete der Alte: »Als Euer Lehrer und treuer Diener könnt Ihr meine Unterstützung im Rat erbitten, und mit den alten Zeichen der Verständigung, die uns miteinander verbinden, kann ich Euch zu rechter Gelegenheit raten, welche Stellung Ihr im Verlauf der Versammlung einnehmen sollt. Was diese unselige Kreatur betrifft« – er deutete auf den Kobold –, »so sollten wir ihn, sobald er wieder nüchtern ist darüber unterrichten, was vor sich geht, und ihm einschärfen, auf alles zu achten, was für uns wichtig sein könnte.«

Als der Kobold seinen Rausch ausgeschlafen hatte, war er jedoch so geschwächt und so rot angelaufen, daß sie über seinen Grad der Unreinheit erschraken.

»Du Unvernünftiger!« schalt ihn die Königin. »Wie kannst du dich so gehenlassen? Siehst du nicht, wie sehr du dir mit dem Wein selbst schadest?«

Der Kobold stieß einen langen Seufzer aus und murmelte: »Schuld daran ist Euer Sohn Gudú, der mich mit seiner Unfähigkeit, mich zu sehen, ganz traurig macht und zu den ungeheuerlichsten Verrücktheiten verführt.«

»Nun, da du Gudú erwähnst«, sagte die Königin ungeduldig und nachsichtig zugleich, »solltest du uns vielleicht einmal berichten, wo er sich in den letzten Tagen herumgetrieben und was er alles angestellt hat.«

»Ich konnte doch nicht«, jammerte der Kobold. »Ich kann ihn nicht anschauen, ohne daß es mich vor Kummer erdrückt. Ah, Menschen, Menschen … was habt ihr aus mir gemacht!«

Und während er sich mit beiden Händen die Brust aufriß, zeigte er seinen beiden Freunden, was sie vor Entsetzen zum Verstummen brachte: an der Stelle, wo die Menschen ihr Herz haben, war dem Kobold des Südens eine kleine Rebe dunkler Trauben gewachsen.

»Seht Ihr?« sagte er. »Ist dies etwa nicht der erste Sproß jener gefürchteten Pflanze, in der die menschlichen Gefühle wurzeln?«

»Mein Lieber«, sprach die Königin und nahm ihn auf den Schoß; und zum erstenmal wurde ihr bewußt, wie winzig er war. Denn als er sie anschaute, sah sie ihn mit den Augen des kleinen Mädchens jener Tage, da sie beide fast gleich groß gewesen waren. »Hab keine Angst. Das ist kein Herz, sondern eine Weinrebe, ganz zart noch und klein. Wenn du dich vorsiehst, wird sie kaum heranreifen können.«

»Ach, meine liebe Ardid«, sagte der Kobold und lehnte seinen roten Kopf an die Brust der Freundin, »Ihr wißt nicht, was Ihr sagt. Es ist nicht das Herz, in dem Eure Anschauungen wohnen, ist nicht der Ort, in dem des Übels Wurzeln gründen. Nicht das Behältnis zählt, sondern die Substanz an sich. Als Kobold weiß ich das besser als irgendeiner Euresgleichen; bei vielen Eurer für mich so durchsichtigen Gattung habe ich es mit Staunen beobachtet, und es hat mich nie berührt ...«

Noch war seine Unreinheit nicht so weit fortgeschritten, daß er seinen Kummer in Tränen hätte überquellen lassen können. Nur ein sonderbares Röcheln, so heiser wie sein betrunkenes Lachen, bahnte sich einen Weg aus seinem Innern.

»Ach was, Kopf hoch!« sagte der Magier, der seine Rührung nur schlecht verbergen konnte. »Nimm dich zusammen, steig vom Schoß der Königin und hilf uns bei der Suche nach einer Lösung unserer Schwierigkeiten; die scheinen nämlich nie ein Ende zu haben.«

Und so kamen sie überein, alle drei und jeder an ihm gemäßer Stelle an der mysteriösen und besorgniserregenden Ratsversammlung teilzunehmen.

Als der feierliche Tag gekommen war, legte Tuso den edlen Herren dar, was ihm an der körperlichen Reife des Königs seit einiger Zeit zu denken gab und welche Lösung er ins Auge gefaßt hatte, um das von Volodius erlassene Gesetz in seiner Substanz zu respektieren. Und da jene, aus denen – mit Ausnahme der Königin – der Rat sich zusammensetzte, alles edle Männer waren, spürten sie einen Stich mitfühlender Freude in der Brust, als sie von den Kümmernissen des jungen Königs erfuhren. Selbst in jenen Herzen, in denen sonst Teilnahmslosigkeit oder nur mäßige Sympathie für den königlichen Knaben herrschten, regte sich eine kleine Welle verständnisvoller Nachsicht.

»In der Tat«, ergriff der Älteste das Wort – es war Baron Leorinald, dessen Altersgeilheit jeder kannte, der in allen anderen Dingen aber ganz vernünftig und sehr erfahren war –, »ich glaube nicht, daß wir uns in dieser Angelegenheit über die Maßen kleinlich zeigen sollten. Wenn der König vor seiner Krönung heiraten will, ändert das nichts an seinen Aufgaben und Pflichten und auch nichts am Gesetz selbst. Wenn wir die Sache also wohlwollend angehen, glaube ich nicht, daß wir uns darüber streiten müssen …«

Zur Verblüffung der Königin und ihrer Freunde, die stumm vor Staunen mit anhörten, was sie nie im Leben zu hoffen gewagt hätten, wandte sich daraufhin Graf Tuso mit einer geschmeidigen Verneigung zu Ardid – deren Vorliebe für höfisches Zeremoniell er sehr wohl kannte – und sprach:

»Wird der Eheschließung des Königs zugestimmt, so obliegt es dem edlen Rat hernach, die Zustimmung Eurer Königlichen Majestät zu erbitten. Da der König in seinem tief empfundenen Vertrauen mich aufgefordert hat, die zukünftige Gemahlin für ihn auszuwählen, werde ich Euch die Erwählte zu gegebener Zeit vor Augen führen, um Eure Einwilligung zu erwirken.«

Da fielen der Königin wieder die Worte ihres Sohnes ein, und in ihrem Gehirn zündete der Funke, von dem Gudú zu ihr gesprochen hatte. Mit leuchtenden Augen und dem strahlenden Lächeln, das alle an ihr kannten, antwortete sie:

»Eure Vorschläge finden gewiß meine volle Zustimmung. Wenn die Beratungen – von denen mich zurückzuziehen Ihr mir gewiß erlauben werdet, um die nötigen Erwägungen nicht durch meine Anwesenheit als Frau und Mutter zu beeinträchtigen – ein Ergebnis zeitigen, zögert nicht, es mir sogleich mitzuteilen.«

Dann erhob sie sich und verließ den Saal mit ihrem bezaubernsten Lächeln, dicht gefolgt von dem alten Magier. Der Kobold hielt sich weiterhin in der Glut des großen Kamins verborgen und hörte mit an, wie der Rat der Edlen, kaum daß die Königin den Saal verlassen hatte, sich in mehr oder weniger zotigen Geschmacklosigkeiten über den frühreifen König erging. Und nachdem die adligen Herren sich Wein hatten auftragen lassen, sprachen sie diesem ausgiebig zu, während sie etwas wehmütig – schließlich und endlich hatten sie alle nicht nur das Feuer der Jugend, sondern auch die Zeit der prallen Reife längst hinter sich gelassen – den Beschluß faßten, der König solle tun, was er nicht lassen könne, solange nur das Gesetz über Krönung, Alter, Krankheit, Wahnsinn, Schwachsinn und Verschwendungssucht nicht angetastet werde, das eigentlich keiner von ihnen so genau kannte und das sie, wenn sie ehrlich waren, auch gar nicht weiter kümmerte.

Als alles vorbei war, trug der Kobold den Beschluß der Ratsversammlung zu Ardid, so daß diese bereits unterrichtet war, als Baron Leorinald und Berater Tuso ihn ihr offiziell zur Kenntnis brachten. Ihre Antwort hatte sie sich daher schon sorgsam zurechtlegen können.

»Was der Rat der Edlen beschlossen hat, dem will ich nicht widersprechen. So vertraue ich Euch also meinen Sohn an, und Ihr sucht geschwind, konsultiert *Das Buch der Abstammung* und nennt mir bald den Namen der Kandidatin Eures Gutdünkens.«

Das Buch der Abstammung, was zum Teufel soll das heißen ...? fragte sich Tuso beunruhigt. Fürs erste zog er es jedoch vor, so zu tun, als wisse er Bescheid, und neigte in demütiger Zustimmung das Haupt.

Ardid unterzeichnete das Pergament, welches – wie sie aus berufenem Munde wußte – der Rat der Edlen einstimmig abgesegnet hatte. Als sie mit dem Kobold und dem Magier wieder allein war, schauten sich die drei mit verschwörerischem Lächeln an. Und jegliches Protokoll vergessend, rief die Königin freudig erleichtert:

»Ein gerissener Gauner ist mein Sohn. Kein Zweifel, wir haben es mit einem wahrhaften König zu tun.«

Und wie Gudú ihr geraten hatte, bewaffnete sie sich mit Schürhaken und Blasebälgen, da das Stroh jetzt Feucr gefangen hatte und nun das Brennholz zum Lodern gebracht werden mußte. Sie begriff, daß dies nun – wie von Gudú angekündigt – ihre Aufgabe war.

Es dauerte nicht lange, bis sie Besuch von ihrem Sohn erhielt, diesmal abseits jeden Protokolls. Sie bekam sogar einen richtigen Schrecken, als sie sich allein in ihrem Gemach wähnte, sich vom anstrengenden Tag zur Ruhe begeben wollte, und plötzlich, so behende, als wärs der Kobold, Gudú vor ihr auftauchte. Er war so wunderlich gekleidet, daß sie ihn erst kaum erkannte.

»Was treibt Euch um, mein Sohn?« fragte sie dann erleichtert. »Warum seid Ihr gekleidet wie ein Hausierer oder Knoblauchverkäufer?« Für sie war jemand mit ungewöhnlicher Kleidung ein Knoblauchverkäufer. Diese hatte sie von den Märkten des Südens dergestalt in Erinnerung.

»Still, Mutter!« flüsterte Gudú und legte einen Finger auf die Lippen. »So bewegt man sich viel unauffälliger durch Gänge und Säle, zumal wenn man dies noch trägt.« Dabei zeigte er auf ein großes Tablett voller Gläser, wie es die Gehilfen der Kellermeister herumtrugen, wenn von den Leuten aus dem Schloß nach ihnen geschickt wurde. »Außerdem sieht und hört man so von Dingen, die man auf andere Weise nie erführe – vor allem als König nicht.«

»Das stimmt«, sagte Ardid mit einem Seufzer der Erleichterung. »Und Ihr seid auch nicht der erste, der zu solchen Mitteln greift, wie ich wohl weiß. Aber was führt Euch zu solcher Stunde und unter solchen Umständen zu mir?«

»Mutter«, begann Gudú und setzte sich, der Macht der Gewohnheit gehorchend, auf den Schemel, den er stets benutzte, wenn er mit ihr sprach, »über kurz oder lang wird Euch eine Prinzessin oder Dame edlen Geblüts als Kandidatin für die Hochzeit vorgestellt werden. Wenn das geschieht, auch wenn es sich um eine Prinzessin noch so vornehmer Abkunft handelt – was ich natürlich von vornherein bezweifle, da ich Tuso und die Sorte seiner Bekanntschaften kenne –, weigert Euch bitte rundheraus, sie als meine Gemahlin anzuerkennen. Da der Graf so dumm gewesen ist, uns zu vertrauen, weiß nun jeder am Hof, daß Ihr das Pergament unterzeichnet habt, welches Euch das Recht der Zustimmung zu meiner Heirat und der Ablehnung der künftigen Königin von Olar einräumt. Bleibt also fest in Eurer Zurückweisung und treibt ihn regelrecht zur Verzweiflung; er soll rasen vor Zorn. Es ist an der Zeit, daß Ihr Eure wahren Gefühle zeigt, die Ihr gegen den Grafen hegt, und jede Nachsicht ihm gegenüber ablegt. Unterdessen werde ich mit Nobel zum alten Turm meines Onkels Almandin reiten und dort auf Nachrichten von Euch warten. Es sollten die Eurer Ablehnung und von Tusos besinnungslosem Zorn sein, den Ihr bis dahin entfacht haben werdet. Sagt schließlich, daß letzten Endes ich selbst entscheiden müsse, ob mir die verdammte Braut gefalle oder nicht, und begebt Euch sodann mit großem Hofstaat zu mir, damit ich die Angelegenheit entscheide. Inzwischen jedoch, und möglichst vorher, sucht für mich eine wirkliche und gute Gemahlin, denn falls die Krönung vorgezogen wird, wie ich erwarte, wäre es gut, eine passende Königin vorweisen zu können, die mir möglichst bald Nachkommenschaft beschert und damit eine glückliche Thronfolge in Olar zu sichern vermag, so daß ich auf dieser Grundlage meine Gesetze erlassen und meine Pläne verwirklichen kann.«

Ardid hatte von ihrem frühreifen Sprößling einiges erwartet, doch dies machte ihr angst, und sie sagte: »Hast du dies alles wirklich gut überlegt? Bist du sicher, daß uns dieser Schritt am Ende nicht alle ins Verderben stürzen wird?«

»Vertraut mir, Mutter«, antwortete Gudú. »Vertraut meiner Klugheit, wie ich Eurer vertraue. Menschen wie Tuso und meine Brüder, die Vulgaros, sind leicht zu durchschauen. Es ist nicht schwer, ihren bösen Absichten und ihrer Falschheit immer einen Schritt voraus zu sein. Etwas anderes wäre es«, fuhr er fort und erstaunte seine Mutter damit noch mehr, »wenn wir es mit Leuten wie Almandin oder Nobel zu tun hätten. Ich muß Euch gestehen, daß diese beiden mir in ihrer Arglosigkeit oft unheimlicher sind als die verschrobenen Winkelzüge von Tuso und Konsorten.«

»Wahrhaftig, mein Sohn«, rief Ardid, »Ihr besitzt nicht nur einen reifen Körper, sondern auch einen ausgereiften Verstand! Und darüber bin ich hocherfreut, übertrifft dies doch meine Erwartungen bei weitem. Seid versichert, daß alles, was Ihr mir gesagt habt, Wort für Wort ausgeführt werden wird. Macht Euch also unbesorgt auf den Weg, während ich mit Eurem Onkel Almandin und meinem geliebten Meister gründlich *Das Buch der Abstammung* studieren will. Ich verspreche, Euch keine Frau anzutragen, die Euren Ansprüchen nicht gerecht oder Euch lästig werden wird, die gewöhnlicher Herkunft oder von häßlichem Äußeren ist. Geht ohne Sorge, ich werde Euch ebensowenig enttäuschen, wie Ihr mich enttäuscht.«

Sie trennten sich in so gutem Einvernehmen, daß Ardid zum ersten Mal der Gedanke kam, die Liebe eines Sohnes sei vielleicht nicht ganz so unentbehrlich wie seine Achtung und sein Vertrauen.

Ardid war jedoch keine Frau, die sich mit halben Worten und angedeuteten Geheimnissen zufriedengab. Sobald sie allein war, rief sie den Kobold und flehte zum Himmel, er möge nicht wieder betrunken sein. Glücklicherweise war er es nicht, denn ihm saß immer noch der Schrecken der jüngsten Erlebnisse in den Gliedern. Er frönte jetzt sehr viel bescheidener dem Laster, das er für sein größtes Verderben hielt, welches in Wirklichkeit jedoch sein geringstes war.

»Mein lieber Kobold«, sagte Ardid und setzte ihn sich auf den Schoß, wie sie es sich zur Gewohnheit gemacht hatte, seit er ihr so klein und zerbrechlich erschien, »ich bitte dich von ganzem Herzen, dem Grafen Tuso auf Schritt und Tritt zu folgen und ihn nicht eine Sekunde lang aus den Augen zu verlieren. Halte mich über jede seiner Bewegungen auf dem laufenden. Diesmal ist es sehr ernst, und ich möchte dich bitten, wenn es dir mit deiner Zuneigung zu mir und meinem Sohn Gudú ebenso ernst ist, in dieser Zeit nicht einen Tropfen zu trinken, um jederzeit nüchtern und wachsam zu sein und mir alles berichten zu können, was du hörst und siehst. Und sobald wir wissen, was Tuso ausbrütet, eil uns zu Hilfe, denn ich muß in kürzester Zeit eine Prinzessin finden, die Gudú eine würdige Gemahlin ist. Sie soll dem vornehmsten Adel und der geachtetsten Herrscherfamilie entstammen, denn es ist dringend an der Zeit, unseren Zweig mit königlichem Blut zu veredeln, damit wir aufhören, nur eine rohe Dynastie abenteuernder, sich gegenseitig zerfleischender Krieger zu sein.«

»Ihr könnt Euch auf mich verlassen«, versprach der Kobold. »Und auch darauf, daß ich während der ganzen Zeit keinen Tropfen trinken werde.«

Tags darauf brach König Gudú mit Nobel zum Schwarzen Turm auf. Sie wollten dort jagen und sich im Gebrauch der Waffen üben, ließen sie wissen, und würden mehrere Tage fortbleiben. Unter dem Schutz einer kleinen, aber gutbewaffneten Eskorte, unter dem Gebell der Hunde und den trägen Rufen der Treiber ritten sie davon.

Dies geschah im Herbst, doch darüber wunderte sich niemand. Die beiden Brüder nahmen naturgegebene Unbilden offenbar gern in Kauf, während der Hofstaat immer mehr verweichlichte, was der klugen Politik Königin Ardids zu verdanken war.

IX

DER FUNKE UND DAS FEUER

I

Zehn Tage waren vergangen, als Königin Ardid das bekannte Klopfen im Kamin vernahm. Aufgeregt und voller Ungeduld steckte sie den Kopf in die Öffnung und rief leise den Namen des Kobolds, der prompt darauf erschien und auf den erloschenen Scheiten seine Purzelbäume schlug.

»Liebe Königin, ich habe so viele und so bedeutsame Neuigkeiten, daß Ihr mir als erstes ein Tröpfchen von dem guten Rosé geben müßt. Ich habe Eure Ermahnungen bis an die Grenze des Erträglichen befolgt, doch jetzt bin ich mit meiner Kraft zur Enthaltsamkeit am Ende.«

»Was ist geschehen?« murmelte Almandin, der aus seinem Halbschlaf erwachte.

Es war die beschauliche Stunde, da Almandin in den Gemächern der Königin zu erscheinen und sie sich beide den Verzückungen der Liebe hinzugeben pflegten. Doch die ewige Jugend, die seine schlanke Figur und sein hübsches Gesicht ausstrahlten, ließ ihn schon ein bißchen im Stich, und nach den Ausschweifungen der Liebe gab er sich in letzter Zeit ganz gern einem geruhsamen Schläfchen hin.

»Erschrick nicht, mein Liebster«, sagte Ardid. »Es ist der Kobold.«

»Wo ist er denn?«

Almandin sah ihn immer noch nicht. Erst wenn der Kobold betrunken war und der flüchtige Glanz seines roten Fells Funken warf – was jeder andere für Sonnenreflexe oder den Glanz des Feuers auf poliertem Metall gehalten hätte –, konnte er seine Gegenwart erahnen.

»Hier, Liebster«, sagte Ardid. »Aber bitte sei jetzt still, denn er hat wichtige Neuigkeiten für uns.«

»Ist gut, Liebste, Ihr berichtet mir gewiß später davon.«

Almandin klopfte eine kleine Mulde ins Kopfkissen, schloß sanft die Augen und gab sich wieder der Welt der Träume hin. Die Königin hielt ihn zwar über die Geschehnisse auf dem laufenden, doch bis zum Kern der Dinge, die die drei Verschworenen besprachen, war er nie vorgedrungen. Seine Liebe zu Ardid war ihm Erfüllung genug, und über diese Liebe und die eigene Schönheit hinaus hatte er keinen Blick, schon gar nicht für den Kobold. Die Königin hatte die Dreißig überschritten, pflegte sich aber mit Essenzen und Salben, war gesund und geschmeidig und dabei so schlank, daß manches Hoffräulein von fünfzehn gegen sie aussah wie ein gerupfter Vogel.

»Ich verspreche es dir«, sagte Ardid. Dann setzte sie sich, entnahm ihrer Truhe ein Fläschchen, in dem sie für den Kobold einen alten Tropfen aufbewahrte, dessen Anblick allein den armen Kerl schon ganz trunken machte. Er nahm einen Schluck, schnalzte genießerisch mit der Zunge – was von Ardid als sehr ungehörig empfunden wurde, da sie dies schon viele Männer unter übleren Umständen hatte tun sehen – und berichtete der Königin:

»Verehrteste, ich habe mich durchs Gestein bis zu Tusos Gemach gebohrt. Ich habe mich in einer Ecke des Kamins niedergelassen und gesehen, wie er am Tisch saß und ein Pergament beschrieb, das er zum Schluß versiegelte. Neben ihm saß Anzius und bohrte mit seinen schmutzigen Fingern in der Nase, weshalb er sich eine Ohrfeige des Grafen einfing. Dieser sagte dann zu ihm: ›Hör zu, Dummkopf. Schick auf schnellstem Weg einen Boten mit dieser Nachricht zur Todesschlucht. Dort angekommen, soll er den Ruf der Wachtel nachahmen, dann ein Feuer entfachen, es löschen, wieder entfachen … insgesamt drei Mal. Die Nachricht soll er einem Mann aushändigen, der wie ein Ziegenhirt gekleidet ist, und auf Antwort warten. Dann soll er schleunigst zurückreiten. Der Bote muß aber völlig vertrauenswürdig sein, sonst rollen unsere Köpfe.‹ – ›Es gibt aber niemanden, der vertrauenswürdig ist‹, antwortete Anzius und kniff die Augen zusammen. ›Ich selbst müßte schon reiten oder mein Bruder Furzius, weil die Zwillinge feige sind und sich erpressen lassen könnten. Außerdem können sie nicht miteinander reiten, ohne sich zu streiten und am Ende die Köpfe einzuschlagen, und ohne einander können sie schon gar nicht reiten. Sie würden dreimal so lange brauchen wie ein Bote, der weniger heißblütig ist.‹ – ›Tu, was du willst; sieh nur zu, daß dieser Auftrag ausgeführt wird, wenn du eines Tages König sein willst, du Esel!‹ schrie Tuso ihn an. Wenn sie allein sind, scheint er jedes Protokoll zu vergessen; er behandelt ihn völlig respektlos. Anzius nahm also das versiegelte Pergament entgegen und fragte Tuso, was er da geschrieben habe. ›Das wirst du schon früh genug erfahren‹, antwortete der. Anzius war zwar überaus mißtrauisch, aber da er nicht lesen konnte, hatte er keine Möglichkeit, etwas über den Inhalt zu erfahren. Noch in der Nacht traf er sich mit dem kleinen Furzius – ich habe ihn keinen Augenblick lang aus den Augen gelassen, wie du siehst – und schickte ihn mit der Botschaft los. Anzius und Furzius haben nämlich eine Abmachung getroffen; das heißt, wenn Anzius König wird, wollen sie die Zwillinge töten, und Furzius soll mit Gold und Gütern überhäuft werden. Aber ich habe in Furzius' Augen lesen können – so wie er Anzius angeschaut hat und mit welchem Blick er im Kaminfeuer seines stinkenden Gemachs herumgestochert hat –, daß er sicher nicht zögern wird, auch Anzius umzubringen, wenn es ihm geraten erscheint. Er ist jedenfalls gleich in den Stall hinuntergeeilt, hat sein Pferd gesattelt und ist losgeritten. Ich habe mich an den Schwanz des Pferdes gehängt und bin zwei Tage lang mit ihm geritten. Und ich kann dir sagen: Die Vulgaros mögen abscheulich sein, zimperlich sind sie aber ganz gewiß nicht. Nicht einmal zum Trinken hat Furzius Pausen eingelegt; gegessen hat er nur Brot und Käse aus seinem Packsattel, der genauso verstunken war wie er selber. So erreichten wir die Todesschlucht, wo er alles tat, was ihm aufgetragen worden war, nur daß er für mein Gefühl eine sonderbare Vorstellung vom Ruf der Wachtel hat. Da dort zu dieser Jahreszeit aber ohnehin kein Vogel zu hören ist, wird der Ziegenhirt wohl erraten haben, was das sein sollte, denn gleich darauf sah ich ihn herankommen. Er war wie ein Bär mit Fellen behängt, sonst sah man nichts von ihm. Er hielt eine brennende Fackel in der Hand, griff wortlos nach dem Pergament und stapfte wieder davon. Ich hinterher. Und so gelangte ich in das unzugängliche Königreich von Argante, *dem Verrückten*. Und jetzt paß gut auf, denn es wird spannend. Der *verrückte* König scheint wirklich verrückt zu sein, denn er schmückt seine Gemächer mit Totenschädeln aus, darin ähnelt er den Wilden Horden. Seine Burg, die ich bis in den letzten Winkel kennengelernt habe, ist so plump und primitiv, wie du es dir nicht vorstellen kannst, kalt und schmutzstarrend, die Ruine Eurer Burg war dagegen behaglich. Und sein Reich ist so klein, daß man es gar nicht als ein solches bezeichnen kann. Ein paar elende Marktflecken und erbärmliche Dörfer im Umkreis der Burg, das ist alles. Seine Bewohner kann man am ehesten mit den Steinhauern im Armenland vergleichen. Das Land selbst, das von hohen Felswänden umgeben und daher unzugänglich ist, scheint fruchtbar wie kaum ein zweites, und sie haben Herden von Ziegen und Schafen. Die Menschen sind bäurische Bergbewohner, genau wie der König selbst, der jeden Morgen eigenhändig seine Lieblingskuh melkt und die frische Milch aus dem Krug trinkt. Und wo man hinkommt, Gold und Edelsteine, wohin das Auge blikkt; und alles im größten Dreck. Die Leute leben zwischen verschlissenen Wandbehängen, löchrigen Gobelins und riesigen Spinnweben, doch scheint das keinen zu stören. Der Ziegenhirte ging gar nicht zum König, wie ich angenommen hatte, sondern zu einem Mann, der mir irgendwie bekannt vorkam und mich an jemanden erinnerte, obwohl dieser jünger und kräftiger war. Er empfing den Boten an einer im wuchernden Gestrüpp der Südmauer verborgenen Tür, unmittelbar über dem Burggraben. Sie gingen hinein, ich mit ihnen. Von Deckenbalken zu Deckenbalken schwang ich mich über ihren Köpfen, bis in ein Kämmerchen, in dem dieser Mensch offenbar hauste und wo ich es mir in einem Eckchen des Kamins bequem machte. Er las die Botschaft, setzte sich dann hin und schrieb selbst eine, die ich von der Zimmerdecke aus mit dem Licht so dirigieren konnte, daß das, was er schrieb, auf meinen Rücken gelenkt wurde. Da kannst du es lesen; ich selbst verstehe von Eurem Gekrakel ja nichts. Außerdem händigte er dem Ziegenhirten noch eine Rolle aus, die etwas enthielt, das ich nicht erkennen konnte, und dann schickte er ihn wieder fort. Ziegenhirt war vielleicht auch nicht die richtige Bezeichnung für den Mann; denn als er in der Hitze des Kaminfeuers seine Felle ablegte, sah ich, daß er Degen und Kettenhemd trug und eher einen kämpferischen als behütenden Eindruck machte. Er kehrte zu Furzius zurück, übergab ihm Pergament und Rolle, und dann ritten wir alle zurück; also Pferd, Furzius und ich. In diesem Augenblick wirst du dasselbe lesen wie Tuso in seinem Gemach. Lies nun, was auf meinem Rükken steht, damit du weißt, was er im Schilde führt.«

Aufgeregt schaute die Königin auf den Rücken des Kobolds. Dieser stellte sich liebenswürdigerweise so in Positur, daß sie bequem lesen konnte. Und die Königin las:

Geliebter Bruder Tuso,

wie ich sehe, entwickeln sich die Dinge günstig, und nach einer langen Zeit geduldigen Wartens werden wir endlich die ersehnten Früchte ernten können. Ich habe alles wie geplant in die Wege geleitet, so daß unser Vetter, der König, noch in dieser Nacht festgenommen und – bei all den Anklagepunkten, die wir gegen ihn gesammelt haben – wohl schon in Kürze geköpft werden wird. Da ich das Heer und den Adel auf meiner Seite habe, wird sich dieses Verfahren einer weit größeren Rechtmäßigkeit erfreuen, als sie das Volk unter Argante zu erdulden gewohnt war. Wie Du richtig bemerkst, ist meine Tochter Indra in einem mehr als heiratsfähigen Alter; wenn meine Berechnungen mich nicht täuschen, hat sie ihren fünfundzwanzigsten Geburtstag schon hinter sich, und der merkwürdige Heiratswunsch Eures jungen Königs kommt uns daher wie gerufen. Wie es scheinen will, nehmen unsere Pläne exakt die gewünschte Form an, werden unsere Erwartungen vielleicht sogar noch übertroffen. Ich schicke Dir wie gewünscht ein Bildnis meiner Tochter Indra, das allerdings im Alter von zwölf Jahren angefertigt wurde. Inzwischen ist sie fett geworden, und die Verkniffenheit ihrer Gesichtszüge stellt einen allzu deutlichen Spiegel ihres verbitterten Wesens dar. Sie wird als Königin dennoch eine gute Figur abgeben, das versichere ich Dir, denn auf diese Aufgabe ist sie seit langem vorbereitet worden. Unseren Neffen Furzius hätte ich gern persönlich begrüßt, doch schien mir der Zeitpunkt noch nicht reif zu sein, mich ihm zu erkennen zu geben, und so wird unsere unglückliche, in alle Winde verstreute Familie noch einige Zeit warten müssen, bis wir uns in aller Öffentlichkeit zueinander bekennen können. Gern erführe ich auch, was aus unserer Schwester, der Gräfin Vulgaro, geworden ist. Sie soll einen recht sonderbaren Höfling zum Gemahl genommen haben, wie man hört, und irgendwo im Süden leben. Ich habe sie als dumm, faul und gefräßig in Erinnerung, und für unser Vorhaben ist es wohl am besten, daß sie sich in so weiter Ferne aufhält. Wenn Anzius König sein wird und meine Tochter Königin, können wir endlich wieder zusammenkommen und uns der Aufgabe zuwenden, deren Bewältigung ich schon in eine endlose Ferne gerückt sah. Wohlan denn, wenn Du diese Zeilen liest, wird der verrückte König wahrscheinlich schon von dem, was er an Köpfchen hatte, getrennt worden sein, und der Rat der Edlen – den Argante so verachtete und der mir aus der Hand frißt – mich bereits zum Nachfolger ernannt haben. Du sollst auch wissen, daß unsere Bergwerke noch lange nicht erschöpft sind und Edelsteine im Überfluß hervorbringen. Die Zukunft steht uns nunmehr klar vor Augen, was meiner Meinung nach auch allmählich Zeit wurde.

Es küßt Dich auf beide Wangen,

Dein Bruder Usurpino.

Die Königin war zutiefst aufgewühlt von dem, was sie eben gelesen hatte; und wenn sich in ihrem Geist auch ernste Gedanken wälzten, so brachten ihre Lippen – wie das in solchen Situationen manchmal geschieht – nur eine nichtssagende Bemerkung hervor:

»Jetzt verstehe ich, warum Anzius sich von Tuso wie ein Esel behandeln läßt!«

Dann rief sie rasch ihre Mitverschworenen zusammen. Als erster traf der Magier ein, der Almandin aufweckte. Der Kobold war offensichtlich höchst zufrieden mit sich, als der Alte den Text von seinem Rücken abschrieb und sein Erstaunen darüber zum Ausdruck brachte, wie exakt er das Licht zu lenken vermochte. Was ihr Menschen nicht alles wißt von uns! dachte er, sagte jedoch nichts.

»Ich habe auch die Bergwerke gesehen«, fuhr der Kobold fort, nachdem er sich mit einem weiteren Schluck gestärkt hatte. »Und ich kann Euch versichern, daß die Steinbrüche des Armenlandes ein armseliger Geröllhaufen sind gegen das, was die Todesschlucht hergibt. Dort funkelt es von Gold, Diamanten und Rubinen, wie ich es – und Ihr wißt, daß dies mein Spezialgebiet ist – nie zuvor gesehen habe

Almandin, der ihn zwar nicht sah, aber doch allmählich seine Stimme hörte, sagte: »Warum hast du nicht ein paar von den Steinchen mitgebracht? Du kennst doch meine Vorliebe für Perlenketten!«

»Ach, Liebster«, entgegnete Ardid und streichelte ihm über den Kopf, wie man es bei einem Kind tut. »Wie oft habe ich dir erzählt, daß ein Edelstein, einem Menschen von einem Kobold überreicht, sofort zu einem Stück glühender Kohle wird.«

»Ja, das stimmt«, sagte Almandin, »das hatte ich wirklich ganz vergessen.«

»Aber während ich die unterirdischen Tunnel durchstreifte, sah ich etwas, das mir gar nicht gefiel«, nahm der Kobold seine Erzählung wieder auf. »Über meinem Kopf hörte ich hastende Schritte, und da ich wußte, daß ich mich unter einem Gang der Burg befand, streckte ich den Kopf nach draußen. Da sah ich den Menschen, von dem wir jetzt wissen, daß er Tusos Bruder ist, mit zwei bewaffneten Soldaten in ein winziges Gemach stürmen, und ich mit ihnen. Drinnen saß eine Amme mit einem Säugling im Arm, der nicht älter als ein paar Monate war, wenn ich Menschenalter nicht ganz falsch einschätze. Es war ein herzzerreißender Anblick, denn das Kind hatte einen riesigen Kopf und einen winzigen Körper, bucklig und so ungestalt, wie ich nie zuvor einen gesehen habe. Der böse Mann gab der Amme ein Säckchen voll klingender Münzen und sagte: ›Es ist soweit. Bring den Prinzen Ungestalt zum Haus des Schusters Lain, wie ich es dir befohlen habe. Der soll auf ihn aufpassen und meine weiteren Befehle abwarten. Aber sprich mit keinem Menschen darüber, du weißt, es würde dich den Kopf kosten.‹ Die Amme tat, wie ihr geheißen, wickelte den Prinzen in ein Tuch und entschwand mit den beiden Soldaten durch den Gang. Ich folgte ihnen bis zum Dorfrand, wo sie eine armselige Hütte betraten, die offenbar diesem Schuster gehörte. Der nahm ihr das Kind aus den Armen und schloß sogleich die Tür hinter sich. Die Soldaten kehrten zur Burg zurück.«

»Ah«, rief Ardid, »bittere Erinnerungen habe ich an ähnliche Erlebnisse, die ich nie vergessen werde. Wenn Ihr nicht gewesen wäret« – dabei warf sie dem Kobold, dem Magier und Almandin einen Blick zu, der hinter dem Lächeln vorgeblicher Aufmerksamkeit noch die Reste seiner Schläfrigkeit verdöste –, »wäre meinem Sohn wohl ein ähnliches Schicksal bestimmt gewesen.«

Sie gab jedem der drei einen Kuß und schien tief bewegt zu sein, was diesmal auch tatsächlich zutraf.

2

Aber auch Königin Ardid war in diesen zehn Tagen nicht untätig gewesen. Zusammen mit dem Magier und Almandin – der sich für diese Dinge interessierte und sich darin besser auskannte als jeder andere – hatte sie lange und gründlich *Das Buch der Abstammung* studiert. Es war keines dieser gewöhnlichen und unvollständigen Bücher, wie in den meisten Schlössern zu finden, sondern ein vom Magier in langen Jahren eigenhändig erstelltes Buch, das sehr viel vollständiger war. Es war ein ganz besonderes Buch, nicht leicht zu verstehen, in dem alles offenbart wurde, was an Blutschande, Thronraub und anderen Verbrechen, Inszest, falschen Schwüren und ehebrecherischer Vermischung, aber auch an Mühen um Bewahrung unverfälschter Blaublütigkeit je unternommen worden war; es war das Buch der echten und der unechten Dynastien.

Für die Königin war dies ein sehr wichtiges Buch, denn zu den wenigen Schwächen, die sie besaß, gehörte eine ausgeprägte Neigung zu Feierlichkeit und Würde, zu dynastischem Adel und prunkendem Protokoll. Dies waren Dinge, die die Ärmste nie in Fülle hatte auskosten können, da ihr das Leben am Hof von Olar nichts geschenkt hatte und ihr auch jetzt noch nichts schenkte. Zwar hatte sie einem wesentlichen Teil des Landes zu nie gekanntem Wohlstand verholfen und ihm die Segnungen der Zivilisation gebracht, doch war dies noch immer weit von dem Lebensgenuß entfernt, den sie sich in ihren Träumen vorstellte. Und wenn sie allen Träumen wie einer verlorenen Melodie nachhing, nahm vor ihrem geistigen Auge eine besondere Insel Gestalt an; eine Insel, die in ihren Tagträumen so ungreifbar schien, als wäre sie das Abbild des Unmöglichen: Es war die Insel, die sich um die eigene Achse drehte, funkelnd wie ein Diamant, betrachtet durch das runde Loch in der Mitte eines blauen Steins.

Also sprach sie zum Kobold:

»Wir brauchen deinen Rat, mein Lieber, denn trotz der Kenntnisse unseres lieben Almandin in diesen Dingen und der fundierten Wissenschaft meines geliebten Meisters gibt es doch noch einige Punkte, bei denen nur du uns weiterhelfen kannst. Wie mein Sohn mir aufgetragen hat, habe ich für ihn nach einer Prinzessin gesucht, die es wert ist, seine Gemahlin zu werden. In des Meisters *Buch der Abstammung* konnten wir schließlich das blaueste Blut, die längste königliche Ahnenreihe und den ältesten Adel aufspüren. Wir haben jetzt einen Namen, wir wissen, wie alt sie ist, wie wunderschön und von welch bezauberndem Wesen. Aber wir wissen nicht, wie wir mit ihr in Verbindung treten können, das heißt, mit ihrem königlichen Vater, um unseren Vorschlag zu unterbreiten.«

»Gut, zeigt mir, was Ihr habt«, sagte der Kobold. So taten sie, und er erfuhr, daß der Name der in Frage kommenden Prinzessin bezeichnenderweise Naivia war und daß sie in der weit abgelegenen Gegend der Immerselben wohnte.

»Wo sollen wir dieses Land nur finden?« fragte Ardid. »Trotz aller Nachforschungen und überraschenden Ergebnisse in bezug auf die Gestaltung der Welt, von denen uns der gelehrte Meister berichtet hat, wissen wir immer noch nicht, wo dieses Land liegt und wie man dort hinkommt.«

Der Kobold nahm das Buch und hielt die Seite gegen das Licht. Dann drückte er ein Ohr auf die Buchstaben, nahm sein Hämmerchen und hämmerte sanft darauf herum. Drei Worte lösten sich von den anderen und fielen ihm schlaff vor die Füße: ›der Zeit entrissen‹. Da hüpfte der Kobold so hoch wie die Rückenlehne des Stuhls von Almandin – der ihn zwar nicht sah, aber höflich in seine Richtung lächelte – und sagte:

»Das ist nicht schwierig, meine Lieben. Als Mensch könnt Ihr nicht erkennen, was klar wie das Tageslicht ist. Nun, zuerst müßt Ihr zwei Brieftauben finden, eine mit einem blauen Schnabel und eine mit einem roten Schnabel. Sobald Ihr sie habt, benachrichtigt mich, damit ich sie unverzüglich losschicken kann. Sie werden uns die Antwort bringen, und ich werde Euch jeden Tag einen Grund zum Staunen geben, glaubt mir, bei soviel Unwissenheit, wie sie Eure Gattung in diesen einfachen Dingen an den Tag legt. Doch jetzt wollen wir die Angelegenheit ruhen lassen und alle zusammen auf die mehr als ermutigenden Vorzeichen trinken.«

Der Kobold trank dann aber allein, betrank sich nach allen Regeln der Kunst. Sein Durst war größer, als die anderen ahnen konnten, und diesmal wagte es niemand, ihm einen Vorwurf zu machen.

Zwei Tage brauchte die Königin, um mit Hilfe ihrer Kammerzofe Dolinda – die wiederum die aufgewecktesten Pagen und Dienstmädchen auf die Märkte schickte –, die geforderten zwei Tauben zu besorgen. Als der Kobold sie in seinen Händen hielt, blies er ihnen auf die Stirn. Sogleich erstrahlten die Tauben in der Farbe des Feuers, und ihre Augen glänzten wie Diamanten. Dann nahm er eine in die rechte Hand, die andere in die linke Hand und stieg mit ihnen zum Turm hinauf, bis ganz nach oben zu den Zinnen. Der Magier folgte dem Kobold … sollte er sich das etwa entgehen lassen? Und als er oben unter freiem Himmel stand, unter dem gewaltigen Himmel, der alles überspannte, das Schloß, das Reich, die ganze Welt, da überwältigte ihn ein Gefühl, als hätte er ihn noch nie zuvor gesehen. So viele Tage und Stunden hatte er über Pergamente gebeugt in seinem Kämmerchen gesessen, daß er darüber fast das Aroma des Windes vergessen hätte, der die Geräusche und Gerüche von Wäldern und die Stimmen oder Rufe von unbekannten Geschöpfen herantrug – auch von Menschen –, die der Magier hier oben zum erstenmal zu sehen glaubte. Der Himmel kam ihm unendlich viel größer vor als die Welt – die Welt jedenfalls, die er kannte –, und die Wolken, dieselben Wolken, denen sein Blick so oft teilnahmslos begegnet war, trieben nun mit neuer Bedeutung am nächtlichen Himmel. Vielleicht, dachte er, waren sie Echos, Reste eines seit langem von Menschen gehätschelten Traums. Ein Licht oder Glanz, der Musik sein konnte, so wie die Wellenbewegung des Grases Musik sein kann, erstreckte sich über das gesamte Reich von Olar. Es war jedoch ein so vergängliches, so flüchtiges Licht, wie Wolken oder Träume es sind oder Ahnungen.

Der Kobold wirbelte die Tauben in alle vier Himmelsrichtungen durch die Luft und sprach: »Winde der Welt, Zeit geht mit der Zeit und kehrt zur Zeit zurück, Zeit galoppiert nach links, galoppiert nach rechts, Zeit des Lichts, Zeit des Raums, unterirdische Zeit und Unterwasserzeit, Winde der Welt und aller Welten, Zeit der Welt und aller Welten, Licht des Lebens, Nacht des Lebens, flieg, wohin zu fliegen dir gegeben, und kehr zurück zu den Quellen der Geschichte unserer Kinder.« Und dann entschwanden die Tauben im grauen Himmel jenes Winters, der just in jener Stunde des vierzehnten Jahres der Geburt König Gudús gedachte.

»Das ist ja alles schön und gut«, sagte der Magier. »Was ich aber nicht verstehe, ist das mit den Quellen der Geschichte unserer Kinder.«

»Ich auch nicht«, erwiderte der Kobold, »aber das will nichts besagen. Wir sprechen aus, was wir wissen, doch obwohl wir es wissen, heißt das nicht, daß wir es auch verstehen.«

Und wie bei jenen Gelegenheiten, wenn es zwischen Magier und Kobold zu keiner Verständigung kam, weil dieser darauf beharrte, in der Sprache seinesgleichen zu reden, beschloß der Magier, seine Fragen auf einen günstigeren Zeitpunkt zu verschieben; zumal es oben auf den Zinnen jetzt so kalt war, daß ihm buchstäblich das Mark in den Knochen gefror.

3

Drei lange Wochen waren vergangen, seit Gudú mit Nobel und den Soldaten zur Jagd aufgebrochen war und Quartier im Schwarzen Turm genommen hatte. Der Befehlshaber der Soldaten war jener Hauptmann Randal, der, als Gudú noch ein Kind war, oft mit ihm gespielt hatte und ein Vertrauter Almandins war. Gudú behandelte diesen Mann bevorzugt vor allen anderen, obwohl er nicht mehr der Jüngste war. Am Ende der dritten Woche rief er ihn des Abends zu sich.

»Randal, ich habe gehört, daß im Süden und im Osten meines Reiches sogenannte Freischärler ihr Unwesen treiben; und da jene Regionen, die mein Vater erobert hat, seit Jahren befriedet sind, haben diese Leute keine Aufgabe, sind unausgelastet und hungrig obendrein, da ihnen außer gelegentlichen Scharmützeln mit Piraten nichts geblieben ist. Der Adel, für den sie sich verdingen, entlohnt sie meist schlecht oder betrügt sie sogar.«

»So ist es«, bestätigte Randal. »Ihr wißt viel über diese Dinge, mein Herr.«

»Hier und da habe ich etwas gehört und gelesen«, antwortete Gudú obenhin. »Ihr müßt aber wissen, Randal, daß uns Krieg bevorsteht, und anscheinend hat der Friede meiner Mutter, unserer Königin, nicht zur Stärkung des Heers von Olar beigetragen. Das mag bei einer Frau, die soviel Umsicht und Klugheit in anderen Dingen walten läßt, jedoch entschuldbar sein.«

»Da bin ich Eurer Meinung, Herr«, pflichtete Randal bei, der die Königin verehrte, seit er ihr zum erstenmal begegnet war.

»Es wäre daher nicht verkehrt, wenn du – möglichst unbemerkt – so viele Freischärler zusammentrommeln könntest, wie du findest, und sie auffordertest, sich in spätestens acht Tagen hier einzufinden.«

»Aber Herr!« rief Randal beunruhigt, der die Unterhaltung mit Gudú bisher als oberflächliches Geplauder eines jungen Mannes aufgefaßt hatte. »Das sind keine Männer, die man um Gefälligkeiten bitten kann, sondern grausame Krieger, die ihre Kräfte nicht für Belanglosigkeiten verschleißen.«

»Nun, von Belang ist das, was uns bevorsteht; von großem Belang sogar. Stell also nie mehr meine Befehle in Frage! Wenn du dich daran hältst, wirst du nicht bereuen, mich gekannt zu haben.« Dabei schaute Gudú ihm so tief in die Augen, daß dem alten Haudegen ein Frösteln über den Rücken lief. Der junge König fuhr daraufhin fort: »Finde außerdem heraus, wie viele Männer der Adel zwangsrekrutiert hat und wie viele Bauern und andere Männer aus dem Schwarzen Land zum Kriegsdienst herangezogen werden können.«

»Jawohl, Herr«, antwortete Randal. Und da der Ton jener Worte jeden Aufschub verbot, brach er unverzüglich auf, wohin und wozu König Gudú ihn losgeschickt hatte.

Vier oder fünf Tage später kehrte Randal mit Neuigkeiten zurück. Der König hörte ihm aufmerksam zu und bewahrte in seinem Gedächtnis, was ihm berichtet wurde. Danach sprach er lange mit dem Hauptmann und gab ihm am Schluß einen genauen, unmißverständlichen Befehl. Randal verstand zwar nicht genau, worum es ging – einen Krieg konnte er sich in diesen friedlichen Zeiten einfach nicht vorstellen – und hielt das Ganze eher für ein Spiel, das der junge König sich ausgedacht hatte; am vereinbarten Tag jedoch scharte er furchtsamen Herzens Freischärler aller Rassen, Abstammungen und Länder um sich. Eigentlich hegte er wenig Sympathien für diese Männer, doch seine Liebe zur Königin bedeutete auch, daß er ihren Sohn liebte und ihm Gehorsam erwies, wann immer es der König von ihm verlangte.

Nach dem Gespräch mit Randal rief Gudú seinen Bruder Nobel zu sich.

»Ich habe Randal und seine Männer sowie andere, die er unterwegs rekrutieren soll, mit einem wichtigen Auftrag fortgeschickt. Dich bitte ich nun um folgendes: Reite mit ihnen bis zum Schluchtenland und rette dort eine junge Amme und einen Säugling aus dem Hause eines Schusters. Die genauen Anweisungen dazu gebe ich dir mit auf den Weg. Nach gelungener Befreiung übergibst du sie Randal und kehrst ohne Verzug hierher zurück.«

Nobel hatte schon begriffen, daß es besser war, nicht in alle Pläne des Bruders eingeweiht zu werden, wenn er weiterhin an seiner Seite bleiben wollte; und die Liebe zu ihm sowie die tiefe Hochachtung, die er für die Königin empfand, waren für ihn das Wichtigste im Leben. Also besser keine Fragen stellen. Er gesellte sich zu Randal und einem Trupp ausgewählter Männer, und nach einem langen Ritt durch die Nacht, bei dem sie eine erstaunliche Kenntnis des Geländes bewiesen, drangen sie überraschend in die Hütte des Schusters ein.

Dort schliefen alle und waren anscheinend auch nicht auf Kämpfen – und schon gar nicht auf Heldentum – aus, so daß sie die Amme mit dem Säugling im Arm ohne Aufbegehren ihrem Schicksal überließen. Randal und Nobel kehrten nach der Aktion befehlsgemäß zum Schwarzen Turm zurück, ohne im geringsten zu begreifen, wohin des Königs Winkelzüge schließlich führen sollten.

So standen die Dinge, als der Turmwächter beim nächsten Tagesanbruch eine seltsame Karawane aus den Frühnebeln hervorkommen und sich dem Schwarzen Turm nähern sah. Die Soldaten und sogar Prinz Nobel waren sofort aufs höchste alarmiert, da man keinerlei Nachricht hatte, daß irgend jemand dieses Gebiet zu durchqueren beabsichtigte, außer vielleicht einem Bauern, der seine mit Brennholz beladene Schindmähre nach Hause trieb. Und selbst das erschien ungewöhnlich, denn Bäume gab es in den Wäldern zwar genug, doch waren sie so dick mit Rauhreif bepackt und die Wege erst so verschlammt und dann gefroren, daß nur einem jugendlichen und nach Auffassung der Soldaten kindischen König der abwegige Gedanke kommen konnte, sich in eine Gegend zu begeben, wo die ins Auge gefaßte Jagd – die übrigens nie stattgefunden hatte – nicht nur schwierig, sondern schlicht unmöglich war.

Als aber Gudú von der nahenden Gesellschaft erfuhr, lächelte er geheimnisvoll und sagte: »Laßt die Brücke hinunter und die Gesellschaft herein. Ich bin sicher, daß sich etwas Bedeutendes anbahnt.«

Kurz darauf wurde ihm mitgeteilt, man habe die Karosse und die Pferde von Prinz Almandin erkannt, gefolgt von denen der Königin und vielen anderen Gefährten, an denen im Nebeldunst die Wappen und Würdezeichen mehrerer Ritter und Adliger von Olar erkennbar seien.

»Herr«, sagte Nobel beunruhigt, »etwas Ungewöhnliches muß geschehen sein, wenn Eure Mutter, die Königin, hierherkommt. Wir sollten die Männer in Stellung bringen, falls sie eine böse Überraschung für uns haben.«

»Gut, veranlasse das«, entgegnete Gudú. »Und von diesem Augenblick an ernenne ich dich zum Oberbefehlshaber meines Heeres. Hauptmann Randal soll dein Stellvertreter sein, und du kannst ihn in den Rang befördern, der dir richtig erscheint.«

»Ich erbitte keine Beförderung«, sagte Nobel, den die Worte des Königs ganz und gar nicht erfreuten. »Ich betone nur, daß wir vorbereitet sein müssen.«

»Und ich wiederhole, was ich dir gesagt habe«, bekräftigte der König.

Als die Reisegesellschaft den Burggraben erreichte hatte,

wurde die Zugbrücke hinuntergelassen, und die Karossen der Königin und Almandins fuhren lärmend und unter großem Gepränge in den Burghof, gefolgt von allen übrigen. Und niemandem entging der plötzlich wieder in erster Reihe reitende Berater Tuso, grausam und hochmütig wie immer, zusammen mit Prinz Anzius. Wie die übrigen Edlen wurden auch sie von ihrer eigenen bewaffneten Eskorte begleitet.

König Gudú stieg so majestätisch die Treppen hinab, wie es einem ungekrönten Herrscher seines Alters eigentlich nicht anstand. Doch als die im Burghof Versammelten seiner ansichtig wurden, machte ihnen ein kaltes Erschauern zum erstenmal deutlich, daß sie hier ihren einzig denkbaren König sahen.

»Mein Sohn«, sprach die Königin feierlich, »wenn wir hier eingedrungen sind, den einem Jüngling wie dir zugestandenen Zeitvertreib zu unterbrechen, einem Jüngling an der Schwelle zum Mann, tapfer genug für den Krieg und klug genug für den Frieden« – hier machte sie eine kleine Pause, um ihre Worte wirken zu lassen –, »so sei versichert, daß dies zum Wohl des Reiches geschieht. Aus demselben Grunde begleiten uns auch die vornehmsten Vertreter unseres Rats der Edlen.«

»So sprecht, meine Mutter«, sagte Gudú mit ruhiger Stimme. Und obwohl die Burg nicht mehr als eine verfallene Ruine war, hatten alle das Gefühl, sich im innersten Machtzentrum eines großen Königreiches aufzuhalten, welches einzig der unbeugsame, kluge, starke und mutige Junge zusammenzuhalten imstande war, der dort vor ihnen stand.

»Folgendes ist geschehen«, fuhr die Königin fort. »Wie vom Adel in seiner Gesamtheit befürwortet, hat Euer Berater, Graf Tuso, mir die Prinzessin vorgestellt, die er für Euch zur Gemahlin erkor. Denn wie vom Rat der Edlen beschlossen, bedurfte seine Wahl meiner Zustimmung ...«

Bei diesen Worten ließ sie ihren Blick über die Edelleute schweifen, die zwar vor Kälte schlotterten, ihr aber erwartungsvoll lauschten. Zustimmendes Gemurmel war zu hören, und so fuhr sie fort:

»Nun muß ich Euch sagen, mein Sohn, daß mir die von Graf Tuso vorgestellte Anwärterin ganz und gar mißfallen hat. Nicht nur ist sie häßlich und rothaarig und hat lange Zähne – und ich will keine Nachkommenschaft mit langen Zähnen und Kaninchenaugen durch die Korridore des Schlosses laufen haben –, auch ihre Abkunft scheint mir höchst fragwürdig. Sie ist die Tochter des derzeitigen Herrschers des Schluchtenlandes, der, so hört man, seinen Vetter Argante mehr als unsanft vom Thron gestoßen, dessen Gemahlin und Sohn, den Prinzen, getötet, und nun eine Schreckensherrschaft errichtet hat.«

»Hoheit«, rief Graf Tuso ungehalten dazwischen, »ich habe gute Gründe, an diese Verbindung zu glauben! Und gestattet mir, Eurer Mutter, meiner Königin, bei allem Respekt zu widersprechen, wenn ich feststelle, daß sie falsch in Kenntnis gesetzt wurde. König Argante starb an seinen alkoholischen und zahllosen anderen Exzessen, darüber hinaus war er seit Jahren Witwer, und sein Sohn, Prinz Ungestalt, wird verhätschelt und umsorgt. Da so ein winziges Geschöpf jedoch kein Land – und zwar ein überaus reiches Land, wie ich Euch versichern darf – regieren kann, ist die von mir geplante Verbindung zusammen mit einem dauerhaften Frieden, wie Euer Vater ihn nur andeutungsweise und ohne jede Garantie herstellen konnte, nichts, was Euch und dem Reich Schaden zufügt. Die Tochter König Usurpinos verdient meinen höchsten Respekt, habe ich mich doch umfassend über ihre Tugend und Sittsamkeit sowie über ihren Ruf als fügsames und gehorsames Weib kundig gemacht. Und ich rufe den Rat der Edlen als Zeugen für meine Worte an, damit die Angelegenheit tunlichst unverzüglich ins reine gebracht wird, da eine ablehnende Antwort von unserer Seite für König Usurpino eine Beleidigung darstellen dürfte, die schwerlich folgenlos bliebe.«

Der König betrachtete schweigend seine Edlen, und sein forschender Blick las Besorgnis, Unentschlossenheit und Zweifel in ihren Gesichtern. Außerdem waren sie alle aus ihren warmen Betten gerissen worden und hatten Hals über Kopf die Reise zum Schwarzen Turm antreten müssen. Darum wollten sie jetzt, während sie frierend im eisigen Burghof standen, die leidige Angelegenheit nur so rasch wie möglich hinter sich bringen.

»Vor allem, Graf Tuso«, sprach der König langsam und mit gesetzten Worten, »muß ich Euch meine überaus große Verwunderung angesichts einer Tatsache zum Ausdruck bringen, die für mich von größter Wichtigkeit ist.«

»Was soll das sein?« rief Tuso ungeduldig. Er sah seine Felle davonschwimmen und schalt sich einen alten Narren, diesem raffinierten Bengel sein Vertrauen geschenkt zu haben.

Der König fuhr mit unschuldigster Miene fort: »Ich bin überrascht, daß man meine Heirat verhandelt und beschließt, ohne mich zu befragen und ohne die drei Jahre zu respektieren, die noch bis zu meiner Krönung fehlen. Von wem stammt dieser abwegige Einfall überhaupt? Und warum die Eile, einen König, der gerade vierzehn Jahre alt geworden ist, noch vor seiner Krönung vermählen zu wollen? Ist das eine neue Sitte in diesem Land? Was verbirgt sich hinter der ungewöhnlichen Hast?«

Tuso war vor Zorn erbleicht, und bevor sich die Umstehenden – einschließlich der Königin – von der Überraschung erholt hatten, schrie er wütend:

»Hoheit! Ihr selbst habt mir im Vertrauen von Eurem unstillbaren Verlangen berichtet!«

»Was erdreistest du dich zu behaupten?« entgegnete der König, und sein Blick wurde hart, seine Miene war so unbewegt und voller Aufrichtigkeit, daß jeder, der ihn hörte, vor Bewunderung zu atmen vergaß. »Welche Ränke schmiedest du gegen mich oder meine Mutter, mir solchen Aberwitz in den Mund zu legen? Ich bin hier, um zu lernen und mich im Gebrauch der Waffen zu üben, wie es meinem Alter angemessen ist. Wie kannst du es wagen, dich hinzustellen und eine derartige Verleugnung auszusprechen?«

Undeutliches Stimmengewirr übertönte seine letzten Worte. Trotz der Kälte kam Bewegung in die Edelleute, und ihre Gesichter – gerötet die einen, andere fahl – reckten sich immer höher zwischen den Fellen und Pelzen hervor, mit denen sie ihre frierenden Knochen bedeckten.

Tuso versuchte sich Gehör zu verschaffen, doch die Königin wandte sich majestätisch und keinen Widerspruch duldend an Arniswald – den Sohn jenes anderen, der ein treuer Gefolgsmann von Volodius gewesen war – und sprach: »Du bist der Älteste des Rates, und als solcher teile uns deine Meinung zu diesen erstaunlichen Vorgängen mit.«

»Ah«, brummte der Baron, der selbst nicht mehr wußte, was er glauben sollte, »wir können unmöglich die Wahrhaftigkeit der Worte unseres Herrn, des Königs, bezweifeln. Ehrlich gesagt hat uns dieses angebliche Verlangen bei einem so jungen Menschen auch sehr verwundert. Andererseits frage ich mich natürlich, was einen so ernsthaften und allem Leichtsinn abholden Berater wie Graf Tuso zu einer solchen Aussage bewegen kann.«

»Nichts, was dem Reich nicht zum Wohle gereichte«, rief dieser mit den verstreuten Resten von verletzter Würde, die er im Schäumen seiner Wut noch zu sammeln vermochte, »nichts anderes, bei meiner Ehre!«

»Ich bezweifle, daß du aufrichtig bist«, nahm der König wieder das Wort. »Erlaube mir, dir zu zeigen, was ich meine.«

Er gab Randal ein Zeichen, welcher wiederum zweien seiner Soldaten einen Befehl erteilte. Kurz darauf brachten diese zur Verblüffung aller Anwesenden eine verschreckt aussehende junge Frau in den Burghof, die einen Säugling im Arm trug.

»Sprich«, verlangte der König.

Die junge Amme des Prinzen Ungestalt wandte sich daraufhin an die Umstehenden und sagte:

»Edle Königin, edle Herren, Graf Tuso ist ein Verräter, wie es einen schlimmeren nicht gibt. Zum Beweise hört, was ich Euch zu sagen habe …«

Und dann berichtete sie – mit ein paar zulässigen Abweichungen – von den Machenschaften der Brüder Tuso und Usurpino und ihren Plänen bezüglich Gudús und des Königreichs Olar.

»Und nicht nur das; wenn ihre Pläne aufgegangen wären,

wollten sie den edlen Herrn König Gudú töten, der mich vor dem sicheren Tod bewahrt hat. Auf der Flucht durch die eisigen Schluchten meines Landes, mit der ich diesem unschuldigen armen Thronfolger das Leben retten wollte, hätte ich bestimmt den Tod gefunden, wenn sein gütiges Herz nicht den tapferen Hauptmann Randal mit seinen Soldaten entsandt hätte«, sagte sie und richtete einen vielleicht etwas zu zärtlichen Blick auf den jungen König. »Zum Beweis für die Richtigkeit meiner Worte werft einen Blick auf dieses Medaillon des Prinzen Ungestalt. Das Medaillon gehörte König Argante, seinem Vater. Wie Ihr seht, ist es aus einem einzigen Rubin gemacht, darin eingraviert die königlichen Insignien. Es gibt nur dieses eine auf der Welt. Das mag Euch zum Beweise dienen, daß ich die Wahrheit gesprochen habe.«

Vielleicht wäre der Zweifel hier und da in einen winzigen Spalt der Gutgläubigkeit eingedrungen, wenn nicht Tuso Gift und Galle spuckend aufgebrüllt hätte – »Verräterische Hündin!« –, bis der Schwarze Turm in seinen Grundfesten erbebte.

Vergebens zogen der Graf und Anzius ihre Schwerter. Randals Soldaten, strategisch postiert, verhinderten ihre Flucht. Und so hatte keiner der Anwesenden mehr den geringsten Zweifel an der Richtigkeit dessen, was das Mädchen berichtet hatte. Baron Arniswald erhob seine brüchige Stimme und rief:

»Verräter, Intrigant, Betrüger, abscheuliche Kröte!« Hier schnappte er nach Luft. »Sei versichert, daß ich dir diese und noch viele andere Worte schon vor vielen Jahren ins Gesicht gesagt hätte, wenn nicht unser König Volodius, *der Eroberer*, seine Hand über dich gehalten hätte. Damals hast du uns in den Staub getreten. Jetzt hat dein Stündlein geschlagen!«

Angesport von böser Erinnerung und altem Haß, stürzte sich der versammelte Rat mit dem Schwert in der Hand auf den Grafen, als Gudú mit Donnerstimme, die alle – einschließlich der Königin – zum Erstarren brachte, Einhalt befahl:

»Ich will nicht mit einem Verbrechen auf dem Gewissen den

Thron besteigen, selbst wenn es gerechtfertigt ist. Solange ich nicht zum König gekrönt worden bin, werden meine Feinde immer Gnade finden. Laßt die Verräter also gehen, aber entwaffnet sie vorher. Sie sollen niemals mehr einen Fuß in mein Land setzen, das Reich von Olar nie mehr betreten. Wer ihnen dazu verhilft, soll mit dem Tod bestraft werden.«

Tuso, Anzius und Furzius wurden entwaffnet und von drei Soldaten hinausgestoßen, die – wie man später erfuhr – sie bis an die Grenze der Steppe brachten.

Da erst atmete der Rat der Edlen auf. Alle lagen sich in den Armen, knieten dann vor Gudú nieder, und Baron Arniswald sagte:

»Ah, König Gudú.«

Denn mehr fiel ihm nicht ein. Die adligen Herren zogen sich daraufhin zurück und suchten, so gut es ging, ein Plätzchen, um sich auszuruhen. Es war besser, erst am nächsten Tag zum Schloß zurückzukehren, wenn das Klima sich etwas gemildert hätte. Bevor die Königin sich jedoch zurückzog, rief sie Gudú zu sich. Sie küßte ihn und sagte, immer noch voll des Staunens:

»Mein Sohn, mein Sohn, Ihr habt das Stroh wirklich gut zum Brennen gebracht.«

»In der Tat, Mutter, und Ihr die Holzscheite.«

»Aber wozu die Begnadigung? Das habe ich nicht verstanden. Vor ihnen haben wir erst Ruhe, wenn sie hängen. Das bekannte Sprichwort, in dem es heißt, dem fliehenden Feind baue goldene Brücken, kann nicht für Tuso und die Vulgaros gelten. Das sagt mir meine Erfahrung mit ihnen.«

»Ich brauche ihren Haß, Mutter«, antwortete Gudú. »Denn ihr Haß wird sie in das Schluchtenland zu Usurpino führen. Ihr Haß wird uns den Krieg bringen. Und der Krieg, Mutter, wird mich mit vierzehn Jahren zum König krönen. Denn wer, außer mir, soll das Heer in die Schlacht führen? Der Rat der Edlen? Baron Arniswald? Mein vornehmer Onkel Almandin?« Gudú brach bei diesen Worten in ein so schallendes Gelächter aus, daß die Königin zusammenfuhr. Zum erstenmal kam ihr der Gedanke, daß sie wahrscheinlich von allen von Gudú Getäuschten die am wirkungsvollsten Getäuschte war.

»Ruht nun aus, Mutter«, sagte er. »Ihr habt es verdient.«

»Mein Sohn, wir haben kein Heer, wir sind unzureichend bewaffnet!« rief die Königin verzweifelt.

»Ich habe an alles gedacht«, lächelte Gudú. »Ruht Euch aus und sorgt dafür, daß die Glut des von uns entzündeten Feuers gut ausgetreten wird. Und bringt mir eine Gemahlin, damit alles seine Richtigkeit hat und kein loses Ende mehr das perfekt gewickelte Knäuel aufzulösen vermag.«

Damit war das Gespräch für ihn beendet, und er zog sich zur Nachtruhe zurück.

4

Unter denen, die an dem Knäuel mitgewirkt hatten, auf das der junge König so stolz war, gab es nur einen, der nicht ganz zufrieden schien. Und das war natürlich Prinz Nobel. Er verstand immer noch nicht den Sinn der einzigen Rolle, die ihm in dieser Geschichte zugeteilt gewesen war. Zurück in Olar, fragte er daher seinen Bruder: »Herr … was gedenkt Ihr mit Prinz Ungestalt zu tun?«

Gudú schaute ihm in die Augen und antwortete bedächtig: »Meine Mutter wird sich seiner annehmen und ihn standesgemäß behandeln. Wenn er alt genug ist, werden wir ihm seinen Thron zurückgeben.«

Damit war der Fall für ihn erledigt. Doch nicht einmal eine gutgläubige Seele wie Nobel mochte dieser Antwort Glauben schenken.

Die Königin wies Dolinda an, ein Zimmer neben ihrem eigenen herzurichten und dort den kleinen Prinzen Ungestalt mit seiner Amme unterzubringen. Als sie sich über die Wiege des buckligen Kindchens beugte, trat ein sanftes Licht – das wirklich nicht oft zu sehen war – in ihre Augen, und sie murmelte:

»Armes Kind, ich schwöre dir, selbst wenn mein Sohn es mir eines Tages befehlen sollte – und eine innere Stimme sagte ihr, daß dies eines Tages passieren könnte –, will ich dich vor allem Unheil bewahren, solange ich lebe.«

Dann löste sie vorsichtig den Rubin mit der königlichen Gravur vom Hals des Kindes und verwahrte ihn in den tiefsten Tiefen ihrer Schmuckschatulle.

Am selben Tag noch ließ der Kobold, der auf den Zinnen Ausschau hielt, sie durch das sanfte Pochen seines Diamanthammers wissen, daß die Brieftauben zurückgekehrt waren. Die Königin eilte sogleich zu ihm, setzte die Tauben in ihren Schoß und besah sich ihre Füße. Jede von ihnen trug ein goldenes Röhrchen, wohlverschlossen mit einem Siegel ebenfalls aus Gold.

»Siehst du«, rief sie entzückt, »das ist ein Zeichen wahrer königlicher Größe!«

Der Kobold ließ die Tauben wieder fliegen, nun aber ohne Beschwörung, und die Königin bestellte ihre Berater ein. Diesmal bat sie jedoch auch den König und seinen Bruder Nobel in ihr Gemach, wo sie die beiden Pergamentrollen vorzeigte, die in den beiden Röhrchen gesteckt hatten. Auf der einen willigte ein unbekannter König ein, seine Tochter, Prinzessin Naivia, mit dem mächtigen und ruhmreichen jungen König Gudú zu vermählen, dessen Ruf schon bis an seinen Hof gedrungen war. Da die Reise lang und beschwerlich sei, erklärte er, könne man mit der Ankunft der Prinzessin und ihres Gefolges wohl nicht vor Ablauf eines Monats rechnen. Sie würden die Klippen des Nordmeers umschiffen und dann auf dem Großen Fluß bis zum Königreich Olar fahren. Von dort aus sollte eine prunkvolle Reise über Land folgen, welche mit dem jubelnden Einzug ins Schloß von Olar endete. Des weiteren ließ der König wissen, die Prinzessin führe drei Truhen an Schmuck und ein bißchen Krimskrams mit sich, dazu eine beträchtliche Menge Gold als Aussteuer. Und daß er dem jungen Paar schließlich wünsche, bis ans Ende seiner Tage glücklich und zufrieden und mit Nachkommen reich gesegnet zu sein.

»Das habe ich irgendwo schon einmal gehört«, bemerkte Almandin versonnen.

Gudú war verblüfft.

»Mutter«, sagte er, »seid Ihr sicher, daß dies die richtige Prinzessin für mich ist?«

»Ich hoffe es, mein Sohn«, antwortete die Königin. »Schauen wir uns ihr Bildnis an, das sich hier in diesem anderen Röhrchen befindet.«

König Gudú hielt das Bild mit beiden Händen. Nobel beugte sich über seine Schulter, um es ebenfalls zu betrachten; und dabei bewegte er sich so unglücklich, daß der blaue Stein, den die Königin ihm geschenkt hatte, sich mit dem spitzen Ende in seine Brust bohrte. Dies versetzte ihm einen so jähen Schmerz, daß er erbleichte, zugleich jedoch voller Entzücken das Antlitz dieses eigentümlichsten Mädchens betrachtete, das seine Augen je erblickt hatten. Sie war schön, gewiß, doch über ihre Schönheit hinaus umgab sie ein Glanz, der Nobel an kristallene Leuchter erinnerte, deren Licht weich und rosa ist.

»Nun gut«, sagte Gudú. »Wie alt ist sie?«

»Dreizehn«, log seine Mutter, denn sie war erst elf.

»Und wie, sagtet Ihr, war ihr Name?«

»Naivia«, erwiderte die Königin.

»O nein«, sagte Gudú entschieden. »Ein solch lächerlicher Name muß geändert werden. Es geht nicht an, daß die Gemahlin des Königs von Olar Naivia heißt.«

»Aber, mein Sohn, sorg dich nicht um solche Geringfügigkeiten«, sagte Ardid. »Naivia bedeutet in ihrem Land etwas ganz anderes als in unserem.«

Der König dachte über diese Worte nach und fragte dann schließlich:

»Aber welches ist ihr Land, von welcher Linie stammt sie ab?«

Der Magier versuchte daraufhin, es ihm verständlich zu machen, doch die Familiengeschichte war so lang und kompliziert und so fein verwoben wie ein geklöppeltes Spitzendeckchen, daß Gudú bald ungeduldig rief:

»Macht es kurz, Meister, ich bitte Euch. Ich verstehe kein einziges Wort.«

»Gut«, antwortete der Magier. »Ihr braucht nur soviel zu wissen, daß sie mütterlicherseits direkt von einer Prinzessin abstammt, deren Haar schwarz wie Pech und deren Haut weiß wie Schnee war, die heimtückisch vergiftet wurde und unversehrt in einem gläsernen Sarg ruhte, bis ein junger Prinz kam und sie küßte, woraufhin sie wieder zum Leben erwachte. Väterlicherseits stammt sie von jener anderen Prinzessin ab, die in einem dornenumrankten Schloß hundert Jahre lang schlief, bis auch sie von einem Prinzen wachgeküßt wurde.«

»Ja, ja«, rief Almandin eifrig, »von diesen Leuten habe ich schon gehört! Außergewöhnliche Menschen, in der Tat.«

Gudú schaute ihn streng an und sagte:

»Menschen mit wenig Verstand, will mir scheinen.«

Die Würfel waren jedoch gefallen, und nachdem er das Bildnis der Prinzessin noch einmal betrachtet hatte, ihr blondes Haar und ihre großen Augen, die, je nachdem, wie man sie ansah, tiefgrün wie das Meer, hellblau wie der Morgen oder goldgelb wie ein Sommerabend sein konnten, kam er zu dem Entschluß, die Dinge zu belassen, wie sie waren.

»Was ist mir dir, Nobel?« fragte er. »Du bist ganz bleich.«

»Ich weiß nicht«, entgegnete der Prinz. Doch als er sein Wams aufknöpfte, sah er, daß der Stein tief in seiner Brust stak. Der Magier zog ihn vorsichtig heraus, dabei fiel ein Tropfen Blut auf seine Hand. Nobel bekam wieder Farbe ins Gesicht und lächelte. Der Magier, als er wieder allein war, betrachtete nachdenklich das Blut in seiner Hand. Und wie schon früher, wenn er begreifen mußte, daß es Dinge gab, denen mit Worten nicht beizukommen war, schüttelte er betrübt den Kopf.

Keine zwei Wochen waren seit diesen Ereignissen vergangen, als schweißüberströmte Boten aus dem Norden des Landes mit der Nachricht eintrafen, König Usurpino, sein Bruder, Graf Tuso, und die Vulgaro-Brüder hätten dem Königreich Olar den Krieg erklärt. Und wie in solchen Fällen üblich, hatte die erste feindliche Handlung darin bestanden, die an das Schluchtenland grenzenden Dörfer auf Gudús Territorium niederzubrennen und zu verwüsten. Im ganzen Land wurden die Glocken geläutet, die Bauern flohen verängstigt in die Wälder. Auf diese Weise erfuhren alle, was Gudú erhoffte und der Rest des Landes fürchtete: Es gab wieder Krieg.

In Olar trat überstürzt der Rat der Edlen zusammen. Auch andere Edelleute, Ritter und Adlige, die dem Rat nicht angehörten, kamen ins Schloß. Gudú versammelte seine Heerführer auf dem Waffenplatz der befestigten Stadt. Hauptmann Randal hatte er zum Schwarzen Turm geschickt, um die schon ungeduldig wartenden Freischärler zu holen. An diesem Abend trat Gudú vor seine Edlen, seine Soldaten und einen großen Teil seines Volkes, das sich voller Schrecken auf dem Platz an der Stadtmauer drängte, deren Zugbrücken Gudú hinunterzulassen befahl, damit jeder, der wollte, mit ansehen konnte, was sich auf dem Waffenplatz ereignete. Und so sahen sie ihren König zum erstenmal in Kettenhemd und knarrender Lederrüstung im Schein des großen Feuers, das er in der Mitte des Platzes hatte aufschichten lassen. Mit feierlicher Geste zog er sein Schwert aus der Scheide, und voller Überraschung sahen sie alle, daß dies nicht das gewohnte Eisenschwert war, sondern das Schwert seines Vaters Volodius. Dann sprach Gudú:

»Aufgehetzt von dem Verräter Tuso haben König Usurpino und meine Brüder dem Volk von Olar den Krieg erklärt. Hiermit schwöre ich feierlich, für mein Reich und mein Volk bis zum letzten Blutstropfen zu kämpfen.«

Diese Worten verfehlten nicht ihre Wirkung, vor allem nicht auf das – nur selten erwähnte – Volk, welches, zum Teil aus Panik, zum Teil aus Bewunderung, auf jeden Fall als erstes in lauten Jubel ausbrach.

Nachdem wieder Stille eingekehrt war, rief Gudú:

»Hier stehen nun alle verfügbaren Männer mit allen verfügbaren Waffen. Im Schwarzen Schloß erwartet uns noch eine Reserve von Freischärlern. Alle Nachrichten besagen, daß das Heer des grausamen Usurpino größer und besser bewaffnet ist als das unsere und zudem noch über den Vorteil der zerklüfteten Berge verfügt. Ich weiß, die Schlacht wird blutig und erbarmungslos sein. Doch ebenso weiß ich, und versichere Euch dies mit heiligem Schwur, daß es für mich nur zwei Möglichkeiten geben wird, nach Olar heimzukehren: siegreich, mit der Fahne des Friedens und den Köpfen der Verräter auf meiner Lanze – oder tot.«

Wieder brandete der Jubel gen Himmel, und als der König sah, daß Volk und Adel ausreichend angespornt waren, gab er seinem Bruder Nobel ein Zeichen. Dieser hob daraufhin sein Schwert und sprach:

»Edle Herren, vornehmes Volk von Olar. Wenn der König uns vor dem Verderben bewahren und vor unseren Feinden beschützen soll, muß der König gekrönten Hauptes sein.«

Und ehe der Rat der Edlen sich überhaupt besinnen konnte, heulte das Volk vor Begeisterung auf – denn solch ein Schauspiel, in nichts zu vergleichen mit dem üblichen Treiben der Schmierenkomödianten, gab es höchst selten zu bestaunen. Almandins junger Page, Riso mit Namen, trat nun mit einem granatroten Samtkissen vor, auf dem die Königskrone ruhte.

Im selben Augenblick begriff auch der Abt von Abundios, warum er aufgefordert worden war, an diesem Akt teilzunehmen. Mit aller Feierlichkeit und Würde, die sein Alter, seine kurzen Beine und sein Rheuma ihm erlaubten, trat er vor und sprach: »So sei es, edler Herrscher. Und wie meine Hände das Haupt des großen Volodius krönten« – dabei unterdrückte er nur mit Not das Grauen, welches jener Name in ihm wachrief –, »so salben sie Euch heute durch die Gnade Gottes zum König des Königreichs Olar.«

Dies war für die Königin der Moment, um einzuflechten:

»Guter Abt Abundios, nicht umsonst hat mein Herz nach deiner treuen, vornehmen Person verlangt. Vor zwei Wochen schon habe ich Sendboten nach Rom geschickt, für dich die Bischofsweihe zu erbitten.«

Bei diesen Worten fiel der gute Abt fast in Ohnmacht. Sich jedoch an den hilfsbereiten Arm eines Mönches klammernd – desselben, der damals ohne viel Aufhebens den kleinen Gudú getauft hatte –, kam er wieder soweit zu Kräften, daß er die Krone in seine Hände nehmen konnte. Da er aber ewig brauchte und es ihn große Mühe kostete, sie hochzuheben – wie schwer doch eine Krone war! –, riß Gudú sie ihm aus der Hand und setzte sie sich eigenhändig auf die schwarze Lockenpracht seines Hauptes. Dann sprach er zur Menge: »König bin ich, und als euer König will ich euch auf den besten Wegen führen. Mein Leben, mein Wissen und meine Kraft stelle ich selbstlos in den Dienst des Königreichs« – und einer spontanen Eingebung folgend, fügte er hinzu – »und des großen, vornehmen, tapferen Volkes von Olar.«

Welches diese Worte so frenetisch bejubelte, wie es sich gehörte. Und damit nicht genug, befahl Gudú zur Empörung des Kobolds und mehr als einem der Anwesenden, den Weinkeller des Schlosses zu öffnen und allen – Soldaten, gemeinem Volk und Adel – den Wein der Königlichen Reserve auszuschenken.

X

DIE BRÜDER

I

Im Schwarzen Schloß schritt Gudú die Reihen der Freischärler ab. Er ließ sie mit allem Ernst, den sie dafür aufbringen konnten, Haltung annehmen und inspizierte sie gründlich und in aller Ruhe. Er stellte fest, daß sie von unterschiedlichster Rasse und Wesensart waren. Manche waren halbnackt, nur notdürftig mit Fellen bedeckt, die Haare reichten ihnen bis zum Gürtel, und ihre schwarzen oder roten Bärte waren fast ebenso lang. Einige hatten vollkommen kahle Schädel, die im Feuerschein wie Kupfer glänzten; andere trugen, was sie irgendwo aufgetrieben hatten, eng umschnürt mit ledernen Gürteln. Alle waren jedoch bis an die Zähne bewaffnet und wirkten kampferprobt, hatten wache Augen und den Körper voller Narben, was der König befriedigt zur Kenntnis nahm. Danach schritt er die Reihen seiner eigenen Soldaten ab. Sie machten nicht viel her und waren schlecht bewaffnet. Einige hatten Rüstungen, die meisten trugen Kettenhemden, nicht wenige gingen barfuß. Insgesamt, mußte er feststellen, waren sie schlecht ausgerüstet und sahen längst nicht so kämpferisch aus wie die Freischärler.

Am meisten machten Almandins Männer her, da dieser seit jeher großen Wert auf das Ansehen und Aussehen seiner Leute legte. Es war eine kleine Truppe, aber sie war von legendärer Tapferkeit, bestens bewaffnet und ausgerüstet; die meisten Soldaten trugen eine Rüstung, entweder aus Eisen oder aus Leder. Auch einige Adlige mit ihren Männern hatten sich eingefunden. Viele waren es nicht, und in jungen Jahren hatten sie sich mehr untereinander bekriegt und um Land gestritten, als in Kriegen gekämpft. Folglich machten sie weder einen besonders tapferen noch besonders geübten Eindruck. Der vornehmste unter ihnen war Baron Ingrimm, der auch die meisten Krieger hatte und von seinem jüngeren Bruder begleitet wurde, einem unscheinbaren jungen Mann, der offensichtlich keine Ahnung hatte, wo er hingeraten war.

Allein ein paar Adlige, deren Lehen an der Grenze zu Usurpinos Reich lagen, waren dem Aufruf nicht gefolgt, und Gudú nahm an, daß sie noch zögerten, ob sie sich ihm oder dem Feind anschließen sollten. Er schickte ihnen unverzüglich einen Boten mit dem Befehl, sich innerhalb von vier Tagen in Olar einzufinden und sich seinem Befehl zu unterstellen, andernfalls er über ihre Besitzungen herfallen und dort wüten werde, als handle es sich um Feindesland.

Alle bewunderten Gudús Kühnheit, vor allem seine Hauptleute, denn nachdem er angeordnet hatte, allen Soldaten Fußzeug und reichlich zu essen zu geben, ließ er sie zu sich kommen, um mit ihnen gemeinsam den Schlachtplan zu entwerfen. Sie fühlten sich geehrt, zum erstenmal um ihre Meinung gebeten worden zu sein – jedenfalls dem Anschein nach –, und diese war, daß man keine Zeit mit Lagebesprechungen vergeuden dürfe, da man in wenigen Tagen den Feind vor der Tür stehen habe. Einen Feind zudem, der ihnen an Zahl und Bewaffnung weit überlegen war.

Gudú hörte ihnen aufmerksam zu, und als sie schwiegen, ergriff er das Wort. Da man über das Land des Feindes nicht viel wußte, rief er als erstes den Magier, damit er ihnen die merkwürdigen Zeichnungen bringe, die ihn als Kind so fasziniert hatten. Der Meister nannte diese Blätter Landkarten, und darauf erblickte man in zarten Farben von dunklem Blau über smaragdenem Grün bis zu schattigem Ocker das Königreich Olar und die angrenzenden Länder wie aus der Perspektive eines Vogels. Nicht eingezeichnet war natürlich das Unbekannte Land der Wilden Horden, das eine einzige schreckliche Wüste sein sollte, in der jeder Eindringling an Hunger und Durst zugrunde ging. Von einem Pilger, der sich einmal dorthin verirrt hatte, war zu erfahren gewesen, daß er nach unaussprechlichen Strapazen blaue, hoch aufragende Mauern am Horizont erblickt hatte, die er für ein unüberwindbares Gebirge gehalten hätte, wären da nicht die Farbe und der Glanz gewesen.

In müßigen Stunden hatte der Magier kleine Zeichnungen in die Landkarten eingefügt: Häuser, Burgen, die weißen Kirchlein, die die Königin – die ausgezeichnete Beziehungen zur Kirche und besonders zu den Geistlichen unterhielt – im ganzen Land hatte erbauen lassen, Flüsse, Wälder und Schutzwälle, sogar die Hütten der Bergarbeiter aus dem Armenland. Gudú war ein wenig verstimmt, als er dieses nutzlose Gekritzel sah, doch dann versöhnte ihn die ausführliche Darstellung der angrenzenden Territorien Usurpinos und des Weges durch die Schlucht der Steinernen Giganten, der in das benachbarte Land führte. Schon als Kind hatte er gehört, daß diese Schlucht eine abergläubische Furcht bei den Menschen hervorrief. Sie schützte den Felsentrichter mit seinen finsteren Wäldern, der Usurpinos Reich bildete; und ohne die Schlucht wäre dieses – wie sein Vater Volodius es mit den Ländern des Südens getan hatte – längst dem Königreich Olar einverleibt worden, oder Olar würde jetzt Usurpino gehören.

Die Hauptleute wurden immer ungeduldiger, da sie dachten, Gudú vergeude in einem so entscheidenden Moment seine Zeit mit kindlichen Erinnerungen. Doch dann erklärte der König ihnen – den Meister an seiner Seite, über den er sich vor versammeltem Kriegsrat in den höchsten Tönen es Lobes erging –, was er von diesem überaus gelehrten und doch so bescheidenen Mann gelernt hatte.

Sogar der Magier selbst fühlte sich ein wenig unbehaglich – seine sprichwörtliche Bescheidenheit war zum Teil ja ehrlich empfunden –, zugleich jedoch hocherfreut, daß der Schüler, den er stets für unaufmerksam und widerspenstig gehalten hatte, sich nun als scharfsinniger und kluger Geist erwies. Zufrieden lauschte er den Worten Gudús, der den ungebildeten Soldaten die Landkarten und viele andere Dinge erklärte, die er ihm selbst vor Jahren mit viel Geduld beigebracht hatte.

»Hier seht Ihr nun einen weiteren Beweis von der Klugheit

unseres verehrungswürdigen Meisters. Denn die von ihm gezeichneten Blätter zeigen uns in allen Einzelheiten, welche Form und Ausdehnung das Königreich Olar hat, das mein edler Vater zu errichten wußte und das wir vergrößern und sichern wollen, so gut es uns möglich ist. Mit viel Geschick und noch größerer Genauigkeit hat unser geliebter Meister die Grenzen des Landes aufgezeichnet, seine Berge, Flüsse, Wiesen und Wälder und auch die südlichen Regionen mit ihren Weinbergen, die uns ein Fenster zum Meer geöffnet haben und in letzter Zeit sogar zur Insel der Königin Leonia.«

Eine solche Bewunderung riefen diese Worte hervor, daß alle unter Schubsen und Stoßen sich über die Karten drängten, um zu sehen, wo ihr Land lag, ihre Burgen und Häuser; und staunend betrachteten sie die Insel Leonia, die zwar in aller Munde war, die jedoch kaum jemand kannte.

Der König befahl, eine Ziege zu schlachten und ihm das Blut zu bringen. Dann nahm er eine angespitzte Falkenfeder (wie er den Magier hatte tun sehen, als er ihn nächtelang durchs Schlüsselloch beobachtet hatte, in dessen Gemach er schließlich eingedrungen war, indem er das Türschloß auffeilte, dessen Truhe er durchwühlt und dessen Pergamentrollen er entwendet hatte) und sprach: »Seht diese rote Linie, die ich vom Schloß von Olar aus ziehe.« Dabei tauchte er den Federkiel in das Blut und zog die Linie über das Blatt. »Auf diese Weise könnt Ihr sehen, welchen Weg wir nehmen werden.« Die Linie endete vor den hoch aufragenden Felsen, welche höchst anschaulich die unüberwindbare Todesschlucht darstellten. Danach strich Gudú mit einem feierlichen Kreuz Usurpinos Reich von der Karte und sprach: »So wie ich es auf dem Pergament getan habe, werde ich das Reich unseres Feindes aus der Welt und aus dem Gedächtnis der Menschen streichen. An seiner Stelle soll der Name Olar, wie die Wasser des Meeres, die niemand aufzuhalten vermag, über dieses Land hinwegwogen bis ans Ende der Welt.«

An der Spitze der Falkenfeder knabbernd, erklärte er seinen Leuten, daß sie nicht in Massen angreifen würden, wie sie es bisher immer getan hatten, sondern den Feind mit Fallen überlisten, »so wie es bei der Hirsch- und Wildschweinjagd gemacht wird.«

Die Hauptleute schienen verwirrt ob dieser Worte, und manch einer dachte bei sich, daß Gudú, obwohl er bald fünfzehn wurde, den Kinderschuhen anscheinend noch immer nicht entwachsen sei, was sie in tiefe Niedergeschlagenheit stürzte. Sollten sie sich von einem träumerischen Kind in den sicheren Tod führen lassen? Mit Worten ist kein Krieg zu gewinnen, so wenig wie mit Zeichnungen und Überheblichkeit, dachten sie.

Doch da war noch Prinz Nobel. Seit geraumer Weile beobachtete er schon, daß Unruhe und Zweifel sich unter den Männern ausbreiteten. Also ergriff er das Wort und brachte sie mit sanfter Überredungskunst dazu, die Richtigkeit von Gudús Worten einzusehen.

»Geht vertrauensvoll den Weg, den der König euch weist, denn ich sehe sehr viel Klugheit hinter seinen Worten. Ich bin sogar überzeugt, daß König Gudú den Menschen wegen seiner klugen neuen Art der Kriegführung in staunender Erinnerung bleiben wird.«

Sie wußten alle – Gerüchte verbreiten sich ja in Windeseile –, daß der junge König zwar nicht in allen Dingen unfehlbar war, Nobel hingegen wohl; und wenn der kleine Gudú unzweifelhafte Beweise seiner Kühnheit, Kraft und Unerschrockenheit lieferte, so stand Nobel ihm darin selbstverständlich in nichts nach. Deswegen senkten die alten Haudegen nun den Kopf und befahlen ihre Seele – je nach Gewissen – Gott oder dem Teufel und fügten sich einer Strategie, die vollkommen neu für sie war. Gudú schien's zufrieden.

Er begab sich sogleich in den Ratssaal, bat die Adligen, die Königin und seine Hauptleute zu sich und sprach zur Überraschung aller, besonders des Betreffenden selbst:

»Ehrenwerter Meister, triff deine Reisevorkehrungen, denn du wirst mich begleiten.«

»Ich?« wimmerte der alte Mann und fühlte die wenigen Haare

sich aufrichten, die noch auf seinem rosafarbenen Kahlkopf dahinschmachteten. »Was hat ein alter gebrechlicher Mann wie ich auf einem Feldzug zu tun? Das Holzschwert eines Kindes kann ich gerade noch führen …«

»Du sollst kein Schwert führen, sondern mir mit deinem Wissen dienen. Und ich bitte dich, Widerreden in Zukunft zu unterlassen und zu tun, was ich dir sage. Man soll dir eine bequeme Sänfte herrichten und zwei Maultiere einspannen, denn dann reist du weicher als auf einem harten Pferdesattel, und auch sonst soll man dir alles geben, was du brauchst. Vor allem deine geschätzte Truhe mit allem, was sie enthält, sollst du auf keinen Fall vergessen.«

»Herr«, flüsterte der Alte mit bebenden Lippen, »Herr …, was bringt Euch auf den Gedanken, daß ich Euch bei solch einer Unternehmung von Nutzen sein könnte? Ein Krieg hat nichts mit meiner Wissenschaft zu tun.«

»Mehr, als du ahnst«, entgegnete Gudú ungeduldig. »Tu, was ich dir sage, und stell meine Befehle nicht immerzu in Frage.«

Welch glanzvolle Nächte waren das, als er in der Truhe des Meisters Fragmente von Geschichten gefunden hatte, Geschichten von Männern, die lange vor ihm gelebt und die Welt beherrscht hatten! Sie trugen befremdliche Namen und waren aus dem Westen gekommen; der Himmelsrichtung, die in Olar offenbar eine besondere, tief eingewurzelte Furcht hervorrief. Nicht wegen ihrer Stärke oder Feindschaft, die es nicht gab, sondern wegen eines Wortes, das seit der Zeit des ersten Markgrafen geheimnisvollerweise von Vätern zu Söhnen weitergegeben wurde: Vergessen. Das einzige Wort, das ihn beunruhigte und das er nicht verstand. Aber auch von Westen erreichten ihn – staubbedeckt zwar und oft nicht verständlich – Echos von Siegen, von Kriegslisten und von Schlachten, geschlagen von großen Kaisern … Er kannte sie. Wenigstens das, was in den Schriftstücken stand, die der Magier zusammengetragen hatte.

Gudú befahl seinen Hauptleuten, sich zeitig schlafen zu legen, um Kräfte zu sammeln; im ersten Licht des Tages würde man aufbrechen. Und dem Magier trug er auf, unverzüglich all die Narrheiten von der Landkarte zu löschen: Häuschen, Kirchen, Ziegenpferche, hier und da ein Männchen, mit denen der Meister die trockene Karte ein wenig aufgelockert hatte. Er empfahl ihm außerdem, weitere Karten anzufertigen, so schnell wie möglich, aber ohne den Klimbim.

Dann legte er sich zum Schlafen nieder und schlief zur Verblüffung seiner Mutter und der übrigen schon bald tief und fest, ohne jedwedes Anzeichen von Sorge, Furcht oder Beunruhigung. Der Magier, ein wenig beschämt, tat, wie Gudú ihm geheißen, entfernte seufzend Hütten und Menschen – er hatte sogar Liebespärchen gemalt, die am Ufer des Sees spazierengingen – und zeichnete ein paar neue Karten auf Pergamentbögen, die er unter seinem Bett aufbewahrte. Und so unterdrückte jedermann seine Sorgen und versuchte es dem König gleichzutun und zu schlafen und den neuen Tag abzuwarten.

Die Königin jedoch rief Prinz Nobel zu sich.

Der Prinz eilte zu ihr, kniete nieder und küßte ihr die Hand.

»Nobel, mein Sohn«, sprach die Königin, und mit einem Mal nahmen diese Worte einen neuen Klang an; in ihrer Kehle hatte sie das Gefühl, als bräche ein heißer Quell auf. Und naß wie ein Quell wurden ihre Augen, als sie sagte: »Nobel, beschütze deinen Herrn, den König, wie du es mir einmal geschworen hast.«

»Das will ich tun, Majestät«, antwortete der Prinz und hob überrascht den Kopf, denn ein schimmernder Tropfen war auf seine Hand gefallen. Er schaute die Königin an, und zum erstenmal in seinem Leben sah er, daß Königin Ardid weinte.

Doch weder die Königin noch Nobel noch sonst ein Mensch sah, daß, in der tiefsten Glut des Kaminfeuers kauernd, zum erstenmal in seinem abwärtsgehenden Dasein auch der Kobold des Südens weinte. Seine Tränen waren leuchtendrote Glasperlen, die auf seinen Diamanthammer tropften und wie eine Zährenkette aus Tautropfen sich um jenen Rebstock wanden, der anstelle des Herzens in seiner Brust heranwuchs.

Es wurde schon dunkel, als Gudú und seine Männer die

Schlucht der Steinernen Giganten erreichten. Hier begann Usurpinos Land. Bevor die von seinen Truppen aufgewirbelten Staubwolken dem Feind verraten konnten, wie nahe sie waren – obwohl sie selbst die Rauchfahnen der gebrandschatzten Dörfer bereits sahen –, erkannte Gudú, daß die Überfälle aufgehört hatten und der Feind von ihrem Nahen wußte. Usurpinos Soldaten würden ihnen in der Todesschlucht eine Falle stellen, wie sie es schon immer getan hatten, da sie mit dieser Taktik über all die Jahre hin Volodius und seine Vorgänger hatten abwehren können.

Gudú befahl dem Magier, seine Wolke zu besteigen und die Stellungen des Feindes auszuspähen. Der Magier war müde, hungrig und übelgelaunt, weil man ihm diesen Gewaltmarsch zugemutet hatte; und alles nur wegen der verflixten Zeichnungen, die der kleine Gudú mit der ihm eigenen Neugier in der Truhe seiner geheimsten Schätze entdeckt hatte! Er versuchte sich damit herauszureden, daß das Klima ungünstig sei für die Herstellung der Wolke, auf der er umherfliegen und sich ein Bild von der Lage machen sollte. Gudú kannte jedoch keine Nachsicht und blieb unerbittlich.

»Wenn du über keinen Zauber verfügst, verehrter Meister, der dich in die Lage versetzt, zu tun, was dir beliebt, so kenne ich ein probates Mittel, dich zur Ausführung meiner Befehle zu bringen. Ich werde dich in Ketten legen lassen und von zweien meiner Freischärler begleitet losschicken – ob du von ihnen hingeschleift wirst oder ob du fliegst, ist mir vollkommen gleichgültig –, mir Bericht zu erstatten und eine klare Zeichnung beizubringen, ohne unnötiges Gekritzel, versteht sich, auf der die Stellungen dieser Schweinehunde zu erkennen sind.«

Woraufhin der Magier eilig in seiner Truhe zu kramen begann, Tinte herausholte, Federkiele anspitzte und sich unter leisen Verwünschungen ans Feuer setzte, um mit der Herstellung – oder dem Zaubern – der Wolke anzufangen. Er verlangte nach einer Kröte – die ihm auch bald ausgehändigt wurde –, nach den Zehnagelraspeln eines Fuchses – was auch nicht schwierig war – und einem blauen Stein vom Grund des Flusses. Das, dachte er, sei sicher schwierig zu bewerkstelligen, doch da irrte er sich. Einen Freischärler mit roten Zottelhaaren gab es, der besaß die Fähigkeit, sich im Wasser zu bewegen, als gehöre er zur Gattung der Bachforellen; nach kurzer Zeit tauchte er mit dem Mund voller Kieselsteine auf – blaue und alle möglichen anderen Farben darunter – und spie sie dem alten Mann triumphierend vor die Füße. Der Magier klopfte daraufhin sein mit Lehm und ekligen Schlammspritzern besudeltes Gewand ab, warf einen zornigen Blick in die Runde derer, die um ihn herumstanden, und forderte einige Minuten des Alleinseins, um seinen Geist und seine Kräfte zu sammeln.

»Du sollst allein sein«, sagte Gudú, »aber nicht lange genug, um das Weite zu suchen. Solltest du fliehen, werden meine Männer dich einholen und an den Füßen aufhängen, bis kein Hauch von Menschenleben mehr in dir ist. Danach werfen wir dich wie einen Lumpensack in den Fluß, wo es genügend gräßliche Fische gibt, die sich an dir satt fressen werden. Mit denen wirst du nicht einfach so fertig, wie meine Freischärler das tun.«

»O Gott, o Gott«, jammerte der Alte für sich, »wie konnte ich nur glauben, daß er mir eines Tages dankbar sein werde für alles, was ich ihn gelehrt habe ...! Doch Dank ist eng an Liebe und Haß gebunden, und das erste dieser Gefühle habe ich ihm zu meinem Leidwesen selbst genommen ... Sollte er mir eines Tages mit letzterem begegnen ...?«

Zitternd und zum erstenmal seine Fähigkeiten verfluchend, wurde dem armen Magier klar, daß ihm nichts anderes übrigblieb, als die kindische Wolke herzustellen, mit der er zwar einem häßlichen Schmetterling gleich über Felder und Heckenzäune fliegen konnte, welche ihn allerdings kein bißchen gegen Pfeile und ähnlich ungeratene Dinge schützte, mit denen, nahm er an, der Feind ausreichend versorgt war. Voller Kummer nahm er Abschied von dem, was bis zu diesem Zeitpunkt das Wesentliche seines wissenschaftlichen Lebens ausgemacht hatte: Er warf einen letzten Blick auf das *Buch der Vergangenheit*, verweilte einige Minuten lang in der Betrachtung jener Tage, als Ardid noch ein

Kind war, ein lernbegieriges Mädchen; als – hier bäumte sein altes Herz sich auf – er seine Gabe für Beschwörungen und wissenschaftliche Forschungen erkannte ... Schließlich machte er sich daran, den Trank zu brauen, aus dessen Dämpfen die Wolke entstand, die ihn – daran hegte er nicht den geringsten Zweifel – zum grausamsten aller Tode führen würde, den er sich vorstellen konnte: von einem Pfeil durchbohrt wie ein Hühnchen, mit zerschmettertem Leib auf den Felsen, denn sanft würde sein Aufprall – da hatte er eine ganz zutreffende Vorstellung – gewiß nicht sein. Sollte er jedoch trotz der scharfkantigen Felsen jener Schluchten noch am Leben bleiben, würden sich die grausamen Soldaten von Tuso und Usurpino über ihn hermachen. Und nach allem, was er gehört hatte, waren das nicht eben die Leute, deren Gesellschaft er sich für das Ende seiner Tage gewünscht hätte.

2

Der Magier formte eine Wolke von der Beschaffenheit, die er brauchte, möglichst dicht und undurchdringlich. Unter Gudús strengem Blick schwang er sich hinauf und sagte: »Ich würde Euch umarmen und küssen, lieber Gudú, im Gedenken an die Zeit, da ich Euch derlei unselige Dinge lehrte; da ich jedoch weiß, daß Ihr für solchen Überschwang nicht zu haben seid, laßt Euch gesagt sein, daß Ihr im Begriff steht, Euren getreuen alten Lehrer ins Reich der Finsternis zu schicken. Ohne mich aber werdet Ihr kaum eine Zeichnung von den Leuten oder wovon immer dort zuwege bringen. Denn wenn es um Kunst und ähnliches geht, ist Euer Kopf hohler als eine taube Nuß. Wenn Euch also jetzt das Herz noch nicht blutet, was einerseits unmöglich und andererseits unpassend für Euch ist, wie ich zugebe, könntet Ihr Euch wenigstens um mein Wohl besorgt zeigen.«

Gudús Antwort war ein Fußtritt, der kein Ziel fand; nicht nur wegen des Respekts, den er trotz allem für seinen alten Lehrer empfand, sondern auch wegen der Geschwindigkeit, mit der dieser sich über die Köpfe der mit offenen Mündern hinter ihm herstarrenden Soldaten erhob. Ehrlich gesagt fühlte er in diesem Augenblick einen leisen Anflug von Stolz, der ihn trotz Gudús drohender Haltung dazu verführte, über den Köpfen der Männer ein paar verspielte Runden zu drehen. Nach seiner bescheidenen Revanche flog der Magier – mit rapide sinkendem Mut, zitternden Knochen und eingemummelt in seine Wolke wie in einen riesigen Schal – den düsteren Gipfeln jener Steinernen Giganten entgegen, die in der Abenddämmerung noch bedrohlicher und noch beunruhigender aussahen, als sie denn ohnehin schon waren.

Ein Schwarm übermütiger Vögel begleitete ihn fröhlich zirpend auf seinem Flug. Und er, der wohl wußte, daß sie dumm wie die Hofpagen waren, verscheuchte sie mit seiner Mütze und rief: »Bringt wenigstens ihr einfältigen Vögel euch in Sicherheit! Mich wird man bald nicht mehr von einem gerupften Hahn, wenn nicht weit Schlimmerem unterscheiden können. Und euch möchte ich diesen Anblick lieber ersparen.«

Über der Schlucht entdeckte er bald Lagerfeuer und Lichterschein, der ihm die Stellungen des bösen Feindes verriet. Gudú und seine Leute konnten wegen der hohen Felsen nicht einmal einen Widerschein davon sehen. Er nahm jedoch zu Recht an, daß diese Erkundung kaum ausreichend war und daß, falls er mit so dürftigen Nachrichten zurückkehrte, Gudú sich wahrscheinlich eine abschreckende Strafe ausdenken würde. Er überlegte, daß es eigentlich aufs gleiche herauskam, ob man auf diese oder jene Art das Zeitliche segnete. Wenn er jedoch im Triumph heimkehrte, würde Gudú in Zukunft möglicherweise nachsichtiger mit ihm verfahren. Vielleicht bekäme er auch Material, soviel er wollte, und eine geräumigere Kammer unten in den Verliesen, wo er sich dann ohne Furcht vor lästigem Lärm oder gefährlicher Neugier ungestört seinen Forschungen widmen könnte. Bei diesen Gedanken kuschelte er sich dergestalt in die Wolke, daß er kaum noch etwas sah und einen Moment lang nicht mehr wußte, wo er sich befand. Er rief mit leiser Stimme die Windrose herbei, fand mit ihrer Hilfe bald seine Richtung wieder und glitt wie eine luftige Frühlingswolke in niedriger Höhe über die finsteren Regionen hinweg, wo das feindliche Heer sich verschanzt hatte.

Er sah alles ganz deutlich unter sich. Daraufhin zog er aus den Falten seines Gewandes eine Pergamentrolle hervor und zeichnete geschickt und mit feinen Strichen, was seiner Meinung nach für Gudú von größter Bedeutung war: die Beschaffenheit des Geländes und der Örtlichkeiten, wo Tuso, Usurpino und die Vulgaro-Brüder mit ihren Leuten lagerten und in Stellung gegangen waren. Tuso und Usurpino sah er nirgends und nahm daher an, daß sie sich in ihren Zelten aufhielten; wohl aber entdeckte er Furzius, der sich mit einer Handvoll Soldaten betrank und mehr Radau veranstaltete, als der Situation angemessen war.

Kein Mensch nahm Notiz von dem flockigen Wölkchen, das erst hier, dann dort über den Köpfen der Soldaten schwebte. Sie fieberten der Schlacht entgegen und dachten an nichts anderes, worüber der Magier sehr glücklich war. Soldaten, dachte er, sind eigenartige Menschen; in manchen Dingen scharfsinnig und instinktsicher, in anderen aber verträumt und unaufmerksam. Natürlich kam ihm nicht in den Sinn, daß bis zu jenem Augenblick auch noch nie eine Wolke für den Ausgang einer Schlacht entscheidend gewesen war – es sei denn auf dem Meer und wenn sie Donner und Blitz mit sich führte. Mutig geworden, ließ er sich noch ein wenig tiefer sinken und durch das Heerlager treiben. Dabei fiel ihm auf, daß Usurpinos Soldaten weder besser ausgerüstet noch zahlreicher waren als die von Olar. Voller Freude erhob er sich daraufhin wieder in die Lüfte und flog über die Berggipfel zurück zu der Stelle, an der Gudú und seine Männer auf ihn warteten.

Kaum war er tief genug, hielt Gudú ihn am Saum seines Gewandes fest und beförderte ihn mit einem Ruck auf die Erde, was den Magier sehr verdroß. Da er jedoch schnell erkannte, daß dies nicht der Augenblick für Klagen und Beschwerden war, zog er die Zeichnung aus den Falten seines Gewandes und zeigte sie Gudú voller Stolz.

»Ich hoffe, du hast sorgfältig gearbeitet«, sagte der König. »Eine fehlerhafte Zeichnung lasse ich nicht straflos durchgehen, da kannst du sicher sein, verehrter Meister.«

Der Magier war noch viel zu aufgeregt von den letzten Ereignissen, um die Drohung in diesen Worten wahrzunehmen. So lächelte er nur selig, während der König aufmerksam den Plan studierte.

Auf diesem waren die Stellungen des Feindes eingezeichnet sowie alle Eigenarten des Geländes. Wie von Gudú vorausgesagt, hatte der Feind seine alte Taktik beibehalten und befand sich in der üblichen Position, welche ihm, das mußte man zugeben, bisher stets zum Sieg verholfen hatte.

Er stellte fest, daß Usurpinos Fußtruppen zahlreicher waren als seine Reiter und daß sie eine Verteidigungslinie auf der Höhe eines sanft abfallenden Hanges bildeten, womit sie den Zugang zur unheilvollen Schlucht blockierten. Wie gewohnt hatte Usurpino seine Fußtruppen in vorderster Linie aufgestellt, dahinter die Bogenschützen und zuletzt, als Reserve, die Reiter.

Nachdem er sich alle diese Einzelheiten schweigend angesehen hatte, zog Gudú sich in sein Zelt zurück. Dort blieb er eine Weile, während seine Leute – vor allem die Adligen, die sich mit ihren Männern seinem Heer zugesellt hatten – sich draußen in heftigen Wortwechseln ergingen und mit ihren Zweifeln nicht hinter dem Berg hielten. Weder Begeisterung noch Zuversicht war in ihren Mienen zu lesen. »Wo wird uns das Bürschchen hinführen, von dem wir so gut wie nichts wissen?« Diese Frage konnte man in allen Gesichtern lesen, vor allem in der mißbilligenden Miene des Barons Ingrimm. Doch was konnten sie schon tun, die durch jahrelanges, der friedlichen und bereichernden Herrschaft Königin Ardids zu dankendes Wohlergehen verweichlicht waren? Wäre auch nur einer von ihnen in der Lage gewesen, sich etwas gegen Usurpinos Truppen in ihrer schützenden Umgebung auszudenken, was zu etwas anderem als einer heillosen Niederlage geführt hätte? Oh, wie sie das jetzt bedauerten!

Als Gudú schließlich aus seinem Zelt kam, rief er alle Adligen und Hauptleute zu sich. Er schaute ihnen mit einer Ruhe und Kaltblütigkeit in die Augen, die für einen Jungen seines Alters ungewöhnlich war. Zum erstenmal erzitterten sie vor dem harten Blick dieser eisgrauen Augen, bewunderten ihn zugleich und wußten wohl auch, daß sie ihm brav wie Lämmer gehorchen würden.

Nach der Zeichnung des alten Magiers – an deren Zuverlässigkeit und Exaktheit Gudú keinen Moment lang zweifelte – verfügten sie für ihre Truppenbewegungen über eine ausgedehnte, von Wäldern eingefaßte Ebene, die jenem Berghang gegenüberlag, der den Eingang zur Todesschlucht blockierte.

Gudú erklärte seinen Plan: »Im Schutz der Nacht heben wir Gräben aus und bestücken sie mit angespitzten Stangen. In den Wäldern ringsum verbergen wir den größten Teil unserer Reiter und Bogenschützen. Unsere Fußtruppen und ein Teil der Reiter werden von der Ebene aus angreifen. Wir werden dem Feind jedoch zahlenmäßig deutlich unterlegen sein und ihn damit täuschen. Wir greifen an mit lautem Geschrei und allem möglichen Lärm, damit man uns für das gesamte Heer hält oder zumindest für einen Großteil davon. Bei Sonnenaufgang, wenn die Schlacht in vollem Gange ist, ruft ihr, als wäre alles verloren: Gudú ist tot! Gudú ist tot! Dann tretet ihr Hals über Kopf den Rückzug an und flieht in Richtung der Wälder. Seid versichert, daß der Feind euch in seiner ganzen Stärke verfolgen wird, um euch den Rest zu geben. Das hat er meinem Wissen nach bisher immer getan. Diesmal jedoch wird alles anders sein, denn auf der Flucht lockt ihr ihn in unseren Hinterhalt. Eure überlegenen Reiter und die hervorragenden Bogenschützen werden mit dem Rest der Fußtruppen über sie herfallen und ihnen den Rückzug abschneiden. So können wir sie besiegen und ihnen eine vernichtende Niederlage beibringen.«

Gudú ließ sein eigenartiges Lachen hören, das allen ein Frösteln über den Rücken schickte. Dann befahl er dem Magier, Tinte und Feder zu bringen, und zeichnete mit so wenigen Strichen die entscheidenden Angriffslinien auf, daß es aussah, als sei ihnen der Sieg schon sicher. Zum Magier sprach er:

»Wenn dieser simple Kampf gewonnen ist, wirst du ihn in allen Einzelheiten aufzeichnen, damit jedermann in Zukunft weiß, welche Schlachten König Gudú mit seinem Heer geschlagen hat.«

Als es dunkel wurde, begannen die von Gudú befohlenen Vorbereitungen. Sie vergingen unter der Ungeduld der Hauptleute und Soldaten, wie auch der des edlen Ingrimms und seines jüngeren Bruders, die zwar tapfere Leute waren, aber im Kopf ein bißchen langsam.

Die Nacht war schon fortgeschritten, Nobel und Gudú saßen in einem Wäldchen am Fuß des Hanges. Nobel, der Gudú bisher in allen Dingen bedingungslos unterstützt hatte, sagte zu seinem Bruder:

»Herr, wenn Ihr mir erlaubt, möchte ich Euch etwas sagen, das mir durch den Kopf gegangen ist.«

»Sprich!« rief Gudú. Die Nacht war kalt und so finster, daß sie einander kaum sehen konnten.

»Ich halte Eure Form der Kriegführung für wenig edel.«

»Was sagst du?« entgegnete Gudú mit leichter Ironie. »Wie kommst du darauf, daß ein Krieg edel ist? Krieg ist ganz und gar nicht edel, und darum muß man ihn führen und als das nehmen, was er ist.«

Nobel erschrak bei diesen Worten. Er war bei einigen Gefechten dabeigewesen und hatte mit seinem Vater bei kleineren Scharmützeln gegen die Aufständischen im Norden gekämpft, aber noch nie eine richtige Schlacht erlebt. Und obwohl er Geschichten kannte, in denen solche Schlachten beschrieben wurden und in denen die siegreichen Könige, aber auch die besiegten Männer von außerordentlichem Edelmut waren, gelangte er immer mehr zu der Erkenntnis, daß sein Bruder Gudú ein sehr vielschichtiger und ungewöhnlicher Mensch sein mußte. Zwar hatte er schon immer den Verdacht gehegt und später zunehmend die Gewißheit gewonnen, daß Gudú Gefühle wie Zuneigung oder Mitleid unberührt ließen, doch nie war ihm dies deutlicher klar geworden als heute.

Tief im Innern verabscheute er das Blut und das Töten, und Grausamkeit stieß ihn ab; doch war er dazu erzogen worden, solche Empfindungen zu unterdrücken, da sie ein Zeichen von Schwäche waren. Er schämte sich dieser Gefühle zwar nicht, hätte sie jedoch nie offen einzugestehen gewagt. Er war in dem Glauben oder in der Annahme aufgewachsen, daß Krieg – da sein Vater ihn so beharrlich und ausdauernd betrieben hatte – in sich gut sei und Heldentum und großherzige Gesten hervorbringe. Die leidenschaftslose Berechnung, mit der Gudú seinen Krieg plante, stürzte ihn daher noch tiefer in die ohnehin täglich zunehmende Verwirrung über seinen Bruder.

»Wenn Ihr den Krieg nicht für edel haltet, warum macht Ihr dann den Eindruck, ihn zu genießen, ja, ihn sogar mutwillig herauszufordern?«

Dieser Gedanke hatte ihn nach den letzten Ereignissen zu der unbestimmten Vermutung geführt, selbst nur ein simpler Bauer im Schachspiel der Machenschaften seines jüngeren Bruders zu sein. Anteilnahme an den Bewohnern des Armenlandes und sein Mitleid mit dem kleinen Prinzen ließen noch lange nicht auf seine wahren Beweggründe schließen.

Gudú antwortete:

»Ob er edel ist oder nicht, darüber werde ich mir nicht den Kopf zerbrechen. Er nützt unserer Sache, und damit basta.«

Nobel hielt es für besser, zu schweigen und seine Bedenken für sich zu behalten. Seine Pflicht und sein Eid lauteten – und das war das einzige, dessen er sich noch sicher war –, seinen Bruder vor allem Unheil zu bewahren. Er gedachte dieses Gespräch mit dem jedes weitere Wort verweigernden König von Olar auf einen günstigeren Zeitpunkt zu verschieben. Insgeheim freute er sich jedoch wieder einmal, daß das Schicksal ihn davor bewahrt hatte, eines Tages den Thron besteigen zu müssen. Er dachte an die Worte seines Vaters, seines Bruders und des alten Bergarbeiters zurück, als Kriegslärm aus der Schlucht den unmittelbar bevorstehenden Angriff verkündete.

Voller Ungeduld warteten die in der Ebene postierten Soldaten auf Gudús Befehl. Alles verlief so, wie der junge König es geplant hatte. Der Angriff wurde unter lautem Geschrei und Waffengeklirr vorgetragen, um den Feind über ihre Zahl hinwegzutäuschen. Gudú zeigte sich so überlegt und kaltblütig, wie man es von keinem Vierzehnjährigen erwartet hätte. Ungerührt starrte er dem auf schnellen Pferden – angeblich von den Wilden Horden gestohlen – aus der Schlucht herandonnernden Feind ins Auge und befahl beim ersten Licht des Tages den Rückzug. Usurpinos Soldaten, die glaubten, den Sieg schon in Händen zu halten, verfolgten Gudús Truppen mit heiserem und zwischen den Felswänden der Todesschlucht ohrenbetäubendem Gebrüll. Dann schnappte die Falle zu.

Die von Olar fielen von allen Seiten über sie her. Die Wälder spien Reiter, Bogenschützen und Fußsoldaten aus, die dem Gegner jede Möglichkeit des Rückszugs nahmen. Verblüffung und Panik brach in den Reihen des tapferen, jedoch nicht besonders umsichtigen Feindes aus. Die Schlacht wurde zu einem blutigen Gemetzel. Gudú ritt auf seinem Streitroß an der Spitze seiner Leute, um sich mit Baron Ingrimm und Yahek, dem Anführer der Freischärler, die an der anderen Flanke kämpften, zu vereinen. Der Großteil von Usurpinos Truppen wurde dabei aufgerieben. Zum erstenmal blitzte in Gudús Hand das Schwert seines Vaters Volodius, rot von Blut. Zum erstenmal drang dieses Schwert in seiner Hand in das Fleisch von anderen Männern ein; durchbohrte Bäuche, Lungen, Hälse, kam wieder hervor und zuckte wie ein Blitz zwischen den Feuern, wo sich blutende Leiber auf der Erde wälzten. Nobel kämpfte mutig an seiner Seite und sah mit Schrecken die Gestalt des Jungen größer und größer werden und ins Übermenschliche wachsen. Und mitten in all dem Feuer, Eisen, Blut und dem Stöhnen der Verwundeten sah er vor seinem inneren Auge die steinerne Statue seines Vaters. Einsam und von allen verlassen, bekam sie hin und wieder an Frühlings- oder Sommerabenden allein den Besuch von einigen Vögeln, die in der trostlosen Verlassenheit mit den toten Augen und den stummen Lippen aus Stein geheimnisvolle Zwiesprache hielten.

Wie Gudú vorhergesehen hatte, kam Usurpino mit dem Rest seiner Truppen aus der Schlucht geprescht, als der Großteil seiner Soldaten bereits niedergemetzelt auf dem Felde lag. Erst als sie Gudús Männer – die ebenfalls große Verluste erlitten hatten – für leichte Beute hielten, brachen sie aus der Todesschlucht hervor, fielen über sie her und gerieten so in die tödliche Falle. Gudú hatte ihnen den Rückweg abgeschnitten, und der Kampf entbrannte nun in seiner grausamsten Form. Das erste Licht des Tages drängte die Niederlage in das weite Land der langen Nächte ab, und zwischen den zerschundenen Leibern, dem Blut und den Toten zog der Sieg Gudús über Usurpino herauf.

Gudú ritt über das Schlachtfeld. Neben ihm trabte, blutbefleckt, Nobel durch die nur vom Morgenwind unterbrochene Stille. Das ganze Ausmaß der gegnerischen Niederlage bot sich ihren Blicken dar. Zu seinen Füßen sah er den alten Tuso tot am Boden liegen. Ein Frösteln lief ihm über den Rücken, und großer Schmerz erfüllte ihn, als er sah, daß neben dem auf dem Rücken liegenden Tuso ein jüngerer und kräftigerer Mann mit aufgeschlitztem Hals lag. In diesem Augenblick sah Nobel nur zwei Männer, zwei Brüder, die sich im Moment des Todes aneinandergeklammert hatten; die Hand des Jüngeren in die blutigen Kleider des Älteren gekrallt, die Hand des Älteren lag kraftlos, beinahe liebevoll, auf der Stirn des Jüngeren.

»Seht nur, Herr«, sagte er mit rauher Stimme. »Sie waren Brüder, und sie haben sich geliebt.«

Gudú hörte jedoch seine Worte nicht. Nobel sah ihn seinem Pferd die Sporen geben und die Verfolgung zweier Gestalten aufnehmen, die im Frühnebel in Richtung Fluß zu entkommen suchten. Er wußte, wer die beiden waren, und er wußte, was seine Pflicht war. Und so folgte er seinem Bruder, zerrissen von tausend widersprüchlichen Empfindungen. Als er das Ufer erreichte, hörte er den Klang aufeinandertreffender Schwerter, und er sah Gudú und Anzius verbissen gegeneinander kämpfen, wie nur zwei Brüder sich auf dieser Welt bekämpfen können.

Nobel spähte suchend umher, bis er das Pferd des anderen Bruders entdeckte. Fast gleichzeitig erblickte er im Schilf einen Schatten, der wie eine Schlange davonglitt, und wußte, daß dies der jüngere der Vulgaros war. Eben noch zur rechten Zeit konnte er sich auf ihn werfen und verhindern, daß die verräterische Lanze sich in Gudús Rücken bohrte. Sogleich war er über ihm und hob das Schwert, um sein Leben zu beenden, als er in Furzius' Augen die unendliche Verzweiflung sah. Er senkte den Arm; Furzius war unbewaffnet und klammerte sich an ihn, wie Usurpino sich an seinen Bruder Tuso geklammert hatte. Eine große Kälte ließ Nobel innehalten, und dann vernahm er die Stimme des kleinen Vulgaro, die ihm zum erstenmal nicht wie die Stimme einer widerwärtigen, abscheulichen Kreatur vorkam, sondern wie ein Ruf des eigenen Blutes, das Pochen in den eigenen Adern des verborgensten Teil seines Seins.

»Laß mich leben, Bruder.«

Doch schon näherte sich hämmernder Hufschlag, Gudús Streitroß schleifte Anzius' geköpften Leichnam an einem Bein hinter sich her. Der König sprang vom Pferd und kam über sie, als hätte der Himmel eine neue Nacht geboren. Das Schwert des Mannes, der ihnen allen das Leben geschenkt hatte, bohrte sich in Furzius' Herz.

Danach drehte Gudú sich zu Nobel um und lächelte. Gesicht und Hände waren blutbespritzt, und in seinen Augen lag ein Glanz, den weder das Licht der Nacht noch das Licht des Tages seinem Blick hatten jemals entlocken können.

»Zögere niemals, mein Bruder. Sonst töten sie dich oder töten sie mich.«

Und diese Worte – so klar klangen sie in der frühen Morgenluft, als stünden sie am goldenen Himmel geschrieben – waren keine Bitte; sie waren eine Warnung.

3

Es war lange her, daß die Soldaten von Olar die Freuden einer siegreichen Schlacht genossen hatten. Während der letzten Jahre von Volodius hatten sie ihre Kräfte in nutzlosen Schlachten verschlissen; Schlachten gegen einen verborgenen Feind, der zwar zahlenmäßig unterlegen, dafür aber um so grausamer war und ihnen die Trunkenheit des Sieges oder den Rausch des Plünderns stets verwehrt hatte.

Und so war der ebenso ersehnte wie unmögliche Einzug in die legendäre Todesschlucht und die anschließende Zerstörung von Usurpinos Reich eine vollkommen neue Erfahrung für die Jüngeren und eine fast vergessene für die Älteren. Nun lösten Freischärler und Soldaten Gudús Versprechen ein und befriedigten ausgiebig ihr Verlangen nach Beute und Tod. Was einmal das unbezwingbare, geheimnisumwitterte Schluchtenland gewesen war, hatte sich wenige Tage später in eine verkohlte Ruinenlandschaft verwandelt. Die wenigen, die ihr Leben gerettet hatten, waren voller Entsetzen in die Berge geflohen, und die spärlichen Reste ihrer zerstreuten Herden füllten den Wind, der zwischen den Felsen pfiff, mit einem jämmerlichem Blöken, das wie menschliche Stimmen klang.

Usurpinos Tochter Indra und ein schönes fremdartiges Mädchen in ihrer Begleitung wurden in Ketten gelegt und zu Gudú gebracht. Der König betrachtete eingehend jene, die Tuso als seine zukünftige Gemahlin erkoren hatte. Sie ging auf die dreißig zu, war dick und starr vor Schreck, und ihre roten Zöpfe hingen zerzaust über den Fetzen ihrer Kleider.

»Ich wüßte nicht, wem eine solche Hexe gefallen sollte«, sagte der König.

Indras Augen sprühten Feuer, und sie spie Gudú ins Gesicht. Der wischte den Speichel gelassen ab und wandte sich an den Anführer der Freischärler, in dessen Augen ein Feuer brannte, das der König schon kannte.

»Wenn sie dir zusagt, nimm sie dir«, sagte er.

Yahek ließ sich das nicht zweimal sagen und schleifte sie an ihren Ketten hinaus. Das andere Mädchen war jünger, trug lange schwarze Zöpfe und sich zu den Schläfen hin verengende Augen. Ihre Haut war von kupferner Farbe und ihre ganze Gestalt von einer fremdartigen wilden Schönheit. Nobel erinnerte sie an die Prinzessin der Teuflischen Horden, und er erkannte in ihr dieselbe Rasse.

»Wer bist du?« fragte Gudú mit etwas milderer Stimme.

Das Mädchen gab jedoch keine Antwort, und der junge König verlor die Geduld.

»Nun gut«, sagte er. »Bindet sie an einen Baum, derweil ich mir überlege, was ich mit ihr anfange.«

Da trat Nobel zu seinem König und sprach:

»Sie ist eine Frau der Steppe, Herr. Etwas an ihr sagt mir, daß sie von hoher Abkunft ist, möglicherweise von Usurpino gefangengehalten wurde. Denkt daran, daß sie Euch großes Unglück bringen kann. Eine solche Frau war das Verderben Eurer Mutter und wäre es fast auch für Euch selbst geworden. Wenn Ihr sie bei Euch haltet, wird sie Euch großen Schaden zufügen. Mein Gefühl sagt mir, daß wir uns von ihrer Rasse fernhalten, nicht mit ihr in Berührung kommen sollten. Sollen sie in ihrem Land bleiben und wir in unserem! Die Steppe ist für Menschen unserer Rasse nicht gemacht, und über den Großen Fluß würden wir niemals kommen. Nicht einmal unserem Vater ist das gelungen. Aber tötet sie nicht! Laßt sie leben und zu den Ihren zurückkehren! So gewinnt Ihr ihre Dankbarkeit und erreicht damit vielleicht, daß ihre Überfälle auf unser Land für immer aufhören.«

»Nein, nein«, antwortete Gudú. »Wenn es stimmt, was du sagst, sehe ich das einzig vernünftige Vorgehen darin, eine abschreckende Strafe an ihr zu vollziehen.«

Der Magier, der sich auf Gudús Befehl im Hintergrund gehalten hatte, trat nun vor Schrecken zitternd vor und sprach:

»Nein, mein König, tut das nicht! Glaubt mir, nach meiner Kenntnis von bestimmten Dingen muß ich Euch sagen, daß Ihr diese Frau nicht töten dürft. Viel besser ist es, wie Euer Bruder sagt, sie zu ihren Leuten heimkehren zu lassen.«

»Ich habe jetzt genug davon, mir eure Dummheiten anzuhören«, rief Gudú verärgert. »Und zum Beweis, daß ich entschlossen bin, mit jeder Art von Aberglauben aufzuräumen, erkläre ich diese Frau zur Hexe. Dem Brauch unseres Landes folgend, befehle ich, sie lebendig zu verbrennen und ihre Asche in der Steppe auszustreuen. Ihre Stammesbrüder werden meine Warnung verstehen. Wohin mein Schwert und der Schall meiner Stimme reicht, sollen die Menschen wissen, wer König Gudú ist.«

Und solche Berauschtheit und Anmaßung klangen in seinen Worten, wie sie es nie zuvor erlebt hatten.

Vergebens suchten Nobel und der Magier ihn milde zu stimmen. Noch am selben Tag gab er Befehl, Reisig und Holzscheite um den Baum aufzuschichten, an den das Mädchen gebunden war. Dann fragte er:

»Sag mir deinen Namen, dann wirst du vielleicht gerettet.«

Doch als er sah, daß sie weiterhin schwieg, befahl er zwei Männern, Feuer an das Holz zu legen. Knisternd züngelte das Feuer hoch, dichter schwarzer Rauch hüllte das Mädchen ein. Nobel gab seinem Pferd die Sporen und galoppierte zum Fluß, doch Gudú bemerkte es nicht einmal. Er schaute kaltblütig zu, wie die Flammen sich an den Kleidern jenes rätselhaften, unerschütterlichen Wesens hinauffraßen. Da erst ließ ein unheimlicher, gellender Schrei ihren Leib aufzucken, und mit einem Blick, der Gudú wie ein Blitz aus dräuender Gewitterwolke traf, heulte sie die Worte, welche die Luft bis über die Grenzen der Steppe hinaus erzittern ließ:

»König Gudú, dein Untergang wird erbärmlich sein!«

Dann verschlangen sie die Flammen, und nichts blieb von ihr als ein Häuflein Asche und verkohlter Knochen.

»Sammelt sie auf und bringt sie zu mir«, befahl der König.

So taten sie, legten sie in eine Urne und brachten sie ihm. Gudú betrachtete sie mit großer Aufmerksamkeit, rieb sie zwischen den Fingern und zerbröselte sie. Zum Schluß schleuderte er sie heftig von sich und rief, lächelnd zwar, doch mit wild blitzenden Augen:

»Wir reiten zur Steppe!«

Yahek war ein kräftiger Mann mit kahlem Schädel, über seine Brust verlief eine gewaltige Narbe. Er ging in Wolfsfelle gehüllt, und seinen Hals zierte ein kupferner Ring mit Wildschweinhauern. Von Anfang an schien Gudú eine merkwürdige Faszination für ihn zu empfinden; was natürlich nicht hieß, daß er die Wirklichkeit um ihn her darüber nur eine Sekunde lang vergaß. Doch die unendliche Wißbegierde nach fremden Menschen und fremden Ländern, die er von seinem Vater geerbt hatte, wurde immer übermächtiger in ihm. Das ging so weit, daß er nach seinem Entschluß, bis in die Steppe vorzudringen, die Einwände von Nobel und dem Magier in den Wind schlug, und sich statt dessen an Yahek wandte. Von ihm wollte er wissen, da dieser schon an der Seite seines Vaters gegen die Horden gekämpft hatte, was er von jenen Menschen wußte.

An die hundert Männer, die von den Freischärlern überlebt hatten, sowie die Reste der Soldaten kampierten in den Ruinen dessen, was vorher die Burg König Usurpinos und davor König Argantes gewesen war. Sie hatten dort reiche Schätze vorgefunden, und obgleich Gudú den größten Teil in Truhen aufzubewahren befahl, überließ er seinen Männern einen großzügigen Anteil und die Beute aus den Plünderungen, wie es Brauch war. Das stellte sie zufrieden. Baron Ingrimm war getötet worden, nicht aber sein jüngerer Bruder, der edle Jovelino, ein ebenso tapferer wie beschränkter junger Mann, der Gudú nun mit hündischer Bewunderung überallhin folgte, obwohl er fast doppelt so alt war wie der König.

Nach zwei Tagen hatten sie die versprengten Herden wieder

eingefangen, und da Gudú nicht vergessen hatte, Wein von Olar mitzubringen, feierten sie nun ausgiebig ihren Sieg und vergaßen darüber die Zeit. Es gab noch viel zu suchen und zu finden, denn die besten Dinge befanden sich unter der Erde. Doch nach und nach wurden die Funde geringer, und aus den Gemäuern und den Felsen kamen abgezehrte Geschöpfe zum Vorschein: die überlebenden Bewohner des Schluchtenlandes. Alle wurden gefangengenommen und zusammen mit den in Gefangenschaft geratenen Soldaten in einen runden Palisadenpferch gesperrt, den Gudú eigens für diesen Zweck hatte errichten lassen. Nun trat Yahek zu ihm und sagte:

»Herr, erlaubt mir, das Wort an Euch zu richten. Ich habe mit meinen Männern gesprochen, und wir sind zu dem Entschluß gekommen, daß wir das unstete Leben, immer im Sold eines anderen Herrn und ohne weitere Aussichten, aufgeben wollen, so Ihr dies gutheißt. Nachdem wir gesehen haben, wie Ihr ein Heer führt und wie großzügig Ihr Euch erweist, würden wir uns glücklich schätzen, die Reihen Eurer Streitmacht zu verstärken, die unserer Ansicht nach von Grund auf erneuert werden muß. Und noch etwas habe ich Euch zu sagen. Ich habe mit jenen Unglücklichen dort gesprochen« – dabei deutete er auf die Gefangenen – »und festgestellt, daß sich unter ihnen, verwundet und halb verhungert zwar, viele junge Männer befinden, die gut genährt und in etwas bessere Kleider gesteckt, brauchbare Krieger für Euer Heer abgäben. Denn wie ich gehört habe, hatten sie für ihren früheren König nicht viel übrig, ebensowenig für den, den Ihr jetzt besiegt habt. Allein um den Preis von regelmäßiger Verpflegung und einem Leben im Schutz eines Heerführers, wie Ihr es seid, ließen sie sich für ihren König töten.«

Gudú schaute ihn eine Weile versonnen an.

»Laß mich über deine Worte nachdenken«, sagte er schließlich. »Morgen will ich dir eine Antwort geben.«

Diesmal beriet er sich mit Nobel über das, was Yahek ihm vorgeschlagen hatte.

»Herr«, sprach der Prinz, »der Gedanke scheint mir nicht

schlecht zu sein. Ich glaube, daß diese Leute Euch mehr von Nutzen sind, so wie Ihr es mir dargelegt habt, als wenn Ihr sie töten oder Hungers sterben laßt. Außerdem muß das Heer verstärkt werden, und dann sollten wir nach Olar zurückkehren. Länger hierzubleiben kostet Euch nur Zeit und bringt keinen Nutzen. Vergeßt nicht, daß Prinzessin Naivia auf dem Weg ist und Ihr in Olar sein solltet, um sie zu empfangen. Darüber hinaus erwarten Euch Eure Mutter und das ganze Volk voller Angst und Ungeduld.«

»Ich habe schon Boten mit der Nachricht unseres Sieges losgeschickt«, erklärte Gudú mit mürrischer Miene. »Aber wir sollten nicht heimkehren, bevor wir nicht zu dieser Steppe geritten sind, die mich vor Neugier fast um den Verstand bringt. Hör zu, Bruder, ich werde den Steppenreitern, die uns immer wieder angegriffen haben, auf den Pelz rücken und ihnen eine solch gründliche Lektion erteilen, daß uns von dieser Seite nie mehr Gefahr drohen wird.«

»Herr, ich widerspreche Euch nur ungern, aber Ihr wißt nicht, was Ihr da sagt. Die Steppe ist endlos, niemand weiß, wo sie aufhört, und über den Großen Fluß ist noch kein Mensch hinausgekommen. Nur bis dorthin hat sich unser Vater bei seiner letzten Schlacht vorgetraut, und das hat, wie Ihr wißt, nichts Gutes gebracht … Außerdem solltet Ihr unseren alten Lehrer heimkehren lassen. Wenn Ihr seht, wie bleich und abgezehrt er ist, werdet Ihr erkennen, daß er weder in dem Alter noch in der körperlichen Verfassung ist, sich an einem Ort wie diesem aufzuhalten. Er fleht Euch an, ihn nach Olar zurückkehren zu lassen, von wo er niemals fortgewollt hat.«

»Er bleibt so lange bei mir, wie ich ihn brauche«, antwortete Gudú mit scharfer Stimme. »Und was ich von der Steppe gehört habe, ist dasselbe, was ich immer von der Todesschlucht gehört habe. Und du siehst, wie leicht es für mich war, sie zu überwinden. Also, bevor ich die Steppe nicht mit eigenen Augen vor mir sehe, glaube ich nichts.«

Anderntags teilte er Yahek mit, er nehme seinen Vorschlag an.

Alle halbwegs gesunden und jungen Männer innerhalb der Palisade konnten es daraufhin kaum abwarten, sich Gudús Befehl zu unterstellen. Frauen und Kinder befanden sich auch in dem Pferch.

»Was machen wir mit ihnen?« fragte Yahek.

Gudú dachte kurz nach und sagte:

»Ich nehme an, unsere Männer wären nicht unglücklich, wenn einige dieser Frauen mit ihnen zögen. Wen ihr nicht brauchen könnt, tötet ihr oder jagt ihn davon. Da draußen sterben sie von allein.«

»Guter Vorschlag«, lächelte Yahek. »Unter all dem Schmutz und den Lumpen dürfte sich wohl noch die eine oder andere hübsche Weibsperson verbergen.«

Gudú kicherte, dann sagte er mit ernster Miene:

»Yahek, sprich die Wahrheit und sag mir, ob die Steppe so ist, wie sie mein Bruder Nobel und all die anderen immer wieder beschreiben.«

Yaheks Miene verfinsterte sich.

»Herr«, sagte er schließlich, »die Steppe ist das große Unbekannte. Ich kann Euch jetzt gestehen, daß meine Mutter von dort stammt, aber gefangengenommen wurde vom Herzog Arisankoel, den König Volodius später vernichtet hat. Einer seiner Soldaten jedoch ist mein Vater. Meine Mutter hat nie mit mir über das Land ihrer Herkunft gesprochen. Ein einziges Mal hat sie erwähnt, daß die Steppe kein Ende habe und die Männer dort grausamer seien als wilde Tiere. Und auch daß kein Mensch aus dem Westen darin überleben kann. Mehr erzählte sie nicht, aber seid versichert, daß sie die Wahrheit sprach.«

»Nun«, entgegnete der König, »ich denke, es ist an der Zeit, daß wir uns die Steppe einmal ansehen.«

Für einige Tage blieben sie noch. Gudú formierte die Überlebenden seines Heeres neu, und Yahek unterwies die ehemals Gefangenen im Gebrauch der Waffen. Sie blieben zwar noch unter Bewachung in der Palisade, aber man entzündete ein Feuer für sie und gab ihnen zu essen, und bald schon lebten einige der Frauen mit Gudús Kriegern zusammen.

Allein der Magier und Nobel machten betrübte Gesichter und verzehrten sich jeden Tag mehr nach der Heimat. Als es endlich so weit war, daß ein halbwegs brauchbares Heer mit einem ungewöhnlichen Gefolge von Frauen, Ziegen, Kindern und Gerätschaften sich zum Aufbruch anschickte, kamen schweißverklebt und halb verdurstet zwei Boten der Königin ins Lager geritten. Sie hatten das Heer mehrere Tage lang gesucht, und überbrachten Gudú folgende Botschaft:

»Unsere Herrin, die Königin, bittet Euch, Majestät, nach Olar zurückzukehren, denn die Euch zur Gemahlin versprochene Prinzessin ist eingetroffen und erwartet sehnlichst die Hochzeit mit Euch.«

»Wie ist das möglich?« rief Gudú verwundert. »Die Reise sollte doch dreißig Tage dauern!«

»Dreißig Tage und mehr haben wir hier zugebracht«, erwiderte Nobel. »Die Zeit ist Euch nur kürzer vorgekommen. Ich bitte Euch, kehren wir nach Olar zurück, das ist für alle das Beste und auch das Geziemende.«

Die Nachricht kam Gudú höchst ungelegen.

»Laß mich nachdenken«, murmelte er. Er ging allein zum Fluß hinunter, und als er zurückkam, sprach er zu Nobel: »Mir fällt nur eine Lösung ein. Da ich nicht bereit bin, umzukehren, bevor ich mit eigenen Augen die Steppe gesehen und mir eine Meinung darüber gebildet habe, andererseits aber heiraten muß, um die legale Nachfolge antreten zu können, die uns so wichtig ist, könntest du mit dem Magier und einer kleinen Eskorte – einer sehr kleinen Eskorte, denn wir brauchen hier jeden Mann – an meiner Stelle zurückreiten. Ich gebe dir ein von mir unterzeichnetes und versiegeltes Dokument mit, das dich ermächtigt, Prinzessin Naivia an meiner Statt zu ehelichen. So halten wir sie am Hof zurück, ohne daß sie des Wartens überdrüssig wird und wieder abreist. Wir wissen ja, wie ungeduldig und launisch die Frauen manchmal sind. Und sobald du mich in Vertretung mit der Prinzessin vermählt hast, kommst du eiligst zu mir zurück, denn ohne dich will ich nicht in das Steppenland einmarschieren. Aber einmarschieren werde ich, dessen sei gewiß. Also befolge nun meinen Befehl ohne Zögern und laß keinen Tag länger verstreichen als unbedingt nötig, denn du weißt, daß Geduld nicht zu meinen größten Tugenden zählt.«

Alle wußten, daß dem nichts mehr hinzuzufügen war. Gudú brach mit seinen Leuten zum Rand der Steppe auf, wo sie lagerten und darauf warteten, daß Nobel zurückkehrte.

Dieser machte sich mit dem Magier, den beiden Boten und vier Soldaten auf den Weg nach Olar. Tief in seinem Herzen fühlte Nobel etwas, das er noch nie zuvor empfunden hatte. Es war wie ein Gefühl von Schuld, etwas, das sein Gewissen bedrückte wegen eines Vergehens oder eines groben Fehlverhaltens, das er nicht benennen konnte, weil er den Namen nicht kannte.

4

Bevor Prinzessin Naivia in Olar eintraf, hielt Königin Ardid, die jede Einzelheit im Auge behielt, es für an der Zeit, die Nixe Undine ans Werk gehen zu lassen. Also ließ sie ihr durch den Kobold ausrichten, sie solle sich in Gudús Heerlager begeben und dort, wie vereinbart, mit ihrer Verwandlung beginnen. Da die Prinzessin die erste Frau seines Lebens ist, sagte sie sich, und überdies so schön anzusehen, wäre es nicht gut, wenn Gudú sich in sie vernarrte und damit unsere Pläne gefährdete. Immerhin kennen wir von Prinzessin Naivia nicht mehr als ihr Bildnis, so daß man nicht ausschließen kann, daß sie nur mittelmäßig begabt und voller Ränke ist, launisch, anspruchsvoll und ehrgeizig vielleicht. Gudú wird sich zwar nicht in sie verlieben können, aber sie könnte ihn auf unzählige andere Arten und Weisen von wichtigen Dingen abhalten; mit einem so niedlichen Gesichtchen sollte ihr das nicht schwerfallen. Ihre Augen strahlen zwar eine sehr sonderbare Unschuld aus, dennoch liegt etwas darin, das mir ein ungutes Gefühl verursacht. Ich kenne keine andere Frau mit einem solchen Blick. Und zur Genüge weiß ich selbst, daß sich hinter Unschuld oft genug Durchtriebenheit verbirgt, wenn nicht sogar unheilvolle Absichten.

So dachte die Königin und hielt die Ablenkung, die Undine ihrem Sohn bieten konnte, für ausgesprochen nützlich. Denn trotz ihrer Klugheit und Umsicht wußte sie nichts von den kleinen Fluchten ihres Sohnes, und ihr war vollkommen entgangen, daß er auf diesem Gebiet bereits über eine beträchtliche Erfahrung verfügte.

Seit Gudú sie der Gegenwart ihres getreuen Lehrers, des Magiers, beraubt hatte, waren Ardid und der Kobold so gut wie unzertrennlich. Und da der König seinen Weinkeller hatte leeren lassen, in dem der Kobold stets soviel Freude gehabt hatte, schlich dieser nun betrübt und mit hängendem Kopf durch die Gemächer der Königin und mußte sich mit kleinen Schlucken aus den Reservebeständen zufriedengeben, von denen Ardid und Almandin ihn gelegentlich kosten ließen. Der Zustand seiner schon etwas besorgniserregende Ausmaße annehmenden Unreinheit stabilisierte sich unter den gegebenen Umständen zwar, sein sprühender Witz aber verdorrte zusehends, und er saß oft stundenlang in der Glut des Kaminfeuers, lauschte den Worten der Königin oder spielte mit ihr Karten; doch das hatte nicht viel Sinn, da der Kobold die Karten von Ardid und Almandin immer durchschauen konnte und daher nur wenig Freude am Spiel hatte.

»Mein Lieber«, sagte die Königin manchmal zu ihm, »warum gräbst du dich nicht ein wenig durch die Erde wie früher? Ich fürchte, deine Fähigkeiten rosten allmählich ein, wenn du die Angewohnheiten der Menschen annimmst und seßhaft und schweigsam wirst. Vielleicht solltest du einmal den südlichen Ländern wieder einen Besuch abstatten. Und obwohl ich dir einen solchen Rat nicht geben dürfte: Streune ein bißchen in den Weinbergen umher, das wird dich aufmuntern.«

»Die Zeit der Weinlese ist noch nicht gekommen«, sagte der Kobold. »Was sollte mir so eine Reise also bringen?«

»Aber in den Burgen dort gibt es doch Weinkeller«, beharrte die Königin, obwohl sie wußte, daß es nicht recht war, so zu sprechen.

»Nein«, antwortete der Kobold, »die Weinkeller sind alle leer, weil der König von Olar sämtliche Fässer abholen ließ. Das ist seit Volodius' Zeiten so. Der eine oder andere Baron mag ein Faß versteckt haben, aber ich kann Euch versichern, daß Gerechtigkeitssinn und Freundschaftsempfinden es mir verbieten, eine solche Gemeinheit zu begehen.«

Doch dies alles waren nur Ausreden, und die Königin wußte es. In Wahrheit war die Unreinheit des Kobolds sehr viel weiter fortgeschritten als auf den ersten Blick erkennbar, und dies war mehr seiner wachsenden Herzenswärme zuzuschreiben als der Liebe zum Wein.

Als Ardid ihn anwies, Undine aufzusuchen, sagte der Kobold seufzend: »Ich werde es tun, verlaß dich auf mich. Aber ich befürchte, daß sie befremdliche Eigentümlichkeiten an mir bemerken wird und mich vielleicht sogar nicht einmal mehr erkennt. Und noch mehr befürchte ich, daß die Dame des Sees meiner ansichtig wird; obwohl ich eigentlich sicher bin, daß sie zur Zeit mit den Eisbergen des Nordens beschäftigt ist. Wie auch immer, ich werde tun, was du mir sagst und wann du es willst.«

»Wenn meine Berechnungen stimmen«, sagte Ardid, »steht der Mond in drei Nächten günstig, von heute an gerechnet.«

»Gut, dann werde ich zu diesem Zeitpunkt die schöne Undine aufsuchen.«

So tat der Kobold und stellte angstvoll fest, daß seine Hände beim Graben zitterten und er viel langsamer vorankam, als in früheren Zeiten. Am Ende jedoch spürte er die Feuchtigkeit des Wassers, ließ sich durch schlammige Tunnel gleiten und landete schließlich auf dem schwarzgrünen Grund des Sees.

Undine war gerade dabei, einen neuen Jüngling mit Maraubinenlorbeer zu krönen. Es war ein Junge mit langen blonden Haaren, seine Augen waren geschlossen. Er mochte etwa zwölf Jahre alt sein. Als Undine den Kobold erblickte fragte sie:

»Was ist denn dir widerfahren, Kobold?«

»Was soll mit mir sein?« fragte er mit flatternder Stimme.

»Ich weiß nicht – sehe ich dich nicht deutlich? Du bist irgendwie verschwommen.«

»Vielleicht glänzt der Mond zu hell«, sagte der Kobold des Südens. »Oder ein Boot bewegt die Wasseroberfläche.«

»Nein«, antwortete Undine, »seit so viele Jünglinge verschwinden, trauen sich die Leute nicht mehr mit Booten auf den See. Du hast doch sicher gesehen, daß die Ufer voll sind von verrottenden Booten. Manchmal läßt ein Kind noch ein Schilfschiffchen oder eine Nußschale ins Wasser.«

»Na gut, meine Schöne. Wie ich sehe, bist du ganz allein. Deine Großmutter ist nicht zufällig in der Nähe?«

»Nein, die hat viel Arbeit mit den Eisbergen und ist in den Fjorden beschäftigt.«

»Ah, gut.« Der Kobold war erleichtert. »Du erinnerst dich doch sicher an den Vorschlag, den ich dir vor einiger Zeit gemacht habe.«

»Nein, daran erinnere ich mich nicht mehr«, sagte sie.

Der Kobold mußte ihn Wort für Wort wiederholen, während sie anmutig über ihren Jünglingsgarten dahinschwebte und eine Kielspur glitzernder Bläschen hinterließ.

»Wie schön, wie schön!« rief sie. »Es ist ein großes Glück, einen Freund wie dich zu haben, obwohl du in letzter Zeit irgendwie merkwürdig bist.«

»Gut, wenn du bereit bist; der Augenblick ist gekommen.« Der Kobold reichte ihr eine blaue Phiole, die den Trank enthielt. »Trink aber nicht eher davon«, warnte er sie, »bis du den Kopf aus dem Wasser gehoben hast, denn andernfalls wirst du ertrinken wie diese Dummköpfe da.«

»Du bist ein süßer Fratz«, sagte Undine. »Sag mir nur, wohin ich gehen muß und um wen es sich handelt.«

»Du mußt den geheimen Quellen in östlicher Richtung folgen, bis du an die Grenze der Steppe gelangst, wo die Windrose sich biegt.«

»Oh, das ist leicht. Meine Großmutter hat dort vor wenigen Jahrhunderten erst eine Quelle eingerichtet.«

»Genau dort suchst du das Heerlager von König Gudú.«

»Von dem habe ich schon gehört«, sagte Undine. »Hübsch soll er nicht gerade sein.«

»Unsinn«, erwiderte der Kobold, »nach menschlichen Maßstäben ist er ein patenter Bursche. Wenn du erst einmal ihre Gestalt angenommen hast, wirst du ihn ganz appetitlich finden. Doch selbst wenn nicht; du kennst die Vereinbarung.«

»Ja, ich kenne die Vereinbarung, und ich werde mich daran halten. Die Verlockung ist viel zu groß.«

»Und es gibt dort«, fügte der Kobold verschwörerisch hinzu, »noch viele andere junge Burschen; einer hübscher als der andere. Du kannst mit ihnen anstellen, was du willst, meine Süße. Vergiß nur nicht, alle zehn Tage deine Erscheinung zu verändern. Dann macht das Ganze nämlich noch viel mehr Spaß.«

»Das will ich gern glauben«, sagte Undine und schlängelte sich lustvoll durch die Maraubinen. Der Mond über ihnen tauchte das Dach des Sees in ein smaragdenes Grün.

»Eines muß ich dir noch sagen, meine Süße«, hielt sie der Kobold zurück, der plötzlich ein schlechtes Gewissen bekam. »Hör zu; du hast dich darauf versteift, von jungen Männern geküßt und gestreichelt zu werden, weil dir das als das höchste Glück erscheint. Doch wie ich durch Schlüssellöcher beobachten und in Schlafgemächern mit ansehen konnte, haben die Menschen in der Liebe seltsame Angewohnheiten.«

»Um so besser!« rief Undine. Ihre Augen schimmerten wie bleiche Saphire. »Dann wird es noch vergnüglicher.«

»Noch etwas«, sagte der Kobold, um sich jeder Gewissenslast zu entledigen. »Trage Sorge, daß du dich in keinen der Menschen verliebst.«

»Was ist verlieben?«

»Ich sagte dir schon, es ist schwierig zu erklären. Um dir eine Vorstellung davon zu geben, möchte ich dich daran erinnern, was mit der kleinen Seejungfrau geschah; der Tochter des Nordmeerkönigs … weißt du noch? Sie wollte Mensch werden, weil sie sich in einen schwarzäugigen Prinzen verliebt hatte.«

»O ja«, sagte Undine. »Die Geschichte hat mir meine Großmutter oft erzählt.«

»Nun, dann weißt du ja, welch schlimmes Ende die Meerjungfrau genommen hat. Und laß dir noch einen letzten Rat geben! Falls du dich dennoch verliebst, versuch nicht, eine der Ihren zu werden; versuch immer, ihn mit zu dir zu nehmen!«

»Ich werde es nicht vergessen, du süßester aller Kobolde.«

Flink und geschmeidig wie ein goldener Blitz verschwand sie in Richtung der geheimen Ströme, die zur Quelle des Ostens führten, an der Grenze der endlos weiten Steppe.

Als sie fort war, kehrte der Kobold nach Olar zurück. Da er die Königin schlafend vorfand, wartete er den Tagesanbruch im Kamin ihres Zimmers ab.

»Geliebte Dame«, sagte er und sprang auf ihr Bett, kaum daß sie die Augen aufgeschlagen hatte, »der Auftrag ist ausgeführt, und Undine hat sich voll der besten Vorsätze auf den Weg nach Osten gemacht. Ich muß sagen, ich habe schon viele dumme Nixen gesehen, aber noch keine so dumme wie diese.«

»Um so besser«, meinte die Königin zufrieden. »Dummheit ist meistens gefährlich, aber in diesem Fall ist sie unser bester Trumpf.«

XI

DER BAUM DER SPIELE

I

Prinzessin Naivia traf ein, als im Königreich Olar der Winter allmählich dem Frühling wich. Kurz vor ihrer Ankunft – ungefähr zu der Zeit, als das Schiff ihres Vaters, von den nordischen Fjorden kommend, den Großen Fluß hinabfuhr – legte sie an einer Stelle in den Wäldern an, die schon zu jenem Gebiet gehörten, die Volodius in früheren Zeiten erobert hatte.

Es waren undurchdringliche finstere Wälder, und die Menschen dort lebten in ständiger Furcht. Geschichten über Erscheinungen und Hexenkult waren im Umlauf, von Gnomen und Kobolden, die der menschlichen Natur feindlich gesinnt waren. Es gab dort nur vereinzelte, weit auseinanderliegende Gehöfte, und ihre Bewohner waren wortkarge, primitive Leute, die König Volodius – von seinem Sohn Gudú hatten sie noch nicht einmal gehört – ebenso haßten wie die Piraten des Nordens, die hin und wieder in die Wälder eindrangen, und ihre Dörfer plünderten und brandschatzten. Die Piraten – bärtige Kerle mit blonden Haaren und langen Zöpfen – waren eine ausgesprochene Plage in jener Gegend, weshalb schon Volodius eine kleine Garnison errichtet hatte, die von Herzog Simonork befehligt wurde. Der Herzog war ein Mensch von wenig friedlichem Aussehen und mehr als rauhem Gebaren, der auf seiner Seite des Flusses – der endgültig nördlichsten Grenze des Reiches von Olar – einen tyrannischen Frieden aufrecht hielt.

Es war allein der geographischen Lage geschuldet, daß Simonork damit beauftragt wurde, die Prinzessin zu empfangen. Sobald ihr Schiff anlegte, sollte er sie mit allen Ehren an Land in Empfang nehmen und dafür sorgen, daß es ihr und ihrem Gefolge an nichts fehlte. Danach sollte er sie zur Stadt und zum Schloß des Königs von Olar begleiten. So lauteten die seit einiger Zeit schon erteilten Befehle. Doch dann traf ein Bote von Herzog Simonork mit einer sonderbaren Nachricht ein, die Königin Ardid einen Moment lang sprachlos machte. Prinzessin Naivia war erwartungsgemäß über den Blauen Fluß in das Land von Simonork gekommen, hieß es, und dieser hatte alles getan, um den königlichen Befehlen zu genügen. Das Schiff hatte zwar am Ufer festgemacht, doch die Besatzung – einschließlich Prinzessin – schien nicht gewillt, an Land zu gehen. Dabei hatte der Herzog sehr wohl verstanden, daß seine gewohnte Art, Befehle bei seinen Untergebenen durchzusetzen, in diesem Fall nicht angebracht war und auch nur eine schlichte Bitte nicht als wünschenswerte Vorgehensweise angesehen worden wäre. Darüber hatte die Königin, die sehr wohl wußte, mit welche[illegible] es zu tun hatte, ihn hinreichend au[illegible]m gebeten, für den Anlaß ein wen[illegible] und insgesamt gepflegteres Äußeres zur Schau zu[illegible]ellen.

»Und was ist der Grund für diese Weigerung?« fragte die Königin den erschöpften Boten. Er war den ganzen Weg ohne Unterbrechung geritten, da er nur zu gut wußte, wie sein Herr verfuhr, wenn ein Befehl nicht auf die schnellstmögliche Weise ausgeführt wurde.

»Eigentlich gibt es keine Weigerung, Hoheit«, gab der Bote zur Antwort. »Die Prinzessin und ihr Gefolge, das einigermaßen seltsam ist, muß ich Euch gestehen, weigern sich gar nicht, an Land zu gehen. Sie tun es nur nicht.«

»Und wie begründen sie das?« fragte die Königin voller Ungeduld. »Ich nehme doch an, daß der Herzog sie auf vollendete Weise eingeladen hat!«

»Dessen seid versichert, Hoheit. Wir sind alle ganz erstaunt, wie anmutig und liebreizend der Herzog sein kann. Aber sowohl die Prinzessin als auch ihre Leute lachen nur und kommen nicht an Land.«

»Sie lachen?« fragte Ardid befremdet. »Erklär mir das.«

»Ich kann da nicht viel erklären, Hoheit. Wenn mein Herr mit ausgewählten Worten bittet, die Gäste möchten an Land kommen, stehen die Prinzessin und ihre Begleiter an der Reling, bewerfen uns mit den wunderlichsten Gegenständen und, wie gesagt, lachen. Nur einmal hat die Prinzessin gesprochen und gesagt: »Es ist noch Zeit, irgendwann gehen wir an Land.« Seitdem sind aber schon mehrere Tage vergangen, Gebieterin.«

»Und mit welchen Gegenständen werfen sie?« fragte die Königin, die allmählich gar nichts mehr verstand.

»Nun, mit Kuchenstücken, mit Pfirsichkernen oder bunten Glaskugeln wie dieser hier.«

Bei diesen Worten zog der Bote eine kleine blaue Glaskugel aus der Tasche und legte sie in die Handfläche seiner verwirrten Königin.

»Ich glaube«, sagte Ardid schließlich, »ich sollte mich persönlich zu ihr begeben. Vielleicht ist die Prinzessin beleidigt, daß sie nur von einem Herzog empfangen worden ist. Wir haben da möglicherweise einen groben Protokollfehler begangen.«

Ihr kam der Gedanke, daß sie alle – sie selbst eingeschlossen – noch einiges zu lernen hatten, was geschliffene Manieren anging, da sie es diesmal mit einer echten und wahrhaftigen Prinzessin zu tun hatten und nicht mit einer falschen, wie sie eine war. Sie entstammte zwar einer adligen Familie, doch durch ihre Adern rann nicht ein einziger Tropfen königlichen Blutes, sondern nur das eines Junkers, dem Weinanbau und Traubenlese mehr bedeutet hatten als alles andere. Doch dieses Geheimnis konnte sie allein mit ihrem geliebten Magier teilen, und nicht einmal Prinz Almandin kannte ihre wahre Herkunft. Und der Magier, dessen Rat sie in einer Situation wie dieser so dringend gebraucht hätte, befand sich immer noch im Heerlager bei Gudú. Ardid rief daher den Kobold zu sich, um die Frage mit ihm zu besprechen.

»Ich bin in dieser Sache ratlos«, sagte der Kobold des Südens, der seit dem Fortgang des Magiers mutlos und sogar ein wenig furchtsam geworden war. Er streunte nicht mehr durch die Gänge und Korridore des Schlosses, wie er es früher getan hatte, sondern hielt sich die meiste Zeit verborgen, »aber ich werde darüber nachdenken.«

Bald darauf kam er durch den Kamin ins Gemach der Königin gefahren und sagte: »Es gibt in dieser Angelegenheit etwas Unerklärliches. Ich bin allerdings sicher, daß sich keinerlei Groll hinter der Haltung der jungen Prinzessin verbirgt. Sie entspringt wohl eher jugendlicher Unbekümmertheit. Die Sterne stehen in diesem Monat so, daß jede denkbare Konstellation nur das eine besagt: Prinzessin Naivia und ihrem Gefolge geht es gut an Bord ihres Schiffes, und sie haben keine Lust, an Land zu gehen. Einen besonderen Grund gibt es dafür nicht; sie haben einfach nur keine Lust.«

»Ein bißchen viel Unbekümmertheit für eine zukünftige Königin, will mir scheinen«, erwiderte Ardid, die ein wenig von ihrer Fassung zurückgewann. »Andererseits ist sie erst elf Jahre alt, da ist noch viel Zeit, sie in dieser und in vieler anderer Hinsicht zu beeinflussen.«

»Erst elf Jahre?« wunderte sich der Kobold. »Ich habe doch gehört, sie sei schon dreizehn.«

»Das habe ich gesagt«, erklärte Ardid, »weil ich nicht wollte, daß mein Sohn von ihrem kindlichen Alter Kenntnis erhielt. Ich habe den Verdacht, daß er reifere Frauen bevorzugt. Da sie aber eine solche Schönheit und von so reinem Blut ist, durften wir uns die Gelegenheit nicht entgehen lassen. Hier im Schloß und an meiner Seite wird sie ausreichend Zeit haben, die rechte Reife zu erlangen.«

»Das hoffe ich«, sagte der Kobold, doch in seiner Stimme schwang ein Hauch von Zweifel mit.

Die Königin befand sich mitten in den Vorbereitungen ihrer Reise zur künftigen Schwiegertochter, als ein weiterer Bote eintraf; noch schweißüberströmter und noch erschöpfter, falls so etwas möglich war, als der erste. Er brachte die Nachricht, die Prinzessin habe mit ihrem Gefolge das Schiff ganz unerwartet verlassen und befinde sich, geführt von Simonork, auf dem Weg durch die finsteren Wälder am Ufer des Flusses Oser entlang zum Schloß von Olar.

»Fürwahr ein launisches Geschöpf«, bemerkte die Königin

verdrossen und befahl Dolinda, das Gepäck wieder zu öffnen. Die Aussicht auf die Reise hatte sie in Begeisterung versetzt, entsprach sie doch ihrem wahren Temperament, während sie am Hof von Olar nur von der Vernunft und von ihrem Sinn für königliche Würde gehalten wurde. Ganz oft, wenn sie am Fenster saß und in die Ferne schaute, sehnte sie sich nach der verlorenen Freiheit jener Tage zurück, als sie nach Lust und Laune barfuß und mit wehenden Zöpfen durch Wiesen und Weinberge gestoben war.

Von diesem Tage an schien sich eine sonderbare Atmosphäre, etwas wie eine träumerische Brise der Stadt Olar und ihrer näheren Umgebung vor allem nach Norden hin bemächtigt zu haben. Es war etwas Fremdartiges wie ein feines flüsterndes Parfüm, das die Vorhänge vor den Fenstern und an den Wänden zum Aufflammen brachte, das Haar der Damen und aller Kinder in betörende Wallung versetzte und der Luft eine – wie Almandin meinte – musikalische Durchsichtigkeit verlieh.

»Musikalisch?« wunderte sich Ardid mit gerunzelter Stirn. »Almandin, Geliebter, manchmal sagst du wirklich ausgefallene Dinge. Ich habe noch nie gesehen, daß Musik in der Luft liegt.«

»Hoppla, meine Verehrteste«, warf der Kobold ein, der aus reiner Höflichkeit mit der Königin Karten spielte und für den Angesprochenen antwortete, der gedankenverloren und mit leicht geöffnetem Mund dasaß; gewöhnlich eine Folge veschärfter Überlegungen oder absurder Aussprüche, »es gibt viele Dinge, die Ihr noch nie gesehen habt und auch niemals sehen werdet.«

»Wenn du in der Sprache Niemands zu sprechen beabsichtigst, Kobold, werden wir wenig Gelegenheit zur Unterhaltung finden«, sagte die Königin beleidigt.

»Ich habe nicht in meiner Sprache gesprochen, sondern in Eurer«, antwortete der Kobold des Südens und schnippte eine Karte auf den Tisch, die Almandin aus dem Spiel warf. »Ihr solltet vielleicht etwas mehr über Dinge nachdenken, o Königin, die unser Prinz Almandin zu Euch sagt, auch wenn Ihr sie für verschroben haltet. Denn nicht nur für Kobolde, sondern auch für

Menschen gibt es Dinge, die unter ihnen durchaus lebendig sind und die es gibt, die allerdings nur wenige von ihnen sehen oder verstehen. Und unser Prinz ist einer der wenigen Auserwählten … obwohl er mich nicht sehen kann und keinen Mondtau in den Augen hat wie Ihr.«

Die Königin nahm an, der Kobold wolle mit diesen Worten Almandins schlechte Laune heben, weil er ihn beim Kartenspiel ausgestochen hatte. Doch da täuschte sie sich sehr. Und Almandin, der die Umrisse des Kobolds seit einiger Zeit, vor allem in den Abendstunden, schattenhaft wahrnehmen konnte, ließ der rotgoldenen Silhouette ein dankbares Lächeln zukommen.

»Ich frage mich«, fuhr die Königin mit Blick aus dem Fenster fort, »ob die ganze Geschichte nicht ein Auswuchs des nahenden Frühlings ist.«

»Ja«, erwiderte der Kobold. »Als ich unterirdisch durch die Felder des Südens streunte, sah ich, wie sich der Frühling mit aller Kraft durch die Erde drückte. Ich fragte ihn: »Was hast du vor?« Und er antwortete mir: »Ich habe es eilig. Dieses Jahr müssen die Knospen frühzeitig draußen sein. Jemand ist uns hart auf den Fersen.« Wenn ich jetzt darüber nachdenke, hat er vielleicht die Prinzessin mit ihrem Gefolge gemeint.«

Die Königin lächelte verständnisvoll und schwieg. Diese Bemerkungen, über die sich früher geärgert hatte, verursachten ihr in letzter Zeit immer mehr ein leichtes, prickelndes Gefühl von Freude. Meine armen Freunde, dachte sie, werden allmählich alt. Sie warf dem Kobold und dem Prinzen einen liebevollen Blick zu und rief sich mit überfließendem Herzen das alte Antlitz des Magiers vor Augen. Almandin wirkte von den dreien noch am jugendlichsten: Die langen Ringellocken hatten immer noch ihren kupferfarbenen Glanz, und die hellblauen Augen blickten so unschuldig und sanft wie die eines jungen Mädchens. Obwohl er die Vierzig überschritten hatte, hätte man ihn kaum für älter als fünfundzwanzig gehalten. So zumindest sah ihn Königin Ardid.

Als sich die Reisegesellschaft schon dem Nordtor näherte,

verkündeten sechzehn der hübschesten und aufs vornehmste gekleideten Pagen mit schallendem Klang von goldenen Trompeten – die nur zu ganz besonderen Anlässen von den Zinnen der Stadt ertönten – die Ankunft der Prinzessin Naivia, der künftigen Gemahlin des Königs und baldigen Königin aller Bewohner des Königreichs von Olar.

»Es ist sehr gewagt«, bemerkte die Königin, während sie oben auf der Freitreppe den Einzug der Prinzessin erwartete und einen kritischen Blick auf den Faltenwurf ihres Gewandes aus moosgrünem Samt warf, den sie eigens für diesen Anlaß von der Insel Leonia hatte kommen lassen, »daß mein Sohn Gudú die Prinzessin nicht persönlich empfängt. Soweit ich weiß, sind diese blaublütigen Geschöpfe überaus empfindlich (wobei sie unwillkürlich an die Prinzessin auf der Erbse denken mußte). Doch was sollen wir tun? Fünf berittene Boten habe ich bereits ausgesandt, und keiner von ihnen ist bis heute zurückgekommen.«

»Macht Euch keine Sorgen«, flüsterte der Kobold, der dem festlichen Akt zwischen den Falten ihres Gewandes verborgen beiwohnte. »Ich könnte mir vorstellen, daß die Prinzessin es nicht einmal bemerkt. Ihr sollt vielmehr auf andere Kleinigkeiten achten, die sie möglicherweise empören und denen Ihr bislang keine Aufmerksamkeit geschenkt habt.«

»Was meinst du damit?« rief Ardid beunruhigt. »Warum hast du mir das nicht früher gesagt?«

»Ich meine damit nichts Bestimmtes«, antwortete der Kobold. »Es sind nur Dinge, die ich in den Worten des Windes umherhüpfen sehe.«

»Wenn du keine Erklärung für diese Dinge hast, dann schweig lieber still«, schalt Ardid ihn.

In diesem Augenblick befahl Almandin, der für die Ausrichtung der Empfangszeremonie zuständig war, das Stadttor zu öffnen und die Zugbrücke herunterzulassen. Zu beiden Seiten nahm eine Doppelreihe von Soldaten – von den wenigen, die Gudú in der Stadt gelassen hatte, waren hierfür die ansehnlichsten ausgesucht worden – Aufstellung; zu Füßen der Treppe hatten sich alle Pagen, Dienstboten, der gesamte Adel und der Rat der Edlen samt Gemahlinnen versammelt, sterbensneugierig allesamt auf das Erscheinen ihrer zukünftigen Königin.

»Wie man hört«, flüsterte eine der Hofdamen ihrer Nachbarin ins Ohr, »sollen die königlichen Gäste ein höchst sonderbares Verhalten an den Tag legen.«

»Vergeßt nicht«, antwortete ihre Freundin, die etwas versiert in einigen Dingen war, »daß sie von weit her kommen und ihre Kleidung wie auch ihre Manieren sich von den unseren gewiß unterscheiden.«

Eine dritte, etwas rechts von den beiden, bemerkte: »Hoffentlich bringen sie uns neue Kleidermoden mit oder Salben und Öle, um sich schön zu machen. Wie gern würde ich einmal eine neue Haartracht ausprobieren. Ich habe gehört, daß die Prinzessin keine Zöpfe trägt, sondern ihr Haar ganz natürlich über die Schultern fallen läßt.«

»Man sagt ja auch, daß sie weder ihr Gesicht pudert noch Ohrgehänge trägt«, mischte sich eine weitere Hofdame ein. Sie war zu den drei anderen getreten, weil sie deren Getuschel offenbar anregender fand als den Festakt an sich. »Ziemlich empörend, wie sie auftritt.«

»Das schon«, erwiderte die erste, »aber vielleicht können wir in anderen Dingen von ihr lernen. Die wenigen Männer, die unser guter König am Hof gelassen hat, sind entweder alt oder so gebrechlich, daß es von Tag zu Tag schwieriger wird, ihre Aufmerksamkeit auf sich zu lenken.«

In diesem Augenblick kam Herzog Simonork auf dem Rücken seines stolzen Hengstes – den er, Gerüchten zufolge, weitaus mehr liebte als seine acht Töchter, die ihn stets daran erinnerten, daß er keinen Sohn hatte zeugen können – über die Zugbrücke geritten. Seine schneidige Erscheinung betörte alle, die ihn sahen, und erfüllte sie mit Bewunderung. Am Fuß der mit den ersten Frühlingsblumen geschmückten Freitreppe sprang er vom Pferd und vollführte eine etwas ungelenke, doch äußerst draufgängerisch wirkende Verneigung vor der Königin und ihrem Hofstaat.

»Dieser Simonork«, sagte das zweite Hoffräulein, »ist zwar nicht mehr der Jüngste, und hübsch kann man ihn wahrhaftig nicht nennen. Aber wenn er mir den Hof machte, würde ich ihn gewiß nicht abweisen. Ich finde, er ist ein sehr anziehender Mann, auch wenn er nicht die feinsten Manieren hat.«

»Ach, meine Liebe«, sagte jene, die sich zuletzt hinzugesellt hatte, »da seid Ihr nicht die einzige, die so denkt. Er hat etwas, das ihn von anderen Männern wohltuend unterscheidet.«

»Was den Unterschied ausmacht«, erwiderte jene, die die übrigen Hofdamen für die gebildetste und klügste unter ihnen hielten, obwohl vielleicht etwas zu ernst, um es bei Hof zu etwas zu bringen, »ist gar kein Geheimnis. Mit Ausnahme von Prinz Almandin und dem einen oder anderen Soldaten, die hier aber nicht zählen, ist der Herzog der jüngste Mann, den wir seit über einem Monat zu Gesicht bekommen. Seine kraftvolle Gestalt gibt uns erst wieder eine Vorstellung davon, welche Lust es bereiten könnte, einmal nicht nur ein klappriges Knochengestell in den Armen zu halten.«

Die Hofdamen kicherten hinter vorgehaltenen Taschentüchern und harrten der weiteren Dinge.

«Meine Gebieterin, ich habe die große Ehre, Euch mitzuteilen, daß ich die edle Prinzessin Naivia samt ihrem Gefolge ohne nennenswerte Zwischenfälle von den Ufern des Blauen Flusses bis vor die Tore des königlichen Schlosses geleitet habe, in dem Ihr und Euer hochwohlgeborener Sohn noch lange Jahre glücklich und gesund leben möget.«

Dies waren die Worte, die der Pater der Garnison den Herzog mit großer Mühe hatte auswendig lernen lassen. Simonork jedoch, der seit langem keine anderen Frauen als die schmutzigen und zerlumpten Bäuerinnen seines nordischen Vorpostens gesehen hatte, brachte angesichts so vieler prachtvoll herausgeputzter vornehmer Damen nichts anderes über die Lippen als ein unbeholfenes:

»Gebieterin, da kommt die Prinzessin. Ich hab getan, was ich konnte, und das war nicht leicht.«

Glücklicherweise achtete niemand auf seine Worte, da aller Augen auf das Stadttor gerichtet waren, durch das jetzt jeden Moment die Prinzessin ihren Einzug halten mußte. Dies bewahrte ihn zu seiner großen Erleichterung vor den sengenden Blicken der Königin, deren protokollarischer Eifer allseits bekannt war. Der makellose Schwanenhals der schönen Ardid war jedoch – mehr als ratsam gewesen wäre – in eben jene Richtung gedreht, ihre schwarzen Augen blitzten, und ihre Ohren waren gespitzt wie selten zuvor.

Und dann kam hinter Simonorks klobigen Landsknechten die ungewöhnlichste Königliche Leibgarde durch das Tor geritten, die dem staunenden Hofstaat von Olar jemals unter die Augen gekommen war. Nicht einmal jene, die mit dem Reichtum von Leonia vertraut waren, hätten dergleichen in Worte zu fassen vermocht. Ein Hauptmann, der einen prachtvollen Federbusch an seinem Helm trug – schon das war außergewöhnlich, da man am Hof von Olar bis dahin Federn allein zum Schreiben verwendete oder, falls es sich um ein besonders farbenprächtiges Stück handelte, von einem Eichelhäher beispielsweise, höchstens als Schmuck an einem Jägerhut –, führte acht auf Schimmeln reitende Paradesoldaten an. Alle Pferde waren von reinstem Weiß, und einzig Ardids Reittier aus längst vergangenen Tagen hätte es an Glanz und Vortrefflichkeit mit ihnen aufnehmen können. Jeder Soldat war wie ein Fürst gekleidet: schimmernde Rüstung; Halsketten aus blitzenden Edelsteinen; der Helm, der das Gesicht beinahe vollständig verdeckte, glänzte wie getriebenes Silber; die Spitze der langen Lanze funkelte golden im klaren Morgenlicht; am vergoldeten Gürtel hing das Schwert mit so reichverziertem Griff, wie ihn nicht einmal die wohlhabendsten Edelleute von Olar einschließlich des Königs vorzuzeigen hatten, und an den Füßen trug jeder von ihnen Stiefelchen aus blau eingefärbtem feinstem Antilopenleder. Welche Bewunderung, aber auch Mißgunst dies bei allen hervorrief, denen diese Dinge in gleich neunfacher Ausfertigung vor Augen kamen! Nicht einmal vorzustellen vermocht hätte man sich dies bei den Soldaten von Olar; mit Ausnahme der Leibwache von Almandin vielleicht, die im Vergleich zu jenen herausgeputzten, reichgeschmückten Reitern jedoch immer noch wie der zerlumpte Haufen irgendeines auf den Schlachtfeldern des Südens geschlagenen Barons aussahen. Und das war erst die Vorhut.

Der Hauptmann hob sich vor seinen Soldaten durch einen goldenen Brustharnisch mit einer seltsamen Blume hervor, die, je nach Einfall des Lichts als Lilie erschien oder als Schwan. Dieses schillernde Wappen prangte auch auf den Bannern der Prinzessin sowie auf den kleinen Fahnen in den Händen der sechs Pagen zu Fuß, die, alle blond und blauäugig und in grüne Seide gekleidet, der königlichen Karosse voranschritten. Bei deren Anblick nun glaubten die Damen, das Herz müsse ihnen stehenbleiben, und ihre Hälse reckten sich, als wünschten sie, wenigstens für kurze Zeit, zu Schwänen zu werden. Die Kutsche der Prinzessin war aus rosenfarbenem Edelholz mit Einlegearbeiten aus Elfenbein gefertigt – einem Material, von dem nur Besucher der Insel Leonia gehört, es aber nie mit eigenen Augen gesehen hatten –, und das Wappen von Lilie und Schwan prangte in Gold und Edelstein zu beiden Seiten auf den Wagenschlägen der Prachtkarosse.

Als Almandin diese verschwenderische Pracht an sich vorüberziehen sah, spürte er einen Stich in seinem Herzen, und seine Augen füllten sich mit Tränen. Sein Wams, sein Halsschmuck, seine Strümpfe und seine Schuhe, sogar sein in goldbraunen Farbtönen gehaltener Hut mit der goldenen Spange; all diese Dinge konnten plötzlich nicht mehr verhindern, daß der elegante, eigenwillige Prinz, für den er sich hielt – und der er auch für alle anderen war –, herabschrumpfte zu einem billigen Marktschreier mit prahlerischen Gebärden, wie er sie auf seinen Reisen zur Insel Leonia am Hafen hatte herumlungern sehen, wo sie mit keifender Stimme ihren Ramsch feilboten und sich anheischig machten, aus der Hand zu lesen, Zähne zu ziehen,

Geschwüre herauszuschneiden und den Fluch des bösen Blicks zu kurieren. So beschämt fühlte er sich nach diesem geheimen Vergleich, daß ihm der Kopf zwischen die Schultern sank und er das Gefühl hatte, die Pfauenfeder an seinem Hut – ein wunderbares, nie gesehenes Geschenk von höchster Eleganz, das Königin Leonia ihm bei seinem letzten Besuch persönlich angeheftet hatte – hänge schlaff herab und sei so spärlich und armselig wie eine Fischgräte. Was dort jetzt an seinen Augen vorüberzog, das waren Federn, das waren Wämser, das waren Halsketten, Schnallen, Pferde, das war Pracht … mit einem Wort: Eleganz – dachte er niedergeschlagen –, die klare Eleganz echten königlichen Geblüts, das von jedem nur denkbaren Ansatz verdächtiger Einflüsse penibel reingehalten worden war.

Zwei Pagen, die eine wundervoll geschnitzte Truhe trugen, traten nun vor und boten sie – ein Knie auf der Erde – Ardid zum Geschenk. Einer von ihnen sprach: »Dies sind die Geschenke, die unsere Gebieterin, die Prinzessin, Euch mitgebracht hat.« Sie nannten nicht den Namen ihrer Gebieterin, als sei diese die Summe aller Prinzessinnen und die erhabenste von allen.

Dann öffneten sie den Deckel, und Ardids ungläubige Augen erblickten eine Truhe, randvoll mit den glänzendsten, größten und außergewöhnlichsten Steinen und Perlen. Sie sah Rubine und Smaragde, groß wie Taubeneier, Topase und Diamanten von unvorstellbarem Umfang. Ein Ruf des Staunens – und haltlosen Neids zugleich – drang aus den Kehlen aller, die diese Pracht erblickten.

Nachdem sich ihre erste Überraschung gelegt hatte, dachte Ardid: Wir wollen uns nicht mitreißen lassen. Immerhin ist diese einzigartige Prinzessin dem *Buch der Ahnen* zufolge ein Wesen, das aus der Zeit gefallen ist, und zwar nicht der Vergangenen Zeit, sondern der Zukünftigen. Alle diese herrlichen Gewänder und Edelsteine sind daher nichts als Legende, reine Legende … Ja, alles ist wie von Schmetterlingsstaub umhüllt; jenem Goldstaub, den, als ich noch ein Kind war, ihre Flügel auf meinen Fingern hinterließen. Beim geringsten Hauch verschwanden sie …

Sie sind da; aber gibt es sie, oder gibt es sie nicht? Solange meine Sehnsucht nach ihnen lebendig ist, werden auch sie lebendig sein. Das hat der Kobold mir versichert. Und der Lehrer hat gesagt ... Was hat er gesagt? Ach ja: Schon ein Wimpernschlag von Gleichgültigkeit oder Unmut wird dazu führen, daß sie und die ganze aus der Zukunft zurückgekehrte Zeit davonstieben wie feiner Goldstaub, der fortgeblasen wird von einem boshaften oder nur achtlosen Kind. Ach, Ardid, vielleicht begegnet dir heute erstmals etwas, das du nicht wirst lenken können ... Und die Zukunft, die frei erfundene, vielleicht sogar warnend in unserer Erinnerung begrabene, was mag sie uns bringen?

Ein Wort klang in ihr auf; ein Wort, das sie in wehmütigen Momenten ihren Gemahl Volodius hatte aussprechen hören. Ein Wort von der Gestalt jener namenlosen grauen Vögelchen, die ihn gekrönt und die sein steinernes Denkmal nun mit dem unmerklichen Gewicht ihrer Füßchen und Federchen Tag um Tag ein Stückchen tiefer in den sumpfigen Grund des Friedhofs einsinken ließen. An jenes Wort mußte sie nun denken, das weniger ein Wort als ein unheilvoller Aufschrei gewesen war, stumm, aus seinen Eingeweiden heraufgepreßt, mehr noch, aus den Eingeweiden seiner Erinnerung: VERGESSEN. Von Westen, das Vergessen, erinnerte sie sich, als sei es das Echo eines anderen, viel, viel früher gesprochenen Wortes.

Ardid erschauerte. Doch es lebte in ihr immer noch der Geist eines kleinen Mädchens mit Eichhörnchenaugen, einem tapferen Herzen und maßlosem Ehrgeiz. Einem Ehrgeiz, von Rache genährt. Rache, die sie bis zu diesem Tag, zu diesem Augenblick, an diese Stelle geführt hatte, an der sie jetzt stand.

Wir sind vielleicht ein lächerlicher, eingebildeter, als Hofstaat verkleideter Haufen, dachte die Königin gequält, aber wir sind Wirklichkeit, sind Gegenwart; und wir werden uns von diesem lachhaften Getue nicht entmutigen lassen. Wenn die Nachrichten stimmen, die meine Boten mir überbringen, dann hat mein gesegneter Sohn im Schluchtenland große Reichtümer erbeutet. Dann setzte sie ihr strahlendstes Lächeln auf (um das der gesamte Hofstaat sie beneidete, da noch kein einziger ihrer Zähne fehlte, und diese von einem so makellosen Weiß und so kräftig waren, daß sie eine Nuß in zwei Stücke zerbeißen konnten; denn schon als Kind hatte sie damit begonnen, sich die Zähne mit vom Kobold ausgesuchten Zweiglein zu putzen und mit einem Perlenelixier nachzuspülen, welches der Magier in einem Moment launiger Eitelkeit für sie zubereitet hatte) und schritt mit ausgebreiteten Armen die Treppenstufen zum Schloßhof hinab, wo in diesem Augenblick die Karosse der Prinzessin angehalten hatte.

Ein zierlicher Page eilte herbei, den Schlag der Kutsche zu öffnen, nachdem er ein Kissen von so verschwenderischer Pracht davor niedergelegt hatte, wie man es sich in Olar gewünscht hätte, um darauf die Königskrone zur Krönungsfeier zu tragen. Kaum stand der Schlag offen, sprang auch schon hurtig eine winzige, ganz in weißen Pelz gekleidete Gestalt auf die Erde, was von ihrer Gefolgschaft mit einem frischen, um nicht zu sagen kindlichen Kichern begleitet wurde. Ohne großes Zeremoniell näherte sie sich der Königin mit grazilen Schritten, im Vergleich zu denen das eleganteste Tänzeln einer Hofdame von Olar dem Watscheln eines alten Seehunds geähnelt hätte. Doch anstelle des formvollendeten Hofknickses, den alle, nach dem, was sie bisher gesehen hatten, begierig erwarteten, um keine Einzelheit davon zu vergessen und ihn im stillen Kämmerlein zu üben, eilte die kleine Prinzessin herbei und warf sich der Königin an den Hals. Und die Umstehenden erblickten zwei in schimmerndes Blau gehüllte, wohlgeformte dünne Ärmchen, die aus dem weißen Pelz hervorschauten; und sie vernahmen ein ganz eigenartig klingendes Lachen, das allen mit einem gelinden Schauer über den Rücken strich. Und noch wußte Ardid – die bei solchen Dingen schnell wie ein über das Wasser huschender Sonnstrahl zum Richtigen hinfand – nicht recht, wie sie sich angesichts dieser ungewöhnlichen Begrüßung verhalten sollte, als die junge Prinzessin ihren Pelzumhang zu Boden gleiten ließ – auf die Erde, nicht in die wartenden Hände eines Pagen! Und zum Vorschein kam das ungewöhnlichste und zugleich schönste Geschöpf, das jemandes

Auge jemals in Olar erblickt hatte. Und war auch das Kleid viel schlichter und schmuckloser als das der Königin, schmiegten sich seine Falten so elegant den Bewegungen des Körpers an und war dieser Körper von einer solchen Grazie, daß Falten, Borten, Broschen und sonstige Zier nur störend gewirkt hätten.

Die Morgenluft war so rein und so lau – als wäre dies wahrhaftig der erste Frühlingstag –, daß das locker über Schultern und Rücken fallende Haar der Prinzessin hellauf erglänzte. Die einzige Besonderheit ihrer Haartracht waren die dünnen Zöpfchen, die an beiden Schläfen herabhingen, ähnlich denen, die der eine oder andere einmal bei den Kriegern des Nordens gesehen hatte. Zwei seidenweiche Lichtfäden, zart wie ein Windhauch über dem See. Dieses Haar war von einer so außergewöhnlichen Farbe, daß die Königin nicht umhin konnte zu denken: Ich glaubte, mein geflochtenes Haar schimmere blond wie reines Gold. So sagten mir alle, und so sah ich es selbst; doch wenn ich das Haar dieses Geschöpfes betrachte, kommt meines mir vor wie stumpfes Stroh … Diese Prinzessin ist die blondeste Prinzessin von allen blonden Prinzessinnen, die es gibt auf der Welt. So etwas nenne ich blond, alles andere ist vergilbtes Maisblätterlaub.

Die Prinzessin gab der Königin unterdessen einen Kuß, den diese ganz unvorbereitet empfing, da derartige Herzlichkeiten am Hof von Olar nicht üblich waren, höchstens zu Hause im Schoß der Familie. Mit ihrer eigenartigen Stimme, die weder die Stimme einer Frau noch eines Mädchens, noch eines Kindes war; einer sanften, dunklen und zugleich blitzenden Stimme, einer Stimme wie nach vielen Tagesreisen durch eine Nebellandschaft, vom Licht der aufgehenden Sonne durchbohrt, als streife sie die Oberfläche des Wassers und lasse es erzittern, einer Stimme, um es mit einem Wort zu sagen, die noch nie ein Mensch von einem Menschen und – dachte Ardid – auch keinem anderen Lebewesen je gehört hatte, sagte die Prinzessin:

»Guten Tag, Mutter, ich hoffe, Ihr habt sanft, lange und tief geschlafen.«

Noch nie hatte jemand gewagt, solche Worte zur Königin

Ardid zu sprechen – von der es unter anderem hieß, sie schlafe mit einem geschlossenen und einem offenen Auge –, zumal der Morgen schon fortgeschritten war und nach Ardids strengen Bräuchen das Tagewerk beim ersten Licht der Morgendämmerung begann. Und dann sagte die Prinzessin noch:

»Mutter, wir haben Hunger.«

Nach diesen Worten wandte sie sich, mit einem Mal ernst geworden, den Umstehenden zu. Und alle konnten sehen, daß auch dieser Ernst von einer ganz ungewöhnlichen Art war. Es wirkte, als wäre alles Lachen unwiderruflich und für immer auf der Welt erstorben; dennoch war er nicht im mindesten dumpf oder streng und nicht einmal feierlich. Es war einfach der schlichte, konzentrierte, staunend tiefe Ernst dieser Welt. Sie betrachtete die Leute von Olar eingehend und mit Bedacht und murmelte dann: »Welch lustiges Völkchen!«

Die Worte standen in einem deutlichen Gegensatz zum Ausdruck der Augen. Und diese Augen schienen den Leuten von Olar plötzlich das Beunruhigendste, das sie jemals erblickt hatten. Sie waren durchsichtig wie der lichteste Meeresstein und dennoch in der Lage, bis tief ins innerste – und vielleicht nicht immer ganz unbefleckte – Geflecht der Seelen zu schauen. So strahlende Augen, als leuchte in ihnen ein inneres Licht, das jedes andere Licht in den Schatten stellte; das Licht der Sonne, des Himmels, des Mondes und aller Sterne. Und manch einer dachte für sich: Wahrscheinlich leuchten diese Augen auch in der Nacht. Aber es waren keine Nachtaugen, Augen eines Nachtvogels oder einer Katze, die erst im Dunkeln zu ihrer wahren Bestimmung finden. Es waren Augen, denen man zutraute, selbst in tiefster Finsternis die ganze Erde zu erhellen, als habe das Licht sie nie verlassen oder als seien sie selbst ein Bestandteil des Lichts.

Die Königin gewann ihre Fassung zurück. Sie ergriff die Hände der Prinzessin und stellte verwundert fest, daß diese keine Handschuhe trug, auch keine Ringe oder Armreifen, nur ein blaues Band spielerisch und gedankenverloren um den Finger wickelte und es wieder abrollte. Dann sprach die Königin:

»Meine überaus geliebte Prinzessin, ich heiße Euch willkommen in diesem Schloß, welches Euch empfängt als die strahlende Herrscherin, als die Ihr eines Tages an der Seite meines Sohnes Gudú diesem Land Euer Gutes tun möget.«

Der letzte Teil dieser Worte, die Ardid schon vor Tagen mit großer Sorgfalt ausgewählt hatte, verloren sich in der Unaufmerksamkeit der Prinzessin, die inzwischen voller Neugier das Geschmeide betrachtete, welches in Form einer Brosche das Kleid der Königinmutter verschloß.

»Was sind dies für putzige Steinchen?« fragte sie.

Die Königin erstarrte.

»Mein liebes Kind«, sagte sie schließlich, da sie zu dem Urteil gelangt war, das sei vermutlich die passendste Anrede für dieses merkwürdiges Geschöpf, »ich bin erstaunt über Eure Worte, denn die Edelsteine, die Ihr mir als Geschenk habt überreichen lassen, sowie auch jene, die Euer Gefolge trägt, sind sehr viel hübscher als dieses Geschmeide.«

»Was?« Die Frage der Prinzessin war so unschuldig gestellt, wie nur ein unwissendes Kind sie stellen konnte. »Edelsteine? Meint Ihr die in der Truhe und die meiner Freunde?« Jeder, der diese Worte hörte, war darüber doch einigermaßen verwundert.

Den Worten folgte eine ungewisse Geste mit Kopf und Schultern – so ungewiß in der Tat, daß niemand einzuschätzen vermochte, ob sie von Zweifel, plötzlicher Erkenntnis oder großer Gleichgültigkeit herrührte –, und dann stürmte sie ohne jedes Gefühl für Protokoll so geschwind die Freitreppe hinauf, daß selbst das schwarz-weiß gefleckte Hündchen, das unter den Falten ihres Pelzumhangs hervorgesprungen kam, sie nicht einzuholen vermochte. Während sie die Stufen hinaufsprang, glaubten die Königin und die nächsten Umstehenden die Worte zu verstehen: »Laßt uns sehen, wie es hinter diesen schmutzigen Türen aussieht ...«

Daß damit die allgemeine Zerknirschung ihren absoluten Höhepunkt erreichte, muß wohl nicht betont werden. Almandin hatte den Mund immer noch offenstehen wie eine Backofenklappe in Erwartung der Brotlaibe, die hineingeschoben werden sollen. Die Königin jedoch fand sogleich ihr Lächeln wieder, und mit einer anmutigen Geste zum Hofstaat hin rief sie tapfer aus:

»Wohlan, folgen wir der Prinzessin. Blaublütigen Besuch haben wir schließlich nicht alle Tage. Beglückwünschen wir uns dazu!«

Begleitet von einem Gemurmel, das sie als bewundernd zu deuten beschloß – was vielleicht sogar zutraf –, folgte sie jener einzigartigen und zweifellos echten Prinzessin eines Adels, wie ihn nur die reine und geradlinige königliche Abstammung hervorzubringen vermochte. Während sie die Stufen hinaufschritt, sann sie ihren Gedanken nach, die sich, wie so oft, gern selbständig machten. Manchmal, sagte sie sich, wenn Könige und Königinnen, Prinzen und Prinzessinnen über Generationen hinweg immer nur untereinander heiraten, ohne einen belebenden Schuß fremden Blutes zuzulassen, kommen wohl vollkommen unberechenbare Geschöpfe zur Welt, die, wie mein geliebter Lehrer mir erklärt hat, ab und zu auch im Kopf ein bißchen merkwürdig sind. Eine gute Portion ungebärdigen Kriegerblutes wie das meines Sohnes Gudú wird sich in diesem Fall für uns und das Königreich gewiß ganz nutzbringend auswirken.

Seit dem Erscheinen von Prinzessin Naivia im Schloßhof hatte alle Welt nur Augen und Ohren für sie und ihre merkwürdigen Einfälle gehabt und nicht darauf geachtet, daß der Einzug ihres Gefolges längst noch nicht abgeschlossen war. Jene, die sich nun ins Schloß begaben, konnten es nicht mehr in seiner Gänze bewundern. Nur Dienstvolk und Soldaten sowie einige andere konnten sehen, daß der königlichen Karosse sechs Pagen und noch einmal acht ebenso prachtvoll ausstaffierte Reiter wie die ersten und gleichfalls auf weißen Rössern folgten. Am meisten jedoch überraschte sie ein Dutzend oder ein halbes oder nur vier Jungen und Mädchen, alle nicht älter als ihre Gebieterin, die sich auf eine Art und Weise bewegten, spielten, einander jagten und fingen und sich mit leisen Stimmen und leisem Lachen untereinander riefen, daß sie jeden in Verwirrung stürzten, der sie zu verstehen oder zu zählen trachtete. Mit ihnen spielten auch junge Windhunde, Tauben, Eichhörnchen und andere possierliche Tiere, die ihnen ohne Käfig und ohne Leine ergeben folgten. Zum Schluß kam ein Reiter auf einem Pferd von unbestimmbarer Farbe – es war weder weiß noch schwarz noch braun; sondern je nach Licht und von welcher Seite man es sah, konnte es von jeder dieser Farben sein –, ein Jüngling in etwa dem Alter der Prinzessin. Seine Ausstrahlung war ebenso ungewöhnlich und majestätisch wie ihre, und auch ohne die Krone auf seinem Haupt und dem goldenen Schwert mit diamantenem Knauf an seinem Gürtel hätte niemand auch nur einen Moment lang seine königliche Abkunft bezweifelt. Er hatte blondes Haar und blaue Augen, und seine Haut war so weiß wie Marmor. Und ebenso wie Naivia schien auch er nicht älter als elf Jahre zu sein. Als der junge Edelmann vom Pferd stieg, sahen alle, daß auch er sich anmutig und leichtfüßig bewegte, wie überhaupt das ganze Gefolge der Prinzessin die Angewohnheit hatte, zu laufen und zu hüpfen anstatt zu gehen. Er gab seinen Leuten unverständliche Befehle und eilte dann der Prinzessin hinterher die Treppe hinauf. Ihm auf dem Fuß folgte ein junger Knappe, der seinen Schild und sein Wappen trug. Den Abschluß bildete schließlich ein von zwei Ponys gezogenes Wägelchen voller Truhen und Kästen, begleitet von einem Trupp von Simonorks Soldaten, die so erschöpft und zerrüttet aussahen, wie man selbst nach der hitzigsten Schlacht – ob gewonnen oder verloren – nie einen Soldaten gesehen hatte. Das hilfloseste und verzweifeltste Gesicht von allen machte jedoch der Herzog selbst, der sich jetzt ebenfalls ins Schloß begab, um an dem, wie es scheinen wollte, eigenartigsten und unterhaltsamsten Gastmahl teilzunehmen, an das er sich für den Rest seines Lebens würde erinnern können.

Das von Ardid und ihrem Haushofmeister bis in jede Einzelheit geplante und vorbereitete Gastmahl verlief vollkommen anders als alle Gastmähler zuvor.

Kaum war die Prinzessin durch die von ihr gedankenlos als schmutzig bezeichnete Tür getreten – und viele Olarenser sahen ein, daß die Bemerkung keineswegs an der Wahrheit vorbeiging –, ward sie nicht mehr gesehen. Obgleich die Königin Dienstboten, Pagen und sogar Soldaten auf die Suche nach ihr schickte, verging die Zeit für den vor gedeckter Tafel wartenden Hofstaat, ohne daß die Prinzessin zurückkam.

Da trat der sonderbare Junge vor, der den Abschluß des Gefolges gebildet hatte und dem bisher keine große Aufmerksamkeit gezollt worden war. Er vollführte vor der Königin mit formvollendeter Eleganz nun jene höfische Verbeugung, die alle Anwesenden so sehnlich zu erblicken gehofft hatten. Und wer sich noch erinnern konnte, der mußte bei der ritterlichen Anmut dieser Begrüßung unwillkürlich an jene Verneigung denken, mit der Prinz Nobel seinerzeit vor seinen Vater, König Volodius, getreten war. Mit weicher, ruhiger Stimme richtete der junge Mann nun das Wort an die Königin:

»Hoheit, macht Euch keine unnötigen Sorgen. Meine geliebte Cousine, die Prinzessin, wird gewiß bald wieder unter uns sein. Sie liebt es, solche Dinge zu tun.«

»Und wer seid Ihr?« fragte Ardid, die den Jungen erstmals zur Kenntnis nahm und sich gar nicht so schnell erholen konnte, wie ein ungewöhnliches Ereignis auf das andere folgte. »Ich kann mich nicht erinnern, daß die Prinzessin Euch mir vorgestellt hat.«

»In der Tat«, entgegnete der Jüngling mit einem bezaubernden Lächeln, das die Herzen der Hofdamen höher schlagen ließ, »meine geliebte Cousine pflegt solche Dinge gern zu vergessen. Ich aber halte es für meine Pflicht, Euch mitzuteilen, daß ich der königliche Cousin dreiundzwanzigsten Grades von Prinzessin Naivia bin. Wie Ihr diesem Dokument entnehmen könnt« – und den Falten des Umhangs, der seine ganze rechte Seite und damit auch den rechten Arm von der Schulter bis zur Erde verhüllte, entnahm er mit der linken Hand ein sorgfältig gerolltes und versiegeltes Pergament –, »bin ich der Bewacher und Beschützer meiner Cousine, wann immer sie mich braucht.«

Mit einer gewissen Erleichterung nahm die Königin das Dokument entgegen.

»Ich nehme an, Eure Verpflichtung hinsichtlich der Prinzessin ist dieselbe wie die dem Prinzen Nobel in bezug auf meinen Sohn, den König Gudú, auferlegte.«

»So ist es«, antwortete der Jüngling mit einer anmutigen Neigung des Hauptes. »Viel ist mir von Prinz Nobel berichtet worden, und stets pries man seine Liebe und Ergebenheit König Gudú gegenüber, seinem Bruder und Herrn.«

Die Königin und alle Anwesenden verspürten ein aufregendes Kribbeln, als sie vernahmen, daß Leute von solchem Stand und von so weit her ihren König und solche Geschichten über ihn kannten. Daraufhin las die Königin das Dokument, welches in der eigentümlichen Sprache, derer sich Naivias Vater zu bedienen pflegte, dasselbe aussagte wie das, was der Jüngling vorgetragen hatte.

»Nun denn«, sagte die Königin bewundernd, »Ihr seid also auch ein Prinz ...« Er konnte sich einen ihr auf der Zunge liegenden Zusatz – »sogar ein reinblütiger« – gerade eben noch verkneifen.

»So ist es«, antwortete der Junge. »Ich bin Prinz Elf, der jüngste der Elf Schwanenprinzen, von denen Ihr sicher schon alle gehört habt.«

Diese Annahme war allerdings etwas gewagt, denn niemand wußte, wovon er eigentlich sprach. Ausgenommen Almandin, der plötzlich aus seinem betrübten Statistenbewußtsein aufzuwachen schien, endlich den Mund schloß und mit träumerischer Stimme sagte: »O ja, ich habe davon gelesen oder gehört ... Euer verhüllter rechter Arm weist mir die Richtung, und jetzt klärt sich mir alles auf. Seid versichert, daß es mir eine große Freude ist, Euch kennenzulernen, Prinz Elf.«

Kein Mensch verstand ein Wort; dennoch lauschten alle voller Neugier der folgenden Unterhaltung, wenngleich sie zur Aufklärung der Dinge nicht das geringste beitrug.

»Ich danke Euch sehr für Eure freundlichen Worte«, erwiderte der Jüngling. »Und ich darf Euch versichern, daß auch ich Euch sogleich erkannt habe. Eure Eleganz und vornehme Gestalt ließen keinen Zweifel daran, daß Ihr der edle Almandin seid, dessen Tapferkeit und Stärke Legende sind. «

Almandins Herz hüpfte bei diesen Worten, und nach einem verstohlenen Blick in die polierte Kupferscheibe, die ihm als Handspiegel diente, sagte er mit belebter, von wiedergefundenem Selbstvertrauen gestärkter Stimme:

»Oh, ich danke Euch, lieber Prinz Elf, und ich kann Euch versichern, daß Ihr von Stund an meiner Freundschaft und Zuneigung gewiß sein dürft. Doch sagt, was ist aus Euren älteren Brüdern geworden und aus Eurer Schwester, der lieblichen Elisa … oder Leonore, ich erinnere mich nicht mehr so genau. Ich muß gestehen, daß ihr Schicksal stets von außerordentlicher Bedeutung für mich war.«

»Mehr als verständlich, verehrter Prinz«, erwiderte Elf. »Wir alle befinden uns ja noch außerhalb der Gegenwart; nur für die Hellsichtigkeit nicht, die Euer kostbarstes Gut ist. Wie es der Gepflogenheit entspricht, darf ich Euch verraten, daß alle glücklich geworden sind und reich mit Kindern gesegnet.«

»Ach, wie es mich freut, jemanden zu kennen, mit dem mich etwas verbindet, das schmerzhaft, aber auch voller Liebe ist.« Und er deutete auf Prinz Elfs verhüllten Arm und seine eigene abgeschnittene Hand.

Diesmal war es Ardid, die dachte: Diese Worte habe ich auch schon einmal gehört. Obwohl sie sich nicht erinnerte, wann oder wo das gewesen war. Sie hatte jedoch eine undeutliche, ferne Ahnung, irgend etwas von einem Prinzen, auf dessen Brust ein seidenbestickter Stern prangte, so glanzvoll, daß weder Silber- noch Goldfäden damit vergleichbar waren.

Sie betrachtete das Wappen des Prinzen, welches der Schildknappe hielt. In der Mitte des Wappens, auf der Fahne und auf dem Wams des Dieners breitete ein düster blickender Schwan seine Flügel aus. Es war ein Bild von solcher Traurigkeit, daß es bei seinem Anblick das härteste Herz bekümmerte.

Im selben Augenblick geschah das, was alles an Rätselhaftem und Eigenwilligem in dieser kurzen Zeit bisher Geschehene übertraf. Ein glöckchenhelles Lachen, das an den kristallklaren königlichen Springbrunnen erinnerte – den Volodius zum Gedenken des Tages, an dem er Ardid kennengelernt und zur Gemahlin genommen hatte, errichten ließ und der während ihrer Verbannung auf mysteriöse Weise ausgetrocknet war –, erklang unter dem Tisch, an dem der Ehrenplatz des Banketts ausgerichtet war, und kaum hatten sich die versammelten Gäste von ihrer Überraschung erholt, kam Prinzessin Naivia darunter hervor und sagte fröhlich – immer noch unter dem Kichern der Jünglinge und Fräulein ihres Gefolges: »Für heute haben wir genug gespielt. Setzen wir uns zu Tisch, Mutter, ich habe mächtigen Appetit.«

Von einem Augenblick zum nächsten war sie ganz erhabene Majestät und setzte sich würdevoll an den Tisch, exakt an den ihr zugedachten Platz, ohne daß ihn ihr irgend jemand zugewiesen hätte. Prinz Elf seinerseits bot der Königin seinen Arm und geleitete sie ritterlich zu ihrem Sessel, von dem aus sie ungläubig und gequält dem mittlerweile jeden Protokolls enthobenem Gastmahl vorsaß; zutiefst geschmeichelt jedoch von der formvollendeten Aufmerksamkeit des jungen Prinzen, die am Hofe nicht ihresgleichen kannte. Dann nahm das Bankett seinen Gang und endete wohl auch ohne nennenswerte Zwischenfälle.

Unter der farbenfrohen Truppe von Jünglingen, Mägdelein und Tieren, die Prinzessin Naivias Gefolge bildeten und nie ganz zu Ruhe kamen, standen allein die schmucken Soldaten der Leibwache ernst und stumm und unbeweglich, genau wie die imposante Gestalt ihres Hauptmanns.

Während des endlos sich hinziehenden Mahls flüsterte die Königin ihrem geliebten Almandin ins Ohr:

»Sollte mein Sohn irrtümlicherweise eine Grimasse gezogen haben, als er den Namen seiner Zukünftigen hörte, habe ich mich möglicherweise ebenfalls geirrt, als ich ihm erklärte, der Name bedeute in jenen Landen nicht dasselbe wie bei uns.«

Prinz Almandin war jedoch so in seinem Element, daß er die Gedanken der Königin kaum zur Kenntnis nahm. Er betrachtete sie nur mit verzücktem Lächeln, wie es seine Gewohnheit war.

2

Erst wenige Tage waren seit der Ankunft von Prinzessin Naivia im königlichen Schloß vergangen, und der gesamte Hofstaat – nicht nur der Hofstaat, sondern auch die Königin selbst und sogar der letzte abgerissene Soldat, den Gudú zurückgelassen hatte – war außer sich, verwirrt, fassungslos und zutiefst besorgt. Als würden alle von einem seltsamen Wind unablässig hin und her gezaust. Dieses seltsame Lüftchen, das seit einigen Tagen durch Vorhänge, Haare, Wandteppiche und Baumkronen fuhr, verstärkte sich manchmal derart, daß es nicht heftiger wurde oder kräftiger blies, sondern sich ausbreitete und sich gleichsam der Gemüter bemächtigte, so als wäre es eigentlich kein Windhauch – sanft und frisch, aber nicht kalt; böig, aber nicht stürmisch –, sondern eher ein Duft. Tatsächlich war es eine Art Parfüm, das benommen machte, ohne daß man es riechen konnte; eine Musik, die nicht zu hören war. Eine Art Lichthauch war es, absonderlich und vollkommen fremd, der Edelleute und Hofdamen, Soldaten und Reitknechte, Zofen und Dienstboten, Männer und Frauen, Jung und Alt in Verwirrung stürzte.

Das Verhalten der Prinzessin war in der Tat unberechenbar. Voller Entzücken nahm sie die Gemächer in Besitz, die im Südflügel über dem Garten – wo einst auch Ardid gewohnt hatte – für sie hergerichtet worden waren. Doch schon bald hatten sich die Gemächer so verändert, daß kein Mensch sie wiedererkannt hätte. Möbel und andere Einrichtungsgegenstände waren zwar noch dieselben, nur befand sich jetzt alles an einem anderen Platz, so daß alles gleich aussah und dennoch vollkommen anders. In ihrem Schlafgemach hatte sie das Bett in die Zimmermitte gestellt, und vor dem Fenster, das zu den Bäumen in Ardids früherem Gärtchen hinausging, als sie noch die junge Königin war, sprudelte die Fontäne des Springbrunnens kräftiger und lebendiger denn je zuvor. Und auch der Frühling nahm einen seltsamen Verlauf. Jeden Tag öffneten neue Blumen ihre Blüten von nie gesehenen Farben und rankten sich an den feuchten Schloßmauern hinauf bis zum Fenster der Prinzessin. Wo vorher nur Moos und Unkraut gewachsen waren, gediehen jetzt blühende Kletterpflanzen; der Jasmin verbrüderte sich mit dem Vergißmeinnicht, und beide sprossen an ein und demselben Stengel. Niemand in der ganzen Gegend hatte je solche Blumen gesehen. Die rote Rose schien sich angeregt mit Wind und Wasser zu unterhalten, ihr Stiel jedoch war stumm und verbarg sich unter den bescheidenen Knospen der Schneeglöckchen. Und so war alles einfach nur unvernünftig, unbekümmert, unverdorben und von außergewöhnlicher Pracht.

Eines Tages dann kam aber erst die eigentliche Überraschung. Von dem Wagen, auf dem die persönlichen Dinge der Prinzessin verstaut gewesen waren und unentwegt ihre Größe zu verändern schienen, wurde unter einem großen Tumult sich widersprechender Befehle – die von allen Beteiligten gegeben und von keinem befolgt wurden – ein Strauch mit ungewöhnlich großen Wurzeln abgeladen. Und alle gemeinsam – Prinzessin Naivia, Prinz Elf sowie die ganze Bande von Jünglingen und Mädchen, die manchmal zehn, dann wieder zwanzig oder nur drei zu sein schienen – pflanzten sie den Busch unter das Fenster der Prinzessin. Danach nahmen sich alle bei den Händen und tanzten so hurtig und geschwind im Kreis um den Strauch herum, daß Ardid, die dem Treiben vom Fenster ihres Gemachs aus zuschaute, schon befürchtete, es könne übel ausgehen und vielleicht sogar jemand zu Schaden kommen. Dazu stimmten sie ein, wie Ardid fand, ziemlich einfältiges, ja, geistloses Lied an. Doch zugleich – mußte sie zugeben – bildeten diese Stimmen, die keinerlei gesangliche Ausbildung erkennen ließen und stellenweise gar mißtönend und ungleichmäßig klangen, einen geheimnisvollen Chor, dessen Melodie zu Herzen ging. Sie erinnerte Ardid an durchbohrte Bambusstangen, die ihr kleiner Bruder am Strand aufgepflanzt hatte, dort, wo der Südwind blies. Und wenn dies der Fall war, erzeugten sie ein mißstimmiges Konzert, welches damals – und jetzt in der Erinnerung – ihr einsames Mädchenherz mit Freude erfüllte. Eine süße, schwebende Traurigkeit durchdrang sie wie ein vergessener Wohlgeruch. Bald darauf jedoch wunderte sie sich noch mehr, als sie feststellte, daß der Strauch wuchs; aber sie wußte nicht wie, denn obgleich sie ihn keinen Tag aus den Augen ließ, sah sie ihn nicht größer werden. Und doch war schon ein Baum aus ihm geworden, prachtvoll und großartig aus dem Reigen und den Stimmen emporgewachsen, vollständig bedeckt mit Blättern und Blüten. Er erweckte die Vorstellung vom Heraufziehen der Sonne über dem Erdenrund. Noch nie, glaubte Ardid, hatte sie solche Blätter gesehen, so sanft bewegt und dem Gold ähnlicher als Rubine (einen besseren Vergleich fand sie nicht, wenngleich er sie nicht zufriedenstellte, weil er unvollkommen war), die von sich aus strahlten wie die Augen von Naivia und, wie sie jetzt erst feststellte, aller jener Jungen und Mädchen, die dazu keiner Sonne, keines Feuers und keines anderen Glanzes bedurften, denn sie selbst waren das Licht, der Tag, der Mond und alles nur denkbare Gefunkel. Nachdenklich sagte sie sich: Wenn man Musik sehen könnte, wäre sie wie dieser Baum. Dann sah sie, wie der Ringelreigen sich auflöste und Naivia, als wäre sie ein Mädchen vom Land, barfuß den Baum hinaufkletterte und im Geäst verschwand. Prinz Elf und einige der Jünglinge und Mädchen taten es ihr nach. Ein paar Tauben schauten ihnen nach, andere folgten ihnen, zwei Fasanen wandten ihnen die Köpfe zu und fünf Windhundwelpen kläfften hinter ihnen her. Und alle jagten einander um den knorrigen, zugleich jedoch grazil und durchscheinend wirkenden Stamm des Baumes herum. Ardid sah, wie sie Blätter von den Zweigen rissen und etwas aus ihnen vorlasen; und mit großem Befremden stellte sie fest, daß sie offenbar unterschiedlicher Meinung waren und darüber in Streit gerieten, in dem der Prinzessin nicht einmal Recht gegeben wurde, wie es – nach Ardids Verständnis – aufgrund ihres Ranges hätte sein müssen. Ungehalten mußte sie mit ansehen, wie die Prinzessin ärgerlich wurde und, anstatt ihren Willen durchzusetzen – man verstand die Welt nicht mehr –, sich schmollend abwandte und den Tränen nahe zu sein schien. Einer der Jungen trat zu ihr, küßte sie auf die Wange und sprach:

»Seid nicht böse mit uns, Prinzessin, wir brauchen Euch doch zum Spielen.«

Naivia blinzelte zu den anderen hinüber, die ihr unverständliches Spiel unter dem Baum unterbrochen hatten, besann sich und antwortete:

»Unter einer Bedingung.«

»Welcher Bedingung?« fragten alle wie aus einem Munde.

»Gebt mir den seltsamen grünen Stein, den Tulipa unterwegs gefunden hat.«

»Ah, nein«, rief besagte Tulipa beleidigt, »nicht den Stein!«

Ardid kam aus dem Staunen nicht heraus, als sie beobachtete, wie sie sich nicht einigen konnten und feilschten, bis Naivia in ihrem Beutel kramte und merkwürdige Gegenstände zutage förderte, mit denen unverständliche Tauschgeschäfte veranstaltet wurden: bunte Kugeln, Steinchen, Knochenstückchen … Und plötzlich verloren sie das Interesse an allem, weil ein Junge entdeckte hatte, daß im Springbrunnen Fische schwammen, woraufhin alle losrannten und sich über das Wasser beugten. Sie kicherten und tauchten die Hände hinein, spritzten sich naß und vergnügten sich aufs ausgelassenste; ihre Wangen färbten sich rosig, die Gesichter glänzten vor Schweiß, und sowohl die Prinzessin als auch ihre Spielkameraden waren am Ende zerzaust und außer Atem, aber glücklich. Verschwitzt, barfuß, durchnäßt und erhitzt, wie sie waren, legten sie sich danach ins Gras. Nur Prinz Elf saß rittlings auf einem Ast und ließ die Beine baumeln.

Die Königin wandte sich ab, weil sie soviel Unvernunft und verantwortungslose Unbekümmertheit nicht mehr mit ansehen konnte. Sie zog die Vorhänge vor und rief den Kobold, denn plötzlich wurde ihr bewußt, daß sie ihn im Wirrwarr der Ereignisse lange nicht mehr gesehen und er sich auch nicht mit seinem Klopfen bemerkbar gemacht hatte.

Der Kobold aber saß auf dem Fensterbrett, von dem aus auch er nach draußen geschaut hatte. Voller Beunruhigung stellte Ardid fest, daß sie ihn nicht gesehen hatte, obwohl er unmittelbar neben ihr saß. In vorwurfsvollem Ton sagte sie:

»Wo hast du nur die ganze Zeit gesteckt, Kobold? Ich hatte solche Sorgen und habe dich gebraucht.«

»Wie könnt Ihr so etwas sagen, mein Kind?« wunderte sich der Kobold und machte ein beleidigtes Gesicht. »Ich war die ganze Zeit bei Euch, nur verborgen in den Falten Eures Gewandes. Ich muß mich doch sehr wundern, daß Ihr Euch nicht mehr an die anregenden Gespräche erinnert, die wir über unsere Gäste dort draußen geführt haben.«

Die Königin war völlig verwirrt – offenbar war das ihr neuer Dauerzustand –, verschwieg dem Kobold jedoch wohlweislich, daß sie nichts von ihm gesehen oder gehört hatte.

»Wundere dich nicht«, antwortete sie. »Ich bin so durcheinander, ein Schreck folgt auf den nächsten und Überraschung auf Überraschung, daß ich mich selbst nicht mehr kenne.«

»Wie gesagt«, wiederholte der Kobold, als hätte er es schon öfter gesagt, woran sie sich nicht erinnerte, »Ihr braucht Euch nicht zu wundern, denn alles kommt, wie es kommen muß. Es kann gar nicht anders kommen, als es kommt ...«

»Ich bitte dich; sprich so, daß ich dich verstehe«, unterbrach Ardid ihn mit kraftlos erhobener Hand. »Und jetzt begleite mich bitte in das Gemach der Prinzessin. Vielleicht finde ich dort etwas, das mir ihr Verhalten verständlicher macht.«

Ohne auf die Antwort des Kobolds zu warten – die es zweifellos gegeben hatte –, rauschte sie hinaus und betrat die Gemächer von Prinzessin Naivia.

Drinnen ließ sie ganz ihr wahres, von keinerlei moralischen Bedenken getrübtes Wesen walten – wie hätte sie es anders auch bis zur Königin von Olar bringen sollen? – und öffnete alle Schachteln und Truhen, die ihr unter die Finger kamen. Doch wieviel größer wurde ihr Erstaunen, als sie sah, was sie enthielten: Sowohl die Koffer als auch die Truhen aus altem, kunstvoll gedrechseltem Holz und sogar der schwere Schrank, den die Prinzessin in ihrem Gemach aufgestellt hatte, waren randvoll mit so absurden und Ardids Verständnis nach befremdlichen Gegenständen, daß sie schließlich auf einen kleinen Schemel sank und zum Kobold sagte:

»Nun schau dir an, was die Prinzessin dort aufbewahrt, wo sich ihre Aussteuer und ihr Schmuck befinden sollte, oder ihre Öle und Salben, denen sie, wie unsere Hofdamen vermuten, ihre samtig weiche weiße und zugleich goldig schimmernde Haut verdankt; den Glanz ihres Haars und der blitzenden Zähne, ja, selbst der Fingernägel. Und die schmale Taille und die Eleganz ihres Gangs ...«

Hier stockte Ardid, da ihr plötzlich aufging, daß zumindest die letzten beiden Dinge nicht das Ergebnis von Salben und Ölen waren. Und sie deutete auf die Unzahl von Puppen aller Arten und Formen, die sie in den Schubladen vorgefunden hatte. Einige waren wie Gaukler oder Hausierer gekleidet, andere vornehm herausgeputzt wie kleine Prinzen und Prinzessinnen; manche ähnelten von Gestalt und Gesicht dem Kobold oder sonstigen Gnomen und nichtmenschlichen Wesen. Manche waren aus dunklem Holz, so daß Gesicht und Hände aussahen, als wären sie schwarzhäutig; andere waren aus Rentierhorn geschnitzt und so weiß wie Prinzessin Naivia oder ihr Cousin Elf. Es gab auch kunstvoll geschnitzte Tiere von unbestimmter Form, die die Königin nicht kannte. Des weiteren besaß die Prinzessin ein großes, aus wohlriechendem Holz geschnitztes Schloß mit zinnenbewehrten Türmen und spitzen, vergoldeten Dächern, winzigen Fenstern, umgeben von einem Burggraben mit kristallklarem Wasser. Dazu einen Springbrunnen unter winzigen Bäumen in einem kleinen Park. Dieses letzte Teil hatte sie unter dem Bett der Prinzessin gefunden, und es stimmte sie sehr nachdenklich.

Kleider, Stiefelchen und Handschuhe hingegen lagen überall

auf den Böden der Koffer und Schubladen verstreut; und es grenzte an ein Wunder, wie makellos glatt und sauber sie aussahen, wenn die Prinzessin sie trug und die Gewänder in harmonischem Faltenwurf und ihrer ganzen farbigen Pracht erstrahlten. Dasselbe galt für ihre Schuhe und Diademe. Überall verstreut lagen Ringe, Halsketten und Armreifen umher, auch Ohrgehänge, welche die Prinzessin noch nie getragen hatte, wie Ardid auffiel, mit Ausnahme der schlichten Krone, die sie als Königstochter immer trug. »Wenigstens die scheint sie niemals abzusetzen«, seufzte Ardid. »Obwohl, schlafen wird sie ja wohl nicht damit.«

Und als sie schließlich voll ungeduldiger Erwartung die Tiegel, Töpfe und Schatullen öffnete, in denen sie die wohlriechendsten Substanzen und Schönheitspuder vermutete, war noch einmal die Ernüchterung groß, als sie nur so seltsame und abwegige Dinge wie Sand (fein und golden zwar) und Kieselsteine (wenn auch vom Wasser glattgeschliffen und in den bezauberndsten Farbtönen schimmernd) und goldene Schmetterlinge fand, die – auf wundersame Weise noch lebendig – munter davonflatterten, sowie Süßigkeiten und Bonbons, die ihr an den Fingern klebten. Auf dem Grund der Schubladen entdeckte sie auch Kuchenkrümel und angebissene Äpfel, die aber nicht verschimmelt oder angefault waren, sondern so frisch und aromatisch dufteten, als wären sie eben erst von blanken Kinderzähnen angeknabbert worden. Und das, dachte die Königin verblüfft, war genau jener Duft, der Prinzessin Naivia anhaftete und sie so anziehend machte: ein Parfüm, in dem sich die Aromen von Äpfeln, frisch gebackenem Kuchen und frisch geschnittenen Zweigen auf kuriose, doch angenehm zurückhaltende Weise vermischten. Hinzu kam noch ein ganz entferntes und mit einem Mal wieder wehmütig vermißtes Aroma von Meeresbrise, Salz, Felsen und Licht; denn das, erinnerte sich Ardid plötzlich, war der Duft der Welt gewesen, als sie diese durch das runde Loch eines blauen Steins betrachtete, den sie vor langer Zeit Prinz Nobel zum Geschenk gemacht hatte. Und als ihr bewußt wurde, daß alle diese Dinge auf sehr beunruhigende Weise an ihrem Herzen zerrten, klappte sie Koffer und Truhen brüsk zu und blieb nachdenklich sitzen.

»Mein liebes Kind«, sagte der Kobold, »quält Euch nicht mit der Suche nach einem Sinn in Dingen, die mit dem Rücken zu dem leben, was Ihr für einen Sinn haltet. Versucht lieber, Eure Gedanken zu beschwichtigen und Euer Leben in Geduld zu fassen. Hört auf die Prinzessin, wenn sie Euch Mutter nennt; befleckt ihre Truhen und Schatullen nicht mit Eurer Erwachsenenneugier, und versucht vor allem nicht, die kleine Truhe zu öffnen, die ihren wertvollsten Schatz enthält, denn dabei kann und werde ich Euch nicht helfen.«

Da erst fiel Ardid die kleinste der hölzernen Truhen auf, die sie nicht geöffnet hatte, weil sie ihr so klein und unscheinbar vorgekommen war.

»Das soll Naivias wertvollster Schatz sein?« rief sie in neu erwachender Kühnheit. Und die Warnungen des Kobolds in den Wind schlagend, versuchte sie die Truhe aufzubrechen, was ihr jedoch weder mit den Fingernägeln noch mit dem kleinen Dolch gelang, den sie stets im rechten Ärmel verborgen trug.

Niedergeschlagen und zutiefst beunruhigt kehrte sie daraufhin in ihr Gemach zurück und hörte nicht mehr die Vorhaltungen, die der Kobold ihr machte:

»Ardid, Ardid, so viele Dinge gibt es, über die Ihr sterben werdet, ohne sie zu begreifen. Ihr Menschen seid wirklich eine merkwürdige Gattung. Kein Tag vergeht, ohne daß ihr mir Staunen und Bewunderung abverlangt.«

3

Einige Tage später – die Königin war sehr beunruhigt über das lange Ausbleiben ihres Sohnes Gudú – schickte sie den letzten Boten in das Schluchtenland. Sie sagte sich: Wenn Gudú zurückkommt und dieses Geschöpf heiratet, werden die

Dinge wieder ins richtige Lot gerückt, und der Wind des Wahnsinns und der Unvernunft, der unseren Geist verwirrt, seit die Prinzessin mit ihrem Gefolge bei uns eingetroffen ist, wird sich dahin verziehen, woher er gekommen ist.

Am Abend, bevor sie sich zur Ruhe begab, ließ sie Prinzessin Naivia zu sich rufen, und sobald sie allein waren, bat sie sie mit ihrer sanftmütigsten Stimme – und weiß Gott, sie verstand es, sanftmütig zu sein, wenn es ihr zweckmäßig erschien –, auf dem Schemel Platz zu nehmen, auf dem Gudú zu sitzen pflegte, wenn er mit seiner Mutter sprechen wollte. Sie blickte Naivia in die wasserhellen Augen und sprach: »Mein liebes Kind ...« Doch sogleich fiel ihr auf, daß sie die Prinzessin ansprach, wie der Kobold und ihr alter Lehrer sie selbst anzusprechen pflegten, was ein solch warmes und wehmütiges Gefühl in ihr aufsteigen ließ, daß sie sich rasch verbesserte: »Meine liebe Prinzessin, ich möchte Euch fragen, was Ihr eigentlich in diesem Baum treibt, den Ihr dort draußen in meinem früheren Garten habt pflanzen lassen.«

»Ganz einfach«, antwortete Naivia und machte keinen Hehl daraus, daß sie mit den Gedanken bei ganz anderen Dingen war. Und den Anflug eines Gähnens unterdrückend, da sie bereits geschlafen hatte, fügte sie hinzu: »Es ist der Baum der Spiele.«

»Und was für eine Sorte von Baum soll das bitte sein?«

Ardid befürchtete allmählich, einem bösen Spuk aufzusitzen, der das ganze Schloß durchwehte. Und wenn sie auch die letzte war, die deswegen der Prinzessin einen Vorwurf machen konnte, so war sie doch entschlossen, derlei Wildwuchs gleich an der Wurzel zu kappen.

»Ganz einfach«, wiederholte Naivia mit herabsinkenden Lidern. »Er ist von der Sorte Baum der Spiele.«

»Ach, Kind!« rief Ardid ungeduldig. Sie schüttelte Naivia sanft an den Schultern, damit sie nicht auf dem Schemel einschlief. »Erklärt mir, woraus er gemacht ist, wie er wächst, woher er kommt ...«

»Ganz einfach«, sagte Naivia noch einmal, ohne verhindern zu können, daß ihr der Kopf wieder auf die Brust sank und sie gerade noch murmeln konnte: »Er ist aus Spielen gemacht, wächst aus den Spielen und kommt von den Spielen …«

Dann fielen ihr die Augen zu, und ihr Kopf sank in den Schoß der Königin. Doch die Königin legte ihr den Finger unters Kinn, zwang sie, den Kopf zu heben, und fragte hastig: »Aber wozu dient er, wo findet man seinen Samen, warum kann er wachsen, wo nichts anderes wächst, und an Höhe gewinnen und seine Äste ausbreiten, ohne daß man es bemerkt …?«

»Majestät«, entgegnete Naivia mit einem Gähnen, das sie nun kein bißchen mehr zu verbergen suchte, »fragt doch den Kobold, der kann Euch dies viel besser beantworten als ich …«

Damit legte sie den Kopf wieder in den Schoß der Königin und fiel diesmal sogleich in tiefen Schlaf.

»Was habe ich da gehört?« murmelte Ardid bestürzt. »Kann sie etwa den Kobold sehen?«

Der Kobold saß zu ihren Füßen, ohne daß sie davon etwas gemerkt hätte. Nun hörte sie ihn sagen:

»Ich wundere mich, daß Ihr das nicht gewußt habt, Ardid. Es ist ganz natürlich, daß sie mich sieht … allerdings nur einen kurzen Moment lang unmittelbar vor dem Einschlafen. Wenn sie wieder erwacht, vergißt sie mich bis zum nächsten Einschlafen.«

»Wie ist das möglich?« rief Ardid und merkte, wie eine unbestimmte Furcht sich ihrer bemächtigte. »Ist sie, wie ich, aus dem Buch eines weisen Mannes unterrichtet worden, und hat sie Mondtau in den Augen, wie ich?«

»Nein, nein«, erwiderte der Kobold. »Es ist nichts Außergewöhnliches. Sie ist ein ganz normaler Mensch. Nur vor dem Einschlafen und bis zum Aufwachen; dann vergißt sie mich, bis zum nächsten Einschlafen. Irgendwann wird sie mich sogar vor dem Einschlafen nicht mehr sehen und uns beide nicht mehr finden: weder mich noch den Schlaf.«

»Wie ist das möglich, Kobold? Ich verstehe nichts mehr. Eines Tages soll die Prinzessin um die Freuden des Schlafs gebracht werden? Wird sie verhext?«

»Nicht verhext«, sagte der Kobold mit müder Stimme. »Es ist

unglaublich, Ardid, daß Ihr das nicht versteht. Dabei ist es nichts Ungewöhnliches, und auch das Mädchen ist nicht ungewöhnlich. Der Schlaf, von dem ich spreche, hat nichts mit Menschen zu tun, die schlafen oder müde sind ... Aber da wir uns darüber nicht verständigen können, vergeßt diese Dinge einfach, liebe Herrin, und schlaft wenigstens Ihr, denn Schlaf scheint Euch am meisten zu fehlen. Und sorgt Euch nicht, denn nichts Wichtiges, nichts von Bedeutung passiert; es gibt keinen Grund zur Beunruhigung, schon gar nicht diese Prinzessin Naivia. Bringt sie zu Bett und kümmert Euch um Euren Sohn Gudú, denn es ist höchste Zeit, daß er wieder zurückkehrt ... Ach«, seufzte der Kobold, und glänzende Tränen quollen ihm wie dicke Regentropfen aus den schmalen Pfefferschotenaugen, »wenn er mich doch hätte sehen können, und wäre es nur auf eine so anfängerhafte Weise wie Naivia. Aber er ist eben ein ganz außergewöhnlicher Mensch, und ich fürchte, daß unsere Machenschaften nichts damit zu tun haben. Vollkommen anders als diese arme, hundsgewöhnliche Naivia, über die sich wirklich kein Mensch Sorgen zu machen braucht.«

Nach diesen Worten wischte er sich mit beiden Händen die ersten, so dunkel ahnungsvollen Tränen ab, die er in seinem Leben vergossen hatte, und verschwand in der züngelnden Glut des Kamins.

Danach bohrte der Kobold wie jede Nacht, wie so viele Nächte zuvor, wie seit Jahrhunderten schon, einen unterirdischen Ausgang für Naivias Träume, damit sie sich nicht stauten, bohrte in Wirklichkeit zahllose kleine Gänge für die zahllosen anderen Naivias und Naiven, damit auch deren Träume ungehindert kommen und gehen konnten. So war es Brauch seit Anbeginn der Welt, und so sollte es bleiben, solange sie bestand. Für den Kobold waren dies auch die natürlichsten Dinge auf der Welt, und nichts Wunderbares haftete ihnen an. Es lohnte sich nicht einmal, ein Wort darüber zu verlieren, und das würde er auch nicht tun; nicht einmal bei einer so klugen, scharfsinnigen und ungewöhnlichen Person, wie Königin Ardid es war. Die

Menschenwesen sind ja so kompliziert und rätselhaft, dachte er noch einmal.

Obwohl Ardid oft Almandin und auch Naivia selbst fragte, was sie da den lieben Tag lang eigentlich spielten, in welcher Sprache sie sich unterhielten – denn diese bestand zwar aus denselben Wörtern wie die ihre, ergab aber keinen verständlichen Sinn – und woher genau sie eigentlich kamen, die Prinzessin sowohl als auch Prinz Elf und alle ihre Begleiter, einschließlich der unerschütterlichen Soldaten, die nach den Worten der verängstigten Dienerschaft niemals sprachen, nicht aßen und überhaupt keine menschlichen Regungen zeigten, bekam sie nur unklare und verwirrende Antworten, auch von Almandin, die sie nicht klüger machten und manchmal regelrecht erzürnten.

»Almandin«, sagte sie mit ihrer süßesten Stimme, »so sag mir doch wenigstens, woher du den Prinzen Elf gekannt hast. Und was ist das für eine undurchsichtige Geschichte mit seinen zehn Brüdern?«

»Ganz einfach«, antwortete Almandin. »Es steht geschrieben, und ich habe es gelesen.«

»Aber wo?« beharrte Ardid.

»Irgendwo«, entgegnete er gelassen. Und weiter war nichts aus ihm herauszuholen. Im Moment jedenfalls nicht.

Nach und nach gewöhnte sie sich an dieses Nichtwissen und dachte immer öfter an die Hochzeit, die ihrer Meinung nach endlich stattfinden sollte. Oft genug bestand ihr einziger Trost in dem Gedanken an die wohlverwahrten Truhen voll der herrlichsten Juwelen, die ihre zukünftige Schwiegertochter als Aussteuer mitgebracht hatte. Um nichts in der Welt hätte sie diese fruchtbringenden Geschenke wieder hergegeben, über deren Verwendung sie schon ausgiebig nachgedacht hatte. In ihrem sorgfältig geführten *Buch der Möglichkeiten* hatte sie endlose Berechnungen angestellt und Zahlen untereinander geschrieben, und war schließlich zu der Überzeugung gekommen, daß Olar das größte und mächtigste Königreich der Erde werden könnte, wenn ihr

Sohn Gudú sie nicht enttäuschte. Ein Kinderspiel würde es nicht werden, aber sie war sicher, alles so eingerichtet zu haben, daß sie es schaffen konnte. Ein trefflicher Einfall war gewesen – sagte sie sich –, Gudú vor dem verderblichsten aller Übel gefeit zu haben: der Fähigkeit zu lieben.

Ansonsten spionierte sie aus reiner Gewohnheit der jungen Prinzessin nach und versuchte den Sinn all der unerklärlichen Spiele zu erraten, die diese mit Prinz Elf und ihrem eigenartigen Gefolge veranstaltete. Manchmal spielten sie Große Armut, liefen barfuß und taten, als wären sie auf einer unbewohnten Insel, wo sie den Boden beackern mußten, um zu essen, und mit eigenen Händen elende Hütten bauen; und in solchen unsinnigen Tätigkeiten erschöpften sie sich, bis sie Blasen an den Händen hatten, oder fügten sich gar Verletzungen zu. Dann wieder spielten sie Großen Reichtum, setzten sich gegenseitig Kronen aus Blumenkränzen auf – wofür sie mit Vorliebe die bescheidenen Gänseblümchen verflochten, die der vorzeitige, herrlich warme Frühling hatte sprießen lassen – und sprangen vergnügt und behende über Mauern und Hecken.

Ardid wunderte sich, daß die Prinzessin noch nie nach Gudú gefragt oder sich über seine Abwesenheit erstaunt gezeigt hatte. Daher rief sie eines Tages Naivia zu sich und sagte zu ihr: »Gewiß habt Ihr Euch schon über die lange Abwesenheit des Königs gewundert, Eures künftigen Gemahls und Gebieters. Ich glaube, ich muß Euch die Umstände erklären, die ihn von Olar fernhalten und die von größter Bedeutung sind.«

»Gut.« Naivia gab sich ernsthaft, doch war leicht zu durchschauen, daß dies eine aufgesetzte Ernsthaftigkeit war, so wie im Spiel, wenn dies es erforderte. »Aber eigentlich habe ich gar keine Eile, Hochzeit zu spielen, Mutter; das können wir doch immer noch.«

»Das ist kein Spiel!« rief Ardid und konnte ihren Ärger nur mühsam unterdrücken. »Ich spreche von einer richtigen Hochzeit und möchte nicht, daß Ihr sie als ein Spiel anseht.«

Naivia schaute sie fragend an. Und dann füllten sich ihre

Augen plötzlich mit jener tiefen Ernsthaftigkeit des ersten Tages, die alle so sehr erschüttert hatte, ohne daß man den Grund dafür hätte nennen können. Ardid erkannte, daß diesmal nichts gespielt war, und sagte: »Ihr müßt Euch nicht ängstigen, mein Kind, dazu gibt es keinen Grund. Ich möchte nur, daß Ihr den Ernst eines solchen Schrittes begreift. Denn ich kann Euch aus Erfahrung sagen, was es bedeutet, Königin zu werden; noch dazu Königin von Olar. Das ist kein Spiel und darf nicht leichtgenommen werden.«

Naivia schaute ihr noch immer forschend in die Augen, und der Königin wurde ein wenig unbehaglich zumute. Diese leuchtendhellen und alles durchdringenden Augen konnten regelrecht beängstigend sein. Es lag etwas darin, das Ardid zu kennen glaubte, etwas Beunruhigendes, das sie nicht weiter erforschen wollte, das sie aber zugleich mit Neugier erfüllte. Da die Prinzessin immer noch schwieg, sagte sie: »Ich habe Euch hoffentlich nicht erschreckt, Prinzessin Naivia.«

Erst da schien die Prinzessin sich aus ihrem Blick und jener unbeschreiblichen Welt von Licht und Abgrund zu lösen, in die sie eingetaucht war. Das vergnügte Lächeln kehrte in ihre Augen zurück, und sie fragte: »Was sagtet Ihr, Mutter? Verzeiht, ich war mit meinen Gedanken woanders.«

»So, wo wart Ihr denn mit Euren Gedanken?« fragte Ardid, und ihr Ton hatte jede Freundlichkeit verloren. Sie war jetzt wirklich verärgert und machte keinen Hehl mehr daraus.

Da runzelte Naivia die Stirn und sagte mit müder Geste: »Oh, Mutter, ich bitte Euch, macht nicht so ein Gesicht. Das erinnert mich zu sehr an meine griesgrämige Kinderfrau Basilisa, die mir das Leben schwergemacht hat und der ich hier endlich entronnen zu sein glaubte.«

»Welche Kinderfrau? Welche Basilisa?« rief Ardid. Verwirrung, Ärger und eine unbestimmte Furcht bemächtigten sich ihrer. Gewiß würde noch mehr von diesem Unsinn folgen, und so schwieg sie lieber erst einmal.

Naivia rieb sich mit dem Zeigefinger an der Nase, was keine

besonders elegante und schon gar keine vornehme Bewegung war; doch wie alles an ihr, besaß auch diese Geste ihren eigenen Reiz. Sie antwortete:

»Wenn Ihr wissen wollt, woran ich gedacht habe, so kann ich Euch sagen, daß der sonderbare Glanz Eurer Pupillen meine Aufmerksamkeit erregt hat. Ähnliches habe ich bisher nur in den Augen von Eichhörnchen und Gnomen gesehen.«

Die Königin schrak zusammen. Kein menschliches Wesen hatte bisher den Mondtau in ihren Augen wahrgenommen.

»Ach, Kind«, sagte sie mit einem unsicheren Lächeln, »solche Augen bekommt man mit den Jahren: Es ist das Alter.«

»Das Alter?« rief Naivia verwundert. »Ihr seid doch nicht alt, sondern jung und wunderschön. Wenn ich einmal alt werden sollte, würde mir das nichts ausmachen, wenn ich dann so aussähe wie Ihr.«

So überzeugt war sie offenbar von dieser Unmöglichkeit, daß die Königin gerührt war und dachte: Wart's nur ab, das kommt schneller, als dir lieb sein kann. Trotz all ihrer Klugheit und Gelehrtheit konnte die Königin jedoch nicht wissen, daß die Worte der Prinzessin weder in jugendlichem Ungestüm noch in kindischer Gedankenlosigkeit dahingesagt waren, sondern einer tieferen Wahrheit entsprachen, die das gewöhnliche menschliche Gehör nicht so ohne weiteres erfassen konnte.

Ardid fuhr fort: »Ich sähe es lieber, wenn Ihr, anstatt den ganzen Tag lang unverständliche und der Wirklichkeit entrückte Spiele zu spielen, ab und zu an Eure bevorstehende Hochzeit denken würdet und Euch mit dem Gedanken vertraut machtet, daß dieses Ereignis schneller eintreten kann, als jetzt abzusehen ist. Ihr solltet mehr darüber nachdenken und Euch auf ein so wichtiges Ereignis vorbereiten. Ich glaube, wenn wir jeden Tag ein Weilchen darüber sprechen könnten, würde Euch die eine oder andere Lehre in Erinnerung bleiben, und wenn der Hochzeitstag gekommen ist, würdet Ihr Eure Rolle so vollkommen spielen, wie wir alle dies von Euch erwarten.«

»Ach«, entgegnete Naivia mißmutig, »das entspricht aber

nicht den Abmachungen. Mein Vater hat mir versprochen, das Lernen und die ermüdenden Lektionen hätten nach meiner Heirat für immer ein Ende. Und jetzt muß ich hören, daß das gar nicht stimmt. Jetzt geht es also wieder los mit den langweiligen Stunden, die mich vom Spielen abhalten; mit den Strafen: in die Ecke stellen, hundertmal schreiben: »Ich bin unaufmerksam gewesen?« Bitte, tut das nicht. Ich glaube, das könnte ich nicht mehr ertragen.«

»Nein, nichts dergleichen«, sagte Ardid mit der Geduld, die im Umgang mit der Prinzessin offenbar vonnöten war. »Einfache Gespräche nur, von Mutter zu Tochter. Hausaufgaben und Bestrafungen wird es nicht geben, das kann ich Euch versichern. Eure Lektionen lernt Ihr einfach aus meinen Erzählungen; aus anregenden Geschichten.«

»Nun gut«, sagte Naivia. »Wenn das so ist, können wir es ja probieren. Ich verspreche Euch auch, jetzt öfter an meine Heirat zu denken.«

Endlich waren die Dinge so in die Wege geleitet, wie sie sollten. Das zumindest glaubte Ardid. Denn die Prinzessin lauschte zwar voller Neugier und Aufmerksamkeit dem, was die Königin ihr auf möglichst sanfte und einfühlsame Weise beizubringen suchte; allerdings hatte dies eine ganz andere Wirkung auf das Mädchen, als beabsichtigt war. Wohl hielt sie ihr Versprechen und dachte jetzt öfter an die Hochzeit; doch Ardid bekam schon bald Gelegenheit festzustellen, was Naivia von ihren ausführlichen Belehrungen behielt und was sie darunter verstand.

Naivia widmete ihre Aufmerksamkeit nur dem Zeremoniell einer königlichen Hochzeit, dessen Einzelheiten sie erstaunten und belustigten, denn so feierlich es ihr erschien, so lächerlich kam es ihr auch vor. Ihr Nachdenken über die Heirat bestand darin, diese in ihr tägliches Spiel einzubinden. Am beliebtesten war jetzt das Hochzeitsspiel. Dabei wurde die Hochzeit auf eine ganz eigenartige Weise gedeutet, wie Ardid bei ihren heimlichen Beobachtungen feststellen konnte, und mit einem Überschwang an Einfällen in Szene gesetzt, die zum Teil dem entsprachen, was die Prinzessin gelernt hatte, zum größten Teil jedoch auf Mißverständnissen oder puren Erfindungen beruhten. Und so heirateten alle untereinander unzählige Male und in den unterschiedlichsten Zusammensetzungen: Naivia und Prinz Elf, Prinz Elf und ein Page, zwei Pagen und eine Taube, Naivia und drei Pagen, ein Page und zwei Hoffräulein, eine Zofe und ein Rebhuhn … in einer solchen Unzahl von Verbindungen, daß Ardid schließlich der Mut sank. Dennoch sagte sie sich, daß der Gedanke an Heirat – auf welch haarsträubende Weise auch immer – doch einen gewissen Raum im Denken dieser unsäglich nervenaufreibenden Person eingenommen hatte; und das war immerhin etwas, und etwas war immer noch mehr als nichts.

So standen die Dinge am Hof von Olar, als Prinz Nobel und der alte Magier mit kleiner Eskorte und verzagten Gemüts ob des schwierigen Auftrags ihres Königs Gudú sich auf den Rückritt in die Heimat begaben.

XII

ZWEI HÄLFTEN EINES STEINS

I

Nachdem sein Bruder Nobel davongeritten war, begann für König Gudú die Qual eines ungeduldigen Wartens. Sie hatten den Rand der Steppe erreicht, wo Gudús Königreich aufhörte, als fürchte es sich vor jener unabsehbaren Weite, die kein Ende zu nehmen schien. Und obwohl der Große Fluß in aller Munde war und sie ihn mit eigenen Augen gesehen hatten, wollte niemand über ihn in das Steppenland vordringen; mit Ausnahme vielleicht von Yahek und seinen ehemaligen Freischärlern, die hart und furchtlos genug waren, sich ein solches Unternehmen zuzutrauen. Noch aus der Zeit von König Volodius gab es in der Gegend eine kleine Garnison, für die nur selten Entsatz geschickt wurde. Die wenigen Männer, die von dort nach Olar zurückkehrten, machten gewöhnlich einen vollkommen verwilderten und abgestumpften Eindruck. Sie erkannten kaum noch ihre eigenen Angehörigen und Freunde. Nach so langer Zeit an der Grenze des Reiches, vor sich allein die endlose Steppe, schienen ihre Augen, ihr Blick von einer besonderen Art Blindheit geschlagen. Vielleicht lag dies an dem immer gleichen Ausblick auf die unendlich weite Steppe, von der der Wind nur das ferne Geheul der Wölfe herantrug, auf das Flimmern der Sonne, unter der manch einer dem Wahnsinn verfiel. Hatten in letzter Zeit die Überfälle von versprengten oder gar einzelnen Reitern der Wilden Horden auch nachgelassen, so machte ihnen doch immer noch ein Feind zu schaffen, der weitaus grausamer und bösartiger war: die Nähe des Unbekannten und das Warten darauf, die Einsamkeit und die Unkenntnis von einem endlosen Raum, in den sich kaum ein Mensch je vorgewagt hatte.

Das war der Anblick, der sich dem jungen König Gudú darbot, als er diese Gegend zum erstenmal betrat. Verkohlte Überreste von Siedlungen, Wind und ferne Staubwolken oder unerklärliche Nebel, trostlose Weiten, bedrückende Stille oder Geheul von wilden Tieren: das Echo des Todes. Im Norden drängten dichte schwarze Urwälder bis an den Rand der Steppe. Die Soldaten der halbverfallenen kleinen Garnison schienen in dieser unmenschlichen Umgebung sogar die Sprache verloren zu haben.

Über diese nur vom Flügelschlag der Geier und anderer Aasvögel unterbrochene Stille einer stehengebliebenen Zeit brach nun die kleine, aber unerschrockene Streitmacht König Gudús herein.

Er schlug sein Lager in den Ruinen der Garnison auf, gab der Grenze zwischen beiden Ländern mit kluger Umsicht wieder einen Sinn. Bald darauf kamen Leute aus den Wäldern. Zuerst ängstlich, dann voller Hoffnung näherten sie sich dem Heerlager. Angezogen vom Geruch gebratener Ziegen, dem Blöken der Herden, den Rufen und dem Gelächter der Soldaten, mischten sie sich zögernd unter die Krieger: Holzfäller und Hirten waren es, die in dieser unwirtlichen Gegend hausten. Sie waren Untertanen des Königs von Olar, von Volodius vor Jahren unterworfen, doch nur, um Tribut zu entrichten. Ab und zu hatten sie einen Abgesandten jenes Königs zu Gesicht bekommen, der sie besiegt und – anders konnte man es nicht nennen – zu Sklaven gemacht hatte. Dagegen erschien ihnen dieser neue König – wenngleich rauh und oft eine Härte an den Tag legend, die die willkürliche Grausamkeit von Volodius noch übertraf – weitaus zugänglicher und großherziger.

Und so dauerte es nicht lange, da hatte sich des Königs Streitmacht um eine Hundertschaft starker junger Männer vermehrt. Gudú hatte ihnen Sold und Kleidung versprochen, und als sie sahen, daß er sein Versprechen hielt, schlug ihre anfängliche Zurückhaltung in lebhafte Bewunderung um. Die Geschichten von seinem so außergewöhnlichen Sieg über das unbezwingbare Schluchtenland wurden an den Lagerfeuern ausgeschmückt, bis der kaum den Kinderschuhen entwachsene Junge vor ihren Augen und in ihrem Geiste die Gestalt eines unverwundbaren Helden annahm.

Die Leute des Nordens praktizierten insgeheim immer noch den Glauben ihrer Väter. Als christlicher König hatte Volodius den von ihm unterworfenen Völkern zwar stets das Christentum aufgezwungen, doch oft genug stellte es sich als schwierig, wenn nicht gar unmöglich heraus, diesen Befehl auch durchzusetzen, wenngleich es nach außen hin ganz danach aussah. Gudú hingegen legte in diesen Dingen eine Toleranz an den Tag, die an Gleichgültigkeit grenzte. Ein Gott galt ihm soviel wie der andere, hatte er Yahek einmal anvertraut, der insgeheim den Gott seiner Mutter verehrte; unbegrenztes Vertrauen setzte er in keinen, und im praktischen Leben zumindest sah er auch keinen großen Unterschied zwischen dem einen oder dem anderen. Deswegen hielt er es für besser, jeden glauben zu lassen, was er wollte, und sich nicht in diese Dinge einzumischen. Falls nötig, sagte er sich, kann ich sie jederzeit ändern. Bis dahin jedoch scheint es mir so am besten und sinnvollsten zu sein.

Da Gudú seinen Männern erlaubt hatte, ihren Troß von Weibern und Kindern mitzuschleppen, waren sie – wenngleich einem täglichen Drill von Körperertüchtigung und Waffenübungen ausgesetzt, wie sie ihn nie zuvor erlebt hatten – keineswegs unzufrieden mit ihrem Kriegsherrn und Gebieter. Andererseits wurden die geringste Nachlässigkeit, jeder Diebstahl untereinander oder von Dingen aus dem Lager sowie jede Handgreiflichkeit um eine Frau hart bestraft. Und die Soldaten vermieden diese Dinge, denn andernfalls konnte Gudús Grausamkeit solche Ausmaße annehmen, daß die exemplarischen Bestrafungen seines Vaters dagegen geradezu harmlos und beschaulich wirkten.

Hin und wieder nahm sich auch der König eine der Frauen, die im Lager herumstrichen und sich an seine Männer heranmachten. Einige taten es aus Hunger, andere weil sie das Alleinsein nicht ertrugen, wieder andere, weil sie vor der Wahl standen, sich einem Soldaten hinzugeben und in den Genuß der damit verbundenen Vorteile zu kommen oder in den Ruinen ihrer zerstörten Dörfer an Hunger und Kälte zugrunde zu gehen. Nie jedoch zeigte Gudú eine besondere Neigung für eine bestimmte dieser Frauen, und es gab auch keine, die schön und vornehm genug war, um diese besondere Neigung bei ihm zu wecken.

Viel Zeit war noch nicht vergangen, seit sie ihr Lager am Rand der Steppe aufgeschlagen hatten, da machte Undine die Quelle ausfindig, die ihre strenge Großmutter vor vielen, vielen Jahren in jener Gegend zum Sprudeln gebracht hatte. Sich im Wasser der Bäche treiben lassend, machte sie sich mit den Sitten und Vorlieben der Menschen vertraut. So dauerte es gar nicht lange, bis sie den König erkannt hatte und dessen Angewohnheiten besonders gründlich beobachtete. Gudú pflegte sich die Zeit des Wartens zu verkürzen, indem er lange Gespräche mit Yahek führte oder in den umliegenden Wäldern jagte. Manchmal setzte er sich auch auf einen Hügel, von dem aus er mit glühenden Augen über die endlose Steppe starrte. Sein Herz pochte, und seine Einbildung wurde von Erzählungen angespornt, die er von ehemaligen Freischärlern kannte und aus denen mehr oder weniger unausgesprochene Begegnungen mit Leuten aus jenen Gegenden herauszuhören waren. Der Gedanke, in dieses große unbekannte Land einzudringen, es zu beherrschen und zu ergründen – Ziele, die sein Vater nicht erreicht hatte –, brachte sein Blut in Wallung. Er begann – auf den Spuren des Magiers und allem, was er von ihm gelernt hatte – mit eigener Hand Landkarten anzufertigen, auf denen die an den Urwald grenzenden Gebiete eingezeichnet waren, so weit sein Auge sehen konnte. Irgendwann waren diese Zeichnungen –, wenngleich nicht so ausführlich und klar wie die seines alten Lehrmeisters –, so weit gediehen, daß man einen recht treffenden Eindruck von der Gegend bekam, in der sie lagerten, sowie von ihrer Beschaffenheit.

»Man sagt«, erklärte ihm Yahek einmal am Lagerfeuer, welches die kupferfarbene Haut des Königs zum Glänzen brachte, »daß hinter dem Großen Fluß die Steppe jählings endet und dort die

Welt aufhört. Wer dahin reitet, stürzt in den Abgrund der Unendlichkeit. Darum glauben viele, die Horden der Steppe seien in Wirklichkeit die dämonischen Geister jener, die ohne den Segen ihrer Kirche in den Abgrund stürzten ... zum Beispiel solche, die sich an ihrem eigenen Blut vergangen haben oder an dem ihrer Angehörigen schuldig geworden sind ... Diese sind nur noch flüchtige Schattengeister, geschwind wie die Teufel, und deshalb erscheinen, wüten und verschwinden sie auch wie die Teufel.«

»Du kannst mir glauben«, erwiderte Gudú, »daß ich noch keinem Teufel unter ihnen begegnet bin, der nicht wie ein Mensch aus Fleisch und Blut geschrien hätte, wenn man ihn mit einem glühenden Holzscheit kitzelte.«

»Aber«, wandte Yahek mit bedenklicher Miene ein, »denkt einmal an das gefangene Mädchen, das Ihr als Hexe habt verbrennen lassen. Nicht ein Laut kam von ihren Lippen.«

»Weil der Rauch sie sofort erstickt hat«, antwortete Gudú. »Ich glaube, mit der war ich noch viel zu großzügig.«

Der alte Krieger antwortete auf diesen Einwand zwar mit ehrerbietigem Schweigen, doch überzeugt war er nicht. Er hatte Usurpinos Tochter zur Frau genommen, und wenn diese ihn anfangs auch gekratzt und beschimpft hatte, so schien sie eines schönen Tages plötzlich zu neuer Jugend zu erblühen. Der König mochte sie nicht als schön bezeichnen, doch den Soldaten im Lager blieb nicht verborgen, daß sie eine üppige Fülle gewann, welche ihre Gesichtszüge besänftigte und sie zu einem milderen, ja sogar wohlwollenden Umgang mit Yahek führte. Dieser befreite sie schließlich sogar von ihren Fesseln, und sie bereitete ihm das Essen und sammelte für ihn Beeren und Früchte, mit denen der unerwartet hereinbrechende Frühling und das damit einhergehende Tauwetter die Wälder überschwemmten.

Diese Veränderungen waren aber nicht nur an Yaheks Frau zu beobachten. Ein seltsamer Wind schien über das ganze Lager zu streichen und alle zu erwärmen und zu beleben. Mit dem Frühling begann der gewohnte Kreislauf der Liebe zum Leben, so roh und primitiv sich dies dort oben auch ausnehmen mochte. Ziegen und Schafe brachten Zicklein und Lämmer zur Welt. Hier und da gebar eine Frau ein Kind. Schon bald war das Lager erfüllt von menschlichem und tierischem Geplärr; und obwohl der König von diesen Vorgängen unberührt zu bleiben schien, traf eines Tages, als er auf der Jagd nach einem Hirsch tief in den Wald eindrang, dieser uralte Zauber auch ihn.

Undine hatte ihrer Meinung nach inzwischen genug von den Menschen abgeschaut, um sich nun an die ersten eigenen Erfahrungen zu wagen. Sie platzte fast vor Aufregung und Neugier, diese neuen Empfindungen kennenzulernen, und allein das Ausmaß ihrer Dummheit war vergleichbar mit der Unbändigkeit dieses Wunsches. Getreu der Vereinbarung mit dem Kobold des Südens wollte sie sich als erstes an König Gudú heranmachen, denn das glaubte sie ihrem Sinn für Ehrenhaftigkeit schuldig zu sein, den ihre Großmutter, die Dame des Sees, ihr jahrhundertelang eingebleut hatte. Als sie ihn nun in Fleisch und Blut vor sich sah, schien er ihr längst nicht so unansehnlich, wie er ihr anfangs vorgekommen war. Er war noch jung, was ihrem Geschmack sehr entgegenkam. Er hatte Wildheit im Blick und bewegte sich gewandt und kraftvoll und würde – dachte sie – einen nicht zu verachtenden Happen abgeben. Ihre Vorliebe galt zwar eher den weichen Gesichtszügen und sanft wallendem Haar, doch einen gewissen Reiz mußte der König wohl für sie haben, seit sie sich in menschlicher Gestalt bewegte.

Im selben Augenblick, als Gudú seine Beute gestellt hatte und eben den Speer schleudern wollte, verscheuchte Undine das Tier zwischen den Bäumen, streckte den Kopf aus dem Wasser und trank, wie der Kobold ihr aufgetragen hatte, einen Schluck von dem wundersamen Elixier. Der Trank verwandelte sie auf der Stelle in ein junges Mädchen von ungewöhnlicher Schönheit, da Wassernixen und Seejungfrauen in bezug auf Schönheit den Menschen von allen anderen Lebewesen am ähnlichsten sind. Und wie sie sich nun mit menschlichen Formen und allen weiblichen Vorzügen ausgestattet sah, nicht mehr durchsichtig, sondern empfänglich für Lust und Schmerz, sagte sie sich, daß ihre neue Natur dem eigenen Sein sehr entgegenkam. Sie vergaß auch nicht den Hinweis des Kobolds auf die Unvollkommenheit des Elixiers und verdeckte ihre Ohren mit dem langen Haar, in dem sich das Glitzern der Quelle und das dunkle Grün des Waldes spiegelten. Ihre Augen waren von einem wärmeren Grün als dem der hohen Farne und der jungen Flechten auf den Steinen am Ufer des Baches. Ihre Haut, von Natur aus bläulich und perlmuttfarben schimmernd, hatte jetzt einen Farbton von rosig angehauchtem Gold. Sie besaß keinerlei Kleider, doch ihre Beobachtungen sagten ihr, daß dies dem König nicht unwillkommen wäre. So setzte sie sich also an den Rand der Quelle und kämmte ihr Haar. Und da entdeckte sie bald der junge König Gudú, so überrascht, wie er von einem solchen Anblick nur sein konnte.

Da Gudús Erfahrungen auf diesem Gebiet sich geradezu verschwenderisch vermehrt hatten, wußte er, daß Hast und unbesonnenes Handeln in Situationen wie dieser dazu führen konnten, einen erfreulichen Ausgang zu verpatzen. Also näherte er sich äußerst behutsam und mit größter Vorsicht im Schutz von Schilf und hohen Farnen, ohne jedoch zu ahnen, daß Undine ihn aus den Winkeln ihrer langgeschnittenen, feuchtschimmernden Augen beobachtete. Erst als er schon neben ihr war und sie an einem Bein ergriffen hatte, um sich einen so vielversprechenden Genuß nicht durch erschreckte Flucht rauben zu lassen, sagte er mit seiner warmherzigsten Stimme: »Was tust du hier, hübsches Kind? Wer bist du, und woher kommst du? Ich habe dich hier noch nie gesehen, dabei gibt es keinen Fußbreit in dieser Gegend, den ich nicht erkundet hätte.«

»O Herr«, antwortete Undine, gerührt plötzlich von einer ganz unbekannten Empfindung, die sie bis ins Mark erschauern ließ. Gudús Hand an ihrem nackten Fuß war die erste menschliche Berührung, die sie zu spüren bekam, und die empfand sie mitnichten als unangenehm.

»Ich bin ein hilfloses Mädchen, das nichts anzuziehen hat und auf der Suche nach Nahrung durch den Wald irrt ...«

»In der Tat, weniger könntest du gar nicht anzuziehen haben«, erwiderte Gudú mit verhaltenem Lächeln. »Und so leid es mir für dich tut, so sehr muß ich mich doch beglückwünschen zu dem verlockenden Anblick, der sich aus diesem Grund meinen Augen darbietet.«

Daraufhin ergriff er mit der anderen Hand ihr anderes Bein und zog sie zu sich. Es waren nicht die feinsten Manieren – denn er zog sie einfach über das Gras des Waldbodens zu sich heran, wobei er allerdings darauf achtete, daß ihr Kopf nicht auf Steine schlug und ihre zarte Haut und ihr Rücken nicht von Gestrüpp zerkratzt wurden –, mit denen er sie in die Arme nahm und auf die Lippen küßte. Wie es weiterging, kann man sich leicht vorstellen. Undine spürte zum erstenmal und am eigenen Leib menschliches Empfinden, und das war gar nicht wenig. Sie fühlte eine prickelnde Erregung und jubelnde Freude in sich; und hielt sie die menschlichen Liebesgewohnheiten und Vorgehensweisen auch für einigermaßen sonderbar, so war verglichen damit die Liebe des schönsten und anmutigsten Wassergeistes der reine Unfug. Natürlich hatten ihre erst kürzlich erworbene menschliche Natur und Fleischlichkeit einen beträchtlichen Anteil an dieser Einschätzung. Durch die Berührung von menschlicher Haut hatte sie zum erstenmal das fleischliche Glück kennengelernt; eine Empfindung, die unter ihresgleichen vollkommen unbekannt war.

Der König fühlte sich nach der Begegnung zutiefst befriedigt, und da im Vergleich zu diesem Geschöpf das jüngste und schönste Mädchen aus dem Lager einer schlechtgepolsterten Strohmatte glich, forderte er Undine auf, selbige mit ihm zu teilen. Er sagte zu ihr: »Du bist ein hübsches Kind, wenn auch in diesen Dingen noch ein wenig unerfahren. Da mir die Zeit des Wartens aber lang wird, bevor ich zu neuen Taten aufbrechen kann, ist es gewiß nicht zuviel verlangt, dich in einigen Feinheiten zu unterweisen, die dir selbst und mir zugute kämen. Ich werde dich daher mit ins Lager nehmen, und dort werden wir diese Dinge so lange treiben, wie es uns beiden gefällt.«

»Euer Wille geschehe, mein Gebieter«, antwortete Undine vergnügt. »Ich gehöre ganz Euch, denn wir Ihr wißt, habe ich nichts und niemand auf der Welt.«

»Nun, das läßt sich beides ändern«, sagte Gudú und hob sie hinter sich aufs Pferd. »Nur solltest du, wenn wir ins Lager einreiten, dich mit meinem Umhang bedecken.«

Gesagt, getan; und als er mit seiner ungewöhnlichen Beute ins Lager geritten kam, zog diese manchen Blick auf sich und verschlug manch tapferem Kämpfer die Sprache.

Der König befahl dann, für *seinen Fund* – so nannte er sie, da er ihren Namen nicht kannte – ein Kleid aus der Wolle zu weben, welche die Frauen den Schafen abschoren und aus denen sie Fäden spannen. Da alle wußten, daß ein Befehl des Königs keinen Aufschub duldete und am besten unverzüglich ausgeführt wurde, machten sich sechs Frauen daran und webten bis zum frühen Morgen. Denn in der Nacht, als Undine im Zelt des Königs die ersten Lektionen jener Kunst lernte, auf die sie so versessen war, brauchte sie das Wollkleid nicht. Doch als die Sonne über dem Heerlager aufgegangen war, konnte Undine aus dem königlichen Zelt treten, ohne sich noch mit Gudús Umhang behelfen zu müssen. Und es verursachte ihr ein wohliges Behagen, erstmals solch ein komisches Ding zu tragen, ohne das man offenbar nicht unter Menschen – zumindest nicht unter die Menschen jener Gegend – gehen konnte.

Unterwegs flocht sie noch wilde Beeren, etwas Farn und diese oder jene Kleinigkeit in ihr lang herabwallendes Haar, so daß Gudú gegen Abend seinen Augen nicht traute, als er sah, wie strahlend schön dieses lianenhafte zierliche Wesen war.

»Wie ist dein Name?« fragte er sie in der Nacht.

Undine hatte nicht daran gedacht, den Kobold zu fragen, was sie in einem solchen Fall antworten sollte, und da ihre Geistesgaben für einen eigenen Einfall nicht ausreichte, lächelte sie nur. Der König aber war bezaubert von diesem rätselhaften Lächeln, das in Wirklichkeit von nichts anderem kündete als von unaussprechlicher Dummheit.

»Gut«, sprach er, »dann nenne ich dich Sonnenschein.« Und da die Angelegenheit so wichtig nicht war, nannte er sie von Stund an Sonnenschein, bis der zehnte Tag ihrer Begegnung zu Ende ging. Da verschwand Sonnenschein, und nichts ward mehr von ihr gesehen.

Der König befahl, das umliegende Land nach ihr abzusuchen, er selbst durchstreifte den Wald. Denn verglichen mit Undine verursachte ihm allein schon der Anblick aller anderen Mädchen blanke Abscheu. Dennoch mußte er sich mit ihrem Verlust abfinden, sosehr ihn dies beleidigte. Und als er sie beinah schon vergessen hatte, nahm Undine, die es gar nicht abwarten konnte, ihre vergnüglichen Erlebnisse wieder aufzunehmen, eine neue weibliche Form an: Diesmal wählte sie ein gehämmertes Kupfer als Farbe für ihr Haar; die Augen waren schwer und süß wie Honig und von derselben goldenen Farbe. Da sie von den Menschen gelernt hatte, wob sie diesmal selbst ein Kleid aus Moos und Wasserpflanzen, das sich so weich anfühlte wie die geschmeidigste Wolle. Und so betrat sie in der Nacht das Zelt des Königs. Dieser war wie geblendet von ihrer Erscheinung und ihrem Eifer, ihm zu gefallen. Es gab keinen Zweifel, so dachte er, daß das Glück es gut mit ihm meinte.

Und da auch diesmal die Frau keinen Namen nannte, beschloß er eigenmächtig, sie Goldenschön zu nennen, wogegen weder das Mädchen noch sonst ein Mensch etwas einzuwenden hatte – wie andererseits auch nicht zu erwarten gewesen war.

Und so nahm Undine – beflügelt von allem, was sie sah und hörte – die unterschiedlichsten Gestalten und Formen an und fand daran immer wieder Ablenkung und Freude. Einmal hätte der König fast ihre spitzen Ohren entdeckt, gegen die offenbar kein Kraut gewachsen und kein Elixier zu brauen war. Danach hatte sie ihr Haar zu Zöpfen geflochten und diese zu zwei Schnecken gedreht, wie sie es einmal bei einer der Frauen im Lager gesehen hatte. Dann hatte sie sie mit einem langen Dorn über den Ohren festgesteckt und sich danach viel sicherer gefühlt, und obendrein sah es noch hübsch aus.

Nun war Undine jedoch mindestens so launisch wie der König selbst; und obwohl Gudú ihr keinesfalls mißfiel – sie fühlte sich sogar zu ihm hingezogen –, ließ sie ihre Blicke durchaus auch hierhin und dorthin schweifen und sah junge, gutaussehende Krieger von gesunder, vielversprechender Statur. Zu diesen ging sie auch, manchmal, heimlich. Und streng darauf achtend, vom König nicht gesehen zu werden – denn der hätte den Günstling ganz schnell um Beute und Leben gebracht –, probierte sie neue und höchst vergnügliche Dinge mit verschiedensten Jünglingen aus. Sogar mit Grenadieren und abgebrühten Legionären; ihre neuen Erfahrungen öffneten ihr immer neue Wege zu ungeahnten Lüsten. Und sie sagte sich, wenn es das war, was ihre Großmutter als den gefährlichen Weg zur menschlichen Unreinheit verteufelte, dann sollte ihr diese Unreinheit höchst willkommen sein, die ihr solche lustvollen Augenblicke unendlich handfesterer Empfindungen bescherte, als die schwerelosen Zärtlichkeiten und eisigen Küsse – mit Wasser dazwischen – der zierlichen und mittlerweile längst unmöglich gewordenen Tritonen. Wie schon der Kobold vor einiger Zeit erkannt hatte: Die Unreinheit – wenn sie einen dann befiel – war das wert, was man dafür bekam. Tatsache war schließlich, daß Undine sich nie zuvor auf so lustige und so vielfältige Weise hatte vergnügen können. Die Menschen –, dachte sie, als sie nach Ablauf einer Zehntagefrist wieder auf dem Weg zur Quelle war –, waren keineswegs so abscheulich, wie ihre Großmutter es ihr vierhundert Jahre lang eingetrichtert hatte. Arme Großmutter, sagte sie sich, wieviel besser bekäme ihr etwas weniger von ihrer Vollkommenheit, ihrer Macht und ihrem Allwissen, und statt dessen ab und zu ein kleines Pröbchen von den bezaubernden Genüssen, die die sterbliche menschliche Natur zu bieten hat. Wie viele Dinge weiß die Arme trotz ihres ungeheuren Wissens nicht!

Und so ist es gar nicht verwunderlich, daß sich im Feldlager bald die Vorstellung verbreitete, die Gegend dort sei mit ebenso schönen wie willigen Mädchen gesegnet, was die Soldaten – einschließlich ihres Königs – bei der Ankunft in dieser Region niemals vermutet hätten.

2

Prinz Nobel – dessen Reise sich wegen der vielen Aufenthalte in die Länge zog, die das Alter und die Schwäche des Magiers erforderlich machten – war immer noch nicht in Olar eingetroffen, als Königin Ardid Grund zu neuer, diesmal ernster Bestürzung bekam.

Sie befand sich in ihrem Schlafgemach, von Zofen umringt, die sie zum Essen ankleideten, als Almandin hereingestürzt kam und berichtete, etwas höchst Bedrohliches sei im Gange.

»Prinzessin Naivia«, rief der Prinz verbittert, »ist plötzlich der Meinung, dieses Schloß sei langweilig und eintönig; sie hat keine Lust mehr, immer nur Hochzeit mit Gudú zu spielen, und will mit ihrem gesamten Anhang abreisen. Falls Ihr an meinen Worten zweifelt, überzeugt Euch selbst, denn sie hat schon angefangen, unter großem Tumult und – wie üblich – widersprüchlichen Befehlen die Koffer zu packen, läßt die Karosse anspannen, und ihre stummen Soldaten – makellos wie immer, wie man zugeben muß, und ohne einem Stäubchen auf der Uniform – stehen schon zur Abreise bereit.«

»Was sagst du da?« rief Ardid empört.

Der Kobold, der seinen Platz auf der Kommode nicht verlassen hatte, bemerkte:

»Da müßt Ihr Euch nicht wundern, mein Kind. Oft genug habe ich Euch gesagt, daß Gudú längst hätte zurückkommen müssen. Hätte die Prinzessin richtige Hochzeit feiern können, käme sie nicht auf solche Gedanken. Aber Ihr habt wenig Autorität gezeigt. Zwar ist Euer Sohn der König, aber auch immer noch Euer Sohn. Und wie ich das hier verstanden habe, scheint dies doch eine wichtige Angelegenheit zu sein.«

»Was soll ich denn tun, wenn mein Sohn nicht kommt?« klagte Ardid. »Drei Boten habe ich ausgesandt und keine Antwort bekommen. Ich kann doch nicht die Prinzessin ins Heerlager bringen, damit die Hochzeit stattfindet! Und wenn sie nicht stattfindet, können wir all die Schätze zurückgeben, die sie schon als Mitgift mitgebracht hat. Außerdem können wir dann mit der Suche nach einer blaublütigen Gemahlin ganz von vorn anfangen. Und das dürfte schwierig werden, war es doch für den verehrten Meister und mich schon mit dieser mühsam genug. Und da mein geliebter Meister von Gudú festgehalten wird, kann ich dir nur sagen, allein traue ich es mir nicht zu, jemand so Passendes und Vorteilhaftes wie Naivia zu finden. Warum, mein lieber Kobold, kann die Prinzessin zu ihrer Schönheit und Blaublütigkeit nicht auch ein bißchen Vernunft ihr eigen nennen? Es ist betrüblich, sagen zu müssen, daß sie von letzterem nicht mehr hat als der dümmste Spatz auf dem Dach.«

»Der Meinung bin ich nicht«, sagte der Kobold. »Sie ist überhaupt nicht dumm. Es ist nur so, daß Ihr hier andere Vorstellungen davon habt als die Menschen im fernen Land der Ewigen. Darum gibt es keine Verständigung zwischen Euch.«

»Wie dem auch sei, wir sitzen in der Klemme«, stellte Ardid fest und steckte hastig die letzte Haarnadel fest. »Sehen wir also, was wir tun können!«

Mit diesen Worten eilte sie aus dem Zimmer, um sich von der Richtigkeit der Worte ihres geliebten Freundes zu überzeugen. Tatsächlich glichen Naivias Gemächer einem Ameisenhaufen von hin und her eilenden Pagen und koffertragenden Jünglingen, die richtungslos durcheinanderliefen und in der Hektik des Aufbruchs mehr Unordnung anrichteten, als von irgendwelchem Nutzen waren. Was eigentlich ein Glück bedeutete.

Alle Puppen standen aufgereiht, angetan mit ihren schönsten Kleidern und daneben die Fasanen, Tauben, Eichhörnchen und Welpen, die offenbar als einzige im Besitz von Ordnungsliebe, Vernunft und Zuverlässigkeit waren. Die jungen Leute hingegen waren uneins darüber, was sie anziehen sollten, und die

Prinzessin selbst war ratlos, weil sie einen Schuh verloren hatte und nicht wußte wann und wo. Sie suchte ihn unter dem Bett, hielt dabei aber eines der Hündchen im Arm, ein Rebhuhn trippelte über ihren Rücken, und zwei Eichhörnchen zupften spielerisch an den beiden Zöpfchen, die das Gesicht der Prinzessin umrahmten. Die Königin murmelte, für solche Unternehmungen sei sie zu alt, während sie sich hinunterbeugte, mit vor Atemnot gerötetem Kopf unter das Bett schaute und ausrief:

»Ich bitte Euch, Prinzessin, kommt sofort unter dem Bett hervor und hört, was ich Euch zu sagen habe!«

Trotz des höflichen »Ich bitte Euch« schwang in Ardids Stimme ein Ton, der Naivia bewog, unverzüglich zu gehorchen und die Königin auf eine Weise anzuschauen, wie sie in anderen Zeiten und bei ähnlichen Gelegenheiten ihre Kinderfrau Basilisa angeschaut haben dürfte.

Während sie ihr Krümel und ein paar goldene Beeren vom Kleid klopfte, sagte Ardid:

»Ich bin wirklich untröstlich und auch höchst verwirrt über ein Gerücht, das mir zu Ohren gekommen ist. Jemand, der Euch in meinem Ansehen herabsetzen will, hat die Stirn besessen zu behaupten, Ihr würdet Eure Abreise vorbereiten; was hieße, daß Ihr keinen Geringeren als den König einfach sitzenlassen wollt, wie man im Volksmund sagt.«

»Das ist kein Gerücht«, antwortete Naivia. »Es ist die Wahrheit, Majestät.«

»Ihr seid wohl nicht bei Verstand!« rief die Königin in dem herrischen Ton, der Naivia bekanntlich schmerzte.

»So schlimm ist es nicht«, antwortete diese mit unschuldiger Miene. »Am Ende will doch jeder, daß wir gehen. Mein großartiger Vater zum Beispiel war hochzufrieden, als er Eure Anfrage erhielt, weil er, wie er sagte, uns nicht mehr ertragen konnte. Wir hätten ihn angeblich halb wahnsinnig gemacht. Darum seid versichert, Majestät, daß es Euch besser gehen wird, wenn wir verschwunden sind.«

»Das ist eine Meinung, die nichts damit zu tun hat, was uns hier angeht«, sagte Ardid, die den Vater der Prinzessin von ganzem Herzen verstehen konnte. »Aber Ihr habt ein Versprechen gegeben, und als Prinzessin aus königlichem Hause wißt Ihr, daß Eure Ehre einen derartigen Vertrauensbruch verbietet. Und glaubt nicht, daß der König – von dessen Strenge Ihr vielleicht schon gehört habt – einen solchen Affront vergäße!«

»Welcher König?« fragte Naivia, deren Aufmerksamkeit mehr von den beiden Eichhörnchen als von dem Gespräch in Anspruch genommen war. »Mein Vater? Ach, der ist nicht streng. Er ist ein richtiger Schlappschwanz.«

Diese Worte schienen das ganze Gefolge der Prinzessin köstlich zu amüsieren – einschließlich der Tiere, was Königin Ardid beurteilen konnte, da sie die Sprache der Vögel und aller Waldbewohner zu entziffern verstand.

»Ich habe nicht die Ehre, Euren Vater zu kennen, den ich jedoch schätze und respektiere«, fuhr Ardid fort und mußte ihren ganzen Willen zusammennehmen, um Naivia keine Ohrfeige zu geben. »Ich spreche von meinem Sohn, Eurem künftigen Gemahl, König Gudú.«

Naivia verzog das Gesicht auf dieselbe unbestimmte und rätselhafte Weise wie am Tag ihrer Ankunft, als sie fragte, aus welchen Steinen Ardids Brosche bestünde. Dann rümpfte sie leicht die Nase, was bei ihr ein Zeichen großer Verärgerung war, und sagte: »Ach, wenn Ihr die Hochzeit und diese ganze Geschichte meint, o Herrin, dazu habe ich gar keine Lust mehr. Ich will nicht mehr spielen, daß ich König Gudú heirate. Wir haben jetzt ganz andere Pläne.« Und dabei lächelte sie ein boshaftes kleines Lächeln, das der äußerste Ausdruck von kindlicher Naivität war, den Ardid je gesehen hatte. Und das Lächeln wurde vom begeisterten Juchzen des ganzen unerträglich kindischen Gefolges begleitet. Noch einmal mußte Ardid sich vorstellen, sie sei Basilisa, als sie sagte:

»Die Heirat mit König Gudú ist kein Spiel. Das ist etwas sehr Ernstes, sehr Wichtiges, das für Euch sogar gefährlich werden kann. Zwingt mich also nicht, Euch eine Strafe aufzuerlegen, was ich nur höchst ungern täte.«

Die Prinzessin zuckte ergeben die Schultern und wirkte plötzlich wie das Inbild der Niedergeschlagenheit.

»Ich glaubte, diese Dinge hinter mir gelassen zu haben«, murmelte sie. »Aber man hat mich betrogen, wie immer.«

»Ihr seid es, die uns betrogen hat!« rief Ardid. »Mich, dieses Land, den König! Wenn eine Prinzessin ein Versprechen gibt, so habe ich es wenigsten gelernt, dann steht sie zu ihrem Wort bis in den Tod.«

»Entsetzlich«, sagte Naivia gedankenverloren, »wie entsetzlich!«

Diese Worte hatte Ardid nicht erwartet und nahm sie als Zeichen der Mutlosigkeit. Sie setzte sich vor der Prinzessin auf einen Stuhl, nahm deren Hände in die eigenen und sagte etwas sanfter: »Mein liebes Kind, denkt doch einmal darüber nach, wie unvernünftig Eure Abreise ist ...«

Naivia hob überrascht den Kopf.

»Unvernünftig? Die Abreise? Oh, Königin, Ihr wißt nicht, was Ihr da sagt.« Und zu ihren Begleitern gewandt, fügte sie in belustigtem Tonfall hinzu: »Die Königin meint, unsere Abreise sei unvernünftig. Dabei ist nichts auf der Welt vernünftiger – und vergnüglicher. Viel vernünftiger und unterhaltsamer jedenfalls, als Tag für Tag Hochzeit mit dem König – falls er jemals kommen sollte – oder mit sonst einem zu spielen. Nein wirklich, Königin, Ihr habt komische Einfälle.«

»Nun, ich möchte gern das Gesicht Eures Vaters sehen, wenn Ihr heimkehrt«, sagte Ardid ebenso verblüfft wie verletzt. »Ich glaube nicht, daß er sehr vergnügliche Dinge sagen wird, wenn er Euch sieht; welcher ›Schlappschwanz‹ er auch sein mag.«

»Zu meinem Vater, dem König, zurückkehren?« fragte Naivia ungläubig. »Wirklich, Majestät, Einfälle habt Ihr ... Wir werden keinesfalls zu ihm zurückkehren. Er ließe uns wahrscheinlich nicht einmal ins Schloß. Nein, auf keinen Fall. Wir gehen ganz woanders hin, nicht wahr, Elf?« sagte sie und wandte sich mit freudestrahlendem Gesicht dem Fenster zu.

Dort entdeckte Ardid nun den Cousin der Prinzessin, jenen sonderbaren Prinzen Elf, der offenbar auch auf sehr sonderbare Weise seine Cousine beschützte.

»Und wohin gedenkt Ihr zu gehen, wenn man das erfahren darf?« rief Ardid in einem Ton ungläubiger Hochmütigkeit.

Elf ließ wie immer die Beine baumeln und führte mit der freien Hand – die andere blieb stets unter dem Umhang verborgen – einen Apfel zum Mund und knabberte daran.

»Wir gehen ›nach Drüben‹«, sagte er. »Habt Ihr etwa von diesem Ort noch nie gehört? Das ist seltsam; alle Welt will doch wenigstens einmal im Leben ›nach Drüben‹.«

Der begeisterte Tumult, den diese Worte auslösten, machte es der Königin unmöglich, ihrer Stimme noch einmal Gehör zu verschaffen. Sosehr sie auch versuchte, den Ton der ungeliebten Basilisa zu treffen, niemand hörte ihr zu. Weder Bitten noch Drohungen drangen durch, so daß sie nach einer Weile glaubte, die Stimme verloren zu haben oder zu Geistern zu sprechen.

Unwirsch machte sie kehrt und verließ gedankenvoll das Zimmer.

Als offenbar alles Gepäck auf dem Karren verladen war und die Prinzessin sich unter blindlings ausgeteilten Handküssen anschickte, die Kutsche zu besteigen, hatte die Königin plötzlich eine Eingebung. Jedes Protokoll und jegliche Haltung aufgebend, stürmte sie die Stufen der Freitreppe hinunter, und bevor der Kutscher den Pferdchen die Peitsche geben konnte, riß sie den Wagenschlag auf und keuchte:

»Prinzessin, ich fürchte, Ihr begeht einen großen Fehler. Auf keinen Fall werde ich Eurem Herrn Vater die Truhe mit den Juwelen zurückgeben, sondern sie in meiner Obhut behalten. Und seid versichert, daß der Zorn meines Sohnes und mein eigener Groll Euch finden werden, wo immer dieses ›nach Drüben‹ auch sein mag.«

»Ihr könnt sie behalten, Königin. Sie gehören Euch«, antwortete Naivia mit bezaubernstem Lächeln. »Ich nehme nur meinen höchst privaten Geheimschatz mit.«

Tatsächlich ruhte auf ihren Knien jene kleine Schatulle, die Ardid nicht zu öffnen vermocht hatte. Die Augen der Königin schleuderten solche Blitze, daß Naivia und ihr gesamtes Gefolge – mit Ausnahme der stummen Soldaten natürlich – sie mit offenen Mündern anstarrten.

»Oh, Majestät, wie herrlich!« rief Naivia endlich. »Könnt Ihr das nicht noch einmal tun? Bitte! Da Prinz Elf ganz hinten reitet, hat er nicht sehen können, wie Ihr mit den Augen Blitze zu schleudern vermögt.«

Die Königin stand wie versteinert, weswegen Naivia zur Aufmunterung hinzufügte:

»Herrin, bitte küßt noch meine Puppen. Sie sind ganz untröstlich, daß Ihr Euch nicht von ihnen verabschiedet habt.«

Sie nahm zwei von denen, die zuhauf auf den Kissen in der Kutsche herumlagen, und hielt sie der Königin an die Wangen. Diese tat mit einem leisen Schmatzen ihrer rosenfarbenen Lippen, als küsse sie sie; woraufhin Naivia »Auf Wiedersehn, auf Wiedersehn, ihr Lieben!« rief und den blaß gewordenen Soldaten vor dem Schloß zum Abschied winkte. »Auf Wiedersehen, meine Brüder, möge das Glück euch stets begleiten, euch die rechte Frau und viele Kinder schenken«, waren ihre Worte zum Abschied.

Danach setzte sich die Gesellschaft in Bewegung. Die Zugbrücke senkte sich von allein, und Prinzessin Naivia, ihre Puppen, Welpen, Tauben, Fasanen und Wachteln, ihre Eichhörnchen, ihre unerschütterlichen Leibwachen und ihr stiller Cousin, Prinz Elf, verließen das Schloß von Olar in Richtung einer so wunderlichen Gegend wie ›nach Drüben‹.

Erst dann löste sich die Königin aus ihrer Starre. Sie gab den Befehl, so schnell wie möglich ihr Pferd zu satteln, und nahm mit einer kleinen Eskorte von Soldaten – wenn man sie überhaupt so nennen konnte – die Verfolgung auf. Sie ließ sich zwar nichts anmerken, aber sie war verblüfft, mit welcher Geschwindigkeit diese seltsame Kutsche fahren konnte. Unter den Hochrufen der Bevölkerung flog sie förmlich durch die Stadt, und die Prinzessin erwiderte die Bewunderung der Leute mit den gewohnten Küssen, die sie von den Fingerspitzen blies. Über den Rücken ihres Pferdes gebeugt, sah Ardid, wie die Wachen vor dem Ansturm von Naivias Kutsche zu Stein erstarrten und die Tore von allein aufschwangen.

Als sie sie durch das Osttor aus der Stadt fahren sah, gab sie ihrem Tier so heftig die Sporen, daß die klägliche Eskorte ihr kaum zu folgen vermochte. Die Reisegesellschaft hatte bereits, ohne jede Eile, wie es aussah, das Ufer des Sees erreicht; ihre Umrisse spiegelten sich anmutig tanzend im glitzernden Wasser.

Die Königin wollte eben ihren Arrest befehlen – ein Vorhaben, das sie angesichts einer Leibwache, die viel jünger und besser ausgerüstet war als ihre eigene, ein wenig beunruhigte –, als ihr gequältes Gemüt von einer unerwartet hereinbrechenden Hoffnung und von unaussprechlicher Freude schier überschwemmt wurde. Wenn ihre müden Augen sie nicht trogen – und sie hoffte inständig, daß sie es nicht taten –, erblickte sie weit voraus einen Reitertrupp, der der Reisegesellschaft der Prinzessin entgegenkam und ihr den Weg abschnitt. Es war ein Wirklichkeit gewordener Traum: Soldaten von Olar, und an ihrer Spitze ritt Prinz Nobel, gefolgt – das spürte ihr Herz deutlicher, als ihre Augen es sahen – von einem Maultier, auf dessen Rücken schwankend und erschöpft ihr über alles geliebter Meister saß.

»Sei gesegnet für alle Zeit und Ewigkeit«, murmelte Ardid. Sie stieß ihrem Pferd die Sporen in die Weichen und jagte ihnen entgegen, das gelöste Haar im Wind flatternd, wie der Kobold und der Magier sie vor vielen Jahren über diese Hügel hatten galoppieren sehen.

Erst lange nachdem dies alles vergangen war und sie sich die Ereignisse jenes außergewöhnlichen Tages noch einmal in Erinnerung rief, durchfuhr Ardid ein Schauer der Erleichterung und des Schreckens. Und so blühte ihre verborgene Zuneigung zu Prinz Nobel mit Macht wieder auf, wenn sie daran dachte, zu welch passender Gelegenheit er zurückgekommen war und welch glückliche Wendung damit alles genommen hatte.

Als Nobel – von der Königin ins Bild gesetzt und vom eigenen Augenschein und seiner raschen Auffassungsgabe unterstützt – die Karosse samt Wachen – die zwar ihre Schwerter zückten, aber immer noch so unbeteiligt wirkten, als wäre alles ein Spiel – zu umstellen befahl, näherte sich Prinz Elf der Kutsche, öffnete den Wagenschlag und sagte amüsiert:

»Ist das nicht lustig, Prinzessin, man hat uns verfolgt, und nun werden wir unter Arrest gestellt.«

Ein Freudenschrei drang aus der Kutsche, und Naivia sprang ins Freie, wobei sie ihren anderen Schuh verlor. Laut lachend stürmte sie den grünen Hügel hinunter, ihr ganzes Gefolge samt Vögeln und sonstigem Getier jauchzend hinterher. Das Sonnenlicht warf blitzende Funken über das Wasser des Sees, daß Nobel einen Moment lang geblendet wurde und die Prinzessin nicht sah, sondern nur ihre tumultartige Flucht mitbekam. Er schwang sich aufs Pferd und galoppierte ihr nach, folgte dem schneeweiß leuchtenden Umhang, der über das tiefe Grün des schon fortgeschrittenen Frühlings flog. Er erreichte sie in dem Moment, als die Prinzessin stolperte und den Abhang zum See hinunterpurzelte. Doch da gab Prinz Elf seinem Pferd die Sporen und stellte sich mit gezücktem Schwert zwischen die beiden. Verblüfft sah Nobel sich einem Jungen, fast noch einem Kind, gegenüber, der eine goldene Krone auf den blonden Locken trug und dessen Augen so fröhlich funkelten, als spielten sie alle ein unterhaltsames Spiel. Ebenfalls mit erhobenem Schwert hielt Nobel verwirrt inne.

In diesem Augenblick stieß Naivia einen leisen Schrei aus, der wahrhaft untröstlich klang. Ihrem Fall den Abhang hinunter war von einem wilden Rosenstrauch Einhalt geboten worden; und dort saß sie nun, den Blick wohlgefällig auf die beiden Prinzen gerichtet, als sie die winzige Truhe mit ihrem privaten Geheimschatz aus dem Schoß verlor und diese nun weiter den Hügel hinabkullerte, dem Wasser entgegen. Ardid, die alles mit brennenden Augen beobachtet hatte, spornte ihr Pferd an und sprengte in höchster Erregung dem Schatzkästlein hinterher.

Dieses hüpfte mit zunehmender Geschwindigkeit und immer weiteren Sprüngen über die Steine, bis es zerbrach. Zahllose Gegenstände, die sie aus der Ferne nicht erkennen konnte, ergossen sich, im Sonnenlicht glitzernd, über das Gras. Die Königin brachte ihr Pferd zum Stehen. Mit wogender Brust und feurigen Wangen stieg sie ab – wie vor einer langen Zeit, die jetzt plötzlich um sie her neu erstand – und beugte sich über jene funkelnden Objekte, die teils im Gras verschwanden oder im Wasser versanken. Später erinnerte sie sich manchmal noch mit Tränen in den Augen an jenen Augenblick, an dem nicht so sehr Habgier sie trieb, sondern eine ferne, lustvolle und erregende Neugier.

Erst als sie in die Hocke ging und unter den schüchternen Wiesenblumen, unter Disteln und Dornengestrüpp Stück für Stück aufsammelte, was Naivias privater Geheimschatz gewesen war, breitete sich ein Gefühl sanfter Verlassenheit in ihr aus und zwang sie, sich im Gras niederzusetzen. Und voller Enttäuschung, die sie seltsamerweise mit Wehmut erfüllte, sammelte sie in ihrem Schoß kleine Flußkiesel, schillernde Glaskugeln, einen Milchzahn ... Sie schaute auf und sah Naivia – wie sie sie noch nie gesehen hatte und es auch nie für möglich gehalten hätte – unter dem Rosenstrauch sitzen, die Hände vors Gesicht geschlagen und bitterliche Tränen vergießen.

Langsam erhob sich Ardid aus dem Gras und trat auf die Prinzessin zu. Sie schlang die Arme um sie, wiegte sie sanft und trocknete ihre Tränen mit dem eigenen Taschentuch; und während sie ihr das wirre Haar zurückstrich und die Tränen abwischte, küßte sie sie auf die Wangen, was sie nie zuvor getan hatte – oder vielleicht in einer lange verlorenen Zeit einmal getan hatte. Und während sie sie tröstend in ihren Armen wiegte, sagte sie: »Weint nicht, mein Kind. Wir gehen jetzt nach Hause«, zum erstenmal sagte sie nach *Hause* anstatt *Olar*, »und wenn Ihr brav seid, verspreche ich Euch einen neuen Schatz. Ich werde Euch noch viel mehr schöne Dinge geben, und ich verspreche Euch, daß sie Euch niemand mehr wegnehmen wird.

»Ist das wahr, Mutter?« fragte Naivia unter Tränen, aber schon ein wenig getröstet, wie es schien. Und sie nennt mich schon wieder Mutter, dachte Ardid, nicht mehr Herrin.

»Ich halte, was ich verspreche«, sagte Ardid, »Ihr werdet es sehen.«

Und während die Jünglinge und Mädchen unter Tränen und Lachen einsammelten, was von dem privaten, nun nicht mehr geheimen Schatz übrig war, geriet die Ausreise in Vergessenheit, und alle kehrten brav ins Schloß zurück.

Nur Nobel war, verwirrt und furchtsam, allein zurückgeblieben. Er hatte Naivia nicht ins Gesicht schauen können, aber er hatte von fern ihre eigenartige Stimme gehört, die nicht die Stimme eines Mädchens und nicht die eines Jungen war, nicht mehr die eines Kindes und noch nicht die eines heranwachsenden Menschen. Sie war tief und hell, erschütternd und leicht wie der Wind, der plötzlich die Oberfläche des Sees kräuselte. Und bevor die Sonne ganz im Wasser versank, beschien sie einen glänzenden Gegenstand im Gras. Nobel stieg vom Pferd und beugte sich hinab, um ihn aufzuheben. Es war das letzte Stück von Naivias Schatz. Als er es in der Hand hielt, krampfte sich das Herz des Prinzen zusammen, und er spürte, wie ein feiner dunkler Wind es traf. Denn was er in seiner Hand hielt, war exakt die andere Hälfte des blauen Steins mit dem Loch in der Mitte, den ihm Königin Ardid einmal geschenkt hatte und den auch er als geliebten Schatz bewahrte. Tief gerührt legte er ihn zu den anderen Dingen ins geheime Schatzkästlein, dann gab er seinem Pferd die Sporen und folgte den anderen nach Olar.

3

Kaum waren sie an jenem Abend im Schloß angekommen, gingen die Prinzessin und ihr Gefolge sogleich zu Bett. Sie waren offensichtlich alle erschöpft und schliefen fast im Gehen ein.

Mit Glückstränen in den Augen umarmte nun die Königin ihren alten Lehrer. Sie glaubte, ein Stachel dringe in ihr Herz, als sie ihn betrachtete: nur noch Haut und Knochen, am Ende seiner Kräfte, unübersehbar alt geworden. Als ich ihn täglich vor Augen hatte, sagte sie sich, ist mir nicht aufgefallen, daß er alterte … Werde ich selbst auch älter und merke es nicht? Die Königin ließ Essen und Trinken in sein Gemach bringen, rief den Kobold hinzu, und dann gaben sich die drei süßen Erinnerungen hin und labten sich am neuerlichen Beisammensein.

»Ach, mein liebes Kind«, sagte der Magier, nachdem er sich etwas gestärkt hatte, »wenn Ihr nur ein kleines bißchen für mich übrig habt, dann bittet den König, daß er mich nicht mehr in sein Feldlager holt, ich würde es nicht überleben.«

Da meldete sich der Kobold zu Wort:

»Ich könnte dir helfen, lieber Meister. Ich habe ja nicht geahnt, wie wichtig dem König deine Zeichnungen sind. In Zukunft kannst du sie ihm zukommen lassen, ohne bei ihm sein zu müssen. Geradewegs von hier kannst du sie ihm schicken.«

»Wie sollte das möglich sein?« fragte der alte Mann, den Tränen nahe. »Eine solche Erfindung ist noch nicht gemacht, und ich weiß nicht einmal, ob ich lange genug lebe, um überhaupt in ihren Genuß zu kommen.«

»Nur nicht verzagen!« rief der Kobold. »Da die Erde über unseren Tunneln für uns Kobolde wie ein gläsernes Dach ist, kenne ich die Beschaffenheit der Gegenden besser, als wenn ich sie aus der Luft betrachten würde. Also werde ich ab jetzt alles auf meinem Rücken aufzeichnen. Du weißt ja, wie das aussieht. Du brauchst die Zeichnungen nur noch auf Pergament zu übertragen, dann können sie abgeschickt werden.«

»Aber wie?« fragte Ardid, die den Verdacht hegte, der Kobold sei, wenn nicht wegen seines Alters, so doch wegen des Grades seiner Trunksucht nicht mehr ganz zurechnungsfähig. »Ich kann mir nicht vorstellen, wie sie mit der gebotenen Schnelligkeit zu ihm kommen, wenn er nicht hier im Schloß weilt.«

Der Kobold zog ob der Begriffsstutzigkeit der Königin ein verdrießliches Gesicht.

»Wißt Ihr nicht mehr, daß ich, obwohl ich sie für eitel und überaus unbesonnen halte, noch auf ganz gutem Fuß mit den Luftgeistern stehe? Sie schulden mir zahllose Gefälligkeiten, da ihr mit völliger Substanzlosigkeit einhergehender Dünkel sie immer wieder in Schwierigkeiten bringt; zumal sie nicht über einen Bruchteil der Fähigkeiten von uns Kobolden verfügen. Ich bin also sicher, daß sie, geschwind auf allen Winden und Luftströmen reitend, die sie finden – und sie kennen sie alle –, die gewünschten Lagepläne schnellstens im Zelt unseres Königs abliefern werden.«

»Ach, mein lieber Kobold«, rief der Magier und drückte ihn an sich, »du bist ein ganz außergewöhnlicher Freund!«

Und voller Hoffnung, seine Tage in den – zumindest für ihn – gemütlichen Gemäuern seines Verlieses beschließen zu können, ging der Magier ebenso wie Königin und Kobold in Erwartung des nächsten Tages zu Bett.

Wie es ihrer Gewohnheit entsprach, war Ardid im ersten Morgengrauen schon wieder auf den Beinen. Entschlossen, klare Verhältnisse zu schaffen, da sie die Prinzessin jetzt besser zu verstehen glaubte, ließ sie Prinz Nobel zu sich rufen.

»Mein lieber Prinz«, sprach sie mit der ihr eigenen, nach den beunruhigenden Ereignissen der letzten Zeit erstmals wiedergefundenen Vornehmheit und Herzenswärme, »ich möchte dir nicht die ernsten Schwierigkeiten verhehlen, die ich während der Abwesenheit meines Sohnes zu bewältigen hatte und die der Umgang mit einer Prinzessin reinsten königlichen Geblüts mit sich bringt ... Darum beunruhigt mich das lange Ausbleiben meines Sohnes, und ich hoffe, daß du Nachrichten für mich hast, die seine Heimkehr betreffen. Denn wenn nicht in kürzester Zeit die Hochzeit stattfindet, sehe ich neue Komplikationen auf uns zukommen, da die Prinzessin ein vollkommen unberechenbares Wesen ist.«

Voller Kummer berichtete Nobel der Königin von den Plänen ihres Sohnes Gudú, die hinauszuzögern er wegen ihrer Gewagtheit unbedingt anriet. Und noch bekümmerter war er, als er der Königin erklärte, womit ihn der König beauftragt hatte: die Prinzessin an seiner Statt zu heiraten, und das so schnell wie möglich. So könnte Gudú – wie er gesagt hatte – seine Pläne ohne Hast zu Ende führen; die Prinzessin jedoch wäre von Rechts wegen ihm und dem Königreich verbunden.

Die Königin lauschte diesen Worten mit großer Aufmerksamkeit. Und als Nobel geendet hatte, stellte er zu seiner nicht geringen Überraschung fest, daß sie die Pläne ihres Sohnes gar nicht so abwegig fand. Im Gegenteil; sie schien sie sogar als gute – oder wenigstens als die den Umständen entsprechend beste – Nachricht aufzufassen.

»So wird die Hochzeit also unsere dringlichste Aufgabe sein. Von dem Plan, in die Steppe vorzudringen, werde ich meinen Sohn wohl nicht abhalten können, das scheint eine Art Besessenheit in dieser Familie zu sein. Soll Gudú also tun, was er für richtig hält; immerhin hat er bisher ja bewiesen, daß er die Dinge nicht auf die leichte Schulter nimmt. Und wenn er die Prinzessin auf diese Weise heiraten will, wird er auch dafür seine Gründe haben.«

Diese Worte brachten den erstaunten Nobel zu der unerwarteten Einsicht, daß der Königin offenbar mehr daran lag, die Prinzessin in Olar zu behalten, als ihren Sohn in die Arme zu schließen, dessen Pläne darüber hinaus ihre volle Zustimmung zu finden schienen.

»Hast du die Prinzessin schon kennengelernt?« fragte die Königin, nun etwas weniger förmlich und ohne Protokoll. In ihrer Stimme lag jetzt ein vertraulicher Ton, der ihren Wunsch verriet, persönliche Meinungen auszutauschen.

»Nein, Herrin, ich habe nur einen kurzen Blick auf sie werfen können, als sie zum See hinunterlief.«

»Nun, ich muß dir gestehen, Prinz Nobel« – sagte Ardid, und in ihrer Stimme klang diesmal ein kaum wahrnehmbarer Anflug von Klatschsucht mit, »daß etwas Seltsames vorgeht im Schloß, seit sich die Prinzessin mit ihrem Gefolge in Olar aufhält. Ich weiß nicht, wie ich es dir erklären soll; es ist, als wäre ständig eine leise Musik um uns, oder ein Windhauch, oder, wie soll ich sagen, eine ganz und gar ungewöhnliche Melodie, die Vorhänge, Wandteppiche, Türen und Kleider zum Schwingen bringt ... eine Art verborgener Gesang, hörbar und unhörbar zugleich.«

Als sie das ungläubige Staunen in Nobels Augen sah, straffte sie die Schultern und fügte hinzu: »Möglicherweise sind das auch nur Gedankengebilde einer von Einsamkeit und Sorgen geplagten Frau, die nicht mehr die Jüngste ist. Aber nicht ein einziger der Bälle und Empfänge, die wir für die Prinzessin ausgerichtet haben, konnte stattfinden ... Sie ist sanftmütig und gerissen, brav und aufsässig, ungezogen und zugleich unvorstellbar wohlerzogen. Doch ist sie das nicht je nach Lust oder Laune – was zwar auch nicht angenehm, aber menschlich und daher verständlich wäre –, sondern alles auf einmal, wie in denselben Brotteig hineingeknetet und im selben Ofen gebacken. Nun ja«, seufzte sie mehr für sich als für ihren Zuhörer, »die Kindlichkeit und gleichzeitige Abgeklärtheit der Prinzessin ist schon recht befremdlich.«

Dann wechselte die Königin mit ungewohnter Leichtigkeit das Thema.

»Weißt du was, mein lieber Nobel? Seit einiger Zeit wird mir bewußt, wie heruntergekommen und wenig anheimelnd unser Schloß ist. Und nicht nur das; auch wir, die Bewohner, zeigen längst nicht das gepflegte und verschwenderische Äußere, wie es für einen Königshof wünschenswert wäre. Du selbst, mein Lieber, seit wann hast du dieses schmutzige Lederwams nicht mehr ausgezogen?«

Eine leichte Röte zog über Nobels Gesicht, und er antwortete hastig: »Das ist kein Wams, Majestät, sondern ein Harnisch. Aber Ihr habt recht, ich weiß wirklich nicht mehr, wie lange ich ihn schon trage.«

»Siehst du«, sagte die Königin und faßte ihn ohne Umstände an den Schultern, drehte ihn um die eigene Achse und betrachtete ihn, »das muß sich schnellstens ändern. Du bist alles andere als häßlich, und ein wenig Sauberkeit und Pflege ständen dir gut an. Außerdem« –, fügte sie mit nachdenklicher Miene hinzu –, »wäre es nicht falsch, dich ein wenig zu parfümieren. Du verströmst einen wenig höfischen Geruch von Erde, Lagerfeuer und Blut, wenn man nahe bei dir steht.«

»Oh, Königin«, sagte der Prinz, zwischen Verwunderung und Beschämung schwankend, »Ihr habt mir nie etwas davon gesagt. Bedenkt bitte, daß ich gerade von einem Ort komme, wo diesen Dingen beileibe nicht derselbe Wert beigemessen wird wie hier in Olar.«

»Gut«, entgegnete Ardid, »nimm also ein Bad; und ich werde Almandin bitten, dir passende Kleidung zu besorgen. Ich selbst«, fügte sie in gespielter Bescheidenheit hinzu, »biete auch nicht gerade den Anblick, den man von einer Königin erwartet. Es ist wirklich an der Zeit, mich um etwas Feineres, Geschmackvolleres und Vornehmeres zu kümmern. Ich weiß, mein Land hat schlimme Zeiten durchgemacht, und Verzicht war mir stets das teuerste Juwel. Aber ich kann dir sagen« – wieder fiel ihre Stimme in einen raunenden, vertraulichen Ton –, »daß wir jetzt erheblich reicher geworden sind. Und zwar nicht allein durch die Schätze, die König Gudú im Schluchtenland erbeutet hat, sondern durch den unermeßlichen Wert der Edelsteine und Juwelen, die Prinzessin Naivia als Aussteuer mitgebracht hat. Ich glaube, es ist nun an der Zeit, daß der Hof von Olar jenen Glanz entfaltet, der ihm gebührt.«

»So soll es sein«, sagte Nobel. Im Geist jedoch sah er wieder die Greuel der letzten Schlacht vor sich und das Elend der Bewohner aus dem Armenland. Und die Verbitterung, die er damals empfunden hatte, überwältigte ihn. Aus diesem Grund wagte er einzuwenden:

»Wenn Ihr mir gestattet, noch eine Geringfügigkeit anzumerken, die einer Königin und Majestät, wie Ihr sie im besten Sinne verkörpert, nicht übel anstände. So wie die Zurschaustellung gediegenen Wohlstands einer Königin wie Euch wohl angemessen ist, gilt dasselbe für eine Geste der Großzügigkeit und des Wohlwollens an jene, die nichts besitzen und bedürftig sind.«

»Aus dir spricht die Ritterlichkeit des wahren Edelmannes«, antwortete Ardid feierlich und strich mit den Fingerspitzen sanft über Nobels Wange. »Sei versichert, daß ich es nicht vergessen werde.«

»Ist das wahr, Herrin?« fragte Nobel voller Hoffnung.

»So wahr ich Königin Ardid bin«, entgegnete sie. Doch so ernst es ihr mit diesem Versprechen auch war, der Prinz hatte ihr Gemach noch nicht verlassen, da waren die guten Vorsätze schon wieder vergessen.

Almandin fand in seinen Schränken ein Gewand aus moosgrünem Samt und einen Gürtel mit silbernen Einlegearbeiten; beides Dinge, die ihm zu klein geworden waren, denn die Zeit, da sein Körper noch sehnig und biegsam war, lag lange zurück. Mit etwas schmückendem Firlefanz dazu und hier und da einem Stich der Schneidermeister, die von der Insel Leonia kamen und vom Prinzen selbst angewiesen wurden, bot der verwirrte und sich höchst unbehaglich fühlende Nobel nach einem ausgiebigem Bad einen wahrhaft strahlenden Anblick.

Als Ardid ihn beim nächstenmal sah, war sie entzückt.

»Wenige können es an Stattlichkeit mit dir aufnehmen«, sagte sie zufrieden und ging diesmal um ihn herum, anstatt ihn zu drehen. »Ich glaube wirklich, daß du den König bei einer so bedeutenden Zeremonie, wie seine Hochzeit es ist, würdig vertreten wirst.«

Mit einem leichten Gefühl von Erbitterung richtete Nobel seine Gedanken in jene fernen Gegenden, wo König Gudú sich derzeit aufhielt und gewiß ebenso schlecht roch und so abgerissen aussah wie er selbst noch vor wenigen Stunden. Um die liebevolle mütterliche Erinnerung der Königin jedoch nicht zu trüben, enthielt er sich jeder Bemerkung.

»Jetzt«, sagte Ardid, und in ihren Augen leuchtete jenes besondere Licht, das diese unvergeßlich machte, »ist für dich der Moment gekommen, die Prinzessin kennenzulernen, deine zukünftige Königin, und ihr mit dem ritterlichen Taktgefühl, das dich immer schon ausgezeichnet hat, den Beschluß des Königs kundzutun.«

Da erst erkannte Nobel die letzte Wahrheit der Dinge, begriff, warum Ardid bis zum Schluß gewartet hatte, ihn mit dieser zwar wichtigen, aber auch höchst unangenehmen Mission zu betrauen. So furchtsam und verlegen wurde er angesichts dessen, was von ihm erwartet wurde, daß er seine natürliche Zurückhaltung aufgab und einzuwenden wagte: »O Herrin, glaubt Ihr nicht, Euer weibliches Einfühlungsvermögen wäre bei einem solchen Gespräch von größerem Nutzen ...?«

»O nein«, entgegnete sie, und ihre Miene ließ keinen Zweifel daran, daß an ihrem Entschluß nicht zu rütteln war. »Du bist der Beschützer, der Wächter und treue Bruder des Königs, und daher gebührt dir diese Ehre. Ich werde nicht so selbstsüchtig sein, dich aus gedankenloser Mutterliebe dieses Vorzugs zu berauben.«

Nobel schwieg; aus Erfahrung wußte er, daß es zwecklos war, sich Ardid zu widersetzen. Die Königin senkte daraufhin vertraulich die Stimme und sprach: »Bevor ich sie dir in der Öffentlichkeit vorstelle, möchte ich, daß du erst einmal einen heimlichen Blick auf das bezaubernde Geschöpf wirfst. Wenn du sie ein Weilchen beobachtet hast, fällt es dir vielleicht etwas leichter, die richtigen Worte zu finden, mit denen du sie vom Entschluß des Königs unterrichtest.«

»Euer Wille wird geschehen, Majestät. Ich weiß, daß die reine Güte und Wertschätzung für mich Euch derlei Ansinnen vortragen lassen ... Aber ich muß Euch gestehen, daß ich noch nie in meinem Leben hinter Türen oder Vorhängen gelauscht habe und daß mich derlei Dinge abstoßen, wenngleich ich mir der vornehmen Gründe bewußt bin, die hinter diesem Vorschlag unzweifelhaft stehen.«

Doch die Königin hatte bereits seine Hand ergriffen und hörte nicht mehr auf seine Worte. Zu ihren bemerkenswertesten Fähigkeiten zählte es, nicht zu hören, was sie nicht hören wollte, wohl jedoch zu hören, was sie eigentlich gar nicht hören sollte.

Sie brachte ihn zu einer Geheimtür, die fast jeder im Schloß kannte und von der aus ein Gang unmittelbar zum Thronsaal und ein anderer zu den Gemächern der Prinzessin führte, welche Ardid ihr natürlich nicht aufs Geratewohl zugeteilt hatte.

Sie schlichen lautlos durch diesen Gang, bis sie schließlich hinter einem schweren Wandvorhang standen, wo die Königin einen Finger auf die Lippen legte, und den Kopf des Prinzen mit der Hand an eine Stelle dirigierte, an der sich im Gewebe ein unauffälliges Loch befand.

»Schau hindurch und spitz die Ohren«, flüsterte sie dem jungen Mann ins Ohr, »danach komm zu mir und berichte.«

Mit einer würdevollen Geste, die keinen Zweifel daran ließ, daß eine Königin sich derlei Tun nicht hingeben – es wohl aber befehlen – konnte, kehrte sie um und ließ den sprachlosen, verärgerten, beschämten und in seiner Selbstachtung verletzten Nobel zurück.

Zuerst sah er nichts. Er hielt das Auge zwar an das Loch im Vorhang gedrückt, doch seine Scham, seine Verwirrung und seine widerstreitenden Gefühle wühlten ihn so auf, daß weder sein Verstand noch sein Blick etwas anderes wahrnahmen als die goldene Helligkeit des Lichts. Erst als sein Herz nach einer ganzen Weile wieder ruhig schlug, erkannte er undeutlich die Köpfe von Jungen und Mädchen, hörte ihre Stimmen und vernahm ihr helles Lachen. Plötzlich erschien dicht vor seinen Augen der Nacken eines Mädchens, und im Gegenlicht war ihr Haar so blond, so seidig und glänzend, daß eine Kindheitserinnerung in ihm erwachte. ›Solches Haar habe ich irgendwo, irgendwann schon einmal gesehen‹, sprach er langsam zu sich selbst, den verschwommenen Weg der Erinnerung zurückverfolgend. Und dann vernahm er Naivias Stimme; eine Stimme, die ihn mit Beklemmung und Unbehagen erfüllte wie an jenem Tag, als die Prinzessin die kleine Truhe mit ihrem wertvollen Geheimschatz verlor.

Allmählich verstand er, was sie da trieben. Sie spielten ein altes Spiel, daß er selbst, als er noch ein Kind war und im Süden lebte, mit den Kindern der Weinbauern gespielt hatte. Wie hieß dieses Spiel? Sosehr er sich zu erinnern suchte, er fand es nicht heraus. Und diese scheinbare Geringfügigkeit bereitete ihm solchen Kummer, daß er versucht war, den Vorhang beiseite zu schieben, ins Zimmer zu treten und es herauszufinden. Allein die Vernunft – jene Vernunft, die für Gudú und die Königin eine so wertvolle Hilfe war, nicht aber für ihn selbst – hielt ihn davon ab. Während er weiterhin lauschte und spähte, kam er zu dem Schluß, daß er viel zu wenig sah und hörte, als daß er sich ein ausreichendes Bild hätte machen können, um der Prinzessin den Willen des Königs mit den richtigen Worten kundzutun. In solchen Gedanken war er vertieft, als plötzlich die helle Stimme eines Jungen wie ein Pfeil in sein Gehör drang. Und die Stimme – in der er den seltsamen Gefährten der Prinzessin erkannte, der eine goldene Krone trug und dessen blitzendes Schwert ihn am See geblendet hatte – sagte: »Ah, Naivia, Prinz Nobel möchte mit uns spielen. Ist das nicht ein Glück? Seit wir hier sind, haben wir immer einen zu wenig für unsere Spiele.«

»Wo ist er?« hörte er die Prinzessin fragen. Voller Schrecken kniff Nobel die Augen zu. Er spürte, wie ihm der Schweiß auf die Stirn trat, was ihm nicht einmal vor der Schlacht gegen Usurpino passiert war.

»Das darf ich nicht sagen«, hörte er den Jungen sagen. »Es ist ein Spiel. Wir müssen ihn suchen.«

Vor Angst erstarrt, lauschte er dem Tumult von lachenden Stimmen und trappelnden Schritten. Plötzlich wurde der Vorhang zur Seite gerissen, und jemand stolperte so unglücklich gegen ihn, daß der blaue Stein mit dem Loch, den Ardid ihm geschenkt hatte und den er stets unter seinem Wams auf der bloßen Haut trug, sich ihm mit brennendem Schmerz ins Fleisch bohrte. Nobel riß die Augen auf, und im hellen Licht des lodernden Kaminfeuers erblickte er ein Mädchen von zehn oder elf Jahren, das die Arme um ihn geschlungen hatte. Dann gewahrte er, daß auch seine Arme das Mädchen umschlungen hielten. Ihr lächelndes Antlitz schaute neugierig zu ihm auf, leicht atemlos vom Laufen noch, und er erkannte in den Gesichtszügen und den hellen Augen das Porträt der Prinzessin. Von ihren Gefährten geschubst, drängte Naivia sich noch enger an Nobel, so daß der Stein noch etwas tiefer in sein Fleisch drang, und er ein leises Stöhnen nicht unterdrücken konnte.

»Was ist mit Euch?« fragte Naivia, plötzlich vollkommen ernst. Ihre Miene war wieder ganz von jener tiefen, geheimnisvollen Ernsthaftigkeit durchdrungen, die seinerzeit den Hofstaat und selbst die Königin erschüttert hatte.

»Nichts, nichts«, antwortete Nobel mit schwacher Stimme und löste sich so brüsk aus der unfreiwilligen Umarmung, daß es ihn selbst überraschte. »Ich bitte Euch, verzeiht mir.«

»Verzeihen? Was gibt es da zu verzeihen?« fragte Naivia, und die unbekümmerte Fröhlichkeit trat wieder in ihr Gesicht.

»Ich sollte nicht hier sein«, sagte Nobel. »Aber ich habe mich verlaufen, und …«

Die Lüge legte einen so bitteren Geschmack auf seine Zunge, daß er innehielt. Er hörte den Jungen sagen:

»Ihr wolltet gar nicht mit uns spielen? Das ist aber schade, denn uns fehlte noch jemand, und Ihr wärt gerade zur rechten Zeit gekommen.«

Alle machten enttäuschte Gesichter, und Prinzessin Naivia beschied sie:

»Wenn er nicht will … Wir können ihn nicht zwingen.«

Bei diesen Worten zog sie ihn aber schon an der Hand hinter sich her, und ehe der Prinz sich's versah, saß er bereits neben ihr, umringt von ihrem Gefolge.

»Ihr seid blaß«, bemerkte sie, und zog ein Taschentuch aus dem Ärmel ihres Kleides, um ihm die Schweißperlen von der Stirn zu tupfen. Noch brüsker als zuvor wies Nobel sie zurück.

Naivia war so überrascht, und ein solches Mitgefühl lag in ihrem Blick, daß der Prinz nur stammeln konnte: »Ich wollte Euch nicht verletzen, meine Herrin. Verzeiht mir bitte.«

»Krieger mögen so etwas nicht«, warf der kleinste Page ihres Gefolges altklug ein. »Sie mögen kein Mitleid und wollen nicht bemuttert werden; schließlich sind sie ja Krieger.«

»Ihr seid ein Krieger?« fragte Naivia wißbegierig, während sie ihr Taschentuch wieder einsteckte.

»Ich bin Prinz Nobel«, antwortete er und versuchte seiner Stimme einen natürlichen Klang zu geben. »Ich bin der Beschützer und Leibwächter des Königs.«

»Dann seid Ihr sein Bruder«, sagte Naivia schlicht. Dann fügte sie hinzu: »Ich glaube, wir fallen Euch zur Last. Aber ich konnte es kaum abwarten, Euch kennenzulernen, nachdem mein Cousin, Prinz Elf, mir soviel von Euch erzählt hat.« Dabei deutete sie auf den Jungen, der sich inzwischen auf den Tisch gesetzt hatte und die Beine baumeln ließ.

»Ihr?« rief Nobel. »Ihr kennt mich?«

»Ja«, antwortete Elf mit der ihm eigenen Gelassenheit. »Manchmal erzählt mir die Zeit, wenn sie rückwärts webt, Geschichten von Menschen, die noch nicht gekommen sind. Und wenn sie vorwärts webt, von Menschen, die niemals kommen.«

Dieser Unsinn stürzte den Prinzen nur noch in größere Verwirrung; doch die Gruppe nahm diese Worte mit der größten Selbstverständlichkeit hin.

Nur Naivia, die ihn nicht aus den Augen gelassen hatte, erklärte (jedenfalls schien sie es für eine Erklärung zu halten): »Ihr wißt es vielleicht nicht, Prinz Nobel, aber Elf ist der jüngste der Elf Schwanenprinzen, die von einer bösen Königin verhext wurden. Seine Schwester, Prinzessin Leonor, wob für ihre Brüder elf Leibröcke aus Brennesseln, mit denen die Prinzen ihre menschliche Form zurückerhielten. Aber die Zeit hat Elf einen bösen Streich gespielt, da sie Leonor ausging, bevor diese den rechten Ärmel seines Leibrocks fertiggewebt hatte, so daß er tagsüber statt des Arms einen Flügel trägt. Seitdem hat die Zeit ihn unter ihre Fittiche genommen. Darum kann er auch mit seinem Pferd vorwärts und rückwärts galoppieren, nach Norden und Süden, nach Osten und Westen und wieder zurück.«

»Mit Verlaub, Hoheit«, sagte Nobel, der sich vergeblich bemühte, etwas Klarheit in diesen Wirrwarr zu bringen, »ich verstehe kein Wort von dem, was Ihr sagt.«

Die Prinzessin machte ein erstauntes Gesicht. Die anderen Jünglinge, Mädchen und auch Prinz Elf hatten jedoch etwas entdeckt, das ihre Aufmerksamkeit mehr in Anspruch nahm, und waren ans andere Ende des Zimmers gelaufen, wo sie die Köpfe zusammensteckten und etwas untersuchten. Nur Naivia war bei dem Prinzen geblieben und sagte nun:

»Ihr seid wirklich ein recht merkwürdiger Mensch, Prinz Nobel.«

Dem Prinzen allerdings nicht erklären konnte Naivia – da sie selbst es nicht verstand –, daß sie aus dieser Zeit, der Zukünftigen Zeit, nach Olar zurückgeschickt worden war. Und daß sich die Geschichte mit den Elf Schwanenprinzen noch gar nicht ereignet hatte. Der Mann, der sie viele Jahre später erst aufschreiben sollte, war noch nicht einmal geboren. So schien jede Verständigung zwischen ihnen unmöglich.

Doch dann schaute Nobel der Prinzessin tief in die Augen, und es war, als umschlänge sie ein unsichtbares Band. Ohne seinen Blick von dem Mädchen abwenden zu können, murmelte er wie im Traum:

»Es hört sich unmöglich an, Prinzessin, doch ich bin sicher, Euch schon vor langer, langer Zeit begegnet zu sein.«

»Ja«, antwortete sie, »dasselbe Gefühl habe ich auch. Wir haben uns gut gekannt.« Sie kniff die Augen zu engen Schlitzen zusammen, als versuche sie sich zu erinnern, und rief dann mit strahlendem Gesicht, das jedoch sogleich einer tiefen Betrübnis wich: »Oh, jetzt weiß ich es. Wir haben uns nicht gekannt; wir müssen uns gut kennen, das ist nicht dasselbe. Darum wurden auch Ihr und Eure Stimme in meiner Erinnerung gegenwärtig.«

Dabei zog sie etwas aus ihrem Ärmel, als wäre es ein geheimes Juwel.

»Dies ist der Zwillingsstein von Eurem Stein«, sagte sie und schien mehr zu sich selbst als zu dem Prinzen zu sprechen. Doch dieser verspürte selbst auch eine unerklärliche Beklemmung, etwas wie einen Flügelschlag der Furcht; und das Unheil, das diese Furcht heraufbeschwor, war ihm ebenso verhaßt wie heimlich auch herbeigesehnt. Und während er seinen eigenen Stein, der sich ihm kurz zuvor ins Fleisch gebohrt hatte, hervorholte und behutsam vom Blut reinigte, sagte er:

»Es ist kein Zwillingsstein, Hoheit. Es sind die beiden Hälften ein und desselben Steins.«

Und ungläubig ihren eigenen Worten lauschend, hielten sie ihre Hälften aneinander und sahen, daß sie ein vollkommenes Ganzes ergaben.

»Sie ist wunderschön«, sagte Naivia mit ungewohntem Ernst in der Stimme.

»Was ist wunderschön?« fragte Nobel leise.

»Die Welt«, antwortete sie. »Die Welt ist wunderschön.«

Dann wickelte sie ihren halben Stein in ein Taschentuch und verwahrte beides in ihrem Ärmel.

Nobel beunruhigten diese Worte. Nur ein Kind kann so sprechen, dachte er. Denn er selbst hatte in all den Jahren, die er auf der Welt war, festgestellt, daß diese mit jedem Tag an Schönheit verlor. Er schwieg jedoch, da er das sichere Gefühl hatte, wenn er spräche, zerbräche etwas sehr Wertvolles zwischen ihnen und in ihnen für immer.

In diesem Augenblick kam die Kinderschar zurückgestoben, setzte sich im Kreis auf und plapperte drauflos, daß der Prinz gar nicht mehr wußte, wo ihm der Sinn stand; vor allem jedoch wegen des Geräusches, das sie erzeugten. Denn dieses Geräusch, das sie wie ein Windhauch oder ein Lichtschein umgab, entpuppte sich nach und nach als jene befremdliche Brise oder lichte Musik, von der Ardid gesprochen hatte. Der Vorhang vor dem Fenster bewegte sich, und zwischen seinen Falten drangen die warme Nachtluft und der herbe Duft der Ranken herein, die sich an der Mauer empor bis in Naivias Zimmer wanden. Er hörte das Licht, und er glaubte im Wehen des Vorhangs und dem Wogen der Haare jener kindlichen Geschöpfe etwas wiederzugewinnen: etwas, das einmal sein gewesen war und er jetzt nicht mehr besaß.

Beunruhigt stellte er fest, daß es draußen bereits dunkel geworden war, doch jenes Etwas hielt ihn im Zimmer zurück und hinderte ihn, es zu verlassen. Er sagte Naivia nichts von dem, was er ihr hätte sagen sollen. Statt dessen lauschte er verzückt jenen merkwürdig verwickelten Erläuterungen, die sich aber auf unmerkliche und wunderbare Weise klärten und in seinem Verständnis einen Sinn annahmen. Wenn er sie auch nicht bis ins letzte verstand, so war ihre Bedeutung für ihn doch kein Buch mit sieben Siegeln mehr. Er wußte, daß es Nacht geworden war, doch lag der Glanz eines goldfarbenen Klangs auf dem Fensterrahmen, und das Stück Himmel, das darin zu sehen war, schien aus Unterwasserschatten und rosigem Licht gemacht.

Er betrachtete den Glanz, der wiederum eine alte, zutiefst befremdliche und geheime Melodie war, bestehend aus Stimmen und Klängen, wie die Geschichten, die er vergessen hatte, und andere, die er noch hören würde. Und er begriff, daß die Prinz Elf beschützende Zeit den Schwanenjungen für immer vor ihm selbst gerettet hatte: Sie hatte ihn mit den Fingern hochgehoben und angehalten, und jetzt galoppierte er auf dem Rücken seines Pferdes ohne Halt und ohne Ende durch die Welt; und so würde er immer weiterreiten, ein Kind in der Zeit, solange die Zeit existierte. Und darum mußte Elf den Flügelarm – der kein Arm, sondern ein Schwanenflügel war, wie alle wußten und auch Nobel jetzt wußte – für alle Zeit unter seinem Umhang verborgen halten. Solcherart waren die verwickelten und dabei glasklaren Geschichten, die sie ihm erzählten und deren ebenso unmerkliche wie nachhaltige Kraft ihn im Gemach der Prinzessin festhielten. Ja, es hatte eine Zeit gegeben, weit unten im Süden, da hatten Licht und Farben und jener liebliche Duft auch ihm gehört ... Wer hatte sie ihm entrissen? Wer hatte sich seiner Kindheit bemächtigt und sie fortgeworfen wie einen löchrigen Sack? Was war aus jenem Jungen geworden, der zwischen Weinstöcken spielte und aufs Meer hinausschaute? Gestorben war er nicht und auch nicht begraben; und doch war er nicht hier …?

Schließlich ergriff Naivia seine Hand, zog ihn ans Fenster und zeigte ihm auf dem verbrannten Grundstück darunter, welches ehemals Ardids Garten gewesen war, den hell glitzernden und hoch in den Himmel ragenden Baum der Spiele, dessen Laub Blatt für Blatt die Regeln der Spiele erklärte und die Geschichten aller Abenteuer, aller verlorenen und noch nicht geborenen Rosen erzählte, die Farbe der Bosheit und die lachende Dummheit der Erwachsenen beschrieb. Mit anderen Worten: die Geschichte aller Kinder dieser Welt.

»Und jetzt, da Euch ein vergnüglicher Schlaf gesichert ist«, erklärte Naivia, die wohl bemerkte, wie die Augen des Prinzen sich mit goldenem Sand füllten –, dem feinen Sand der Traumstrände des ersten Moments und des letzten Augenblicks, »wünsche ich Euch ein sicheres Geleit durch den Kobold des Südens und hoffe, daß Ihr uns einmal wieder besucht. Ihr seid der unterhaltsamste Junge, den ich kenne –, und der beste von allen.« Nach diesen Worten sank sie auf die Federkissen und war auf der Stelle so fest eingeschlafen, daß sich eine dunkle, undurchdringliche Stille des Raums bemächtigte.

Nobel fand sich unverhofft inmitten einer Schar schlafender Kinder und Tiere, die sich hingelegt hatten, wo es ihnen gefiel, in einem lichtlosen Gemach. Nur die Überreste des Kaminfeuers glühten noch, knisterten und knackten, wie man sich, dachte er, das Lachen der Kobolde vorstellt. Draußen vor dem Fenster waren der Baum und die Nacht erloschen.

Auf Zehenspitzen schlich er hinaus. Er befand sich schon in dem dunklen, feuchten Gang und wußte nicht, in welche Richtung er gehen sollte, als er plötzlich das Gefühl hatte, aus einem Traum zu erwachen. Und dann vergaß er fast alles, was er gesehen und gehört oder sich vielleicht auch nur eingebildet hatte. Nur dieser eine Satz blieb ihm im Gedächtnis: ›Ihr sei der lustigste Junge, den ich kenne – der beste von allen.‹ Junge! dachte er nicht ohne eine gewisse Herablassung. Weiß der Himmel, das ist lange her. Und ohne daß es eigentlich einen Grund dafür gegeben hätte, überlegte er, daß die Prinzessin höchstens elf Jahre alt sein konnte, während er unter all den verwundeten und von seinem Schwert durchbohrten Männern dreiundzwanzig geworden war.

»Kinder, Kinder, welch absurde Geschöpfe«, murmelte er und suchte die frische Nachtluft, um die Stirn zu kühlen.

4

»Majestät«, sagte der Prinz mit einem Lächeln, das zweifellos Erleichterung verhieß, »ich glaube, wir sind auf dem richtigen Weg. Was ich im Gemach der Prinzessin gesehen und gehört habe, hat mir gezeigt, auf welche Weise ich ihr die Befehle des Königs überbringen kann. Seid versichert, daß es keine Schwierigkeiten geben wird, denn ich glaube, all das, was die Prinzessin so sonderbar erscheinen läßt, hat einen einfachen Grund: Die Prinzessin ist ein Kind.«

»Wenn Ihr Euch dessen so sicher seid, gibt es keine Nachricht, die mich glücklicher stimmen könnte«, sagte Ardid zufrieden, fügte aber hinzu: »Obwohl mit dreizehn Jahren (hier log sie bewußt) die wenigsten noch ein Kind sind. Vielleicht liegt es daran, daß sie sich manchmal so ungewohnt verhält und einen aus der Fassung bringt.«

Die Königin begann unverzüglich mit den Vorbereitungen. Zuerst plante sie den feierlichen Moment – nicht als solchen, sondern als das, was er darstellte –, in dem sich Naivia und Nobel zum ersten Mal gegenübertreten sollten; und danach die Verkündigung der Botschaft bezüglich der Hochzeit, die der König überbringen ließ.

»Kinder haben dabei nichts verloren«, sagte sie zu Almandin, der das Amt des Zeremonienmeisters versah. »Nobel und die Prinzessin sollen allein sein, damit sie sich nicht ablenken läßt.«

»Meine Liebe«, entgegnete Almandin in seinem etwas träumerischen Ton, »ich weiß nicht, ob das viel nützen wird. Wenn die Prinzessin sich ablenken will und das Gespräch nicht ernst zu nehmen beschließt, dann braucht sie dazu gewiß nicht ihren seltsamen Hofstaat.«

»Gleichviel«, erwiderte die Königin, »tun wir, was in unserer Macht steht.«

Noch am selben Morgen wurde der Prinzessin mitgeteilt, daß sie sich, für kurze Zeit nur, von ihren Spielkameraden trennen müsse, um den Besuch des edlen Prinzen Nobel, des Bruders und Beschützers von König Gudú, zu empfangen.

Die Prinzessin befolgte alle Anweisungen mit ungewohnter Willfährigkeit und sagte zu Prinz Almandin:

»Edler Herr, ich bitte Euch, noch einen Augenblick zu warten, denn Ihr seht ja, welche Unordnung hier herrscht. Ich möchte etwas aufräumen, bevor ich diesen vornehmen Herrn empfange.«

Und mit dem ungewöhnlichen Ernst, den sie so unerwartet an den Tag legen konnte, befahl sie, alle Puppen fortzuräumen und des weiteren noch die unmöglichsten Gegenstände, bei deren Anblick ein verträumtes Lächeln in Almandins Antlitz trat. Und obwohl Naivia offensichtlich ein sehr eigenwilliges Verständnis von dem ordentlich aufgeräumten Gemach einer Prinzessin hatte – Puppen und alle anderen Dinge wurden hastig unter Kissen, hinter Vorhänge und in alle möglichen Verstecke gestopft –, schickte sie ihre Freunde hinaus, nahm förmlich auf einem Stuhl Platz (wenngleich sie dreimal probte, bis sie die richtige Haltung gefunden hatte) und sagte: »Mein Herr, sagt Prinz Nobel bitte, daß ich bereit bin, ihn zu empfangen.«

Ardid hatte sich natürlich hinter dem Wandteppich eingerichtet. Wenn sie durch das indiskrete Loch auch nicht allzuviel sehen konnte, so war ihr Gehör doch von Natur aus so scharf, daß die Behauptung nicht verfehlt wäre, sie habe sogar das Gras wachsen hören.

Nobel erwartete mit feierlicher Miene den Befehl, ins Gemach der Prinzessin einzutreten. Seit einiger Zeit ahnte er schon, ja, wußte es so gut wie sicher, wo sich die Königin in diesem Moment aufhielt. Den tieferen Grund für eine solche Spionage konnte er sich zwar nicht erklären, aber der Kummer, der ihn überfiel, war auch so groß genug. Dann straffte er sich, suchte jeden Anflug von Vertraulichkeit zu vermeiden und trat in das Zimmer der Prinzessin. Er war beruhigt, als er sie in ebenso feierlicher Haltung dasitzen sah, mit einer Miene, als habe sie ihn nie zuvor gesehen und noch nie mit ihm gesprochen.

Nobel vollführte vor ihr eine seiner spektakulärsten höfischen Verbeugungen und stellte erleichtert fest, daß das harte Leben im Feld seiner vornehmen Eleganz nichts hatte anhaben können. Er sagte gesetzt:

»Hoheit, ich danke Euch sehr für die Ehre, die Ihr dem Bruder und Beschützer Eures hochwohlgeborenen Herrn und Königs erweist, indem Ihr mir ohne Protokoll diese private Audienz gewährt. Und ich bitte um Euer Verständnis, daß ich unverzüglich wieder aufbrechen muß, sobald ich die Botschaft, die mein König mir aufgetragen hat, Euch überbracht und ihr in der gebotenen Kürze zur Gültigkeit verholfen habe.«

»Sprecht«, sagte die Prinzessin mit einer Stimme, deren sanfte Nachdrücklichkeit und unverkennbare Würde sogar die Königin aufhorchen ließen. »Da Ihr es eilig habt, verschwendet keine Worte, die nicht unbedingt nötig sind. Ich enthebe Euch hiermit jeder Förmlichkeit.«

»Danke, Hoheit. Mein Herr, König Gudú, dessen ergebener Diener ich bin und den ich mehr achte und liebe als mich selbst, läßt Euch folgendes ausrichten: Da ihn eine überaus wichtige Unternehmung zu seinem Leidwesen von seiner zukünftigen Gemahlin fernhält, er die Heirat jedoch nicht länger verzögern möchte, schickt er mich an seiner Statt und in Vertretung seiner königlichen Person, die Hochzeit bald zu vollziehen. Sobald dies in aller Rechtmäßigkeit getan, soll ich unverzüglich zu ihm zurückkehren.«

Eine Stille, die Ardid – ebenso wie dem Prinzen – unnatürlich lang vorkam, ging Naivias Antwort voraus. Doch dann erwiderte sie in dem lieblichen, dennoch ernsten Ton, den sie schon zuvor in ihre Stimme gelegt hatte:

»Wenn König Gudú es so wünscht, dann soll es geschehen. So geht und überbringt diese Nachricht ohne Aufschub meiner erhabenen Mutter, der Königin Ardid.«

Ardid hätte fast einen Seufzer der Erleichterung ausgestoßen, konnte sich jedoch eben noch beherrschen und eilte zurück in ihre Gemächer. Zum Glück entging ihr auf diese Weise, was ihre Illusionen gründlich zerstört hätte.

Kaum hatte Nobel seine wundervolle Verbeugung vollführt und wollte sich angesichts der freundlichen Geste zurückziehen, mit der die Prinzessin ihn verabschiedete, als diese etwas vollkommen Ungewöhnliches, ja, Haarsträubendes tat. Etwas, das seiner Meinung nach nicht nur eine blaublütige Prinzessin aus königlichem Hause nicht tun sollte, sondern die vorwitzigste Hofdame in seiner Gegenwart nicht einmal gewagt hätte. Mit einem boshaften Funkeln in den Augen – die für diesen Moment eine Farbe von flüssigem Honig angenommen hatten – zwinkerte Naivia ihm verschwörerisch zu. Und noch bevor sich der junge Prinz von seiner Überraschung erholt hatte, sprang die Prinzessin von ihrem Stuhl auf, warf sich ihm an den Hals und rief lachend:

»Ihr seid der lustigste Junge von allen. So ein Spiel wäre nicht einmal Prinz Elf eingefallen.«

»Ich bitte Euch, Hoheit«, sagte Nobel mit heiserer Stimme, löste sich rasch aus der Umarmung und fügte hinzu:

»Sagt so etwas nicht. Ihr irrt Euch, wenn Ihr glaubt, dies sei ein Spiel. Es ist wahrhaftiger Ernst, nichts als die reine Wahrheit ist das, was ich Euch gesagt habe.«

»Auch wenn es die Wahrheit ist …«, sagte Naivia, ein wenig verwundert ob seines Verhaltens; und Nobel sah mit unerklärlichem und vollkommen grundlosem Kummer, daß die Prinzessin ihre Arme jetzt zaghaft hinter dem Rücken verbarg, um eine weitere Umarmung nicht zuzulassen. »Auch wenn es die Wahrheit ist, ist es doch ein hübsches Spiel.«

Ihre Augen blickten jetzt so ernst, daß er in ihrer Stimme einen sonderbaren Beiklang gehört zu haben glaubte, ein fast unwirkliches Zittern, einen Hauch von Traurigkeit.

So standen sie voreinander und wußten nicht, was sie sagen sollten. Sie schwiegen und schauten sich an, als könnten sie nicht glauben, was sie sahen; oder hören, was sie noch nie gehört; als entdeckten sie in diesem Augenblick, was keiner von ihnen kannte, obwohl es so bekannt und so anders und so alt war wie die Welt.

Da kündete Prinz Almandin sich an, der Königin vorauseilend, und zügig kamen beide mit strahlenden Gesichtern in Naivias Zimmer.

»Liebes Kind«, sagte die Königin, »mir scheint, der gute Prinz Nobel hat Euch die Wünsche des Königs bereits mitgeteilt.«

»So ist es, Hoheit«, antwortete die Prinzessin. Ihr Blick hing jedoch immer noch an Nobel, so daß dieser dachte, sie habe die Worte der Königin nicht gehört oder zumindest nicht verstanden. Und in diesem Zustand der Wortlosigkeit, der so unerwartet über sie gekommen war und sie nun ganz und gar ausfüllte wie eine geheimnisvolle zweite Natur, vernahm Naivia nun die von Ardid hastig hervorgesprudelten Glückwünsche sowie die ebenso geschwind vorgetragenen, allem Anschein nach aber schon im voraus sorgfältig ausgearbeiteten Anregungen und Pläne für den reibungslosen und zügigen Ablauf der Zeremonie. So entzückt war die Königin, als sie mit glücklichem Gesicht all die Vorbereitungen und kleinen Verrichtungen benannte, die für die Hochzeitsfeier unerläßlich waren, daß sie an ihren eigenen Worten schier trunken wurde und nichts anderes mehr hörte oder sah, obwohl die lastende Stille, die Naivia und Nobel plötzlich umgab, so sichtbar und hörbar war wie ihre Körper und ihre Stimmen.

Erst als Nobel und Almandin sich zurückgezogen hatten und sie mit der Prinzessin allein war, bemerkte die Königin den sonderbaren Glanz in den Augen des Mädchens.

»Ihr weint, mein Kind?« fragte sie und zog Naivia in die Arme.

Sie küßte ihre Stirn, strich ihr das herrliche blonde Haar zurück und fuhr mit tröstender Stimme fort: »Weint ruhig, Kleines, alle Mädchen weinen am Vorabend ihrer Hochzeit.«

Als sie das Zimmer verließ, entging ihr, daß Naivia die rechte Hand zur Faust geballt hatte, bis es schmerzte, und mit nie gekannter Verzweiflung ihre Hälfte des durchbohrten blauen Steins umklammerte. Von plötzlichem Kummer überwältigt, dachte Naivia zum erstenmal in ihrem Leben, daß die Welt, entgegen allem, was sie bisher geglaubt hatte, vielleicht doch nicht so schön war.

Die Bedrängnisse und Widrigkeiten, die Ardid glücklich hinter sich glaubte, waren noch nicht zu Ende.

Der Tag war noch nicht zur Hälfte vergangen, als zwei Mädchen aus dem Gefolge der Prinzessin zu ihr kamen.

»Schnell, Majestät, Ihr müßt kommen!« riefen sie unter Tränen und waren so verstört, daß nur mit Mühe etwas aus ihnen herauszubringen war.

Sie erklärten, ihre Herrin, Prinzessin Naivia, liege im Sterben. Untröstlich eilte die Königin sofort zu ihr und fand sie tatsächlich ausgestreckt am Boden, mit glühenden Wangen und glänzenden Augen – die jedoch nichts sahen und niemanden erkannten –, so daß sie einen Moment lang glaubte, die unseligen Überbringerinnen der Unglücksbotschaft könnten wirklich Recht haben.

Unter widerstreitenden Gefühlen sagte sie die Hochzeitsfeier bis auf weiteres ab und rief den Magier zu ihrer Hilfe herbei.

Der alte Mann trat in das Zimmer, und noch bevor er ein Auge auf die darniederliegende Prinzessin warf, ließ er den Blick durch den Raum schweifen, über die Puppen, deren Köpfe aus allen möglichen Verstecken hervorlugten, und die erschrockenen Blumen, die vor dem geöffneten Fenster ängstlich ihren Urteilsspruch erwarteten. Er sog die reinste und duftendste Luft ein, die man im ganzen Schloß atmen konnte, und nachdem er sich im ganzen Zimmer gründlich umgeschaut hatte, trat er nicht etwa ans Krankenbett, sondern beugte sich zum Kamin hinunter und rief in die Höhlung: »Mein Freund, konntest du irgendwelche Hinweise auf das übliche Gift finden?«

Der Kobold, der sich in letzter Zeit eher das Trödeln angewöhnt hatte, erschien mit blitzgewandter Schnelligkeit und sagte:

»Einige. Öffne ihre rechte Hand.«

Der Magier trat zur Prinzessin ans Bett, nahm ihre zur Faust verkrampfte Hand, öffnete sie und drückte sie nach einem Blick in ihre Handfläche sogleich wieder zu.

»Was hast du gesehen?« fragte Ardid ungeduldig.

»Nichts Besonderes«, entgegnete der alte Mann. »Selbst wenn ich es Euch erklärte, verstündet Ihr es wahrscheinlich nicht. Laßt Euch nur soviel gesagt sein, daß es sich hier um eine ganz gewöhnliche und vorübergehende Krankheit handelt.«

»Was es auch ist«, sagte Ardid und stampfte mit dem Schuh auf die Erde, wie sie es seit den Tagen ihrer Kindheit nicht getan hatte, »ich will, daß Ihr schnell ein Heilmittel findet. Du weißt, daß die Hochzeit drängt.«

»Beruhigt Euch, Ardid«, mahnte der Magier müde und etwas bekümmert, »beruhigt Euch. Das Leben folgt dem Leben, und auf das Leben folgt der Tod. Dagegen können wir Menschen wenig ausrichten.«

»Wird sie sterben?« rief die Königin in höchster Besorgnis.

»Diesmal noch nicht«, erwiderte der Magier. »Aber sterben wird sie, genau wie Ihr und ich.«

»Gut, aber beeil dich«, verlangte Ardid ungeduldig. »Du weißt, in welch schwieriger Lage wir uns befinden. Wir wären gut beraten, diese peinliche Angelegenheit so schnell wie möglich hinter uns zu bringen.«

Doch anstatt das Zimmer zu verlassen, setzte sie sich zu Naivia ans Bett und betrachtete sie. Während der Magier sich über sie beugte und ihr Herz abhörte, tief in ihre Augen schaute – die blind waren –, ihr sacht auf die Ohren pochte – die taub zu sein schienen – und ihr ein Zweiglein Oregano auf die Lippen legte – die offenbar jeden Lauts beraubt waren – und dasselbe

Zweiglein dann auf das Herz der Prinzessin legte; während dieser ganzen Zeit ließ Ardid kein Auge von ihr. Schließlich nahm sie in einer seltenen Regung die schlaff auf dem Bett liegende –, wenngleich wie eine Muschel verschlossene Hand der Prinzessin in ihre Hände. Sie betrachtete die kleine Hand, deren Farbe eine Mischung aus Schnee und Bernstein war, und versuchte sie zu öffnen. Doch obwohl dem Magier dies mit einem leichten Druck gelungen war, brachte Ardid es nicht zuwege. Die kleine Faust erinnerte an eine verschlossene Truhe, wie jene eine war, in der Naivia ihren merkwürdigen, keinerlei Geheimnis mehr bergenden Schatz aufbewahrte.

»Was hält sie in der Hand, Meister?« fragte sie.

»Nichts von Bedeutung, meine Liebe. Nur einen glatten Kieselstein.«

»Ah«, sagte sie. Und ohne daß sie einen Grund dafür hätte nennen können, stieß sie einen Seufzer aus und sagte noch einmal wie für sich, »einen glatten Kieselstein.«

Lange Zeit saß sie gedankenverloren da, vielleicht war es auch nur ein kurzer Augenblick – das würde sie nie erfahren –, als sie den Magier erleichtert sagen hörte: »Aha, das ist es also nur? Da haben wir aber Glück!«

»Was ist das?« fragte Ardid neugierig und noch immer voller Ungeduld. Sie sah das Oreganozweiglein in eine wunderschöne Blume mit langen Blütenblättern verwandelt. Der Magier nahm sie vorsichtig zwischen Daumen und Zeigefinger und sagte, während er sie in den Falten seines Gewandes unterbrachte:

»Dies ist in der Tat eine sehr nützliche Blume. Sie hilft bei zahllosen Beschwörungen, und man hat nicht oft Gelegenheit, ihrer Geburt beizuwohnen. Aber wie soll ich es Euch erklären? Die Prinzessin ist nicht krank, sie ist nur … Wie soll ich sagen? Sie hat eine Verwandlung durchgemacht.«

»Was sagst du da?« rief Ardid aufgeregt. »Du meinst doch wohl nicht, daß sie sich in einen Frosch oder eine Hirschkuh verwandelt wie einige ihrer Vorfahren, wenn ich mich recht entsinne …«

»Nein, so ist es nicht«, sagte der alte Mann nachdenklich.

Da streckte der Kobold seinen Kopf unter dem Bett hervor, kletterte auf die Lehne des Stuhls, auf dem die Königin saß, und sagte: »Es ist nur eine Art Unreinheit.«

»Unreinheit?« rief Ardid beunruhigter, als die Höflichkeit es geboten hätte. »Welche Art von Unreinheit?«

»Das ist folgendermaßen«, sagte der Kobold. »Sie hat aufgehört, zwar nicht vollständig, aber doch zu einem Teil, die zu sein, die sie war. Das heißt, sie hat die Grenze der Festgelegten Frist übersprungen.«

»Wollt ihr mich in den Wahnsinn treiben?« jammerte Ardid. »Sprecht in meiner Sprache, ich bitte euch.«

Der Kobold und der Magier tuschelten ein Weilchen miteinander, dann wandte sich der alte Meister an Ardid:

»Seht, das menschliche Leben ist aus verschiedenen Fristen zusammengesetzt, die sich gegenseitig bedingen und auf die eine oder andere Weise Aufschub bekommen oder ihr Ende finden. Im vorliegenden Fall ist eine Frist abgelaufen, hat dann aber anscheinend noch einen Aufschub bekommen. Um es Euch so zu erklären, daß Ihr es versteht, sollte ich Euch vielleicht sagen, daß Prinzessin Naivia Naivia verlassen hat, aber immer noch Naivia ist … Und glaubt mir, es gibt keinen Grund – zumindest jetzt noch nicht –, sich Sorgen zu machen. Noch sechs oder höchstens sieben Tage, dann wird Naivia wieder aufstehen, wird wieder sehen, hören und sprechen; mit einem Wort: sie wird sich ganz normal benehmen. Und wenn mich nicht alles täuscht, wird sie sich in einer Hinsicht, die Euch gefallen müßte, sehr viel normaler benehmen, als sie es bisher getan hat.«

»Gut, wenn das so ist, will ich mich in Geduld üben«, erklärte Ardid. »Aber ich halte es schon fast für unmöglich, daß dieses Kind mir eines Tages keine Schrecken und Sorgen mehr bereiten wird.«

»Das wird bald ein Ende haben«, ließ sich der Kobold vernehmen, »seid ganz unbesorgt.«

Bei diesen Worten – deren tieferen Sinn sie nicht mehr erfaßte – sank Ardid todmüde zusammen und schlief ein.

»Lassen wir sie schlafen«, sagte der Magier, »sie hat es nötig.«

»Das glaube ich«, bestätigte der Kobold. »Armes Kind … wenn sie wüßte!«

»Ja, armes Kind.«

Und beide gaben ihr einen Kuß auf die Stirn, dann kehrte jeder zurück an seinen Platz.

Es dauerte jedoch nicht lange, bis Ardid aus dem Schlaf auffuhr. Sie betrachtete Naivia, die an ihrer Seite tief zu schlafen schien. Sie zupfte ihr das Gewand zurecht, strich ihr das Haar glatt und legte ihr die Hände in ruhender Haltung in den Schoß. Da fiel ihr Blick auf ein schwarzes Köpfchen, das unter einem Kissen hervorlugte und sie anzusehen schien. Mit einer langsamen, träumerischen Bewegung, die so alt war wie die Welt, nahm sie die Puppe an sich, drehte sie zwischen den Händen und betrachtete sie; dann legte sie sie wieder zurück, legte sie neben die Hand, die immer noch fest geschlossen war.

»Seltsam«, murmelte sie. »Ich habe noch nie darüber nachgedacht, wie schnell meine Kindheit vergangen ist … wenn ich überhaupt eine Kindheit gehabt habe.«

Und sie dachte an jene Puppe, die sie in der Höhle über dem Meer vergraben hatte; und ihr war, als sei es erst gestern gewesen, daß sie die aufgespießten Köpfe ihres Vaters und ihres Bruder über den rauchenden Trümmern des Schlosses erblickt hatte. Eines Tages, dachte sie, werde ich dorthin zurückkehren und die Puppe ausgraben, werde sie vielleicht irgendwo verstecken –, in einer Schublade, einer Truhe, an irgendeinem geheimen Ort, wo nichts und niemand sie finden kann als allein die ängstliche Erinnerung.

5

Seit Nobel von Naivias Krankheit erfahren hatte, war er zutiefst beunruhigt. Etwas Seltsames ging in ihm vor; denn was er so arglos für den einzigen Horizont seines Lebens gehalten hatte – Treue, Zuneigung, Dankbarkeit, sowohl dem König als auch Ardid gegenüber –, wurde immer verwickelter und düsterer. Keines dieser Dinge bildete mehr eine ebenso einfache wie unbestreitbare Sache, für die es einzustehen galt. Im Gegenteil; jedes einzelne war die Ursache von Zweifel, Furcht und Nachdenklichkeit, einer wachsenden, wenngleich noch fernen und verschwommenen Rebellion. Die Bekanntschaft mit Naivia hatte ihn in ein Meer von Ratlosigkeit und Erregung gestürzt. Einerseits barmte es ihn, wenn er sah, wie blind Prinzessin Naivia sich in einer Welt bewegte, die vollkommen anders war, als sie es sich vorstellte; andererseits aber verhalf ihm dieses Erbarmen zu der Erkenntnis, daß er auf seine Art ebenso blind gewesen war.

Ohne nachzudenken –, was bei ihm ungewöhnlich war –, sprang er auf sein Pferd – wie ganz früher, als er mit seinem Vater geritten war, und vor nicht ganz so langer Zeit mit seinem Bruder – und ritt in die Wälder, um dort Frieden und Ruhe zum Nachdenken zu finden. Er merkte kaum, daß er über die Grenze des Armenlandes ritt, wo das notleidende Volk der Bergarbeiter hauste. Doch bald regte sich in seinem Herzen wieder die alte Sympathie und Freundschaft zu jenen Familien, und er dachte wehmütig an jene Zeit zurück, als das Mädchen Lure seine Wunden geheilt hatte. Je weiter er in das Land hineinritt, um so stärker wurde ihm etwas bewußt, woran er noch nie gedacht hatte: Diese Leute waren seine einzigen wahren Freunde, denn sie erwarteten von ihm nichts anderes als Freundschaft und Zuneigung. Sie fanden Gefallen an seiner Person und nicht daran, was er verkörperte und wovon sie sich eine Verbesserung ihrer hoffnungslosen Lage versprachen.

Unter diesen Gedanken ritt er in das Dorf hinein, als ihm schmerzhaft bewußt wurde, daß die Hütten trostlos und verlassen aussahen. Nirgends brannte ein Feuer, keine Stimmen erhoben sich unter den Bäumen, keine lachenden, spielenden Kinder kamen ihm entgegen; sogar die Vögel schienen den trostlosen Ort geflohen zu haben. Eine tiefe Stille lastete auf allem. Nobel atmete sie ein, ertrank fast darin, als er unter einem Bretterzaun ein graues Hündchen entdeckte, mit Augen wie reifen Schwarzkirschen, so jung und so klein, daß es noch nicht einmal gelernt hatte davonzulaufen. Die reine Neugier hielt es an seinem Platz, und es wollte fast scheinen, als lächle es ihn an. Er stieg vom Pferd, nahm das Tier in die Arme und gab ihm zärtliche Namen, und eine böse Ahnung sagte ihm, daß es vielleicht der einzige Überlebende von etwas Schrecklichem war, das er sich nicht vorzustellen wagte. Er schwor sich, es vor dem Tod zu bewahren und den Grund für die bedrückende Trostlosigkeit ringsum herauszufinden. Plötzlich kam ein Stein geflogen und landete zu seinen Füßen, gleich darauf kamen weitere Steine. Als Krieger war er sofort zur Verteidigung bereit und rief seinem unsichtbaren Gegner zu, er solle sich zeigen und dem offenen Kampf stellen.

Er hatte keine Deckung gesucht, sondern stand mit dem Schwert in der Hand auf der Lichtung dieses düsteren, dürren Waldes, und kaum waren seine Worte verklungen, senkte sich wieder tiefste Stille herab. Er glaubte schon, das Opfer eines Streichs der in ihrer Ruhe gestörten Waldbewohner geworden zu sein, als aus dem Dickicht langsam einige Gestalten hervortraten. Sie waren klein, hager und zerlumpt, aber alle trugen grob gefertigte Waffen aus Stöcken und scharfen Steinen. Einer, offenbar der Anführe, erregte sofort Nobels besondere Aufmerksamkeit. Seine Augen waren so schwarz und so wild, wie er noch nie welche gesehen hatte. Als sie in einem Kreis um ihn herumstanden, stellte Nobel fest, daß es Kinder waren, höchstens acht oder zehn Jahre alt; und der Junge, dessen Augen einen solchen Eindruck auf ihn gemacht hatten, mochte vielleicht fünfzehn sein. Auf irgendeine Weise kam ihm dieser bekannt vor, als hätte er das Gesicht vor langer Zeit schon einmal gesehen. Und dann erkannte er ihn. Er ließ sein Schwert sinken und sagte:

»Bist du nicht Lisius, Lures kleiner Bruder?«

»Ja«, entgegnete der Junge mit tiefem Groll in der Stimme, »der bin ich. Und ich erkenne Euch auch, Prinz Nobel. Ich bin hier, um Euch zu töten, Euch und alle anderen blutgierigen Wölfe, die so sind wie Ihr, die unser Blut trinken und uns aushungern.«

Nobel spürte die Worte wie Pfeile in sein Herz eindringen. Und eine innere Stimme sagte ihm, daß er keinen Grund werde vorbringen können, der den anderen von seinem Vorhaben abzubringen vermöchte. So setzte er sich ins Gras und sprach:

»Ich gebe mich gefangen. Tut mit mir, was ihr für richtig haltet. Wenn ihr durch meinen Tod euer Leben und eure Freiheit zurückgewinnen könnt, dann soll mir der Tod willkommener sein als mein Leben.«

»Euer Bruder, dessen Begleiter und Beschützer Ihr seid«, fuhr der Junge fort, und seine Stimme klang nach trockenen, lange schon versiegten Tränen und einem verhärteten Zorn, der wieder grünte, wild und unbezähmbar wie ein aufstrebener Bambusproß, »hat befohlen, unser Dorf zu räumen. Ob Mann oder Frau, jeder, der nützlich sein konnte, wurde in Ketten gelegt wie ein wildes Tier und abgeführt zu anderen Bergwerken, die anscheinend ergiebiger sind als dieses. Die Alten und Hilflosen hat er töten lassen. Und wenn Ihr hinter Euch blickt, seht ihr einen Friedhof, auf dem jeder Grabstein, der wie ein Zahn des Zorns im Sonnenlicht glänzt, Euch zeigt, wie viele Gräber wir für sie ausgehoben haben. Weil wir Kinder sind, konnten wir uns in die Wälder retten und wie Füchse verstecken. Uns haben sie nicht gefunden; aber ich schwöre Euch, verdammter Prinz vom Geschlecht der Verdammten, für alle anderen sollt Ihr bezahlen.«

»Wenn es stimmt, was du sagst«, antwortete Nobel mit einer Kaltblütigkeit, die er seltsamerweise dem Hervorbrechen seines alten, lange zum Schweigen gebrachten Geists des Aufbegehrens verdankte, »glaube ich, daß nicht einmal tausend Leben, wenn ich sie hätte, die große Schuld meines Unwissens zu sühnen vermöchten. Denn wenn ich ein solches Ausmaß an Unrecht nicht gehört und meine Augen nichts davon gesehen haben, so verdiene ich nicht, auf dieser Welt noch etwas zu sehen oder zu hören. Und glaub nicht, daß mir mit einer solchen Last auf der Seele das Leben in Zukunft noch etwas bedeuten könnte.«

Dann nahm er sein Schwert und übergab es dem Jungen mit dem Heft voran. Lisius riß es ihm aus der Hand und richtete es gegen ihn. Im letzten Moment jedoch sank sein Arm herab, und seine Augen füllten sich mit längst vergessenen Tränen. Er ließ das Schwert fallen, schlang die Arme um Nobel und drückte ihn fest an die Brust. Da scharten sich alle Kinder um die beiden, und in ihren runden Augen lag – das fühlte Nobel deutlich – das ganze Staunen dieser Welt: das Staunen kindlicher Unschuld angesichts der unvorstellbaren Ungerechtigkeit der Menschen. Er drückte Lisius an sich und sprach:

»Ich schwöre dir, Lisius, für euer Leben zu kämpfen und wiedergutzumachen, was auch ich euch angetan habe.«

Lisius richtete sich auf, trocknete seine Tränen und erwiderte:

»Prinz Nobel, Ihr seid so arm und hilflos wie ich. Mein Großvater hat es mir erzählt, und ich sehe, daß er mich nicht belogen hat. Kehrt um, geht zurück woher Ihr gekommen seid und vergeßt uns; wenn Ihr Euch selbst nicht helfen könnt, könnt Ihr auch für uns nichts tun.«

»Wie kannst du so etwas sagen?« rief Nobel in plötzlich aufwallendem Zorn. »Es gibt nichts auf der Welt, das mit Mut und dem Willen zum Leben nicht bewältigt werden könnte. Und glaub mir, so werde ich es überall verkünden.«

»Aber wir werden es nicht mehr erleben«, sagte Lisius. »Mein Großvater hat von diesen Dingen gewußt, und bevor er starb, hat er mir aus den dunkelsten Tiefen seines Blutes als Erbe hinterlassen, daß wir eines Tages die Erde in Besitz nehmen werden. Die Erde wird dann den Menschen gehören und nicht mehr Königen, Helden oder Geistern. Die Gesetze werden neu geschrieben werden, und eines Tagen werden Himmel und Erde sich vielleicht verständigen; dann wird der Mond zur Erde herabsteigen und aus unseren Meeren trinken, und die Erde wird hinaufsteigen ans Licht der Sonne. Das wird aber erst geschehen, wenn wir uns eines Tages in die Augen schauen, unseren eigenen Worten lauschen und alle dieselbe Sprache sprechen: die Sprache der Liebe. Aber weder Ihr noch ich werden das erleben und auch nicht die Kinder unserer Kinder und die Kinder der Kinder unserer Kinder. Das war alles, was mein Großvater mir hinterlassen hat, und darum bewahre ich es und gebe es weiter von Blut zu Blut, von Herz zu Herz und von Willen zu Willen ...«

Nobel wußte nicht, was er von diesen ihm unverständlichen Worten halten sollte, und fragte:

»Woher wußte dein Großvater von diesen Dingen?«

»Weil von Blut zu Blut und von Herz zu Herz jeder ärmste der Armen dafür gesorgt hat, daß sein einziges Erbe nicht verlorenging.«

Nobel war darüber sehr nachdenklich geworden und sagte sich, daß er jetzt Teil hatte an diesem Erbe und es nicht aufs Spiel setzen würde durch eitle Worte, hoffärtige Taten, Gedankenlosigkeit und Selbstsucht, die sich ohnehin schon über die ganze Erde ausgebreitet hatten. Und nicht nur das: Er würde die Wahrheit ans Licht zerren, die sich noch im letzten Hauch der Dinge und des Lebens rührte.

»Und Lure?« fragte er mit bebender Stimme. »Wo ist sie?«

»Man hat sie mitgenommen«, sagte Lisius. »Mit anderen Jünglingen und Mädchen, Männern und Frauen wurde sie in Ketten gelegt und nach Osten verschleppt. Im Schluchtenland braucht man neue Sklaven.«

»Nehmt, was ihr habt, und folgt mir nach«, sagte Nobel. »Ich bin zwar nicht reich und mächtig, aber ich besitze ein Schloß und etwas Land im Süden. Dort sollt ihr unterkommen und bei den Leuten wohnen, die für mich gesorgt haben, als ich ein Kind war. Ihr findet dort Schutz, bis die Zeit gekommen ist, da wir gemeinsam den Zorn der Welt gegen Dummheit, Eigennutz und Grausamkeit entfachen werden. Und ich schwöre euch, ich werde mein Versprechen halten oder mit dem Leben für meinen Verrat bezahlen.«

Und so nahm er sie mit sich. Als sie das Schloß von Olar erreichten, ließ er sie außerhalb der Mauern lagern und hieß sie warten. Kurz darauf kehrte er mit einem Karren voller Lebensmittel und Trinkwasser zurück und befahl Amer, seinem geliebten alten Hauslehrer, sie in den Süden zu geleiten und sie, wie er ihnen versprochen hatte, in seinem Schloß unterzubringen und für sie zu sorgen. Als er sie am Ufer des Sees davonziehen sah, bis sie auf dem Weg zu den Olivenfeldern, den Weinbergen und dem blauen Meer entschwanden, zerbrach etwas in seinem Herzen. Und in einem jähen Gedankenblitz kam ihm die Erkenntnis: Im Süden, erinnerte er sich, habe ich die Prinzessin kennengelernt. Unter den feuchten Blättern eines Kirschbaums, in dem eine Amsel sang. An jenem Tag habe ich das Sprudeln einer Quelle vernommen, und das Licht wurde grün und golden zwischen den Blättern; dann erblickte ich Naivia mit gelöstem Haar und bloßen Füßen, und sie setzte sich an meine Seite. Wir hielten uns an den Händen und stiegen in die Quelle. Ein Knopf löste sich von ihrem Wams, und mit den Händen im Wasser suchten wir ihn und fanden ihn nicht mehr, bis sie meinen Händen zuvorkam und das Wasser, das Licht und das ganze Erdenrund sie verschlangen.

Nobel erwachte wie aus einem Traum. Die Frische des Abends kündete die Nacht an, und als er zum Schloß zurückkehrte, sagte er sich, daß das Mädchen seiner Erinnerung oder seines Traums nicht Naivia sein konnte, denn wenn sie es wäre, wäre sie jetzt eine Frau und kein elfjähriges Kind. Damals war er allenfalls zehn Jahre alt gewesen, und sie war ihm gleichaltrig erschienen …

Als er die Mauern des Schlosses von Olar durchschritt, vergaß er alles: seine Erinnerung, den Gedankenblitz, sogar das Versprechen, das er dem jungen Lisius gegeben hatte. Denn die Luft war plötzlich erfüllt vom Geschrei der Händler und den Geräuschen der Stadt, die sich wie ein rauschender Fluß die Straßen hinauf und hinunter wälzten. Der Hufschlag der Pferde und der Marschtritt der Wachen, die die Tore zu schließen befahlen, die

Essensgerüche sogar und all die schwirrenden Stimmen ringsum, kurz, das lärmende Treiben in der abendlichen Stadt war stärker als alle Schwüre, alle Erinnerungen und alle Versprechen.

Am vierten Tag ihrer merkwürdigen Erkrankung, während der sie nichts sah, nichts hörte, nichts sprach, blinzelte Naivia, und das Rot kehrte in ihre Wangen zurück. Sie bat, in den Garten getragen und unter dem Baum der Spiele ins Gras gesetzt zu werden. Die Königin beeilte sich, allen ihren Wünschen zu genügen, und sie selbst lockerte mit den Händen das weiche Gras, als wäre es ein Federkissen. Und dort setzten sie die Prinzessin behutsam nieder. Ihr ganzes Gefolge und Prinz Elf kamen herbei und küßten sie auf die Stirn. Danach spielten sie Pfänder bis tief in die Nacht. Prinzessin Naivia schenkte diesen Beschäftigungen aber nicht mehr dieselbe Aufmerksamkeit wie zuvor, schweifte oft mit den Gedanken ab, als denke sie an etwas ganz anderes. Elf kletterte auf den Baum, setzte sich auf einen Ast und ließ die Beine baumeln. Er riß ein Blatt vom Baum und las darauf etwas, woraufhin er ausrief:

»Naivia, einer fehlt uns noch für unser Spiel!«

»Natürlich«, antwortete die Prinzessin mit neu erwachter Lebendigkeit, »Prinz Nobel fehlt.«

Die Königin saß in ihrem Schreibzimmer und studierte dringliche Pergamente. Als sie aus dem Fenster schaute, schrak sie zusammen, denn auf dem Fensterbrett hockte dieser Jüngling namens Elf und ließ die Beine baumeln.

»Was tust du da?« fragte sie mit einem undeutlichen Gefühl von Furcht, das sie noch aus jener Zeit ihrer Kindheit kannte, als sie den Kobold unter dem Weinlaub entdeckt hatte.

»Ich warte«, antwortete er. »Ich warte die ganze Zeit, und ich werde noch viele Jahrhunderte warten müssen, bis meine Ablösung kommt.«

»Wer soll dich denn ablösen?« murmelte Ardid beunruhigt. Denn wenn sie auch nicht verstand, was die Worte besagen sollten, so ließ ihre unbezwingbare Neugier ihr doch keine Ruhe.

Sie ahnte, daß die Bedeutung der Worte nicht weit war; sie ließ sich nur noch nicht entziffern.

»Ich warte auf einen anderen Jungen aus der Ewigkeit. Dann kehre ich in die Geschichte Aller Kinder zurück.«

Mit diesen unbekümmert dahingesprochenen Worten sprang Elf ins Innere des Kämmerchens und griff nach einem der Äpfel, die neben Ardid auf einem Tablett lagen – Äpfel waren schon seit den Kindertagen ihre Lieblingsfrüchte.

»Königin Ardid«, sagte Elf, »ich überbringe Euch eine Bitte der Prinzessin. Sie möchte, daß Prinz Nobel sich zu ihrem Spiel hinzugesellt, da uns einer fehlt und wir ohne ihn nicht weiterspielen können.«

»Einverstanden«, erwiderte Ardid, obwohl sie eigentlich kein Wort verstand; aber es handelte sich nur um Spiele von Kindern. »Und gebe Gott, daß sie bald genese; spielend oder nicht spielend. Immerhin sind viele Tage vergangen, seit der König seinen Willen kundgetan hat, und ich befürchte, daß er schon ungeduldig wird.«

»Der König ist doch dumm«, entgegnete Elf mit einer Offenherzigkeit, die jeden Gedanken an Bestrafung unmöglich machte. »Und darum ist seine Ungeduld auch nicht von geringster Bedeutung.«

»Was sagst du da, du unverschämter Knabe?« rief Ardid, mehr erschrocken als verärgert über solche Ungebühr. »Nur dank deiner wenigen Jahre und deiner Herkunft will ich dir diese Worte nachsehen.«

»Wenige Jahre?« lachte Elf vergnügt. »Ihr seid wirklich lustig, Herrin. Ihr wißt so gut wie ich, daß ich zweihundert Jahre vor und nach den Träumen zähle, wenngleich mich die Zeit in ihrem Netz gefangen hält.«

Er setzte sich nach diesen Worten wieder auf das Fensterbrett und ließ dergestalt die Beine baumeln, daß der Königin schier schwindlig wurde und sie die Augen schließen mußte. Als sie sie wieder öffnete, war Prinz Elf verschwunden.

»Zauber oder nicht Zauber«, sagte Ardid laut, »sobald Gudú

heimgekehrt und die richtige Hochzeit gefeiert ist, schicke ich euch dahin, wo ihr hingehört. Ganz gleich, ob zurück in die faule Geschichte Aller Kinder oder sonstwohin, wo ihr keinen Unsinn mehr anstellen könnt. Wenn Naivia tatsächlich eine Wandlung durchgemacht hat, wie der Meister und der Kobold versichern, dürftet ihr hier kaum noch etwas verloren haben.«

Sie hatte eine undeutliche – doch absolut zutreffende – Vorstellung davon, aus welcher Art von Leuten sich dieses Gefolge zusammensetzte. Sie wies Nobel an, dem Wunsch der Prinzessin zu entsprechen. »Glücklicherweise steht mir, wenigstens im Moment, dieser hervorragende Mann zu Gebot. Ohne ihn, ohne seine grenzenlose Ergebenheit und (warum es leugnen) seine Neigung zu kindlichem Tun wären diese Prüfungen noch härter für mich».

In diesem Punkt allerdings versagte ihr außerordentliches Einfühlungsvermögen zum ersten Mal. Vielleicht lag es an den Pudern und Salben, die sie ebenso eifrig wie diskret aufzutragen pflegte, und an den Korsetts, die ihre Taille einschnürten; hatten diese Dinge doch seit der Ankunft von Prinzessin Naivia verhindert, daß sie die rasche Zunahme feiner Fältchen oder die erste graue Strähne im blonden Geflecht ihres Haars bemerkte. Ardid, Königin Ardid, hatte wie jeder Sterbliche den ersten Tag des Todes betreten, das heißt, den letzten Tag der Jugend.

Und jener Wind, jene Musik, jenes unbehagliche Flattern unsichtbarer Flügel wurden ihr unerträglich. Sie ließ eine Kappe aus schwarzem Samt und mit goldverzierten Bordüren für sich anfertigen, die ihre Ohren bedeckte, damit sie keine flüsternden Stimmen der Erinnerung und der Liebe mehr hörte. Dann ließ sie die Vorhänge reinigen, ließ flicken und fegen und wischen, wie sie es sich vorgenommen hatte, und befahl, die von der letzten Reise nach der Insel Leonia mitgebrachten Stoffballen hereinzuschaffen. Dann ließ sie alle Hofdamen ins Schloß kommen, um gemeinsam zu beratschlagen, wie sie ihre Kleidung verschönern und ihrem Aussehen neuen Glanz geben könnten.

»Ich glaube«, sagte sie bei dieser rein weiblichen Zusammenkunft, die alle Beteiligten mit großer Freude erfüllte, »an diesem Hof hat sich Nachlässigkeit ausgebreitet, und was modische Neuerungen, Sauberkeit und Pflege angeht, da sind wir noch recht rückständig.«

Dem wurde allgemein zugestimmt. Hochzufrieden und voll erregender Erwartung verbrachten Hofdamen und Zofen, der Schneidermeister von der Insel Leonia, Almandin und seine gesamte Leibwache und noch die letzte Dienstmagd die ganze Zeit, während der Naivia das Bett hütete, unter nie nachlassendem Scherengeschnippe, eitlem Geplapper, Geflüster und hemmungsloser Prahlerei. Hübscher aussehen zu wollen, als man in Wirklichkeit ist, kann in Anbetracht der Freude, die dies mit sich bringt, kein schlimmer Fehler sein, und auch durch solch Bestreben hervorgerufenes Übelwollen ist nicht bekannt.

Naivia verlangte jeden Tag nach der Anwesenheit von Prinz Nobel, und zeigte sich dann für Augenblicke lebhaft und gesprächig. Ein rosiger Goldton legte sich auf ihre Wangen, und das Strahlen ihrer Augen und das Lächeln auf ihren Lippen waren wie am ersten Tag. Nobel aber, wenn er sie abends verließ, hatte jedesmal das Gefühl, aus einem Traum zu erwachen. Mit Staunen stellte er fest, daß seine Gespräche mit der Prinzessin fast minutenlang unverständlich wurden – was ihn in große Verwirrung stürzte –, dafür aber vergnüglicher und immer unverzichtbarer. Wenn er in seine Gemächer zurückkehrte, kehrte zwar auch die Wirklichkeit zurück – die in Naivias Gegenwart wie in einen Nebel gehüllt schien –, doch ihr Antlitz, ihr sanfter Blick, die Berührung ihrer kleinen Hände begleiteten ihn noch lange Zeit, hafteten an ihm wie ein bleibender Duft.

Manchmal entfernten sie sich vom Baum der Spiele, um den Elf und die anderen Kinder herumtollten, und setzten sich an den kleinen Springbrunnen. Naivia bat ihn dann oft, ihr vom Süden zu erzählen, und lauschte ihm dabei so verzückt, daß seine Erinnerung, sein Versprechen an Lisius und sein unbändiger

Wunsch, in das Land zurückzukehren, wo er geboren war, jedesmal drängender wurden.

Am achten Tag sagte Naivia zu ihm:

»Nobel, ich glaube, ich bin wieder ganz gesund; helft mir bitte auf die Füße.«

Bis dahin hatte sie immer auf einer Liege geruht; doch jetzt nahm Nobel sie bei den Händen, und sie erhob sich ohne Mühe und hüpfte so vergnügt über das Gras, daß alle staunten. Vor allem die Jünglinge und Mädchen ihres Gefolges; sie hatten zu spielen aufgehört, starrten sie so ernst und mit offenen Mündern an, daß Nobel sich an das Staunen jener Kinder erinnert fühlte, die – ganz anders gekleidet allerdings – ihn in dem verlassenen Dorf des Schwarzen Landes plötzlich umringt hatten.

Eine tiefe Stille legte sich über den Garten. Das Plätschern des Brunnens, das Zirpen der Vögel und das Rascheln der Blätter im Wind waren auf unerklärliche Weise verstummt.

»Prinzessin!« rief Nobel ungläubig. »Wie seid Ihr gewachsen!«

Und so war es. Naivia war fast genauso groß wie er, und er war von überdurchschnittlicher Größe. Auch ihre Körperform hatte sich verändert. Als er in ihre Augen schaute, ihr Lächeln sah und ihren Körper betrachtete, hatte Nobel zum ersten Mal das Gefühl, nicht mehr einem Kind, sondern tatsächlich der künftigen Königin von Olar gegenüberzustehen.

Und plötzlich sank ihnen beiden der Mut, und sie wußten nicht mehr, was sie sagen sollten. Von einem Augenblick zum anderen waren ihnen die Worte ausgegangen, waren alle Geschichten der Vergangenheit, der Gegenwart und der Zukunft gestorben, die unbekümmerte Leichtigkeit ihres Zusammenseins war entflohen.

Nobel verbeugte sich mit höfischer Eleganz, und Naivia antwortete ihm mit derselben Anmut und Ernsthaftigkeit. Später berichtete der Prinz alle diese Ereignisse der Königin, obgleich sein Herz sich anfühlte wie von eisiger Kälte, unendlicher Traurigkeit und unheilbarer Hoffnungslosigkeit umfangen.

Ardid nahm die Neuigkeiten mit großer Erleichterung auf.

Und mit Ardid der Hof und mit dem Hof auch der gesamte Adel, alle Städte und Dörfer, jedes einzelne Gehöft. Endlich war die Hochzeit offiziell. Am festgesetzten Tag sah man den Hofstaat so festlich herausgeputzt wie nie zuvor, und dasselbe galt für das Schloß von innen wie von außen. Sogar der Abt von Abundios kam nicht wie in früheren Zeiten im härenen Gewand auf dem Rücken seines Esels, sondern reich gewandet in einer Karosse.

Die ganze Stadt war ein einziger Festplatz, und obwohl es an Wein mangelte – den größten Teil der Vorräte hatte Gudú mitgenommen, und die Zeit der Lese war noch nicht gekommen – und der traditionelle Springbrunnen mit Weißwein und Rosé nicht mehr sprudelte, so wurden wenigstens Süßigkeiten und Met an das Volk ausgegeben. Spiele und festliche Einlagen waren vorgesehen, und aus der näheren und weiteren Umgebung strömten Gaukler, Puppenspieler, Komödianten und Hausierer herbei. Musiker, Tänzer, Wahrsager und wer weiß noch alles bevölkerten Straßen und Plätze. Und von der Insel Leonia trafen zwei vollbeladene Schiffe mit den feinsten Waren ein. Das persönliche Geschenk der Königin Leonia für die junge Braut bestand aus einem mit Perlen und Juwelen bestickten blutroten Hochzeitskleid aus feinsten Geweben, das jedem den Atem verschlug, der es betrachtete.

Kurz vor Beginn der Zeremonie – Naivia hatte das prunkvolle Kleid bereits angelegt – kam die Königin, sie zu besuchen. Und so wunderschön fand sie sie, so liebreizend und winzig inmitten all des hochzeitlichen Durcheinanders wie nie einen Menschen zuvor. Ihr vorher lose über die Schultern fallendes Haar war jetzt zu schimmernden Zöpfen geflochten, die mit edlem Liebreiz ihr Antlitz umrahmten. Und die von jenem tiefen Ernst umflorten Augen schauten sie auf eine Weise an, daß die Königin eine Hochachtung in sich aufsteigen fühlte wie vor keinem Menschen sonst. Tatsächlich, dachte sie, von den Haarspitzen bis zu den Fußspitzen eine wirkliche Prinzessin.

Die Zeremonie ging mit dem größten Prunk vonstatten – jedenfalls was man in der Gegend darunter verstand –, und in dem

Augenblick, als der Abt von Abundios der Verbindung seinen Segen gab, flogen fünfzig Tauben, die ex profeso aus dem Süden gebracht worden waren, über den Köpfen der Anwesenden auf. Die Glocken kündeten von dem großen Ereignis, und dreihundert weiße Rosen wurden von Pagen, die auf der Galerie verborgen waren, mit wechselndem Glück über den Hochzeitsgästen entblättert, was – wen wundert's – jenen mehr Freude bereitete als den Empfängern dieses Blütenregens.

Keinem der Anwesenden fiel jedoch auf, daß der Vertreter des Königs und die junge Prinzessin sich während der gesamten Feier kein einziges Mal anschauten und nicht einmal ein Wort miteinander wechselten. Alles, was sie tauschten, waren die Eheringe, die so kalt und glänzend waren, daß beide erschauerten, als sie sie an ihren Fingern fühlten. Nur der Abt dachte, als er ihre Hände aufeinanderlegte, daß er selten zuvor solch kalte Gliedmaßen berührt hatte.

Kaum war das Hochzeitsmahl beendet, trat Nobel vor die Königin, verneigte sich in seiner formvollendeten Art und sagte:

»Majestät, gern würde ich weiterhin an Eurer Festtafel verweilen, doch ich glaube, meine Anwesenheit ist beim König mehr gefragt als hier.«

»Du hast recht«, antwortete Ardid. »Gern hätte ich dich weiterhin bei mir. Aber ich verstehe, daß du dich schon viel zu lange hier aufgehalten hast. Ich versichere dir, daß mein Herz sehr unruhig schlägt, wenn ich daran denke, daß mein Sohn ohne dein wachsames Auge und deinen Schutz dort draußen in der Fremde weilt. So reite zu ihm und berichte Gudú, mit welcher Sehnsucht und Freude wir ihn zurückerwarten.«

Daraufhin küßte sie – ohne jedes Protokoll – Prinz Nobel auf die Stirn. Den Magier beauftragte sie, dem Prinzen ein Dokument mitzugeben, in dem erklärt war, warum der alte Meister ihn nicht begleitete. Beinah schroff wandte Nobel sich daraufhin ab und zog sich zurück. Kurz darauf hatte er seine Rüstung wieder angelegt, saß mit seinen Männern auf und ritt durch den Burghof davon.

Auf der Freitreppe sah er den Hofstaat der Prinzessin mit Prinz Elf an der Spitze auf den Stufen sitzen; schweigend und mit betrübten Mienen, was sehr ungewöhnlich für sie war. Die Tiere, die zu ihnen gehörten, machten denselben traurigen und niedergeschlagenen Eindruck.

Als Prinz Elf den scheidenden Nobel bemerkte, stieß er einen leisen Schrei aus und kam hinterhergelaufen, und mit ihm alle andern. Voller Befremden sah Nobel zu, wie sie ihn umringten, wie ihre Tränen flossen und sie in einem verstörenden Chor von Stimmen zu ihm sagten:

»Reite nicht fort, Nobel, bitte, reite nicht, der Herbst ist gekommen.«

»Der Herbst? Wir haben Sommer ...«

Vergebens forderte er sie auf, aus dem Weg zu gehen. Sie umkreisten ihn, und selbst auf die Gefahr hin, von den Pferden getreten zu werden, klammerte sich einer an sein Bein, ein anderer an sein Schwert und ein dritter an seinen Umhang. So belagert, rief Nobel schließlich:

»Aus dem Weg, wenn ihr nicht niedergetrampelt werden wollt!«

Da wandten alle den Kopf und ließen von Nobel ab. Von einem plötzlichen, unerklärlichen Schrecken erfüllt, drehte auch dieser sich um und sah Naivia in heller Aufregung die Treppenstufen herabrennen und verzweifelt rufen, er solle nicht fortreiten, er dürfe sie nicht allein lassen. Wie üblich hatte sie einen Schuh verloren.

Hinter Naivia erschien Ardid mit vor Zorn verzerrtem Gesicht. Als die Prinzessin sie gewahrte, ließ sie in unermeßlicher Hoffnungslosigkeit die Arme sinken, warf ihr einen Blick zu, der sie zu durchdringen schien, und schwieg. Erst als die Königin neben ihr stand, senkte Naivia das Haupt und flüsterte:

»Ich bitte Euch, Majestät, verzeiht mir.«

»Ist gut«, sagte Ardid erhitzt und schwer atmend. »Ich hoffe, daß dies Eure letzte Ungebührlichkeit war.«

»Die letzte, Majestät«, antwortete Naivia, »das verspreche ich Euch.«

Nobel sah sie die Treppe hinaufgehen und durch die Tür verschwinden, obwohl er noch mit ansah, wie Naivia ihren Schuh aufhob und die Königin ihr half, ihn anzuziehen, und ihr dann das Kleid glattstrich wie eine leibliche Mutter. Und so entschwanden die zwei in die Dunkelheit.

Da war ihm, als brande ein heißer Wind gegen ihn an, der ihn mit rasendem, nie gekanntem Zorn erfüllte. Er stieß seinem Pferd mit solcher Gewalt die Sporen in die Seiten, daß er das Gefühl hatte, ins Nichts zu galoppieren. Und wieder spürte er den diesmal schier unerträglichen Schmerz, als ihm die Spitze jenes blauen Steins ins Fleisch drang, dessen andere Hälfte wie ein geheimes, über alles geschätztes Juwel die Brust von Prinzessin Naivia schmückte.

XIII

ETWAS ENTSTEHT,
ETWAS VERGEHT

I

Gudú wurde allmählich ungeduldig. Nach seinen Schätzungen hätten Nobel und der Magier längst zurück sein müssen; es sei denn, ihnen wäre unterwegs etwas zugestoßen. Nobel jedoch war für ihn eine Art unsterbliches Wesen. Er war so an seine unfehlbare Zuverlässigkeit gewöhnt, daß er sich gar nicht vorzustellen vermochte, etwas so Alltägliches und Gewöhnliches wie der Tod könne ihm den treuen Vasallen von der Seite reißen. Mit der Ungeduld wuchs sein Ärger. Jeden Tag schickte er Krieger aus, den Horizont abzuspähen, um zu sehen, ob sein Bruder kam. Und jeden Tag stürzten ihn die abschlägigen Bescheide in einen dumpfen, unterdrückten Zorn; denn er neigte nicht dazu, seine Gefühle zu äußern, und hatte von Kindesbeinen an gelernt, daß es besser war, wenn er selbst der einzige blieb, der sich kannte.

Das Leben im Lager war, was die militärische Disziplin anging, zwar hart und streng, doch galt dies nicht für das sogenannte private Leben der Soldaten und des Königs selbst. Gudú war zu der Einsicht gekommen, daß es besser sei, wenn seine Männer ihn nicht nur verehrten und voller Stolz in seinen Diensten standen, weil er sie gut bezahlte, sondern weil er sich auch in allen anderen Dingen als großherziger Kriegsherr zeigte, weshalb sie ihn niemals verraten oder ihm davonlaufen würden, obwohl er ihnen nicht verschwiegen hatte, daß die kommenden Feldzüge entbehrungsreich und gefährlich werden könnten.

Der beste Beweis dafür war nach der Verteilung der Beute im Schluchtenland die Bitte Yaheks und dessen Männer gewesen, seiner dezimierten und schlecht bewaffneten Streitmacht beizutreten. Gudú wußte, daß er diese Streitmacht aufrüsten mußte, wie es sich noch kein König oder Kriegsherr bisher vorgestellt hatte, wenn er seine ehrgeizigen Ziele erreichen wollte. Und er war überzeugt, daß sein Umgang mit den Soldaten sehr viel überzeugender war als Schikane, Drill – oder was man früher darunter verstanden hatte – und Hunger; drei Dinge, auf die sich sein tapferer und tatendurstiger Vater ausschließlich verlassen hatte. Gudú aber war der Sohn von Ardid, und die Klugheit der Mutter steckte ihm ebenso im Blut wie Ehrgeiz, Kampfgeist und Herrschsucht des Vaters und der Mutter zusammen.

Oft genug brütete er Pläne und Vorhaben aus, ließ sie in seinem Geist gedeihen, ohne daß er davon Notizen anfertigen mußte, da sie sich tief in sein Gedächtnis einfraßen und kein Mensch sie ihm je wieder hätte entreißen können. Es kam auch immer wieder vor, daß er des Nachts, wenn alle Feuer erloschen waren – mit Ausnahme derer der Wachen –, sein Zelt verließ und an den Rand der Steppe ging, um im Mondlicht das weite Land zu betrachten, das er mit so brennender Gier erobern und erkunden wollte. Solange ich lebe, werde ich nicht eher ruhen, sagte er sich und schaute über die endlose, menschenleere, gespenstische Ebene, bis ich jede Handbreit dieses Landes kenne. Ich kann das Gefühl von Unwissenheit nicht länger ertragen. Ich werde die Welt auseinandernehmen und ihre Einzelteile betrachten. Und was mir davon gefällt oder von Nutzen ist, werde ich behalten; was ich als überflüssig oder schädlich erachte, werde ich vernichten. Meine Nachkommen werden mein Werk vollenden, und mein Reich wird grenzenlos sein für alle Zeit, denn über Generationen hinweg wird die Welt nicht König Gudú vergessen, weder seine Macht und seinen Ruhm noch seine Weisheit und seinen Mut; von Mund zu Mund wird mein Name weitergegeben und im Gedächtnis der Menschheit aufbewahrt sein, und ich werde herrschen bis weit über den Tod hinaus. Dieser Ehrgeiz weckte die Habgier in ihm unendlich viel mehr als alle Schätze der Welt.

Mit sich selbst war er streng und liebte die Kargheit – die Ausnahmen waren Frauen, Wein und Sinnlichkeit –, er hing nicht am Gold noch am Reichtum an sich, wie sein Vater es getan hatte und seine Mutter es tat und alle mit Ausnahme von Prinz Nobel. Kalt und leidenschaftslos hatte er zugesehen, wie seine Männer sich an Usurpinos Schätzen berauscht und sie unter sich verteilt hatten, und im Vergleich zu dem, was er erträumte und ersehnte – allerdings noch nicht erreicht hatte – war es ihm so banal erschienen wie das Spiel eines Kindes, das mit einem Holzschwert bewaffnet Soldat spielt. Dasselbe galt für alle anderen Besitztümer, denen die Menschen, wie er beobachtet hatte, mit derselben Verbissenheit nachjagten, der Adel nicht anders als das gemeine Volk. Er fühlte eine natürliche Hingezogenheit zum anderen Geschlecht, ihm schmeckte der Wein, und sein Appetit entsprach der außergewöhnlichen Kraft seines Körpers; von keinem dieser Dinge war er jedoch abhängig, und wenn es die Umstände erforderten, konnte er auf alle und jedes von ihnen verzichten. Die einzige Fessel, von der er sich nicht befreien konnte, war dieser tiefsitzende Wunsch, dieser Traum, dieses Fieber, von dem er niemandem erzählte. Dieser Durst war unstillbarer als jeder andere Durst, dieser Hunger nagender als sonst einer.

Das karge und rauhe Lagerleben härtete den König noch mehr ab, und er schien sogar daran zu wachsen, so daß er mit seinen fast sechzehn Jahren für einen jungen Mann von zwanzig gehalten werden konnte. Und als die Wachen ihm eines Tages meldeten, in der Ferne sei eine größer werdende Staubwolke zu sehen, und sie gehöre zu einem kleinen Reitertrupp, der von Prinz Nobel angeführt werde, warf er sich voller Ungeduld aufs Pferd und galoppierte seiner Eskorte davon, um den Bruder zu empfangen. Als er Nobel sah, bemerkte er eine Veränderung an diesem, die er zwar nicht genau benennen konnte, die ihn jedoch zur Wachsamkeit mahnte. Er rätselte noch, ob dieser neue Zug Gutes oder Böses verhieß, als auch Nobel zu dem Eindruck gelangte, daß sein Bruder sich verändert habe. Er war gewachsen, seine Haut war tief gebräunt, Arme und Beine waren noch muskulöser geworden, wie die eines kampferprobten Kriegers. Auf seinem Kinn zeigte sich ein kupferfarbener Flaum von derselben Farbe wie sein Haar. Plötzlich ähnelte er viel mehr seinem Vater. Diese Ähnlichkeit machte einen solchen Eindruck auf Nobel, daß seine natürliche Hinwendung zu Gudú sich noch um die für seinen Vater empfundene Zuneigung verstärkte. Und wie er ihn so betrachtete, schwor er sich – obwohl seine kürzlich entdeckten Gefühle ihm die Augen über die Welt geöffnet hatten und er weit davon entfernt war, dieselben Ziele wie der König zu verfolgen –, daß er, mochte geschehen was wolle, Gudú beschützen werde, wie er es der Königin versprochen hatte. Und kein persönliches Gefühl sollte je seine Treue trüben. Tatsächlich befand sich der Grund für solch ein mögliches Gefühl in weiter Ferne und gar nicht in seinem Kopf, durch den es nur als ein undeutliches Flimmern geisterte.

Als die beiden Brüder schließlich allein im Zelt des Königs waren, sagte dieser: »Prinz, du siehst irgendwie verändert aus ...«

»Das ist nichts von Bedeutung«, antwortete Nobel, »macht Euch darüber keine Sorgen ... Ein Unfall, nichts weiter. Mir ist etwas in die Brust gefahren, und ich finde keinen Weg, mich von dem stechenden Schmerz zu befreien, den es mir bereitet.«

»Zeig her. Wenn dir etwas in die Brust gefahren ist, warum reißt du es nicht heraus?«

»Es war nicht möglich. Sooft ich es versucht habe, um so heftiger wurde der Schmerz, und um so tiefer schien es mir ins Fleisch zu dringen. Aus der kleinen Wunde kam so viel Blut, daß ich befürchtete, unterwegs zu verbluten.«

Bei diesen Worten zeigte er seinem Bruder die Wunde. Gudú betrachtete den großen dunklen Fleck auf dem Leder des Harnischs und sagte ungehalten: »Du bist sehr unvernünftig, Bruder. Du kannst es dir nicht leisten, in einer Zeit, da ich dich so dringend brauche, deine Kraft einzubüßen oder gar dein Leben zu verlieren. Aber warte, ich werde Yahek rufen lassen, er versteht etwas von Heilkräutern, von Druckverbänden und von Blutstillen; seine Mutter, die sich in solchen Dingen auskannte, hat es ihm beigebracht ... Aber sag, der Meister ist nicht bei dir. Warum ist er nicht mitgekommen?«

»Hier, Eure Mutter erklärt es Euch«, sagte Nobel mit versagender Stimme. Und als er seinem Bruder das Pergament übergab, fühlte er die letzten Kräfte schwinden, die ihn bis in dieses Zelt gebracht hatten. So stechend wurde der Schmerz in seiner Brust, daß eine Totenblässe sein Gesicht überzog. Er mußte seinen ganzen Willen zusammennehmen, um gegen die Ohnmacht anzukämpfen.

»Ihr fragt nicht nach Eurer Gemahlin?« murmelte er.

»Ach, richtig!« rief Gudú, ganz in die Mitteilung seiner Mutter vertieft. Und nachdem er sie gelesen hatte, bemerkte er: »Ich finde es sehr zutreffend, was meine Mutter schreibt. Wenn er mir mit Hilfe seiner wunderbaren Erfindung von Olar aus dienen kann, um so besser; dann muß ich mich nicht mit einem gebrechlichen Greis belasten, der sich nicht vorstellen kann, worum es hier geht. Ach, ja, meine Gemahlin ... Ist sie wirklich so schön wie ihr Bild? Du weißt ja, in diesen Dingen wird gern übertrieben. Ich hoffe nur, nicht betrogen worden zu sein; eine solche Beleidigung würde ich doppelt heimzahlen.«

»Sie ist viel schöner«, sagte Nobel, während Nebel vor seine Augen wallten, der Schmerz ihm den kalten Schweiß auf die Stirn trieb und alles um ihn her zu verschwimmen schien. »Schöner als jede andere Frau.«

»Was ist mit dir?« fragte Gudú und hielt ihn an den Armen. Und da er feststellte, daß sein Bruder einem Toten ähnlicher sah als einem Lebenden, ließ er sogleich nach Yahek rufen.

Der Mann kam unverzüglich in das Zelt des Königs, wo er Nobel auf die Felle legte, die Gudú als Bettstatt dienten, zog ihm den Lederharnisch aus und erstarrte vor der Wunde, die er auf des Prinzen Brust erblickte.

»Was ist?« fragte Gudú ungeduldig. »Beeil dich, Yahek. Wir haben zu lange auf seine Rückkehr gewartet, um uns jetzt von einem solchen Kratzer aufhalten zu lassen.«

»Das ist kein Kratzer, Hoheit«, antwortete Yahek.

Gudú bemerkte, daß der Soldat bleich geworden war. Er sah es an dem grünlichen Ton, der Yaheks Gesicht überzog, welches gewöhnlich so dunkel war wie das eines Sarazenen.

»Es ist eine schlimme Wunde«, fügte er hinzu. »Und verzeiht mir, aber ich kann sie nicht heilen.«

»Was heißt, du kannst sie nicht heilen?« sagte Gudú, und seine Augen blitzten auf eine Weise, daß der Soldat wußte, ihm blieb keine Wahl.

Also versuchte er mit immer noch zitternden Händen den Stein, der sich auf so üble Weise in die Brust des Prinzen gebohrt hatte, aus der Wunde zu ziehen. Aber er hatte bereits den Geruch wahrgenommen, vor dem seine Mutter ihn gewarnt hatte, als er noch ein Kind war: Wunden, denen dieser Geruch entströmte, der lieblich war und süß wie reifer Jasmin, waren tödlich. Und das schlimmste: Niemand konnte oder sollte sie heilen, wenn er nicht derselben Krankheit erliegen wollte. Aus diesem Grund tat Yahek, als täte er, was er in Wirklichkeit nicht tat.

Mit blutbefleckten Händen wandte er sich an den König und sagte leise: »Seit einigen Tagen sieht man eine alte Frau in dieser Gegend, die Wurzeln und geheimnisvolle Kräuter sammelt. Ihren Gesichtszügen entnehme ich, daß sie zum Volk der Steppe gehört, wenn auch gemischtes Blut in ihren Adern fließt, genau wie bei mir. Wahrscheinlich ist sie die Überlebende eines Dorfes, das noch Euer Vater niedergebrannt hat. Wenn Ihr nichts dagegen habt, könnte ich mit ihr sprechen. Sie weiß den Prinzen gewiß besser zu kurieren als ich; zumindest wird sie ein Gebräu oder ähnliches kennen, das ihn wieder auf die Beine bringt.«

»Dann hol sie her«, verlangte Gudú, zutiefst verstimmt über den vermeintlich dummen Unfall. »Und komm nicht bald zurück, sondern schneller als bald.«

Das tat Yahek. Er fand die alte Frau im Wald am Rande eines Dickichts. Wie üblich war sie in ein murmelndes Gespräch mit einem jungen Mädchen vertieft, das in letzter Zeit häufig mit dem König zusammen war und das dieser Augenschmaus nannte. Als sie Yahek kommen sahen, verstummten sie. Dem alten Haudegen, der einen Riecher für solche Dinge hatte, war nicht verborgen geblieben, daß sich in letzter Zeit auffallend hübsche Mädchen um das Zelt des Königs herumtrieben und ebenso spurlos wieder verschwanden, wie sie aufgetaucht waren. Er ahnte daher schon, daß irgendeine dunkle Verbindung zwischen den beiden bestand. Die Alte sah ihm außerdem ganz danach aus, als sei sie eine Hexe. Von seiner Mutter her wußte er etwas über das Aussehen von Hexen; aber wenn sie sich wohlwollend zeigte – und sie machte ganz den Eindruck –, konnte er sich vielleicht ihrer Dienste versichern.

»Gute Frau«, sagte er mit seiner freundlichsten Stimme, »wenn du mir zum König folgst und seinen Befehlen gehorchst, mußt du nicht fürchten, auf dem Scheiterhaufen verbrannt zu werden, wie es für Hexen ja eigentlich vorgesehen ist.« Mit diesen Worten glaubte Yahek sich seiner Aufgabe so taktvoll wie möglich entledigt zu haben.

Die Alte funkelte ihn mit schwarzen Augen an, in denen der ganze Haß der Welt zu nisten schien. Yahek fühlte, wie sich seine Haare sträubten, als er in diese Augen blickte.

»Mein hübscher kleiner Soldatenjunge«, entgegnete die Alte mit sanfter Stimme, obwohl es auf der weiten Welt kein Wesen gab, auf das diese Bezeichnung weniger hätte zutreffen können, »der Sohn deiner Mutter, die mir in lieber Erinnerung ist, sollte wirklich nicht so sprechen. Da jedoch, wenn ich mich nicht im Zelt des Königs sehen lasse, dieser dir den Kopf abschneidet, bevor er mich verbrennen läßt, will ich gern mit dir gehen, um zwei so wenig erbauliche Schauspiele zu vermeiden.«

»Was weißt du stinkendes Aas«, sagte Yahek, der zu seiner natürlichen Ausdrucksweise zurückgefunden hatte, »von der Frau, die mich auf diese dreckige Welt gebracht hat?«

»Du hast wirklich eine vornehme Art, dich auszudrücken«, lächelte die Alte. Und nicht Tag und Nacht und Meer und Steppe vereint, nicht Himmel und Hölle in enger Umarmung hätten weniger zueinandergepaßt als dieses Lächeln und der Ausdruck ihrer Augen. »Und zum Dank für deine Freundlichkeit will ich dir sagen, daß ich sie sehr wohl kannte. Als kleines Mädchen wäre sie ohne die Milch meiner Ziege kaum am Leben geblieben. Und lange genug hat sie bei mir gewohnt, daß ich miterleben konnte, wie ihr Bauch immer dicker wurde und sie schließlich die Welt mit einem kleinen Yahek beglückte, der erst Freischärler war und dann als Soldat in die Dienste des Mörders seines Vaters trat.«

»Halt den Schnabel, du häßliche Krähe, und mach dich auf die Suche nach heilenden Kräutern«, fuhr Yahek sie an, dem jedoch eine finstere Kälte in die Knochen gefahren war. »Du sollst eine Wunde versorgen, wie ich sie in meinem Fleisch wahrhaftig nicht haben möchte.«

Augenschmaus, die bis dahin geschwiegen hatte, klatschte in die Hände und rief mit ungebührlicher Fröhlichkeit: »Oh, darf ich mitkommen? Vielleicht kann ich der alten Frau behilflich sein. Ich habe gelernt, Wunden zu versorgen und Blut zu stillen ...« Sie erwähnte allerdings nicht, daß diese Wunden auch ohne ihr Zutun zu bluten aufgehört hätten, da sie ausnahmslos zu ertrunkenen Jünglingen gehörten. Aber Undine, die das Aussehen einer glutäugigen Frau mit geflochtenem schwarzem Haar, angenommen hatte, wie es in der Steppe getragen wurde fand ja an allen Dingen ihren Spaß.

»Der König wird entscheiden, ob deine Anwesenheit erforderlich ist«, sagte Yahek. »Wenn du dich dem aussetzen willst, wovon ich allerdings nur abraten kann, dann folgt mir.«

Die drei machten sich auf den Weg zum königlichen Zelt, doch Augenschmaus, als die Jüngste und Leichtfüßigste, erreichte es als erste. Sie brauchte dem König nicht vorgestellt zu werden, da es in ihrer Natur lag, jedes Hindernis zwischen sich und ihrem Ziel überwinden zu können. Mit einem allerliebsten Knicks vor dem König fragte sie mit einem Stimmchen, das sich wie der Wind zwischen den Dünen der Steppe anhörte: »Oh, hoher Herr, ob ich Euch zu Diensten sein kann? Ich habe einige Erfahrung in diesen Dingen. Welches ist die Wunde, die Euch Sorgen bereitet?«

Der König betrachtete sie argwöhnisch, lächelte dann jedoch wohlgefällig und sagte mit einer Handbewegung zum Lager des Prinzen: »Geh und zeige, was du kannst. Wenn es dir gelingt, einen Stein herauszuziehen, der sich in seine Brust gebohrt hat, will ich dich reich belohnen.«

Im selben Moment stürzten Yahek und die Alte ins Zelt. Doch als die alte Frau ans Lager des Prinzen trat, weiteten sich ihre Augen vor Entsetzen, und sie erbleichte, wie zuvor Yahek es getan hatte. Zur selben Zeit hörten sie, wie Augenschmaus ein lichtes, eitles Lachen ausstieß, wie kein menschliches Wesen es zustande zu bringen vermochte, und mit ihren schlangengleichen Fingern in der Wunde ausrief: »Oh, nichts leichter als das, Hoheit. Ich schwöre Euch, daß keine Wunde einfacher zu heilen ist als diese!«

Und mit einer anmutigen Bewegung hielt sie den spitzen, blauen, durchbohrten halben Stein in der Hand. Aus der Wunde in Nobels Brust sprudelte das Blut. Mit einem Schreckensschrei ließ Undine den Stein fallen, der unter die Felle rollte, auf denen der Prinz sein Leben auszuhauchen schien. Sie hielt beide Hände aufs Herz gepreßt und wimmerte:

»Oh Herr, es hat sich angefühlt, als würde mir das Herz von einem Schwert durchbohrt.«

»Unvernünftiges Geschöpf!« flüsterte die Alte. »Das hättest du niemals tun dürfen ...« Und am Lager des Prinzen niederkniend, der verwundert die Augen aufschlug, behandelte sie diesen nun mit einer geheimnisvollen Salbe, die sie aus den Falten ihres Gewandes hervorzog. Danach legte sie ihm blaue Kräuter auf und sagte: »Der Stein ist zwar draußen, aber Ihr müßt seine Wunde beobachten. Sie kann wieder so stark zu bluten anfangen, daß er doch noch stirbt.«

Nach diesen Worten legte sie das Kästchen mit der Salbe und die blauen Kräuter neben dem Prinzen nieder, erhob sich und bat um Erlaubnis, sich entfernen zu dürfen.

»Geh in Frieden«, sagte der König, der sich in der Gegenwart von alten Menschen gemeinhin unwohl fühlte und die der Alten besonders widerwärtig fand. »Wenn du nicht weißt, wohin du gehen sollst, kannst du im Lager bleiben, kannst essen, was meine Männer essen, und von ihrem Wasser und ihrem Wein trinken. Sollte mir jedoch im Zusammenhang mit dir irgendeine Nachricht von Hexerei zu Ohren kommen, wirst du brennen wie Baumharz, dessen sei gewiß …«

»Ihr seid überaus großzügig, Gebieter«, erwiderte die Alte, hinter deren Lidern sich die Glut des Hasses verbarg, der in ihren Augen loderte. »Ihr werdet keinen Grund haben, die Großherzigkeit zu bereuen, die Ihr einer armen, hilflosen alten Frau angedeihen laßt.«

Gleich darauf war sie aus dem Zelt verschwunden, gefolgt von Yahek. Nur Augenschmaus kniete noch neben dem Lager des Kranken auf der Erde, beide Hände an die Brust gedrückt und leise wimmernd.

»Was ist denn jetzt schon wieder?« rief der König ungeduldig, da er dieser ganzen konfusen Geschichte allmählich überdrüssig wurde. »Zeig gefälligst ein bißchen Würde und belästige mich nicht mit deinen Tränen. Ich verabscheue Tränen und jede Art von Jammern. Lieber spüre ich die Schuppenhaut eines giftigen Reptils auf meiner Haut, als solch unwürdigen Schwächen beizuwohnen zu müssen.«

»Ich weine ja gar nicht, Hoheit«, flüsterte Augenschmaus mit versagender Stimme. »Ich habe nur noch nie so einen Schmerz verspürt. Aber seht Ihr, es ist schon vorbei.«

Sie nahm ihre Hände herunter, und man sah nur ein paar Blutstropfen auf der samtenen Oberfläche ihrer herrlichen Haut perlen, ohne daß es eine Wunde gab oder Anzeichen von einem eingedrungenen Dorn oder Stachel.

»Du kannst kein Blut sehen«, sagte der König mit kaltem Argwohn in der Stimme. »Das ist ungewöhnlich für eine Frau, die daran gewöhnt ist, mit Wunden umzugehen …«

»Blut und Wunden machen mir nichts aus«, erwiderte Augenschmaus und erhob sich lächelnd. »Ich weiß auch nicht, was mit mir geschehen ist. Vielleicht ein böser Lufthauch heute morgen, als ich in der Quelle gebadet habe …«

Da aber die Farbe wieder in ihre Wangen zurückgekehrt war und sie Gudú anlächelte, zog dieser sie spielerisch an den Zöpfen und sagte zu ihr: »Geh jetzt. Ich werde dich rufen lassen, wenn es mich nach deiner Gesellschaft gelüstet.«

Augenschmaus verließ das Zelt, und Gudú wandte sich Prinz Nobel zu.

»Du kamst mir zwar verändert vor«, sagte er zögernd, »aber noch befremdlicher scheint mir die Verursachung deiner Wunde zu sein ...«

»Ich kann sie mir selbst nicht erklären«, erwiderte Nobel, der offensichtlich wieder zu Kräften gekommen war und Farbe bekommen hatte. Er suchte unruhig nach dem blauen Stein, der nicht mehr an seiner Halskette hing.

»Wenn das, was du suchst, so wertvoll für dich ist«, sagte Gudú, »dann will ich dir sagen, daß du es unter den Fellen findest, auf denen du liegst. Aber ich verstehe nicht, warum du so begehrst, was dir solche Wunden zufügt ...«

»Es ist ein Stein, wertvoller als ein Juwel, den Eure Mutter mir vor vielen Jahren geschenkt hat«, antwortete Nobel. Mit großer Erleichterung fand er ihn schließlich dort, wo Gudú ihm gesagt hatte, und zu dessen großer Verwunderung zog er ihn wieder auf die Kette, die er um den Hals trug.

»Ich möchte ihn um nichts auf der Welt verlieren; was immer er angerichtet haben mag. Die Worte, mit denen Eure Mutter ihn mir gegeben hat, waren für mich die ersten mütterlichen Worte, die ein Mensch zu mir gesprochen hat. Darum bleiben sie ebenso in diesem Stein eingegraben wie in meinem Herzen.«

»Aber ich sehe keinen Edelstein«, sagte Gudú ungehalten, »sondern nur einen gewöhnlichen Kieselstein, halbiert obendrein. Aber wie du willst, ich werde nichts dagegen sagen. Die Frage stellt sich nur, mein Bruder, ob du dich kräftig genug fühlt, um mich bei meinen Vorhaben zu begleiten.«

Kaum war Nobel auf die Beine gekommen, begann die Wunde wieder so stark zu bluten, daß alle Farbe aus seinen Wangen wich. Als der König das sah, fügte er hinzu: »Leg dich nieder, bis die Wunde verheilt ist. Wenn die Alte nicht gelogen hat, helfen die Schweinereien, die sie dagelassen hat, daß die Wunde schnell vernarbt. Und wenn sie gelogen hat, schneide ich ihr das Fell in Streifen vom Leib, bis sie ein wirksameres Mittel findet.«

Mit grimmiger Miene befahl er, seinen Bruder in dessen eigenes Zelt zu bringen. Dann stieg er auf sein Pferd und ritt durch die Gegend, um seinen Zorn zu besänftigen, den solche unglaublichen und lächerlichen Mißgeschicke in ihm hervorriefen. Als er an der Quelle vorbeiritt, sah er die allzeit frohgemute Augenschmaus dort sitzen, und ein ungewohnt wehmütiger Ausdruck lag auf ihrem Gesicht.

Gudú hielt sein Pferd an und sagte zu ihr: »Geh du zum Zelt meines Bruders. Weiche nicht von seiner Seite und versorge gewissenhaft seine Wunde. Ich brauche ihn wie keinen anderen auf der Welt.«

»Das will ich tun«, antwortete das Mädchen, dessen Augen plötzlich wieder glänzten. »Macht Euch keine Sorgen, Herr, ich werde mich so hingebungsvoll um ihn kümmern, als wäret Ihr es selbst.«

2

Der dritte Tag ihrer neuen Gestalt ging dem Ende zu, als Augenschmaus sich in aufgeregter Vorfreude zum Zelt des Prinzen begab. Noch bei keinem ihrer Besuche in den Zelten des Heerlagers hatte sie eine solche Empfindung verspürt wie jene, die sie wie ein Blitz zu zerreißen schien. Wenn ich mir vorstelle, daß ich sieben Tage mit dem Bruder des Königs verbringen kann! dachte sie. Noch nie habe ich einen schöneren Mann gesehen als ihn. Ich wäre nicht viel wert, wenn es mir nicht gelänge, an seiner Seite die lustvollsten Augenblicke meines Daseins zu erleben.

Den Kopf voller Träume betrat sie das Zelt, und als sie Nobel schlafend daliegen sah, setzte sie sich an seiner Seite auf den Boden und betrachtete sein Antlitz. Seine Augen waren geschlossen, sein Haar von der Farbe goldener Kastanien glänzte so weich, und seine Gesichtszüge waren so wunderschön, wie sie ähnliches noch nie zuvor gesehen hatte. Sie nahm seinen Kopf in die Hände und küßte ihn auf die Lippen. Aber sie fühlten sich fast so leblos an wie die jener Jünglinge, die auf dem Grund ihres Gartens ruhten. Sie küßte ihn immer wieder und nahm enttäuscht zur Kenntnis, daß ihre Küsse nicht erwidert wurden. Ein Gefühl überschwemmte sie daraufhin, wie sie es nie gekannt hatte: Ein abgrundtiefes Gefühl von Verlassenheit und unendlicher Einsamkeit, in der sie zu ertrinken drohte, stieg von ihrem Herzen auf und erreichte ihre Augen. Ihr war, als sei ein rätselhafter Baum in ihrem Leib herangewachsen, der seine Äste und Zweige überallhin ausstreckte und im ganzen Körper lange Wurzeln schlug. Plötzlich hörte sie den Wind, und er drang zu ihr, als überbringe er eine Botschaft. Sie schlug die Hände vors Gesicht. Und dann entdeckte sie etwas Merkwürdiges: eine warme Flüssigkeit, wie Blut, befeuchtete ihre Handflächen. Sie war aber nicht rot noch von irgendeiner anderen Farbe. Verwundert fragte sie sich: Ob dies Tränen sind? Ist dies Traurigkeit? Sie schaute den Bruder des Königs an und begriff: Wenn dieser Mann ihre Küsse und ihre Liebe nicht erwiderte, dann konnte ihr die Welt mit allen Menschen, die darauf wohnten und so schön und immer wieder neu und rätselhaft sein mochten, wie sie wollten, nichts mehr bedeuten.

Zutiefst verwirrt und in eine finstere Region ertrinkender Gefühle geschwemmt, von deren Vorhandensein sie nicht einmal etwas geahnt hatte, fragte sie sich: Warum gerade er? Warum er und nicht irgendein anderer? Wenn er auch schöner ist als alle, so ist Schönheit allein gar nicht mehr so wichtig für mich. Bei den Menschen habe ich andere Vorzüge zu schätzen gelernt, die viel lustbringender sind als Schönheit. Oft genug habe ich einen hübschen Jungen gegen einen älteren und gröberen Mann eingetauscht, weil er den Stern auf der Stirn trug, der uns Wassergeschöpfen versagt ist. Es ist nicht die Tönung seiner Haut oder die Farbe seines Haars, nicht die Anmut oder die Kraft seines Körpers, nicht seine Jugend und nicht einmal das Strahlen seiner Augen, welches ich noch gar nicht gesehen habe. Warum also er und kein anderer? So verbrachte sie die ganze Nacht an seinem Bett, überschüttete ihn mit ihren Zärtlichkeiten, streichelte sein Haar, küßte die geschlossenen Lippen und die geschlossenen Augen. Und sie fand keine Antwort auf ihre Fragen und keine Erklärung für ihre Gefühle.

Als der Morgen graute und Nobel erwachte, war er nicht wenig überrascht, ein so hübsches und zierliches Mädchen an seiner Seite zu finden, wie er es im Lager nie vermutet hätte.

»Wer bist du?« fragte er verwundert.

Als Undine den Klang seiner Stimme vernahm, durchzuckte es sie bis in die Tiefen ihres Seins. Sie nahm Nobels Hand in die ihre und sprach: »Lieber Prinz, ich heiße Augenschmaus, und der König hat mir aufgetragen, mich um Euch zu kümmern, bis Eure Wunde verheilt ist.«

»Ich muß gestehen«, sagte dieser, »daß ich beschämt bin. Noch nie war ich ernsthaft krank; wenn ich verwundet worden bin, war das ohne Bedeutung, und die Wunde vernarbte rasch. Was mir jetzt widerfährt, ist mir unverständlich.«

»Es ist nur die Schuld eines Steins, den ich Euch aus der Brust gezogen habe«, sagte Undine. Sie legte die Hände auf Nobels Schultern und drückte ihn sanft aufs Lager zurück. Und mit einer Erregung, die vollkommen neu und unbekannt für sie war, beugte sie sich über sein Gesicht und küßte ihn mit einer Leidenschaft, wie sie sie bisher noch nie empfunden hatte.

»Was tust du? Wenn du dem König gehörst, wisse, daß dies dich das Leben kosten kann – und vielleicht auch meines.«

»Ich gehöre nicht dem König«, sagte sie, ganz trunken von dem schrecklichen, nie gekannten Rausch, der sie durchflutete. »Ich gehöre ganz allein Euch, so hat es Euer Bruder bestimmt.«

»Warte«, stöhnte Nobel, »das glaube ich erst, wenn ich es aus seinem eigenen Mund vernehme. Aber selbst dann – du siehst doch, wie geschwächt ich bin, ich will nur schlafen ...«

Abweisend, wie er noch zu keiner Frau gewesen war, warf Nobel sich auf die Seite und schloß die Augen. Ihn selbst verwunderte sein Verhalten, denn obwohl das Mädchen wunderschön war, empfand er nichts bei ihren Küssen. Ungläubig mußte er sich eingestehen, daß alles stimmte, was er dem Mädchen gesagt hatte; und das nicht nur aus Treue zum König. Denn er spürte genau, daß er auch in gesundem Zustand dieses Mädchen ebensowenig wie jede andere Frau begehrt hätte. Was ist mit mir? fragte er sich erschrocken. Ich will wirklich nur noch eines auf der Welt, und das ist schlafen, schlafen ... und vielleicht nie mehr erwachen. Und mit diesem bittersüßen Gefühl schlief er tief und fest ein.

Die Sonne stand bereits hoch am Himmel, als Gudú das Zelt seines Bruders betrat. Er befahl dem Mädchen, hinauszugehen, und weckte Nobel.

»Was ist mit dir?« fragte er. »Du siehst geschwächt, blutleer und lustlos aus ...«

»So ist es, Majestät«, sagte Nobel. »Aber wenn Ihr es wollt, komme ich auf die Beine. Glaubt mir, ich wünsche mir das ebensosehr wie Ihr, wenn nicht noch mehr. Dergleichen ist mir nie zuvor widerfahren.«

»Seltsam«, sagte der König nachdenklich, »du warst stets von robuster Natur, und ich habe noch keine Wunde an dir gesehen, die dir so zu schaffen machte. Ich dachte mir, vielleicht könntest du deinen Lebensmut in der Gesellschaft des Mädchens wiederfinden, das ich zu dir geschickt habe. Vergnüge dich mit ihr, sie kennt sich in diesen Dingen aus. Wenn sie sich bei der Versorgung der Wunde genauso geschickt anstellt wie darin, dann bist du bald genesen. Vielleicht gewinnst du auf diese Weise deinen Schneid und deine Lebenslust zurück, die dich ziemlich verlassen haben, wie mir scheint.«

»Gewiß«, lächelte Nobel. »Ich danke Euch, daß Ihr soviel an mich denkt. Aber wenn ich aufrichtig sein soll, glaube ich nicht, daß dieses Mädchen meiner Heilung zuträglicher ist als die Kräuter und Salben der alten Hexe ...«

Gudú lächelte sein boshaftes Lächeln.

»Falls du moralische Bedenken hast, mir die Kleine trotz meiner Zustimmung zu entreißen, so laß dir sagen, daß sie mir nichts bedeutet, und daß es andere gibt in dieser Gegend – und zwar in erstaunlicher Vielfalt, und eine schöner als die andere. Ich glaube, du hast sie nötiger als ich. Also tu mit ihr, was dir beliebt; ich bin der letzte, der etwas dagegen einzuwenden hat. Im Gegenteil: Wenn sie dazu beitragen kann, daß du deinen Lebensmut wiederfindest, will ich mich glücklich schätzen.« Und mit seinem eigenartigen Lachen, welches das Blut dessen, der es vernahm, erst gefrieren und dann in Hitze aufwallen ließ, schlug er Nobel brüderlich auf die Schulter und verließ das Zelt.

Als Augenschmaus zurückkam, stellte Nobel sich schlafend. So hielt er es den ganzen Tag und auch noch den nächsten. Am Ende jedoch, gerührt auch von der zärtlichen Fürsorge, mit der sie ihn umhegte, stellte er fest, daß die Wunde gut heilte und seine Kräfte zurückkehrten. Am vierten Tag schließlich richtete er sich auf und lächelte das Mädchen an. Noch ehe er sich versah, schlang sie die Arme um ihn und überschüttete ihn dergestalt mit Küssen, daß er sich vollkommen überrumpelt fühlte. Obwohl sein Verstand und sein ganzes Selbst ihren Küssen und ihren Armen fern blieb, erwiderte er doch ihre Zärtlichkeiten, und Augenschmaus bekam, was sie sich so sehr von ihm ersehnt hatte, und das in überreichem Maß.

Doch dann kam für Undine der letzte Tag als Augenschmaus. Der Vereinbarung gemäß mußte sie nun eine andere Gestalt annehmen. Und wieder sank ihr das Herz vor Kummer, genau wie am Anfang ihres Abenteuers. Obwohl der junge Prinz zärtlich zu ihr war, fühlte sie doch nicht dasselbe wie zuvor mit anderen Männern. Ihre gepeinigten Sinne vermißten die vollkommene Befriedigung anderer Male. Statt dessen empfand sie einen bitteren Schmerz und eine Niedergeschlagenheit, in der sie Trauer zu erkennen glaubte. Sie erwartete plötzlich, daß er für sie dasselbe empfand wie sie für ihn. Zugleich aber erkannte sie, daß dies nicht zutraf, daß er auf ihre Zärtlichkeiten nur ihretwegen einging und nicht um seiner selbst willen. Vielleicht, dachte sie, findet er mich nicht schön genug. Da sie auf das Ende ihres letzten Tages zuging, fragte sie den Prinzen: »Welche Art von Frau gefällt Euch am besten? Ich glaube nicht, daß es eine ist wie ich.«

Nobel schaute sie versonnen an und sagte schließlich: »Du bist sehr schön. Du hast keinen Grund, dich in dieser Hinsicht zu beklagen. Du gefällst mir ausgesprochen gut, und es gibt wenige Mädchen, die es an Schönheit und Zärtlichkeit mit dir aufnehmen können.«

»Warum liebt Ihr mich dann nicht?« stieß sie unter Tränen hervor.

Nobel schwieg verwirrt und wußte nicht, was er antworten sollte. Ich frage mich, dachte er, warum ich nie die Liebe kennengelernt habe. In diesem Gedanken schwang ein schmerzhafter Zweifel, den er unausgesprochen ließ und weit von sich wies, als ahne er in ihm das größte Übel, das ihm im Leben widerfahren könnte.

»Weine nicht«, sagte er schließlich und streichelte sie. »Die Liebe stellt sich in den unterschiedlichsten Formen dar; und wie man weiß, haben jeder Mann und jede Frau eine ganz eigene Vorstellung davon.«

»Das stimmt nicht«, antwortete Augenschmaus. »Nach dem, was ich davon weiß, seid Ihr der einzige, der sich anders verhält. Und wer weiß, vielleicht liebe ich Euch gerade deswegen.«

Mit diesen Worten verließ sie sein Zelt, denn der Tag neigte sich dem Ende zu, und mit ihm ihre Frist.

Sie kehrte zur Quelle zurück, und als die Sonne hinter dem Horizont der Steppe versank, stieg sie in das Wasser und ließ sich darin treiben, um ihr erhitztes Gemüt abzukühlen. Doch anstatt schwerelos dahinzuschweben wie bei allen früheren Malen, fühlte sie diesmal das Gewicht einer Last, in der, einem pochenden Herzen gleich, die unbegreifliche und unaufhörliche Erinnerung an den Prinzen schlug, den Bruder des Königs.

Ein kleiner Goldfisch schwamm vorüber und starrte sie mit erstaunten Augen an.

»Was gaffst du mich an?« rief sie unwillig. »Weißt du nicht, daß ich die Enkelin Undine bin? Ich dulde keine Dreistigkeiten!«

Bei diesen Worten zuckte das Fischlein zusammen und wollte eilig davonschwimmen, doch Undine packte es am Schwanz und hielt es fest.

»Sag mir, warum du mich so angestarrt hast«, verlangte sie, »dann verspreche ich dir, meiner Großmutter nichts zu sagen.«

»Irgend etwas an dir erschien mir ungewohnt«, erwiderte das zitternde Fischlein, das vergebens zu entwischen suchte, »sonst nichts. Ich wollte wirklich nicht aufdringlich sein.«

Undine ließ es davonschwimmen, war jedoch sehr nachdenklich geworden. Kurz darauf vernahm sie die Schritte der alten Steppenhexe, ihrer Freundin, die an den Ufern der Quelle nach bestimmten Pflanzen suchte, die nur im Mondlicht gediehen. Sie rief sie zu sich, und als sie das Gesicht der Alten über der Wasserfläche sah, sagte sie: »Alte Frau, irgend etwas Seltsames geht mit mir vor.«

»Das brauchst du mir nicht zu sagen«, entgegnete diese mit kaum vernehmbarer Stimme, so daß nur die Kräuter am Ufer und Undine sie hörten. »Du bist so unvernünftig gewesen, daß ich mich sehr wundern muß; denn immerhin weiß ich, von wem du die Enkelin bist und daß diese Weisheit rein und unverfälscht bleibt für alle Zeit und über die Zeit hinaus, vom Anfang der Zeit bis zum Ende aller Zeit …«

»Erspar dir den Singsang, sie ist ja nicht hier«, unterbrach Undine sie ungeduldig. »Aber ich verstehe nicht, was du meinst.«

»Du hättest den Stein des Prinzen nicht anfassen und schon gar nicht aus der Wunde ziehen dürfen. Jetzt bist du mit seinem Blut in Berührung gekommen, und dadurch ist ein böser Trieb in dir herangewachsen. Ich fürchte, bei dir hat die Unreinheit eingesetzt.«

»Das konnte ich doch nicht wissen«, jammerte Undine. »Meine Großmutter hat so oft davon gesprochen und mich vor so vielen Dingen gewarnt, die ich vermeiden sollte, um der Unreinheit zu entgehen, daß ich kein einziges davon behalten habe … Ich wußte nur, daß Unreinheit um jeden Preis vermieden werden muß; aber die dreihundertausenddreiundzwanzig Gefahren, die auf eine Nixe lauern, konnte ich mir niemals merken. Und das ist fürwahr nicht ungewöhnlich. Großmutter kennt und beherrscht die Wurzeln des Wassers und verfügt daher über ein großes Wissen, im Vergleich zu dem sind diese Dinge ein reines Nichts. Aber ich bin nur eine Nixe, und zwar von der feinsten Sorte, weil ich ihre Enkelin bin; was allerdings auch heißt, daß ich von den ohnehin nicht besonders hellen die am wenigsten helle bin. Man kann mir jedenfalls nicht vorwerfen, leichtfertig gewesen zu sein.«

»Schon möglich«, sagte die Steppenhexe, »aber Abhilfe zu finden für das, was dir zugestoßen ist, dürfte schwierig werden. Sicher gibt es eine Möglichkeit, nur kenne ich sie nicht. Du bist noch jung, und zart ist noch der Trieb, der in dir herangewachsen ist. Auf irgendeine Art müßte das Übel aufzuhalten sein. Vor allem jedoch sorge dafür, mein liebes Kind, daß du deine grenzenlose Dummheit ein wenig eindämmst und wenigstens eines nie vergißt: Unter keinen Umständen darfst du länger als vereinbart in derselben menschlichen Gestalt verbleiben, auch wenn es dich schmerzt. Denn andernfalls könnten sich die Dinge auf wenig erstrebenswerte Weise entwickeln.«

»Ich weiß nicht, warum es mich schmerzen sollte«, murmelte Undine, doch in ihrer Stimme lag ein leichtes Zögern. »Sag mir, was du von diesen Dingen weißt, gute Hexe.«

»Ah, da mußt du wohl deine eigenen Erfahrungen machen, mein dummes hübsches Kind, dummer und hübscher als alle dummen hübschen Kinder«, antwortete die Hexe, und die schmeichelnde Zuneigung in ihrer Stimme war unüberhörbar. »Ich bin viel zu alt, um mich an diese Dinge zu erinnern. Aber du kannst mir glauben, ich habe sie einmal gekannt, und darum schleppe ich mich jetzt als Greisin unter den Menschen dahin; sterblich beinahe und mich mit Tränken, Kräutern, Salben und Umschlägen am Leben haltend wie ein dahergelaufener Magier menschlichen Ursprungs. Eines jedoch kann ich dir sagen: Der

Stein, den du der Brust des Prinzen entrissen hast, war nichts anderes als die tiefe Wunde des Begehrens, der Liebe und des Traums. Schwierig wird es sein, einen wie ihn noch einmal zu finden. Willst du einen Rat? Versuch, ihn zu vergessen!«

»Das will ich tun«, versprach Undine. »Ich verstehe nur eines nicht: Wenn der Stein aus der Wunde gezogen ist, warum besteht die Liebe dann weiter ...?«

»Weil der Stein nicht seine Liebe ist, sondern das Mittel zum Zweck, dessen sich die Liebe bediente, um ihn zu zeichnen. Die Liebe war es, die ihn in seine Brust getrieben hat. Und obwohl ich weiß, daß fremde Erfahrungen einem Menschen ebensowenig dienen wie den Nichtmenschen, will ich nicht versäumen, dir zu sagen, daß ein Mann – ein junger Krieger aus der Steppe, der Sohn des Larkaikio – auch mein Verderben war. Weil ich ebenso unvernünftig war wie du und mit den Menschen gespielt habe, habe ich mich in ihn verliebt und bin unrein geworden. Von ihm hatte ich eine Tochter; unselig, wie die Frucht einer solchen Verbindung nur sein kann. Und von dieser Tochter und ihrer Verbindung mit einem noch unseligeren Menschenmann des Ostens stammt der Yahek. Glaub mir, mein Haß auf diesen Enkel ist grenzenlos. Und allein dieser Haß hilft mir, der totalen Unreinheit zu widerstehen. Würde ich ihn eines Tage lieben, ein kleines bißchen nur, zerfiele ich zu Asche, würde vom Steppenwind davongeweht und brächte Trauer und Verzweiflung, wohin ich käme.«

»Das ist eine traurige Geschichte«, sagte Undine. »Ein solches Schicksal möchte ich nicht erleiden. Was kann ich also dagegen tun?«

»Ich glaube, du solltest deine Großmutter um Rat fragen«, antwortete die Steppenhexe mit Hochachtung in der Stimme. »Sie allein wird für so einen zarten Sproß das richtige und wirksame Mittel kennen.«

»Welcher Sproß?« fragte die Nixe, deren Stimmung schon wieder in Neugier umgeschlagen war. »Ich sehe ihn nicht, und das macht mich ganz verrückt.«

Die Steppenhexe beugte sich noch tiefer über das Wasser und murmelte: »Er ist wie ein dünnes rotes Fädchen. Ein winziger Stengel, den man kaum sieht.«

»Dafür, daß er so winzig ist, hat er aber eine große Kraft; denn grenzenlos ist mein Begehren, wieder in die Arme meines geliebten Prinzen zurückzukehren.«

»Stark ist er«, seufzte die Alte. »Wenn er nicht stark wäre, sähst du mich nicht stets von ferne diesem verfluchten Enkel folgen, um meinen Haß am Leben zu halten. Wenn ich sein Gesicht betrachte, seine Worte höre und sehe, was er tut, bäumt sich der Haß in mir auf und warnt mich vor der Gefahr, den Haß in mir zum Erlöschen zu bringen.«

»Wenn ich den Prinzen doch nur hassen könnte«, murmelte Undine gedankenverloren. Doch im selben Moment bäumte sich ihr Geist auf, als wäre ein Blitz hineingefahren. »O nein, nein!« rief sie. »Nicht für die Vermeidung aller Unreinheit der Welt würde ich ihn hassen wollen. Die Liebe ist ein viel mächtigeres, viel schöneres Gefühl, trotz des Schmerzes, den sie hervorruft, als alles, was ich bisher gefühlt habe.«

»Oh, denk nach, denk nach!« rief die Steppenhexe. »Und glaube mir, es ist ratsam, deine Großmutter zu befragen. Die Nacht ist noch lang genug, um sie aufzusuchen und zurückzukehren, ohne daß du das Abkommen verletzt und damit deine Reinheit und die Ehre der Wasserwesen aufs Spiel setzt.«

»Ich eile«, rief die Nixe, »ich bin schon unterwegs zu ihr ...«

Geschwind, viel geschwinder als das Wasser – das sie beherrschte – und die Zeit – die in ihren Händen lag –, erreichte sie den See von Olar. Über verborgene Quellen stieg sie hinab zur Höhle des Quells, wo gewöhnlich ihre Großmutter, die Dame des Sees, residierte und auch ihre Werkstatt der Wasserwurzeln betrieb, welche als die bedeutendste der gesamten Gegend gelten durfte.

Undine mußte noch ein wenig warten, bis die neuen Quellen, die die Dame soeben anfertigte, mit ihren neuen Läufen auf den Weg gebracht worden waren. Unter sprudelnden Wasserfällen auftauchend, erschien das herrliche Haupt der Nixe zwischen den Händen der Alten Dame, der Höchsten und Reinsten Kraft, vor Unreinheit bewahrt seit vielen Generationen, die trotz ihrer achthundert Jahre noch immer so schön und jung aussah, daß man sie für die ältere Schwester ihrer Enkelin hätte halten können. Ihr langes Haar verteilte sich viele Wegstunden weit über Bäche und Flüsse, und seine Farbe wechselte zwischen dem blassen Grün einer Juninacht und dem dunklen Gold der Sonne auf einem herbstlichen See. In ihren Augen funkelten die Unterwasserfeuer, goldene Lanzen, die Luftströme und Geräusche und den jungen verirrten Wind durchbohrten – jenen, der manchmal um die Ecken der steinernen Grotte pfeift und in seiner jugendlichen Unbedarftheit herzzerreißend schluchzt, weil er keinen Ausgang findet. Eine ihrer Aufgaben bestand darin, ihn zu lenken und der Mutter der Winde zuzuführen, was etwa so unmöglich war, wie ein junges Mädchen einen entflogenen Vogel lenken kann. Als sie nun in das Antlitz ihrer Enkelin blickte, wurden ihre Augen grau vor Zorn, und ein Wutschrei brach ihr mit solcher Macht über die Lippen, daß zwei Schiffe in der Südsee – die mit einer noch in ihre Zuständigkeit fallenden Strömung segelten – Schiffbruch erlitten.

»Was sehe ich, du unseligste aller Unseligen? Unser ganzes Geschlecht hast du entehrt!«

Und in demselben Kummer und hilflosen Zorn, mit dem eine irdische Mutter ihre geschwängerte Tochter angeschaut hätte, richtete sie den Blick wie zwei glühende Nadeln auf jene Stelle, an der das fast unsichtbare rote Äderchen wuchs. Da sie in Undines Gedanken lesen konnte wie in einem offenen Buch, brauchte sie gar nichts zu hören, um zu wissen, was geschehen war und wahrscheinlich folgen würde.

Zitternd vor Angst stammelte Undine: »Großmutter, ich bitte dich, verschaff mir nur ein wenig Linderung. Der Schmerz, der mich durchdringt, ist so spitz und scharf, daß ich keine Ruhe mehr finde.«

»Linderung?« brüllte die Herrscherin der Wasser so laut, daß die beiden in der Südsee havarierten Schiffe unter lautem Getöse endgültig in den Fluten versanken, so daß kein Mitglied der Besatzungen mehr davon berichten konnte. »Für die Unreinheit gibt es keine Linderung!«

Aber sie verstand diese Liebe. Auf ihre Weise natürlich. Durch ein geheimnisvolles Verbindungsglied blieb sie gleichsam mit den Taten und Gefühlen ihrer Enkelin verkettet; ein Band aus hochempfindlichen Lichtfäden und Wasserwurzeln sorgte dafür, daß ihr Undines Gedanken, Träume und Ängste nicht unbekannt blieben. Und sie wußte auch, daß diese ungemein stark und mächtig waren.

Sie schwieg eine Weile nachdenklich und versuchte ihre Fassung zurückzugewinnen, dann sagte sie: »Ich kann dir nur einen Rat geben: Versuch auf keinen Fall menschlich zu werden. Das wäre dein Verderben, und es bedeutet altern. Wenn du wenigstens noch zu einem Teil unserem Wasserdasein angehören willst, dann sorg dafür, daß du ihn auf unsere Seite ziehst. Du mußt versuchen, ihn zu infizieren, damit er erliegt und stofflich eins wird mit dir.«

»Wird er dann so wie die Jünglinge in meinem Garten?«

»Mehr oder weniger«, antwortete die Dame. »Um die Wahrheit zu sagen, mehr weniger als mehr.«

»Tot, wie die Menschen sagen?«

»Da kannst du sicher sein. So tot, wie ein Toter nur tot sein kann. Aber er bleibt dir selbstverständlich erhalten, so daß du ihn immer betrachten und anhimmeln und sogar küssen kannst.«

»Tot will ich ihn nicht«, sagte Undine, und ihre Stimme klang so düster, daß sich ein Schatten über das Wasser zu legen schien. »Tot nicht …«

»Warte!« rief die Großmutter besorgt. Sie fürchtete, Undine könnte eine noch größere Torheit begehen, für die es dann wirklich kein Mittel mehr gäbe. »Warte, laß mich die Wurzeln des Wassers befragen.«

Schließlich wandte sie sich ihr wieder zu und betrachtete sie mit tiefem Mitgefühl, was sich bei den Geschöpfen ihrer Gattung in einer vollkommenen Verdunkelung jener lichten Aura ausdrückte, die gewöhnlich ihre Haare, Augen und Haut umströmte.

Sie sagte: »Undine, mein liebes Kind, liebste Enkelin, ich kann dir nur eines sagen. Wenn du keine Möglichkeit findest, ihn in deine Welt herüberzuziehen, findet sie niemand. Wenn es dir nicht gelingt, gelingt es keinem. Aber denk auch daran, daß ich das für keine befriedigende Lösung halte. Vergiß nicht, was mit der Nixe geschah, die sich in den jungen Prinzen mit den Schwarzen Augen verliebte. Denk daran und halte es dir stets vor Augen. Und noch etwas will ich dir sagen. Nie und nimmer werde ich dem Kobold verzeihen, den ich jetzt im Wasser deiner Augen erkenne, und damit auch den schlimmen Zustand seiner Unreinheit. Ebensowenig wie dem sogenannten Magier, diesem menschlichen Pfuscher mit seinen stümperhaften Anverwandlungen, der in seiner Unwissenheit und mit seinen fehlerhaften Methoden das Wichtigste übersehen hat. Denn wenn es jemanden gab, den er in seine Machenschaften um den König Gudú auf keinen Fall einbeziehen durfte, dann warst du es oder sonst jemand aus diesem See.«

»Warum das?« fragte die Nixe.

»Weil dieser See sich von den Tränen aller Unglücklichen nährt und um so höher steigt, je mehr sie davon vergießen. Auch wenn Gudú selbst keine Tränen vergießen kann, so hat er doch und wird er noch viele Menschen dazu bringen, es zu tun. Und von all diesen Tränen werden die seiner Mutter nicht die wenigsten sein. Und dieses Paar von Pfuschern, wie der Kobold des Südens und der Meister Magier eines ist, hat das bei seinen billigen Nachahmungen einfach übersehen. Dafür werden sie bestraft werden, glaub mir. Nie werde ich ihnen das verzeihen. Niemals. Und jetzt geh mir aus den Augen. Dein Anblick beleidigt mich noch mehr, als der Anblick dieses unreinen Kobolds es vermöchte.«

Es wurde zwar nicht offen ausgesprochen, man ging durchaus

duldsam miteinander um und half sich, wenn es nötig war, aber es ließ sich nicht leugnen, daß die Unterwasserwesen und die Unterirdischen – der Kobold gehörte genau wie die Gnome zur Gattung der letzteren, die den Menschen näherstanden – wenig Sympathie füreinander hatten und nicht besonders gut aufeinander zu sprechen waren.

»Einem Kobold zu trauen! Dazu noch einem Kobold des Südens!« Die Dame des Sees konnte sich gar nicht mehr beruhigen. »Einem Kobold zu vertrauen! Man weiß doch, daß sie nichts anderes im Sinn haben, als Leute in den See zu stoßen. Wie dumm muß man eigentlich sein, Undine, um einem Kobold zu vertrauen? Noch dazu einem, der doppelt unrein ist: einmal vom Wein und dann noch von der Liebe zu den Menschen. Geh, geh mir aus den Augen, damit sich mein Zorn nicht so weit steigert, daß kein einziges Schiff mehr auf den Meeren fährt.«

Und von ihrem unbestechlichen Sinn für Gerechtigkeit eingeholt, fügte sie hinzu: »Das wäre wirklich nicht recht …«

Als Undine in der Strömung verschwand und wieder der Quelle des Ostens zustrebte, murmelte die Dame: »Liebe! Liebe! Für die Menschen mag das ja was sein … obwohl sie doch nur jedem, der nicht ganz schlichten Gemüts und zurückgebliebenen Geistes ist, das Hirn durcheinanderbringt. Liebe! Welch ein dummer, unnützer Auswuchs! Eines Tages wird es uns gelingen, ihn mit Stumpf und Stiel auszureißen. Das ist der einzige Trost, den ich noch habe …«

Im Morgengrauen nahm Undine ihre neue Gestalt an. Diesmal sorgte sie dafür, daß sie so schön und aufreizend aussah, wie keine andere es war. Während sie sich noch kämmte und die neue Lockenpracht so legte, daß ihre Ohren gut verdeckt waren, fiel ein Schatten auf sie. Die Steppenhexe war gekommen.

»Was bringst du an Neuigkeiten, mein Kind?« fragte sie. »Nur selten habe ich etwas so Leckeres wie dich gesehen.«

»Findest du?« Unbegreiflicherweise fühlte Undine sich geschmeichelt, als hätten sie die von ihrer Großmutter heraufbeschworenen Unannehmlichkeiten völlig unberührt gelassen. »Das hoffe ich auch, denn ich brenne vor Sehnsucht nach meinem geliebten Nobel.«

»Was sagst du?« fragte die Alte entsetzt. »Hat deine Großmutter dir denn gar kein Mittel gegen diese Schwäche verabreichen können?«

»Pah!« rief Undine und tanzte über das Moos. »Pah! Was weiß so eine Alte Dame schon von der Liebe?«

Voller Empörung, aber auch Erschrecken blieb die alte Hexe zurück, als Undine sich mit kaum verhohlenen Absichten dem Heerlager zuwandte und munter davonhüpfte.

Aber auch für den König war der Tag neuer Unternehmungen gekommen. Da Nobel so gut wie genesen war, gab es für Gudú nichts anderes mehr als den nach allen Regeln der Kriegskunst geplanten Einmarsch in die Steppe. Seine Streitmacht stand wohlversorgt und bestens ausgerüstet bereit, nur Frauen und Kinder – Wie sie sich vermehrt haben! dachte Gudú – blieben im Lager zurück sowie die Herden und die notwendigsten Habseligkeiten. Und natürlich die Soldaten der Garnison, von denen es nicht viele gab.

Undine betrachtete sie voller Bewunderung. Nachdem sie zugeschaut hatte, wie die Soldaten am Rand der Steppe Aufstellung nahmen, trat sie zu einer Frau, die eine Ziege molk. Es war Yaheks Frau, was Undine aber nicht wußte.

»Kannst du mir sagen, wohin diese Männer wollen?« fragte sie.

»Du bist neu in dieser Gegend«, antwortete die Frau und musterte sie unfreundlich von Kopf bis Fuß. »Ihr schießt wie Pilze aus dem Boden ... seid schamlos wie die Hühner.«

Undine verstand den Groll in diesen Worten nicht und sagte daher nur: »Jener dort, dessen Schwert heller glänzt als jedes andere, ist das der Bruder des Königs?«

»So sagt man«, erwiderte die Frau mit mürrischer Miene. »Obwohl ich da meine Zweifel habe ... Ich glaube, hier treibt sich eine Menge Ungeziefer herum, das sich nach außen eine polierte Schale gibt.«

»Ja, das ist er. Er ist der schönste von allen!«

Da begannen die Augen der Frau zu funkeln, und ihr sommersprossiges Gesicht, das zwar nicht schön zu nennen war, leuchtete auf. Mit bebender Stimme sagte sie: »Oh nein, der stolzeste und stärkste von allen ist jener dort, dessen Schädel wie die sinkende Sonne leuchtet. Das ist mein Yahek.«

Die Hände wie einen Sichtschutz über den Augen gelegt, betrachteten beide Frauen die Objekte ihrer Gunst, welche, davon nichts ahnend, den Befehlen Gudús Folge leisteten.

Indra, Yaheks Frau, legte eine Hand auf den Bauch und sagte vertraulich lächelnd: »Ich erwarte nämlich ein Kind von ihm, und ich könnte platzen vor Freude.«

»Ein Kind!« rief Undine entzückt. Sie legte ihre Hand ebenfalls auf den Bauch der Frau und sagte dann: »Das ist ja merkwürdig.«

»Merkwürdig?« rief Indra zornig. Sie wurde wieder abweisend, stieß Undines Hand von ihrem Bauch und sagte: »Du bist merkwürdig und töricht obendrein.«

Sie nahm die Schüssel mit der frisch gemolkenen Milch und ging davon. Undine blieb in ihren Gedanken versunken zurück.

»Ein Kind ... Das ist eine Erfahrung, die ich noch nicht gemacht habe.«

Sie betrachtete ihren flachen Bauch, die weiche goldbraune Haut, die man sehen konnte, weil sie vergessen hatte, ihr Oberkleid zuzuschnüren.

Doch die alte Steppenhexe hatte ihre Worte gehört, trat rasch herbei und bedeckte ihn.

»Du unvernünftiges dummes Kind«, flüsterte sie. »Dieser Versuchung mußt du um jeden Preis widerstehen, sonst nimmt dein Elend kein Ende. Zum Glück hindert dich die Zehntagefrist daran, eine solche Dummheit zu begehen. Denn ich sehe jetzt, daß du das unbesonnenste aller unbesonnenen Wesen bist.«

»Zehn Tage nur«, flüsterte Undine mit erlöschender Stimme. »Zehn Tage ... wie unendlich traurig!«

»Ich kann mich erinnern, daß dir zehn Tage lang vorgekommen sind«, sagte die Hexe. »Oft habe ich dich voller Freude die Gestalt und den Mann wechseln sehen.«

»Aber jetzt«, seufzte die Nixe, »möchte ich mein Aussehen nie mehr verändern und so, wie ich bin, von jenem Mann geliebt werden, bei dem meine Gedanken sind. Ach, teure Hexe, was wissen andere Naturen davon, welche Gefühle die Liebe zu wecken vermag. Meine Großmutter wußte mir nur zu raten, ihn meiner Natur anzuverwandeln. Aber ich will ihn nur so, wie er ist, und nicht anders. So einfach ist das, und niemand versteht es!«

»Ich habe das früher auch nicht verstanden und du ebensowenig ... Du kannst noch von Glück sagen, daß du nicht eine Sklavin des Hasses geworden bist. Diese andere Seite der Liebe ist weit weniger erfreulich, obwohl die beiden Seiten so nahe beieinanderliegen, daß nicht einmal eines deiner goldenen Haare dazwischen Platz fände.«

3

Die Sonne war noch nicht aufgegangen, als Gudú zwischen zwei Zwillingsbäumen im dichten Wald die unschätzbaren Nachrichten seiner Mutter erhielt. Genau die Kunde, die er brauchte. Zwei Luftgeister – die er nicht sah – legten ihm ein erstklassig gezeichnetes Pergament in die Hand, und Gudú betrachtete nachdenklich die unermeßlich weiten und kahlen Ebenen, die bis an das Ufer des Großen Flusses reichten. Nur eine kurze Notiz von der Hand des Meisters lag dabei: ›Mein Herr und Gebieter, überquert nicht den Großen Fluß. Auf der anderen Seite, das versichere ich Euch, ist die Beschaffenheit des Landes dieselbe wie auf dieser, vielleicht noch flacher, noch weiter, so dies überhaupt möglich ist. Dort drüben ist die Wüste so groß und die Einsamkeit so grenzenlos, daß es auf einem einzigen Blatt gar nicht aufgezeichnet werden kann. Überschreitet den Großen Fluß nicht, ich bitte Euch. Schon Euer Vater und Eure Mutter mußten bei diesem Unternehmen – das nicht zu

Ende geführt wurde – eine bittere Erfahrung machen. Auf der anderen Seite endet die Welt mit einem lauten Knall, und Ihr werdet Euch versprengten Horden gegenübersehen, die vollkommen unbekannte Kriegstaktiken und Kampfgewohnheiten haben. Kein Heer kann sie bezwingen, selbst wenn es an Männern viel zahlreicher ist. Denkt an meine Worte.‹ Er erwähnte nicht, daß die unterirdischen Bewegungsmöglichkeiten des Kobolds an den Gestaden des Großen Flusses endeten. Auf der anderen Seite mochte es andere unterirdische Bewohner geben, die geheime Gänge bohrten, aber sie standen nicht mit denen dieser Seite in Verbindung, so daß man nichts Genaues wußte. Von alldem erwähnte der alte Magier aber nichts, denn er war überzeugt, daß Gudú von diesen Dingen ohnehin nichts verstand und sie geringschätzte.

»So ein Unsinn«, brummte Gudú. »Aber für den Anfang reicht mir dies ...«

Er studierte die Zeichnung lange und ausführlich und zog seinerseits rote Striche, wie er sie für angebracht hielt. Später setzte er sich mit Nobel, Yahek, Randal und den übrigen Hauptleuten zusammen. Er erklärte ihnen, was er für wichtig hielt, damit die Linien auf der Karte und seine Befehle sich in ihren Schädeln mit derselben Deutlichkeit einprägten, mit der er sie aufs Papier gebracht hatte.

Undine gelang es in den folgenden Tagen nicht, Nobels Liebe auf sich zu ziehen. Darüber befiel sie eine solche Traurigkeit, daß sie in der letzten Nacht zur Quelle ging und bitterlich weinte.

»Versuch ihn zu vergessen«, sagte die Hexe und streichelte ihr Haar. »Eine Möglichkeit wäre zum Beispiel, viele andere Männer aufzusuchen. Unter den Gefangenen haben ich einen jungen Krieger gesehen, mit Haaren so schwarz wie Rabenfedern, er ist mutig und stark. Aber er ist verwundet. Du könntest zu ihm gehen, ihn pflegen; vielleicht findest du bei ihm deine Lebensfreude wieder. Du weißt doch, manchmal wirken sich die reine Vielzahl und Verschiedenheit lindernd auf die Liebe aus.

Versuch es wenigstens! Und vergiß auch nicht Gudú. Bei dem bist du lange nicht mehr gewesen. In letzter Zeit macht er mir den Eindruck, als wiese er eine Frau nicht zurück. Du weißt ja, wenn du dich an die Abmachungen nicht hältst, kann das übelste Folgen für dich haben ...«

»Ich will es versuchen, gute Hexe«, versprach Undine unter Tränen. »Ich will es versuchen.«

So nahm sie eine neue Gestalt an und ging zu Gudú, der sie nicht zurückwies. Und nach Gudú ging sie zu einem anderen jungen Krieger, der sie neugierig gemacht hatte und ganz anders war, als alle, die sie kannte. Für eine Weile – während sie mit ihm zusammen war – glaubte sie, Prinz Nobel vergessen zu können, da sie einmal mehr feststellte, daß es unter verschiedenen Rassen und Umständen und menschlichen Naturen eine ebensolche Unterschiedlichkeit in der Liebe gab, was ihre unersättliche Neugier nur noch mehr anstachelte. In der Tiefe ihres Herzens jedoch wußte sie, daß dies nur oberflächliche Wonnen waren, nicht imstande, ihren Gedanken und ihrer unendlichen Sehnsucht jenen einen zu entreißen, der sie alles vergessen ließ, was es an Schönheit und Bosheit, an Lust und an Nichtigkeit auf der Welt gab. Und so wechselte sie in der Quelle von Gestalt zu Gestalt, und ihre Tränen wollten nimmer versiegen.

»Sieh ihn nicht an, schau nicht hin, wenn er kommt; vielleicht gelingt es dir dann, ihn zu vergessen«, riet die alte Steppenhexe manchmal, welche die arme Nixe in ihr Herz geschlossen hatte.

»Ihn nicht sehen, nicht anschauen? Du hast deine Jugend gründlich vergessen, wenn du so etwas sagen kannst. Auch wenn ich ihn nicht anschaue, sehe ich ihn; auch wenn ich ihn nicht sehe, liebe ich ihn. Ich glaube, es gibt keine Erlösung für mich.«

Und die Tage vergingen, für die beiden Frauen ebenso wie für alle anderen Menschen und nichtmenschlichen Geschöpfe.

4

Gudú aß mit Nobel, Yahek und Randal zu Abend. Und während er das Fleisch eines gebratenen Zickleins verschlang, tippte er mit fettigen Fingern auf das Pergament, auf dem die Grenzen seines neuen Landes eingezeichnet waren.

»Seht ihr? Es gibt keine wirklichen Geheimnisse auf Erden, die ein Mensch nicht enträtseln könnte. Genau das ist es, was ich tue und immer tun werde. Nichts Unbekanntes wird es vor mir geben, kein Mysterium wird sich je vor König Gudú aufrichten. Das Königreich Olar wird sich so weit ausdehnen, wie meine Neugier und mein Mut mich führen. Denkt immer daran: Wohin Gudú *der Unbesiegbare* kommt, wird alles Land zu einem Teil von Olar.« Mit diesen Worten hatte er sich zu Lebzeiten schon – sehr jungen noch dazu – selbst seinen Beinamen gegeben.

Tatsächlich weckte er Tatendrang und Bewunderung bei seinen Soldaten und allen, die um ihn waren. Allein Prinz Nobel zeigte sich gedankenvoll und düster, in der Schlacht jedoch mutig und als treuer Freund, Bruder und Beschützer. Gudús wachem Auge blieb das nicht verborgen, obgleich er für diese wortkarge, grüblerische Art keine Erklärung fand. Er beobachtete, daß Nobel bei jeder sich bietenden Gelegenheit das Lager verließ und sich abseits hielt, als sei nur so das Leben für ihn erträglich. Als würde sein ganzes Denken von einer rätselhaften, fremden Macht ausgefüllt, auf die sich jede Gesellschaft – selbst die des Königs – störend auswirkte.

»Was ist eigentlich mit dir?« fragte ihn Gudú schließlich. »Du bist so verändert. Deine Wunde ist vollständig verheilt, deine Kraft und dein Tatendrang sind ungebrochen, und doch scheint dich etwas zu belasten, dich von mir fernzuhalten, obwohl ich dich an meiner Seite sehe.«

»Ich weiß es nicht, Herr«, antwortete Nobel. »Ich kann mir nicht erklären, warum ich das Gefühl habe, von allen Dingen abgestoßen zu werden. Dabei habe ich lange darüber nachgedacht; aber ich finde keinen vernünftigen Grund dafür. Ich grüble und quäle mich mit Zweifeln, doch da ist immer etwas Stärkeres, das mich in diesem befremdlichen Zustand hält.«

»Zweifel?« Das war alles, was Gudú aus dieser vertraulichen Rede heraushörte. »Welche Art von Zweifel?«

»Zweifel an der Nützlichkeit dessen, was wir tun. Nicht nur Ihr und ich, sondern die Welt allgemein«, versuchte Nobel eine weitere Erklärung.

»Ah! Klosterbrüdergeschwätz!« rief Gudú erleichtert. »Das darfst du nicht so ernst nehmen. Ich glaube, du hast zuviel gelesen, als wir noch unterrichtet wurden. Wer über solche Dinge nachgrübelt, endet im Kloster, wird verschroben oder verblödet. Sieh zu, daß du wieder einen klaren Kopf kriegt, und konzentrierte dich auf das Wesentliche: auf dich selbst, auf das Königreich und natürlich auf mich.«

»Das will ich tun«, erwiderte Nobel. »Ich verspreche Euch, daß ich mich mit ganzer Kraft darum bemühen werde.«

Sehr weit war es mit dieser Kraft aber wohl nicht her, denn an seiner düsteren Miene und seiner Zurückgezogenheit änderte sich nichts.

Nobel mit seinem Zögern konnte Gudús Ehrgeiz indessen nicht aufhalten. Er gewann seine erste Schlacht gegen die Reiterhorden der Steppe, pflanzte seine Fahne am Ufer des Großen Flusses auf und ließ Befestigungsanlagen errichten, um weiteren Angriffen der Horden Einhalt zu gebieten, was diese jedoch nicht daran hinderte, mehrmals und unerwartet wieder zuzuschlagen. Sie kamen über den Fluß und versuchten das verlorene Land zurückzugewinnen. So kam es immer wieder zu Scharmützeln, wenn nicht gar zu regelrechten Schlachten. Und so verging die Zeit – viel Zeit –, bis endlich eine Phase der Ruhe eintrat, die länger zu halten schien als die bisherigen Pausen.

Es gab Steppenkrieger, die, beeindruckt von der Großzügigkeit, mit der Gudú sie behandelte, in sein Heer eintraten. Es waren jedoch die wenigsten, und sie wurden von dem erfahrenen Yahek und seinen Männern unter strenger Bewachung gehalten. Yahek verstand einiges von ihrer Sprache und von ihren Gebräuchen, und das war auch für Gudú von Nutzen. Die meisten Krieger der Wilden Horden weigerten sich jedoch, in das Heer des Eroberers einzutreten, und wurden – je nach Rang – geköpft oder bei lebendigem Leib verbrannt. Ihre großartigen Pferde hingegen waren sehr willkommen und wurden gut gefüttert.

Fast ein ganzes Jahr war seit Beginn des Heerzuges vergangen. Die Kälte, die einen neuen Herbst und die Nähe des Winters sowie einen weiteren Geburtstag des Königs ankündigte, traf sie, als die Ufer des Großen Flusses endlich befriedet schienen.

Etwa zu dieser Zeit sagte Nobel zum König: »Herr, ich glaube, Ihr solltet daran denken, nach Olar zurückzukehren. Dort wartet immer noch Eure Gemahlin. Ich glaube nicht, daß es Euren Plänen zuwiderläuft, Euch einer reinblütigen Nachkommenschaft zu versichern und damit die Thronfolge zu gewährleisten. Wenn ich mich recht entsinne, war diese Frage nicht ohne Bedeutung für Euch, und dies ist gewiß nicht der schlechteste Augenblick, die Sache anzugehen.«

»Du hast recht«, gab Gudú zu, wenn auch mit mürrischer Miene. »Wir werden also drei Viertel der Männer unter dem Befehl von Randal hier zurücklassen und mit Yahek und den übrigen Soldaten zurückreiten nach Olar. Die Entscheidung fällt mir nicht leicht, denn ich muß dir gestehen, daß mir allein der Gedanke an den Hof von Olar die Stimmung vergällt. Eines sollst du wissen: Ich bin der Sohn eines Soldaten, und als Soldat werde ich sterben. In diesem Lager unter meinen Kämpfern fühle ich mich wohl. Ich trage seit einiger Zeit einen Gedanken mit mir herum, der dazu angetan sein könnte, meine königlichen Pflichten mit meinen Freuden harmonisch zu verbinden. Wie du bemerkt haben wirst, gibt es unter dem Fußvolk, das uns folgt, eine Anzahl neuer Untertanen Gudús.« Dabei stieß er sein eigenartiges kehliges Lachen aus. »Nun, ich habe daran gedacht, den königlichen Hof im Schwarzen Turm und nicht in Olar einzurichten. So könnten alle diese Kinder und wer immer es will oder wen ich für befähigt halte, dort in meiner Art von Kriegsführung ausgebildet werden. Ich werde dort eine Kriegsschule errichten, aus der mit der Zeit das größte und am besten ausgebildete Heer hervorgehen wird, das die Welt je gekannt hat. Auch Frauen wird es dort geben, zur Vergnügung meiner Soldaten und einige auch für mich selbst. Es wäre sicher nicht gut angesehen, wenn ich sie an den Hof von Olar mitnähme, wo meine mir rechtmäßig angetraute Gemahlin wohnt. Für dich gilt ohne Einschränkungen dasselbe wie für mich. Ich habe lange darüber nachgedacht; es ist ein guter Plan ...«

»Ich weiß nicht, was ich dazu sagen soll«, erwiderte Nobel. Der Vorschlag mißfiel ihm zutiefst, obwohl er keine Argumente dagegen fand. »Ich habe das Gefühl, als ob etwas daran nicht stimmt. Ich bitte Euch, denkt noch einmal in Ruhe darüber nach.«

»Das habe ich getan«, antwortete Gudú in einem Ton, der keinen weiteren Einwand zuließ. »Und glaub mir, der Plan läßt sich hervorragend in die Tat umsetzen. Ich schwöre dir, Nobel, meinen wahren Hof werde ich im Schwarzen Turm entfalten, und er wird aus Kriegern und Kindern von Kriegern bestehen.«

Dann gab er Befehl, alles Nötige für die Rückkehr nach Olar zu veranlassen.

In den ersten Herbsttagen ritten sie los und ließen Randal mit dem Großteil des Heeres in den Bastionen am Ufer des Großen Flusses zurück. Die Frauen konnten wählen, wo sie bleiben wollten, und der deutlich größere Teil von ihnen zog mit Gudús Truppe. Jene, die Kinder hatten – und das waren die meisten –, folgten dem König nach Olar. Nur die ungebundenen Frauen blieben größtenteils im Osten bei den Soldaten in den Steppenlagern.

Die Rückkehr nach Olar gestaltete sich langsam und schwerfällig. Da Gudú den Augenblick der Ankunft keineswegs herbeisehnte, ließ er sich unterwegs Zeit, ging auf die Jagd oder schickte Yahek mit anderen Kriegern los – gelegentlich begleitete der König ihn auch selbst –, um Jungen einzufangen, die elternlos und hungrig durch die Wälder streiften. Sie hatten ihre Väter entweder im Krieg gegen Usurpino verloren, oder diese taten Dienst in den Garnisonen der Steppe. Ihre Mütter waren getötet oder zur Lese in die neuen, ertragreichen Weinberge verschleppt worden. Die Kinder hausten wie Tiere in den Wäldern, halb verhungert und erfroren.

»In Zukunft«, sagte Gudú zu Yahek, »jagst und tötest du diese Burschen nicht mehr, sondern versuchst sie in die Reihen meiner Krieger zu locken. Gib ihnen zu essen und überzeug sie, daß es das beste für sie ist, wenn sie ihrem König Gudú folgen. Begeistere sie für ihren König; erzähl ihnen, wie ich den Tyrannen des Schluchtenlandes besiegt und gegen die Reiterhorden der Steppe gekämpft habe. Sage ihnen, daß sie nie mehr hungern müssen, warme Kleidung bekommen und Ruhm und Ehre erringen werden, wenn sie ihrem König gehorchen. Denn König Gudú ist großzügig und vergißt keinen, der in seinen Diensten steht.«

Yahek tat, wie Gudú ihm befahl. So zog sich die Reise in die Länge, und schon lag der erste Frost in der Luft, als sie in der Ferne die Zinnen des Schwarzen Turms erblickten, dessen Geschichte die Bauern von Olar in düsterer Erinnerung hatten.

Dort angekommen, hielt Gudú auf seinem Weg zurück fürs erste inne. Er ließ die umliegenden Bauern in die Burg rufen und wählte unter ihnen die fähigsten Zimmerleute aus. Sein Plan war, den halbverfallenen Turm wiederherzurichten und so zu erweitern, daß eine richtige Burg mit Nebengebäuden entstände. Bis es so weit war, ließ er seine Männer ein Zeltlager in unmittelbarer Nähe errichten. Damit war der erste Schritt zur Errichtung jenes Gebäudes getan, das einmal der berühmt-berüchtigte Schwarze Turm werden sollte.

Der erste Schnee erinnerte Gudú daran, daß sein Geburtstag nahte. Und da er das Gefühl hatte, seine Braut schon sehr lange warten zu lassen, fragte er Nobel wieder einmal: »Sag mir, Bruder, ist die Prinzessin, meine Gemahlin, wirklich so schön, wie immer gesagt wird?«

»Sie ist die schönste aller Frauen, die ich je gesehen habe«, antwortete Nobel, ohne zu zögern. Bei diesen Worten erschauerte er, und er schien davon selbst überrascht zu sein.

»Wenn du es sagst, will ich es glauben, denn auf diesem Gebiet hast du stets guten Geschmack bewiesen«, lachte Gudú. »Also werde ich morgen oder übermorgen oder an einem der nächsten Tage ein paar Männer als Eskorte mitnehmen und nach Olar reiten.«

Da ihn der Fortgang der Arbeiten am Turm aber mehr beschäftigte als alles andere, blieb er noch einen Tag länger und noch einen und noch viele weitere Tage. Mittlerweile war es Winter geworden, und eine beißende Kälte lag über den Wäldern und dem Land. Undine war, jeweils in dieser oder jener Gestalt, ständig um ihn. Sie hatte eine solche Fertigkeit darin entwickelt, immer wieder anders zu erscheinen – jedesmal jedoch schön und verführerisch –, daß der König nicht mehr wußte, ob er sich immer demselben Wesen hingab oder jedesmal einem anderen. Undine wiederum versuchte, Nobel aus dem Weg zu gehen und ihn nie mehr anzuschauen, obwohl der Schmerz in ihrer Brust immer stechender wurde. Ihre Bemühungen waren von geringem Erfolg, denn wohin sie auch schaute, sah sie ihn, und wen immer sie in den Armen hielt, es war der Prinz. Ihm allein galten ihre Zärtlichkeiten, immer waren es seine Lippen, die sie küsste.

Und eines frühen Wintermorgens, als der Wind die Bäume des nahen Waldes peitschte und das erste Feuer in den behelfsmäßigen Küchen des zukünftigen Schwarzen Turms aufflackerte, während Yahek die jungen Krieger weckte und in Reih und Glied antreten ließ, wie er es jeden Morgen tat, um ihnen Disziplin, den Umgang mit Waffen und grenzenlose Bewunderung für den größten aller Herrscher, ihren König Gudú, beizubringen, sagte Nobel zu seinem Bruder: »Viele Tage sind ins Land gegangen, seit Ihr den Entschluß faßtet, nach Olar zu reiten.«

»Stimmt«, antwortete Gudú und befahl kurz entschlossen: »Wir reiten heute noch los. Such die Männer für die Eskorte aus, dann brechen wir auf und bringen diese leidige Angelegenheit ein für allemal hinter uns. Das Königreich bedarf der legitimen Nachfolge und der Aufarbeitung von allerhand Dingen, die vernachlässigt worden sind. Feiern wir also Hochzeit; schlimmer als noch eine weitere Schlacht wird es wohl nicht werden.«

Die Soldaten lachten, wie es ihnen bei jeder spaßigen Bemerkung ihres Königs zur Gewohnheit geworden war, während Undine nur mit Schmerzen die Vorstellung ertrug, ihres geliebten Nobel beraubt zu werden – auch wenn sie seiner Gegenwart nur aus der Ferne teilhaftig wurde. Einen Moment lang dachte sie daran, in eine Quelle zu steigen und durch die Wasserläufe hindurch dem Prinzen zu folgen, wohin immer das sein mochte.

5

Während Gudús Abwesenheit hatte sich auch in Olar viel verändert. Vielerlei verborgene Dinge – sowohl menschlicher wie auch anderer Natur – waren es, die man zwar nicht unbedingt sah, aber dennoch wahrnehmen konnte.

Die erste – weil offensichtlichste – aller Veränderungen war jene, welche die Prinzessin und künftige Königin von Olar betraf. Seit dem Tag, da sie zum letzten Mal ihren Schuh verloren, geweint und Nobel angefleht hatte, sie nicht zu verlassen, war sie, die zuvor impulsiv und regellos gewesen und nur ihren Launen nachgegangen war, ernst, nachdenklich und in höchstem Maße majestätisch geworden. In der letzten Zeit hatte sie sich von den Spielen ihres merkwürdigen Gefolges schon etwas abgewandt, doch seit jenem Tag nahm sie überhaupt nicht mehr daran teil. Und so kam es, daß zum ersten Mal ein Blatt vom Baum der Spiele zur Erde fiel, dann noch eines und noch ein weiteres; und Elf und die anderen sammelten sie auf und bewahrten sie in Naivias Truhen, denn, so sagten sie sich, vermutlich war es Herbst geworden.

Naivia hatte nichts dagegen einzuwenden, daß Ardid ihr eine neue Frisur verordnete; und Dolinda, die Erste Zofe, flocht und befestigte das Haar der Prinzessin auf tausenderlei Art und komplizierteste Weise, legte es ihr in Ornamenten um das Haupt und

Antlitz, bis sich ihre Schönheit tatsächlich noch steigerte, wie man es nicht für möglich gehalten hätte. Naivia war nicht nur gewachsen, sondern hatte sich insgesamt auf eine Weise verändert, daß niemand, der nicht zuvor in die abgründige Tiefe ihrer strahlenden Augen geblickt hatte, das kleine Mädchen wiedererkannt hätte, das einst im weißen Pelzmäntelchen die Treppenstufen zum Turm hinaufgestürmt war. Jetzt hätte keiner der Jünglinge ihres Gefolges mehr neckisch an ihren Zöpfchen gezogen, so wie ihr auch keiner mehr widersprochen oder ihren Unmut hervorgerufen hätte. Denn jetzt trug sie dieselbe majestätische Würde zur Schau wie die Königinmutter Ardid.

In jenem Winter war es auch, als Naivia eines Tages zu Ardid sagte: »Hoheit, es wäre gut, wenn Ihr damit beginnen könntet, mich in meine Pflichten als Königin und Gemahlin einzuweisen, denn wenn mein Herr und König Gudú auch auf sich warten läßt, so wird er doch eines Tages hier erscheinen, und dann sollte ich vorbereitet sein, um nicht wie ein dummes Kind vor ihm zu stehen.«

»Eure Worte sind Balsam auf meiner Seele, liebes Kind«, antwortete Ardid erleichtert. »Ich werde noch heute alles Nötige dafür in die Wege leiten.«

Sie legte Federkiel und Pergament beiseite und schickte sich an, die Prinzessin zu unterrichten, als ihr einfiel, daß sie, bevor sie die Einzelheiten des Verhaltens in der Hochzeitsnacht besprach – ihr kluger Instinkt mahnte sie, damit bis zum Vorabend des Ereignisses zu warten –, darüber nachdenken sollte, wie sich eine künftige Königin von so edler Abstammung bis dahin zu benehmen hatte. So etwas hatte es in Olar schließlich noch nie gegeben, wobei ihr eigener Fall natürlich ein ganz anderer und überhaupt nicht damit zu vergleichen war.

Also fragte sie wieder einmal ihre alten Freunde um Rat, an denen die Zeit auch nicht spurlos vorübergegangen war. Ardid hatte es nur noch nicht bemerkt.

Eines Tages sagte der Magier nämlich: »Liebes Kind, mein Verlies ist kalt wie ein Eisberg. Ich glaube, es wäre besser für mich, in eine Kammer umzuziehen, in der ein ordentliches Kaminfeuer brennt. Ihr wißt ja, mein Feuer gibt nur so viel Hitze ab wie meine Erfindungen, und die sind nur noch lauwarm. Ich fürchte, in der letzten Zeit bin ich etwas unbeholfen in diesen Dingen, und ich frage mich, ob nicht meine klammen Glieder damit zu tun haben …«

»Aber selbstverständlich, mein lieber Meister«, erwiderte die Königin. Auch sie hatte sich in letzter Zeit einen vertraulicheren Umgang mit ihren alten Freunden zu eigen gemacht. »Wann immer du willst und wo es dir behagt. Du weißt doch, daß du dich im Turm bewegen kannst, wie es dir beliebt.«

Der alte Mann nahm das Angebot an und richtete sich in einer kleinen Kammer ein, die einmal Dolindas Zimmer gewesen war – bevor sie geheiratet hatte – und ganz in der Nähe von Ardids eigenen Gemächern lag.

Ein anderer, der eine nicht zu übersehende Veränderung durchgemacht hatte, war der Kobold. Die letzte Weinlese war außergewöhnlich gut gewesen, und von den Weinbergen des Südens wurden wohlgefüllte Schläuche in so großer Zahl nach Olar gekarrt, wie man es nicht einmal zu Volodius' Zeiten gekannt hatte. Was allerdings auch daran lag, daß die sonst so kluge und wirtschaftlich denkende Ardid diesmal sogar die Hälfte der Erträge jener Weinberge, die Nobel gehörten und bisher niemals angetastet worden waren, einzufahren befahl. Der Kobold fand also seine Lebensfreude wieder, während seine Unreinheit gleichzeitig gefährliche Formen annahm. Nicht nur Almandin konnte ihn sehen, sondern fast jeder andere auch, ganz gleich, ob Träumer oder wachsamer Beobachter. Mehr als einmal trug er einen gewaltigen Schrecken davon, und Ardid bat ihn inständig, sein unterirdisches Reich nicht zu verlassen, zumindest nicht weiter als bis in die Kamine. Der Kobold versprach es ihr zwar, doch dann streunte er wieder vollkommen betrunken durch die Wälder und sprach ab und zu sogar holzsammelnde Kinder an. Dies geschah jedoch immer auf eine so undeutlich und wenig glaubwürdige Weise, daß die Kinder hinterher selbst glaubten, entweder eingeschlafen oder vor Hunger – der bei den armen Landleuten ständiger Gast war – seltsamen Hirngespinsten aufgesessen zu sein. Die Gegenden, in denen der Kobold sich herumzutreiben pflegte, gerieten schon bald in den Ruf, verwunschen zu sein, und wurden von den Leuten gemieden, selbst wenn es dort reichlich Brennholz gab.

Von all den Anzeichen der Unreinheit, die man an dem Kobold feststellen konnte, waren am bedenklichsten wohl die seltsamen Verwechslungen, die zwar nicht häufig vorkamen, aber manchmal seine Erinnerung doch gehörig durcheinanderbrachten. So glaubte er manchmal, Ardid sei noch immer ein zehnjähriges Mädchen; dann wieder wollte er, daß die Königin ihm den kleinen Prinzen Gudú zeige, für den er die größte Zuneigung empfand und der auf so rücksichtslose Weise von ihm ferngehalten wurde. Selbst wenn er so viele Tunnel bohrte, wie er nur konnte, fand er ihn nicht. Da dies vor allem immer dann geschah, wenn er von dem ältesten Wein gekostet hatte, der streng bewacht im Mutterfaß lagerte, hielt Ardid die Verwechslungen schlicht für eine Folge von Trunkenheit und maß ihnen weiter keine Bedeutung bei. Manchmal schalt sie ihn zwar noch wegen seiner Trunksucht, doch längst nicht mehr mit solchem Nachdruck wie früher.

Ardid begab sich zum Magier hinunter, und als sie an seine Tür klopfen wollte, fand sie diese, wie bei früheren Gelegenheiten schon, nur angelehnt und ihren Freund und Lehrer gemütlich am Feuer liegen und schlafen. Zu seinen Füßen entdeckte sie – auch das war schon Gewohnheit – den zusammengekauerten Kobold, dem es in dem ehrwürdigen alten Gewand des Meisters behaglicher zu sein schien als in der Glut der Kaminfeuers.

»Meine lieben Freunde, ich brauche euch beide!« rief Ardid und küßte sie auf die Stirn. »Ihr müßt mir raten, was ich einer reinblütigen Prinzessin wie unserer Naivia beibringen soll, damit aus ihr eine rechte Königin wird. Sie hat mich selbst darum gebeten, aber ihr wißt ja, daß ich in diesen weiblichen Dingen nicht sonderlich bewandert bin. Ich glaube auch nicht, daß ich ihr meine als junges Mädchen begangenen Taten und Untaten als Vorbild mit auf den Weg geben kann.«

»Das glaube ich auch nicht«, murmelte der Magier, der ein Gähnen unterdrückte und sich die Augen rieb. »Überlegen wir also ... Kobold, mein Lieber, reich mir doch bitte das *Buch der Ahnen*; deine jungen Beine sind gelenkiger als meine.«

»Ich kann mich noch erinnern, daß du mich für viel älter hieltest als dich«, sagte der Kobold boshaft. »Aber wenn du willst, gebe ich es dir natürlich, obwohl ich das Gefühl habe, daß mein Gedächtnis weit über das Wissen hinausgeht, das dein kluges Buch uns mitteilen kann.«

Nachdem sie eine Weile in dem Buch geblättert hatten, kamen sie zu dem Schluß, daß die Prinzessin ihre Tage mit dem Sticken von Gold-, Silber- und Seidenfäden verbringen solle, bis Gudú sie als seine Gemahlin anerkannte.

»Sticken?« fragte Ardid beunruhigt. »So etwas hast du mir nie gezeigt, lieber Meister.«

»Um die Wahrheit zu sagen, mein Kind, ich bin nicht darauf gekommen«, antwortete dieser ratlos.

»Nur keine Sorge«, sagte der Kobold, »soweit ich weiß, muß man nicht besonders sorgfältig sticken und auch nicht übermäßig viel ... sonst wäre die Welt ja von stickenden Königskindern längst zugestickt worden. Wenn sie nur so tut und ab und zu einen Seufzer ausstößt, mag das schon reichen, um mehr oder weniger das Bild abzugeben, das man sich gemeinhin von einer Prinzessin macht.«

So verstand es Ardid, und so befahl sie, zwei Stickrahmen zu bringen, edle Stoffe und nicht minder edle Fäden aus Seide, Gold und Silber. Sie setzte sich mit Naivia ans Fenster ihres Kämmerleins, und dann stachen beide hier und dort in den Stickrahmen, einmal an dieser, einmal an jener Stelle; denn Naivia machte alles nach, was die Königin ihr vormachte, und wenn diese – die keine Vorstellung davon hatte, wie eine Stickerei überhaupt aussehen sollten – ihr Stechen hier und Stechen dort mit mehr oder weniger tiefen Seufzern anreicherte, dann tat die Prinzessin desgleichen. Schon bald jedoch fanden sie heraus, daß Sticken nicht lustig war. Ardid wurde schnell ungeduldig und stach sich in die Finger, und so vergingen unter Stechen und Seufzen – und zunehmendem Gähnen – die Tage. Ab und zu erzählte Naivia etwas, und Ardid legte eine gewisse Aufmerksamkeit an den Tag, denn für sie war alles Neue nützlich.

Eines Tages jedoch stutzte sie bei einer Bemerkung, die Naivia beiläufig machte. Die Prinzessin stand am Fenster und fuhr mit dem Zeigefinger durch den Staub, der sich auf das Holz des Rahmens gelegt hatte, und sagte nachdenklich: »Da ja wohl von mir erwartet wird, daß ich dem König einen Sohn schenke und dieser getauft werden soll, sollte man keine Feen zur Tauffeier einladen. Eine gibt es immer, die vergessen wird, und diese spielt uns dann böse Streiche ... Sogar bei meiner Geburt in einem streng ausgewählten und handverlesenen Kreis kam es zu einer leichten Mißstimmung.«

»Was sagt Ihr da?« fragte Ardid beunruhigt. »Das müßt Ihr mir erklären. Ich hoffe, es hat keine schlimmen Folgen gehabt.«

»O nein, natürlich nicht«, erwiderte Naivia und versuchte den Tonfall ihrer Schwiegermutter nachzuahmen, die sie von Tag zu Tag mehr bewunderte, »nichts Schlimmes, nur ein wenig merkwürdig.«

»Erzählt es mir, und dann denken wir beide darüber nach«, schlug die Königin vor. Obwohl sie natürlich ebenso wie die Prinzessin wußte, daß sie es war, die eine mögliche Entscheidung träfe.

»Meine Taufpatin, die Große Fee, hielt es für vernünftig, mir neben anderen Gaben, die, wie man sagt, gleich ins Auge fallen, auch einen Schutz vor jeder Art von Zauber mitzugeben. Als Beispiel sei genannt, hundert Jahre schlafen zu müssen und erst durch den Kuß eines Prinzen wieder aufgeweckt werden zu können, was offenbar zu keinem sonderlich zufriedenstellenden Ergebnis geführt hat. Immerhin war die entzauberte Prinzessin – wie bei meiner hochwohlgeborenen Ururgroßmutter der Fall – dann hundert Jahre älter als ihr Gemahl. Äußerlich fiel das zwar zunächst nicht auf, doch in ihrem Denken, ihren Vorlieben und ihrem Nichtwissen wurde sie in vielen Dingen mit der Zeit doch etwas lästig für den Gatten. Und was die andere mit der schneeweißen Haut angeht, habe ich gehört, daß ihr Gemahl sie zwar vergötterte, aber sein Leben lang die Gegenwart von sieben häßlichen und unglaublich naseweisen Zwergen in seinem Turm ertragen mußte und auch noch gehalten war, sie zu behandeln, als wären sie ernstzunehmende Schwäger. Aus diesem Grund kann kein derartiger Zauber mir etwas anhaben, und von dem ganzen Unsinn des Wachküssens und ersten Liebeskusses bin ich befreit. Aber es gab da noch eine zweite Fee, die immer neidisch war auf ihre Zwillingsschwester, die Große Fee. Nachdem mir diese zweite Fee solche Gaben wie blühende Arglosigkeit, fröhliches Unverständnis und noch weitere, die ich nie richtig verstanden habe, geschenkt hatte, sagte sie mit einem schmalen Lächeln, mein erster Liebeskuß sei auch mein letzter. Kein Mensch hat mir bisher erklären können, was das bedeutet, aber seit ich eine verheiratete Frau bin, mache ich mir deswegen Sorgen.«

»Ach, wenn es weiter nichts ist ...«, sagte Ardid erleichtert, wenn auch nicht gänzlich beruhigt. Sie stach ein paarmal auf ihren Stickrahmen ein und fügte dann hinzu: »Darüber braucht Ihr Euch nicht zu sorgen. Das ist bei allen so, ganz gleich, ob sie von einem Zauber, einem Fluch, einer Gabe oder von sonstwas getroffen sind. Das Problem löst sich in der Regel von ganz allein, denn wenn die Liebe anfangs auch sehr angenehm ist, so wird sie mit der Zeit doch bitter und manchmal sogar zu einem Ärgernis. Aber wenn Ihr die Süße des ersten Kusses der Liebe probiert und dieses Gift danach aus Eurem ganzen Sein verbannt, sehe ich keinen Grund zur Sorge; eher wäret Ihr zu beglückwünschen.«

»Aber«, fuhr Naivia nachdenklich fort, »damit geht auch meine Frist zu Ende.«

»Welche Frist?«

»Genau kann ich es Euch auch nicht erklären. Es ist eine Frist, an die meine Liebe und mein Leben gebunden sind. Ich fürchte, sie läuft an dem Tag ab, da ich endgültig zur Frau werde. Und nach diesem Tag sehne ich mich sehr, muß ich sagen.«

»Alle Welt hängt von irgendwelchen Fristen ab, mein liebes Kind. Wir alle haben unsere Frist, die abläuft; wenn dem nicht so wäre, stünde das Leben still, und kein Mensch alterte mehr und stürbe. Und das, kann ich Euch versichern, wäre keine besonders ermutigende Aussicht.«

»Wenn Ihr dieser Meinung seid, wird es wohl so sein. Ich kenne keinen klügeren Menschen als Euch, denn weder hier noch zu Hause hat mir jemand diese Dinge so gut erklären können wie Ihr.«

Nach allem, was die unschuldige Naivia, die ihr solch grenzenloses Vertrauen entgegenbrachte, von schlafenden Prinzessinnen, Feen, Hexen und bösen Stiefmüttern erzählt hatte, ahnte Ardid, daß eine Stellung als Mutter und Schwiegermutter in solchen Familien gefährlicher sein konnte, als dies durch die Reinheit königlichen Blutes und makellosen Geschlechts aufgewogen wurde. Wenn es um der Abstammung willen nötig war, sich derartigen Sitten mit ellenlangen Einladungslisten von verfeindeten Taufpaten, Feen und Stiefmüttern zuhauf zu unterwerfen und vielleicht noch zwischendrein einen hundertjährigen Schlaf abzuwarten, fühlte sie sich doch sehr viel wohler und sicherer in ihrem mittelmäßigen Stand als Tochter eines Barons aus dem Süden, der nicht sehr reich, nicht besonders vornehm, nicht übermäßig ehrenhaft und obendrein auch noch besiegt worden war.

»Keine Angst, mein Kind«, sagte sie schließlich. »Ich glaube, ein Schuß frischen Blutes von einem so tapferen und furchtlosen Mann, wie Euer Gemahl es ist, wird unser Geschlecht von all diesen lästigen, wenngleich ehrwürdigen Dingen in Zukunft befreien.«

»Das hoffe ich«, antwortete Naivia, die ebenfalls erleichtert schien.

»Die Welt nimmt ihren Lauf, und mit ihr die Vernunft. Jetzt

aber ist es an der Zeit, erst einmal die Traditionen zu pflegen«, beschloß Ardid das Gespräch.

So standen die Dinge, als laute Schreckensrufe die Stadt erschütterten. Und obwohl weder Ardid noch Prinzessin Naivia sich ihnen entziehen konnten, waren sie insgeheim dankbar für die willkommene Unterbrechung ihrer eintönigen Arbeit an den Stickrahmen, welche inzwischen aussahen wie grobe Durchschläge mit Blutflecken hier und da, teils frisch, teils eingetrocknet, keinesfalls jedoch schön anzusehen, wie sie fanden. Zwischen ihren von Nadeln und Ungeschick gemarterten Fingern und den tiefen Seufzern, die echter waren als ihre Stickereien, woben sich stumme Gedanken und Gefühle.

Und als Ardid erfuhr, daß feindliche Truppen am jenseitigen Ufer des Sees lagerten, daß man im kalten Morgenwind ihre Lagerfeuer sah und ihr Kriegsgeschrei hörte, versetzte sie ihrem Stickrahmen einen Tritt, bis er zwischen den brennenden Scheiten im Kamin landete und dort vergnügt knisternd in Flammen aufging, worauf der Kobold vor Freude laut jauchzte.

»Warum freust du dich, du Dummkopf?« fragte Ardid in gespieltem Ärger. »Weißt du nicht, daß wir in Gefahr sind und mein vergeßlicher Sohn Gudú mit unseren besten Kriegern weit fort ist?«

Mit der Schnelligkeit, die in solchen Fällen ihre große Tugend, in anderen wiederum leicht ihr Verderben war, befahl sie, das Burgtor zu öffnen, damit die Bewohner von Olar und jeder, der wollte, sich hinter den Mauern des Schlosses in Sicherheit bringen konnten. Und als sie befahl, alle wehrhaften Männer sollten sich sammeln und zur Verteidigung der Stadt antreten, kamen lediglich ein paar alte Barone und Ritter zusammen und schworen zitternd vor Kälte und Angst – denn die Jahre des Müßiggangs und Wohlergehens hatten weder ihre Muskeln noch ihren Geist gefestigt –, eher sterben zu wollen, als sich zu ergeben.

Ardid verfluchte insgeheim die fatale Neugier, die schon Volodius und jetzt auch Gudú unaufhaltsam zu den Steppen zog.

»Anstatt für die Liebe hätten wir ihn für die Verlockungen des Fremden unempfänglich machen sollen», murmelte sie.

»Das, meine Liebe«, antwortete der Magier, »hätte meine magischen Kräfte überstiegen, und Gudú wäre auch ein schlechter König geworden, hätte er nie diese Faszination verspürt, die die Menschen antreibt, zu erobern und fremde Völker zu unterwerfen und zu beherrschen.«

»Gut«, erwiderte sie, »lassen wir das. Ändern können wir daran ohnehin nichts mehr. Aber ich habe immer diese Befürchtung gehabt, daß Banzius und Canzius uns eines Tages übel mitspielen würden. Und jetzt scheinen sie tatsächlich aus dem Reich der Finsternis zurückgekehrt zu sein, um uns, unsere hilflose Lage ausnutzend, zu überfallen. Gudú hat ihr Verschwinden zu leicht genommen. Er hätte sie verfolgen und einfangen und ihnen die Köpfe abschlagen müssen.«

»Sie sind nicht gefährlich«, sagte der Kobold. »Sie sind ständig betrunken, feige und untereinander zerstritten. Wer unablässig gegeneinander kämpft, der kann sich keine Strategien ausdenken und Gegner im Kampf besiegen.«

Und um seinen Worten Nachdruck zu verleihen, nahm er noch einen guten Schluck und rollte sich in den Falten von Ardids Kleid behaglich zusammen.

Die Königin befahl ihren Zofen Dolinda und Artisia, Prinzessin Naivia und den kleinen Prinzen Ungestalt, den Dolinda wie eine Mutter umsorgte, in das hinterste und am schwersten zugängliche Gemach des Schlosses zu bringen. Sie hatte den Kleinen lange nicht mehr gesehen und sah jetzt ein anrührend häßliches und gutherziges Geschöpf, das sich an den Hals seiner mutmaßlichen Mutter warf und sie abküßte.

Dolinda sagte: »Seht Ihr, Hoheit, welch ein wunderschönes Kind aus ihm geworden ist? Von Eurem hochwohlgeborenen Sohn, dem König, abgesehen habe ich nie einen hübscheren Jungen gesehen.«

Mit diesen Worten gab sie dem armen Ungestalt ein paar schmatzende Küsse auf die bleichen Wangen. Ardid erschauerte, und ein undeutlicher Schmerz durchfuhr sie. Zu solchen Äußerungen kann nur die Liebe in der Lage sein. Vielleicht ist sie doch keine so schädliche Empfindung, dachte sie. Naivia hatte den Platz eingenommen, den Ardid ihr bereits zugewiesen hatte, und hielt vergnügt und arglos immer noch den blutbefleckten Durchschlag auf den Knien, den andere auch als Stickrahmen bezeichneten.

»Werft es fort, mein Kind«, sagte Ardid ohne großes Bedauern. »Ich glaube nicht, daß wir in Zukunft noch zum Sticken kommen ...«

Naivia gehorchte, und der Kobold freute sich wieder einmal diebisch. Allerdings traute er sich nicht, in fremder Gegenwart Purzelbäume zu schlagen, wenn ihm auch nach einigen Bechern Wein durchaus danach zumute war.

»Almandin, mein Guter, fürchte dich nicht«, sprach Ardid zu dem geliebten Prinzen, den sie buchstäblich unter ihrem Bett hervorgezerrt hatte – zitternd wie der Wackelpudding, den er so gern aß. »Halte dich gerade und laß deine Inbrunst für mich ein wenig in den Hintergrund treten.«

»Ich will es versuchen«, sagte er und küßte verzückt ihre Hand. »Doch glaubt mir, meine Beine versagen den Dienst, weshalb ich Euch bitte, mich setzen zu dürfen.«

So tat er, und Ardid stellte fest, daß er in letzter Zeit ein wenig fett geworden war und sich hier und dort leichte Hauterschlaffungen auf dem immer noch hübschen Antlitz zeigten. Als ihr Blick auf seine schlanke Taille fiel, überkam sie plötzlich der Verdacht, er könnte auf der Insel Leonia eines jener Kleidungsstücke erworben haben, das nur Damen trugen, um von zerbrechlicher Figur zu erscheinen. Und wenn schon, dachte sie zärtlich, es ist verzeihlich. Er hat sich so gut gehalten, als wäre er in Salz eingelegt worden, und dabei ist er viele Jahre älter als ich, was er natürlich nicht wissen will ...

Im selben Augenblick drangen lärmende Stimmen durch das schmale hohe Fenster der Kammer zu ihnen herein, und nach und nach hörte man, daß es Freudenschreie waren und keine

Laute des Schreckens. Schließlich vernahmen sie die Stimme des alten Grafen Oron, des Seneschalls, der ihnen zurief: »Öffnet das Tor, Herrin! Gott sei gepriesen, es ist Prinz Nobel, der an der Spitze seiner Männer zum Turm geritten kommt!«

Ardid öffnete rasch das eiserne Törchen, das sie stets geheimgehalten hatte, und jubelnd vor Freude über die Ankunft des von allen geliebten Prinzen stürzten sie nach draußen, wobei sie versuchten, so würdevoll und majestätisch zu wirken, wie es ihnen unter diesen Umständen noch möglich war.

Dies galt jedoch nicht für Prinzessin Naivia, die bewegungslos und bleich in der Tür stand, als wäre alles Leben aus ihr gewichen.

Nicht ohne Grund war in der Stadt Alarm gegeben worden. Das wilde Gelage, das Gudú gewissermaßen vor den Toren der Stadt aufgezogen hatte, die lauten Stimmen der betrunkenen Krieger, die lodernden Flammen ihrer Feuer sowie die Kämpfe, die sie im Weinrausch untereinander ausfochten, waren von den furchtsamen, gar nicht kriegerischen Bewohnern von Olar für einen feindlichen Aufmarsch gehalten worden.

Doch jetzt kam Prinz Nobel mit der langersehnten Nachricht, daß König Gudú wieder nach Olar zurückgekehrt sei.

Die von Ardid schon lange im voraus und in allen Einzelheiten geplante Zusammenführung von Prinzessin Naivia und König Gudú war von einer Pracht und einer Herrlichkeit, wie man sie in Olar noch nie gesehen hatte. Aus Schubladen und Truhen kamen reichbestickte Gewänder zutage, die man in weiser Voraussicht vor viel zu langer Zeit schon von der wunderbaren Insel Leonia hatte kommen lassen. Ardid höchstpersönlich kleidete ihre Schwiegertochter ein. Nur mit Hilfe von Dolinda und Artisia sowie dreier junger Zofen in deren Diensten, die Kämme und Haarnadeln anreichten, wurde die kommende Königin von Olar mit denselben Prachtgewändern ausstaffiert, die sie bei der formalen Vermählung mit Prinz Nobel getragen hatte. Ihr Haar wurde gebürstet, der perlenbestickte Schleier ausgebreitet und der Hermelinumhang so um ihre Schultern gelegt, daß das herrliche Hochzeitskleid erst richtig zur Geltung kam. Sie trug auch wieder die mit Perlmutt und Diamanten besetzten Schühchen, von denen sie damals – allerdings zum letzten Mal – eines verlor. Und als sie das weizenblonde Haar, das ihnen wie Wasser durch die Finger rann, auf tausenderlei Weise geflochten, gedreht, gelegt und mit roten und grünen Broschen befestigt hatten, bemerkte Ardid jenes ungewöhnliche Schmuckstück, das Naivia auf der Brust trug.

»Was ist das?« fragte sie. »Ein blauer, durchbohrter und in der Mitte geteilter Stein ... Woher habt Ihr ein solch seltenes Schmuckstück?«

»Hoheit«, sagte Naivia und hielt den Stein mit beiden Händen bedeckt, »bitte befehlt mir nicht, ihn abzulegen. Er ist alles, was ich von meinem – kindischerweise, wie ich jetzt gestehen muß – sogenannten privaten Geheimschatz behalten habe.«

»Nun gut«, antwortete Ardid, obwohl sie ein ungutes Gefühl hatte, das sie aber nicht zu deuten vermochte, »nur solltet Ihr ihn unter Eurem Kleid tragen, damit man ihn nicht sieht.«

Das tat Naivia; jedoch so hastig, daß sich das spitze Ende des Steins so unglücklich in ihr Fleisch bohrte und ein so lodernder Schmerz sie durchzuckte, daß sie schwankte, als wäre sie einer Ohnmacht nahe.

»Was ist geschehen?« rief Dolinda besorgt. »Fühlt Ihr Euch nicht wohl, Prinzessin?«

»Nichts, es ist nichts«, murmelte Naivia. Die Röte kehrte in ihre Wangen zurück, und sie lächelte wieder; allerdings auf eine so wehmütige Art, daß allen Frauen im Zimmer die Tränen kamen. »Es ist schon wieder vorbei ...«

»In Lebenslagen wie diesen werden alle Mädchen schwach oder fallen gar in Ohnmacht«, sagte Ardid mit wissendem Lächeln, obwohl sie in Wirklichkeit von diesen Dingen nur gehört, sie am eigenen Leib aber nie erfahren hatte.

Nachdem alle Damen und Zofen festlich herausgeputzt waren, begaben sie sich – in von Ardid nach Rang und Adel festgelegter Reihenfolge – feierlichen Schritts und unter großem

Pomp in den Thronsaal. Dort erwartete sie bereits Gudú, dem seine Mutter hatte ausrichten lassen, er möge sich wenigstens einmal bemühen, keine Ungeduld zu zeigen, da das Protokoll für die Prinzessin eine kleine Verspätung vorsah. Ihm selbst hatte sie ans Herz gelegt, ein Bad zu nehmen und seine – vermutlich übelriechende – Soldatenkleidung gegen das reichbestickte Gewand zu tauschen, das sie ihm hatte bringen lassen. Und wenn möglich auch das Parfüm zu benutzen, das der gute Almandin für ihn mitgebracht und die Ehre hatte, ihm anläßlich dieses feierlichen Ereignisses als Geschenk zu überreichen.

Ergeben wappnete sich Gudú mit aller Geduld, die er aufbringen konnte, denn die Vernunft riet ihm, den Empfehlungen seiner Mutter, deren Klugheit er kannte, Folge zu leisten. Er weigerte sich nur, Parfüm auf seine unbändigen schwarzen Locken zu schütten, die zur Feier des Tages aber immerhin gewaschen waren. In seinen höfischen Kleidern fühlte er sich auch nicht wohl, denn da man sein kraftvolles Wachstum zweier Jahre nicht bedacht hatte, drückten und kniffen sie überall und drohten an verschiedenen Stellen aus den Nähten zu platzen. Mit der Krone auf dem Lockenhaupt, dem Schwert seines Vaters am Gürtel und dem prächtigen Scharlachgewand um die Schultern, das auch Volodius schon getragen hatte, saß er auf dem Thronsessel, umgeben von seinen Edelleuten, Rittern und Pagen und den tapfersten seiner Krieger. Yahek hatte sich – seinerseits auf Anordnung des Königs – gebadet, und sein kupferfarbener glänzender Schädel zog zum Unmut der Edlen mehr Blicke auf sich als alle versammelte Haarpracht.

Zur Rechten Gudús stand Prinz Nobel, der wieder das Gewand trug, welches Almandin ihm geschenkt hatte. Er hatte allerdings feststellen müssen, daß es ihm etwas weit geworden war. Offenbar hatte die jüngste Zeit mehr als vermutet an seiner Silhouette geschliffen, doch die Kraft seiner Muskeln und seine Sehnigkeit hatten darunter nicht gelitten. Nobel war von allen Anwesenden am bescheidensten gekleidet. Das fiel sogar der Königin auf, als die Türen aufschwangen und sie den Thronsaal betrat, mit raschem Blick jeden einzelnen musterte und mit dem Ergebnis insgesamt zufrieden schien. Mit einem Anflug von schlechtem Gewissen, wie sie es manchmal hatte, sagte sie sich: Ich habe wirklich nicht daran gedacht, daß dieser edle Mensch, der beste Bruder und treueste Freund von allen, die ich mir für meinen Sohn gewünscht habe, heute am schlechtesten angezogen dasteht ... Ich will mir fest vornehmen, derlei Nachlässigkeit künftig zu vermeiden. Dieser gute Vorsatz gesellte sich zunächst anderen weiteren zu, die schon länger auf ihre Verwirklichung warteten.

Die Prinzessin jedoch sah und dachte etwas ganz anderes. Sie hatte ihren Gemahl noch nie zu Gesicht bekommen, und daher war es nur natürlich, daß ihr erster Blick sich sogleich auf ihn richtete. Sie hatte jedoch das Gefühl, in einen Raum einzutreten, der nur mit undeutlich erkennbaren Schatten bevölkert war. Sie erkannte nur eine einzige Gestalt, die neben dem Thron stand. Und im selben Moment fühlte sie mehr, als sie dachte, daß nie ein Mensch, nicht einmal am prunkvollen, alle Phantasien übertreffenden Hof ihres Vaters noch an sonst einem Ort auf der Welt ein so strahlendes Wesen erblickt haben konnte. Das kastanienbraunen Haar hatte den goldenen Glanz des Lebens – denn der Glanz allen auf der ganzen Welt möglichen Lebens umgab ihn wie eine leuchtende Aureole –, und seine dunkelblauen Augen schienen das Licht der Welt in sich zu vereinen: das Licht über dem Meer in den klaren Nächten des Nordens, wo sie zur Welt gekommen war; und auch das Licht jener Länder, wo die Weinreben wie Goldregen in der Sonne heranwuchsen, wo Wolken so weiß wie der Schnee und rosig wie der heraufziehende Morgen auf den Mandelbäumen lagen und mit den Blüten des Kirschbaums wetteiferten. Aus dem Licht der Fjorde und dem Licht des Südens trat für sie allein die hochgewachsene Gestalt Prinz Nobels hervor. Und das Leben in seinem prallen Glanz brachte jedes andere Licht zum Erlöschen, sein Antlitz ließ jedes andere Antlitz, und sein Blick jeden anderen Blick verblassen. Naivia war so sehr in dieses Bild vertieft, daß sie über den

Teppich aus Leonia stolperte, der mit großer Sorgfalt übers Meer herbeigebracht, ausgerollt, verwahrt und jetzt ein weiteres Mal ausgerollt und auf dem feuchten Steinboden des kalten Thronsaals ausgebreitet worden war. Bei diesem Stolpern drang ihr der blaue Stein mit einem stechenden Schmerz noch etwas tiefer in die Brust.

»Haltet Euch gerade, mein Kind«, raunte Ardid. »Dies ist nicht der Augenblick für Ohnmachten oder sonstige Wehleidigkeiten. Ihr seid die Königin von Olar.«

Diese Worte brachten Naivia wieder zu sich, als erwache sie jäh aus einem Traum. Jetzt sah sie die Menschen um sich herum, die sie verzückt betrachteten, und dann sah sie König Gudú, welchen es entgegen den Anweisungen seiner Mutter nicht mehr auf dem Thronsessel hielt. Und plötzlich fühlte sie den Blick seiner grauen Augen, die sie aus dem gebräunten Antlitz heraus anfunkelten, schmerzhaft in sich eindringen wie die Schneide eines Schwertes. Augenblicklich spürte sie den Geschmack von Blut im Mund. Wie beim Sticken mit Königin Ardid, wenn sie sich verstohlen das Blut von der Fingerkuppe leckte, in die die Nadel eingedrungen war. Derselbe frische, herbe, feuchte und dunkle Geschmack überwältigte sie jetzt.

Langsam und unaufhaltsam stieg eine Kälte in ihr auf, während sie in der Erinnerung, in irgendeinem Winkel ihres Gedächtnisses nach Worten suchte; Worte, die vor ihr flohen wie tanzende Pünktchen von Leuchtkäfern in der Nacht, wie Federwölkchen verwehten und sich im hohen Gewölbe der dunklen Halle verloren, von dem gewaltige Leuchter aus Bronze und Eisen herabhingen. Worte, die in den Mauern westen, an denen in lodernden Fackeln das Harz knisterte und knackte und sie mit einem seltsam vertrauten Schaudern erfüllte, in dem sich Kampfeslärm und Brandgeruch und Ruß und Tod vermischten. Sie sehnte sich nach diesen Worten, die sie als Kind erlernt, die sie – so war ihr gesagt worden – in eine neue Lebensfrist geleiten sollten. Es waren Worte der Liebe, der Treue, der Unterwerfung … und noch einiger Dinge mehr. Aber sie gingen ihr verloren, und sie fürchtete – und wußte –, daß sie sie nicht wiederfinden würde; wie auch niemand die Vögel aufhalten kann, die vor der Kälte davonfliegen in die warmen Länder des Südens.

»Tod und Teufel«, murmelte Gudú zu Nobel gewandt und sein übliches Kichern unterdrückend. »Sie ist tatsächlich noch schöner als ihr Bildnis. Jetzt verstehe ich die Begeisterung, mit der du sie mir beschrieben hast.«

Und ohne in würdevoller Haltung abzuwarten – wie Ardid ihm nach vergleichenden Lektüren über ähnlich feierliche Anlässe geraten hatte –, ging er der Prinzessin entgegen. Mit ausgestreckten Armen unterbrach er die scheue Reverenz, die Naivia ihm zu erweisen im Begriff stand, hob sie zu sich hoch und küßte sie. Sein Kuß jedoch hinterließ auf Naivias Lippen einen bitteren Geschmack, der sich mit dem des Blutes vermischte. Die Prinzessin war so verwirrt, daß sie kein Wort hervorbrachte und nur daran denken konnte, wie ganz anders doch, als sie immer gehört hatte, der erste Liebeskuß für sie war. Während der Hof in begeisterten Applaus ausbrach und die Musikanten den Saal mit den Klängen von Flöten und Schalmeien erfüllten, dachte Naivia über die erstaunliche Tatsache nach, daß so ein Kuß offenbar der Grund dafür gewesen war, ihre ehrenwehrten Urgroßmütter aus hundertjährigem Schlaf oder einer Art von Totenstarre zu erwecken. Wie klug meine erhabene Schwiegermutter doch ist, dachte sie, und wie Recht sie mit ihren Worten hatte, daß es gar nicht schmerzhaft ist, gleich wieder zu verlieren, was man soeben bekommen hat. Und sie dachte daran, daß Gudús Zähne – obzwar so weiß wie die seiner Mutter – scharf wie Dolche gewesen waren und der Druck seiner Hände wie von Eisenhandschuhen auf ihren Schultern gelegen hatte. Seine Augen erinnerten sie an das Eis, das frühmorgens in langen Zapfen von den Dächern hing und als Ziel für steinewerfende Kinder herhalten mußte.

In diesem Augenblick nahm sie innerlich Abschied von Elf, ihrem Cousin, von ihren Freunden, den Jünglingen und Mädchen ihres Gefolges, von den Waldhühnern, Rehen, Hündchen und Eichhörnchen ... Sie wußte nicht um das Wie oder Warum dieser Regung, stellte aber fest, daß sie schon seit einer ganzen Weile nicht einmal mehr wußte, wo die Freunde überhaupt untergebracht waren. Seit dem Tag, da die Spiele aufgehört und sie die letzten Blätter des Baumes aufgesammelt hatten, waren sie für Naivia endgültig verloren, und erst jetzt wurde ihr dies in seinem ganzen Ausmaß bewußt. Als sie daher den Kuß von Gudú empfing, lag in diesem vor allem der Abschied, der mit dem Entschwinden ihrer Ersten Frist einherging; jener Ersten Frist, über die sie mit Ardid hatte sprechen wollen und die diese als unwichtig abgetan hatte. Nun wußte sie, daß ihre alten Freunde und ihre alten Spiele, zusammen mit all den Wörtern, die sie gelernt und die sie wieder vergessen hatten, ziellos umherirrten oder ohne sie in ein Land zurückkehrten, das ihr selbst einmal sehr vertraut gewesen war, an dessen Namen sie sich aber schon nicht mehr erinnerte.

Ein inneres Beben erschütterte die Königin so unmerklich, daß nur der Kobold und der alte Magier – der dem Protokoll gemäß rechts hinter ihr ging – es spürten, als sie die Krone von ihrem Haupt nahm, die zu erringen sie soviel Mühe gekostet hatte, und sie ihrem Sohn Gudú übergab, wobei sie auf einem prachtvollen Samtkissen niederkniete. Und als sie dabei zum ersten Mal ein Knirschen in den Kniegelenken vernahm, dachte sie, daß das Alter nicht mehr in weiter Ferne lag und für sie ganz undenkbar war. Mit fester Stimme sagte sie aber: »Nehmt diese Krone, König Gudú, und krönt damit Eure Gemahlin, unsere Königin, zum Ruhm von Olar.«

Und da der Abt von Abundios schon seit langem von dieser Art zeremonieller Aufgaben befreit worden war, setzte der König die Krone eigenhändig auf Naivias Haupt.

»So will ich tun«, sprach er, »und so befehle ich es zur Freude und zur Pflicht für alle, die in diesem Lande wohnen; und das für Jahre und Jahre bis zum letzten Tag auf Erden ...«

Über diese letzten Worte waren alle höchst erstaunt und wunderten sich, da sie in der Tat ein wenig übertrieben klangen und auch gar nicht im *Buch des Protokolls für Krönungsfeiern* standen, das seine Mutter mit so großer Sorgfalt sich ausgedacht und zusammengestellt hatte. Gudú aber bot seiner jungen Gemahlin den Arm, und der feierliche Zug begab sich in den Bankettsaal, zu dem der ehemalige Saal für die inzwischen immer seltener stattfindenden Versammlungen des Rats der Edlen umgestaltet worden war, weil es – nach dem Thronsaal – im ganzen Turm keinen größeren gab.

Der Bankettsaal war anläßlich des Hochzeitsmahls auf gänzlich ungewohnte Weise ausgeschmückt worden. Da es zu der Jahreszeit keine Blumen gab, hatte Almandin Stechpalmzweige, so grün wie der See und mit roten Beeren übersät, die wie Rubine glänzten, an Wände und Türen heften lassen. An seidenen Bändern aufgereihte Misteln und die riesigen, mit Hunderten von Kerzen überladenen Leuchter verwandelten den meist finsteren und feuchten Saal in einen leuchtenden, anheimelnden Ort. Gewaltige Stämme loderten in dem mächtigen Kamin, und auf einem Bett aus Feldsteinen – um das herum die Tische angeordnet waren – wurde ein Gluthaufen, der den ganzen Raum erwärmte, von zwei Pagen ständig geschürt und überwacht. Teppiche und Läufer ließen keinen einzigen der schwarz angelaufenen Steine des Fußbodens unbedeckt, und sorgfältig aufbewahrte Felle waren unter die Füße und auf die Sitzbänke der Gäste gelegt worden, damit die Kälte ihnen nichts anhaben konnte. Große Fackeln vertrieben die Dunkelheit, denn selbst am hellichten Tag und im sonnigsten Sommer drang kaum je ein Sonnenstrahl durch die schmalen Fenster. An diesem Abend jedoch funkelten die edelsteinbesetzten Gürtelschnallen und all das Gold der Halsketten und Broschen. Alle sahen heute schöner und jünger aus denn je, da der Schein des Feuers für ein Gesicht, das die Jugend hinter sich hat, vorteilhafter ist als die rauhe Wirklichkeit des Sonnenlichts. Und da es den Jungen und Schönen natürlich auch nicht schadete, war es vorteilhaft für alle. War ein Diener oder Gast nicht ganz so gekleidet, wie das Protokoll es verlangte, sorgte der flackernde Feuerschein dafür, daß man schlecht vernähte oder aufgeplatze Nähte, Flecken oder fadenscheinige Stellen nicht bemerkte.

Ardid und Almandin betrachteten sich mit gegenseitiger Anerkennung und bewunderndem Lächeln. Sogar die bescheidene goldene Borte – von Feuchtigkeit etwas dunkel und farblos geworden –, die den Rand von Nobels Umhang zierte, glänzte wie frisch aufgestickt. Seine Schönheit und edle Gestalt – welche die verzückten Blicke so mancher Dame auf sich zogen – machten derlei Mängel mehr als wett, so daß sein Aussehen mit der prächtigen Erscheinung des Königs ohne weiteres mithalten konnte.

Tief in der Nacht ging das Bankett zu Ende. Gerechnet hatte man sowohl in der Küche als auch in den Dienstbotengängen damit, daß es bis zum frühen Morgen dauern würde. Und dafür floß der Wein, und zwischen den Gängen spielte eine Musikantengruppe auf, um die Gäste in Stimmung zu halten. Die Frischvermählten jedoch sollten nicht bis zu so später Stunde in der Gesellschaft ihrer Gäste verbringen. Auf einen versteckten Wink Ardids hin ließ Almandin den König also wissen, daß die Zeit gekommen sei, sich in sein königliches Gemach zurückzuziehen und dort auf die Ankunft seiner Gemahlin zu warten. Das Bankett konnte auch ohne sie seinen Fortgang nehmen. Und während Gudú sich in seine Gemächer begab, begleiteten Ardid und ihre Kammerzofen Naivia zu den ihren.

Niemand hatte indessen bemerkt, daß Nobel plötzlich verschwunden war. Niemand außer einem auffallend schönen Mädchen, das hinter einem Wandbehang verborgen den ganzen Saal wachsam im Auge behalten hatte, ganz besonders aber den Prinzen. Sie allein sah ihn hinausgehen und folgte ihm unauffällig. Dicht auf dem Fuß folgte sie ihm in den Garten hinaus, wo sie die Dunkelheit und die Kälte der Nacht umfing.

Es war Ardids früherer Garten, in dessen Mitte später der wundersame Baum der Spiele gewachsen war, unter dem die Prinzessin während ihrer ersten Zeit im Turm mit ihrem Gefolge gespielt hatte. Von dem Baum und seinen goldenen Blättern war nur noch ein schwarzer Stamm mit nackten Ästen geblieben. Unter ihm setzte sich der Prinz auf den Rand des kleinen Springbrunnens, dessen immer noch tröpfelnde Fontäne sich anhörte wie das Echo einer Stimme. Da kam der Mond hinter den Wolken hervor. In seinem Licht sah der Prinz, daß der Strahl des Springbrunnens starr und unbeweglich war, und als er ihn mit der Hand berührte, stellte er fest, daß er vereist war. Das nackte Geäst des Baums der Spiele glitzerte im Mondlicht; aber nicht mehr in seinen außergewöhnlichen Rot- und Goldtönen von ehedem, sondern silbern vor Rauhreif. Jede Spur von Grün und von Gras war gewichen, nur Eis und Disteln bedeckten den Boden, wo früher alle Arten von Blumen und Gräsern gesprossen waren. Und obwohl an diesem Ort kein Kind mehr spielte, kein Vogel mehr zwitscherte und kein Tier mehr sich zeigte, spürte Nobel die Leere, die ihre Abwesenheit und das Echo ihrer Stimmen hinterlassen hatten. Allein die grünen Augen eines Fuchses und der gelbe Blick der Eule in ihrer unbeweglichen Weisheit leuchteten einmal auf, und der Prinz erzitterte.

In den letzten Stunden des sich neigenden Tages hatte ein grausames, schmerzvolles Erwachen Zugang zu seinen Gedanken und seinem Herzen gesucht. Und ein anderer Gedanke kämpfte darum, das in seinem Herzen schlummernde Geheimnis zu erreichen, welches sich mit den ständig wiederholten Worten Ich will nichts wissen, ich will nichts davon wissen dagegen zur Wehr gesetzt hatte. Aber er wußte. Er versuchte sich eines dumpfen Zorns und eines nie gekannten Schmerzes zu erwehren; zwei Empfindungen, die sich unbarmherzig und unaufhaltsam in ihm ausbreiteten, so wie die Körnchen goldenen Staubs durch eine Sanduhr rinnen. Ein so verzweifelter, ein so gräßlich leidender Blick trat in seine Augen, daß das Mädchen erschauerte, welches ihn immer noch beobachtete. Die Eule flog davon, und der Fuchs entfloh in die Dunkelheit. Undine mußte einen Aufschrei unterdrücken. Das Wissen, gegen das Nobel sich wehrte, war scharf wie ein geschliffener Dolch und durchdrang sogar die Dummheit der Nixe. Plötzlich begriff sie, daß Nobel der jungen Königin von Olar mit derselben traurigen und hoffnungslosen Liebe verfallen war, die sie, Undine, für den Prinzen empfand. »Nein, nein, nein«, flüsterte sie unter Tränen. Es waren die ersten Tränen ihres Lebens, und sie waren bitterer als das Wasser der Meere, schmerzender als die Dornen des Waldes. »Ich werde nicht zulassen, daß diese Liebe sich zwischen uns stellt.« Sie trat aus der Dunkelheit hervor und ging zu Nobel, schlang ihre Arme um ihn und küsste ihn mit solcher Leidenschaft, daß der Prinz aus seinem Zorn erwachte. Ihr Anblick überraschte ihn und erfüllte ihn mit Traurigkeit.

Er schob sie sanft von sich fort und sagte: »Ich will dich nicht verletzen, du wunderschönes Geschöpf … Ich weiß zwar nicht, wer du bist, aber das wäre unter anderen Umständen kein Grund, deine Küsse nicht zu erwidern; nur diese Nacht, ich bitte dich, laß mich allein, denn nur in Einsamkeit kann ich atmen und am Leben bleiben.«

»Was sagt Ihr da, o Prinz?« wimmerte Undine. »Vergeßt, was ich in Euren Augen lese … Die, an die Ihr denkt, ist die Gemahlin des Königs, und der ist Euer Bruder …«

»Schweig!« rief Nobel entsetzt und stieß das Mädchen von sich. »Was treibt dich zu solch törichtem Geschwätz?«

»Die Liebe ist für mich ein offenes Buch«, erwiderte die Nixe. »Ich selbst bin auch von ihr vergiftet. Kommt mit mir, dann will ich gern versuchen, Euer Leid zu lindern, und zugleich lindere ich meines damit auch.«

Er jedoch wandte sich betrübt von ihr ab und beschwor sie, niemals wieder solche Worte an ihn zu richten, wenn ihr sein Leben irgend etwas bedeute.

Sie aber blieb ihm heimlich auf den Fersen und murmelte für sich: »Ach, dummer Prinz, was wißt Ihr schon von diesen Dingen … Doch ich bin selbst genauso dumm, denn was nützt es mir, mich damit auszukennen …«

XIV

DIE WURZELN DES WASSERS

I

Die Königinmutter und ihre Zofen halfen unterdessen Naivia, sich in ihrer Kammer des schweren Hochzeitsgewandes zu entledigen und gegen ein schlichteres und leichteres zu vertauschen. Aber nicht einmal auf der Insel Leonia wäre so ein feines und luftiges Gewebe zu finden gewesen wie jenes, welches Naivia jetzt trug. Und von Bewunderung überwältigt, mußten sie erkennen, daß es kein Prunkgewand geben konnte, welches einem Vergleich mit der schlichten Schönheit Naivias in ihrer natürlichsten und unschuldigsten Form hätte standhalten können; und kein Zopf und kein Flechtwerk, welches ihr Antlitz vorteilhafter zur Geltung gebracht hätten, als der lose Sturzbach ihres offenen Haars.

Nachdem Ardid sie von Kopf bis Fuß mit den herrlichsten Düften besprengt hatte, nahm sie ihre Hand und führte sie im Gefolge zweier mit Fackeln vorausgehender Zofen zu den Gemächern des Königs. Dort fühlte die Königin ihr Herz von einer eigentümlich süßen Trübsal erfaßt; sie hauchte Naivia einen Kuß auf die Stirn und sagte:

»Tretet ein, Königin von Olar, und seid in allem freundlich und zuvorkommend zu Eurem Gemahl, König und Herrn.«

Dann ließen sie Naivia – so still und stumm, wie sie während des ganzen Hochzeitsessens gewesen war – allein zurück, jede mit einem Seufzer, in dem sich Sehnsucht, Zärtlichkeit und eine ferne, fast vergessene Wehmut mischten.

Naivia trat über die Schwelle und durchschritt die beiden Räume, welche sie durch schwere Vorhänge vom königlichen Schlafgemach trennten. Als sie den letzten Vorhang hob, erblickte sie Gudú, der sie mit allen Anzeichen von Ungeduld erwartete. Die dicken Felle, die den Fußboden bedeckten, vermochten das stampfende Geräusch seiner Schritte kaum zu dämpfen; doch als er vor ihr stand, ihren Kopf hob und in ihr Antlitz schaute, verschwand die steile Falte auf seiner Stirn, und mit seinem kurzen heiseren Lachen bemerkte er: »Ihr habt auf Euch warten lassen, meine Königin; doch ich glaube, in Anbetracht Eurer Schönheit ist dies wohl verzeihlich.«

Bei diesen Worten nahm er sie in die Arme und küßte sie so stürmisch, daß Naivia glaubte, nackt und allein auf freiem Feld einem gewaltigen Orkan ausgesetzt zu sein. Unerträgliche Angst überfiel sie; und in der rohen, ungestümen Umarmung bohrte sich der blaue Stein diesmal so tief in ihr Fleisch, daß sie entsetzt aufstöhnte, und Gudú, dem so etwas noch nie widerfahren war, sie überrascht freigab.

»Was ist?« fragte er. »Habe ich Euch etwa weh getan?«

»Ich glaube wohl«, flüsterte Naivia, mühsam nach Atem ringend. Sie schlug beide Hände vor die Brust und sank zitternd auf die Knie. So bleich war sie geworden und so haltlos ihr Zittern, daß Gudú ziemlich ratlos war und nur sagen konnte:

»Vielleicht seid Ihr – was mir selbst höchst willkommen ist – nur zu leicht bekleidet, und deshalb ist Euch kalt. Kommt näher ans Feuer, wenngleich ich Euch in Kürze mehr erhitzen werde, als die Flammen selbst es vermöchten.«

Mit der größten Behutsamkeit, der seine Hände fähig waren – und die Naivia als rüden Stoß empfand –, schob er sie näher ans Feuer. Dort fuhr er mit den Fingern durch ihr seidiges Haar und murmelte:

»Welch herrliches Haar … und wie wunderschön Ihr überhaupt seid … Würden die Zeit und meine Ungeduld nicht drängen, könnte ich allein in der Betrachtung Eurer Schönheit verweilen …«

Dabei drehte er sie zu sich, umarmte und küßte sie. Doch diesmal rief seine Umarmung einen solchen Abscheu und Widerwillen in Naivia hervor, daß kein Feuer, keine Umarmung und keine Küsse die Kälte in ihr mildern konnten. Sie wurde im Gegenteil nur noch stärker, bis sie das Gefühl hatte, in jenen Armen und unter jenen Küssen vor Kälte zu erstarren. Und dann schlug ein ebenso schmerzender wie leuchtender Blitz in ihre verwirrten Gedanken, und andere Arme und andere Lippen eilten ihr zu Hilfe; und andere Küsse – wenngleich nur geahnt und herbeigesehnt – verrieten ihr, daß sie weit davon entfernt war, den ersten Kuß der Liebe zu erfahren. Überdeutlich drang der gellende Schrei der Eule an ihr Ohr, und mit einer Heftigkeit, die man einem so zarten Wesen gar nicht zugetraut hätte, stieß sie Gudú von sich. Angefeuert von einem wilden und zugleich süßen Zorn, und mit einer Hellsicht des Geistes und der Zunge – welche beide bisher anscheinend in der behaglichen Unwissenheit der nun unwiderruflich aufgegebenen Kindheit gefangen waren – sagte sie:

»Es sind nicht Eure Küsse und Eure Leidenschaft, die mir die Wärme zurückgeben. Was mir fehlt, ist die Wärme des Lebens; und mein Leben finde ich nicht durch Euch.«

»Was soll nun dieser Unfug?« rief Gudú ungeduldig und mehr erstaunt als verärgert, denn tief in seinem Innern wußte er dieserart Ablehnung und Widerspenstigkeit durchaus als eine pikante Zutat zu schätzen, in deren Genuß er bisher noch nicht gekommen war. »Meiner Meinung nach solltet Ihr das prüde Getue, in dem man Euch unterrichtet hat, beiseite lassen und Euch dem Wesentlichen widmen. Nehmt also zur Kenntnis, daß ich das Vorspiel als beendet betrachte; und vergeßt nicht, daß ich ein ungeduldiger Mann und ein ungeduldiger König bin.«

»Ihr seid es, der in einer Sprache spricht, die ich nicht verstehe«, entgegnete Naivia, wobei sie sich aufrichtete und bis an den Vorhang zurückwich, der das Zimmer von den übrigen Räumen trennte. »Und laßt mich auch sagen, mein Herr und König, daß Ihr ein noch größerer Narr seid, als ich auf den ersten Blick geglaubt habe.«

»Was sagt Ihr da?« rief Gudú, der nun doch allmählich wütend wurde. »Kommt her und haltet den Mund, denn nicht einmal Ihr könnt das Sprichwort Lügen strafen, nach dem nur eine stumme Frau eine schöne Frau ist.«

Er griff nach ihr, doch Naivia wußte seinen Armen und den vor Begehrlichkeit plumpen Fingern so behende zu entgehen, wie er es bei keinem Menschen oder Tier bislang gesehen hatte. Vielleicht halfen ihr dabei die Erfahrungen der Spiele, denen sie sich bis vor gar nicht langer Zeit mit solcher Ausdauer hingegeben hatte. Ein ums andere Mal seinen Händen entwischend, ließ sie auf ihrer Flucht die beiden vorderen Räume hinter sich. Gudú war so wütend geworden, daß er glaubte, sein Hals stehe in Flammen; und keuchend wie bei einer schwierigen Jagd gelang es ihm schließlich, Naivia an der letzten Tür seiner Gemächer festzuhalten. Dort hörte er sie sagen: »Ihr seid ein ungebildeter Rüpel. Wie könnt Ihr nur glauben, ich sehnte mich nach Euren Küssen und Umarmungen! Nein, andere Küsse und andere Arme sind es, nach denen ich mich sehne. Ich liebe Euch nicht, und ich werde Euch nie lieben. Ein anderer ist es, den ich liebe und immer lieben werde bis ans Ende meiner Tage.«

»Dumme Gans«, keuchte Gudú. Naivias letzte Worte hatten ihn verwirrt, da er sie sich nicht erklären konnte. »Was kümmern mich Eure Liebe und Eure Gefühle? Was ich begehre und für gut erachte, ist begehrenswert und gut, und damit basta!«

»Nicht für mich!« rief Naivia, entwand sich mit einer geschickten Drehung erneut seinen Armen und suchte Schutz hinter der hohen Lehne einer Bank. »Ihr vergeßt, daß ich auch eine Königin bin und mir meinen Willen nicht nehmen lasse. Was für mich gilt, soll auch für Euch gelten. Und glaubt mir, nicht einen Kuß werdet Ihr mir abringen, nicht unter der Folter. Gebt mich frei und laßt mich zu dem Menschen gehen, den ich wirklich liebe, nach dessen Umarmung ich mich in Wahrheit sehne.«

Da erst erkannte Gudú den wahren Gehalt ihrer Worte.

»Ihr gebt zu, einen Geliebten zu haben? Die Strafen der Gesetze sind hart für Frauen wie Euch. Und nur weil Ihr Königin seid, entgeht Ihr ihnen nicht. Im Gegenteil; bei Euch werde ich sie in aller Härte anwenden, als Abschreckung für andere. Nehmt daher Eure Worte zurück, wenn sie nur gedacht waren, um eine falsch verstandene, gänzlich verfehlte Gefallsucht zu verbrämen.«

»Ich wiederhole es und schwöre Euch, die Wahrheit zu sagen«, antwortete Naivia mit fester Stimme. »Ich liebe einen anderen, und ihm werde ich gehören. Nicht Euch, vulgärer, lächerlicher Gudú, der Ihr nicht wert seid, eine Königskrone zu tragen noch Gemahl des gewöhnlichsten Weibes zu sein.«

Bei diesen Worten geriet Gudú schier außer sich. Sein ganzes Begehren war verflogen, Naivias Schönheit sah er gar nicht mehr. Er war blind vor Wut über die unbegreifliche Verletzung seines Stolzes. Er tobte und brüllte nach der Wache und befahl ihr, die Königin als Gefangene abzuführen und in das finsterste Verlies des ganzen Schlosses zu werfen.

Naivia widersetzte sich nicht und ließ sich so sanftmütig abführen, daß die Wachsoldaten stutzten und ihnen gar etwas mulmig zumute wurde – wenngleich sie tunlichst vermieden, sich davon etwas anmerken zu lassen.

Als sie das Mädchen fortgebracht hatten, versuchte Gudú nachzudenken. Er war jedoch so erregt, und so groß war sein Zorn, daß es ihm nicht gelang, seine Gedanken zu ordnen. Schließlich ließ er seine Mutter rufen und ihr ausrichten, er müsse sie unverzüglich sehen, allein.

Die Königin war untröstlich. Das offene Haar und der hastig übergeworfene Umhang verrieten die Hast, mit der sie aus dem Bett gesprungen und der ungewöhnlichen Bitte nachgekommen war. Den konfusen Lärm auf das frisch vermählte Paar anstoßender Betrunkener unten im Saal im Ohr, hörte sie ihren Sohn sagen: »Welche Hexe habt Ihr mir da als Gemahlin gesucht, Mutter? Diese Naivia ist des Teufels, sie hat es gewagt, mich abzuweisen.«

»Mein lieber Sohn, beruhigt Euch«, antwortete Ardid, die ihre Fassung wiederzugewinnen suchte. »Solch blaublütige Geschöpfe pflegen stets dem Drängen des Mannes am Anfang einen gewissen Widerstand entgegenzusetzen; seid jedoch versichert, daß derlei Bedenken sich bald legen. Ich müßte mich sogar sehr täuschen, wenn sie Euch nicht schon bald in Euren eigenen Gemächern nachstellte und Ihr es wärt, der sich bedrängt sieht.«

»Redet keinen Unsinn, Mutter!« schrie Gudú und schlug mit der Faust auf die Bank, hinter der kurz zuvor Naivia Schutz gesucht hatte und die – weil das Holz in der Feuchtigkeit des Schlosses weich geworden war, weil die Holzwürmer sich schon zu lange daran gelabt hatten oder weil Gudús zornbeflügelter Kraft nichts widerstehen konnte – splitternd zu Bruch ging.

»Sie hat mich nicht nur abgewiesen, sondern auch klar und deutlich gesagt, daß sie einen anderen begehrt. Und deswegen, hat sie mich wissen lassen, verabscheut sie jede meiner Berührungen und sehnt sich statt dessen nach denen dieses anderen. Merkt Euch gut, was ich jetzt sage.« Dabei starrte er sie so wild an, daß Ardid es für vernünftiger hielt, nicht zu widersprechen, ja überhaupt nichts mehr zu sagen. »Ich befehle Euch, sie morgen früh dem Henker zu übergeben, damit sie bei lebendigem Leib verbrannt werde, auf grünem Holz, wenn möglich, und ihre Asche bringt mir dann in einem Gefäß, damit es mich stets daran erinnert, wie einfältig ich gewesen bin, und sich so etwas nicht wiederholt. Ich breche jetzt unverzüglich zum Schwarzen Turm auf und erwarte dort Eure Nachricht, daß mein Befehl ausgeführt wurde. Das Gefäß mit der Asche will ich gut sichtbar aufstellen, bis entschieden ist, wen ich, und das möglichst bald, zu meiner wirklichen Gemahlin nehme. Vergeßt Euren Traum von blauem Blut und verzwickten Abstammungen; führt mir ein paar handfeste und gesunde Weiber vor, gleichgültig ob Prinzessinnen, Halb- oder Fastprinzessinnen, Hauptsache, sie machen mir das Leben nicht schwer und stehlen mir nicht meine wertvolle Zeit. Jetzt geht, und denkt daran, daß ich nicht die geringste Verzögerung dulden werde ... Naivia findet Ihr unten in den Kerkern, und meine Wache weist Euch den Weg dorthin.«

Nach diesen Worten befahl er, unverzüglich sein Pferd zu satteln und die Königin zu den Verliesen zu begleiten.

»Bitte, eines noch!« rief Ardid, sich zu einem klaren Gedanken zwingend. »Um kein Aufsehen zu erregen, das uns großen Ärger bescheren könnte, und in der Annahme, daß die Wache uns treu ergeben ist, die Gäste unten immer noch dem Wein zusprechen und nichts von dem Vorgefallenen wissen, laßt die Strafe von der Öffentlichkeit unbemerkt in aller Stille vollziehen. Wir werden die Nachricht verbreiten, Naivia sei Opfer eines bösen Fluchs geworden, von derlei es in ihrer Familiengeschichte zum Glück wimmelt, und in der Hochzeitsnacht aus dem Leben geschieden … sagen wir, freiwillig …«

»Tut darin, wie es Euch beliebt, aber hütet Euch, meinen Befehl zu mißachten«, unterbrach sie Gudú. »Und jetzt eilt, um ihn auszuführen.«

»Noch etwas, mein Sohn«, sagte Ardid und hielt ihren enteilenden Sproß am Ärmel jenes für die Hochzeit so reich bestickten Gewandes fest, das nur auf Naivia offensichtlich keinen Eindruck gemacht hatte. »Draußen wartet Naivias Leibgarde … glaubt nicht, daß diese makellos gekleideten und gut bewaffneten Soldaten alles durchgehen lassen. Wir müssen uns etwas einfallen lassen.«

»Meine Leibwache, mit Yahek an der Spitze, wird sich im Morgengrauen über sie hermachen«, antwortete Gudú. »Ich bezweifle, daß diese Paradesoldaten es mit Yahek und seinen Männern aufnehmen können.«

Er entwand den Ärmel der Hand seiner Mutter, riß sich anschließend das ganze Gewand vom Leib und verlangte lauthals nach seinen Soldatensachen.

Tief besorgt stieg Ardid mit der Wache zu den Kerkern hinab. Gern hätte sie zu ihrer Unterstützung den Magier und den Kobold herbeigerufen, doch die achtunggebietenden Krieger an ihrer Seite ließen ihr dies wenig ratsam erscheinen. Also folgte sie ihnen ergeben, doch ein Frösteln der Kälte und des Schrekkens überlief sie, als sie durch die finsteren Gewölbe des Schlosses schritt.

Als sie ankamen, schob einer der Soldaten einen modrigen, mit dickem Rost bedeckten Riegel zurück und öffnete die Tür. Im Licht der Fackel sah Ardid die Prinzessin unbeweglich auf dem Boden sitzen.

»Laßt uns allein!« befahl sie den Soldaten, trat ein und schloß die Tür hinter sich.

»Was hast du nur getan, unseliges Geschöpf?« stöhnte sie. Und obwohl sie versuchte, ihrer Stimme einen harten und erbosten Klang zu verleihen, wollte ihr dies beim Anblick der Prinzessin auf dem feuchten Steinboden nicht gelingen. »Weißt du, daß du mit deinem Tun dein Schicksal besiegelt hast? Komm, widerruf deine unvernünftigen Worte; vielleicht gelingt es uns, den König umzustimmen, obwohl ich mir dessen keineswegs sicher bin.«

»Nein«, sagte Naivia, »das tue ich nicht.«

Mehr war aus ihr nicht herauszubekommen.

Unverrichteter Dinge stieg Ardid aus der Kerkergruft nach oben. Seit Jahren, seit Ewigkeiten hatte sie keinen solchen Kummer verspürt, eine so unendliche Trauer. Ich habe mir eingebildet, dachte sie, Naivia sei wirklich meine Tochter und sie habe mich lieb. Das half mir über den Schmerz hinweg, daß mein Sohn mich niemals lieben wird. Und plötzlich hatte sie das Gefühl, in einen Traum zu versinken. Es war ein früher Traum, und sie wußte nicht mit Gewißheit, ob sie das Geschehen, das an ihrem inneren Auge vorbeizog, geträumt oder tatsächlich gesehen hatte: Sie stand mit ihrem geliebten Almandin auf den Zinnen des Alten Turms, und sie erwarteten die Ankunft von Prinzessin Naivia. Dann erblickten sie sie. Doch was sich da über den Wiesen näherte, war nicht ihre Karosse, sondern ein Schiff. In einem Land ohne Meer wußte kein Mensch, was das bedeuten sollte; die meisten sahen das Schiff nicht einmal. Nur Ardid spürte tief in ihrem Innern einen Stich, denn sie hatte in einer früheren Zeit solche Umrisse am Horizont kreuzen sehen und versuchte später, unter dem Wind und der Sonne, diese Bilder wiederherzustellen, obwohl dieses Schiff viel schlanker, viel schöner, viel feiner war ... Aber wie kam es über das Gras hierher? fragte sie sich. Wie konnte es über die Ufer des Sees hinaus weiterfahren? Wie gelangte es zwischen die Birken? Wie verschwand es daraus wieder und spiegelte sich, so schien es zumindest, auf der schwarzen Wasserfläche, um dann darin zu verschwinden ...?

Ardid hielt den Atem an. Das Schiff schien von einem Schlitten über nichtvorhandenen Schnee gezogen zu werden. Da eilte sie die Treppe hinunter, floh vom Wachtturm und ließ den guten Almandin hinter sich zurück, der sonderbare Dinge murmelte und nicht mehr ganz von dieser Welt zu sein schien. »Komm!« rief sie voller Furcht. »Komm herunter! Du bist nicht mehr der Turmwächter!«

Aber er war es, obwohl die kluge Königin das nicht wußte. Denn die kluge Königin Ardid wußte doch vieles nicht, sehr vieles nicht.

Als sie wieder ans Tageslicht zu den Wachen zurückkam, wirkte Ardid ruhig und gefaßt. Doch als sie sah, wie die Brücke hochgezogen wurde, und dann das Gefühl hatte, dort etwas Glänzendes erblickt zu haben, konnte sie nicht verhindern, daß ihr die Hände zitterten. Was hatte sie da gesehen? Spukte es in ihrem Kopf? Hatte Almandin – sie warf ihm einen grollenden, leicht strafenden Seitenblick zu – ihr vielleicht einen Floh ins Ohr gesetzt mit seinen alten Geschichten von alten Wesen in alten Welten und alten wabernden Nebeln?

Sie faßte sich jedoch schnell wieder, hob den Kopf und schaute den Soldaten mit dem ihr eigenen majestätischen Ernst ins Gesicht. Und ihr scharfer Blick erkannte, daß es diesen rohen, ungezähmten Männern davor graute, den Befehl des Königs an der Prinzessin zu vollstrecken. Da erinnerte sie sich wieder jenes Mannes, den sie in ausweglosen Situationen stets als nützlich, treu und zuverlässig schätzen gelernt hatte.

»Soldaten«, sagte sie, »gebt dem Bruder und Beschützer unseres edlen Herrn und Königs Gudú, Prinz Nobel, meinen Befehl weiter, den Willen meines Sohnes zu erfüllen.«

»Das soll geschehen, Hoheit«, antwortete der Hauptmann der Wache sogleich.

In seinen Augen las Ardid die Erleichterung, die ihre Worte ihnen bereitete.

Bevor sie die Treppe zu ihren Gemächern hinaufstieg, wandte sie sich noch einmal an die Männer und sprach:

»Vergeßt nicht, ihm zu sagen, daß er die Asche der Prinzessin, die für so kurze Zeit nur unsere junge Königin war« – an dieser Stelle mußte sie einen höchst unpassenden Seufzer unterdrücken –, »an mich übergeben soll. Ich werde sie dann unverzüglich dem König aushändigen. Und sagt ihm auch, daß bis Anbruch des Tages alles erledigt sein muß. Zur selben Zeit soll Yahek mit seinen Männern Naivias Leibwache überwältigen und töten, damit jede Spur ausgelöscht ist. Und denkt daran, daß euer Leben von der strikten Ausführung meiner Befehle und dem Stillschweigen abhängt, welches ihr zu wahren wißt.«

Hastig, viel zu hastig für ihre majestätische Haltung verschwand sie daraufhin in den finsteren Fluren, die sie zu ihren Gemächern führten.

Und wieder fiel sie in die Fänge ihres Traums: Sie sah sich selbst über das Bett gebeugt, in dem die Prinzessin ihr Leben auszuhauchen schien, wo plötzlich eine Blume auf ihrer Brust lag und sie heilte. Und wieder hatte es den Anschein, als zöge sie diesen seltsamen Schlitten hinter sich her.

»Was zieht Ihr da hinter Euch her, mein Kind?«

»Meinen Schlitten. Das ist mein Schlitten.«

»Liebes Kind, wir haben Frühling. Ihr braucht keinen Schlitten. Fürchtet Euch nicht, der Schnee ist fern.«

»Ich fürchte mich nicht vor dem Schnee. Ich fürchte mich nur vor dem Frühling.«

Ardid ergriff ihre Hand. Doch kaum hatte sie sie berührt, zuckte sie zurück, als hätte sie einen jener blutenden Fasanen angefaßt, die ihre Brüder nach der Jagd an ihren Gürteln baumeln hatten, in Todeszuckungen schon, aber immer noch lebendig. Sie fühlte eine große Kälte in sich hochsteigen und betrachtete Naivias bleiches Gesicht, die geschlossenen Lider. Und noch einmal erschauerte sie beim Anblick der dünnen kurzen Zöpfe, der absurden Haartracht eines alten blonden Kriegers, der einst großen Schrecken verbreitet. »Vor dem Frühling«, murmelte Ardid; doch sie erfaßte den Sinn ihrer Worte gar nicht, wollte sie auch gar nicht erfassen. »Nur vor dem Frühling …«

Sie ist so jung, dachte sie und verscheuchte ihre Traumgedanken, wie sie es gewöhnlich tat. Noch so jung … Die Zeit wird kommen, da sie weder den Winter fürchten muß, noch die Sonne, noch den Mann … Eine Zeit wird kommen, da sie sich vor niemanden mehr fürchten muß. Und obwohl ein jäher Gedanke – außer vor sich selbst – durch ihr Hirn zuckte, begrub sie auch diesen in der Gruft ihrer Erinnerung, wo er sich gewiß in guter Gesellschaft mit vielen andern – ebenso unangebrachten und verderblichen – Erinnerungen befand.

Nobel saß immer noch im Garten, und vor seinem inneren Auge – als wäre es die Wiederholung eines Traums oder eine vergessene Erinnerung – wurden plötzlich eine Szene, ein Gespräch lebendig. »Ihr habt so viel Sonne«, sagte Naivia und hob schützend die Hand in die Höhe. »Ihr seid so schnell … Eure Blumen wachsen so schnell, und schnell weht der Wind den Staub, die dürren Blätter und die Asche von den Kartoffelfeuern fort. Wo ich herkomme, bewahrt uns die Kälte vor solchen Dingen, und wir sind unseren Ursprüngen so nahe, daß wir uns an das Leben der Sterne erinnern.«

»Was sagst du?« wunderte sich Nobel. »Das verstehe ich nicht.«

Naivia lachte wie über einen Scherz.

»Ihr braucht es auch nicht zu verstehen«, sagte sie und zupfte ihm übermütig am Bart –, was ihm gänzlich die Sprache verschlug. »Schnee und ewiges Eis bewahren die Spuren der Menschen, ihre Tränen und ihr Lachen sehr viel besser als die Wärme und Lebendigkeit des Südens. Es ist wohl wahr, dort, wo ich herkomme, wachsen nicht die Blumen, die wir sehen werden, wenn Ihr und ich uns eines Tages kennenlernen. Doch wenn diese Blumen bereits gestorben sind, werden Eure und meine Schritte über Tundren gehen, wo das Eis den Spuren der Menschen die Ewigkeit schenkt. Das ist zwar nicht viel«, seufzte sie, »aber Rosen oder der Duft von Erdbeeren sind vergänglicher.«

Nobel hatte das Gefühl, etwas entstehe in seinem Innern und etwas vergehe. Einen Moment lang war er sicher, endlich die Antwort auf seine unzähligen Fragen gefunden zu haben; doch so viele Sonnen und Schwerter und so viel gedankenlose Liebe oder unbesonnener Haß lasteten auf ihm, daß alles zu Staub zerfiel und der Wind es mit sich nahm. Im ewigen Eis der Prinzessin Naivia jedoch hinterließen die Worte Spuren und gruben sich ein in die Zeit, wo sie überdauerten, bis die letzte Sonne die Erde verschlänge.

Stimmen und Schritte von Soldaten und das Licht ihrer Fackeln unterbrachen seine Gedanken. Er stand auf und trat ihnen entgegen, um zu erfahren, was zu solcher Stunde geschehen war, denn es schien nichts Geringes zu sein.

»Herr«, sprach der Hauptmann der Wache mit ernster Miene, und seine Stimme geriet ins Stocken, »wir überbringen Euch einen furchtbaren Befehl.«

Und mit kurzen Worten erläuterte er die Anweisungen des Königs, des Prinzen Bruders, und Ardids, der Königin. Danach übergaben sie ihm die Kerkerschlüssel, kehrten auf dem Absatz um und ließen ihn allein. Doch in der Art, wie sie ihm die Schlüssel in die Hand gaben, wollte es scheinen, als bestünden sie aus glühendem Eisen.

Höre ich recht? dachte der entgeisterte Prinz. Oder ist es nur ein Traum, daß ich solch entsetzlichen Auftrag ausführen soll, befohlen zudem vom König, meinem Bruder, dem Gehorsam zu erweisen und für den mit meinem Leben einzustehen ich geschworen habe? Und Schmerz und Verwirrung führten einen solchen Widerstreit in seinen Gedanken, daß das Grauen über einen solchen Befehl ihn nicht aus der Starre seiner Ungläubigkeit zu reißen vermochte. Doch da waren die Schlüssel in seiner Hand. Sie wogen so schwer wie die Worte der Soldaten und fühlten sich an wie mit Feuer eingebrannt.

Undine war fort, niemand war bei ihm in diesem Augenblick. Das Mädchen war voller Kummer zum Schwarzen Turm zurückgekehrt, um nichts mehr sehen und hören zu müssen, das sie an den Prinzen erinnerte. Wie sehr hätte er jetzt einer Menschenseele bedurft, um die grausame Nachricht zu teilen; eine Nachricht, die wahrzuhaben er sich mit jeder Faser seines Seins weigerte.

»Ich werde diesen Befehl nicht ausführen, ich werde ihm nicht gehorchen«, stieß er leise, aber wild entschlossen hervor.

Und da er begriff, daß es für Naivia zu spät wäre, wenn er nicht rasch handelte, eilte er, so schnell er konnte, in den Kerker. Er riß die finstere Tür auf und sah vor sich die junge Königin, die auf einer Handvoll Stroh auf der Erde kauerte.

Er befahl den Soldaten, sie hinauszuführen. Als er sah, wie dünn sie bekleidet war, nahm er den Umhang aus grünem Samt, den Almandin ihm geschenkt hatte, von den Schultern, gab ihn ihr mit abgewendetem Blick und hieß sie, sich darin einzuhüllen. Er ließ sie unter der Bewachung seiner Männer in den Garten bringen.

Dort angekommen, sagte er zu ihnen: »Geht zur Königin und teilt ihr mit, daß ich ihren Befehl unverzüglich ausführen werde.«

»Sollte es erforderlich sein«, antwortete der Hauptmann mit bebender Stimme, »könnt Ihr uns jederzeit rufen.«

»Ich habe meine Männer hier«, antwortete Nobel, »und wie du siehst, hat sich kein Opfer je sanftmütiger in sein Schicksal gefügt. Sag der Königin, daß ich nach Beendigung meines Auftrags zu ihr kommen und ihr die Asche übergeben werde.«

Als die Soldaten des Königs gegangen waren, fragten des Prinzen Männer sichtlich bewegt, ob sie nun das Holz für den Scheiterhaufen aufschichten sollten und an welcher Stelle.

»Gleich hier«, sagte Nobel, »unter dem Baum der Spiele.«

Während seine Leute das Holz spalteten, befahl er, sein Pferd zu satteln, und als schließlich alles bereit war, ließ er die Prinzessin herbeiführen. Als sie unter dem lodernden Schein der Fackeln durch den Garten herankamen, wehte Naivias Haar im Wind, als wäre es selbst der leuchtendste Scheiterhaufen, der je entzündet worden war. Der Anführer der Leibgarde fiel vor Nobel auf die Knie und sprach: »Herr, wir bitten Euch, uns von jeder weiteren Anwesenheit zu entbinden. Wir haben mit Euch die blutigsten Kämpfe ausgefochten und die schlimmsten Grausamkeiten erlebt, doch vor solcher Abscheulichkeit empört sich unser Herz.«

Er wußte, daß Nobel sonst jede Auflehnung strengstens bestrafte, doch dieser antwortete: »Geh mit deinen Männern und bleibt auf euren Posten. Für ein solch unterwürfiges Opfer ist meine Gegenwart allein ausreichend.«

Die Männer zogen sich zurück. Allein im flackernden Schein der Fackeln, schauten Nobel und Naivia sich an. Und obwohl die Hände der Prinzessin gefesselt waren und sie ihr letztes Stündlein für gekommen hielt, hätte jeder, der sie in diesem Augenblick sah, geschworen, daß sie zum erstenmal schrankenlos glücklich war.

Erst als der letzte von Nobels Männern entschwand, welche ihn schon als Kind aus dem warmen Süden in das kalte Land seines Vaters begleitet hatten, deren rückhaltloser Zuverlässigkeit er sicher sein konnte und die er gut genug kannte, um zu wissen, daß jeder einzelne von ihnen seine Sehnsüchte und seine Absichten erriet; erst als er nur noch das scharrende Geräusch des Windes vernahm, der die verdorrten Reste eines letzten gespenstischen, kaum noch als feste Form wahrzunehmenden Abglanzes dessen davonwehte, was einmal Blumen oder zartes Blattwerk gewesen sein mochten; erst da ließ er seinen Regungen freien Lauf, die er so lange unterdrückt und sich selbst nicht einzugestehen gewagt hatte. Mit zitternden Händen band er Naivias Fesseln auf, als er sie sagen hörte: »Fürchtet Euch nicht, mein lieber Nobel, dieser Augenblick zählt für mich mehr als ein ganzes Leben mit Gudú.«

»Bitte schweigt!« flehte der Prinz. Dann sank er auf die Knie und fügte hinzu: »Obwohl ich weiß, welche Folgen das für mich haben kann, schwöre ich, daß niemand Hand an Euch legen wird, solange ich lebe. Und wenn mein Tod der Preis für Euer Leben ist, so scheint es mir billig erkauft.«

Da beugte Naivia sich zu ihm hinunter, kniete gleichfalls vor ihm nieder und schlang die Arme so fest um ihn, daß jeder Widerstand in ihm zusammenbrach.

»Was tut Ihr, Hoheit?« fragte er. »Ich bitte Euch, haltet zurück den geringen Dank, den Ihr für eine Tat schuldig seid, die mehr als allem anderen der reinen Selbstsucht entspringt. Denn wüßte ich, daß Ihr nicht mehr am Leben seid, das meinige wäre nicht mehr wert als das des erbärmlichsten Gehenkten am Galgen.«

»Still«, sagte Naivia und legte eine Hand auf die Lippen des Prinzen. Bei der Berührung verstummten beide, und die Welt schien den Atem anzuhalten, die Welt, die Naivia vor nicht allzu langer Zeit als wunderschön empfunden hatte.

Es dauerte noch eine Weile, bis Nobel die Sprache wiederfand, um seine dunkle und doch so strahlende Verwirrung in Worte zu fassen:

»Ich flehe Euch an, Prinzessin, zieht mein Leiden nicht länger hinaus. Steigt mit mir auf mein Pferd, und wir reiten gemeinsam zu dem Ort Eures Traums, wo wir uns, wie Ihr gesagt habt, einmal kennenlernen werden.«

»Dieser Ort ist mein Land«, antwortete Naivia, und ihre Augen strahlten dabei so hell, daß alles, was sie anschauten, in gleißendes Licht getaucht schien. »Und das einzige Land, die einzige Heimat, die ich habe, seid Ihr ganz allein.«

Bei diesen Worten umarmte sie ihn aufs neue, und ihre Gesichter berührten sich dabei, und um sie herum versank die Welt. Nobel vergaß seinen Treueschwur auf Gudú und auf die Königin, vergaß jeden Schwur, bis auf jenen einen, der ihn leicht und dennoch ehern an die Prinzessin band.

»Hoheit«, murmelte er gequält, denn ihre Lippen waren so nahe vor seinen Lippen und ihre Augen so nahe vor seinen Augen, »tut das nicht. Ihr seid kein Kind mehr, und Ihr dürft Euch auch nicht mehr so benehmen wie früher, als wir zusammen spielten und uns Geschichten erzählten ...«

»Ich bin kein Kind mehr, das weiß ich sehr wohl«, antwortete Naivia.

Ihre Stimme klang wie aus weiter Ferne und zugleich ganz

nahe, als entspränge sie der Mitte ihres Seins und flöhe im selben Moment über die Linie des Horizonts.

»Ich bin kein Kind. Die letzte Minute der Ersten Frist geht zu Ende, und ich werde in eine Neue Frist eintreten, die mein Leben bis zum letzten Tropfen ausfüllen wird. Darum weiß ich, daß ich eine Frau bin und daß ich Euch liebe.«

Als Nobel die Stimme so zu ihm sprechen hörte, wußte er, daß alles gesagt war, was er so sehr ersehnte und selbst nicht auszusprechen wagte.

Ihre Lippen berührten sich zum ersten Mal, und ihre Körper drängten aneinander, als Naivia fortfuhr: »Dies ist der erste Schritt von meinem Ende, Nobel. Ich flehe Euch an, um aller Liebe willen, die Ihr für mich empfindet, lasst ihn so lange andauern, wie es Euch eben möglich ist. Denn wenn mein erster Kuß der Liebe auch der letzte sein soll, will ich das Ende nicht erleben.«

»Es wird niemals enden«, antwortete Nobel.

Und während sie in tausendundeinem Kuß versanken, hatten sie das Gefühl, unter ihnen sprieße eine neue Zeit heran, die gleichzeitig auch eine alte Zeit war; eine Zeit, in der Ardids Garten auf so rätselhafte Weise erblüht war und der Baum der Spiele in voller Pracht gestanden hatte. So fühlten sie ihn über sich. Unter seinen vereisten Zweigen glaubten sie wieder zu fühlen, wie seine Blätter heranwuchsen und dann wie Goldregen auf sie niederfielen und sie bedeckten. Weder der Rauhreif noch die kalte, feuchte Erde des abgestorbenen Gartens waren für sie Wirklichkeit, nicht die nächtliche Kälte noch die Dunkelheit oder die eisige Blässe des Mondes. Die Sonne stand hoch und schien so warm wie nie auf die Rebstöcke, Oliven- und Mandelbäume herab. Und es war auch nicht der eisige Wind, der durch die verschneiten Wälder blies und sie mit seinem Hauch berührte, sondern das Rauschen eines Meeres, so blau, wie kein menschliches Auge es je erblickte, das nicht, wie die Augen der Liebenden, frei von menschlicher Verblendung war und durch die runde Öffnung eines Steins dies zu schauen vermochte. Sie fühlten auch oder wußten, daß die Welt vielleicht einmal schön war oder sein könnte, oder es einmal würde.

Und sie liebten sich auf eine Weise, wie sich – weder vor ihnen noch nach ihnen und in Ländern weit fort von ihnen oder in fernen Jahrhunderten auf beiden Ufern der Zeit – zwei Menschen lange nicht geliebt hatten.

Als das erste goldene Licht über die Baumkronen strich, erwachte Nobel aus dem tiefen, lichten Schlaf, den er zum erstenmal kennengelernt hatte. Er hob den Kopf und sah, daß ein neuer Tag heraufgezogen war. Er spürte die Kälte, drückte Naivia an sich und glaubte sie aufzuwecken, indem er zu ihr sprach: »Wir müssen fliehen, es wird schon hell. Niemand darf uns hier finden. Irgendeinen Platz auf der Welt muß es geben, wo wir uns vor all dem Zorn, der Bosheit und Gewissenlosigkeit der Welt verbergen können.«

Doch eine noch größere Kälte – eine Kälte, die aus seinem eigenen Innern kam – erfüllte ihn, als er sah, wie bleich die Haut der Prinzessin war. Er deckte sie etwas mehr zu und drückte sie noch fester an sich, als er sagte:

»Hört Ihr? Wir müssen uns beeilen.«

Naivias Augen standen aber offen und waren durchsichtig wie das Meer nach ein paar Sonnentagen, so daß man bis auf ihren Grund schauen konnte. Als Nobel sie betrachtete, sah er in seiner Erinnerung die kleinen Strände mit ihren Algen, dem goldenen Sand und dem lautlosen Gleiten glänzender Fischlein im seichten Wasser der Brandung. Dann vernahm er Naivias Stimme; eine Stimme aus der Ferne, als käme sie von einem hohen Gewölbe herab – geradewegs vom Himmel möglicherweise – oder dränge aus blauer Tiefe hervor.

»Schau«, murmelte sie, und ihr silbrig schimmernder Arm hob sich über das gespenstische Dunkel des Waldes hinweg dem ersten Licht des Tages entgegen. »Da ziehen sie hin, die einst meine Freunde waren, um ein Mädchen zu begraben, das sie Naivia nannten.«

»Nicht begraben!« rief Nobel voller Schrecken und drückte sie enger an sich. »Sie ist nicht gestorben, sie ist hier bei mir, und niemand wird sie mir nehmen.«

»Naivia ist tot«, murmelte sie wieder, und die Worte hörten sich an wie das Echo ihrer eigenen Stimme. »Ich bin eine Frau, und ich liebe dich.«

Und dann sahen sie im Dämmerlicht des Morgens eine Prozession, die über die Weiten der himmlischen Steppen zog: Es waren ihre Freunde, angeführt von Prinz Elf, und kein Vögelchen fehlte, kein Hirsch und kein Schmetterling. Sie trugen ein Mädchen auf den Armen, das tatsächlich wie eine Tote aussah. Und alle Jünglinge und Mädchen sowie die tote Naivia selbst schienen durchsichtig. Das Licht folgte ihrer Spur, und die Wolken des neuen Tages folgten ihnen auf dem Weg zu unbekannten Ländern. Und alle wurden sogleich zu Schatten ihrer selbst, spiegelten sich am Himmel, wie Bäume im Wasser sich spiegeln, ohne zu wissen, ob sie wirklich sind oder Erinnerung.

»Wohin ziehen sie? Ruf sie zurück!« sagte Nobel, das Herz voller Furcht. »Ruf sie, sag ihnen, daß sie bleiben sollen, daß Ihr nicht gestorben seid, daß Ihr hier bei mir seid, und daß das Mädchen, welches sie dort oben zu Grabe tragen, nicht Prinzessin Naivia ist.«

»Ich kann sie nicht rufen.« Diesmal klang ihre Stimme noch ferner, noch leichter. »Ich habe ihre Namen vergessen. Doch selbst wenn ich sie noch wüßte, sie könnten mich nicht hören. Sie kehren zurück nach dort, woher ich komme, wohin sie immer gehen und wohin sie immer zurückkehren. Auch wenn ich ihnen folgte, die Mauern der Stadt sind mir verschlossen, ich kann nicht hinein … Sie sind nur Schemen von Spielen, von Stimmen; Schemen von Namen, Spielen und Liedern. Aber ich will nicht mit ihnen gehen, will nicht bei ihnen sein.«

»Was sagt Ihr da? Wohin ziehen sie, daß sie sich einfach in nichts auflösen? Und was sind das für Mauern, die Euch nicht mehr einlassen? Ich werde sie niederreißen, alle Mauern werde ich niederreißen, damit Ihr gehen könnt, wohin Ihr wollt …«

»Ich will nicht gehen, Naivia ist tot«, wiederholte sie, und ihre Stimme war jetzt nur noch ein Echo ihrer Worte, herbeigeweht vom Morgenwind, von der leisen Musik des aufgehenden Lichts. »Naivia ist tot. Ich bin eine Frau, und ich liebe Euch.«

Der Wind legte sich, die Form der Wolken und der Weg des Lichts nahmen mit dem heraufziehenden Tag, der aus allen Winkeln des Himmels hervorbrach, ein neues Aussehen an. Und die Morgendämmerung verbarg Stimmen und Spuren von Jünglingen und Mädchen, selbst das Echo von Naivias Worten, die reglos in seinen Armen lag, die Augen geschlossen, die Lippen stumm. Die Kälte füllte ihn ganz aus, Nobel fühlte sich wie erfroren, fühlte sich wie der einsamste Mann auf der Welt. Der Baum der Spiele war immer noch tot und vereist, der Springbrunnen sprudelte nicht, keine Blume und kein goldenes Herbstlaub lagen auf dem Rauhreif der kahlen Erde, die einstmals der Garten von Ardid gewesen war.

»Sprecht zu mir«, flehte Nobel vor Schrecken zitternd. Ein kalter, erbarmungsloser Schmerz durchzuckte ihn. »Wacht auf, wacht auf, schaut mich an ...«

Doch Naivia wachte nicht auf, schaute ihn nicht an, schien ihn nicht zu hören. Behutsam bettete er sie auf die Erde. Über den vereisten Ästen des Baums der Spiele sah er die Sonne heraufziehen. Langsam schmolzen sie, und ein trostloser Regen, trauriger noch als alle Tränen, fiel auf ihn nieder und tränkte die Wurzeln. Und sosehr er sich über sie beugte, ihre eisigen Lippen küßte und zu ihr sprach, war sie doch nur noch die Erinnerung ihrer selbst oder dessen, was sie eines Tages vielleicht sein würde.

Jetzt wußte Nobel, wie grauenvoll die Welt sein konnte, und doch war sein ganzes Denken allein bei diesem bleichen, wunderschönen Geschöpf, das auf der kalten Erde hingestreckt nun nichts mehr fühlte, weder von ihm noch von irgend etwas auf der Welt. Voller Grauen war die Welt und grauenvoll der Tag, der über den Ästen des toten Baums heraufzog; grauenvoll das zaghafte Krächzen und Flügelschlagen der Wintervögel, deren Schatten auf Naivias Stirn flüchtige Furchen pflügten; die ganze

Erde ein einziger Graus. Grauen ohne Sinn. Ein Mann wie er; gebunden an vergebliche Schwüre, nichtige Treuegelöbnisse, trübe Echos von Wörtern, die der Tag, die Nacht, die Zeit längst mit sich genommen hatten. Ein Mann wie er; allein und verloren in der endlosen Einsamkeit der Welt.

Als er den Blick hob, sah er zwei baumelnde Beine über sich. Er schaute auf und sah Prinz Elf in seiner gewohnten Haltung auf einem Ast sitzen.

»Wie kannst du lächeln«, fragte er, »wenn die Welt gestorben ist? Wie kannst du lächeln, wenn die Welt nicht zurücklächelt, nicht sieht, nicht hört?«

»Das ist schon vor langer Zeit geschehen. An dem Tag, als Ihr fortgeritten seid und nicht auf uns gehört habt. Damals ist Naivia gestorben, nicht jetzt.«

»Sie ist nicht gestorben!« rief Nobel. »Sie war nicht tot, als sie meine Küsse spürte und meine Liebe erwiderte.«

»Aber das war nicht Naivia«, erwiderte Elf mit der ihm eigenen Gelassenheit. »In Euren Armen haltet Ihr jene, deren Zweite Frist verstrichen ist. Als Frau hat sie Euch geliebt, und von Euch hat sie ihren Ersten und ihren Letzten Liebeskuß empfangen … Die wirkliche Naivia spielt längst wieder.«

»Spielt? Was redest du? Spotte nicht meinem Schmerz, denn ich kann nicht leben, ohne zu wissen, wo sie ist, was sie denkt, was sie spricht …«

»Nichts; nichts sagt sie. Sie spielt nur Nimmerwiederkehr.«

»Dann sag mir wenigstens …« Nobel zwang den Prinzen, vom Baum herabzusteigen, und rüttelte ihn an den Schultern; doch Elf war so zerbrechlich, daß Nobel Wind und Schatten in Händen zu halten oder ferne, fast vergessene Bilder zu halten vermeinte. »Sag mir, wer ihr diesen ungeheuren Schmerz zugefügt hat. Ich werde ihn bis ans Ende der Welt verfolgen, und mein Schwert soll keine Gnade mit ihm kennen.«

»Ihr versteht offenbar nicht«, antwortete Elf erstaunt. Er bückte sich und hob ein wunderschönes, golden glänzendes Blatt von der Erde auf. »Ihr begreift nicht, daß weder Euer

Schwert noch Euer Haß, noch alle Rache dieser Welt etwas ausrichten können. Selbst wenn Ihr den, der diesen großen Schmerz verschuldet hat, wie Ihr es nennst, mit Eurem Schwert, Eurem Haß und Eurer Rache durchbohrt, tötet Ihr ihn nicht. Naivia ist einfach so: weit fort; und sie spielt Nimmerwiederkehr.«

»Wenn sie in ihre Heimat zurückkehren will«, beharrte Nobel, und Tränen wollten ihm aus den Augen quellen, doch da er so daran gewöhnt war, sie zu unterdrücken, wurden sie zu Kristallen, die seine Eingeweide zerrissen –, »dann werde ich sie dorthin begleiten, das schwöre ich; auch wenn es den ganzen Rest meines Lebens und alle Wege dieser Erde erfordert.«

»Sie wird niemals mehr dorthin zurückkehren. Diese Stadt hat sie aus freien Stücken hinter sich gelassen; und nur wer der Stadt freiwillig den Rücken gekehrt hat, kann nicht mehr dorthin zurück.«

»Welche Stadt ist es? Mit Nägeln und Zähnen will ich ein Loch durch die Mauern graben, damit sie wieder hineinkann, wenn sie dort glücklich war.«

»Ich weiß nicht, ob sie dort glücklich war. Sie war ein Kind. Und diese Stadt, wie Ihr sie nennt, ist keine Stadt im eigentlichen Sinn; es ist nur die Geschichte aller Kinder, von der wir kommen und zu der wir zurückkehren von Jahrhundert zu Jahrhundert. Wir, ihre Freunde seit je.«

Im selben Augenblick vernahm Nobel – als leises Wehen nur noch – den letzten Flügelschlag der Wachteln, das Wispern der Eichhörnchen und ein Gewirr von Stimmen und Stimmchen, die stritten, lachten oder weinten, so genau war das nicht mehr zu unterscheiden.

»Aber, was soll ich nun tun?«

»Nichts«, sagte Prinz Elf, »nichts.«

»Dann hör zu, was ich dir zu sagen habe«, antwortete Nobel, und jäh kehrte sein ganzer Schmerz zurück; ein Schmerz, der in die Vergangenheit reichte, bis zu seinem Aufbruch aus dem Süden, eines Morgens, als er Abschied nahm von seinen Freunden, den Weinbauern, von der Sonne und dem Meer. Durch die runde Öffnung eines blauen Steins kehrte der Schmerz zu ihm zurück. »Nichts und niemand wird uns je auseinanderbringen, das schwöre ich. Solange ein Hauch von Leben in mir ist und auch noch danach, werden wir vereint bleiben durch alle jene auf dieser Welt, die wissen, was es heißt, zu lieben, zu weinen, zu hassen, zu genießen, betrübt zu sein und zu kämpfen; die wissen, wie es sich anfühlt, der glücklichste, siegreichste, kühnste, einsamste und geringste unter den Menschen zu sein.«

»So soll es denn sein. Und wie der erste Kuß einer Liebe ihre Großmütter aufweckte und unversehrt ließ über hundert Jahre hin, so könnte der erste, letzte und einzige Kuß, der Naivia getötet hat, sie unversehrt erhalten, wenn Ihr ihr Bewacher sein wollt. Dann brächte tatsächlich nichts und niemand, weder jetzt noch nach dem Tode, Euch je auseinander.«

»Sag mir, was ich tun soll; du, der du auch ein Kind bist und sie gut gekannt hast.«

»Ihr Bewacher! Behaltet das in Eurem Gedächtnis«, sagte Elf. Dann zog er sein goldenes Schwert mit dem Diamantengriff und rief: »Folgt mir. Wir bringen sie an einen Ort, wo niemand sie finden, ihr etwas antun oder von Euch trennen kann … mit Ausnahme Eurer Erinnerung.«

Nobel nahm Naivia auf die Arme und folgte dem Prinzen. Sie verließen die ummauerte Stadt und erklommen einen Hügel, ließen Olar hinter sich und durchquerten den Wald. Erst als sie die Quellgrotte betraten, legte er sie wieder behutsam auf den Boden. Er bedeckte sie mit wildem Efeu und frischem Rauhreif und bewahrte sie so für immer im verborgensten und teuersten Schatzkästlein des Niemals-Vergessens.

Einen sonderbaren Abdruck gab es an jener Stelle. Einen langen schmalen Abdruck, in dessen Höhlung es undeutlich rumorte wie von Rufen unter Wasser. Und Rundschilde gab es auch: hölzerne Rundschilde in großer Zahl und in leuchtenden Farben. Prinz Elf sagte: »Dies ist der Schemen eines Königs oder Fürsten, der früher starb als sie. Naivia war noch gar nicht geboren. Und dies ist sein Sarg. Mit all seinen Waffen, seinem

Ruhm und seinen Träumen geht er hinüber ins jenseitige Reich.«

»Ich begreife deine Worte nicht«, flüsterte Nobel mit versagender Stimme.

»Er reist zu den Feldern der Möwe, dem Streitroß der Meere, seinen treuen Hund zu Füßen, seinen Schild und seinen besten schwarzen Hengst. So steht es geschrieben, im Nichts. Und in dieser Nichtanwesenheit findet Naivia vielleicht den neuen Anfang des Endes: Euch.«

Dann war er wieder allein. Ganz allein in der Ödnis des neuen Tages, in der die Sonne schonungslos auf Disteln, Dreck und schmutzigen Schnee niederschien, wo früher ein Garten geblüht hatte, zweimal sogar ... und vom Baum nur noch Asche übrig war. Dann aber hörte er die Stimmen der Soldaten, die zu ihm sagten:

»Herr, die Königin schickt diese Urne, damit Ihr sie füllt.«

Und sie überreichten ihm eine blaue Urne – von derselben Farbe wie die Kiesel im Bachbett. Nobel füllte sie mit der Asche vom Baum der Spiele und übergab sie den Soldaten, sie zurückzubringen zu Ardid, der nun wieder einzigen Königin von Olar.

2

Ardid und ihre engsten Freunde befanden sich in einem bedauernswerten Zustand. Almandin und der Magier schluchzten hemmungslos, und der Kobold sammelte ihre Tränen; die Früchte des Hammers, wie er sie nannte, denn nur aus Tränen wie diesen wurden Diamanten, die sich durch das Erdreich fraßen und seinesgleichen unter den Füßen der Menschen dahinführten.

»Hört auf zu weinen, ich flehe euch an«, sagte die Königin ungeduldig, obwohl ihre Stimme bei diesen Worten bebte wie der Himmel vor dem Regen. »Keine Tränen mehr, meine lieben

Freunde. Es gibt noch andere Mädchen auf der Erde, genauso schön und sanftmütig wie Prinzessin Naivia. Trocknet eure Tränen und lenkt eure Gedanken auf unsere Probleme.«

Almandin jedoch – und einmal mehr bemerkte Ardid, wie fett und feist er manchmal aussah – hörte gar nicht mehr auf, sich Nase und Augen mit einem bestickten Taschentuch – einem Geschenk von Leonia – zu betupfen, wobei er stammelte: »War das … war das wirklich nötig, Ardid, sie vom Antlitz der Erde zu tilgen?«

Und der Magier, der das Gesicht in den weiten Ärmeln seines uralten geflickten Umhangs verbarg, stellte dieselbe Frage: »Nun, mein Kind … war das nötig?«

»Der König hat es befohlen«, antwortete sie. »Und der König ist der König.«

Ihrem Argument wurde zwar nicht widersprochen, doch die Trübsal beenden konnte es auch nicht. Nur der Kobold weinte nicht, denn seine Tränen galten allein Gudú, der ihn nicht kannte. Und sie kamen nur dann zum Vorschein, wenn der Schmerz darüber, daß der König ihn nicht sehen konnte, allzu übermächtig wurde, sowie auch dann, wenn er allzuviel des guten Weins getrunken hatte.

»Ihre Frist war abgelaufen«, murmelte er in Abständen, obwohl seine Freunde – wie es immer öfter vorkam – ihn nicht verstanden. »Frist ist Frist, da kann man nichts machen! Ich weiß gar nicht, was daran so verwunderlich ist. Alles geschah, wie es geschehen mußte. Ich weiß nicht, warum ihr darüber so untröstlich seid.«

Die anderen beachteten ihn natürlich nicht.

»Es ist schon hell«, sagte die Königin. »Yahek und seine Männer werden jetzt die Leibwache töten. Möge außer ihnen und uns niemand erfahren, was geschehen ist. Ich glaube, ihr Vater und ihre Familie würden es uns nie verzeihen …«

»Ihr Vater?« fragte der Kobold verwundert. »Wie kommst du darauf? Der ist voll und ganz mit seiner neuen Frau beschäftigt, die ihm neue Töchter schenken wird, welche ihm neue Sorgen bereiten werden. Nein, ihr Vater hat sie längst vergessen, wie er auch frühere Naivias vergessen hat …«

Die Königin jedoch erwartete voller Unruhe die Nachrichten von den letzten Ereignissen. Zur selben Zeit, als ihr die Urne mit der Asche gebracht wurde – die sie nicht anrühren konnte und umstandslos an ihren Sohn weiterleiten ließ –, erfuhr sie, daß auch Yaheks Männer ihren Auftrag erfüllt hatten.

»Laßt Yahek zu mir kommen«, befahl Ardid voller Neugier und zugleich von einer unbestimmten Furcht erfüllt. »Er soll mir ausführlich Bericht erstatten.«

Etwas bestürzt eilte Yahek herbei, pflanzte ein Knie auf die Erde, denn keine Herrin hatte ihm je mehr Achtung abverlangt als diese Königin, und erklärte:

»Es ging alles recht merkwürdig zu, Majestät. Wie befohlen sind wir über die Leibwache der Prinzessin hergefallen. Ich wunderte mich jedoch gleich, sie wie zu einer Parade bei der Karosse ihrer Gebieterin vorzufinden. Ein besseres Ziel hätten sie uns gar nicht bieten können. ›Ergebt euch, oder ihr seid des Todes!‹ rief ich, weil das so üblich ist, obwohl ihr Tod längst beschlossene Sache war. Aber sie unternahmen nichts zur ihrer Verteidigung und blieben ungerührt und – wenn Ihr diesen Ausdruck erlaubt – hoheitsvoll stehen. ›Ergebt euch!‹ rief ich noch einmal. Doch als sie sich immer noch taub, blind und stumm stellten, griffen wir an. Und glaubt mir, Hoheit, wir haben keine Gnade walten lassen, denn etwas umgab sie, das uns Furcht einflößte. Aber sie machten weder Gebrauch von ihren Schwertern noch von ihren Lanzen, und wir durchbohrten sie ganz mühelos. Ohne einen Laut gingen sie zu Boden. Und als wir uns über sie hermachten, um sie auszuplündern – denn wie Ihr wißt, hat Euer hochwohlgeborener Sohn uns erlaubt, Beute zu machen; davon leben wir –, stellte sich heraus, daß sie nur dies enthielten.«

Bei diesen Worten zeigte er Ardid eine Handvoll Stroh.

»Das?« rief die Königin erschrocken. »Wie ist das möglich?«

»Wie ich Euch sage, Majestät. Sie waren … nun ja, wie diese Strohpuppen, die die Bauern aufstellen, um die Vögel zu verscheuchen, damit sie nicht die Samenkörner von den Feldern picken: Vogelscheuchen.«

Ardid nahm die Handvoll Stroh, das zwischen ihren Fingern zerbröselte.

»Dann machten wir uns über ihre Uniformen her«, fuhr Yahek fort, »aber so prachtvoll sie nach außen wirkten, so zerfressen waren sie von Motten und zerfielen wie Staub in unseren Händen. Und erst die Waffen! Sie waren die schrecklichste Enttäuschung, Herrin. Die Schwerter in den Scheiden entpuppten sich als grüne Lilienblätter, wie sie Kinder benutzen, wenn sie Ritter spielen. Und die Lanzen …! Brüchiges Schilfrohr hatten sie in Händen gehalten, sonst nichts. Ihre Brustpanzer stellten sich als Kürbisschalen heraus, hart und vertrocknet. Staub und Asche, Stroh und Späne, mehr ist von der prächtigen Leibgarde nicht geblieben.«

Ardid hatte es plötzlich eilig, Yahek zu entlassen, und stürzte in ihre Kammer, in der sie die Truhen mit den Schätzen aufbewahrte, die Naivia als Geschenke mitgebracht hatte. Sie schloss sie auf und sank, einer Ohnmacht nahe, auf die Knie. Dort fanden sie ihre treuen Freunde, wie sie mit abwesendem Blick bunte Steinchen in den herrlichsten Farben durch die Finger gleiten ließ. Ein goldener Schmetterling flog auf und flatterte zum Fenster, durch das er taumelnd in die weite Welt entschwand.

Ardid verharrte eine Zeitlang in dieser Stellung, ohne sich zu bewegen. Dann erhob sie sich, und alle sahen, daß ihre Schultern ein wenig nach vorn gesunken waren und ihre Schritte nicht mehr die federnde Spannkraft besaßen, die man von der Königin gewohnt war.

Sie begab sich zu Naivias Gemach und sah sich dort den starrenden Glasaugen sämtlicher Puppen gegenüber, worauf sie sogleich die Tür wieder schloß und befahl:

»Räumt alle Zimmer leer, die Prinzessin Naivia bewohnt hat, und bringt ihre Sachen in die Dachkammern des Nordturms, den König Volodius verflucht hat.«

Und ihr Befehl wurde ausgeführt. Den Nordturm mit seinem blauen Spitzdach hatte Volodius in Nachahmung eines anderen errichten lassen, den er auf seinen Feldzügen irgendwo gesehen hatte. Unter den blauen Ziegeln moderten oder strahlten ein paar geräumige Dachkammern, je nachdem, ob Sonne oder Nebel ihre Besucher waren.

3

Die Sonne stand im Zenit, als Gudú Naivias Asche erhielt. Er stellte die Urne neben seinem Bett auf, so daß er jeden Morgen beim Aufwachen daran erinnerte wurde, wie leichtfertig er in Heiratsdingen gewesen war. Er streichelte das Mädchen, das ihn stets erwartete, wenn er zum Schwarzen Turm zurückkehrte, und sagte: »Siehst du, wie es törichten Frauen ergeht? Diese dort hieß einst Naivia, ein erbärmliches Häuflein Asche jetzt.«

Zu seiner Überraschung brach das Mädchen in ein freudiges Jubelgeschrei aus, warf sich ihm an den Hals und zeigte plötzlich eine Begeisterung, die bislang eher gedämpft gewesen war.

»Sie ist tot, der Bann ist gebrochen«, sagte sich die einfältige Undine. »Sie ist tot, und der Prinz gehört mir.«

Noch größer wurde ihre Freude am Abend, als sie hörte, wie der König befahl, Nobel solle benachrichtigt werden, sich baldigst im Schwarzen Turm einzufinden, wo offenbar wichtige Vorbereitungen getroffen wurden.

Der König war überrascht – genauso wie Undine –, als er einen Brief von der Königin bekam, in dem es hieß, seit dem Tag, da Prinzessin Naivia den Tod gefunden habe, sei Nobel nicht mehr aufzufinden. Kein Mensch wisse etwas, niemand habe von ihm gehört. Wegen einiger seltsamer Dinge, die nach dem Tod der Prinzessin eingetreten seien, fürchtete die Königin, der Prinz sei vielleicht Opfer eines bösen Zaubers geworden oder büße eine Strafe ab und sei deshalb auf so geheimnisvolle wie eigenartige Weise verschwunden.

»Das ist tatsächlich sonderbar«, sagte Gudú nachdenklich.

»Aber ich glaube nun einmal nicht an Zauberei oder Hexenwesen, auch wenn es naheliegend scheint. Ich setzte mein Vertrauen allein in so greifbare Wesen wie dich.«

Dabei gab er Undine lachend einen Klaps auf den Hintern. Diese warf ihm einen tadelnden Blick zu und zog sich schmollend zurück.

Sie lief unverzüglich in den Wald und suchte die Steppenhexe auf, um Rat zu erbitten.

»Meine liebe Freundin«, sagte sie, »kannst du mir helfen? Ich bin vollkommen verwirrt. Gestorben ist die, welche des Prinzen Liebe mir raubte, und jetzt, da er frei für mich wäre, ist er verschwunden.«

»Was soll ich dazu sagen?« rief die Alte verbittert. »Viele Jahre lasten auf meinen Rücken, und die langen Märsche, zu denen der Haß auf Yahek mich zwingt, versagen meinem Körper die Ruhe. Die Liebe ist so weit fort von mir, daß dir meine Meinung dazu nicht viel hülfe.«

Als sie jedoch sah, wie traurig die Nixe war, fügte sie hinzu: »Warum folgst du nicht dem Lauf der Bäche und Flüsse Richtung Süden? Soviel ich weiß, stammt dein Prinz von dort. Vielleicht ist er an den Ort seiner Kindheit zurückgekehrt, um verlorenes Glück wiederzufinden ... oder sich von einem Übel zu kurieren.«

Die Alte war vielleicht nicht besonders helle, aber sie hatte die Weisheit des Alters und damit die Wahrheit zumindest teilweise getroffen. Denn als Undine in die Quelle eingetaucht war und sich in Richtung Süden begeben hatte, erblickte sie, schon in der Nähe des Meeres, an einer alten, halb verfallenen Burg das Pferd des Prinzen und zwei seiner Soldaten. Voller Hoffnung wartete sie, bis es dunkel wurde. Sie wußte, daß er dort drinnen war, und mit großer Wahrscheinlichkeit würde sie in dieser Nacht seine Liebe gewinnen.

Kaum allein, erinnerte sich Nobel an Worte, die er irgendwo schon einmal gehört hatte. »Dort werden wir uns sehr gut kennenlernen müssen.« Nur von einem einzigen Gedanken, von einem einzigen Wunsch besessen, fiel sein Blick im Morgennebel auf die fahle Mähne und den mandelfarbenen Rücken seines Pferdes. Ohne nachzudenken, schwang er sich in den Sattel und ritt, als wäre er mit dem Tier verwachsen, nach Süden in das geliebte Land seiner Mutter Lauria. Er wußte nicht, wie lange er ritt, ob es Jahre waren, nur ein kurzer Moment oder eine Zeit vor all dem, was geschehen war. Doch wenn ihm jemand begegnete oder eine Frage stellte, gab er keine Antwort, weil seine Stimme keinen Ton mehr hervorbrachte.

Eines Tages jedoch erkannte er die Landschaft wieder. Die sanften Hügel, die Weinberge, Mandel- und Olivenbäume und das Meer. Doch obwohl der Winter auch dort Einzug gehalten und das Land mit seiner kalten Farbe überzogen hatte, fühlte Nobel sich wie aus den Nebeln erstanden; denn in Nebeln schien sein ganzes Leben gelegen zu haben, seit er nach Olar aufgebrochen war, um seinen Vater zu suchen. Schließlich erblickte er die Burg seiner Mutter, die ihm jetzt gehörte. Und er erinnerte sich der Jungen aus dem Armenland, die er unter der Obhut seines alten Dieners hergeschickt hatte. Vor wie langer Zeit! Doch als er näher kam, stieg der Nebel aus dem nahen Fluß auf und legte sich über das Land. So gelangte er unbemerkt in den Burghof, denn die Tore waren verfault und eingefallen, Ketten und Riegel verrostet. Wilder Efeu kletterte an den Mauern hoch und drang bis ins Innere. Wo er einmal als Kind gespielt hatte, war jetzt alles voller Staub, Unrat und zersplittertem Holz; Überreste einer Welt, die es nicht mehr gab. Als wäre jemand mit einem Sack hereingekommen, hätte alle Erinnerungen hineingestopft und sie fortgebracht. Nur ein Fensterrahmen klapperte noch, ein Vorhangfetzen flatterte im Wind. Und in dem Licht, welches durch Mauerritzen und Öffnungen hereinfiel, glitzerten Spinnweben wie seidene Schleier.

Wie in einem Traum stieg er Treppen hinauf, als ginge er durch die Zeit, wohl wissend, daß er sie nur von außen betrachtete, genau wie sich selbst.

So gelangte er schließlich in eine Kammer, in der ein kleines Feuer auf dem Boden flackerte, an dem saß ein alter Mann. Als dieser den Kopf hob, erkannte Nobel in ihm seinen treuen alten Amer. Er brachte kein Wort hervor, als ihre Hände sich umeinanderschlossen und er Tränen über die zerfurchten Wangen des Alten rinnen sah.

»Warum weinst du?« fragte er.

»Alles hat König Gudú uns genommen«, antwortete Amer, »alles. Die gesamte Ernte haben seine Leute mitgenommen, und die jungen Männer haben sie für das Kriegsvolk seines Schwarzen Turms angeworben. Mich haben sie als einzigen zurückgelassen, weil ich alt und zu nichts mehr nütze bin. Aber ich bin glücklich, mein Prinz, weil wir jetzt wieder vereint sind.«

Nobel antwortete nicht. Er spürte den Druck all der Tränen, die er nie vergossen hatte, da ihm beigebracht worden war, daß ein Edelmann und Ritter nicht weint. Sie brannten in seinen Augen, und seine Kehle glühte. Er strich Amer nur über den Kopf, und seine Lippen bebten, als der alte Mann die Hand zu ihm ausstreckte und erstaunt fragte: »Was ist mit Euch, mein Junge?« Die Worte erinnerten ihn an einen Tag – er war damals vielleicht acht Jahre alt – als er vom Kirschbaum gefallen war und Amer zu ihm trat, die Hand ausstreckte, ihn aber nicht zu berühren wagte, genau wie jetzt, und ihm dieselbe Frage stellte. Und genau in diesem Augenblick brach all das Eis und die Härte, die die Welt um ihn errichtet hatte, krachend in Stücke. Die Tränen rannen ihm über die Wangen, als er sagte:

»Ich wollte ein Mann sein, Amer, ein tapferer Ritter, kühn, treu und tadellos. Und was bin ich gewesen: ein Einfaltspinsel.«

»So dürft Ihr nicht sprechen, mein Prinz!« rief der Alte erschrocken. »Es gibt keinen, der edelmütiger, zuverlässiger und großherziger ist als Ihr. Auf der ganzen Welt gibt es keinen wie Euch, glaubt mir.«

Nobel wußte, daß er es dem alten Mann nicht erklären konnte. Und so blieb er bei ihm; er wanderte mit ihm über die Felder, und von dem Geld, das er noch besaß, kaufte er bei einem

Bauern Essen und Brennholz. Er fütterte den Alten und gab ihm zu trinken, bis Amer eines Morgens starb. Da fühlte sich Nobel so leer und so nutzlos auf der Welt, wie der ärmste Bettler sich nicht fühlen konnte. Er begrub ihn auf dem Friedhof der Adligen, am höchsten Punkt, dort, wo auch seine Mutter begraben lag. Dann flocht er einen Kranz aus immergrünen Blättern und legte ihn auf das Grab. Er kehrte zur Burg zurück, doch wußte er weder, was er dort tun noch wohin er gehen sollte.

Da hörte er eine Stimme, die seinen Namen rief, und drehte sich überrascht um. Er sah ein junges hübsches Mädchen mit schwarzem Haar und unergründlichen Augen, die ihn an wilde Veilchen erinnerten.

»Prinz Nobel«, sprach sie, »ich bin gekommen, um Euch zu dienen und Euch zu lieben. Nehmt mich zu Euch und laßt mich an Eurer Seite sein.«

»Geh fort«, sagte Nobel verblüfft und verärgert über all die Frauen, die sich ihm anboten, ohne daß er darum gebeten hatte. »Es tut mir leid, dir sagen zu müssen, daß ich nur die Einsamkeit ertragen kann. Geh fort, ich bitte dich, und laß mich sterben.«

»Nein, nein, Ihr dürft nicht sterben.« rief das Mädchen und ergriff seine Hand. »Ihr seid der schönste, jüngste und mutigste Prinz, den es gibt; und ich liebe Euch.«

»Sprich nicht so zu mir!« fuhr Nobel sie an und entzog sich ihrer Hand. Er enteilte mit solchem Schmerz und Zorn im Blick, wie Undine es sich niemals hätte vorstellen können.

Aber sie folgte ihm durch alle Gemächer der Burg, und sosehr er sie zurückwies und einmal sogar sein Schwert zog und sie zu töten drohte, wenn sie ihn nicht in Ruhe ließe, blieb sie unter Schmerz und Tränen so beharrlich, daß Nobel schließlich Mitleid mit ihr bekam. Er ließ sein Schwert sinken und sprach: »Ist es wahr, daß du mich liebst? Dann verstehst du besser als jeder andere Mensch, auf welche Weise ich geliebt habe und immer noch liebe und daß allein der Gegenstand dieser Liebe meinen Durst, meinen Hunger und meinen Schmerz lindern kann. Aus diesem Grunde flehe ich dich an: Geh! Denn solange ich lebe, und noch danach, werde ich sie allein nur lieben, und nichts auf der Welt wird mir die Erinnerung an sie nehmen.«

Als sie diese Worte vernahm, stieß Undine einen Schrei aus, der das Meer aufwühlte, bis die Wogen, die gegen die Steilküste brandeten, sich rot färbten wie Wein. Dann nahm sie die Gestalt des Wassers an und entschwand. Doch Nobel sah und hörte schon nichts mehr davon.

Von der Brandung hin und her gezerrt und vom Rauschen der Strömungen umgeben, die in die Tiefe führten, wo ihre Großmutter hauste, weinte Undine zwischen Muscheln und Algen bittere Tränen. Die Strömungen flößten ihr Angst ein, und ein ums andere Mal kehrte sie an den Strand zurück, wie sie es das Meer selbst tun sah.

»Warum nur kann ich mich vom Land nicht lösen?« fragte sie sich verzweifelt.

»Weil du liebst«, schien das Meer ihr zu antworten, immer wieder und immer wieder, ohne jedoch die Worte zu sprechen, die sie eigentlich hören wollte. Doch dann hatte sie eine Eingebung und sagte sich: »Ich werde die Gestalt jener Person annehmen, die er liebt, und dann nehme ich ihn mit mir.«

»Obacht!« brüllte das Meer daraufhin und erhob sich so gewaltig, daß es mit dem Himmel eins zu werden schien. »Obacht, Undine! Du darfst keine Gestalt annehmen, die schon einmal auf Erden gewandelt ist.«

»Aber nur so kann ich ihn für mich gewinnen«, schluchzte die Nixe entschlossen.

»Tu es nicht, tu es nicht ...!« rief das Meer. Und die Muscheln und die Wellen, die langsam auf den Sand schwappten, wiederholten diese Worte.

Undine jedoch verschloß die Ohren, nahm die Gestalt der früheren Naivia an und kehrte zur Burg zurück.

Sie fand Nobel schlafend neben dem Feuer. Doch als sie seine Lippen küßte, stellte sie fest, welchem Irrtum sie erlegen war. Denn obwohl sie ihn küßte, spürte sie seine Lippen nicht auf den ihren. Und obwohl sie ihn anfaßte, spürte sie nicht die Berührung seines Körpers. In ihrer Verzweiflung schrie sie, er solle aufwachen und sie ansehen, doch er hörte sie nicht. Erst als das Licht der aufgehenden Sonne seine Stirn berührte und er von selbst die Augen aufschlug, erblickte er sie. Seine Augen leuchteten auf, er streckte die Hände nach ihr aus und wollte sie in die Arme schließen. Doch dann spürte er nichts in seinen Armen, ebensowenig wie sie ihn fühlte.

»Warum habt Ihr das getan, Naivia?« fragte Nobel so traurig, daß auch Undine ganz untröstlich wurde und bitterlich zu weinen begann.

»Weint nicht«, sagte er. »Weint nicht, denn wohin Ihr auch geht, ich gehe mit Euch.«

Da lief Undine geschwind ans Meer, und Nobel folgte ihr. Und als sie sich in die Fluten stürzte, stürzte auch Prinz Nobel sich hinein und ertrank an der Seite des Mädchens, das er für seine Geliebte gehalten hatte.

Undine jedoch entledigte sich dieser Gestalt, welche an den Strand geschwemmt wurde und wie eine ungewöhnliche, wunderschöne Alge im Sand liegenblieb. Dann nahm die Nixe den Leib ihres geliebten Prinzen in die Arme und drückte ihn an sich, doch er war bereits so wie die Jünglinge in ihrem unterseeischen Garten.

»Was hast du getan?« rief das Meer entsetzt. »Was hast du getan? Du hast den Prinzen getötet!«

Sie schleppte ihn gegen die Strömung durch den unterseeischen Tunnel, der in ihren Garten tief unten im See führte. Dort schmückte sie ihn mit Perlen und Muscheln und Maraubinen, doch sosehr sie ihn küßte und liebkoste, er erwiderte keinen Kuß und kein Liebkosen. Schließlich war Undine von einer so tiefen und finsteren Hoffnungslosigkeit erfüllt, und so grenzenlos war ihr Schmerz, daß sie sich willenlos in die Strömungen fügte und sich ergeben geradewegs zum Aufenthaltsort ihrer Großmutter treiben ließ.

Die Dame des Sees erwartete sie bereits, und in ihren Augen loderte ein Zorn, wie er sich noch nie im Wasser gespiegelt hatte.

»Du bist die dümmste aller Dummchen deinesgleichen!« rief sie ihr entgegen. Doch als Undine keine Antwort gab und nur weinte, daß ihre Tränen sich mit den Wurzeln des Wassers verbanden, besänftigte sich ihr Zorn, und sie wurde ein wenig nachdenklicher. Sie beugte sich zur Nixe hinunter und schaute ihr forschend in die Augen.

»Wenn ich etwas von all dem Unheil, das du angerichtet hast, rückgängig machen könnte«, grübelte sie, »wäre auch deine schändliche Unreinheit vielleicht nicht ganz und für immer so unwiderruflich.«

Und dann lenkte sie die zarten Fäden grünen Silbers und die geflochtenen Goldfontänen, hob die langen Arme zu dem Ort, wo die Quellgrotte sich befand, und warf dorthin den großen Weg des fließenden Wassers. Dieses stieg bis in die Grotte hinauf, brandete gegen die herrschende Strömung, bis Naivia von ihrem Pflanzenlager gehoben und zurückgetragen wurde bis hinein ins Meer.

»Kehr zurück zu den Deinen, denen unfähige Tölpel dich niemals hätten entreißen dürfen. Törichte, hoffärtige Geschöpfe, von Ehrgeiz zerfressen, Mörder ungeborener Legenden, Marder der wilden Unschuld. Kehr zurück zu deinen Eltern und Geschwistern, wo dein bedauerliches und trostloses Leben niemals hätte vorweggenommen werden dürfen. Naivia, Naivia, wenn du eines Tages geboren wirst – falls du geboren werden solltest –, werden alle diese Dinge längst vergangen sein, und nur wer ein reines Herz besitzt, wird sich deiner erinnern. Eines Tages wird man erfahren, wer deine Großmutter war und deine Mutter und du selbst. Zum Meer werden sie dann sprechen können, und das Harz wird wieder züngelnde Flammen hervorbringen … falls dann noch ein Kind sich wünscht, dich gekannt zu haben. Naivia, Naivia, wie konntest du dich nur auf die Welt bringen lassen? Die Welt ist nicht schön, und eine schöne Welt wird es nie geben. Sie ging dahin an dem Tag, als das Meer auf deinen Inseln für immer vereiste. Naivia, Naivia, niemand weiß, ob du eines Tages nicht wiederkehren wirst, doch bis es soweit ist, fliege über die Meere und halte niemals inne, denn nur so wirst du erhalten können, was für dich einmal das Leben war.«

Die Dame des Sees verkündete den Schönsten Aller Tode, und aus allen unter Wasser nur denkbaren Richtungen kamen die Krieger-Diener mit ihren langen Goldzöpfen, ihren Aquamarinaugen und Bernsteinschilden. Sie waren die Harzsammler, die auf dänischen Torffeldern die Flamme von Märchen und Legenden im Herzen ihrer Schwestern, der Sagen, lebendig hielten. Und die Dame sprach zu ihnen:

»Durchbohrt das Eis, meine lieben Harzsammler. Eure Prinzessin geht den Weg zu den Möwenangern, denn nur so erreicht sie den Tag, da sie hätte zur Welt kommen sollen.«

Die schweigsamen Krieger zogen mit ihren Lanzen lange Schriftzeichen auf den Grund des Sees. Danach kehrten sie zur Quelle zurück und hoben Naivia vom Bett der Erinnerungen, die augenblicklich verblaßten. Denn jener, der sie gegossen hatte, lebte nicht mehr. Doch sein Duft war immer noch vorhanden, und die Harzsammler folgten seiner Kielspur.

Sie betteten Naivia, so gut sie es vermochten, denn der gläserne Sarg ihrer ungeborenen Großmutter war ja noch nicht erfunden. In ein schlankes weißes Schiff, als wäre es aus Bein geschnitten, betteten sie das Kind auf sein goldenes Haar, welches auf den Wellen wogte und bald eine blaue Farbe annahm, bald ein smaragdenes Grün, bisweilen sogar das dunkle Violett einer sternenlosen Nacht. Das Meer, welches ihnen Respekt und Hochachtung bezeugte, wies ihnen den Kurs zu den Ewigen Gefilden, und hunderttausend Möwen schrien an den Stränden aller Länder; aller Länder, durch die sie mit Kriegsgeschrei und wippenden Lanzen zogen, angetrieben von Liebe und Blut unter blitzendem Eisen und blauem Kristall. Und ein gewaltiges Beben erschütterte alle Kreaturen, die auf dem Lande und im Wasser lebten, außer den Menschen natürlich.

Die weißen Krieger jedoch, die den Quell des Feuers kannten, ruderten ohne Unterlaß – wenngleich langsam, so langsam, daß allein die Große Dame im Verlauf ihrer hundertausend Jahrhunderte der Großen Dame es sehen konnte – und tauchten ein auf den Kurs, der sie zum Grund des Sees führte.

Und da sie einen Großen Prinzen von einem erbärmlichen König unterscheiden konnten, liefen sie auf das Riff der steinernen Blumen im Garten der Ertrunkenen Jünglinge, von denen nur einer einen durchbohrten blauen Stein auf seiner Brust trug. Als sie ihn von Algen und begehrlichen Wasserpflanzen gesäubert hatten, legten sie ihn auf seinen Schild und betteten auch ihn auf den Boden eines Schiffes.

Das Schiff entzündete den Himmel, wenn es ihn kreuzte, und sein hohes Segel blähte sich im Gewoge der tausend Strömungen. Es war ein großes Schiff mit grünweißer Reling. Die weißen Krieger zogen das Schwert des Prinzen Nobel aus der Scheide und legten es an seine Seite, damit er es bei der Hand hatte. Auch sein Schachspiel, mit dem er als Kind, unten im Süden, gespielt hatte, stellten sie neben ihn. Die Figuren aus weißem Elfenbein und schwarzem Ebenholz wurden aufgestellt, denn einen Kampf hatte er noch zu bestehen; ein letztes Gefecht, das irgendwo auf ihn wartete.

Dann sprach die Dame des Sees, die alles im Bodensatz ihrer zur Schale geformten Hände beobachtet hatte. »Hört, ihr Geschöpfe des Wassers: Die große Reise beginnt. Geht äußerst behutsam vor, denn selten nur werden wir Zeugen einer solch herrlichen und schwierigen Flucht.«

Unter gewaltigem, schmerzvollem Ächzen blähte der Ozean die rot-weiß und grün-weiß gestreiften Segel, und dann endlich stachen die Schiffe in See. Mit ihnen das Schachbrett, die Gläser aus blauem Kristall und das Band, welches Naivia sich manchmal um den Finger gewickelt hatte, wenn sic nachdenklich war.

Die Bewohner aller Seen, Flüsse und Meere kamen aus ihren Perlmuttpalästen, ihren Häusern aus Moos oder Eis, um zuzusehen, wie die Schiffe von Naivia und Nobel auf derselben Meeresströmung gegeneinandertrieben. Mit einer Feierlichkeit von so unterozeanischer Gewalt prallten sie aufeinander, daß sie in Tausende von winzigen glitzernden Splittern zerbrachen. Kiel und Masten brachen, Segel rissen, bemalte Rundschilde, goldene Kelche, Schachfiguren, Schmuck und Zierat taumelten dem Meeresgrund entgegen. Ihre Leiber lösten sich und schwebten im Wasser, stießen aneinander, wie die Schiffsrümpfe es taten. Diese hoben ein letztes Mal ihr Haupt, und die goldenen Drachen warfen einen steinernen Blick in die Runde, bevor sie im Schlamm versanken und zu dem wurden, was sie einst waren: Spuren, Schemen von Schiffen und Königen, von Schlachten und Tod ohne Zahl.

Anders jedoch Naivia und Nobel; denn im dichten Lamento des Meeres flirrten die beiden Hälften eines durchbohrten blauen Steins; und wie sich die zwei Hälften einer Muschel schließen, legten sie sich nahtlos übereinander wie das Perlmutt einer Perle um die kreisrunde Öffnung, durch welche, eines Tages vielleicht, eine schöne neue Welt sichtbar würde. Und doch waren die zwei jungen Menschen untrennbar an ihre Hälfte gebunden.

Von diesem einen Stein in die Tiefe gezogen, entschwanden Naivia und Nobel in dämmriges Dunkel, beide Leiber nun durch eine Kette und einen Stein verbunden, dessen Hälften das Meer zusammengefügt.

»Wohin gehen sie?« fragte Undine mit versagender Stimme, als sie ihnen nachschaute.

»Dorthin, wo das Land Immer und Nimmer endet, wo das Echo wohnt, wo die Spur des Lichts und die trügerischen Reflexe der Welt zu Hause sind«, entgegnete die Großmutter. »Mehr kann ich nicht tun.«

»Großmutter, ich bitte dich, reiß mir diese Wurzel aus«, bat Undine. Ihre Stimme war so schwach und klang so hohl wie das Echo des Wassers in Felsengrotten. »Reiß sie mir aus der Brust, ich kann den Schmerz nicht länger ertragen.«

»Das kann ich nicht«, sagte die Dame des Sees. »Es ist mir nicht gegeben.«

Doch die arme Nixe hörte nicht auf zu flehen, und solcher Kummer stand in ihren Augen, und solch ein Schmerz lag in ihrer Stimme, daß die alte Dame sich schließlich erbarmte.

»Ich werde deinetwegen mit einer uralten Tradition brechen; aber ich weiß nicht, ob es mir gelingen wird. Wer unrein geworden ist, dem darf nicht geholfen werden, heißt es. Aber du bist meine Enkelin, und das darf ich nicht vergessen, sosehr ich es mir wünschte. Und ich kann auch nicht vergessen, daß du einen Menschen geliebt hast, der es verdient hätte, ein Wasserwesen zu sein.«

Dann befahl sie ihr zu schlafen und legte zwei schwarze Perlen auf ihre geschlossenen Augenlider. Als Undine eingeschlafen war, zog die Große Dame eine lange goldene Nadel, mit der sie gewöhnlich den Wurzeln des Wassers den Weg ebnete, aus ihrem eigenen Haar. Sie stieß sie mit aller Kraft in Undines Brust und versuchte, die Wurzel herauszureißen, die bereits so groß wie der Ansatz einer Koralle war und genauso fest. Doch sosehr sie sich mühte und die Nadel immer wieder in das Geflecht hineinstieß, mußte sie am Ende doch aufgeben. Mit großer Wehmut betrachtete sie ihre schlafende Enkelin und murmelte: »Die Wurzel ist bereits zu festgewachsen. Niemand kann sie mehr ausreißen. Wenn ich dir statt dessen jedoch die Erinnerung nehme, wirst du den Gegenstand deiner unseligen Liebe vergessen, und dein Schmerz wird gelindert.«

So tat sie, und die Erinnerung löste sich so leicht, wie der Nebel sich von der Haut des Wassers hebt. Und so wie dieser verflog sie auch.

Undine schlug die Augen auf und schaute ihre Großmutter an. Das stete Lächeln jedoch, das früher auf ihrem Gesicht gelegen hatte, war verschwunden.

»Schwebe davon«, sagte die Dame des Sees. »Entschwebe, mein Kind. Dein Schmerz ist vergessen.«

Undine gehorchte willenlos und ließ sich von der Strömung davontreiben. Sie erinnerte sich nun zwar nicht mehr an Nobel, aber dafür nisteten Trauer und Wehmut in ihren Augen und ihren Mundwinkeln.

»Erinnert sie sich wirklich nicht mehr an den Prinzen?« fragte ein neugieriger Goldfisch, den die Dame des Sees sich hielt, wie andere Vögel halten oder Blumen ziehen.

»Nein«, erwiderte die Große Dame, »und deshalb schmerzt sie auch die Liebe nicht mehr. Aber da ist immer noch diese Wurzel; ihretwegen wird Undine von nun an in der Brandung wohnen und Trübsal blasen.«

»Und was geschieht dann?«

»Das übliche«, erwiderte die Dame. »Ab und zu wird sie mit dem Nebel in die Behausungen der Menschen eindringen, mit dem Salz auf ihre Zungen und in ihre Wörter gelangen, mit ihrem Duft wird sie ihre Gedanken und ihre Herzen verwirren. Doch das ist eine Krankheit dort oben« – sie deutete zum Dach des Wassers hinauf – »die so alltäglich ist wie Haß, Rache, Ehrgeiz oder die Liebe selbst.«

Die Augen der Dame verdunkelten sich bei diesen Worten, denn sie wußte, daß ihre Enkelin ruhelos am Saum der Küsten, im Branden des Weins und an den Ufern der Stürme umherirren würde. Diese Dinge, sagte sie sich, wen interessieren sie schon! Die Menschen bestimmt nicht. Dann kehrte sie zu den Wurzeln des Wassers zurück. Ihre goldene Haarnadel jedoch war für alle Zeit von einem hellen, fast durchsichtigen Blut verfärbt. Seit jener Zeit dringt manchmal ein sonderbares Gefühl in das Herz der Menschen ein … Erinnerung, Schwermut oder Sehnsucht. Das ist Undine, die ruhelos über Strände und Gestade irrt, ohne daß die Menschen es wissen.

Wie geht die Geschichte um Königin Ardid, ihren Sohn und das stolze Reich Olar weiter? Das erfahren wir in dem Roman »Das Erbe des Königs Gudú« (Erscheinen: Herbst 2003).

Hope Mirrlees

Flucht ins Feenland

Roman. Mit einer Einleitung von Neil Gaiman und einem Nachwort von Michael Swanwick. Aus dem Englischen von Hannes Riffel. 413 Seiten. Gebunden

Skandalös finden die Bürger von Dorimare den Umstand, daß ihr Reich an das verrufene Feenland grenzt. Von dort nämlich werden die geheimnisumwitterten Feenfrüchte eingeschmuggelt. Wer davon kostet, zeigt sich empfänglich für die Wunder der Welt und stellt eine Bedrohung der öffentlichen Ordnung dar. Und nun soll ausgerechnet der Sohn eines angesehenen Kaufmanns von den Früchten genascht haben. Ist dies der Grund für sein Verschwinden? Als auch noch ein koboldähnlicher Fremder die jungen Damen der Schule für höhere Töchter ins Feenland lockt, macht sich Meister Nathaniel Hahnenkamm, Bürgermeister und Groß-Seneschall der Hauptstadt Lud-in-den-Nebeln, auf die gefährliche Reise in das Reich jenseits der Hügel. In dieser flirrenden Welt, in der die Realität ständig aus den Fugen gerät, entscheidet sich das Schicksal Dorimares.

»Von überirdischer Schönheit – ein wundervoller Roman.«
Neil Gaiman

06/1008/01/L